원전으로 읽는 우리 고전 4

이씨 집안 이야기

이씨세대록

5

원전으로 읽는 우리 고전 4

이 씨 집안 이야기

이씨세대록 ⑤

장시광 옮김

이담북스

역자 서문

<쌍천기봉>을 2020년 2월에 완역, 출간했는데 이제 그 후편인 <이씨세대록>을 번역해 출간한다. <쌍천기봉>을 완역한 그때는 역자가 학교의 지원을 받아 연구년제 연구교수로 유럽에 가 있을 때였다. 연구년은 역자에게 부담 없이 번역에만 전념할 수 있는 환경을 만들어 주었다. 덕분에 역자는 <쌍천기봉>의 완역 이전부터 이미 <이씨세대록>의 기초 작업을 동시에 수행할 수 있었다. 이 번역서 2부의 작업인 원문 탈초와 한자 병기, 주석 작업은 그때 어느 정도 되어 있었다. <쌍천기봉>의 완역 후에는 <이씨세대록>의 기초 작업에 박차를 가했다. 당시에 유럽에 막 퍼지기 시작한 코로나19는 작업에 속도를 내도록 했다. 한국에 우여곡절 끝에 귀국한 7월 중순까지 전염병 덕분(?)에 집안에만 틀어박혀 있을 기회가 많았기 때문이다.

<쌍천기봉>이 역사적 사실에 허구를 덧붙인 연의적 성격이 강한 소설이라면 <이씨세대록>은 가문 내의 부부 갈등에 초점을 맞춘 가문소설이다. 세세한 갈등 국면은 유사한 면이 적지 않지만 이처럼 서술의 양상은 차이가 난다. 조선 후기의 독자들이 각기 18권, 26권이나 되는 연작소설을 흥미롭게 읽을 수 있었던 데에는 이처럼 작품마다 유사하면서도 특징적인 면이 있기 때문이었을 것으로 짐작된다.

역자가 대하소설에 흥미를 가지게 된 것도 이러한 면과 무관하지 않다. 흔히 고전소설을 천편일률적이라고 알고 있는데 꼭 그렇지만은 않다. 같은 유형인 대하소설이라 해도 <유효공선행록>처럼 형제 갈등이 두드러진 작품이 있는가 하면, <완월회맹연>이나 <명주보월빙>처럼 종법제로 인한 갈등을 다룬 작품도 있다. 또한 <임씨삼대록>처럼 여성의 성욕이 강하게 부각되어 있는 작품도 있다. <쌍천기봉> 연작만 해도 전편에는 중국의 역사적 사실을 토대로 군담이 등장하고 <삼국지연의>와의 관련성도 서술되는 가운데 남녀 주인공이 팔찌를 매개로 하여 갖은 갈등 끝에 인연을 맺는 과정이 펼쳐져 있다면, 후편에는 주로 가문 내에서 발생할 수 있는 다양한 부부 갈등이 등장함으로써 흥미의 제고와 함께 가부장제 사회의 질곡이 더욱 적나라하게 드러나게 하는 효과를 내고 있다.

이 책은 현대어역과 '주석 및 교감'의 2부로 구성되어 있다. 책의 순서로는 현대어역이 먼저지만 작업은 주석 및 교감을 먼저 했다. 주석 및 교감 부분에서는 국문으로 된 원문을 탈초하고 모든 한자어에는 한자를 병기했으며 어려운 어휘나 고유명사에는 주석을 달고 문맥이 이상하거나 틀린 부분은 이본을 참조해 바로잡았다. 이 작업은 현대어역을 하는 것보다 훨씬 공력이 많이 든다. 이 작업이 다 이루어지면 현대어역은 한결 수월해진다.

역자는 이러한 토대 작업이 누군가에 의해서는 반드시 이루어져야 한다고 생각한다. 물론 미흡한 점도 있을 것이다. 그러나 이러한 작업이 많아질수록 연구는 활성화하고 대중 독자들은 대하소설에 어렵지 않게 접근할 수 있을 것이다. 일은 고되지만 보람을 찾는다면 바로 그러한 이유에서일 터이다.

<쌍천기봉>을 작업할 때와 마찬가지로 이 작업도 여러 분에게서

도움을 받았다. 해결되지 않은 병기 한자와 주석을 상당 부분 해소해 주신 황의열 선생님께 고마운 마음을 전한다. <쌍천기봉> 작업 때도 많은 도움을 주셨는데 어려운 작업임에도 한결같이 아무 일 아니라는 듯이 도움을 주셨다. 연구실의 김민정 군은 역자가 해외에 있을 때 원문을 스캔해 보내 주고 권20 등의 기초 작업을 해 주었다. 대학원생 남기민, 한지원 님은 권21부터 권26까지의 기초 작업을 해 주었다. 감사드린다. 대학원 때부터 역자를 이끌어 주신 이상택 선생님, 한결같이 역자를 지켜봐 주시고 충고를 아끼지 않으시는 정원표 선생님과 박일용 선생님께는 늘 빚진 마음을 지니고 있다. 못난 자식을 묵묵히 돌봐 주시고 늘 사랑으로 대해 주시는 양가 부모님께 감사드린다. 끝으로 동지이자 아내 서경희에게 사랑과 감사의 마음을 전한다.

차례

제1부

현대어역

* 일러두기 *

1. 번역의 저본은 제2부에서 행한 교감의 결과 산출된 텍스트이다.
2. 원문에는 소제목이 없으나 내용을 고려하여 권별로 적절한 소제목을 붙였다.
3. 주석은 인명 등 고유명사나 난해한 어구, 전고가 있는 어구에 달았다.
4. 주석은 제2부의 것과 중복되는 것은 가급적 삭제하거나 간명하게 처리하였다.

이씨세대록 권9

남장한 위홍소가 이경문의 목숨을 구하고
이성문은 잃어버린 동생 이경문을 찾아내다

이때 현아는 이연명에게 천금을 주어 계교를 행하고 부친은 한림을 관청에 고소해 한림의 죽음이 손바닥을 뒤집을 정도로 쉽게 되었으므로 참으로 날아갈 듯이 흥이 높았다.

그런데 이연명을 법부에서 잡아간다는 말을 듣고 행여나 연명이 형벌을 견디지 못해 바로 사실을 고하는 일이 있을까 두려워해 연명의 손을 잡고 사례해 말했다.

"그대가 한결같이 현명이 지시해서 한 일이라 말한다면 무슨 형벌이 그대 몸에 오겠는가? 그래도 임금 앞에서는 두려움이 있을 것이니 그대는 이 술을 먹고 마음을 진정하게."

그러고서 은근히 술을 권하니 연명이 이에 의심하지 않고 술을 받아먹었다. 현아가 원래 술에 독약을 넣어 두었으나 연명이 술기운에 잠시 목숨을 보전하고 있다가 시간이 지난 후에 죽은 것이니 장 공의 혜안이 어찌 기특하지 않은가.

현아가 이때 궐문 밖에서 현명이 죽기를 기다리며 마음을 졸이다가 현명이 살아 나오는 것을 보고 매우 불쾌했다. 현아가 경문과 함께 집으로 가니 유 공이 좌우의 사람들을 시켜 한림을 결박하게 해 꿇리고 소리를 높여 꾸짖었다.

"불초자가 붕당을 맺어 나라로부터 죄를 벗어났으나 내 어찌 너를 다스리지 않을 수 있겠느냐? 어서 빨리 약을 먹고 죽어 아비의 마음을 시원하게 하라."

그러고서 드디어 한 그릇 독주를 가져오라 해 한림을 재촉해 먹으라 했다. 한림이 이에 끝까지 한마디 말을 않고 그릇을 들어 약을 먹으려 했다.

그런데 천행으로 이 상서 등이 이곳에 이르러 그 모습을 보고는 놀라서 급히 나아가 말했다.

"현은의 죄가 비록 크나 나라에서 용서하시는 마당에 대인께서 사사로이 죽이시는 것은 옳지 않습니다. 그러니 대인께서는 살피소서."

유 공이 비록 성난 기운이 열화와 같았으나 저 이 상서와 겨루지 못했으므로 마지못해 참고 한림을 용서했다. 그리고 힘센 남자종에게 큰 매를 가려 60대를 치라 하니 이 상서가 말했다.

"현은의 죄가 비록 있더라도 황상께서 용서하셨으니 대인께서는 자식을 사랑하는 정으로 그 죄를 용서하셔야 할 것입니다. 그런데 한림이 이제 국가의 죄수가 되어 만 리 밖으로 귀양 가 변방의 수졸(戍卒)[1]이 되면 돌아올 기약이 아득한 데다 그 사정도 참혹합니다. 그런데도 대인처럼 덕이 크신 분이 한림에게 무거운 벌을 더하려 하시니, 알지 못하겠습니다만 아비와 아들 사이의 큰 의리가 어디에 있습니까? 전날 대인께서 한림을 어루만지고 사랑하시던 큰 덕으로써 오늘의 이러한 모습은 옳지 않습니다. 소생이 참지 못해 아뢰는 것이니 대인께서는 괴이하게 여기지 마시고 소생의 당돌한 죄를 용

---

1) 수졸(戍卒): 수자리 서는 군졸.

서하소서.”

공이 성을 내 말했다.

“명공이 비록 현명이와 매우 친한 벗이지만 오늘 거리끼지 않고 아들 사이에 끼어드는 말을 하십니다. 명공은 모름지기 안심하소서.”

이렇게 말하고 끝내 한림을 치라고 재촉하니 상서가 의리로 타이르지 못할 줄 알고 하리(下吏)를 불러 분부했다.

“너는 마땅히 형부상서 장 공께 가서 아뢰기를, ‘유 한림을 집에서 매로 친다는 말을 천자께 아뢰고 천자께서 윤허하시는지를 알아 기별을 주소서.’라고 하라.”

말을 마치자, 성난 기운이 겨울밤의 찬 서리 같았다. 유 공이 크게 두려워 드디어 한림을 몰아내며 말했다.

“내 차마 패륜의 자식을 다시 보지 못할 것이니 오늘 길을 떠나 적소(謫所)로 가라.”

한림이 이때 마음이 아득해 무수한 눈물이 흘러 옥 같은 얼굴을 덮었다. 목이 쉬도록 울다가 물러나 문 밖으로 나왔다.

이 예부 홍문 등 네 명과 벗들이 이곳에 이르러 한림의 모습을 보고 참혹함을 이기지 못해 다만 눈물을 흘릴 뿐 위로할 말을 잃었다. 이 상서가 이에 나와 전말을 전하니 사람들이 경악했다. 예부가 경문의 손을 잡고 일렀다.

“그대처럼 타고난 자질을 가진 사람이 오늘날 이 지경에 이를 것이라고는 생각지 못했네. 저 푸른 하늘이 무심한 것이 한스럽구나.”

한림이 다만 피눈물이 낯에 가득한 채 말을 안 했다.

문득 공차(公差)가 이르러 한림이 길 떠날 것을 재촉했다. 한림이 이때 부친에게 죄를 지은 자식이 되어 변방으로 돌아가니 그 마음이 마치 천지가 어두워진 듯해 목이 쉬도록 통곡했다. 그리고 안쪽을 향해 네 번 절하고 말했다.

"소자가 오늘 아버님을 떠나니 이생에서는 뵐 기약이 없습니다. 대인께서는 만수무강하소서."

말을 마치자 입에서 피를 토하고 혼절했다. 사람들이 정신없이 붙들어 구하고 또한 눈물을 줄줄 흘렸다. 그리고 대의(大義)로 한림을 타일렀으나 한림은 옥 같은 얼굴에 눈물이 가득한 채 말을 안 했다.

집에서 행장을 차려 주지 않았으므로 이 상서가 드디어 믿음직한 종 10명과 평안한 수레를 차려 한림에게 주고 말했다.

"내가 형과 관포(管鮑)2)의 지기(知己)를 이룬 지 자못 오래 되었네. 이제 남과 북으로 손을 나누어 만날 기약이 아득하니 내가 대장부지만 슬픈 마음을 참지 못하겠네. 현은은 보중하고 보중해 대인께서 깨달으시기를 기다리게."

한림이 탄식하고 대답하지 않았다.

사람들이 한림을 십 리 장정(長亭)3)까지 따라가 전송했다. 마침 이날 수주 태수 유홍이 행렬을 거느려 길을 떠나게 되었는데 이 유홍은 이세문의 처남이었다. 예부 등이 총명해 흉악한 현아가 길에서 변란을 지을까 염려해 일부러 장 상서에게 청해 공차를 시켜 길을 재촉해 가도록 하고 유 태수에게 극진히 청해 한림을 보호해 데려가도록 일렀다. 유 태수 또한 위인이 어질었으므로 그 말을 따랐다.4)

---

2) 관포(管鮑): 관중과 포숙아. 관중(管仲, ?~B.C.645)과 포숙아(鮑叔牙, ?~?). 관중은 중국 춘추시대 제(齊)나라의 재상으로 이름은 이오(夷吾). 환공(桓公)이 즉위할 무렵 환공의 형인 규(糾)의 편에 섰다가 패전하여 노(魯)나라로 망명하였는데, 당시 환공을 모시고 있던 친구 포숙아의 진언(進言)으로 환공에게 기용되어 환공을 중원(中原)의 패자(霸者)로 만드는 데 일조함. 관중과 포숙아는 잇속을 차리지 않은 사귐으로 유명하여 이로부터 관포지교(管鮑之交)라는 말이 나옴.

3) 장정(長亭): 먼 길을 떠나는 사람을 전송하던 곳. 과거에 5리와 10리에 정자를 두어 행인들이 쉴 수 있게 했는데, 5리에 있는 것을 '단정(短亭)'이라 하고 10리에 있는 것을 '장정'이라 함.

4) 그~따랐다: 원문과 이본인 규장각본에 이 부분이 빠진 듯하므로 옮긴이가 간략히 보충함.

모두 술을 붓고 별시(別詩)를 지어 한림과 이별하니 각각 눈물이 떨어졌다. 한림이 저 사람들의 정이 산이 낮고 바다가 옅을 지경이었으니 마음이 돌과 나무 같다 한들 어찌 움직이지 않겠는가. 바야흐로 눈물을 거두고 사례해 말했다.

"소생은 강상(綱常)을 범한 인륜의 대죄인입니다. 그런데도 여러 명공께서 더러운 사람을 아끼시는 마음이 이와 같으니 소생이 오늘 구천으로 돌아가더라도 풀을 맺어 은혜를 갚겠습니다. 원하건대, 여러 명공께서는 만수무강하시고 만일 죄인을 생각하신다면 가친께서 훗날 재앙의 그물에 걸리는 일이 있어도 힘써 가친을 구해 가친께서 노년을 보전하게 해 주시면 소생이 어찌 은혜를 잊는 일이 있겠습니까?"

예부가 위로하며 말했다.

"그대의 일은 고금을 기울여 의논해도 비슷한 것이 없는데, 그대의 말이 끝내 이처럼 사리에 맞으니 우리가 느끼는 마음이 더욱 심해지네. 그러나 이는 천륜에 마땅한 일이니 우리가 어찌 듣지 않겠는가?"

한림이 사례하고 날이 늦었으므로 손을 나누었다. 한림이 초라한 수레에 올라 다시금 도성을 바라보아 맑은 눈물이 흰 도포를 적셔 차마 머리를 돌리지 못하니 해와 달이 한림을 위해 빛을 감출 정도였다.

예부 등이 한림이 처량한 모습으로 외롭게 타향의 뜬구름이 되는데 그 아비는커녕 현아도 와서 보지 않는 것을 보고 크게 괘씸해하고 참담함을 이기지 못하며 눈물을 뿌리고 도성으로 들어갔다.

당초에 현아가 설최와 함께 계교를 꾸며 이연명을 시켜 유 공과 이경문을 이간하는 계책을 행했다. 이연명은 경사의 제일 협객으로 당대에 유명해 모르는 사람이 없었다. 그래서 현아가 예우를 두텁게 해 이연명을 청해 그에게 천금을 주며 계교를 가르쳐 주고 만일 일을 이루면 벼슬에 크게 봉해 주겠다고 일렀다. 연명이 한 협객으로서 용맹은 당할 자가 없었으나 지혜는 참으로 없었으므로 현아의 꾀에 속아 한림을 사지에 넣고 제 몸은 보전하지 못했다.

현아가 더욱 시원하게 여기고 설 한림을 대해 일렀다.

"이제 현명을 내치고 연명을 쳐 죽였으니 우리 계교는 귀신도 엿보지 못할 정도입니다. 이 어찌 묘하지 않나이까?"

설 한림이 웃으며 말했다.

"이제 겨우 끝을 베었으나 뿌리를 채 없애지 못했거늘 그대는 어찌 이처럼 시원한 체하는 것인가?"

현아가 말했다.

"이 사위의 소견으로 헤아려 보면 현명이 절도에 안치돼 살아 돌아올 기약이 아득하니 어찌 기쁘지 않겠습니까?"

설최가 웃으며 말했다.

"그대는 참으로 어설픈 남잘세. 내 모쪼록 대강을 이룰 것이니 그대는 들게나. 이제 현명이 눈으로 제자백가를 보고 행동하는 것은 효행과 예법을 갖추지 않은 것이 없으니 어려서부터 천자와 선비에 이르기까지 현명이를 공경해 우러러보지 않는 이가 없었네. 더욱이 약관에 과거에 급제해 그 인물을 사람마다 높이 받들어 우러러보네. 이제 우리가 잠시 현명에게 윤리의 큰 죄를 얽어 제 입이 있으나 변명을 못 하게 했으나 천자께서 곧이듣지 않으시고 재상과 대신들이 다 그를 구하는 말을 내니 만일 이 승상이 예의로 간하지 않았다면 영대인도 형벌을 면치 못하셨을 것이네. 이제 현명이 잠깐 변방에 내쳐졌으나 이홍문 등 일등 명인이 그 벗의 억울함을 벗겨 주고 그

칠 것이니 나는 이제 기쁜 줄을 알지 못하고 그대를 위해 크게 마음 졸이네. 이제 날랜 장수를 얻어 보내 그 목숨을 끊는다면 일을 애매하게 여기는 이가 있어도 그 임자가 없으니 누가 원통함을 풀어 주려 하겠는가? 현명의 목숨을 끊는 날이 되어야 일생이 시원해질 것이니 그대는 어서 일을 도모하게."

현아가 크게 깨달아 바삐 사례해 말했다.

"만일 대인의 가르치심이 아니었다면 이 사위는 속절없이 꿈속에 있었을 것입니다."

그러고서 급히 자객을 찾았다.

이때 경사 십자가 거리에 있는 협객 김상유의 별호는 양상유니 용맹이 당대에 무쌍해 나는 들보에 벽을 뚫어 다니기를 자취 없이 하니 당시 사람들이 그 용맹을 칭찬했다. 현아가 즉시 상유를 청해 천금을 주고 가만히 현명을 따라가 죽인다면 큰 벼슬에 봉해 줄 것이라 했다. 상유가 매우 기뻐하며 즉시 비수를 갈아 옆에 끼고 한림의 행차를 따라갔다.

각설. 경문이 난 지 15년에 자신을 낳아 준 부모를 모르고 무지하고 사나운 유영걸을 아비로 알아 15년 동안 즐거운 일을 하나도 보지 못하고, 끝내는 강상을 무너뜨렸다는 큰 죄를 뒤집어써 목숨이 형벌 끝에 살아남아 머나먼 변방으로 돌아가게 되었다. 그러나 부모가 손을 쥐고 연연해하는 모습을 보지 못하고 형제가 붙들어 이별을 고하지 못하니 비록 경문이 대장부의 강철 같은 굳센 마음을 지녔으나 때때로 마음이 무너지는 것을 이기지 못하고 한 명의 종도 뒤를 따르는 이가 없으니 더욱 슬퍼해 때도 없이 오열했다.

이때 취향이 한림이 감옥에 갇히는 것을 보고 밤낮으로 애를 태우다가 다행히 한림이 무사히 풀려나니 기쁜 마음에 몸이 하늘에 오를 듯했다. 난복과 함께 가려고 하니 난복이 문득 생각이 있어 취향에게 말했다.

"내 이제 병들어 먼 길을 가지 못할 것이니 어미가 혼자 가면 후에 몸을 조리해 가겠소."

취향이 이에 우기지 못해 홀로 공자를 따라가니 한림이 취향의 정성에 감동했다. 그런데 서러운 마음이 구곡간장에 맺혀 눈물로 낯을 씻으며, 먹고 마시는 것을 제대로 하지 못해 모습이 날로 몰라보게 달라졌다.

유 태수가 이를 매우 불쌍히 여겨 좋은 말로 경문을 위로하고 정성으로 보호하며 타일러 말했다.

"순임금이 우물에서 뛰어나오시고 집 위에서 내려오신 것[5]은 자신이 죽는 것이 부모의 본 마음이 아니라 생각했기 때문이네. 지금 형이 만난 일은 이와 같으니 모름지기 마음을 넓게 하고 꽃다운 몸을 보중해 훗날을 기다리게."

한림이 그 말을 일리 있게 여겼으나 성품이 치우친 고집이 있었으므로 자신의 마음을 고치지 못했다.

길을 가 남창현에 이르렀는데 성문에 한 방이 붙어 있고 사람들이 모여서 방을 보고 있었다. 태수가 방을 떼어 오라 해서 보니 내용은 다음과 같았다.

'모년 모월에 누구든지 가슴에 붉은 점이 모란잎만 하고 배에 '경문' 두 글자와 등에 사마귀 일곱 개가 돋은 아이를 얻은 사람이 있어

---

5) 순임금이~것: 순임금이 제위에 오르기 전 그의 아버지 고수(瞽瞍)가 순에게 우물을 파라고 하자 순이 우물을 파다가 숨을 구멍을 파서 빠져나오니 고수가 후처 소생인 상(象)과 함께 우물을 덮었으나 순이 살 수 있었고, 고수가 순에게 창고의 지붕을 수리하게 한 후 창고를 불 질렀으나 순이 두 개의 삿갓으로 방어하고 내려와 살 수 있었다는 이야기.

경사의 연왕부로 데려온다면 천금의 상을 주고 만호후(萬戶侯)6)에 봉할 것이다.'

태수가 다 보고는 한참을 생각하고 말을 안 하니 한림이 곁에서 그 방을 보고 의심이 생겨 생각했다.

'천하에 이름이 같거나 얼굴이 같은 이는 있어도 이처럼 같은 일이 있단 말인가? 여기에 써져 있는 것이 내 몸의 표지를 다 일렀으니 어찌된 일인가? 나는 유씨 집의 자식이 아니란 말인가?'

이렇게 생각하다가 스스로 꾸짖었다.

'내가 만일 유씨 집의 자식이 아니라면 각 씨가 나를 한때나 집에 있게 했겠는가? 더욱이 부친께서 어찌 모르셨겠는가? 그러한 의심은 생각도 하지 말자.'

이렇게 생각하고 다시 이 일을 마음에 두지 않았다.

점점 길을 가 군산역에 이르렀다. 이때는 초여름 스무날 정도였는데 날씨가 찌는 듯이 덥고 검은 안개가 사방에서 일어났다. 이날 태수가 역정(驛亭)7)에 자리를 잡고 따르는 모든 자들은 각각 술을 얻어먹고 일찍 잠이 들었다. 한림이 있는 곳에는 오직 취향과 이씨 집안의 사내종 대여섯 명이 있었다.

이때 김상유가 태수의 행차를 따라갔으나 그 행렬이 대단한 것을 보고 감히 손을 쓰지 못해 점점 따라가기만 했다. 그러다가 군산역에 이르러 인가가 별로 없고 태수를 따르는 자들이 여러 날 길을 와 잠이 깊이 든 것을 살폈다.

밤이 삼경(三更)에 이르자 가만히 칼을 품고 생이 자는 곳에 이르

---

6) 만호후(萬戶侯): 일만 호의 백성이 사는 영지(領地)를 가진 제후라는 뜻으로, 세력이 큰 제후를 이르는 말.
7) 역정(驛亭): 역참에 마련되어 있는 정자.

렀다. 생은 외로이 베개에 기대 있고 노파 한 사람과 사내종 십여 명이 둘러앉아 졸고 있었다. 상유가 기뻐하며 가만히 나아가 한림을 찔렀다. 원래 한림이 옷을 갈아입지 않고 있었으므로 다행히 칼이 깊게 들어가지는 않았다. 한림이 칼에 찔려 크게 소리 지르자, 잠들어 있던 사내종들이 놀라서 모두 일어나 상유를 에워싸고 쳤다. 상유가 이들로부터 벗어나지 못해 사로잡히게 되자 모든 종들이 좋아서 상유의 칼을 빼앗고 그를 단단히 매어 다른 방에 가두었다.

취향이 급히 한림을 보니 가슴이 찔려 피가 자리에 가득하고 한림의 턱이 벌어져 다물어지지 않아 목숨이 경각에 있었으니 그 참담한 광경에 마음을 어찌 추스를 수 있겠는가. 취향이 가슴이 터지는 듯해 가슴을 두드리며 통곡하고 급히 사람을 시켜 태수에게 고하라 했다.

태수가 잠결에 이 말을 듣고 매우 놀라 급히 의관을 여미고 한림의 처소에 이르렀다. 한림의 참담한 모양과 취향의 서러워하는 모습을 보고 또한 놀라움과 슬픔을 이기지 못해 한림의 상처를 살피고 일렀다.

"상처가 중하나 칼날이 깊이 범하지는 않았으니 약을 쓴다면 쾌차하기 어렵지 않을까 한다. 그러니 너희는 너무 요란하게 굴지 마라."

그러고서 급히 금창약(金瘡藥)[8]을 얻어 붙이고 친히 한림을 붙들어 구호했다. 새벽이 되자, 한림이 숨소리는 겨우 위아래로 왕래했으나 인사는 전혀 몰랐다.

태수가 이튿날 역승(驛丞)[9]을 불러 형벌 도구를 엄히 베풀도록 하고 상유를 올려 심문했다.

---

8) 금창약(金瘡藥): 칼, 창, 화살 따위로 생긴 상처에 바르는 약.
9) 역승(驛丞): 역을 관장하는 관리.

"너는 어떤 도적이기에, 도적으로서 재물을 탈취하는 것은 맞으나 유 한림을 죽이려 한 것은 참으로 괴이한 일이다. 사주한 사람이 있어 너에게 유생을 죽이라 한 것이 아니더냐? 너는 마땅히 매를 맞는 괴로움을 겪지 말고 바른 대로 고하라."

상유가 대답했다.

"소인이 바른 대로 고할 것이니 어르신께서는 이 한 목숨을 살려 주시겠나이까?"

태수가 말했다.

"네 죄가 가볍다면 어찌 용서하지 않겠느냐?"

상유가 말했다.

"소인은 구태여 유 한림과 원한은 없나이다. 소인은 본디 경사에 있었으니 무엇 하러 수천 리를 따라와 이곳에까지 와 유 한림을 죽이려 했겠나이까? 유 한림의 친동생 유 감찰이 소인에게 천금을 주고는 한림이 귀양 간다는 말을 하고 한림을 따라가 죽이라 하므로 소인이 마지못해 여기에 온 것입니다."

태수가 다 듣고 매우 놀라 상유를 칼 씌워 옥에 가두었다.

그리고 즉시 병든 한림의 처소에 이르렀다. 한림이 적이 정신을 차리니 태수가 드디어 가지고 간 상유의 초사(招辭)10)를 보이며 사유를 이르고, 상유를 잡아 형부에 고할 것을 의논했다. 한림이 이 말을 듣고 크게 놀랐으나 겨우 혼미한 정신을 가다듬어 대답했다.

"저 무리가 불과 금과 비단을 탈취하려다가 뜻을 이루지 못하고 말이 제 동생에까지 미쳤으니 참으로 괘씸합니다. 다만 상유에게 다시 물으신다면 소생이 몸 둘 곳이 없을 것이니 저 사람을 풀어 주어

---

10) 초사(招辭): 죄인이 자기의 범죄 사실을 진술하던 말.

없던 일로 해 주소서."

태수가 그 현아와의 의리에 감탄해 말했다.

"이제 다행히 그대를 해치려는 기미를 알아 그대의 원통함을 푸는 것이 이 사건에 있는데 이제 도리어 없던 일로 하고 스스로 죄를 받는다면 무엇이 좋겠는가?"

생이 슬픈 빛으로 말했다.

"생이 역시 사람의 마음을 지니고 있으니 만일 정말로 맞는 말이라면 즐거운 마음이 없을 것입니다만 이는 허언임이 분명하니 차마 동생을 사지에 넣을 수 있겠습니까? 이는 소생이 죽어도 하지 못할 일이니 대인께서 살펴 주시면 다행이겠나이다."

태수가 탄복해 말했다.

"그대의 우애가 이와 같으니 내 어찌 듣지 않겠는가?"

그러고서 즉시 나와 상유에게 말했다.

"내 이제 네 죄를 다스리려 했으나 유 한림의 말이 이와 같으니 내 또 그 덕에 감동해 너를 놓아 보낸다. 너는 마땅히 이 서간을 가져다가 유 감찰에게 주고 어설픈 생각을 그치라고 하라."

상유가 백 번 절해 감사함을 표하고 돌아갔다.

이때 생은 현아의 계교가 흉악한 데 놀라고 자기의 운명이 마침내 이처럼 험한 것을 슬퍼해 속절없이 간장이 스러져 상처가 날이 오래 지나도 낫지 않고 병세가 위중했다. 태수가 여러 날 머무르며 극진히 구완했으나 차도가 조금도 없었다. 그리고 자기의 말미 기한이 넘어가므로 상사의 꾸짖음이 있을까 두려워 아전 무리를 떨궈 두고 역군(驛軍)에게 부탁해 한림의 병을 구호하라 이르고 생을 보고 위로하며 말했다.

"내가 여기 머무르면서 그대가 차도를 얻는 모습을 보고 함께 가려 했으나 관청의 일 때문에 먼저 가네. 그대는 조리한 후에 나를 뒤따라오게."

생이 명령에 응하니 태수가 드디어 수주로 갔다. 태수가 떠나면서 생에게 수주까지는 오 일 정도 갈 길이 남아 있으니 길에서 도적의 화를 조심하라 당부했다. 또 저의 병세가 깊은 것을 보고 한 방을 써 마을에 붙였으니 그 내용은 다음과 같았다.

'경성에 살다 귀양 가는 죄인 유 한림이 칼끝에 가슴이 다쳐 병이 깊다. 이 병을 잘 아는 의원이 약을 가지고 이르러 상처를 고쳐 준다면 천금의 상을 줄 것이다.'

한님이 태수를 보내고 병세가 더욱 깊어져 인사를 몰랐다. 취향이 망극해 밤낮으로 통곡하고 자신의 몸으로써 대신하기를 천지에 빌었으나 효험이 없어 속절없이 가슴을 두드리고 동서로 분주히 다닐 뿐이었다.

한림이 취향의 모습을 보고 매우 감동했다. 그러나 본디 기골이 맑은 데다 몇 년 동안 애를 써 쌓인 증세가 날로 더해져 병이 점차 심해지고 상처가 더욱 깊어졌다. 뿐만 아니라 현아의 음흉한 심술을 한심해하고 부모가 있으나 자신을 사랑할 사람이 없음을 슬퍼했다. 자기 열다섯 나이에 큰 환난을 겪은 것이 여러 번이라 이후에 또 무슨 일이 있을까 헤아리면 차라리 죽기를 생각했다. 슬프다, 편작(扁鵲)[11]이 있다 한들 어찌 고치겠는가.

며칠 한림의 병세가 위중해 옥 같은 얼굴이 귀신의 형상이 되는 것을 면하지 못했다.

---

11) 편작(扁鵲): 중국 전국시대의 명의. 성은 진(秦)이고 이름은 월인(越人). 장상군(長桑君)으로부터 의술을 배워 환자의 오장을 투시하는 경지에까지 이르렀다고 전함. 다만 『사기(史記)』에 편작이 한 사람을 가리키는 것으로 쓰이지 않은 것으로 보아 '편작'은 전국시대에 명의(名醫)를 가리키는 일반 명사로 쓰였을 가능성이 있음.

하루는 아전이 아뢰었다.

"어떤 서생이 의원 구하는 방을 뜯었나이다."

역승이 놀라고 기뻐해 그 서생에게 물으려 했다.

각설. 위 소저가 위 처사 집에 있은 지 봄과 여름이 지나자 오동 잎은 찬 이슬에 떨어지고 하늘에는 기러기가 슬피 울며 낙엽이 어지럽게 떨어졌다. 소저가 일생 신세를 돌아보면 천하에 외로워 의지할 데가 없는 것이 자신에 비할 사람이 없었다. 속절없이 앉으나 서나 눈물이 어여쁜 얼굴에 마를 사이가 없고 옥 같은 간장이 날로 끊어지는 것을 면치 못했다. 그래서 밖으로는 억지로 말하며 웃었으나 세상에 살고 싶은 생각이 날로 사라져갔다.

원래 이 위 처사는 위 승상 공부의 계부(季父)다. 어려서부터 문장과 기이한 절개가 소나무와 대나무 같아 부귀를 취하지 않고 산중에 은거해 오고 있었다. 위 승상이 그 삼촌의 지극한 뜻을 앗지는 못했으나 천 리 밖에서도 신의를 이루어 인간 세상의 맛있는 음식으로 삼촌 봉양을 게을리하지 않았다. 그리고 위 처사의 아들 공량을 청현(清顯)[12]한 벼슬에 발탁해 경사에 데려다가 대접하는 것이 형제보다 덜하지 않았다.

위 공이 소저가 어떻게 지내왔는지는 몰랐으나 그 회포가 깊음을 스쳐 알고 일단의 자비로운 마음이 있어 소저를 극진히 대접했다.

하루는 대문이 시끌벅적하며 말과 수레가 이어지고 위 승상이 이에 이르렀다. 처사가 크게 반겨 함께 초당에 들어가 말할 적에 승상이 말했다.

---

12) 청현(清顯): 청환(清宦)과 현직(顯職)을 아울러 이르는 말. '청환'은 학식과 문벌이 높은 사람에게 시키던 벼슬이고 '현직'은 높고 중요한 벼슬임.

"숙부를 못 뵌 지 여러 세월이 지나 길이 사모하는 마음을 이기지 못했는데 근래에 나라의 일이 잠시 한가하므로 이르러 배알하나이다."

처사가 말했다.

"이 삼촌은 이미 인간 세상을 거절한 몸이라 사슴들과 이웃이 되어 친척도 볼 길이 없더니 오늘 조카가 국가의 승상으로서 산골에 이르러 이 늙은이를 찾았으니 많이 감사하구나."

그러고서 이별한 후의 회포를 이르며 서로 반가움을 이기지 못했다.

승상이 처사를 모시고 두루 경치를 둘러보았다. 이때는 만물이 쇠잔한 때였으나 뛰어난 경치는 별건곤이었다. 승상이 이에 탄식해 말했다.

"제가 작은 공명을 생각해 이런 곳을 버리고 인간 세상에 묻혀 있으니 스스로 더러운 줄을 깨닫습니다."

처사가 웃으며 말했다.

"조카가 이미 몸을 나라에 허락했으니 소공(召公)13)과 필공(畢公)14)처럼 임금을 섬긴다면 이름이 역사에 기록되어 오래도록 전해질 것이니 녹록한 산중 사람과 이웃이 될 수 있겠느냐?"

승상이 사례하고 한참을 둘러본 후 바라보니 서녘 초당에 소년이 왕래하고 있으므로 처사에게 물었다.

"숙야공량의 자(字)는 경사에 있고 숙부께 여느 자녀가 없으니 저곳

---

13) 소공(召公): 중국 주(周)나라 문왕(文王)의 서자(庶子) 혹은 공신(功臣)이라고 하며, 이름은 석(奭). 주 문왕에 이어 무왕, 성왕, 강왕을 섬김. 성왕 때 삼공(三公)이 되고 이어서 태보(太保)가 됨. 소(召) 땅에 봉해졌으므로 소공(召公)이라 불리고, 주공(周公)과 함께 섬서(陝西) 지역을 나누어 다스렸으므로 소백(召伯)이라고도 불림. 소 땅에 봉해지기 전에 연(燕) 땅에 봉해져 연국의 시조이기도 함.

14) 필공(畢公): 중국 주(周)나라 문왕(文王)의 열다섯째 아들로 성은 희(姬)이고 이름은 고(高). 제후국 필(畢)의 시조. 소공과 함께 무왕을 보필함.

에는 어떤 사람이 있는 것입니까?"

처사가 말했다.

"올 봄에 어떤 수재(秀才)15)가 떠돌아다니다 이곳에 왔기에 내 측은하게 여겨 거두어 집에 둔 것이다."

승상이 대답했다.

"저곳은 예전에 선친께서 계시던 곳인데 돌아다니며 구걸하는 잡류를 두신 것입니까?"

처사가 말했다.

"나도 그것을 생각했으나 이 소년은 얼굴이 반악(潘岳)16)과 두목지(杜牧之)17)를 이르지 못할 정도로 잘생겼고 그 기특한 행실은 세월이 오랠수록 더하니 세상의 속된 무리가 아니라 내가 깊이 공경하고 있다."

승상이 다 듣고 괴이하게 여겨 처사와 함께 초당으로 갔다.

이때 소저는 처사의 친조카가 이르렀다는 말을 듣고 서로 보는 것을 꺼려 처사에게도 나아가 보지 않던 차였다. 그런데 뜻밖에도 승상이 이에 이르는 것을 보고 마지못해 공순히 당에서 내려가 맞아 예를 마쳤다. 그런데 서로 홀연히 마음이 슬퍼지는 것이었다. 위 공이 눈을 들어 소저를 보니 이 어찌 반악의 맑음과 두목지의 고움 뿐이겠는가. 강산의 정기를 아울러 빼어난 태도와 엄숙하고 아름다운 기질

---

15) 수재(秀才): 미혼 남자를 높여 이르던 말.

16) 반악(潘岳): 중국 서진(西晉)의 문인(247~300)으로 자는 안인(安仁). 하남성(河南省) 중모(中牟) 출생. 용모가 아름다워 낙양의 길에 나가면 여자들이 몰려와 그를 향해 과일을 던졌다는 고사가 있음. 문장이 뛰어났는데 <도망시(悼亡詩)>가 유명함. 후에 손수(孫秀)의 무고로 일족이 주살당함.

17) 두목지(杜牧之): 중국 당(唐)나라 때의 시인인 두목(杜牧, 803~853)으로 목지(牧之)는 그의 자(字). 호는 번천(樊川). 이상은과 더불어 이두(李杜)로 불리며, 작품이 두보(杜甫)와 비슷하다 하여 소두(小杜)로도 불림. 미남으로 유명함.

이 눈에 현란하니 승상이 매우 놀라 이에 먼저 물었다.

"선비는 어떤 사람이신고?"

소저가 의외에 위 공을 만나 말하는 것을 어렵게 여겼으나 마지못해 성명을 말하니 위 공이 말했다.

"만생이 일찍이 나라의 일로 몇 십 년을 다니며 본 사람이 적지 않은데 그대 같은 이는 본 바 처음이라 마음으로 복종함을 이기지 못하겠네."

소저가 공손히 자리에서 일어나 대답했다.

"소생은 한낱 길을 떠도는 걸인인데 어르신께서 이처럼 과도하게 대접해 주시니 복이 없어질까 하나이다."

말을 마치고 곁눈으로 위 공을 보니 맑고 빼어난 골격이 날아갈 듯해 속세에 물들지 않았으므로 잠깐 마음으로 복종함을 이기지 못했다. 위 공이 눈으로 소저를 자주 보고 가만히 탄식하고는 즉시 처사와 함께 서헌으로 돌아가 일렀다.

"숙부께서 저 수재를 거느려 계신 것은 무슨 뜻에서입니까?"

처사가 말했다.

"이는 불과 적선하고 싶은 마음이 생겨 그런 것이다."

위 공이 말했다.

"제가 저 사람을 한번 보니 결코 남자가 아닙니다. 원래 천하에 그토록 기이하게 고운 남자가 있겠습니까? 이는 필시 여자가 화를 만나 떠돌아다니고 있는 것입니다. 숙부께서 이미 적선하시는 도리로 규방의 여자를 밖에 두시는 것이 옳지 않으니 내일 얼굴을 마주해 정체를 묻고 아름다운 곳에 서방을 짝지어 일생을 구제하소서."

처사가 다 듣고는 웃고 말했다.

"내가 또 처음부터 의심했으나 대면해 묻는 것을 어렵게 여겼단

다. 조카의 밝은 소견이 이러한데 늙은 삼촌이 미치지 못해 부끄럽구나. 공량이의 아들 수량이가 장성했으니 쌍을 이루어 주는 것이 묘하겠다."

승상이 잠시 웃고 잠자코 있었다.

그런데 이 말을 할 적에 난섬이 마침 문 밖에서 자세히 듣고 심신이 떨려 바삐 소저에게 고하니 소저가 크게 놀라 말했다.

"천행으로 이곳에 몸을 두어 두 계절을 편히 머무르며 다른 염려가 없더니 오늘 이런 일이 있을 줄 어찌 알았겠느냐? 내일 내 정체가 드러난다면 그 다음 날에는 욕을 면치 못할 것이니 이곳에 잠시도 머무르지 못하겠다."

이렇게 말하고 이날 밤에 주인과 종 세 사람이 가만히 문을 나서 달아났다.

이튿날 승상이 처사와 함께 서당에 이르니 소저가 없었다. 매우 놀라서 두루 보니 문방구는 아무 것도 가져간 것이 없고 책상 밑에 비단 보에 싸인 것이 있었다. 처사가 보니 곧 서너 살 먹은 아이가 입는 옷이었다. 푸른 비단으로 짓고 옥으로 만든 기린을 채웠으니 처사가 놀라서 말했다.

"규수의 세간에 이것은 어떤 것인고?"

승상이 한번 보고는 문득 옷을 붙들고 목이 쉬도록 울었다. 처사가 매우 놀라 물었다.

"조카가 이 물건을 보고 슬퍼하는 것은 무슨 까닭에서냐?"

승상이 말을 하려 해도 목이 메어 한참동안 눈물을 흘리다가 대답했다.

"조카가 후량 형제 세 명을 낳은 후에 딸아이를 얻었는데 그 기질이 참으로 비범했습니다. 어느 해에 후량이 두역(痘疫)을 시작했는데 마침 딸아이는 괜찮았으므로 제 유모에게 맡겨 다른 곳에 피접 (避接)[18]하도록 했습니다. 그 후에 가서 찾으니 유모와 함께 간 곳이 없었습니다. 지금까지 소식을 알지 못했는데 이 옷을 보니 이는 그때 딸아이에게 입혀 보낸 것입니다. 옥기린은 더욱 분명하니 그때 이 조카가 서역의 장사꾼에게서 친히 사서 딸아이에게 채운 것입니다. 이제 보니 그 수재는 필시 저의 딸아이인가 싶습니다."

처사가 또한 놀라서 말했다.

"기특한 소식을 목전에 얻고 그 사람을 잃었으니 조물주가 참으로 괴이하구나. 제 또 여자라 멀리 못 갔을 듯싶으니 급히 찾아보아야겠다."

이렇게 말하고 노복을 흩어 전날의 수재를 찾으라 했다. 그런 후에 승상이 더욱 오열해 말했다.

"전날 딸아이를 보니 여자인 줄은 알았으나 그 눈썹의 광채가 제 모친과 같은 것을 실로 괴이하게 여겼더니 대개 이런 연고가 있어 그랬던 것입니다. 그런데 무슨 까닭에 하룻밤 사이에 도주했는지 모르겠습니다."

다시 옷을 살펴보니 안에 가늘게 써 있었다.

'인간 세상에 난 지 십사 년에 본래의 성(姓)을 모르니 천지간에 죄인이구나. 아득한 하늘이 '홍소'라고 팔 위에 쓰신 것은 무슨 일이요, 부모를 잃게 하신 것은 무슨 뜻인가?'

승상이 이를 보고 더욱 마음을 진정하지 못해 말했다.

"이것을 보니 더욱 의심 없는 내 딸아이입니다. 앵혈을 찍을 적에 최량이가 희롱으로 '훗날 네 남편이 네 이름을 친영(親迎)[19] 날 알게

---

18) 피접(避接): 앓는 사람이 다른 곳으로 자리를 옮겨서 요양함. 비접.
19) 친영(親迎): 육례의 하나로, 신랑이 신부의 집에 가서 신부를 직접 맞이하는 의식.

해야겠다.' 하고 '위홍소'라 하고 썼습니다. 이 아이가 저의 천금 같은 어린아이로 오늘날까지 길에서 떠돌아다녔으니 어찌 불쌍하지 않습니까?"

처사가 역시 슬피 말했다.

"여러 달 내 집에 있다가 구태여 오늘 달아난 까닭을 알지 못하겠구나."

서동 난희가 말했다.

"어제 두 어르신께서 말씀하실 적에 수재의 시동 난섬이 난간 뒤에 서 있었나이다."

승상이 말했다.

"젊은 여자가 생각이 없어 숙부 말씀 때문에 미리 피해 달아난 것입니다."

처사가 또한 뉘우쳐 노복을 두루 보내 소저를 찾았으나 끝내 그림자도 얻지 못했다.

승상이 참담한 마음을 이기지 못해 친히 남창으로 가 한 달을 두루 돌며 소저를 찾았으나 보지 못하고 말미 기한이 지났으므로 마지못해 경사로 가면서 처사에게 애걸해 말했다.

"제가 오늘날 10년 잃었던 자식의 안부를 목전에 보고 다시 얻지 못했으니 제가 비록 대장부지만 심장이 에는 듯합니다. 바라건대 숙부께서는 마음을 다해 제 딸아이를 찾아 주소서."

처사가 이에 응낙했다.

승상이 차마 이곳을 떠나지 못했으나 경사에 가 말미를 얻어 다시 내려와 사해를 돌며 소저를 찾으려 해, 먼저 영리한 가인(家人) 서너 명에게 분부해 소저를 찾으라 하고 경사로 갔다.

이때 위 소저가 위씨 집을 떠나 밤이 새도록 산을 더듬어 내려갔는데 홀연 큰 강이 앞을 가렸다. 소저가 다행으로 여겨 물가에 이르니 그중 한 작은 배가 강변에 매어 있었는데 작은 여자 도사 한 명이 두어 명의 제자와 타고 있었다. 소저가 나아가 자신의 팔을 맞잡아 인사하고 만복을 청하고서 강을 건너기를 비니, 도사가 홀연 눈을 들어서 보고 바삐 배를 잡고 말했다.

"나의 백금 백 냥 받은 위 소저가 어찌 여기에 이른 것입니까?"

소저가 이 말을 듣고 혼비백산해 정신을 차리고 보니 이 사람은 곧 양산의 도사 도청이었다. 소저가 이에 천천히 말했다.

"나는 본디 존사의 백금을 알지 못하니 그것이 무슨 말입니까?"

도청이 말했다.

"유 어르신의 첩인 각 씨가 소저를 얻어 기른 여자라 하고 소저를 나의 조카에게 시집보내려고 빈도에게서 백금 백 냥을 받고 혼인을 허락했습니다. 그런데 그 후에 각 씨가 경사로 가고 백금도 주지 않았습니다. 빈도(貧道)가 그 은을 더럽게 여기니 각 씨가 사나운 줄 모르고 사귄 것을 한스러워하고 뉘우쳤습니다. 그런데 대개 소저는 어떤 사람입니까?"

소저가 웃고 전후수말을 일일이 이르니 도청이 분노해 말했다.

"대개 천한 사람이 그런 흉악한 생각을 품었군요. 그때 소저께서 빈도에게 실제 상황을 이르셨더라면 어려운 일이 없었을 것입니다. 소저는 이제 장차 어디로 가시려 합니까?"

소저가 오열하며 말했다.

"저는 진실로 강호에 집 없는 손이니 거취를 정하지 못했습니다. 존사는 대자대비하시어 저를 데리고 도관(道觀)에 가 구제하소서."

도청은 원래 도덕이 높았으므로 아까 소저가 남복을 했음에도 쉽게 알아보았더니 그 사정을 참담히 여겨 말했다.

"빈도의 스승이 군산에 계십니다. 빈도가 또한 초봄에 조카를 혼인시키고 매양 군산에 있더니 접때는 갓 가서 조카를 보고 군산으로 갔었습니다. 우리 사부께서도 덕행이 높으셔서 사정이 급한 사람을 못 미칠 듯이 구하시니 소저는 저를 따라 같이 가십시다."

그러고서 소저와 함께 강물을 따라 군산으로 가는데 다시 각정의 사리 없는 행동을 입에 담지 않으니, 소저는 도청이 도력이 높은 도사인 줄 알고 도청을 흠모했다.

함께 군산에 이르니 큰 도관이 구름에 닿아 아득하고 도관에는 옥룡관이라 크게 써져 있었다. 도청이 소저를 데리고 들어가니 한 도사가 하얗게 센 머리를 나부끼고 학과 같은 고고한 자태로 정전에 앉아 도를 강론하고 있다가 눈을 들어 소저를 보고 문득 정전에서 내려와 합장 배례하고 말했다.

"귀인께서 일찍이 오실 줄 알지 못해 실례했습니다."

소저가 사양하며 말했다.

"천생은 지나가는 걸인이거늘 선생께서 이처럼 과도한 예를 차리시는 것입니까?"

그 도사가 웃으며 말했다.

"빈도는 산에 사는 어리석은 백성이니 귀인을 공경하지 않을 수 있겠나이까?"

드디어 팔을 밀어 소저를 당에 오르도록 하고 차를 드려 앉도록 했다. 이에 소저가 물었다.

"원컨대 선생의 높은 성명을 듣고 싶습니다."

도사가 말했다.

"빈도의 이름은 감춘 지 오래고 법명은 운사니 이곳에서 수도한 지 40여 년입니다. 귀인의 시어머니께서 14년 전에 이곳에 이르러 2

년을 계셨습니다.”

소저는 운사가 과거의 일을 밝게 아는 것에 어이없어 다시 말을 안 했다. 저녁밥을 다 먹고 도청, 운사와 함께 밤을 지낼 적에 도청이 말했다.

“소저께서 남복을 하고 계신 것이 맞지 않으니 남복을 벗는 것이 어떠하십니까?”

운사가 웃으며 말했다.

“그 남복이 내년이면 쓸 곳이 있을 것이니 벗지 마소서.”

소저가 이어서 말했다.

“첩의 시어머니 김 부인이 이곳에 언제 와 계셨습니까?”

운사가 웃고 말했다.

“김 부인은 알지 못하고 소 부인이 화란을 만나셔서 천한 곳에 계셨습니다.”

소저가 놀라 말했다.

“첩의 시어머니는 김 씨니 소 씨는 어떤 부인입니까? 참으로 금시초문입니다.”

운사가 또 웃고 말했다.

“빈도가 늙어 정신이 어두워 잘못 안 것 같습니다.”

소저가 다시 묻지 않았으나 의심이 깊었다.

소저는 이곳이 평안하고 고요한 것에 기뻐 조용히 머물렀다. 자기의 행장을 차려 보니 집에서 입고 온 저고리가 없으므로 크게 놀라 더욱 서러워 일렀다.

“이 덕분에 훗날 부모 찾는 데 증거가 될까 했더니 마저 잃어버릴 줄 알았겠는가? 저 푸른 하늘이 나에게 재앙을 몰아서 주는 것인가?”

그러고서 번뇌하기를 마지않았다.

소저가 이곳에 있으니 운사의 대접이 극진했으나 소저가 참으로 안심하지 못해 스스로 수놓아 난섬 등을 시켜 배 타고 여염집에 가 수놓은 물건을 팔아 오라 해 먹을 것을 도왔다.

이러구러 겨울이 지나고 봄도 다했다.

하루는 난섬과 난혜가 동네에 수를 팔러 갔다가 돌아와 고했다.

"마을에 한 방을 붙였는데 의원을 찾는 내용이라 저희가 의심을 이기지 못하겠습니다."

소저가 크게 놀라 말했다.

"유 군이 귀양 갈 줄은 내가 본디 알았으나, 확실한 소식을 자세히 알고 유 군과 생사를 같이할 것이니 너는 가서 자세히 알아 오라."

난섬이 즉시 가더니 이튿날 돌아와 말했다.

"소비(小婢)가 역정(驛亭)에 가 아전에게 물으니 대답하기를, '유 한림이 죄를 지어 수주로 원찬을 가시다가 길에서 도적을 만나 칼에 찔려 목숨이 위급하고 이름은 아무라.'고 하니 우리 상공임이 분명합니다."

소저가 다 듣고 심신이 어지러워 급히 운사를 보아 다녀올 뜻을 물으니 운사가 말했다.

"남두성(南斗星)[20]의 큰 액운이 급하니 소저가 아니면 살리지 못할 것입니다. 마땅히 약을 상처에 붙이고 마음을 편하게 한다면 살 방법을 얻을 수 있을 것입니다."

그러고서 약을 내어 주니 향내가 진동했다.

---

20) 남두성(南斗星): 별이름으로, 남쪽에 있으며 형상이 북두성(北斗星)과 같기 때문에 이처럼 이름을 붙임. 여섯 개의 별로 구성되어 있고 천자의 수명(壽命)을 맡거나 재상의 작록을 맡은 별이라 함. 여기에서는 이경문을 가리킴.

운사가 말했다.

"젊어서 스승에게 배워 약을 지었으니 아무리 깊은 상처라도 고치지 못할 것이 없습니다."

또 한 환약을 주며 말했다.

"이것을 풀어서 드시게 해 상공의 급한 기운을 차리게 하소서."

소저가 일일이 약을 받아 사례하고 급히 난섬, 난혜와 함께 배를 타고 마을에 이르렀다. 배에서 내려 역정에 붙인 방을 떼니 역승(驛丞)이 소저를 청해 인사를 마쳤다. 역승이 소저의 기이한 용모를 보고 크게 놀라 일렀다.

"소년은 어떤 사람이며 일찍이 의술을 익혔는가?"

소저가 대답했다.

"소의(小醫)가 비록 의술이 익숙하지 못하나 그 자비지심이 움직여 재주가 적은 줄 헤아리지 않고 이르렀나이다."

역승이 그 말이 맑고 낭랑한 데 기뻐 함께 한림의 처소에 이르렀다. 소저가 바삐 눈을 들어서 보니 한림이 침상에 몸을 버려 눈을 감고 호흡은 나직해 고요히 인사를 알지 못했다. 꽃과 달 같았던 용모가 낱낱이 생기가 사라져 귀신의 형상이 되어 있고 옥 같은 살빛은 가죽만 남아 있었다. 소저가 한번 보고 슬픔이 칼을 삼킨 듯해 심장이 찢어질 정도였다. 눈에 눈물이 어리는 줄 깨닫지 못해 나아가 한림의 가슴을 헤치고 보았다. 살은 다 썩고 뼈가 은은히 비쳤으니 그 위중함을 볼 때 과연 살 것이라 말하는 것이 맹랑할 지경이었다.

소저가 더욱 서러워 바삐 주머니에서 약을 내어 붙이고 운사가 준 약을 풀어서 한림을 먹인 후에 물러앉았다. 역승이 이에 물었다.

"병의 경중이 어떠한가?"

소저가 마지못해 대답했다.

"자못 중하니 소의가 모시고 구호하려 하나이다."

역승이 기뻐 재삼 치사하고 나갔다.

그런데 문득 취향이 밖에서 들어와 소저를 보고 오열하며 눈물을 흘렸다. 원래 취향이 의원이 들어오는 것을 보고 밖에 나가니 난섬 등이 나아와 취향을 붙잡고 울며 곡절을 이르니 향이 심신이 어린 듯해 미처 말을 못 하고 이에 들어와 소저를 본 것이다. 소저의 옥 같은 얼굴이 의젓한 장부가 되어 있었으므로 슬픔을 이기지 못해 소리를 머금어 울며 말했다.

"소저여, 소저여, 어디로부터 이런 위급한 때에 돌아왔나이까?"

소저가 소리를 머금고 울며 말했다.

"박명한 인생이 세상에 머물렀으나 세속을 거절해 가군이 고생하는 줄을 알지 못했으니 하늘에 죄를 얻었네. 그러니 그대를 보니 부끄럽지 않은가?"

향이 울고 드디어 전후곡절을 이르고 가슴을 두드리며 말했다.

"선부인(先夫人)을 여읜 후 공자를 보호해 영화를 볼까 했더니 요망한 사람이 변란을 일으킨 것이 헤아릴 수 없어 낭군이 15년을 두고 무궁한 고초를 겪다가 끝내는 인륜의 대변을 만나 몸이 변방에 내쳐지고 칼 끝에 남은 목숨이 조석에 있게 되었습니다. 제가 먼저 죽어 낭군이 스러지는 모습을 보지 않으려 했습니다."

소저가 취향의 말을 들으니 말마다 뼈가 녹는 듯해 눈에서 진주가 비같이 떨어지는데 묵묵히 말을 안 했다.

저녁 때 생이 정신을 차려 눈을 떠 취향을 보고 일렀다.

"내 자다가 깨달으니 기운도 적이 낫고 아픈 데도 이제는 없으니 그 어찌된 일인가? 괴이하구나."

소저가 문득 나아가 절하고 말했다.

"소의는 군산에 있는 의원인데 이곳에 와 상공의 환후를 살피고 있나이다."

취향이 또 약을 쓴 말을 전하니 이때는 날이 어두웠으므로 생이 소저도 알아보지 못해 겸손히 사양해 말했다.

"선생의 의로움이 이와 같으니 지하에서 갚을 수 있기를 원하네. 바라건대 성명을 듣고 싶네."

소저가 창졸간에 꾸며 내지 못해 어물어물할 차에 취향이 등을 켜니 한림이 눈을 들어 소저를 보다가 문득 놀라고 의심해 말했다.

"내 병이 이처럼 생사의 기로에 있으니 선생은 나아와 내 맥을 보는 것이 어떠한가?"

소저가 마지못해 몸을 굽혀 곁에 나아갔다. 한림이 등을 곁에 놓으라 하고 다시 보니 이 사람은 의심 없는 위 씨였다. 크게 놀라 급히 옥 같은 손을 잡고 소매를 걷어 그 주표로 써진 것을 보고 매우 놀라 심신이 어린 듯해 천천히 말했다.

"그대가 어디에서 여기에 이른 것이오?"

소저가 슬피 탄식하고 말했다.

"소첩이 액운이 기구해 규방의 몸으로 길에서 떠돌아다니며 살기를 도모하느라 미처 군자의 화가 이 지경이 이른 것을 알지 못했습니다. 그러니 첩의 인륜 모르는 죄는 하늘이 용서하지 않으실 것입니다. 오늘 군자를 대하니 부끄러운 마음이 섞여 일어납니다."

한림이 줄줄 눈물을 흘리며 말했다.

"학생이 푸른 하늘에 죄악을 많이 얻어 어머님을 어렸을 때 여의고 엄친(嚴親)을 봉양할 적에 증자(曾子)21)의 효도를 본받지 못해 몸

21) 증자(曾子): 증삼(曾參, B.C.505~B.C.43년)을 높여 부른 이름. 중국 춘추시대 노(魯)나라의 유학자. 자는 자여(子輿). 공자의 덕행과 사상을 조술(祖述)하여 공자의 손자인 자사(子思)에게

에 큰 죄를 입어 변방에 내쳐졌으니 스스로 죄가 무겁고 벌이 가벼운 것을 두려워했소. 그런데 하늘이 밝게 살펴셔서 학생이 자객의 해를 만나 목숨이 경각에 있게 되었으니 살아날 방도를 다시 얻지 못할 것이라 엄친께 서하지탄(西河之歎)[22]을 끼치고 그대에게 홍안박명을 끼칠까 두렵소."

소저가 한림이 이처럼 슬퍼하는 모습을 보고 또한 서러움이 지극했으나 억지로 참고 한림을 위로했다.

"이런 불길한 말씀을 하십니까? 마음을 넓게 하시고 병든 몸을 조리하소서."

생이 탄식하고 말했다.

"내 인생이 이처럼 기구하고 또 인륜의 큰 죄를 얻어 시시로 마음이 쇠해지고 오장이 삭아 병이 장기를 침노(侵撈)[23]하니 어찌 살기를 바라겠소? 차라리 죽어 선모친의 뒤를 따르고 세상 염려를 잊는 것이 다행할 것이니 그대는 생이 죽은 후에 엄친을 모시고 남은 효를 다하오."

그러고서 소저의 손을 잡고 말했다.

"내 이제 병이 지극한 지경에 이르렀으니 바랄 것이 없소. 차라리 그대와 한번 친하고 죽는 것이 옳겠소."

소저가 저의 모습을 보니 그 넋이 다 달아나고 거의 죽는 데까지 이르렀음을 알고 참담한 마음에 가슴이 막혀 한참을 묵묵히 있다가

전함. 효성이 깊은 인물로 유명함.

22) 서하지탄(西河之歎): 서하(西河)에서의 탄식이라는 뜻으로 부모가 자식을 잃고 하는 탄식을 이름. 서하(西河)는 지금의 섬서성(陝西省) 한성현(韓城縣)에서 화음현(華陰縣) 일대. 중국 춘추시대 공자의 제자 자하(子夏, B.C.508?~B.C.425?)가 공자가 죽은 후 서하(西河)에 은거하고 있었는데 그 자식이 죽자 슬피 울어 눈이 멀었다는 데서 유래함.

23) 침노(侵撈): 성가시게 달라붙어 손해를 끼치거나 해침.

겨우 정신을 진정하고 고쳐 앉아 생을 타일러 말했다.

"첩이 비록 소견이 어리석고 아는 것이 없으나 생각건대 대인의 총명이 구름에 가린 것을 면치 못하셨고 군자의 액운이 무거워 이에 이르렀습니다. 그러나 사람의 자식이 되어서 죽는 것을 가볍게 이를 수 있으며 부모가 하시는 일을 깊이 한스러워해 스스로 죽으려 생각할 수 있겠습니까? 첩이 그윽이 군자를 위해 이는 취하지 않으니 군자께서는 섭공(葉公)이 도리를 행하기가 어려운 일[24]을 생각하시어 마침내 몸을 조심해 훗날 아들이 아비를 위해 죄를 숨겨주는 도리[25]를 행하는 것이 옳거늘 이제 중도에 죽어 서하지탄을 끼치고 천대에 불효한 죄인이 되려 하시는 것입니까?"

생이 사례해 말했다.

"그대의 가르침이 자못 옳으니 받들어 행하겠으나 지금 내 병이 생사의 기로에 있으니 어찌 살기를 바라겠소? 그대는 부모도 중요하지만 남편도 중요한 것을 생각해 고집을 풀어 내 돌아가는 넋을 위로해 주오."

말을 마치고 소저의 옥 같은 손을 이끌어 침상으로 나아가니 소저가 급히 뿌리치고 자리에서 물러나 말했다.

"부부가 정을 누리는 것이 때가 있고 처자가 비록 가벼운 존재나 천하게 대하는 것은 옳지 않습니다. 지금 군자의 몸이 인륜을 무너뜨린 죄인으로 국가의 중죄인이요, 한 병이 고황을 침노했거늘 어디

---

24) 섭공(葉公)이~일: 섭공은 중국 춘추시대 초나라 섭현(葉縣)의 윤(尹)인 심제량(沈諸梁)으로, 스스로 공(公)이라 일컬었음. 도리를 행하기가 어렵다는 말은 효를 올바로 행하기가 어렵다는 것임.

25) 아비가~도리: 『논어(論語)』, 「자로(子路)」에 나오는 구절. "섭공이 공자에게 '우리 무리에 몸을 정직하게 행동하는 자가 있으니, 그의 아버지가 양을 훔치자 아들이 그것을 증명하였습니다.' 라고 말하니, 공자가 '우리 무리의 정직한 자는 이와 다르다. 아버지가 자식을 위하여 숨겨 주고 자식이 아버지를 위하여 숨겨 주니, 정직함은 그 가운데 있는 것이다.'라고 하였다. 葉公語孔子曰, '吾黨有直躬者, 其父攘羊, 而子證之.' 孔子曰, '吾黨之直者異於是, 父爲子隱, 子爲父隱, 直在其中矣.'"

라고 부부의 즐거운 일을 생각할 수 있겠습니까? 첩이 비록 한미하고 천하나 도로에서 떠돌아다니는 가운데 군자의 사랑을 받지 않을 것입니다. 군자가 만일 불행하게 되면 첩이 군자를 따를 것이니 죽어도 떳떳한 넋이 되기를 원하고 이처럼 예법에 어긋난 일은 원하지 않습니다."

말을 마치자 안색이 엄숙하고 아담해 맑은 기운이 온 몸에 가득했다. 생이 그 말이 옳은 줄을 알았으나 일부러 노한 기색으로 말했다.

"그대가 생에게 이처럼 야박하니 생이 어찌 구구하게 빌겠소? 아무렇게나 하오."

말을 마치고는 묵묵히 이불을 차 버리고 벽을 향해 누웠다. 소저가 그 모습에 생이 전후에 두 사람이 되어 거의 실성한 데 다다른 것을 보고 서러운 마음에 구곡간장이 무너져 내려 말없이 단정히 앉아 있었다. 이윽고 생이 일어나 앉아 한번 눈을 흘려 소저를 보고 이불을 거두어 덮고 소매로 낯을 싸고 잠들었다. 소저가 묵묵히 있는데 취향이 들어와 말했다.

"어른께서 근래에 정신이 소모돼 화증이 있으신데 소저께서는 어찌 그 마음을 받아들이지 않으시는 것입니까?"

소저가 잠자코 있다가 이윽고 말했다.

"어미가 여러 날 고생했으니 오늘 밤에는 가서 편히 쉬게."

취향이 소저가 침소에 있는 것을 보고 근심을 덜어 물러나고 난섬 등이 휘장 밖에서 사후(伺候)[26]했다.

날이 장차 한밤중이 되었는데 생은 움직임이 없고 등불은 가물가물했다. 소저가 사면을 돌아보아도 근심을 나눌 사람이 없고 서러움

26) 사후(伺候): 웃어른의 분부를 기다림.

을 고할 곳이 없으니 비록 하해와 같이 큰 도량을 갖고 있은들 참을 수 있겠는가. 야심토록 단정히 앉아 흐르는 눈물이 옷깃을 적시니 그 참혹한 모습에 등불이 소저를 위해 빛이 바뀔 정도였다. 생이 자는 체하고 소저의 기색을 보고 스스로 그 팔자가 저렇듯 험한 것을 불쌍히 여겨 소매를 내리고 일어나 앉아 말했다.

"내 죽지 않았는데 그대가 지레 통곡하는 것은 어찌된 일이오?"

소저가 저가 알아챈 것에 크게 놀라 급히 눈물을 거두고 묵묵히 있었다. 한림이 이에 소저의 손을 이끌어 자신의 곁에 눕도록 권하고 말했다.

"내 본디 근래에 화증이 심해 참는 일이 없으므로 그대의 뜻을 거슬렀으나 어찌 내 본심이겠소? 그대는 편히 누워 쉬고 심사를 태우지 마오. 내 어찌 한 번 말을 내고서 설사 죽는다 한들 그대의 뜻을 빼앗겠소?"

그러고서 이불을 가져 덮고 함께 베개에 기댔다. 한림이 소저의 손을 잡고 사랑하는 정과 슬퍼하는 마음이 넘쳐 말했다.

"한 번 남창에서 손을 나누고 그 후에 어미가 전하는 서간을 얻으니 생의 심장이 꺾어지고 미어져 이생에 그대를 만날 줄 뜻하지 못하고 스스로 팔자가 기구해 그대 같은 처자를 보전하지 못한 것을 슬퍼했소. 그런데 오늘날 생이 위급한 때에 그대가 구해 살 방법을 얻게 할 줄 생각이나 했겠소? 이제는 조리하는 것을 근심하나 병은 나았으니 그대는 너무 슬퍼 마오."

그러고서 소저가 있던 곳과 이곳에 공교히 이른 일을 물었다. 소저가 한림의 이 같은 마음에 감동하고 그 심사가 우울한 것을 염려해 자약히 길에서 떠돌아다닌 자초지종을 일렀다. 생이 이에 탄식하고 말했다.

"그대의 거처가 위급하니 참으로 천하가 너르나 집이 없고 집이 많으나 한 몸 의지할 곳이 없다 한 것은 그대를 이르는 말이오."

또 스스로 길게 탄식하며 말했다.

"그대가 어찌 나와 같이 운명이 기박한 사람을 만난 것이오? 기구한 팔자끼리 만남도 만났구려."

그러고서 눈물이 옥 같은 귀 밑에 연이어 흘러내렸다. 소저가 마음이 베이는 듯하고 생의 심사가 약해진 것이 겁나 온갖 염려로 심간이 요동쳤으나 억지로 참고 정색해 말했다.

"군자께서 당당히 칠 척의 남자로서 설사 근심이 있으나 이처럼 아녀자의 울음을 짓는 것은 옳지 않으니 스스로 살펴 몸을 무겁게 처신하소서."

생이 탄식하고 대답하지 않았다.

이날 밤을 지내고 다음 날 역승이 이르러 문안하니 생이 사례해 말했다.

"그대의 지극한 덕에 힘입어 어제부터 퍽 나았으니 이러구러 병이 나을까 하네."

역승이 기뻐하고 소저를 향해 치사해 말했다.

"선생의 기특한 의술이 유 한림의 깊은 병을 고쳤으니 참으로 화타(華佗)[27]를 부러워하지 않네."

소저가 사양해 말했다.

"이 어찌 소생의 공이겠습니까? 마침 상처에 좋은 약을 연전에 이인(異人)을 만나 얻었으므로 시험한 것입니다."

한림이 소저에게 물었다.

---

27) 화타(華佗): ?~208. 중국 후한(後漢) 말기에서 위나라 초기의 명의(名醫). 약제의 조제나 침질, 뜸질에 능하고 외과 수술에 뛰어났으며, 일종의 체조에 의한 양생 요법인 '오금희'를 창안함.

"원래 그 약 이름이 무엇이오?"

소저가 이르니 역승이 저 두 사람이 친한 것을 괴이하게 여겨 물었다.

"유 어른이 저 선생을 언제 알았습니까? 어찌 말하는 데 친함이 드러나는 것입니까?"

한림이 말했다.

"죄인이 경사에 있을 적에 이 사람과 마침 친해 깊이 알았는데 이제 요행히 만난 것이네."

역승이 고개를 끄덕이고 이윽히 앉았다가 나갔다. 소저가 역승이 때도 없이 출입하는 것을 불안해하니 한림이 웃으며 말했다.

"내가 그대 곁에 있고 저 사람은 나이가 들었으니 거리낄 것이 무엇이 있겠소?"

소저가 이에 대답하지 않았다. 원래 이 역승은 이 승상의 얼제(孼弟) 문성이었다.

한림이 마음을 진정하고 운사의 기이한 약이 장부에 들어가니 병세가 차도에 들고 소저가 곁에 있으므로 심사를 퍽 위로받아 병이 점점 나았다. 그래서 취향이 하늘에 축수(祝手)[28]하고 소저도 천지에 사례했다.

한림이 비록 뱃속에 경천위지(經天緯地)[29]할 기틀이 있었으나 이때를 당해 인륜의 슬픔과 민천(旻天)의 울음[30]이 가득했었다. 그런데 위 씨를 만나자 기쁜 마음을 헤아릴 수 없어 밤에는 함께 잠자리

---

28) 축수(祝手): 두 손을 모아 빎.

29) 경천위지(經天緯地): 온 천하를 조직적으로 잘 계획하여 다스림.

30) 민천(旻天)의 울음: 하늘을 우러러 울부짖음. 부모에게서 박대를 받으나 오히려 효도를 다하는 자식의 울음. 중국 고대 순(舜)임금이 제위에 오르기 전에 부모에게 효도를 다하지만 오히려 박대를 받아 하늘을 보고 울부짖었다는 데서 유래함.

에 들어 손을 잡고 몸을 접해 지내고 낮에는 서로 담소하며 심사를 위로하니 심려를 쓰는 일이 없었다.

한 달 후에 평상시와 같아지니 한림이 드디어 행장을 차려 수주로 가게 되자 소저가 하직하니 생이 놀라서 말했다.

"이제 천행으로 그대를 만나 이후에는 평생 서로 떠나지 않으려 했더니 어찌 하직하는 것이오?"

소저가 울며 말했다.

"첩이 또한 여자가 되어 가군과 생사를 같이해 가군을 따르려 하지 않겠나이까? 다만 첩이 시아버님을 속이고 강호에 떠돌아다니는 몸으로서 어찌 군자가 계시는 곳에서 함께 평안히 있을 수 있겠나이까? 또 군자가 인륜의 큰 죄를 입고서 처자를 생각하는 것은 가당치 않으니 군자는 무사히 적소(謫所)에 가셔서 고요히 정신을 진정하고 마음을 가다듬어 평안히 머무르시다가 하늘의 도움을 입어 북쪽으로 돌아가 천륜을 온전히 하소서. 첩이 있는 곳은 조금도 느슨한 것이 없어 백 년을 머물 곳이니 훗날 시아버님 명으로 첩을 찾으신다면 마땅히 문하에 나아가 빗질을 하더라도 사양치 않을 것이지만 이제 군자를 좇는 것은 결코 옳지 않으니 군자는 자세히 살피소서."

생이 다 듣고 탄식하며 말했다.

"내 반평생을 경서를 읽었는데도 어찌 그대 소견만 못하단 말이오? 그대의 말을 들으니 이는 생의 높은 스승이라 어찌 평범한 처자로 알겠소? 이생에 기구함이 많으니 만일 다시 만나지 못한다면 황천에 가 보기를 원하오."

소저가 정색하고 말했다.

"상공이 어찌 언참(言讖)31)의 해로움을 생각지 않으십니까? 청춘이 멀었고 천도가 순환하는 것을 좋게 여기니 매양 이러하겠습니까?

다만 천금과 같은 귀한 몸을 보중하시고 훗날을 기다리소서."

생이 울며 사례해 말했다.

"삼가 가르침을 잊지 않겠소. 그런데 그대가 있는 곳이 군산이오? 아니면 도관(道觀)이오?"

소저가 옥룡관을 이르니 생이 말했다.

"찾기는 쉽겠소. 생이 만일 훗날 임금님의 은혜를 입는다면 북쪽으로 돌아갈 때 부인을 데려갈 것이니 그대가 소생의 몸을 아낀다면 그대의 몸을 보중하기 바라오."

소저가 기쁜 빛으로 말했다.

"첩이 머무는 도관은 별건곤이요, 주인 도사 도청과 운사가 첩을 극진히 대접하니 참으로 죽을까 겁이 날지언정 또 어찌 죽기를 원하겠습니까? 군자 말씀대로 훗날 풍운의 길시를 만나 뒤를 따를 것이니 첩을 염려하지 마시고 끝까지 무양(無恙)32)하소서."

한림이 탄식하고 슬피 이별했다. 취향이 두 딸과 소저를 붙들고 목이 쉬도록 통곡하니 한림이 슬픈 빛으로 말했다.

"어미가 난섬 등과 헤어지기 어려우면 나를 떠나는 것이 어떤고?"

취향이 울고 말했다.

"이 종이 어찌 사사로운 작은 정으로 어르신을 떠나겠나이까?"

소저가 또한 눈물을 떨어뜨리며 말했다.

"오늘 서로 손을 나누면 만날 기약이 없으니 고초 받는 죄수의 울음33)을 참을 수 있겠는가? 내 몸은 산간에 깃들여 조금도 위태로움

---

31) 언참(言讖): 미래의 사실을 꼭 맞추어 예언하는 말.

32) 무양(無恙): 몸에 병이나 탈이 없음.

33) 고초 받는 죄수의 울음: 곤경에 빠져 어찌할 수 없는 상태를 비유한 말. 초수대읍(楚囚對泣) 또는 초수상대(楚囚相對). 남조(南朝) 송(宋) 유의경(劉義慶)의 『세설신어(世說新語)』, 「언어(言語)」에 나옴.

이 없으니 유랑은 상공을 모셔 몸을 보중하게."

취향이 손을 나누니 한림이 이때 마음을 이루 진정시킬 수가 없어 역시 별 같은 눈에 물결이 요동친 채 밖으로 나갔다.

소저가 또한 난섬 등과 함께 옥룡관으로 가고 한림은 공차(公差)와 함께 수주로 향했다. 역승이 이십 리 밖까지 나와 이별하고 길 가는 데 필요한 양식을 풍족히 도왔다.

한림이 수주에 이르니 태수가 크게 반겨 한적한 집을 치워 머무르게 하고 대접을 두터이 했다. 그리고 그 당시 병이 깊은 사람을 버리고 와 심려를 쓰던 마음을 이르니 한림이 사례하기를 마지않았다.

한림이 이에 고요히 머무르며 마음을 너그럽게 억제하고 새로이 성리(性理)에 침잠해 천지의 조화를 뱃속에 품고 몸이 무사하니 별다른 근심이 없었다. 다만 항상 북쪽을 바라보아 어버이를 그리워하는 마음이 날로 깊어졌다.

각설. 이 예부 형제가 유 한림과 이별하고 집에 돌아와 모든 사람에게 유생의 참담한 모습과 유 공의 어리석음을 이르고 매우 쾌씸해하니 연왕이 말했다.

"접때 유 씨 놈의 죄악이 산과 같아 하늘의 해를 보기가 어려웠을 텐데 현명이의 지극한 효심과 용력으로 비로소 그 몸이 고향에 돌아갈 수 있었다. 그런데 오늘날 현명이를 인륜을 무너뜨린 자로 모함해 그 몸을 구렁에 넣었으니 그때의 일은 작은 일이었구나."

예부 등이 탄식하고 하남공 등이 유 공을 음흉하게 여겼다.

형부상서 장옥지는 하남공의 처남이요, 이세문의 외삼촌이니 유 한림의 이런 일을 자세히 알고 한심해 임금 앞에서 아뢰었다.

"법은 본디 사사로움이 없고 연좌하는 것은 원래 국법에 떳떳합니다. 이제 한림학사 유현명이 인륜을 무너뜨리는 큰 죄를 지었는데 홀로 그 동생을 벼슬하는 무리에 둘 수 있겠나이까? 삭직하는 것이 마땅합니다."

임금께서 그 말을 따르셨다.

이때 현아가 설최와 마음을 함께해 한림을 죽을 곳에 넣고 또 자객을 보냈으니 자객이 한림의 수급을 가져올 것을 의심하지 않아 의기양양해했다. 그런데 홀연 장 공의 소계(疏啓)34)가 매우 엄하고 세차 자신을 삭직시키니 크게 분노했다. 그러나 천천히 관직에 쓰이기를 바라고 아직 수중에 재물이 많았으므로 유 공과 설최를 데리고 밤낮으로 잔치하니 풍악 소리가 그치는 때가 없었다.

이때, 각 씨는 마침 친정에 갔다가 돌아왔는데 한림이 귀양 간 것을 알고 크게 놀라 마음이 어린 듯했다. 각정이 각완을 부추겨 각 씨를 개가해 보내라 하니 각완이 즉시 제 친구 육정의 아들과 정혼시키고 딸을 보아 그 사실을 일렀다. 그러자 각 씨가 울며 말했다.

"제가 어찌 차마 두 성을 섬기겠습니까?"

각정이 이에 말했다.

"조카가 잘못 안 것이다. 저 유 한림이 강상을 무너뜨린 죄를 얻고 인물이 실성한 데다 또 변방에 내쳐졌으니 살아 돌아오기는커녕 살지 여부도 알 수 없다. 그런데 조카가 아름다운 얼굴로 헛되이 세월을 보내려 하느냐?"

각 씨가 고집을 부려 듣지 않으며 말했다.

"죽으면 하릴없으나 살아서는 내 차마 그 옥 같은 용모와 버들 같은 풍채를 잊고 두 성을 섬기지는 못할 것입니다."

---

34) 소계(疏啓): 임금에게 올리는 글.

각정이 할 수 없이 각완과 계교를 의논하고 혼인하기로 한 날에 각완이 사람을 보내 유 공에게 각 씨 보내기를 청하니 유 공이 허락했다.

각 씨가 즉시 하직하고 제 집으로 가는데 중도에서 누가 각 씨를 모셔 가니 이는 육가였다. 육생이 전안(奠雁)35)을 마치고 교배하자 각 씨는 바야흐로 자신이 속은 줄 알고 대로했으나 육생의 위인이 빼어나고 미모가 아름다웠으므로 마음을 누그러뜨려 발악하지 않고 신방에 들어갔다. 육가가 각 씨의 자색에 빠져 각 씨를 애틋하게 사랑하니 각 씨가 유 한림과는 끝까지 부부의 즐거움을 누리지 못하다가 육생과는 자못 즐기며 이후에는 다른 생각을 하지 않았다.

이때 여름이 다 지나고 가을이 깊었다. 김상유가 군산에서 돌아와 현아를 보니 현아가 크게 기뻐하며 물었다.

"네 한림의 수급을 가져왔느냐?"

상유가 고개를 떨구고 말했다.

"어르신께서 이 서간을 보시면 아실 것입니다."

현아가 놀라고 의아해 즉시 서간을 뜯어보니 다음과 같은 내용이었다.

'이 형의 목숨은 하늘에 달려 있으니 너 현아가 죽일 몸이 아니다. 이제 상유를 잡고 내가 죽기를 면했으니 너를 시원하게 관청에 고소해야 할 것이나 수족의 정을 돌아보아 그렇게 하지 않는다. 그러니 이후에는 어설픈 계교를 그치라.'

현아가 서간을 다 보고 낯빛이 변했으니, 이는 대개 유 태수가 남과 원한 맺기 싫어 일부러 한림의 말로 한 것이었다. 현아가 김상유

---

35) 전안(奠雁): 혼인 때 신랑이 신부 집에 기러기를 가져가서 상위에 놓고 절하는 예.

가 기색을 알까 두려워 다른 말을 않고 시녀를 불러 상유에게 술과 안주를 내어오도록 해 먼 길에 수고한 것을 사례하려 했다. 이에 큰 그릇에 술을 부어 주며 말했다.

"네 여러 달 고생했으니 한 잔 술로 내 마음을 표한다."

상유가 즐거운 빛으로 받아먹더니 이윽고 그릇을 던지고 피를 흘리며 즉사했다. 이는 현아가 상유가 일을 이루지 못하고 온 것을 보고 행여 일이 드러날까 해 독을 넣었기 때문이다. 현아는 상유가 죽는 것을 보고 매우 기뻐 시신을 가죽에 싸 한강에 띄웠다.

이후 현아가 바야흐로 설 한림과 함께 이를 갈며 말했다.

"흉한 것의 목숨이 이처럼 길다는 말입니까? 제 만일 있었다면 생의 일생이 편치 않았을 것이니 장인은 다시 저를 구해 줄 계책을 생각하시는 것이 어떠합니까?"

한림이 말했다.

"저번에 십자가 거리를 지나는데 대주에서 새로 온 협객 한 명이 무예가 기특해 가게에서 사람 백여 인을 이기는데 조금도 숨 가빠하지 않았네. 내 훗날 쓸 곳이 있을까 해 그가 묵고 있는 곳을 묻고 왔으니 가서 불러오는 게 좋겠네."

현아가 즉시 심복 노자를 명해 협객을 불러오도록 했다. 그 사람은 신장이 구 척이요, 눈이 푸르고 입은 모질게 생겼으며 수염이 길고 위풍이 당당했다. 이름은 송상기니 자취 없이 처마를 오르내렸다. 현아가 매우 기뻐 천금을 주고 자기 소원을 이르니 상기가 기뻐해 말했다.

"이는 별 것 없으니 한번 가면 현명의 머리를 나뭇가지 건네듯 없앨 것입니다."

현아가 재삼 사례하고 당부하니 상기가 즉시 수주로 갔다.

이때 이 상서는 경문의 소식을 들은 후로부터 매양 마음이 우울해 경문 찾을 것을 생각했으나 소후의 병세가 오래 지속되어 감히 곁을 떠나지 못했다.

새봄이 오니 소후가 쾌차하고 날씨가 따뜻해 길 가기 좋은 때가 되었다. 상서가 마음을 결정해 부모 안전에 나아가 고했다.

"제가 근래에 심사가 우울하고 벼슬이 마침 없으니 고향에 잠깐 다녀오려 하나이다."

왕이 허락하니 상서가 절해 사례하고 행장을 차렸다. 길을 떠나게 되어 부모와 집안 어른들에게 하직하고 문을 나섰다.

상서가 먼저 남창에 이르러 태수를 보고 경문의 소식을 물으니 태수가 말했다.

"소관이 작년부터 지금까지 성 안과 성 밖을 집집마다 수색했으나 그런 아이는 살지 않는다 합니다. 소관이 상공의 후의를 저버린 것이 부끄럽습니다."

상서가 다 듣고는 탄식하고, 지향해 찾을 곳이 없다가 생각했다.

"대주에 가 송상집을 찾으면 경문을 얻을 수 있을 것이다."

그러고서 미복 차림으로 튼튼한 나귀를 몰고 대주로 향했다. 가는 길에 수주를 지났으므로 잠깐 말을 돌려 경문을 보려 했다.

화설. 유 한림이 귀양 온 지 2년에 이르니 태수의 대접이 두터웠고 자신도 마음을 상쾌하게 해 시 짓는 데 마음을 부쳤다. 그러나 고요히 마음을 진정해 생각해 보면 몸에 동해의 물을 가져다가도 씻지 못할 죄명(罪名)을 실어 한 목숨이 머나먼 변방의 나는 잎이 되어 사면을 돌아보아도 의지할 곳이 없고 이생에는 북으로 돌아가 인륜을 온전히 하기가 어려웠다. 이는 참으로 초나라 술이 근심을 잊게 하기 어렵고 노나라 곡조가 수심을 떨치게 하기 어려운 지경이었다. 속절없이 머리를 돌려 북쪽을 바라보니 구름 낀 산이 앞을 가렸고 궁벽한 곳이 매우 깊어 남북 천 리에 파랑새[36]가 소식을 전하지 않으므로 슬픈 마음이 날로 더해졌다. 작년 겨울부터 병이 오랫동안 낫지 않아 정월에 이르자 마음이 때로 아득하고 피를 그치지 않고 토하니 태수가 자주 이르러 정성껏 보호했으나 나아지지 않았다.

명절 대보름에 이르니 바로 눈이 녹아내리고 날이 따뜻해 온 마을의 백성들이 등을 만들어 곳곳에 달고 길가에는 어린아이들의 노는 소리가 진동했다. 태수가 이에 이르러 한림에게 청해 말했다.

"형의 병은 우울함 때문에 더욱 심해졌으니 오늘은 잠깐 뒷동산에 올라 근심을 푸는 것이 어떠한가?"

생이 슬피 탄식하고 말했다.

"죄인은 인륜을 저버린 사람이니 어찌 노닐며 즐길 경황이 있겠습니까?"

태수가 재삼 간청하니 생이 마지못해 막대를 끌고 동산에 올라 두루 보았다. 수주은 원래 번화한 곳이라 사람마다 굿 보는 것을 일로 삼고 동으로 가며 서로 가도 차려진 것이 매우 풍성하고 노인으로부터 아이들까지 다 노래 부르고 다녔다. 한림이 이에 슬피 눈물을 흘리고 북녘을 바라보아 넋을 사르니 태수가 곁에서 보고 위로해 말했다.

"형이 어버이를 그리워하는 마음은 효의 근원이라 할 것이나 속절없이 애태우는 것은 부질없네."

한림이 알아듣고 슬피 탄식했다.

저물도록 경치를 구경하다가 석양에 머무는 곳에 돌아오니 심사

---

36) 파랑새: 선녀 서왕모 곁에 있으면서 소식을 전한다는 새.

가 더욱 우울했다. 야심토록 자지 못하다가 잠깐 눈을 감으니 한 부인이 왕후의 복색으로 앞에 서 있었다. 놀라서 물으려 할 때 김 부인이 곁에 있다가 나와 손을 잡고 말했다.

"경문아, 오늘에서야 세상사가 윤회하는 줄을 알겠느냐?"

한림이 황망히 일어나 붙들고 서러운 심정을 말하려 하니 김 부인이 손을 저어 말했다.

"네가 이르지 않아도 내 알고 있으니 너는 다만 내 자식이 아닌 줄을 아느냐?"

생이 놀라서 말했다.

"제가 어찌 모친의 자식이 아닙니까?"

김 부인이 홀연 슬픈 빛을 머금고 일렀다.

"내 인간에 있을 적에 각정에게 총애를 빼앗기고 한 명의 후사가 없어 그것을 염려해 가군이 경사에 간 사이에 너를 얻어 기른 것이다. 남의 자식을 내 자식이라 한 것을 하늘이 노하셔서 내 목숨을 앗으시고 너는 전생에 죄가 깊으므로 유 공의 아들이 되어 허다한 고난을 겪었다. 이것은 하늘이 정한 운수니 너는 한스러워 말고 본부모를 찾아 영화를 누릴 때 이 갈 데 없는 외로운 넋을 날마다 한 잔 술로 위로해 주어라."

그리고 옆의 왕후를 가리켜 말했다.

"이 사람이 너의 모친이요, 금명간 네 형이 와서 널 찾을 것이다."

생이 이 말을 듣고 급히 그 부인을 향해 절하고 말했다.

"소자가 진실로 모친의 자식이 아니라면 소자의 성씨와 거주를 일러 주소서."

김 씨가 말했다.

"이는 자연히 알 것이라 번거히 이르지 않으니 취향에게 묻거라.

취향이 날 위해 너를 고난을 겪게 할지언정 정체를 이르지 않았으니 내 구천에서 감동하는 마음이 적겠느냐?"

또 가슴을 두드려 크게 울며 말했다.

"오늘날 일의 형세가 마지못해 너를 내 자식이 아닌 줄을 밝히니 네 마음은 이후에 본부모에게 있을 것이라 갈 곳 없는 이 외로운 넋은 누구를 의지하겠느냐? 이제 현아가 나의 목주(木主)를 길가에 버렸으니 네가 만일 그것을 거두어 정령을 위로한다면 그 은혜는 후세에 갚기를 원하노라."

말을 마치자 눈물이 강물 같은데 슬픈 소리로 오열했다.

생이 놀라 깨달으니 때는 오경(五更)이요, 베개 위에는 희미한 달빛이 몽롱히 비쳤다.

생이 하품하고 기지개를 켜 일어나 앉는 줄을 깨닫지 못한 채 꿈속의 일을 생각하니 매우 분명했으므로 고요히 생각했다.

'전날에 남창에 붙어 있던 방이 자못 수상하더니 그것이 나를 두고 이른 것이 아니던가? 나의 부모가 무슨 일로 나를 잃으셨던가?'

그리고 고쳐 생각했다.

'이 일이 참으로 괴이하니 봄꿈을 믿을 것이 아니다. 어미에게 틀림이 없는지 묻고 본부모를 생각하는 것이 옳다.'

그리고서 김 부인의 슬픈 모습이 눈앞에 떠올라 새로이 오열했다.

날이 새자 취향이 들어와 문안하니 생이 억지로 일어나 앉아 말했다.

"오늘은 기운이 퍽 나으니 어미는 염려하지 말게."

또 말했다.

"또 마음속에 의심된 생각이 있으니 어미는 오직 속이지 말게."

향이 말했다.

"무슨 소회입니까?"

한림이 말했다.

"다른 일이 아니라 이 몸이 인간 세상에 난 곳을 알지 못하니 어미에게 묻는 것이네."

향이 대경실색해 말했다.

"공자는 유 어르신께서 낳으셨는데 이런 괴이한 말씀을 하시는 것입니까?"

한림이 저의 기색을 보니 꿈이 옳은 줄 깨달아 다시 일렀다.

"나도 그렇게 알았더니 지금 깨우치는 것이 있으니 어미는 속이지 말게."

향이 말했다.

"이 말을 누가 어르신에게 했나이까? 훗날 경사에 가 집안 노비에게 다 물어 보소서. 공자는 김 부인이 낳으신 사람입니다."

한림이 초조해 급히 향에게 두 번 절하고 애걸하며 말했다.

"사람이 나서 부모를 모른다면 이는 금수와 한가지네. 내 어려서 선부인께 길러져 전혀 알지 못했더니 어젯밤 꿈이 이러이러하니 이 어찌 허탄한 봄꿈이라 하겠는가? 어미는 나의 근본을 일러 부모를 찾도록 하는 것이 옳네. 내가 부모를 찾으나 어찌 또 부인의 은혜를 잊을 것이며 유 공이 나를 저버린 것을 한하겠는가? 결단코 일이 편하도록 할 것이니 어미는 원컨대 어서 일러 주게. 만일 끝까지 숨긴다면 지금 자결해 천지를 모르는 죄인이 되지 않을 것이네."

취향이 한림이 꿈 이야기를 하는 것을 듣고 다시 속이지 못할 줄 알아 한림에게 고했다.

"하늘에 계신 선부인의 영혼이 밝게 일러 주셨으니 천첩이 어찌 두 번 공자를 속이겠나이까? 과연 어느 날에 노첩이 남창의 성 밖에 갔다가 한 사내가 공자를 품에 품고 오기에 하도 어여삐 그 아이의 출처를 물으니 아이를 팔고 싶다고 했습니다. 그래서 돌아가 부인께 고하니 부인이 삼천 금을 주며 아이를 사 오라고 하셔서 공자를 사서 부인께 드렸습니다. 그러자 부인이 스스로 낳은 아이인 것처럼 해서 유 씨 어르신이 돌아오시자 자신의 아들이라 고하고 첩에게 맡겨 기르도록 하셨습니다. 공자는 그때 난 지 한 달은 되었고 그 사내의 성명도 묻지 않고 파는 연고도 묻지 못했나이다. 첩이 오늘 접때 잘못한 죄를 다 고했으니 죽기를 원하고 살기를 바라지 않나이다."

한림이 세세히 들으니 김 씨의 부정직함과 취향의 간사함을 한스러워했으나 내색하지 않고 일렀다.

"지난 일은 일러 무익하거니와 내 만일 부모를 찾는다면 어미 은혜는 몸을 헐어 갚으려 하니 어미는 어찌 이런 말을 하는 것인가?"

그러고서 눈물을 흘려 말했다.

"세상에 난 지 16년에 나를 낳아 주신 부모를 모르고 괴이한 환난을 만나 처지가 이와 같으니 하늘이 어찌도 이리 나를 서럽게 하시는 것인가? 설사 소식을 들었으나 부모를 어디에 가 찾으며 지금 이 몸이 국가의 죄인이 되어, 매이지 않았으나 동여맨 듯하고 가두지 않았으나 움직일 길이 없는데 또한 인륜을 모르는 금수가 되어 무슨 면목으로 사람을 대하겠는가?"

말을 마치자마자 피를 토하고 오열하기를 마지않았다. 그러다 한 계교를 생각하고 취향에게 명령해 흰 비단 한 필을 얻어 오라 해 꿈에 보인 왕후의 얼굴을 그렸다. 그 자태가 영롱하고 아름다워 천고의 여와(女媧)[37] 낭랑 같았다. 생이 스스로 그려 놓고도 황홀함을 이

---

37) 여와(女媧): 중국 고대 신화에서 인간을 창조한 것으로 알려진 여신이며, 삼황오제 중 한 명이기도 함. 인간의 머리와 뱀의 몸통을 갖고 있으며 복희와 남매라고도 알려져 있음. 처음으로 생황이라는 악기를 만들었고, 결혼의 예를 제정하여 동족 간의 결혼을 금하였음.

기지 못했다. 취향이 이에 매우 놀라서 말했다.

"천하에 어찌 이런 미색이 있겠나이까? 인간 중에 고운 사람이 흔하나 이는 한갓 고울 만한 것이 아니라 일만 가지 광채가 낯 위에 어려 있으니 세상에 드문 미색입니다."

한림은 이 그림이 혹 모친을 찾는 근본이 될까 했다. 그 용모를 우러러보니 모친을 대한 듯 슬피 느끼는 정이 흘러넘쳐 만 줄기 눈물이 옷 앞에 젖어 정신을 차리지 못했다.

이날부터 병이 들어 침상에 누우니, 이는 타고난 대효(大孝)로서 자기 나이 열여섯에 이르도록 하늘을 알지 못한 것을 애태워 큰 병이 난 것이었다.

날로 병이 위독해져 인사를 알지 못하니 취향이 초조해 급히 유 태수에게 약을 청했다. 태수가 놀라 이에 이르러 의원을 불러 의약을 극진히 차려 주었으나 조금의 차도가 없고 점점 위중해졌다. 태수가 하릴없이 속수무책으로 천명을 기다릴 뿐이었다.

이때 이 상서가 미복으로 수주에 이르러 먼저 유 한림이 머무는 곳을 찾아 이르렀다. 사립문이 적적하고 뜰이 쓸쓸했으므로 상서가 의심해 들어가지 않고 문을 두드려 사람을 불렀다. 이윽고 취향이 나와 이 상서인 줄을 보고 크게 놀라 울며 한림이 위태로운 지경에 있음을 고했다. 상서가 매우 놀라 급히 들어가 한림이 누운 침상 가에 나아가니 한림은 구름 같은 머리칼이 어지러워 낯을 덮고 있었다. 상서가 친히 손으로 쓸고 한림을 한번 보니 그 뛰어난 풍채가 낱낱이 생기가 없어져 한 조각 해골이 되어 눈을 감고 숨소리는 나직해 거의 절명하기에 이르렀다. 상서가 크게 슬퍼 한림을 어루만지며 불러 말했다.

"형의 뛰어난 기질로 이처럼 운명이 기박해 몸에는 강상을 무너뜨렸다는 큰 죄를 무릅쓰고 머나먼 타향에 와 열여섯 청춘에 요절하기를 달게 여기는 것인가?"

그러고서 눈물이 주르륵 한림의 낯에 떨어졌다. 상서가 계속 한림을 불렀으나 응함이 없으므로 비통한 마음이 흘러 친히 맥을 보고 즉시 태수에게 약재를 구해 병자를 다스렸다.

유 태수가 이 상서가 이른 것을 크게 반겨 이에 이르러 손을 잡고 이별의 회포를 펴니 상서가 말했다.

"현은의 병이 이처럼 위중해 천하의 선비로 하여금 느끼게 할 것이니 어찌 슬프지 않은가?"

태수가 역시 탄식하고 말했다.

"유생이 근래에 심려를 심하게 써서 이 병을 스스로 얻은 것이네. 소제가 일찍이 의약으로 힘써 다스렸으나 조금의 차도도 없으니 불쌍함을 이기지 못하겠네."

상서가 탄식하고 친히 약을 처방해 다스렸다. 홀연 눈을 드니 검은 기운이 집에 가득했으므로 상서가 크게 놀라 태수를 대해 말했다.

"사나운 기운이 방에 쏘이니 자객의 변이 있을까 두렵네. 형은 바삐 돌아가 힘센 무사 여남은 명을 보내게."

태수가 놀라 급히 관아에 이르러 장정군(壯丁軍)[38] 열다섯 명을 뽑아 보냈다. 상서가 그들에게 계교를 알려 줘 섬돌 밑에 숨기고 자기는 홀로 단도를 가지고 침상에 나아가 한림의 곁에 앉아 한림이 혹 깨어나기를 기다렸다.

밤이 삼경에 이르자 서늘한 기운이 뼈를 녹이며 뒷문이 스르르 열리고 한 명의 흉악한 놈이 조용히 들어오는 것이었다. 그리고 무지

---

38) 장정군(壯丁軍): 나이가 젊고 기운이 좋은 남자.

개 같은 칼을 칼집에서 빼 그 기운이 방 안에 자욱이 퍼지니 흉함이 헤아릴 수 없을 정도였다. 상서가 본디 경서를 배워 공자, 맹자, 정자, 주자 등 유학의 덕을 잇고 병장기를 희롱하는 일이 없었으나 타고난 무용이 기특하고 일찍이 병서를 보아 백전백승하는 방법을 알았다. 그래서 오늘 위급한 때를 당해 마지못해 한번 팔 척 장신을 움직이고 원숭이 팔을 뻗어 그 가진 비수를 빼앗고 그 사람을 발로 차 거꾸러뜨렸다.

이때 송상기가 밤낮으로 수주에 이르러 가만히 엿보니 침상에 한 사람이 누워 있고 침상 아래에 한 옥인이 단정히 앉아 있었다. 이에 상기가 말했다.

"하나를 죽이려 했더니 둘의 목숨을 마치겠구나."

그러고서 문을 열고 들어서서 상서를 아주 업신여겨 천천히 칼을 빼 철없이 죽이려 하다가 소년의 용력이 자기를 나는 잎처럼 차 거꾸러뜨리는 것을 보았다. 상기가 아무 생각이 없는 중에 이 변을 만나 미처 수족을 놀리지 못하고 엎어져 용력을 써서 다시 일어나려 했다. 그러나 소년이 한 발로 궁둥이를 밟고 있으니 참으로 태산에 치인 듯해 벌떡거릴 뿐이었다. 이때 소년이 크게 불러 말했다.

"너희는 어디 있느냐?"

말이 끝나지 않아서 범 같은 장정 십여 명이 섬돌 아래 서서 대답하니 상서가 상기를 가볍게 한 손으로 들어 던졌다. 종들이 상기를 결박해 꿇리자 상서가 분부했다.

"아직 단단히 가뒀다가 내가 찾을 때를 기다리라."

그러고서 다시 방 안에 들어가 친히 지은 약을 달여 썼다. 새벽에 한림이 인사를 차려 눈을 뜨니 상서가 기뻐 한림의 손을 잡고 일렀다.

"그대가 나를 아는가?"

한림이 한참을 보다가 말을 안 하니 상서가 그가 정신이 없는 상태에 있음을 알고는 다시 묻지 않고 취향을 불러 지키게 했다.

밖에 나가 송상기를 엄히 결박해 꿇리고 심문했다.

"네 어떤 것이기에 심야에 이르러 인명을 살해하려 한 것이냐? 마땅히 바로 고해 형벌의 괴로움을 당하지 마라."

송상기가 이때 사족을 움직이지 못하는 가운데 상서의 엄한 기상이 광풍제월(光風霽月)[39] 같고 전후 다섯 가지 형벌 도구가 가지런히 벌여져 있는 것을 보고는 넋이 날고 담이 차 바삐 대답했다.

"소인은 대주 사람으로 경사에 가 일찍이 창기 집과 술집을 다니며 사람 해칠 줄은 알지 못했나이다. 그런데 유 감찰이라 하는 재상이 소인에게 천금을 주고 유 한림을 죽이라 하니 마지못해 여기에 이른 것입니다. 하늘이 돕지 않아 어른께 잡혔으나 이 죄인이 스스로 저지른 일은 아닙니다."

상서가 문득 물었다.

"네 이름을 아뢰라."

"송상기입니다."

상서가 놀라 말했다.

"네가 송상기면 대주서 장사하는 송상집을 아느냐?"

상기가 대답했다.

"이는 소인의 형이니 어른께서 어찌 아십니까?"

상서가 말했다.

"내 송상집을 찾아 묻고 싶은 말이 있으니 네가 만일 나에게 송상집을 보게 해 준다면 너의 죽을죄를 용서해 주겠다."

---

39) 광풍제월(光風霽月): 비가 갠 뒤의 맑게 부는 바람과 밝은 달이라는 뜻으로, 마음이 넓고 쾌활하여 아무 거리낌이 없는 인품을 비유적으로 이르는 말.

상기가 말했다.

"소인이 저번에 형의 편지를 보니 아무 날 길을 떠나 유구국(流求國)[40]에 장사 간다고 했으니 오늘부터 밤낮으로 가면 혹 만날 길이 있을 것입니다."

상서가 다 듣고 다행으로 여겨 다시 상기를 가두고 들어가 한림을 보니 오히려 몽롱한 가운데 있었다. 상서가 태수를 청해 송상기의 말을 이르고 말했다.

"내 경문을 찾기 위해 급히 가야 해 유 형의 병을 구하지 못하네. 내가 간 후에 이 약을 내내 먹인다면 차도가 있을 것이니 내가 가는 길에 이곳을 들르겠네."

드디어 군사 오십 명을 거느려 송상기를 데리고 대주로 갔다.

경문을 찾는 일이 한시가 급해 미처 현아의 음흉한 심술도 의논을 못 하고 밤낮으로 달려 대주에 이르러 송상집의 집을 에워싸고 그를 잡았다.

송상집이 이때 다음 날 길을 떠나려고 어지럽게 행장을 차리다가 뜻밖에 큰 변을 만나 넋이 몸에 붙어 있지 않았다. 급히 연고를 물으니 상서가 친히 좌기를 베풀어 엄한 형벌을 내리며 물었다.

"네 예전 모일에 절강 아무 가게에 갔을 때 이러이러한 말을 하던 놈을 내게 일러 준다면 네게는 죄가 없을 것이다."

상집이 그제야 마음을 진정하고 말했다.

"이런 쉬운 일에 소인을 묶으신 것입니까? 군사를 주시면 그놈을 잡아다가 드리겠나이다."

상서가 크게 기뻐 차사(差使)를 보내 송상집을 따라가라 했다.

---

40) 유구국(流求國): 중국의 조주(潮州), 천주(泉州)의 동쪽에 있었다고 전해지는 나라. 지금의 대만(臺灣) 또는 유구(琉球)라는 설이 있음.

송상집이 즉시 서녘 마을에 가 나숭의 집을 가리켰다. 나숭이 크게 취해 초당에 누워 있다가 뜻밖에도 범 같은 군사가 들이닥쳐 잡아 매는 것을 보고 크게 놀라 말했다.

"이 어떤 놈들이냐?"

송상집이 말했다.

"예전에 그대가 아이 판 말을 하거늘 내가 말리지 않더냐? 그 일이 발각됐다."

숭이 놀라 다시 말을 하려 하는데 모든 공차가 풍우같이 몰아 송씨 집에 이르렀다.

이때 본주 태수가 이부상서가 미행(微行)으로 이르렀다는 말을 듣고 행렬을 거느려 이르니 행렬이 매우 웅장하고 군졸이 개미 꼬이듯 했다.

군사들이 나숭을 잡아 섬돌 앞에 꿇리자 상서가 그를 보니 분한 기운이 머리끝까지 뻗쳐 급히 물었다.

"네 아무 해 아무 날에 남창에 귀양 가 있던 소 부인을 따라가 납치했던 공자를 어디에 두었느냐?"

나숭이 정신을 진정하고 잡아떼 말했다.

"소인은 내내 대주에서 살았으니 남창은 어디며 소 부인은 누군지 알 수 있겠나이까? 어르신께서는 어디에 가 풍증(風症)[41]을 얻으셔서 괴이한 말을 소인에게 물으시는 것입니까?"

상서가 대로해 오형(五刑)을 갖추라 하고 일렀다.

"네 끝까지 숨긴다며 머지 않아 너의 몸을 가루로 만들 것이다."

나숭이 그 위엄이 삼엄한 것을 보고 문득 일렀다.

---

41) 풍증(風症): 한의학에서, 중추 신경 계통에서 일어나는 현기증, 졸도, 경련 따위의 병증을 통틀어 이르는 말.

"어르신께서 소인을 살려 주신다면 그 아기의 종적을 낱낱이 고하겠지만 고한 후 죽이신다면 지금 소인을 죽이셔도 고하지 않을 것입니다. 소인이 원래 죽는 것을 두려워하지 않거니와 소인이 죽은 후에는 그 아기 출처를 누구에게 물으려 하십니까?"

상서가 다 듣고 어이가 없었으나 지금 이르러 경문을 찾는 일에 죽기를 두려워하지 않으므로 즉시 일렀다.

"내 당당한 이부의 상서로서 너 조그마한 도적을 대해 두말할 것이 없으니 어서 이르라. 이른다면 마땅히 죽이는 것은 면해 주겠다."

나승이 말했다.

"그래도 어르신 말씀을 믿지 못하겠으니 살려 주겠다 하는 글을 써 놓으신다면 소인이 어르신을 모시고 남창에 가 공자를 찾아 드리겠나이다."

상서가 다 듣고 급히 좌우의 아전을 시켜 불망기(不忘記)[42]를 쓰도록 해 나승에게 주니 승이 그것을 받고 바야흐로 기뻐하며 일렀다.

"이곳에서 헛말을 해 봐야 무익하니 어르신을 모시고 바로 남창으로 가겠나이다."

상서가 매우 기뻐해 송상집은 두고 즉시 송상기와 나승을 데리고 그날로 남창을 향해 가려 했다. 태수가 이에 잔치를 베풀어 대접하겠다며 간절히 머무르라 했으나 상서가 듣지 않고 갔다.

상서가 밤낮으로 달려가다가 또 수주에 이르니 나승을 바깥 행랑에 가두고 잠깐 유 한림을 보았다.

이때 한림은 상서의 묘한 처방에 힘입어 잠깐 정신이 나아 취향에게 그 연고를 묻고 상서의 지성과 은혜에 감탄했다. 또 송상기가 자

---

42) 불망기(不忘記): 뒷날에 잊지 않기 위하여 적어 놓은 글. 또는 그런 문서.

기를 해하려 하던 일에 이르러는 매우 놀랐다.

오래지 않아 상서가 이르러 한림을 보고 그 병이 잠깐 나은 것을 보고 기뻐해 한림의 손을 잡고 치하했다. 한림이 이에 탄식하고 사례해 말했다.

"소제의 병이 살 방도를 바라지 못했는데 형의 지극한 덕에 힘입어 요새 적이 나았으니 다행함을 이기지 못하겠습니다."

상서가 사양하고 이어서 말했다.

"소제가 급한 일로 경사에 가는 중이라 여기에 머무르지 못하니 이에 이별해야겠네."

한림이 놀라 말했다.

"소제가 타향의 뜬구름이 되어 고향을 사모하는 마음이 시시로 간절한 중에 지금 병이 사생에 있습니다. 형을 만나 할 말이 무궁하니 오늘 밤은 여기에서 머무르소서."

그러고서 비니 상서가 마지못하고 그 사정을 참혹하게 여겨 이날 밤을 머물렀다. 한림이 상서를 머무르게 한 것은 대개 남창에 방 붙였던 말을 자세히 물으려 해서였다.

한림이 이날 밤에 정신이 혼미해 인사를 알지 못했다. 상서가 놀라고 자연스레 슬픈 마음이 흘러넘쳐 밤이 새도록 한림을 구호했다. 동방이 밝아 한림이 잠깐 잠들었다.

상서가 이에 밖에 나오니 서동 기학이 아뢰었다.

"나승이 어르신을 뵙고 드릴 말씀이 있다고 하나이다."

상서가 나승을 데려오라 해 물으니 승이 말했다.

"소인이 판 공자를 산 유모가 이곳에 있나이다."

이는 원래 나승이 창 틈으로 취향을 보고 알아본 것이었다. 상서가 매우 놀라 취향을 불렀다. 취향이 앞에 이르자 승이 말했다.

"아주머니가 나를 아는가?"

향이 눈을 들어서 보고 크게 놀라 말을 못 하니 숭이 말했다.

"내 그때 팔았던 아기가 어디에 있는고?"

향이 자기도 깨닫지 못하는 사이에 말했다.

"저 방 안에 있네."

상서가 다 듣고 매우 놀라고 기뻐 급히 취향에게 말했다.

"어디에 있다는 말이냐?"

향이 잠깐 숨을 낮추고 전후곡절을 자세히 이르고 지금 한림이 이 사실을 깨달아 심려가 깊음을 고했다. 상서가 말마다 들으니 상쾌하고 기쁜 마음이 안개를 헤치고 맑은 하늘을 본 듯했다. 한림이 자기 부친과 조금도 다르지 않은 것을 매양 의심해 괴이하게 여기다가 취향의 말을 들으니 김 씨의 부정직함을 한심해하고 경문의 위태로운 모습이 저와 같음을 참으로 슬퍼했다.

상서가 급히 방 안에 이르러 이불을 들추고 한림의 가슴과 배를 보니 과연 '경문' 두 글자와 붉은 점이 있어 붉은 빛이 낯에 쏘였다. 의심 없는 경문인 줄 알고 한림을 붙들고 소리가 나는 줄을 깨닫지 못한 채 크게 울며 말했다.

"경문아, 나를 아느냐?"

한림이 이때 상서가 자신의 가슴과 배를 보는 것을 괴이하게 여기다가 이 말을 듣고 정신이 더욱 아득하고 넋이 달아나 기절했다. 상서가 바삐 한림을 주물러 구호하며 눈물을 비같이 흘리며 말했다.

"문아, 문아! 네 어찌 이처럼 운명이 기박해 천고에 없는 화란을 겪고 몸이 이 지경에 이른 것이냐?"

한림이 이윽고 깨어 문득 물었다.

"형이 하시는 말씀이 어찌 된 까닭입니까? 진가(眞假)를 자세히 알려 주소서.”

상서가 오열해 취향과 나승이 이른 전후수말의 일을 자세히 일렀다. 한림이 다 듣고는 취한 듯 멍한 듯해 즉시 베개 뒤에서 한 폭의 족자를 내어 상서에게 보이며 말했다.

“이것이 모친의 얼굴입니까?”

상서가 보고 크게 놀라서 말했다.

“네 어디에 가서 모친을 뵙고 이토록 공교히 비슷하게 그린 것이냐?”

한림이 바삐 침상에서 내려와 두 번 절하고 말했다.

“불초 아우가 형님을 몰라보았으니 죄가 깊습니다.”

그러고서 눈물이 옥 같은 얼굴을 덮어 긴 말을 하려 하다가 기쁨이 지나쳐 서러움이 지극해 피를 말이나 토하고 혼절했다. 이 모습을 보고 철석간장인들 마음이 움직이지 않겠는가. 더욱이 상서처럼 우애를 지닌 이는 그 마음이 어떠하겠는가.

상서가 바삐 한림을 무릎 위에 안아 눕히고 청심환을 계속 풀어 한림의 입에 넣고 구호하며 목이 쉬도록 울었다. 슬픈 눈물은 오월의 장맛비 같고 달 같은 이마와 푸른 눈썹에 시름이 맺혔으니 곁에서 보는 자가 감동해 눈물을 흘릴 정도였다.

한참 지난 후 한림이 숨을 내쉬고 정신을 차렸다. 눈을 떠 상서를 보고 또 눈물을 머금으니 상서가 손을 잡고 위로했다.

“지난 일은 일러 쓸데없고 이제 무사히 모였으니 오래지 않아 부모님을 뵐 것이다. 그런데 어찌 부질없이 아녀자의 울음을 짓는 것이냐?”

한림이 한숨 짓고 대답하지 않았다.

생의 기운이 더욱 혼미해 말을 안 하니 상서가 초조해 저물도록 구호했다. 이날 밤에 한림이 말했다.

"침상에 올라 누워 있으니 몸이 박혀 더욱 편하지 않습니다. 형님이 나를 안아서 잠이 들게 해 주소서."

상서가 즉시 웃옷을 벗고 속옷 차림으로 침상 위에 앉아 한림을 이불에 싸 무릎에 안고 한림의 손을 쥐고 낯을 대었으니 기이하고 귀중하게 여기는 정이 어찌 끝이 있겠는가. 한림이 상서의 손을 어루만져 느껴 말했다.

"오늘에서야 수족의 정을 알게 되었으니 천우신조한 줄을 알겠습니다."

상서가 또한 감격해하는 마음과 슬픈 심사가 한층 더했으나 경문의 병이 지금 사경에 있으므로 다만 경문을 위로하고 어루만져 밤을 지냈다. 한림이 마음을 평안히 하니 이날은 편안히 자고 이튿날 기운이 퍽 나아졌다. 이에 상서가 하늘에 사례했다.

태수가 이르러 문후하다가 이 사연을 듣고 매우 기뻐 급히 방에 들어가 한림에게 말했다.

"내 매양 형이 유 씨 놈의 아들인 줄 알았더니 연국 대왕의 공자였구려. 내 이 말을 들으니 참으로 비 개인 하늘을 본 것 같네."

한림이 마지못해 정색해 말했다.

"유 공은 나를 길러 준 덕이 깊고 15년을 서로 부자로 칭했으니 어찌 오늘에 이르러 전날과 다름이 있을 것이라고 형이 나를 대해 유 공을 조롱하는 것입니까?"

태수가 웃으며 말했다.

"전날에는 형이 유 씨 놈의 아들로 알아 유 씨 놈의 흉포함을 모르는 듯이 잠자코 있었으나 지금은 형이 연국 대왕의 공자요, 유 씨 놈은 그대의 원수니 조롱 못할 까닭이 없네."

한림이 불쾌하고 평온하지 않아 정색한 채 묵묵히 있었다. 상서가 다시 보니 과연 연왕과 같았으므로 반김을 이기지 못하고 그 인물이 저와 같은 것을 기뻐해 웃고는 태수에게 말했다.

"유 공이 비록 내 아우를 저버렸으나 사제(舍弟)의 도리는 그렇지 않네."

태수가 이에 크게 웃었다.

상서가 이어 나숭, 취향과 송상기를 경사에 올리고 한림에게 본래의 성 찾은 사연을 임금께 표로 올리라 하니 한림이 말했다.

"취향과 나숭은 제가 본성 찾은 데 증거로 삼아 보낼 것이나 송상기는 현아의 허물이 드러날 것이니 보내지 마십시다."

상서가 말했다.

"너의 인자한 덕은 크다. 그러나 네가 이제는 유씨 집에 몸이 매이지 않았으니 네 몸에 씌워진 죄명(罪名)을 벗는 것이 옳다. 송상기를 보내는 것은 네 죄목의 진가를 찾는 근본이 될 것이다. 현아는 또 유씨 집안의 종사를 엎고 제사를 끊을 패륜아니 훗날을 경계하는 것이 옳다. 그러니 너는 고집을 부리지 마라."

한림이 말없이 사례하고 드디어 표를 지어 상서의 상소와 함께 급히 올렸다.

이날 밤에 상서가 한림을 또 안아 지내려 하니 한림이 말했다.

"제 기운이 오늘은 퍽 낮고 형님이 오시느라 길에서 고생하셨는데 이 아우 때문에 또 어찌 힘들어서야 되겠습니까? 아우가 원래 전부터 형을 사랑하는 마음이 현아에 대한 것보다 더했으니 마음에 스스로 괴이하게 여겼으나 참는 적이 많더니 대개 천륜의 정이어서 그런 것이 아니었겠습니까? 병든 사람을 누추히 여기지 않으신다면 제 곁에 누우소서."

상서가 즐거운 빛으로 의관을 벗고 침상에 올라 함께 누워 두 사람의 몸이 닿으니 서로 귀중하게 여기는 마음을 헤아릴 수 있겠는가. 경문이 이어서 물었다.

"형님이 원래 나승이 저를 유씨 집에 판 줄을 어떻게 아셨습니까?"

상서가 철 순무가 들은 바로써 자세히 일러 주었다. 그리고 자기가 한림을 찾느라 길을 분주히 돌아다녔음을 말한 후 웃으며 일렀다.

"이처럼 쉬운 데 있는 것을 그토록 애를 썼으니 이제 생각하면 웃음이 나는구나."

한림이 말했다.

"모친은 원래 무엇 때문에 남창에 가 저를 낳으신 것입니까?"

상서가 옥란의 일을 이르고 그 후에 소 부인이 경문을 생각해 심사를 사르던 일을 일렀다. 경문이 이에 슬피 눈물을 흘리며 말했다.

"모친께서 불초자 때문에 심려를 허비하셨으나 제가 아득히 알지 못했으니 어찌 하늘 아래 으뜸 죄인이 아니겠습니까?"

상서가 위로했다.

"이는 네가 알고서 잊은 것이 아니다. 네가 인륜 차리는 것을 막은 것은 귀신도 생각지 못할 일이요, 네가 유씨 집에 잡혀 전후 화란 겪은 것을 생각하면 담이 차고 넋이 나니 이것은 너의 액운 때문이다. 지금부터는 부모 형제와 화락해 즐길 것이니 속절없이 마음을 허비하지 마라."

한림이 사례했다.

상서가 이후 한림을 데리고 있으면서 조정의 사명(赦命)[43]을 기다렸다.

---

43) 사명(赦命): 조정에서 죄인을 용서해 주는 명령.

차설. 난복은 그 주인이 억울하고 원통한 죄를 뒤집어써 천 리 변방에 귀양 가는 것을 보고 애가 미어지는 듯해 스스로 등문고를 치고 싶었으나 일이 크고 증거가 없으므로 감히 가볍게 행동하지 못해 우울함을 이기지 못하고 있었다.

이듬해 정월 대보름을 맞아 현아가 위 승상 집에 가고 설최 또한 성 안에 아는 사람이 있어 나갔으므로 서실이 비어 있었다. 난복이 가만히 문을 열고 들어가 문서를 수색해 혹 의심된 것을 얻을까 했는데 그중에 한 편지가 있으므로 보니 다음과 같은 내용이었다.

'네 만일 한림의 머리를 베어 온다면 천금의 상을 줄 것이다.'

그리고 겉에,

'감찰어사 유현아가 자객 송상기에게 주는 문서다.'

라 써져 있었다.

난복이 이 편지를 얻고 귀중한 보배를 얻은 듯 다행한 마음이 끝이 없어 그것을 품에 품고 나왔다.

이때 현아가 위씨 집안에 이르니 위 승상은 저 위인을 착하지 않은 사람으로 여겼으나 그 문장을 흠모해 이날 술과 과일을 갖춰 환대하고 말했다.

"만생이 금자(金字)로 팔첩 병풍을 만들고 싶은데 지금 세상에 왕우군(王右軍)[44]과 같은 재주가 없으니 참으로 근심하고 있었네. 그런데 저번에 그대의 재주를 보니 족히 필진도(筆陣圖)[45]를 부러워하지 않을 정도였네. 그러니 그대는 수고로움을 개의치 말고 내 앞에서 대충 붓을 휘둘러 주는 것이 어떠한고?"

---

44) 왕우군(王右軍): 중국 동진(東晉)의 서예가인 왕희지(王羲之, 307~365)를 이름. 그가 우군장군의 벼슬을 했으므로 이처럼 불림.

45) 필진도(筆陣圖): 글씨를 쓰는 법을 설명한 필첩으로, 왕희지(王羲之)의 작품이라고 하고, 혹은 그의 스승인 위(衛) 부인(夫人)의 작품이라고도 함.

현아가 이 말을 듣고 매우 당황해 사양하며 말했다.

"소생의 졸렬한 글귀가 어찌 상국 합하의 높은 안목을 만족시킬 수 있겠나이까?"

승상이 웃으며 말했다.

"그대는 사양하지 말게. 그대가 만일 내가 청하는 바를 듣는다면 내 은혜 갚는 것이 적겠는가?"

현아가 승상이 간청하는 것을 보고 마지못해 말했다.

"금자(金字)를 쓰는 일은 매우 어렵습니다. 소생의 둔한 재질로 짧은 시간에 쓰는 것이 어려울까 하니 집에 돌아가 글을 이루어 드릴까 하나이다."

승상이 흔쾌히 의심하지 않고 모든 도구를 차려 주었다.

현아가 도구를 받아 가지고 집에 돌아가 매우 근심했다.

그러다가 홀연 한 계교를 생각하고 성 안 유명한 주점에 글을 써서 붙였다.

'아무 곳 유 감찰 집에 재주 있는 기특한 선비가 있으니 천하의 선비 중에 문장을 자부하는 이가 있으면 와서 겨루기를 청하라.'

이때 연왕의 셋째아들 백문이 마침 외가에 갔다가 돌아가는 길에 이 방을 보고 속으로 우습게 여겨 생각했다.

'제 어떤 것이기에 이처럼 담이 큰 소리를 하는 것인가? 내 당당히 가서 시험해 보아야겠다.'

그러고서 즉시 유씨 집안으로 갔다.

현아가 청해 백문이 들어가니 이는 한낱 십여 세 어린아이였으므로 문득 업신여겨 일렀다.

"그대는 어떤 사람인가?"

백문이 말했다.

"나는 수주 사람으로 마침 경사에 왔다가 길가에 붙인 방을 보고 여기에 이른 것이오."

현아가 말했다.

"족하가 문장을 자부하는고?"

백문이 말했다.

"자부한다고는 못 하겠으나 주인이 먼저 글을 지어 손님을 시험하는 것이 옳겠소."

현아가 문득 기뻐하며 대답했다.

"재사(才士)의 법이 손님을 먼저 시험하고 눈에 맞으면 차운(次韻)하네."

백문이 나이 어렸으므로 의논이 주장하는 것이 없어 즉시 대답하고 글제를 청했다. 현아가 곧바로 글제를 내니 백문이 붓을 들어 잠깐 사이에 겨우 쓰는 것을 마치니 서동이 아뢰었다.

"날이 이미 저물었고 공자 찾으시는 명령이 이르렀나이다."

백문이 놀라 즉시 나가니 소연이 두어 시노(侍奴)를 데리고 오다가 백문을 꾸짖었다.

"공자가 어디를 갔었습니까? 대왕께서 찾으십니다."

백문이 정신 없이 빌며 말했다.

"내 아까 여기에 재주 있는 선비가 있다 하기에 잠깐 겨루려 왔던 것이니 그대는 아버님께 고하지 말게."

그러고서 집으로 갔다.

원래 소 상서 형이 이씨 집으로 오니 왕이 말했다.

"백문이가 게 갔더니 그저 있던가?"

상서가 말했다.

"나와 함께 오고 있었는데 어디로 갔는고?"

이에 왕이 놀라서 백문을 급히 찾은 것이었다.

공자가 이에 이르자 왕이 갔던 곳을 물으니 백문이 겁을 내 대답할 바를 알지 못했다. 왕이 원래 자식이 호방한 것을 꺼렸으므로 백문을 즉시 잡아 내리고 태장 수십 대를 쳤다. 백문이 견디지 못해 자세히 고하니 왕이 더욱 노해 말했다.

"너 어린 것이 무슨 재주가 있다 하고 이렇듯 방탕한 짓을 하고 길에서 분주히 다니는 것이냐?"

이렇게 말하고 십여 대를 더 치니 옥 같은 다리에 피가 흘렀다. 마침 개국공이 이리 오다가 이 모습을 보고는 급히 말리고 그 까닭을 물어서 알고 백문에게 물었다.

"너에게 글 짓도록 한 사람이 어떻게 생겼더냐?"

공자가 일일이 고하니 공이 말했다.

"이것은 유현아로다. 네 글을 받아서 무엇에 쓰려 하던고?"

개국공이 깊이 생각하다가 또 물었다.

"네가 글을 어떻게 지었느냐?"

백문이 말했다.

"시(詩) 찬(讚)46)을 열다섯 수를 지었습니다."

그리고서 외워 고하니 공이 크게 기뻐하며 말했다.

"네가 이처럼 총명하고 신기하니 어찌 기특하지 않으냐?"

왕이 정색하고 말했다.

"한때 붓 끝에 놀린 헛된 말을 무엇에 쓰겠느냐? 너는 빨리 물러가라."

백문이 황공해 물러나니 개국공이 또한 웃었다.

---

46) 찬(讚): 서화의 옆에 글제로 써넣는 시(詩), 가(歌), 문(文) 따위의 글.

개국공이 사나흘 후에 우연히 위 승상 집에 가 승상을 보았다.

이때 현아가 백문의 글을 얻고 크게 기뻐 즉시 금자(金字)로 고쳐 써 위 승상에게 드리니 승상이 매우 기뻐해 칭찬하기를 마지않고 사례금을 많이 주었다. 현아가 이에 의기양양해 훗날 벼슬의 길을 도모하려 했다.

승상이 즉시 병풍을 만들어 침방에 쳤는데 이날 개국공이 보고 문득 물었다.

"존형이 저 병풍을 언제 만들었는가?"

승상이 자세히 이르니 개국공이 문득 의심해 나아가 훑어보더니 크게 놀라 말했다.

"형이 이 지은 글을 현아의 글로 아는 것인가?"

승상이 놀라서 말했다.

"제 어전에서 쉽게 글을 지었으니 이것을 이를 것이 있겠는가?"

공이 말했다.

"유현아가 재주 있다는 것을 내 알지 못하나 이는 내 조카 백문이가 지은 것이네."

승상이 놀라서 말했다.

"이것이 어찌 영질(令姪)이 지은 것이겠는가?"

개국공이 웃고 수말을 자세히 일러 주고 말했다.

"내 맹세컨대 저 유현아가 재주 있음을 믿지 않으니 형은 조용히 그 실제 자취를 찾아보게."

승상이 다 듣고 크게 분노해 말했다.

"저 작은 짐승놈이 대신 속이는 것을 능사로 아는 것인가? 내 마땅히 이 부끄러움을 씻을 것이네."

그러고서 어지럽게 분노를 드러냈다.

이튿날 조회할 적에 모든 관료가 가지런히 모여 있는데 홀연 등문고 소리가 급히 났다. 모든 사람들이 다 놀라서 한꺼번에 물었다.

이윽고 무사가 열예닐곱은 되어 보이는 서동을 밀어 섬돌 아래에 꿇렸다. 임금께서 뭇 대신을 돌아보아 말씀하셨다.

"저 인가의 사내종이 무슨 일로 등문고를 쳤는가? 자세히 묻는 것이 옳도다."

법관이 전지를 듣고 이에 전해 난복에게 말했다.

"너 작은 종이 무슨 원통하고 억울한 일이 있기에 감히 대궐을 소란하게 해 용체(龍體)를 불안하시게 한 것이냐? 아뢰는 것이 조금이라도 평범하다면 네 죄가 가볍지 않을 것이다."

난복이 대궐 위를 우러러 고개를 두드려 피를 흘리고 소리를 높여 아뢰었다.

"소신은 수주에 귀양 간 죄인 유현명의 작은 종입니다. 오늘 주인을 위해 억울하고 원통한 소회를 임금님 앞에서 고하려 하니 당돌한 죄는 비록 죽어도 갚기 어려울 것입니다. 그러나 한 번 시원하게 아뢰고 즉시 죽은들 무슨 한이 있겠나이까?

주군은 평생에 마음을 수양하고 몸을 다스려 행실에 조금이라도 어긋난 허물이 없었습니다. 타고나기를 매우 비범하게 하였으나 어머니를 강보에 있을 적에 여의고 어려서부터 서모 각 씨에게 보채여 아침저녁으로 보리죽이 배를 채우지 못했습니다.

그러다가 중간에 대주인이 강주에 귀양 가니 주군이 몸소 강주에 이르러 스스로 적진에 나아가 대적해 큰 공을 이루고 대주인을 구했습니다. 대주인은 본디 천성이 어리석은 데다 늙어서 더욱 어리석어졌습니다. 참소에 빠졌으나 그래도 조금의 자애로운 마음은 변하지 않아 우리 주인을 평소 사랑하고 어루만졌습니다. 남창에 가 각 씨와 감찰어사 현아의 참소가 낮을 밤으로 이었으나 대주인이 곧이듣지 않았습니다. 그런데 주군이 경사에 과거 보러 온 사이에 각 씨가 주군의 부인 위 씨를 산인(山人) 도청에게 팔아 위 씨의 욕이 급하므로 위 씨가 소신의 누이 난섬, 난혜와 함께 집안을 떠났으니 죽은 것이 의심 없습니다. 그런데도 각 씨가 문득 더러운 말을 지어 위 씨가 정을 통했다 하고 경사에 이르러는 주군 보채기를 더욱 심하게 했습니다.

감찰어사 현아가 문장이 부족해 과거 날 우리 주인이 대신 지어 주었으니 이는 본디 좋은 뜻에서 한 것인데 현아가 혼자 급제할 것을 생각하고 우리 주인의 명지(名紙)[47]를 빼 놓는다고 한 것이 자기 명지를 빼어 이 때문에 현아가 낙방하게 되었습니다. 그런데 현아가 대주인에게 참소해 대주인이 우리 주인을 쇠막대기로 쳐 죽이려 하다가 이 상서의 구함을 입어 우리 주인이 갱생했습니다. 그 후에 두 번 독을 넣어 주인을 해치려 하다가 얻지 못하자 큰 계교를 내었습니다. 어느 날 밤에 안에서 시녀가 각 씨가 아프다며 우리 주인을 불렀습니다. 우리 주인이 타고난 효자로서 급히 들어가자 각 씨가 우리 주인을 잡고 발작하며 대주인을 청해 기이한 모습을 보이고 참소를 지극히 하며 말을 꾸미니 비록 사광(師曠)[48]처럼 귀가 밝은 사람인들 어찌 곧이듣지 않겠나이까? 대주인이 진실로 곧이듣는 가운데 공교한 참소가 연속하고 자객 이연명이 뇌물을 받아 유 공을 놀라게 했습니다. 유 공이 드디어 관청에 고소해 우리 주인이 변방에 내쳐졌으니 살아 돌아오기를 기약할 수 없습니다.

소복(小僕)이 애를 태우는 마음이 날로 달로 더해져 한 번 대궐에

---

47) 명지(名紙): 과거 시험에 쓰던 종이.

48) 사광(師曠): 중국 춘추시대 진(晉)나라 사람으로 자는 자야(子野)로 저명한 악사(樂師)임. 눈이 보이지 않아 스스로 맹신(盲臣), 명신(暝臣)으로 부름. 진(晉)나라에서 대부(大夫) 벼슬을 했으므로 진야(晉野)로 불리기도 함. 음악에 정통하고 거문고를 잘 탔으며 음률을 잘 분변했다 함.

이런 억울하고 원통한 일을 아뢰려 했으나 국법이 지엄하고 대궐에서 사사로이 사람을 응하는 일이 없으니 조그만 시동의 말 때문에 당당한 조정의 관리를 다스릴 바가 아니었으므로 세월을 보내며 주저했습니다. 그러다가 며칠 전 감찰의 서헌에서 한 장의 서간을 얻었으니 이것으로 본다면 감찰이 송상기라 하는 도적을 우리 주인의 적소에 보냈습니다. 우리 주인은 열렬한 마음을 가져 스스로 죽기를 구하고 동기와 부친의 허물로 삼는 것을 원하지 않습니다. 그러나 소복의 주인 위한 마음은 기신(紀信)[49]의 충절(忠節)을 흠모합니다. 우리 주인이 평소 기이한 재질로 인륜을 무너뜨렸다는 큰 죄를 뒤집어쓰고 변방에서 고생하는 것을 차마 목도하지 못해 감히 더러운 자취로 천정(天廷)을 시끄럽게 했으니 그 죄는 만 번 죽어도 오히려 가볍습니다."

말을 마치고는 현아의 친필 문서를 임금 계신 앞에 바쳤다. 이때 난복의 늠름한 주사(奏辭)가 하나하나 명백해 고상한 말은 대를 때리며 하수(河水)를 드리운 듯했고 준엄한 소리는 대궐을 깨치는 듯했다. 듣는 사람들이 혀를 내둘러 기이하게 여기고 임금께서 크게 놀라며 기특하게 여기셔서 이에 말을 전해 물었다.

"너의 주사(奏辭)가 다 일리가 있으나 현아가 글을 잘 못한다는 말은 허언이다. 짐이 친히 시험했으니 그럴 리가 있겠느냐?"

난복이 머리를 두드려 말했다.

"이 일이 정말 공교하니 신이 진실로 망령된 말을 아뢴 죄를 면치 못할 것입니다. 우리 주인은 신이하고 현명해 위사(衛士)가 감찰을 데리러 오자 감찰에게 계교를 이르고 글을 지어 감찰에게 주었던 것

---

49) 기신(紀信): 한나라 고조(高祖) 때의 무장. 항우의 군사에게 포위당한 고조를 도망치게 한 후 자신은 살해됨.

이니 현아는 참으로 재주가 없나이다."

임금께서 다 듣고도 도리어 믿지 않으셔서 즉시 형부에 조서를 내려 현아를 잡아 물으라 하셨다.

장 상서가 즉시 형부에 돌아와 좌기하고 현아를 압령(押領)[50]하게 했다. 현아가 이에 이르자 형벌 기구를 갖추고 난복의 주사를 옮겨 하나하나 이르고 사실을 물었다. 현아가 뜻밖에 이 화를 만나 참으로 무슨 까닭인지 알지 못하다가 장 공이 이르는 말을 듣고 바야흐로 곡절을 알고 자기가 몇 년 쌓았던 공교한 계교가 누설된 것을 통탄했으나 거짓으로 안색을 지어 강변했다.

"소생이 비록 어리석으나 글을 읽어 사리를 알거늘 차마 어찌 형을 해쳐 죄를 천지에 얻겠나이까? 가형이 불초해 강상 무너뜨린 죄를 범한 것을 소생이 어찌 알겠습니까? 작은 노자 난복이 이제 주인을 위해 이런 요망한 일을 빚어내었으니 상공은 곧이듣지 마소서."

장 공이 대로해 형벌을 내어 한 차례를 치니 현아가 한결같이 변명했다. 장 공이 하릴없어 초사(招辭)[51]를 거두어 아뢰니 임금께서 다시 심문하라고 하셨다.

장 공이 이에 모든 죄수를 옥에 가두고 집에 돌아왔다.

이날 밤에 번민해 잠을 이루지 못하다가 잠깐 눈을 감으니 홀연 음산한 바람이 앞을 가리며 두 명의 흉악하게 생긴 장사가 문 밖에 서 있는 것이었다. 공이 이에 놀라서 물었다.

"너희는 어떤 사람이냐?"

두 사람이 몸을 굽혀 절하고 울며 말했다.

"소인 하나는 전날에 황극전 아래에서 죽은 자객 이연명입니다.

---

50) 압령(押領): 죄인을 맡아서 데리고 옴.
51) 초사(招辭): 죄인이 자기의 범죄 사실을 진술하던 말.

처음에 유현아에게서 금을 받고 유영걸을 놀라게 해 유현명을 잡아서 그가 죽을 땅도 없도록 했거늘 현아가 문득 일이 누설될까 두려워 신에게 약을 먹여 즉사시켰습니다. 그래서 신이 원혼이 되어 원수를 갚으려 했습니다. 이제 현아가 어르신을 속여 승복을 바로 하지 않으니 그 어미 각정을 잡아 심문하시면 될 것입니다."

또 하나가 울며 말했다.

"소인은 경사의 제일 협객 김상유입니다. 유현아가 천금을 주어 한림을 죽이라 했는데 유 한림을 따라갔으나 못 죽이고 도리어 잡혀 유 태수는 죽이려 하는 것을 유 한림이 풀어 주었습니다. 소인이 경사에 돌아와 현아에게 이 일을 고하니 문득 소인이 일을 누설할까 꺼려 독을 넣어 소인을 죽였습니다. 소인이 원통하고 억울한 것은 귀신도 미처 알지 못할 정도입니다. 밝으신 어르신께 소인의 사정을 고하니 원한을 갚아 주소서."

그러고서 두 귀신이 크게 울었다. 장 공이 매우 놀라 깨달으니 한 꿈이었다. 장 공이 꿈을 허황한 것으로 여겼으나 현아가 심술 때문에 이 일을 저질렀을 것이요, 또 꿈의 사연이 꿈같지 않았으므로 마음속에 이 일을 담아 두었다.

이튿날 좌기를 베풀어 즉시 각정을 잡아들여 엄한 형벌 도구를 갖추고 먼저 위 씨를 팔려 하던 일과 독을 넣은 일과 유 공을 속인 일과 김상유, 이연명에게서 들은 말을 가지고 세세히 물었다. 각정이 일생 부귀 가운데 있으면서 큰 소리도 듣지 못하다가 일시에 큰 매와 엄한 형벌을 보자 형벌을 받지 않았는데도 삼혼(三魂)과 칠백(七魄)이 다 흩어졌다. 좌우로 키 큰 무사가 곤장을 들어 삼이 벌여 있듯 서 있고 중간 계단에 무수한 시종관이 바로 고할 것을 외치는데 공이 묻는 것은 귀신이 곁에서 보는 것 같았으므로 스스로 몸을 떨며 고

했다.

"위 씨를 내친 일과 유 한림에게 한 번 독약 먹이려 한 것과 유 한림을 야밤에 불러들여 첩을 겁탈한 것처럼 꾸민 것은 첩이 한 일이나 그 나머지는 다 현아가 한 일이니 첩은 알지 못하나이다."

현아가 제 어미가 승복하는 것을 보고 하릴없어 고했다.

"소생이 일찍이 학식이 고루해 계교를 알지 못했는데 설최가 전후에 악한 일을 이루어 행했으니 이는 다 설최의 계교요, 소생은 알지 못하는 일입니다."

장 공이 설최 두 글자를 듣고 크게 흉악하게 여겨 말했다.

"설최가 어찌 네 집에 있느냐?"

현아가 말했다.

"소생의 장인입니다."

원래 설최를 이씨, 장씨 두 집안에서 절치부심하고 있었으므로 장 공이 이 말을 듣고 속으로 대로해 즉시 설최를 잡아 오도록 했다. 설최가 앞에 이르자 공이 눈을 들어 보니 일찍이 타향에서 떠돌아다녀 얼굴이 초췌해졌으나 옛 얼굴은 알아볼 수 있었다.

공이 설최를 한번 보고 노기가 관(冠)을 찔러 이에 물었다.

"네 전날에 국가에 큰 죄를 짓고 목숨이나마 시골에 돌아가게 된 것도 족한데 어찌 경사 아래 이르러 또 참으로 흉악한 계교를 내어 부자, 형제 사이를 이간하고 음흉한 계교로 어진 사람을 몰아 구덩이에 넣고 폐하의 총명을 속인 것이냐?"

설최가 이때 그 사위에 의지해 술과 고기를 배불리 먹었으나 스스로 평안한 빛으로 낯을 들어 나다니지 못해 마친 독 안의 쥐처럼 유 씨 집안에 들어 엎드려 있으면서 작은 계교로 한림을 죽을 곳에 넣고 참으로 의기양양해 이씨 집안을 도모하려 생각하고 있었다. 그러던 중에 뜻밖에 몸이 철사에 매여 이에 끌려와 장 공이 밝히 심문하는 것을 당하니 놀라서 기운을 잃었다. 눈을 들어 장 공을 보니 관옥(冠玉) 같은 얼굴이 해와 달 같은데 의자에 의지해 비단 도포에 옥대를 갖춘 모습이 천신 같았다. 굽어보면 예전에 자기가 장 공과 함께 조정에서 벼슬하며 그 누이와 혼인을 하려 했었는데 지금은 자기는 의관이 추레하고 땅 아래 중죄인이 되어 목숨이 경각에 있었다. 장 공과 비교하면 하늘과 땅처럼 차이가 났으므로 가슴이 막히고 넋이 뛰놀아 이에 말했다.

"내 전날 그릇해 옥란의 모함을 입어 몸이 변방에 내쳐졌으나 애매함이 백옥과 같은데 이제 폐하의 사명(赦命)이 내려진 후조차 경사에 못 오겠는가? 그대가 이제 법관이 되어 애매한 사람에게 전말을 모르는 말을 물으니 내 무엇이라 대답할 수 있겠는가?"

장 공이 대로해 좌우의 종들에게 명령해 태장을 몇 차례 쳐 엄히 심문했다. 설최가 견디지 못해 전후 자신이 저지른 일을 말하며 일일이 승복하니 장 공이 어이없어 다시 현아를 심문했다.

"다른 일은 네 알지 못한다고 하나 네 어찌 형의 글을 훔쳐 폐하를 속이고 이 상서가 남을 기만한 것으로 모함해 폐하의 총명을 속인 것이냐?"

현아가 말했다.

"이 상서를 해친 것은 금오 요한이 한 일입니다. 형의 글을 훔친 것이 아니라 형이 지극한 우애로 소생에게 알려 준 것이므로 받들어 행한 것입니다."

장 상서가 즉시 사람들을 옥에 가두고 계사(啓辭)[52]했다.

---

52) 계사(啓辭): 논죄(論罪)에 관하여 임금에게 올리던 글.

'이제 죄인 유현아를 심문했으나 끝까지 승복하지 않았습니다. 그래서 마지못해 그 어미 각정을 잡아 심문하니 그 말한 것이 전 한림 설최에게 미쳤으므로 설최를 잡아 심문했습니다. 과연 자객 이연명과 김상유를 박살낸 것이 옳고 현명을 모함해 인륜을 무너뜨린 대죄인으로 만든 것도 설최가 한 일이었습니다. 설최가 이전 죄악이 산과 같은데 또 가만히 경사 앞에 이르러 남의 부자 사이를 이간해 폐하께서 다스리는 시절에 교화를 상하게 했으니 그 죄는 목을 베어 죽일 만합니다. 집금오 요한이 전임 이부상서 이성문을 음흉한 사람으로 지목해 상소한 것이 맹랑한데 이제 그 정황이 드러났으니 잡아서 물으소서.'

이처럼 계사를 올렸다.

이씨세대록 권10

이경문과 위홍소가 부모와 상봉해 혼례하고
이경문은 위홍소가 원수의 딸이라며 박대하다

이때 장 상서의 주사가 대궐에 오르니 임금께서 크게 분노하셔서 다음과 같이 조서를 내리셨다.

'이제 감찰사 유현아가 동기를 해친 죄상은 이를 것도 없고 한림 설최가 전날에 음흉한 계교로 재상의 명부(命婦)를 해치고 또 이제 남의 형제 사이를 이간했으니 그 죄악이 가득했도다. 마땅히 사형에 처해 후인을 경계하고 현아의 죄는 설최와 같을 것이나 현명의 우애를 생각해 변방에 충군(充軍)하고 유영걸은 죄를 묻지 말라.'

그리고 요한을 심문해 실상을 조사하라 하셨다.

장 공이 즉시 요 금오를 잡아 와 전날의 일을 물으니 금오가 드디어 남창으로 갈 때 현아와 동행하며 자기가 글 읊던 일을 말하고 현아가 이리이리 이르므로 이를 동료 관리들에게 이른 것이라 했다. 현아가 할 수 없이 마침내 명지(名紙) 바꾼 일과 화가 나서 거짓말을 꾸며 요 금오에게 이른 것을 낱낱이 승복하니 장 공이 모든 초사를 거둬 계사했다.

임금께서 미처 보시지 않았는데 수주 태수가 도적 송상집과 나승을 올린다는 계문(啓聞)[1]과 이 상서의 표(表)가 올라왔다. 한림학사

---

1) 계문(啓聞): 신하가 글로 임금에게 아뢰던 일.

이중문이 꿇어 읽으니 다음과 같은 내용이었다.

'전임 이부상서 겸 문연각 태학사 이성문은 성황성공(誠惶誠恐)[2] 고개를 조아려 백 번 절하고 표를 올리나이다. 신의 어미가 예전에 남창에 귀양 갔을 때 도적을 만나 도망가다 신의 아우 경문을 잃었습니다. 신이 마침 밖으로 유람하는 때를 타 외방에 나갔다가 수주에 이르러 죄인 유현명을 보니 병이 깊어 위태로운 지경에 있었습니다. 신이 참혹함을 이기지 못해 하룻밤을 머무르니 그날 밤에 자객이 유현아의 청을 받고 현명을 해치려 하기에 신이 잡아서 심문했습니다. 그런데 그 자객이 신의 아우 경문을 판 도적 나승을 알고 있으므로 신이 송상집을 데리고 밤낮으로 대주에 이르러 나승을 잡아 경문의 출처를 물었습니다. 대개 유영걸의 죽은 아내 김 씨가 후사가 없어 유영걸이 경사에 간 사이에 경문을 나승에게서 사서 스스로 낳은 체해 영걸을 속였던 것이니 현명은 곧 신의 아우 경문입니다. 경문을 산 유영걸의 시비 취향과 나승을 한곳에서 대질시키니 과연 현명은 신의 아우임이 분명합니다. 몸에 있는 세 가지 표지가 증거가 되었으니 성상께서는 원컨대 은명(恩命)을 내리셔서 인륜을 온전하게 하도록 하소서.'

한림의 상소도 또 마찬가지 내용이었다.

임금께서 다 듣고 크게 놀라며 칭찬하셨다.

"원래 현명이 연왕의 아들이었도다. 그 얼굴이 같은 것을 괴이하게 여겼더니 부자가 자연히 닮은 것이었도다."

그러고서 즉시 법부에 조서를 내리셨다.

'유현아가 흉한 계교로 경문을 세 번 죽이려 하다가 뜻을 이루지

---

2) 성황성공(誠惶誠恐): 진실로 황공하다는 뜻으로, 임금에게 올리는 글의 첫머리에 쓰는 표현.

못하고 그 어미 각정이 적자(嫡子)를 모해해 죄악이 산과 같으니 다 목을 베라.'

연왕이 이에 즉시 청대(請對)3)하니 임금께서 경문 얻은 것을 치하하시고 말씀하셨다.

"선제께서 매양 소 씨가 고생한 것을 안타까워하시더니 오늘날 부자가 온전할 줄 알았겠는가?"

왕이 고개를 조아리고 아뢰었다.

"16년 잃었던 자식을 얻은 것은 신의 집에 다행한 일입니다. 그러나 유현아가 경문 때문에 목이 베어진다면 참으로 경문의 적악(積惡)이 깊게 될 것입니다. 현아가 비록 경문을 해치려 했으나 경문이 끝내 죽임을 면했으니 편벽되게 조그마한 원한을 갖는 것이 옳지 않고, 유영걸이 늙은 나이에 한 아들을 잃고 하나가 죽는다면 그 외로운 신세는 오월에 서리가 내리는 것 같을 것이니 폐하께서 너그러운 은혜를 내리신다면 다행일까 하나이다."

임금께서 그 어진 말에 승복하셔서 현아는 용서하시고 설최와 각정은 목을 베라 하시고 유 공은 시골로 내치시고 요한은 삭직하셨다.

담당 관리가 성지(聖旨)를 받들어 즉시 각정과 설최를 저자에 데려가 목을 베니 두 사람이 평생 악의 으뜸으로 경사와 시골에서 종횡하다가 오늘 손발이 끊어졌으니 훗사람을 경계함 직했다.

임금께서 즉시 사신을 수주에 보내셔서 한림과 상서를 표장(表章)4)하시고 두 사람을 다 역마(驛馬)로 부르셨다.

이때 이씨 집안에서는 상서가 우연히 밖으로 유람한 줄 알고 경문

---

3) 청대(請對): 신하가 급한 일이 있을 때에 임금에게 뵙기를 청하던 일.
4) 표장(表章): 어떤 일에 좋은 성과를 내었거나 훌륭한 행실을 한 데 대하여 세상에 널리 알려 칭찬함.

을 찾으러 간 줄은 꿈에도 생각지 않았고 연왕은 잠깐 짐작했으나 내색하지 않았더니, 천만뜻밖에도 경문의 서찰이 급히 이르자 일가 상하 사람들의 기뻐하는 소리가 봄바람 같았으니 왕 부부의 기뻐하는 마음이야 어찌 헤아릴 수 있겠는가. 상서의 서간을 보고 바야흐로 그 사이의 곡절을 알고 유현명이 경문인 줄을 깨달아 기쁨이 극했다. 하남공이 이에 말했다.

"내 원래 처음부터 현명이가 둘째동생과 같은 줄 괴이하게 여겼더니 잃어버린 자식을 지척에 두고 그토록 애를 썼구나."

왕이 대답했다.

"모든 일이 작은 것도 운수니 아비와 아들의 만남이 때를 기다린 것 같습니다."

그러고서 그 서간을 자세히 보니 말마다 슬프고 간절해 부모가 눈물이 나는 것을 깨닫지 못했다. 일가 사람들이 모두 치하하니 더욱이 소후의 기쁨이야 어찌 비할 데가 있겠는가. 사람들이 상서가 돌아오기를 날로 기다렸다.

차설. 위 소저가 한림과 이별하고 다시 배를 타 군산에 이르니 운사가 곡절을 자세히 묻고 탄식하며 말했다.

"내년이면 소저와 상공의 운수가 크게 통해 두 분이 북녘으로 돌아가실 것이니 슬퍼 마소서."

소저가 이에 탄식했다.

이후 소저가 자기 몸은 무사했으나 신세를 슬퍼하고 한림이 귀양살이하며 겪는 고초를 우려해 마음이 슬퍼 기분 좋은 날이 없었다. 그러나 자기 한 몸이 평안하고 도관이 인간 세상과 떨어져 있으므로 세상 염려가 날로 사라졌다. 이는 참으로 강호의 머리털 있는 중이

요, 천하에 집 없는 손님이었으니 이생에서 삶을 꾸리며 고초를 겪는 것에는 비할 것이 없었다.

이해가 지나고 새봄을 만나 대보름이 되니 온 고을의 사람들이 다 향불과 등불로 도관에 공을 들였다. 길이 복잡한 가운데 이날 사람들이 저물도록 축원을 하다 마치고 헤어졌다. 그중 중년의 여자 한 명이 밤을 지내며 운사와 대화했다. 소저는 도청과 곁방에 있었는데 그 여자가 문득 탄식하며 말했다.

"슬프다! 소저를 위해 도관에 공을 여러 해 들였으나 알아줌이 없으니 어찌 서럽지 않은고?"

운사가 물었다.

"그대 소저는 어떤 사람이오?"

그 여자가 말했다.

"내 젊었을 적에 경성 위 시랑 댁의 네 살 먹은 소저를 길렀더니 두역을 피해 비접5) 갔다가 소저가 우물에 빠졌소. 첩이 상전의 꾸지람을 두려워해 멀리 달아났으니 여기에 와 소저를 위해 사계절에 축원하는 것은 이 때문이라오."

운사가 고개를 끄덕이고 희미히 웃었다.

소저가 곁방에서 듣고 의심해 도청에게 눈짓을 해 나가서 물으라 하니 도청이 문을 열고 나가 앉으며 말했다.

"노파가 이르는 말을 들으니 참으로 슬프오. 그런데 그 소저의 몸에 표시가 있었소?"

구취가 말했다.

"여느 표시야 무엇이 있겠는가마는 갓 나며 팔 위에 '홍소' 두 글

---

5) 비접: 앓는 사람이 다른 곳으로 자리를 옮겨서 요양함.

자가 있으니 어르신께서 기이하게 여기셔서 이름을 '홍소'라 지으셨다오. 또 소저의 큰오빠 최량 상공이 소저에게 앵혈(鶯血)을 찍으실 적에 웃고 말씀하시기를, '훗날 네 남편이 친영(親迎)6) 날 네 이름을 알게 해야겠다.' 하시고 '홍소'라고 쓴 글자 위에 '위' 자를 쓰셨지요."

도청이 또 물었다.

"그 소저에게 그때 무엇을 입혔소?"

구취가 말했다.

"푸른 비단으로 지은 옷을 입히고 진홍색 비단 치마를 입혔으며 옥린(玉麟)7)을 채웠소. 그런데 도사께서 묻는 것은 어째서요?"

말이 끝나지 않아서 소저가 문을 열고 내달아 구취를 붙들고 말했다.

"어미는 구취가 아닌가?"

구취가 놀라 눈을 둥그렇게 뜨고 말했다.

"소상공께서 어떻게 내 이름을 아는 것이오?"

소저가 울고 자기의 팔을 내 보이며 말했다.

"그대가 이른 사람은 곧 나니 지금 나는 진짜 남자는 아니네. 내일찍이 어슴푸레 자세히 생각은 안 나나 우물에 빠져 남창 사람 원용이 구해내 기른 것은 생각나니 어미는 이 치마를 보게."

소저가 자기 집에서 입고 온 치마와 저고리를 몸 가에서 없애지 않았더니 저고리는 위 처사 집에 두고 왔으므로 치마만 있던 것이었다. 구취가 소저의 팔에 쓴 것과 치마를 보고 심신이 얼떨떨해 소저를 붙들고 크게 울며 말했다.

"소저가 어찌 여기에 이른 것입니까?"

---

6) 친영(親迎): 육례의 하나로, 신랑이 신부의 집에 가서 신부를 직접 맞이하는 의식.

7) 옥린(玉麟): 옥으로 만든 기린 모양의 노리개.

소저가 울고 전후수말을 자세히 이르고 말했다.

"내 일찍이 높은 당에 있던 일과 우물에 빠진 일은 역력히 기억났으나 부모의 성명을 모르니 어디를 가야 부모를 찾을 수 있었겠는가? 속절없이 환난을 겪어 떠돌아다니며 애를 태우다가 오늘 어미를 만날 줄 알았겠는가?"

구취가 소저를 만나 다행함과 기쁨이 비할 곳이 없어 일렀다.

"이 종이 그때 먼 곳에서 갓 잡혀와 참으로 사리를 몰랐으므로 소저를 구해 살릴 도리는 모르고 한갓 달아나 이곳에 왔습니다. 그 후에 뉘우치는 마음이 한량없어 밤낮으로 이 도관에 공을 들여 소저가 재생하시기를 바랐더니 오늘 만날 줄 어찌 알았겠습니까? 그때 소저 부친은 위 시랑이시고 모친은 부인[8]이시니 이제 소저와 함께 경사로 찾아가십시다."

소저가 구취의 말을 듣고 기쁘고 슬픈 마음이 섞인 채 그 전말을 자세히 묻고는 환희하는 것이 꿈속 같았다. 밤이 새도록 서로 소회를 여니 운사와 도청이 치하하기를 마지않았다.

이튿날 소저가 구취와 경사로 갈 일을 의논하는데 갑자기 젊은 도사들이 분주히 초당을 쓰는 것이었다. 소저가 연고를 물으니 도사가 대답했다.

"밖에 객이 와 계시니 대접하기 위해서입니다."

소저가 다시 묻지 않더니 구취가 이윽고 나가서 보고 매우 의심하다가 문득 내달아 그 객에게 절하고 말했다.

"어르신께서는 남창의 위 처사 어르신이 아니십니까?"

원래 위 처사가 위 씨의 종적을 찾으려 해 두루 산을 돌아다녀 발

---

8) 부인: 원문과 이본들에 부인의 성이 나와 있지 않아 번역본에도 이와 같이 처리함.

길이 닿지 않은 곳이 없다가 오늘 이곳에 이른 것이었다. 구취가 처사의 안면이 어렴풋했으나 자세하지 않아 물은 것이다. 처사가 이에 말했다.

"나는 위 처사인데 너는 어떤 사람이냐?"

구취가 대답했다.

"십오 년 전 경성의 위 시랑 댁 홍소 소저를 아시나이까?"

처사가 매우 놀라서 말했다.

"홍소는 내 조카 위 승상의 잃은 딸아이인데 네가 어찌 아느냐?"

구취가 대답했다.

"이 종은 홍소 소저의 유모 구취니 산중에 묻힌 지 여러 세월이 지나 그사이에 위 시랑께서 승상이 되신 줄은 알지 못했나이다."

처사가 더욱 크게 놀라 말했다.

"내 나이가 늙어 짧은 시간에 알아보지 못했으니 늙어 어리석게 된 것이 한스럽구나. 알지 못하겠으나, 홍소는 어디에 있느냐?"

구취가 드디어 전후의 곡절을 자세히 고하니 처사가 크게 기뻐 즉시 소저를 불렀다. 구취가 이에 방에 들어가 소저에게 수말을 고했다.

소저가 놀라고 기쁜 마음을 이기지 못해 급히 초당으로 나가 처사를 보니 이 사람은 곧 전에 의지했던 위 처사였다. 처사가 또한 소저의 얼굴을 알아보니 소저가 먼저 절하고 머리를 두드려 말했다.

"소손이 할아버님을 속인 죄는 만 번 죽어도 오히려 가볍습니다."

처사가 바삐 손을 잡고 말했다.

"전에 네 내 집에 있다가 까닭 없이 달아난 것은 어째서이냐?"

소저가 눈물을 흘리고 오열해 말했다.

"소손이 어렸을 때 부모를 떠나 남의 집에서 길러지다가 전후에 화란(禍亂)이 많이 생겨 길에서 떠돌아다닐 때 조부의 은혜로 몇 달을 편히 머물렀습니다. 그래서 은혜를 마음속 깊이 새겼더니 조부께서 아버님과 의논하시는 말을 전해 듣고 좁은 소견에 다른 계교가 없어 한밤중에 도주해 몸을 산중에 감추었습니다. 세간의 소식이 아주 끊어져 이생에는 부모를 찾을 길이 아득해 한갓 북녘의 기러기를 바라보며 애를 태웠습니다. 그런데 하늘이 도우셔서 유모를 만나 부모의 소식을 들으니 몸이 하늘에 나는 듯했는데 또 조부를 뵈니 오늘 죽어도 한이 없을 것입니다.”

처사가 손을 잡고 위로해 말했다.

“이 늙은이가 무심해 그날 말이 그러했으나 네 만일 사정을 고하고 애걸했다면 내가 무슨 까닭으로 네 말을 듣지 않았겠느냐? 네가 간 후 버리고 간 옷을 네 아비가 보고 지나치게 슬퍼해 밤낮으로 너를 두루 찾다가 못하고 경사로 돌아가며 내게 너를 찾아 달라고 청했단다. 내 더욱 안 좋은 마음을 이기지 못해 남쪽 지방을 거의 다 두루 돌며 너를 찾아다녔는데 오늘 만날 줄 알았겠느냐?”

소저가 이 말을 듣고 새로이 탄식하며 흐느끼니 처사가 위로했다.

처사가 드디어 운사와 도청을 불러 거듭 사례하니 운사가 합장해 말했다.

“빈도가 우연히 소저를 만나 풀잎사귀를 어설프게 대접했는데 어르신의 치사를 받으니 황공합니다.”

처사가 이날 머물러 소저를 데리고 돌아갈 적에 행낭 속에서 금과 비단을 내어 도관 중수하는 것을 돕고 소저는 운사와 도청에게 은혜를 재삼 사례하고 눈물을 뿌려 이별하니 운사와 도청 또한 허전한 마음을 이기지 못했다.

처사가 소저를 데리고 집에 돌아와 부인에게 보이고 곡절을 이르니 부인이 놀라며 소저의 빛나는 용모를 칭찬했다. 처사가 소저에게 말했다.

"네 아비가 너의 소식을 몰라 밤낮으로 애를 태우며 근심하니 내일 길을 떠나 경사로 가라."

소저가 명령대로 하겠다 했다.

처사가 이에 즉시 집안의 장정 10여 명과 첩의 자식 공희에게 소저를 모시고 가라 하며 슬픈 빛으로 소저에게 말했다.

"나는 인간 세상과 사절했으니 다시 너를 볼 길이 없구나. 너는 여복으로 바꿔 입어 이 늙은이가 너를 한번 볼 수 있도록 하라."

소저가 명령을 받들어 즉시 붉은 치마와 채색 옷으로 갈아입고 운환(雲鬟)9)을 묶고 화장을 참하게 하니 시원한 태도와 얌전한 기질이며 빼어나고 영롱한 골격은 여와(女媧)10) 마님이 재생한 듯했다. 처사가 기뻐하며 기특하게 여기는 마음을 이기지 못해 말했다.

"여자 가운데 고운 사람이 있다 한들 어찌 너에게 미칠 수 있겠느냐?"

그러고서 손을 잡고 연연해하다가 이별했다. 소저가 눈물을 뿌려 하직하고 가마에 올라 밤낮으로 경사로 향했다.

이때 위 공은 늘 딸을 잊지 못해 벼슬을 사직하고 두루 돌아다니며 딸을 찾으려 했으나 임금께서 허락하지 않으셨으므로 초조한 마음이 병이 될 지경이었다. 그런데 이날 공희가 부녀의 행차를 모셔 오는 것을 보고 의아해했다. 공희가 교자를 뜰 앞에 놓자 한 여자가 몸단장을 대강 한 채 천천히 당 위에 올라 절을 하는 것이었다. 기이한 얼굴은 강산의 정기를 홀로 차지했고 버들 같은 눈썹은 여덟 빛

---

9) 운환(雲鬟): 구름 모양으로 쪽찐 탐스러운 머리.

10) 여와(女媧): 중국 고대 신화에서 인간을 창조한 것으로 알려진 여신이며, 삼황오제 중 한 명이기도 함. 인간의 머리와 뱀의 몸통을 갖고 있으며 복희와 남매라고도 알려져 있음. 처음으로 생황이라는 악기를 만들었고, 결혼의 예를 제정하여 동족 간의 결혼을 금하였음.

깔로 영롱했으며 살빛은 백설(白雪)을 우습게 여겼다. 두 보조개에 어린 온갖 광채가 대청 위에 빛나고 붉은 입술은 참으로 노자궁(老子宮)[11]의 화로에 단사가 익은 것 같았다. 두 어깨는 봉황이 나는 듯했고 허리는 버들가지 같았으니 송옥(宋玉)[12]이 동가녀(東家女)[13]를 말하고 조식(曹植)[14]이 낙신(洛神)[15]을 기린 것은 녹록할 정도였다. 승상 부처가 어린 듯해 미처 말을 못 하고 있는데 소저가 울면서 말했다.

"불초녀 홍소가 부모님이 낳아 주신 큰 은혜를 잊고 세상 속에서 떠돌아다녀 부모님의 심려를 태우시게 했으니 소녀의 죄는 터럭을 빼어 세어도 남을 지경입니다."

승상이 이 말을 듣고 크게 놀라 급히 손을 잡고 말했다.

"이 말이 정말이냐?"

소저가 다시 오열하며 전후의 사연을 고하고 공희가 처사의 서간을 드리니 승상이 귀로 들으며 눈으로 서간을 다 보고는 기뻐서 몸이 하늘에 오른 듯하고 기쁨이 바란 것보다 넘쳐 비 갠 후의 맑은 하늘을 본 것 같아 도리어 온 몸이 가려워 아무 말을 할 줄 몰랐다. 부인이 달려들어 소저를 붙들고 내내 우니 승상이 정신을 진정하고

---

11) 노자궁(老子宮): 중국 강서성(江西省) 삼청산(三淸山)에 있는 건물.

12) 송옥(宋玉): 중국 전국시대 초(楚)나라의 문인(B.C.290?~B.C.222?). 굴원(屈原)의 제자로 초나라의 대부(大夫)가 됨. 부(賦)를 잘 지어 굴원과 함께 '굴송(屈宋)'이라 불림.

13) 동가녀(東家女): 송옥(宋玉)의 <등도자호색부(登徒子好色賦)>에 나오는 동쪽 이웃집의 딸로, 미인을 이름.

14) 조식(曹植): 중국 삼국시대 위(魏)나라 무제(武帝) 조조(曹操)의 셋째 아들(192~232). 자는 자건(子建). 생전에 진왕(陳王)이었는데 죽은 후에 시호가 '사(思)'가 되면서 대개 진사왕(陳思王)으로 불림. 시에 능통해 아버지 조조, 형 조비(曹丕)와 함께 삼조(三曹)라 일컬어짐.

15) 낙신(洛神): 조식(曹植, 192~232)의 <낙신부(洛神賦)>에 등장하는, 낙천(洛川)의 여신인 복비(宓妃)를 이름. 조식이 경사에 왔다가 돌아가는 길에 낙천(洛川)을 지나는데 송옥이 초왕(楚王)에게 무산(巫山)의 신녀(神女)에 대해 말한 것에 느낀 바가 있어 지었다고 <낙신부>에서 밝힘. 이 작품에서 낙신은 매우 아름답게 묘사되어 있음.

부인을 말려 말했다.

"이제 잘 모였는데 부질없이 곡을 하는 것이오?"

그러고서 딸을 쓰다듬으며 말했다.

"너를 잃고 밤낮으로 그리워하는 마음을 어디에 둘지 못했는데 네가 이처럼 무사히 자라 평안히 모일 줄 알았겠느냐?"

소저가 눈물을 뿌려 사례하고 모든 형제가 크게 기뻐하며 각각 부모를 위로하고 소저를 향해 치하했다. 이때 최량은 우부시랑이요, 중문은 한림학사요, 후량은 도어사였다. 다 각각 관옥(冠玉) 같은 풍채로 자녀를 쌍쌍이 두었고 최량의 처 두 씨, 중량의 처 신 씨, 후량의 처 오 씨도 각각 절색이었다. 승상이 자녀를 모아 담소하며 구취와 난섬 등에게 크게 상을 주어 그 공을 표했다.

이날 밤에 승상이 부인과 함께 딸을 앞에 앉히고 탄식하고 슬퍼하며 그간 겪은 일들을 묻고 시가(媤家)를 물었다. 소저가 탄식하고 자세히 고하니 승상이 매우 놀라 말했다.

"하늘의 도가 어찌 이렇듯 공교한고? 내 본디 유현명과 원한을 지극히 맺었고 지금은 제 국가의 중죄인으로 변방에 귀양 가 살아 돌아올 기약이 끊어졌으니 너의 일생은 다시 볼 것이 없구나. 그러니 어찌 애석하지 않으냐?"

소저가 자약히 대답했다.

"소녀가 이미 부모를 좇아 일생 몸을 마치려 하니 어찌 부부의 즐거운 일을 생각하겠나이까?"

승상이 탄식하고 말했다.

"네 마음은 그러하나 부모 마음이야 차마 어찌 견딜 수 있겠느냐?"

부인이 눈물을 비처럼 흘리며 말했다.

"천신만고 끝에 어미와 딸이 만났으나 너의 일생 삶이 반비(班

妃)16)의 장신궁(長信宮)17) 생활과 흡사할 것이니 어찌 애달프지 않으냐?"

또 그 팔뚝에 앵혈(鶯血)18)이 있는 것을 보고 승상 부부가 더욱 놀라서 말했다.

"딸아이가 혼인한 지 4년이라 했는데 처녀로 있는 것은 어째서이냐?"

소저가 부끄러워 나직이 대답했다.

"소녀가 당초에 저 사람을 좇았을 적에 우여곡절 끝에 예법을 차리지 않은 채 했고 부모님의 명령이 없으셨으므로 저 사람에게 사정을 애걸하니 저 사람이 허락해 주었습니다."

승상이 경문을 크게 칭찬해 말했다.

"네 뜻이 큰 것도 천추에 드물지만 현명이의 기이한 행동을 보면 참으로 숙녀와 군자로구나."

그러고서 이전에 경문에게 모욕 준 일을 뉘우치며 이 부부의 신세가 순탄하지 못한 것을 슬퍼했다.

승상 부부가 비록 딸의 말을 믿었으나 그래도 의심하여 조용히 난섬을 불러 물었다. 그러자 난섬이 처음에 소저가 목을 매자 한림이 놀라고 두려워 소저를 달래고 공경하던 일, 그 후에 소저를 공경하며 잠시도 소저 곁을 떠나는 것을 불편하게 여기고 강주에서 돌아와

---

16) 반비(班妃): 중국 한(漢)나라 성제(成帝)의 궁녀인 반첩여(班婕妤). 시가(詩歌)에 능한 미녀로 성제의 총애를 받다가 궁녀 조비연(趙飛燕)의 참소를 받고 물러나 장신궁(長信宮)에서 지내며 <자도부(自悼賦)>, <원가행(怨歌行)> 등을 지어 자신의 처지를 하소연함.

17) 장신궁(長信宮): 장신궁. 중국 한(漢)나라 성제(成帝)의 궁녀인 반첩여(班婕妤)가 성제의 총애를 잃은 후 지내던 궁 이름.

18) 앵혈(鶯血): 순결의 표식. 장화(張華)의 『박물지』에서 그 출처를 찾을 수 있음. 근세 이전에 나이 어린 처녀의 팔뚝에 찍던 처녀성의 표시를 말하는 것으로 도마뱀에게 주사(朱沙)를 먹여 죽이고 말린 다음 그것을 찧어 어린 처녀의 팔뚝에 찍으면 첫날밤에 남자와 잠자리를 할 때에 없어진다고 함.

소저와 관계를 맺으려 하니 소저가 울고 거스르던 일과 작년에 소저가 군산역에 가 한림의 병을 구한 후 한림이 소저와 관계를 맺으려 하자 소저가 죽기로 거스르니 한림이 노해 꾸짖던 일을 일일이 고했다. 승상 부부가 그 금슬이 화락한 것을 매우 기뻐했으나 부부가 서울과 시골에 떨어져 있어 모일 기약이 없고 유 공과 현아가 어리석은 것을 한스러워해 비록 딸을 얻었으나 기쁜 줄을 모르고 그 일생을 불쌍히 여겨 근심어린 눈썹을 펴지 못했다.

오래지 않아 유 한림이 이 한림이 되고 모든 악당이 소멸하니 승상이 매우 기뻐해 조정에서 돌아와 소저에게 자세히 이르고 말했다.

"내 참으로 너를 유 공의 며느리로 삼는 것을 꺼려했고 현명과 내가 원한을 맺었으니 너의 일생을 생각하면 먹고 자는 것이 달지 않았다. 그런데 현명이 오늘날 연왕의 둘째아들 이경문이 되었구나. 연왕과 네 아비는 문경지교(刎頸之交)[19]를 맺었으니 인친(姻親)[20]이 된 것이 더욱 기쁘구나. 그러니 너의 일생도 좋지 않겠느냐?"

소저가 또한 한림이 무사히 돌아오게 된 것을 기뻐해 즐거운 낯빛으로 대답했다.

"오늘날 운수가 흥한 것은 저 사람의 덕을 하늘이 감동했기 때문입니다. 다만 묻습니다. 전에 아버님이 저 사람과 원한 맺은 것은 무슨 일에서 비롯된 것입니까?"

승상이 자세히 이르니 소저가 미소 짓고 대답했다.

"그렇다면 소녀는 저와 의절하게 될 것입니다."

승상이 놀라서 말했다.

"딸아이의 말이 무슨 뜻이냐?"

---

19) 문경지교(刎頸之交): 친구를 위해 목을 베어 줄 정도의 사귐.
20) 인친(姻親): 혼인으로 맺어진 관계. 또는 혼인 관계로 척분(戚分)이 있는 사람.

소저가 말했다.

"소녀가 이생의 인물을 대략 알고 있으니 본부모를 얻었다고 유 공을 잊을 사람이 아닙니다. 그리고 고집이 매우 세서 한 번 말을 내 면 작은 일이라도 고치지 않으니 소녀 한 사람 때문에 아버님을 아 름답게 보겠나이까? 아버님은 두고 보소서. 저 이생이 소녀를 용납 하지 않을 것입니다."

승상이 놀라 말했다.

"네 소견이 일리가 있거니와 연왕이 어찌 제 뜻을 받아들이겠느 냐?"

소저가 웃고 말했다.

"이생의 뜻이 금석과 같으니 만일 그 아버지 앞에서 힘써 직언해, '유 공에게 16년을 길러져 유 공을 아비로 대접하다가 이제 유 공을 저버려 차마 두 마음을 먹을 수 있겠습니까?'라고 하면 비록 아버지 의 위엄이 있다 해도 어찌 그 뜻을 앗을 수 있겠습니까?"

공이 또한 의심하고 염려해 즉시 옷을 갈아입고 이씨 집안으로 향 했다.

연왕 형제가 일시에 맞이해 인사를 마치자 위 공이 연왕을 향해 경문 얻은 것을 일컫고 말했다.

"전날에 영랑과 원한 맺은 것이 심상치 않으니 대왕도 이 아우를 원수로 지목하시는가?"

왕이 웃으며 말했다.

"16년 잃었던 자식을 얻으니 기쁨이 바란 것 밖이요, 다른 일을 생각지 않았더니 형은 생각 밖의 말도 하는구려."

공이 또 웃고 말했다.

"아우가 전에 과격하고 조급해 이번 일을 맞아 큰 근심이 되고 우려가 적지 않아 대왕에게 말하네.”

왕이 웃으며 말했다.

“피차 별 생각이 없이 한 일을 과인이 염두에 둘 것이라고 어찌 여러 말을 하는 겐가?”

위 공이 말했다.

“아우의 말이 대왕이 유감을 품을 것이라 근심하는 것이 아니라 큰 일이 있어 그런 것이라네.”

왕이 놀라서 물으니 위 공이 말했다.

“아우가 전에 어린 딸을 잃었더니 남창 사람 원용이 딸아이를 길러 경문에게 시집보냈네. 딸아이가 죽기로 거절해 영랑을 물리치고 한 방에서 예법대로 있다가 후에 각정이 딸아이를 산인(山人) 도청에게 파니 딸아이가 두 시비와 함께 남창을 두루 떠돌아다니다가 요사이에 갓 찾아서 아비와 딸이 모였네. 그런데 경문의 성품을 생각하면 필시 이 아우 때문에 딸을 용납하지 않을 것이니 대왕에게 묻는 것이라네.”

왕이 다 듣고 놀라며 기뻐해 일렀다.

“일이 공교해 형의 딸이 내 슬하에 오게 될 줄 알았겠는가? 경문이가 전날에 작은 고집이 있었다 해도 내 명령이 있다면 경문이가 무슨 말을 하겠는가?”

승상이 소저의 말을 일러 주니 예부 흥문이 말을 이어 대답했다.

“예전에 저희가 경문이가 가지고 있던 서간을 보고 시험해서 말하니 위 승상을 절치부심해 노기가 가슴에 막히기에 이르렀습니다. 이번 일을 맞아 원한을 풀 길이 없고 위 씨 제수의 말이 지극히 옳으니 경문이 만일 그처럼 대답한다면 숙부께서는 어찌하시겠습니까?”

왕이 한참을 생각하다가 대답하지 않으니 하남공이 잠깐 웃고 말했다.

"위 씨 며느리가 이제 경문이와 다시 대례(大禮)를 지낼 것이니 경문이를 잠깐 속이는 것이 어떠냐?"

왕이 대답했다.

"막중한 대사를 속일 일이 아닙니다. 마땅히 이 아이에게 이르고 꾸짖어 말을 듣도록 하겠습니다."

남공이 말했다.

"속이는 것은 희롱이 아니다. 이 아이가 위 씨를 죽기로 취하지 않으려 한다면 위 씨의 말과 같이, 이 아이가 괴이한 고집을 부려 불평하면 부형의 책망이 마땅하나 의리의 마땅한 일로 도리를 온전히 하려 하는 것은 비록 아버지라 해도 고집을 꺾는 것이 옳지 않다. 임시방편으로 경문이를 잠깐 속이는 것이 옳다."

위 공이 말했다.

"남공 형의 말이 옳으시니 천천히 그 뜻을 보아 도모하세."

왕이 고개를 끄덕였다.

예부 흥문이 웃고 위 공에게 고했다.

"제수씨의 얼굴이 어떠합니까?"

위 공이 말했다.

"딸아이가 비록 볼품없는 자질을 가지고 있으나 거의 경문이를 위해 아내 소임은 할 수 있을까 한다."

예부가 웃고 전에 경문이 지은 글을 외우고 말했다.

"경문이가 이와 같은 정을 가지고 부부의 즐거움을 이루지 않았다고 한 일을 소생이 의심하나이다."

위 공이 말했다.

"나도 그렇게 여겼으나 딸의 팔뚝에 앵혈이 그대로 있으니 어찌

하겠느냐?"

모두 칭찬해 말했다.

"이 일은 경문이가 착해서가 아니라 위 씨가 의지가 견고해서이니 왕형(王兄)의 복을 치하하네."

각설. 사신이 수주에 이르러 조서를 전하니 한림과 상서가 향안(香案)을 베풀고 전지(傳旨)를 들으니 다음과 같은 내용이었다.

'아! 아비와 아들은 천하에서 중요한 것 가운데 으뜸이거늘 이제 한림학사 이경문이 연왕 이 모의 아들로서 어렸을 때 유씨 집에서 길러져 전후에 참혹한 환난을 겪고 겨우 형제를 찾았으니 어찌 안타깝지 않은가. 경의 충성스러운 종 난복이 비분강개해 한 번 등문고를 울리니 경의 죄 없는 것이 하늘의 해와 같이 되고 간악한 사람이 스스로 자취를 감추었도다. 이는 하늘이 어진 사람을 도와서 그런 것이 아니겠는가. 경은 모름지기 역마(驛馬)로 상경해 아비와 아들이 만나도록 하라. 이부상서 이성문은 전날의 누명이 옥처럼 벗겨지고 동기(同氣)를 찾아 인륜이 완전하게 되었으니 짐이 아름답게 여기노라.'

두 사람이 대궐 쪽을 향해 은혜에 감사하고 즉시 길을 떠나 경사로 향했다. 한림은 몸의 병이 회복되지 않았으나 하루도 머무르기를 원하지 않았으므로 상서가 평안한 교자를 구해 경문을 태우고 자기는 역마로 길에 올랐다. 태수가 십 리 장정(長亭)[21]에 나와 전송했다.

군산역에 다다라 한림이 집안 장정 중 신중한 사람을 시켜 옥룡관에 가 부인에게 자기 편지를 전하라 하고 부인이 평안한지 소식을

---

21) 장정(長亭): 장정. 먼 길을 떠나는 사람을 전송하던 곳.

알아오라 했다. 상서가 이에 말했다.

"이제 우리가 함께 들어가 제수씨를 보고 함께 길을 가는 것이 어떠냐?"

한림이 말했다.

"저 사람은 이 아우의 사람이지만 혼인의 예법을 갖추지 못했고 부모님의 명령이 없으니 천천히 데려가십시다."

상서가 한림의 말을 좇아 길을 떠나 유씨 집에 이르렀다.

유 공이 이때 허다한 풍파를 지낸 데다 각정은 죽고 현아와는 이별하니 노인의 슬픈 마음이 끝없던 중에 더욱 현명을 잃으니 좌우에 자신을 위로해 줄 사람이 없었다. 그래서 즉시 남창으로 향하니 연왕이 십 리 밖에 나와 전송했다. 연왕이 유 공에게 경문을 길러 준 은혜에 사례하니 유 공이 이때 부끄러워 죽으려 해도 죽을 땅이 없어 다만 벌주기를 청하고 말했다.

"소생이 죽은 처와 간악한 시비의 계교를 알지 못하고 영랑을 내자식으로 알아 전후에 영랑을 박대했습니다. 그것을 생각하면 참으로 대왕께서 소생을 다스려 주기를 기다리고 있었는데 은혜를 일컬으신 것은 뜻밖입니다."

왕이 위로해 말했다.

"전날의 일은 다 자식 녀석의 액운 때문이니 명공(明公)의 탓이라 하겠습니까? 만일 명공이 아니었다면 자식 녀석이 길에서 굶어 죽었을 것이니 명공의 은혜가 크지 않습니까?"

그러고서 드디어 금은을 많이 내어 반전(盤纏)[22]을 돕고 이별했다.

유 공이 사례하고 남창에 이르러 종들과 함께 세월을 보내다가 이

---

22) 반전(盤纏): 먼 길을 떠나 오가는 데 드는 비용.

날 경문을 보고 다만 눈물을 흘리니 경문이 두 번 절하고 말했다.

"소자가 사리에 어두워 16년 길러 주신 은혜를 잊고 허다한 구설이 대인 몸에 미치게 하고 현아와 서모가 몸을 보전하지 못했으니 오늘 대인께 뵙는 것이 황공하여 죽으려 해도 죽을 땅이 없습니다."

유 공이 울며 말했다.

"현아와 각정을 그리 알지 않았더니 그토록 공교하게 꾀를 빚어 너를 해치고 노인을 속일 줄 알았겠느냐? 네가 나 때문에 죽을 뻔한 적이 여러 번이라 나를 원수로 알까 여겼더니 어찌 오늘 삼가 찾아 이를 줄 알았겠느냐?"

한림이 슬픈 빛으로 탄식하고 말했다.

"소자가 비록 어리석으나 대인의 큰 은혜를 잊고 작은 일 때문에 원한을 맺는 일이 있겠나이까? 전날 아버지와 아들로 일컬으며 대인께서 소자를 사랑하시던 은혜를 생각하면 지금에 이르러도 다시 얻기 어려우니 어찌 슬프지 않나이까?"

유 공이 다만 눈물을 흘리고 상서가 또한 말을 베풀어 은혜에 사례하니 유 공이 탄식하고 말했다.

"내 경문이를 저버림이 깊은데 이번에 연왕께서 나를 후하게 대접해 주셨으니 황송하고 감격스럽습니다. 그런데 또 명공께서 과도하게 위로해 주시니 노인이 한낱 토구(菟裘)23)에 있으나 부끄러운 줄을 모르겠나이까?"

상서가 사양해 말했다.

"소생이 어찌 감히 대인을 위로하겠습니까? 옛날 일은 사제(舍弟)의 운액 때문이고 간악한 사람이 그처럼 교묘하게 계교를 부렸으니

---

23) 토구(菟裘): 벼슬을 내놓고 은거하는 곳이나 노후에 여생을 보내는 곳을 이르는 말. 중국 노나라 은공이 토구의 땅에서 은거하였다는 데서 유래함.

대인께서 사광(師曠)24)처럼 귀 밝음이 있다 하신들 곧이듣지 않았겠나이까?"

공이 부끄러워 묵묵히 있었다.

상서와 한림이 이날 머무르고 이튿날 돌아갈 때 한림이 울고 유공의 옷을 잡아 말했다.

"오늘 16년 깊이 맺은 은혜와 사랑을 베어 돌아가는 마음을 지향하지 못하겠습니다. 원컨대 대인께서는 천추를 무강하소서. 제가 끝내 아버님을 한 댁에서 모셔 봉양하기를 원하나이다."

유 공이 한림의 이와 같은 정성을 보고 또한 눈물을 흘려 말했다.

"너는 어진 부모를 잘 얻어 돌아가지만 나는 이렇듯 외로워 기댈 곳이 없으니 누구를 의지하고 살 수 있겠느냐?"

한림이 더욱 슬퍼 눈물을 흘리고 유 공을 위로해 말했다.

"소자가 마땅히 대인을 평안토록 할 것이니 염려 마시고 대인께서 잠깐 참으시면 변통할 도리가 있을 것입니다."

유 공이 사례해 말했다.

"오늘날 현아가 국가의 중죄인으로 변방에 귀양 가 살아 돌아올 기약이 끊겼고 나는 슬하에 자녀 한 명이 없으니 몸이 죽은 후에 의지할 데가 없음을 서러워했더니 네 말이 이와 같으니 감격함을 이기지 못하겠구나. 너는 끝까지 나를 저버리지 마라."

한림이 순순히 응대하고 물러나 김 부인의 묘소에 가 절하고 통곡한 후 두 번 절하고 말했다.

"소자가 모친께서 어여삐 여겨 양육하신 은혜를 조금도 갚지 못

---

24) 사광(師曠): 중국 춘추시대 진(晉)나라 사람으로 자는 자야(子野)로 저명한 악사(樂師)임. 눈이 보이지 않아 스스로 맹신(盲臣), 명신(瞑臣)으로 부름. 진(晉)나라에서 대부(大夫) 벼슬을 했으므로 진야(晉野)로 불리기도 함. 음악에 정통하고 거문고를 잘 탔으며 음률을 잘 분변했다 함.

했는데 꿈속에서 밝게 가르쳐 주셔서 부모를 찾게 하시니 은혜를 마음속 깊이 새기겠나이다."

그러고서 크게 울어 피를 토하니 상서가 붙들어 타이르고 위로하고서 탄식하며 말했다.

"너의 성숙한 행동이 이와 같은 것을 보니 우리 아버님의 밝은 교훈을 받은 듯하니 어찌 기특하지 않으며 가문의 행운이 아니겠느냐?"

한림이 탄식하고 다시 길에 올랐다. 병이 더해져 증세가 매우 위독하니 상서가 매우 근심했다.

여러 날 만에 경사에 이르렀다. 이날 한림의 병이 더욱 깊어졌으므로 상서가 교외에 자리를 잡고 사람을 시켜 본댁에 고하도록 했다. 아주 오랜 뒤에 티끌이 해를 가리고 사람들 소리가 시끌벅적해 길 치우는 소리가 진동했다. 다섯 명의 귀인이 수레를 밀어 앞에 오고 뒤에는 예부 등이 말을 타고 따라오니 추종(騶從)25)이 길을 덮었다.

모두 들어오니 한림이 겨우 몸을 일으켜 연왕의 앞에 가 네 번 절하고 숙부들을 향해 두 번 절했다. 연왕이 급히 손을 잡고 하남공이 또한 오른손을 잡으니 다 각각 슬피 느끼는 빛이 낯 위에 어렸다. 말을 미처 못 해서 한림이 머리를 두드리고 오열하며 벌주기를 청하며 말했다.

"불초자가 부모님이 낳아 주신 몸으로 다른 가문에 떨어져 온갖 슬픔을 두루 겪고 오늘날 아버님 안전에 뵈오니 슬픔이 비길 곳이 없나이다."

그러고서 목이 쉬도록 눈물을 흘리니 눈물이 강물 같았다. 문득 기운이 막혀 왕의 무릎에 거꾸러지고 입에서 무수한 피가 쏟아져 왕

---

25) 추종(騶從): 상전을 따라다니는 종.

의 용포에 가득 튀었다. 숙부들이 놀라고 참혹함을 마지않았으니 왕의 슬픈 마음이야 한량이 있겠는가. 눈물이 한없이 떨어져 말을 이루지 못하니 상서가 바삐 나아가 피를 씻고 한림을 붙들어 구하며 왕에게 고했다.

"이 아이가 길을 분주히 와 이곳에 이르러 아버님을 뵈니 기쁨이 지나쳐 기운이 막혔으나 대단하지 않으니 심려를 더하지 마소서."

왕이 탄식하고 말했다.

"아들이 비록 기골이 건장해 토목과 같은들 심려를 쓴 지 오래고 매를 받은 적이 한두 번이 아닐 것이니 그 오장이 스러지지 않았겠느냐?"

개국공 등이 몹시 분노해 말했다.

"조카가 이러한 것은 다 유 씨 놈 때문이다. 조카가 혈육을 지닌 몸으로서 그토록 보챔을 당하고 어찌 온전하겠느냐?"

이윽고 한림이 깨어나 눈을 들어 부친을 보고 다시 눈물이 옥 같은 얼굴에 계속 흘러내리니 왕이 슬픈 빛을 감추고 등을 어루만져 말했다.

"지난 일이 놀라우나 이제 가족이 모였거늘 무슨 일로 아녀자의 모습을 하는 것이냐?"

한림이 바야흐로 눈물을 거두고 연왕을 곁에서 모시니 하남공 등이 모두 기뻐하며 일렀다.

"너를 유씨 집의 아이로 알 때도 사랑하는 정이 지극했더니 오늘날 조카가 되니 기쁨이 한량없구나."

한림이 사례했다.

가족들이 이어서 상서에게 자초지종을 묻고 탄식하기를 마지않으며 모두 한림을 보니 과연 연왕과 다르지 않아 아비와 아들이 근심을 머금은 모습이 한 판에 박아낸 듯했다. 이에 남공이 웃고 말했다.

"자식이 아비를 닮는 것이 예사라 한들 너희 부자 같은 이가 어디에 있겠느냐?"

왕이 또한 웃고 한림을 어루만져 기뻐하니 개국공이 웃고 말했다.

"나는 실로 너를 대하기가 부끄럽구나. 전날 네가 나를 보면 피하고 묻는 말에 대답하지 않았으니 오늘 너의 용서를 받을 수 있으랴?"

연왕이 웃고 말했다.

"아우는 참으로 감정이 많은 남자라 하겠으나 아직 인사나 한 후에 천천히 말하는 것이 어떠하냐?"

공이 웃으며 말했다.

"이제 물어보아 만일 원한을 풀지 않았으면 이 아우가 돌아가려 해서 그랬습니다."

한림이 천천히 머리를 숙이고 잠깐 웃고 사죄해 말했다.

"그때는 숙부이신 줄 알지 못하고 그처럼 실례했으니 지금 생각건대 벌주기를 청하나이다."

숙부들이 크게 웃고 매우 기뻐했다.

예부 등이 생의 병이 깊은 것을 보고 이곳에서 밤을 지내고 도성으로 들어가자 하니 한림이 말했다.

"이 아우의 병은 마음이 평안하면 나을 것이니 바삐 돌아가 모친을 뵙고 싶습니다."

모두 우기지 못해 다시 행장을 수습해 한림을 데리고 집안에 이르니 일가 사람들이 들이치며 물이 끓듯 했다. 이에 상서가 말했다.

"둘째아우가 병이 들어 움직이기 어려우니 서당에서 편안히 쉬게 한 후에 모두 나와서 보시게 하십시다."

왕이 옳다 하고 한림을 붙들어 서당으로 들어갔다.

이때 소후는 아들이 상경하기를 날로 기다리다가 이에 이르렀음을 듣고 동서들과 함께 시어머니를 모시고 서당에 이르렀다. 한결같이 용모가 밝은 달 같고 옷이 가지런했으니 생이 다른 사람은 알지 못했으나 소후를 알아보고 몸을 돌려 네 번 절하니 왕이 괴이하게 여겨 일렀다.

"아들이 어찌 어미를 알아보았느냐?"

그러고서 드디어 정 부인과 형수, 제수 들을 일일이 가리키니 생이 각각 예를 마치고 모후(母后)의 소매를 붙들어 눈물이 조용히 흐르는 것을 깨닫지 못했다. 소후가 여덟 문채가 나는 눈썹에 슬픈 빛이 드러나고 눈에는 눈물이 비같이 어리니 어른 앞이었으므로 참으려 했으나 그러지 못해 화관(花冠)을 숙이고 눈길을 낮추어 묵묵히 있었다. 이에 정 부인이 말려 말했다.

"옛 일을 생각하면 슬픔이 없지 않을 것이나 어찌 이토록 슬퍼하느냐?"

연왕이 정색하고 말했다.

"떠나며 모이는 것이 정해진 운수이거늘 어른 앞에서 무례하게 구는 것이오?"

하남공 등이 앞을 향해 치하하고 위로하니 부인이 눈물을 거두고 말을 하려 할 차에 승상이 이에 이르렀다. 생이 빨리 일어나 예하니 승상이 바삐 손을 잡고 말했다.

"오늘이 무슨 날이기에 네가 집을 찾고 내 슬하를 빛내는 것이냐? 너의 액운이 심상치 않아 온갖 슬픈 일을 두루 겪고 아비와 아들이 겨우 완전하게 되었으니 어찌 가련하지 않으냐?"

눈을 들어 소후를 보고 위로해 말했다.

"오늘 이 아이를 보니 며느리의 기특함을 더욱 깨닫는구나. 이후에나 걱정 없이 지내기를 원하니 네 모자의 운수가 그토록 험한 것이냐?"

생이 다만 눈물을 머금어 말을 안 했다.

정 부인이 한림의 기이함을 크게 사랑하고 장 부인 등 뭇 사람이 연왕을 향해 하례하니 왕이 두 손을 맞잡고 사례해 말했다.

"잃었던 자식과 제가 완전히 모인 것은 하늘이 도와주셔서 된 것이니 스스로 기쁨과 다행함을 이기지 못하겠습니다."

소후가 정신을 진정해 눈을 들어 아들을 보니 기이한 풍채가 병에 묻혔으나 더욱 엄숙해 비할 곳이 없으니 어찌 녹록한 두목지(杜牧之)[26]의 고움을 이를 수 있겠는가.

부인이 속으로 기쁘고 슬퍼해 좌우로 여러 자녀를 다 불러 형제를 보게 하니 백문 등의 아이들이 뛰놀며 즐기고 일주 소저는 오빠를 보고 슬픈 빛을 하고 눈물을 머금었다. 한림이 또한 모든 동생이 하나하나 기이한 것을 흐뭇해해 각각 손을 잡고 기뻐하는 것이 꿈만 같았다. 이때 시동이 아뢰었다.

"위 승상께서 오셨습니다."

모든 부인이 다 들어가고 생은 기쁘지 않아 부친에게 고했다.

"제가 모친을 처음으로 뵈어 떠나기 싫으니 아버님은 다른 곳으로 가 위 공을 보소서."

왕이 말했다.

"네 아비가 또한 너를 떠나기 싫으니 객이 간 후에 네 어미가 나오는 것이 무엇이 어렵겠느냐?"

---

26) 두목지(杜牧之): 중국 당(唐)나라 때의 시인인 두목(杜牧, 803~853)의 자(字). 호는 번천(樊川). 이상은과 더불어 이두(李杜)로 불리며, 작품이 두보(杜甫)와 비슷하다 하여 소두(小杜)로도 불림. 미남으로 유명함.

말을 마치고 부인이 들어가니 이윽고 위 공이 이에 들어왔다. 한림이 새로이 밉게 여겨 눈썹을 찡그리고 묵묵히 앉아 있으니 위 공이 자리에 앉으며 말했다.

"그대가 벌써 상경했던가?"

한림이 대답하지 않으니 연왕이 눈으로 기색을 보고 정색해 말했다.

"위 공은 조정의 승상이라 몸이 존귀하거늘 네 어찌 절을 하지 않는 것이냐?"

한림이 몸을 굽혀 대답했다.

"병이 깊어 움직이지 못해 그랬습니다."

남공이 말했다.

"절은 못 할 수 있으나 물으시는 말씀에 어찌 대답하지 않는 것이냐?"

한림이 엎드려 대답하지 않으니 위 공이 이날에야 사랑하는 뜻이 새로이 생기고 그 부부가 걸맞음을 기뻐해 손을 잡고 말했다.

"네 이제도 나를 원수로 지목하느냐?"

한림이 문득 눈썹에 찬 빛이 몽롱하고 눈길이 가늘어 천천히 손을 빼고 물러앉았다. 위 공이 그 심지가 굳은 것을 보고 말을 하려 하는데 홀연 궁중에서 명패(命牌)27)가 내려 급히 일어나니 연왕이 또한 묻지 못했다.

이날 한림이 부모를 만나고 모든 형제, 사촌 들과 담소하며 밤을 지내는데 기운이 달라져 전과 같으니 부모 형제가 기쁨을 금하지 못했다.

---

27) 명패(命牌): 임금이 벼슬아치를 부를 때 보내던 나무패. '命' 자를 쓰고 붉은 칠을 한 것으로, 여기에 부르는 벼슬아치의 이름을 써서 돌림.

상서가 대궐에 사은하고 한림은 병이 있음을 고하니, 임금께서 상서에게 전날의 일을 위로해 복직시키시고 한림은 태의를 시켜 간병하게 하시는 가운데 직무를 살피라 하셨다.

한림이 사오 일 조리해 바야흐로 회복하고 내당에 들어가 조모 유 부인을 보니 유 부인이 노년에 이런 경사를 보고 매우 기뻐했다.

승상이 또한 모친 뜻을 받들어 집안에 작은 잔치를 열어 연왕 부부를 축하하고 일가 사람들이 모여 즐겼다. 모두 철 시랑의 공을 일컫고 한림을 향해 그동안의 일을 물으니 한림이 탄식하고 대강을 고했으나 유 공의 일은 끝내 거들지 않았다. 개국공이 이어서 물었다.

"네 처음에 형수님을 어떻게 안 것이냐?"

한림이 꿈 이야기를 고하니 모두 기특하게 여기고 한림이 적소에서 겪은 고초를 듣고 새로이 마음이 서늘해짐을 마지않았다.

이날 저물도록 즐기고 석양에 잔치를 파했다. 한림이 모친을 모셔 숙현당에 돌아가 바야흐로 두 서모와 운아 등을 보고는 옛일을 생각해 감회를 이기지 못했다.

이튿날 한림이 서헌에 홀로 있는데 위 승상이 이르렀다. 한림이 억지로 중간 계단에 내려 맞으니 공이 매우 사랑해 한림의 손을 잡고 당에 오르며 말했다.

"예전에 그대에게 모욕 준 일을 생각하니 지금 뉘우치는 것이 지극하구나. 너는 모름지기 옛날의 원한을 마음에 두지 말고 서로 친한 의리를 두텁게 하는 것이 어떠하냐?"

한림이 원래 지금에 이르러 이 사람에게 작은 원망을 둔 것이 아니라 그 범사에 과도한 것이 미워 승상에게 굴복하지 않으려 했으므로 대답하지 않고 소매를 떨쳐 안으로 들어가니 위 공이 하릴없어 한참을 생각했다.

연왕이 오니 공이 맞아 한림의 행동을 전했다. 왕이 놀라고 염려해 즉시 한림을 불렀다. 한림이 마지못해 이에 이르니 왕이 정색하고 말했다.

"위 공은 네 아비와 사생을 같이하는 친구라 네게는 숙부와 조카의 의리가 있거늘 어찌 감히 공손하지 않은 것이냐?"

한림이 문득 사죄해 말했다.

"제가 어찌 감히 위 승상에게 공손하지 않겠나이까마는 만일 제 전날에 소자를 죽였다면 오늘 소자가 아버님께 뵈올 수 없었을 것이니 승상을 보면 심기가 서늘히 감히 모시고 앉아 있지 못해서 그랬나이다."

말을 마치자 왕이 정색하고 말했다.

"내 일찍이 여러 자식이 있으나 너 같은 것은 본 중에 처음이니 이는 모두 유영걸을 닮아서 그런 것이다."

한림이 이 말을 듣고 비록 말은 안 했으니 그윽이 서러워 눈물을 흘리고 도로 들어갔다. 왕이 노해서 불러 꾸짖으려 하자 공이 말리며 말했다.

"제 큰 병이 난 후에 갓 회복했고 내가 또 전에 잘못을 했으니 버려두게."

말이 끝나지 않아서 예부 흥문이 이르러 이 말을 듣고 나아가 웃고 말했다.

"대인께서는 전날에 소생이 드린 말씀을 깨달으시겠습니까? 유 씨 자식이 왕후장상(王侯將相)[28]이 되어도 그에게 빌 일이 없다고 하시더니 이제 이보이경문의 자(字)에게 굴복하신 것은 뜻밖입니다."

---

28) 왕후장상(王侯將相): 제왕·제후·장수·재상을 뜻하는 말로 존귀한 신분을 이름.

위 공이 또한 크게 웃고 말했다.

"그때 어찌 오늘날이 있을 줄 생각했겠는가?"

예부가 말했다.

"그러므로 세상일은 헤아릴 수 없으니 소생 등이 이미 짐작하고 그때 대인을 말렸던 것입니다."

위 공이 크게 웃고 할 말이 없어 돌아갔다.

이날 밤에 왕이 내당에 들어가니 부인이 아들과 며느리 들을 모아 담소하고 있었다. 상서의 기이한 안색과 경문의 뛰어난 풍채며 여, 임 두 사람의 난초 같은 기질과 그 나머지 일주 등 여러 아이들의 맑은 골격이 어두운 방에 밝았다. 왕이 기쁨을 이기지 못해 자리를 잡고 화소와 봉린을 나오게 해 사랑하더니 오랜 후에 한림을 돌아보고 말했다.

"내 너와 부자의 인륜을 안 지 오래지 않아 너의 뜻을 알지 못한다. 그러나 위 공은 네 아비의 죽마고우이거늘 교만하게 업신여기기를 마치 길을 지나가는 사람처럼 하는 것이냐? 너의 이 같은 행동을 보니 내가 그윽이 부끄럽구나."

한림이 꿇어 왕의 말을 듣고 천천히 사죄해 말했다.

"제가 지난 저녁에 실례한 것은 구태여 하려고 해서 한 것이 아닙니다. 전날 위 공의 과도한 성품을 한스러워해 그랬던 것인데 미처 대인께서 평온하지 않으신 줄을 알지 못했나이다. 이후에는 고치는 일이 있을 것입니다."

왕이 그 말이 모호한 것에 깊이 생각했다.

이때 한림이 지난 화란을 다 떨치고 본부모를 찾아 기뻐하는 마음이 지극하고 모든 형제가 번성하며 집안 어른과 숙부들이 강건하고 뭇 사촌이 가득하니 만사가 마음에 맞았다. 행동에 조금도 흠 잡을 것이 없고 그 웅건한 문장과 시원한 뜻은 천추의 호걸답고 온갖 행실이 예법에 맞아 공자와 맹자의 도를 얻었으니 왕의 부부가 매우 기뻐하고 사랑해 이후에 조금도 거리끼는 일이 없었다. 상서는 마음속 가득 맺혀 있던 바를 풀어 형제 여러 명이 똑같이 넓은 이불과 긴 베개에서 즐기는 것이 봄바람과 같았다.

하루는 장 상서 옥지 등의 형제와 소 상서 형이 연왕부에 이르러 밤에 담소를 했다. 왕의 형제 다섯 명과 소부가 또한 이 자리에 오고 예부 등 소년들이 또 함께 어른들을 모셔 곁에서 이야기를 도왔다.

이때는 춘삼월 보름께였다. 온갖 꽃이 만발하고 맑은 물이 층층하니 공들이 술잔을 날리며 흥을 이기지 못했다. 소 상서가 문득 일렀다.

"없던 경문이 자리에 있는 것을 보니 바야흐로 세상일이 뒤바뀌는 것을 알겠구나. 전에 누이가 백달[29]의 의심 가운데 있어 너를 뱃속에 가지고 외로운 아녀자가 남창에 돌아가 너를 겨우 낳아 문득 잃고서 누이의 약한 간장이 마르는 것을 면치 못했더니 어찌 오늘이 있을 줄 알았겠느냐?"

연왕이 미소하고 소부 연성이 또한 웃고 말했다.

"경문이가 이제 아비 소행을 모를 것이니 내 오늘 대강을 이르는 것이 좋겠다."

그러고서 드디어 왕이 예전에 저지른 잘못을 자세히 이르고 박장대소하니 모두 크게 웃었다. 장 상서가 이에 말했다.

"그것도 그것이지만 당당한 후백(侯伯) 대신이 황혼을 틈타 남의 집을 분주히 다녔으니 어찌 놀랍지 않은가? 이보 너의 얼굴이 연군

---

29) 백달: 소형의 매제이며 소월혜의 남편인 연왕 이몽창의 자(字).

과 닮았으니 내가 참으로 근심한다. 너는 그 행실은 닮지 마라."

"숙부께서 여기 계셔서 내 허물을 이르시니 감히 대답하지 못하나 세노30) 형의 말이야 못 대답하겠는가? 그대들이 각각 씩씩한 척하나 대개 나보다 더한 허물이 있건마는 내 말하기 더러워 퍼뜨리지 않네."

상서가 크게 웃고 말했다.

"이 말을 들으니 그대의 계교가 다했음을 알겠네. 대강 더럽지만 내 허물을 잠깐 이르는 것이 어떠한가?"

왕이 웃고 말했다.

"사나운 개가 한 번 내달아 물면 사람이 개를 따라 책망할 수는 없으니 내 어찌 그대와 같은 사람이 되겠는가?"

장 공이 다 듣고는 크게 웃고 한참을 꾸짖었다. 한림은 바야흐로 모친이 고생한 곡절을 자세히 듣고 그윽이 마음이 서늘해지는 것을 이기지 못했다. 소 상서가 이에 말했다.

"조카가 아비를 너무 닮았으니 행여 그 행실도 배울까 두렵구나."

왕이 웃으며 말했다.

"자식이 아비를 닮는 것은 예삿일이니 형이 하지 말라고 하므로 아비에게 미치지 못할까 하네."

자리에 있던 사람들이 이 말에 크게 웃었다.

이때 한림이 난복을 불러 앞에서 심부름을 시켰으나 끝내 그 공을 일컫지 않으니 이는 자기가 비록 난복 덕분에 하늘의 해를 보았으나 현아가 멀리 귀양 가고 유 공이 시골로 돌아갔기 때문이었다.

취향은 한림의 부귀가 혁혁한 것을 보고 스스로 자취가 어중간해

---

30) 세노: 장옥지의 자(字)로 보임.

한림을 보고 남창으로 갈 뜻을 고하니 한림이 슬픈 빛을 띠고 말했다.

"나의 몸이 오늘날 이렇게 된 것은 어미 공인데 어찌 나를 버리고 가려 하는가? 대인을 모쪼록 경사로 모시고 오려 하니 어미는 근심 말고 아직 편히 있게."

그러고서 김 부인의 가묘(假墓)를 개장(改葬)[31]해 유씨 집안에 받들어 모시고 집안 장정과 사내종 들을 갖추어 지키게 해 유 공이 오기를 기다렸다. 취향은 집에 두어 극진히 대접하고 소 부인이 또한 그 공을 일컬어 공경하며 대우하니 취향의 유복함이 비길 데가 없었다.

이때 옥룡관에 갔던 종이 돌아왔다. 예부 등이 계교를 잘 알려 주어 기이한 볼거리로 삼으려 했으니 저 종이 어찌 명령을 거역하겠는가.

종이 한림을 뵈니 한림이 바삐 부인의 안부를 물었다. 그러자 종이 말했다.

"주지(住持) 도인 운사가 이르기를, '부인이 아무 날에 물에 빠져 죽었으니 지금까지 신체를 얻지 못했다.'라고 했습니다."

한림이 다 듣고 매우 놀라 심신이 어린 듯했다. 급히 내당에 들어가 부모에게 고하고 복제(服制)[32] 이룰 것을 청하니 왕이 말했다.

"위 씨가 네게 시집왔으나 내 알지 못하는 며느리니 어찌 복제를 이루겠느냐?"

생이 다 듣고 고개를 조아리며 말했다.

"밝으신 가르침이 비록 옳으시나 위 씨의 목숨이 소자 때문에 결정되었으니 차마 저버릴 수 있겠습니까?"

왕이 묵묵히 허락하지 않으니 생이 물러와 멀리 남녘을 바라보고 목이 쉬도록 통곡하다가 문득 기절했다. 상서가 급히 이르러 구하고

---

31) 개장(改葬): 무덤을 옮겨 씀.
32) 복제(服制): 상례(喪禮)에서 정한 오복(五服)의 제도.

왕이 시녀에게 말을 전해 꾸짖었다.

"위 씨가 비록 너를 알지만 내 알지 못하는 며느리다. 그런데 어찌 감히 집안에서 통곡 소리를 내는 것이냐?"

생이 이 말을 듣고 감히 다시 울지 못하고 다만 흐르는 눈물이 옥 같은 귀 밑에 연이어 떨어져 말을 안 하니 상서가 속으로 민망해 경문을 타일러 말했다.

"위 부인이 참혹하게 돌아가신 것은 슬픔이 적지 않으나 대인의 명령이 엄하신데 네 어찌 감히 과도하게 슬퍼하느냐?"

생이 문득 눈물을 거두고 낯빛을 진정해 서당으로 나갔다.

상서가 그 효성을 기특하게 여겨 웃고 들어가 부모에게 고하니 왕이 잠깐 웃었다.

이날 밤에 예부 등 모든 형제가 이르러 한림을 위로하니 한림이 마지못해 웃으며 말했다.

"그 사람은 제 아내가 아니니 위로받는 것은 옳지 않습니다."

그러고서 자약히 웃으며 한담했다.

사람들이 다 돌아가고 예부와 상서만 이곳에 있어 함께 자는데 한림은 마음이 한량없어 가만히 생각했다.

'제 세상에서 운명이 기박한 사람으로 다른 고을에서 떠돌아다니다가 오늘날 몸이 마쳐졌으니 어찌 참담하지 않은가.'

또 그 화려하고 빛나는 모습과 어진 소리가 눈앞에 벌여 있으니 이팔청춘을 슬퍼했다. 자기는 큰 집에 있는데 이 사람은 끝내 부모를 찾지 못하고 저승에 돌아간 것을 슬퍼하니 눈물이 자연히 베개에 고였다. 예부 등이 자는 체하고 그 행동을 보다가 웃음을 참지 못해 돌아누워 한림의 손을 잡고 말했다.

"이보가 무슨 일로 우는 게냐?"

한림이 놀라 묵묵히 대답하지 않으니 예부가 일부러 슬픈 빛으로 말했다.

"위 씨 제수의 빛나는 절개를 생각하면 우리 마음도 참 슬프니 너의 마음을 이를 수 있겠느냐? 다만 숙부께서 복제를 허락하지 않으셨으니 위 씨 제수는 너에게는 완전히 남이다. 그런데 이처럼 그리워하는 것은 생각건대 예법이 아닌 것 같구나."

한림이 슬피 대답했다.

"제가 위 씨와 비록 부부 관계를 맺지는 않았으나 그 얼음과 옥같은 자질이 저 때문에 끝내 꺾였으니 제 마음이 자연히 불평함을 참지 못했던 것인데 부형께서 그릇 여기시니 제가 어찌 위 씨를 다시 생각하겠습니까?"

말을 마치자 눈물을 거두고 잠드니 예부가 속으로 기특하게 여겼다.

이튿날 생이 부모에게 문안하니 다시 슬픈 낯빛이 없어 온화한 기운이 자약했다. 왕이 그 심지가 무거움을 다행으로 여겨 이에 일렀다.

"위 씨를 다시 예를 베풀어 집에서 거느리려 했으나 이제 세상일이 어그러져 위 씨를 위해 복제를 이루지 못했다. 복제를 이루는 것은 예법에 없어 그런 것이니 탄식할 만하구나. 어제 위 공이 그 한 딸로써 구혼하기에 내 이미 허락했으니 네 뜻은 어떠냐?"

한림이 다 듣고는 두 번 절하고 엎드려 아뢰었다.

"밝으신 가르침이 다 예의에서 비롯된 것이니 꺼릴 것이 있겠습니까? 저 위씨 집안과의 혼사에 대해 소자가 대인의 뜻을 저버리려 하는 것은 아닙니다. 다만 소자가 어렸을 때 팔자가 기구해 부모를 잃고 유씨 집에서 길러졌는데 유 공이 소자 사랑하는 것이 어찌 현아와 간격이 있겠나이까? 다만 중간에 참소가 교묘해 소자가 작은 화란을 겪었으나 차마 유 공의 은혜를 하루아침에 잊을 수 있겠습니까? 위 공이 소자와 사이가 좋지 않은 것은 대인께서도 잘 아시는 바니 번거롭게 고하지 않겠습니다. 다만 대인께서는 밝으시니 소자가 차마 전날의 마음을 고쳐먹어 위 공의 사위가 될 수 있겠나이까? 대인의 명령을 좇아 저를 공경하는 것은 소자가 받들겠으나 차마 반자지의(半子之義)³³)를 이루는 것은 하지 못하겠으니 아버님 앞에서 죽기를 원하나이다."

왕이 다 듣고 하릴없이 문득 정색하고 말했다.

"네 말이 과연 의리가 크다 하겠으나 홀로 아비 말을 듣지 않는 것은 옳으냐?"

한림이 문득 눈물을 머금고 대답했다.

"제가 감히 엄명을 거역하는 것이 아닙니다. 유 공의 큰 은혜를 생각하면 차마 저버리지 못하므로 아버님 앞에서 죽는 것을 잊고 고한 것입니다. 저를 취하라 하신다면 소자는 머리를 깎고 산간에 숨기를 원하나이다. 천하에 여자가 많으니 구태여 위 공의 딸만 아름답겠습니까?"

왕이 다 듣고 그 어린 나이에 헤아림이 이처럼 큰 것을 기뻐해 묵묵히 있다가 말했다.

"네 만일 죽은 위 씨가 위 공의 딸이라면 어찌하려 하느냐?"

한림이 두 손을 마주 잡고 대답했다.

"소자가 비록 불초하나 차마 아버님 앞에서 소견을 잘못 아뢰겠습니까? 만일 그렇다면 제가 맹세코 위 씨와 부부의 의리를 끊을 것입니다."

---

33) 반자지의(半子之義): 사위의 의리. 반자(半子)는 '반자식'이라는 뜻으로 아들이나 다름없이 여긴다는 말로, '사위'를 이름.

왕이 한참을 생각하다가 대답하지 않았다.

이날 왕이 위씨 집안에 이르러 승상을 대해 생의 말을 다 이르고 말했다.

"영녀(令女)의 지감(知鑑)34)을 내 참으로 항복하네. 아들의 말이 다 옳으니 내 아비 되어 무엇이라 말하겠는가?"

승상이 다 듣고 놀라서 말했다.

"이보가 나를 한스러워하는 것이 이에 미쳤을 줄 어찌 알았겠는가? 이제는 남공 형의 말대로 궤계(詭計)35)를 써야 할 것이니 왕은 어떻게 여기는가?"

왕이 웃고 말했다.

"자식의 아비가 되어 참 자질구레한 행동을 하게 되었네. 아들이 며느리와 관계를 맺은 후 천천히 이르고 내 아들을 타일러 형과 화목하게 하겠네."

말을 마치고는 서로 웃고 왕이 돌아갔다.

원래 위 승상의 사촌동생 한 명이 희순 공주의 부마니, 희순 공주는 곧 지금 황제의 친누이요 선종(宣宗)의 장녀다. 위 부마의 이름은 공문이니 평장 위 공의 손자요, 위 승상 중부(仲父)가 낳은 아들이다. 위인이 매우 비범하고 슬하에 두 아들이 있었다. 위 승상이 부마를 보고 계교를 이르니 부마가 크게 웃고 말했다.

"형이 실언한 까닭에 저는 아름다운 딸과 사위를 얻겠습니다. 제가 감히 원하지 못할지언정 군자와 숙녀가 남교(藍橋)36)에 모이는

---

34) 지감(知鑑): 사람을 잘 알아보는 능력.
35) 궤계(詭計): 간사하게 남을 속이는 꾀.
36) 남교(藍橋): 중국 섬서성(陝西省) 남전현(藍田縣) 동남쪽에 있는 땅. 배항(裴航)이 남교역(藍橋驛)을 지나다가 선녀 운영(雲英)을 만나 아내로 맞고 뒤에 둘이 함께 신선이 됨. 당나라 배형(裴鉶)의 『전기(傳奇)』에 이야기가 실려 있음.

모습 구경하는 것을 사양하겠습니까?"

위 공이 기뻐하고 소저 듣는 데서는 집이 좁아 위궁으로 옮긴다고 하니 소저가 어찌 그 사이의 기이한 계교를 알겠는가. 연왕궁에서 즉시 택일해 알리고 혼구(婚具)를 차렸다.

연왕이 이에 한림을 불러 위궁에 정혼한 사실을 이르자 생이 한마디도 안 하고 물러나니 모두 그 뜻을 알지 못했다.

한림이 위 씨를 생각하니 차마 마음을 진정하기가 어려웠다. 자기 뜻으로는 그 기년(朞年)[37]이나 기다리려 했으나 부모가 위 씨를 알지 못하시고, 이 혼인은 부모가 법에 의거해 택하셨으니 자식이 되어 잡말을 못할 것으로 알아 끝내 슬픈 내색을 안 하고 자약히 지냈다.

하루는 한림이 밤이 들도록 어머니 앞에서 어린 누이 등과 장난을 하다가 서당에 나가니 상서는 입번(入番)[38]하고 백문은 어디로 가고 없었다. 홀로 난간을 베고 누워 우러러 밝은 달을 보니 위 씨를 본 듯했다. 꽃계단에 홍백과 모란이 활짝 피어 그윽한 향기가 코에 쏘이고 서늘한 바람은 이따금 일어나 슬픈 마음이 크게 일어났다. 영웅의 눈물이 자연히 흐름을 깨닫지 못해 손으로 자주 옥난간을 치며 말했다.

"사람이 세상에 나 팔자가 그토록 험해 화려한 집에서 난 여자가 길에서 떠돌다가 끝내 하늘의 해를 보지 못하고 부질없이 물고기의 밥이 되었는데 남편이 있으나 관(棺)에 기대 울지 못하고 넋을 불러 제사를 이루지 못하는구나. 저는 나를 죽을 지경에서 못 미칠 듯이 구했거늘 나는 이처럼 저버렸으니 내 비록 일의 형세상 마지못해 이러하나 나무나 돌이 아닌 후에야 차마 어찌 견디겠는가?"

---

37) 기년(朞年): 죽은 지 1년이 되는 날.
38) 입번(入番): 관아에 들어가 차례로 숙직함.

말을 마치자 피를 토하고 엎어졌다.

이때 예부 등이 한림을 찾아 이곳에 왔다가 한림이 한숨 쉬는 것을 보고 가만히 발을 멈춰 듣다가 그가 기절하는 것을 보고 급히 나아가 붙들어 구했다. 이윽고 한림이 정신을 차려 일어나 앉으니 기문이 물었다.

"아우가 무슨 일로 기절했던 것이냐?"

한림이 대답했다.

"제가 본디 풍토에 상해 이따금 피를 토하고 혼미할 때가 있나이다. 원컨대 아버님께는 고하지 마소서."

사람들이 일부러 곧이듣는 체하고 말했다.

"그렇다면 방에 들어가 조리하라."

그러고서 함께 방에 들어가 문을 닫고 모두 자리에 나아가 거짓으로 코를 고는 척하며 생의 행동을 보았다. 생이 조용히 자는 듯해 다시 요동하지 않으니 사람들이 생에게서 놀릴 거리를 얻지 못했다.

이튿날 존당에 들어가 이 일을 모든 사람들에게 고하니 승상이 탄식하고 말했다.

"경문이가 그와 같은 정을 가지고서 아비 명령을 좇아 자기 뜻을 우기지 않으니 이는 천고에 드문 아이로구나. 자리에 있는 모든 아이들은 경문이를 본받으라. 이제 겨우 열다섯이 지난 아이가 이처럼 기특한 행실이 있는 줄은 생각지 못했구나."

하남공이 칭찬해 말했다.

"아우의 두 아들이 이렇듯 기특하니 이는 모두 소 씨 제수의 덕이로구나. 나의 여러 자식 녀석들이야 무엇에 쓰겠는가?"

왕이 웃고 대답했다.

"경문이가 이러한 것은 자기의 도리를 차린 것일 뿐이니 달리 기특한 것이 있을 것이며, 흥문이 같은 기린을 두시고서 매양 마음 밖의 말씀을 하시니 제가 불안함을 이기지 못하겠습니다."

남공이 홀연 눈썹에 온화한 기운이 가득한데 옥 같은 이가 열려 웃고 말했다.

"내 본디 아우의 예전 행동을 생각하면 경문이를 세상에 없는 아이로 안다."

왕이 또한 웃으니 자리에 있던 사람들이 크게 웃고 개국공이 말했다.

"큰형님이 희언을 하지 않는 분이신데 오늘 말씀은 변고입니다.'

자리에 있던 북주백 부인[39]이 낭랑히 웃고 말했다.

"연왕이 자기 허물은 너무 생각하지 않고 경문이의 행동을 자기의 응당한 도리라 하니 남공 조카가 비록 참선하는 도사인들 비웃지 않겠느냐?"

소부가 또 웃고 말했다.

"몽창이가 제 자식 가르칠 때에는 기특한 일도 자기 자식의 도리라 하니 옛날에 형님이 몽창이에게 약하게 대하셨던 것을 애달파한다."

왕이 크게 웃고 말했다.

"지금 이르러는 아무리 기롱하셔도 부끄럽지 않고 민망하지 않습니다."

이에 모두 웃었다.

이러구러 길일(吉日)이 다다르니 왕부(王府)에 큰 잔치를 열고 신랑을 보냈다. 한림이 길복(吉服)을 단정히 입고 예식을 미리 익히는데 수려한 골격과 호탕한 기상이 시원스럽고 좋아 강산의 맑은 정기

---

39) 북주백 부인: 북주백이자 태자소부 이연성의 아내 정혜아를 이름.

를 받은 듯했고 빼어난 풍채는 은은히 태을진군(太乙眞君)[40]이 옥경(玉京)[41]에 조회하는 듯했으니 봉황의 눈에 아름다운 눈썹이 밝게 빛나 비할 사람이 없었다. 이에 부모와 집안 어른들이 기쁨을 이기지 못했다. 더욱이 소후는 이날에야 온갖 염려가 풀어져 옥 같은 보조개에 미미한 웃음이 어린 채 눈을 들어 자주 아들을 보았는데 기이한 용모가 온 자리에 빛나니 좌우 사람들이 눈을 쏘아 구경하는 재미로 삼았다. 좌우에 공주 등 다섯 명의 부인과 양 씨 등 모든 소년들이 벌여 있으니 다 각각 소후에게 지지 않았다. 예부 등 형제의 풍채도 더욱 기특했다.

모두 한꺼번에 신랑을 데리고 위궁으로 가니 추종(騶從)[42]이 큰길을 덮었다. 비단 도포에 옥대(玉帶)를 한 자가 무수하니 그 장엄하고 화려한 행렬은 태자비(太子妃)를 친영(親迎)[43]하는 행렬이라도 이보다 더하지 못할 정도였다.

위궁에 이르러 전안(奠雁)[44]을 마치고 신부가 가마에 오르기를 기다렸다. 위궁에서 잔치를 크게 베풀고 고관대작들이 다 모여 있었는데, 위 부마가 경문의 손을 잡고 말했다.

"오늘 훌륭한 사위를 얻었는데 신랑의 최장시(催裝詩)[45]가 없으면 안 될 것이니 그대는 붓을 휘둘러 모든 사람의 눈을 상쾌하게 하게."

한림이 자리에서 일어나 대답했다.

"소생은 이 한낱 쓸모없는 사내니 어찌 문자를 널리 보았겠습니

---

40) 태을진군(太乙眞君): 도교의 신 가운데 하나로 북극성을 주관하는 신.
41) 옥경(玉京): 하늘 위에 옥황상제가 산다는 가상의 서울. 백옥경.
42) 추종(騶從): 윗사람을 따라다니는 종.
43) 친영(親迎): 육례의 하나로, 신랑이 신부의 집에 가서 신부를 직접 맞이하는 의식.
44) 전안(奠雁): 혼인 때 신랑이 신부 집에 기러기를 가져가서 상위에 놓고 절하는 예.
45) 최장시(催裝詩): 신랑이 신부에게 옷 입기를 재촉하는 시.

까?"

자리에 있던 개국공이 웃으며 말했다.

"조카가 요사이에 짝 잃은 원앙이 되어 서러운 마음에 구곡(九曲)이 무너져 있다가 오늘 마지못해 여기에 왔으니 무슨 흥이 있어 글을 짓겠는가?"

부마가 웃으며 말했다.

"신랑에게 이런 심사가 있는 줄 알지 못했네그려."

자리에 있던 장 상서가 말했다.

"최장시에는 흥이 없을 것이나 신방의 아름다운 밤도 허송할까?"

이에 모두 크게 웃었다.

이윽고 신부가 온갖 보석으로 꾸미고 곱게 화장한 채 덩에 드니 한림이 가마를 다 봉하고 모두 행렬을 이끌어 이씨 집안에 이르렀다.

부부가 쌍쌍이 교배를 마치고 합증주(合蒸酒)[46]를 파한 후 몸을 굽혀 시부모와 유 부인에게 폐백을 드리니 자리에 가득한 사람들의 눈이 모두 신부를 구경했다. 신부의 신장과 행동거지는 이미 약관을 지났으므로 성숙함이 그에 미칠 사람이 없었다. 촉깁[47] 같은 허리에는 붉은 비단에 수놓은 치마를 끌고 몸에는 온갖 꽃을 수놓은 원삼(圓衫)[48]을 입었으며 머리에는 진주로 꾸민 검은 깁에 두 마리 봉황을 그려 넣은 관(冠)을 썼으니 상서로운 기운이 온 자리에 진동했다. 잠깐 진주선(眞珠扇)[49]을 기울이자 눈의 영롱한 빛이 사람들의 눈에 쏘이니 모두 크게 놀라 눈을 씻고 다시 보았다. 맑은 눈길은 효성이

---

46) 합증주(合蒸酒): 신랑 신부가 주고받는 술.

47) 촉깁: 촉나라에서 나는 질 좋은 비단.

48) 원삼(圓衫): 부녀 예복의 하나로, 흔히 비단이나 명주로 지으며 연두색 길에 자주색 깃과 색동 소매를 달고 옆을 튼 것으로 홑옷, 겹옷 두 가지가 있음. 주로 신부나 궁중에서 내명부들이 입음.

49) 진주선(眞珠扇): 전통 혼례 때에 신부의 얼굴을 가리는 데 쓰는, 진주로 꾸민 둥근 부채.

빛 없음을 비웃고 옥 같은 이슬이 연꽃에 젖었으니 이는 신부의 두 뺨이요, 봄이 몽롱한 가운데 푸른 산이 안개에 잠겼으니 이는 신부의 그린 듯한 나비눈썹이었다. 입은 붉은 빛을 머금어 앵두가 둥근 것과 연지가 빛 없음을 나무랐다. 눈처럼 흰 이마가 높아 옥을 깎아 메운 듯하고, 구름 같은 머리칼이 가지런한데 높이 올려 쌍봉잠(雙鳳簪)50)을 바로 꽂았으니 우아한 골격이 얼음처럼 맑고 시원스러워 영롱하고 빼어났으니 온갖 태도가 나쁜 곳이 없고 지나친 곳이 많았다. 양, 여 두 소저가 좌중 소년 가운데 으뜸 미색을 가져 겨룰 사람이 없더니 신부를 보니 참으로 그 쌍을 얻은 듯했다. 자리에 가득한 사람들이 혀를 내두르고 말을 이루지 못하니 유 부인 등과 시부모의 기뻐하는 마음을 더욱 이르겠는가. 하물며 고초 속에서 슬픈 일을 두루 겪었는데 아들이 우러러 공경하는 바라 혹 탈속(脫俗)한 줄은 알았으나 이토록 할 줄은 생각지 못했다. 놀람과 기쁨이 한량없어 유 부인이 소저를 나오게 해 손을 잡아 기뻐하고 슬피 일렀다.

"너희 부부가 이처럼 기특한 기질을 가지고 있는데 이팔청춘에 환난을 비상하게 겪지 않았느냐? 이후에는 흠 없이 해로하기를 원한다."

말을 마치고 눈을 들어서 보니 모든 자손이 다 있었으나 한림이 없으니 부인이 속으로 웃었다. 폐백을 다 받은 후 승상 이하 사람들은 다 밖으로 나가고 손님들이 다 자리에 나아와 상을 들이고 즐겼다. 모두 유, 정 두 부인과 소후에게 치하하니 세 부인이 겸손히 사양했다. 이날 자리에 벌여 있는 사람들은 거의 다 이씨 집안의 자손이었으니 하남공의 네 며느리, 두 딸과 연왕의 세 며느리, 공주 등

---

50) 쌍봉잠(雙鳳簪): 두 봉황이 그려진 비녀.

여섯 사람과 문 부인 등 두 사람이 한결같이 빼어나 고하(高下)를 구분할 수 없으니 손님들이 술과 음식 먹는 것을 잊고 말했다.

"인간 중에 절색은 다 존문(尊門)에 모였습니다."

종일 즐거움을 다하고 석양에 잔치를 파했다.

승상이 바야흐로 들어와 모친을 뵙고 하남공 등과 주비(朱妃) 등이 다 각각 남좌여우(男左女右)로 나누어 있으니 신부와 여 씨, 양 씨의 골격이 서로 빛났으나 오히려 위 씨가 더 나은 듯했다. 승상이 좌우를 돌아보고 기뻐하며 말했다.

"16년 잃었던 아들을 얻은 것도 고금에 없는 일인데 며느리가 이렇듯 기특하니 소 씨 며느리의 덕을 하늘이 감동한 것이 아니겠느냐?"

유 부인이 또한 탄식하고 말했다.

"네 말이 옳다. 하늘이 앎이 있는 후에야 그 덕을 차마 묻히게 하겠느냐? 그러나 경문이 헛된 애를 태우는 것이 우습구나."

남공이 대답했다.

"오늘 위 씨를 보니 경문이 바야흐로 금와 옥 같은 마음을 가진 줄을 알겠습니다. 저 같은 숙녀와 함께 있은 지 4년에 조금도 범하지 않고 그 소원을 들어 주었고 지금은 아비 명령을 두려워해 아내 생각하는 빛을 드러내지 않으니 이것은 어려운 일이 아닙니까?"

연왕이 웃으며 말했다.

"참노라 하니 그 마음이 오죽하겠습니까? 그러나저러나 어디에 갔는지 불러 보십시다."

드디어 시비를 시켜 한림을 부르니 시비가 이윽고 돌아와 고했다.

"한림이 서당 난간에 누워 계시기에 동자에게 물으니 낮부터 누워서 움직이지도 않으신다고 합니다."

연왕이 서자(庶子) 선문을 시켜 한림을 부르니 선문이 나직이 나아가 한림에게 고했다.

"전하께서 명령하십니다."

한림이 문득 놀라서 일어나 넓은 소매로 눈을 씻고 빨리 정당(正堂)으로 가니 신부가 아직 자리에 있었다. 마음이 한량없어 두 눈을 낮추고 자리에 나아가니 승상이 웃고 손을 잡아 말했다.

"신부의 얌전하고 착한 것이 너보다 나으니 너는 모름지기 위 씨를 생각하지 말고 신부와 화목하게 즐기라."

한림이 두 번 절해 명령을 들으니 안색이 자약해 조금도 다른 염려가 없는 듯했다.

이윽고 유 부인이 말했다.

"신부가 피곤해할 것이니 물러가라."

또 생에게 명령해 함께 가라 했다. 생이 즐거운 낯빛으로 몸을 일으켜 신부와 나란히 나갔다. 두 사람, 남자의 풍채와 여자의 용모가 서로 빛나니 부모와 어른들이 기쁨을 이기지 못했다. 한림의 효성은 노래자(老萊子)[51]의 색동옷을 부러워하지 않을 정도였다. 소부가 더욱 기뻐 늙은 시비 영매를 불러 두 사람이 하는 말을 들어 자신들에게 아뢰라 했다.

한림이 이때 부모의 뜻을 받드느라 낯빛을 자약히 했으나 괴로움이 등에 가시가 있는 것 같았다. 천천히 채봉당에 이르러 두 사람이 자리를 동서로 이루고 한림이 천천히 눈을 들어 신부를 보다가 크게 놀라서 다시 보니 이 사람은 곧 위 씨였다. 순식간에 근심이 변해 기

---

51) 노래자(老萊子): 중국 춘추시대 초(楚)나라의 인물. 노래자는 칠십이 되었어도 모친을 위해 오색 무늬의 색동옷을 입기도 하고 물을 받들고 당에 올라가다가 일부러 미끄러져 어린아이의 울음소리를 내기도 하며 모친을 즐겁게 했다고 함.

뿜이 되니 다행함과 즐거움이 비할 곳이 없고, 부모가 원래 저런 줄 알고 위 씨가 죽은 것을 슬퍼하지도 않고 복제도 안 한 것을 깨달았다. 자기가 구구히 슬퍼해 사람들에게 졸렬한 모습을 보인 것을 생각하면 우스웠다. 오늘 천고에 원하던 혼례를 이루어 두 사람이 부모 시하에 즐겁게 모였으니 기쁨이 지극했다. 위 씨가 위 부마의 딸인 줄 알고, 위 씨가 자신에게 먼저 부모 찾은 사실을 알리지 않고 자기가 애쓰게 한 것을 한스러워해 위 씨를 크게 속이려는 마음이 생겼다. 그래서 기쁜 빛을 감추고 묵묵히 앉아 있다가 나아가 손을 잡으니 소저가 수습해 손을 뿌리쳤다. 한림이 이에 냉소하고 말했다.

"서방을 맞았던 색시가 새로이 교태를 짓는 것은 무슨 일인고?"

소저가 이 말을 듣고 크게 부끄러워 옥 같은 얼굴에 붉은 빛이 가득했다. 붉은 빛이 등불 아래 쏘이니 한림의 애련함이 더욱 지극해 문득 웃고 말했다.

"전 남편은 이 사람이던가?"

그러고서 무릎에 누우며 말했다.

"전 남편은 가볍던가? 길들이면 익숙해질 것이니 시험 삼아 학생도 길들이는 것이 어떠한가?"

소저가 한림의 돈후한 성품이 홀연 변해 자신을 더러운 말로 핍박하는 것을 부끄러워하고 한스러워해 안색을 변치 않고 또한 대답하지 않았다. 한림이 또한 소매로 낯을 덮고 잤다.

영매가 이 모습을 보고 놀라서 돌아와 이대로 고하니 승상이 웃고 말했다.

"이는 필시 위 씨인 줄 알아보고 속은 것이 분해 그렇게 하는 것이다."

소부가 웃고 말했다.

"경문이가 위 씨를 죽은 줄로 알았다가 이제 만나 그 흡족한 마음이 한량없을 것이니 놀라지 마라. 천인의 식견이 좁다 하겠구나."

영매가 고했다.

"한림께서 조금도 온화한 빛이 없고 하도 엄숙하고 냉랭하시니 조금도 인정이 없었습니다."

개국공이 말했다.

"경문이가 위 씨가 죽었다고 들었을 적에도 기색이 엄숙했는데 하물며 그 살아 있는 것을 목도하고 낯빛을 못 짓겠느냐?"

영매가 웃고 물러났다.

이날 한림이 자다가 깨어 새벽에 일어나 아침문안을 하려 하니 소저가 또한 경대(鏡臺) 아래에서 몸단장을 했다. 한림이 눈을 들어서 보고 미소 짓고 말했다.

"가증스러운 신부가 단장하는 것이 부질없네."

그러고서 즉시 밖으로 나갔다.

이날 일가 사람들이 정당(正堂)에 모이니 자리의 사람들이 눈으로 한림을 보고 그윽이 웃음을 머금었다. 그런데 생의 기색이 자약해 조금도 다른 기색이 없으니 소부가 일부러 물었다.

"신부가 네 죽은 처 위 씨와 비교해 어떠하냐?"

한림이 웃음을 머금고 대답했다.

"소손이 위 씨를 떠난 지 오래니 그 목소리와 용모를 어찌 알겠습니까?"

소부가 또 말했다.

"네 비록 위 씨를 못 잊고 있으나 지금 얻은 신부도 그에 지지 않은가 한다."

생이 몸을 굽혀 대답했다.

"부모께서 정해 맡기셨으니 소손이 부부의 정을 온전히 할 뿐이라 다른 뜻이 있겠나이까?"

개국공이 말했다.

"네 말도 옳지만 어젯밤에 신부를 대해 이리이리 하더라 하니 그것이 어인 말이냐?"

한림이 한참을 생각하다가 미소를 짓고 대답했다.

"그 사람의 행동거지를 보면 사람을 겪었으므로 저의 의심이 그러했던 것입니다."

연왕이 정색하고 말했다.

"네 어찌 어른 앞에서 이런 음란하고 막돼먹은 말을 하는 것이냐?"

남공이 또한 꾸짖었다.

"신부가 사문(斯文) 여자로서 너에게 예를 갖춰 돌아온 것은 아우와 제수씨가 명령해서 그런 것인데 네 사람의 자식이 되어 이런 어지러운 말을 하니 이는 반드시 유씨 집안의 무례함을 본받아 그런 것이다. 맹자 어머니가 맹자에게 점치는 곳과 노래하는 집을 보이지 않으신 것은 이런 것 때문에 비롯된 것이다."

생이 황공해 말이 없으니 문 학사 부인이 낭랑히 웃고 말했다.

"조카의 말이 참으로 괴이하니 확인하는 것이 옳겠다."

그러고서 드디어 위 씨의 팔을 옷에서 빼어 자리의 사람들에게 보이니 앵혈(鶯血)[52]이 단사(丹沙) 같았다. 좌우 사람들이 기특하게 여기고 문 부인이 웃으며 말했다.

"이 같은 여자를 둔 남자의 졸렬함이 참으로 한심하구나."

---

52) 앵혈(鶯血): 순결의 표식. 장화(張華)의 『박물지』에서 그 출처를 찾을 수 있음. 근세 이전에 나이 어린 처녀의 팔뚝에 찍던 처녀성의 표시를 말하는 것으로 도마뱀에게 주사(朱沙)를 먹여 죽이고 말린 다음 그것을 찧어 어린 처녀의 팔뚝에 찍으면 첫날밤에 남자와 잠자리를 할 때에 없어진다고 함.

자리에 있던 사람들이 크게 웃고 생이 웃음을 머금었다.

문안을 파하고 여, 임, 위 세 사람이 소후를 따라 숙현당으로 갔다. 기이한 용모가 서로 빛나고 피차 친한 기색이 현저해 시어머니 앞에서 일주 소저와 나누는 낭랑한 담소가 은은했다. 소후가 평생 한이 오늘 다 풀어져 기쁜 기색이 눈썹을 움직였다.

이윽고 상서 형제가 날래게 넓은 소매를 하고 이에 들어와 소후를 모시고 앉았다. 상서와 여 씨의 기이한 얼굴이 그 쌍을 잃지 않았고, 한림과 위 씨의 특출한 기질은 한 시대의 좋은 짝이 될 만했다.소후가 기쁨과 즐거움이 지극해 슬픈 빛으로 한림에게 말했다.

"너를 낳은 지 몇 달 만에 부질없이 고초 가운데 널 잃어버리고 그때 너를 따라 죽으려 했다. 그런 마음을 가졌다가 겨우 모진 목숨을 지탱해 16년간을 넋을 사르고 가슴을 썩여 봄 달과 가을바람에 눈물을 몇 줄이나 허비한 줄 아느냐? 오늘날 너를 얻고 네 아내가 저렇듯 기이하니 네 어미는 오늘 죽어도 한이 없다. 내 아이는 모름지기 어미 뜻을 받아 우리 며느리와 함께 조금이라도 평온하지 않은 일이 있도록 하지 마라."

한림이 이 말을 듣고 감동을 이기지 못해 두 번 절하고 명령을 들었다. 이윽고 왕이 들어와 자리를 잡고 자녀의 특이함을 기뻐해 웃고 소후를 향해 말했다.

"나의 세 며느리가 이렇듯 기특하니 바야흐로 사위를 근심하오."

후가 미소하니 왕이 스스로 경문과 위 씨를 나아오라 해 두 손으로 그들의 손을 잡고 기뻐했다. 왕의 엄중한 성격으로도 16년 잃었던 아들을 보고는 이렇듯 매우 사랑하니 아비와 아들의 정은 자연히 우러나오는 타고난 정이라 하겠다.

한림이 비록 위 씨 향한 정이 하해와 같았으나 잠깐 위 씨를 속이려 해 여러 날 들어가지 않다가 나이가 소년이라 자연히 참지 못해 10여 일 후에 채봉각에 갔다. 원래 희순 공주가 두 명의 궁녀를 소저 곁에 두었는데 이날 소저는 등불 아래에 있고 궁녀는 난간에 있으면서 분부를 기다리고 있었다. 한림이 들어가지 않고 난간 머리에 서서 소저의 유모를 불러 꾸짖었다.

"내 집은 베옷 입은 선비의 집이거늘 어찌 궁인의 무리가 여기에 있느냐? 네 소저가 가장을 이처럼 모르는구나."

유모가 황공해 대답했다.

"이는 소저께서 어려서부터 데리고 노시던 궁녀들입니다. 소저께서 시집을 오시니 이에 좇아온 것입니다."

생이 다시 묻지 않고 방 안으로 들어가니 소저가 일어나 맞았다. 생이 나아가 손을 잡고 침상에 앉으며 말했다.

"옛 사람을 생각해 생을 보고 싫어하고 박대하는 것이오?"

소저가 이 말을 듣고 그윽이 서러워 아름다운 눈썹을 낮추고 대답하지 않았다. 한림이 문득 두 손을 들어 멀리 던지고 즉시 침상에 올라 잠들었다. 소저가 한 구석에 앉아 그윽이 자기 팔자를 탄식해 가만히 흘리는 눈물이 두 뺨에 젖었다. 생이 자는 체하다 그 모습을 보고는 문득 뉘우쳐 말했다.

"이 사람이 나 때문이 온갖 고초를 겪고 나를 겨우 만났는데 내가 떠보는 것은 옳지 않다."

그러고서 문득 몸을 일으켜 앉아 말했다.

"부인이 학생을 심히 경멸하는 것이오?"

소저가 천천히 대답했다.

"첩이 어찌 감히 군자를 가볍게 여기겠습니까?"

한림이 말했다.

"그대의 이 말은 나를 어둡게 여기는 말이오. 당초에 그대가 죽었다 한 것은 모든 형의 기롱이지만 그대가 경사에 왔다면 내게 통해 내가 알도록 하는 것이 옳소. 그런데 아득하게 모르게 해 내가 노심초사하는 것을 면치 못하게 하고 또 부모의 명령으로 혼례를 이뤄 신방에서 대하고도 한마디 말이 없으니 그 무슨 도리요?"

소저가 겸손히 사양해 말했다.

"군자께서 꾸짖으시는 바가 옳으나 제후의 집 문이 바다같이 깊고 첩은 시부모님이 모르시는 사람이니 구구히 상공과 서로 통하는 것은 옳지 않습니다. 뿐만 아니라 엄친께서 시아버님과 의논하셔서 육례(六禮)를 갖추셨으니 상공이 아실 줄로 알았고, 대상공께서 기이한 광경을 빚기 위해 속이신 것은 첩이 뜻하지 않은 일입니다. 첩이 이미 존부(尊府)에 나아온 것은 군자께서 또한 아시는 일이니 첩이 감히 부부가 완전히 모인 것을 입 밖에 내어 자랑하겠습니까?"

말을 마치자 한림이 할 말이 없어 웃고 부모 찾던 곡절을 물으니 소저가 일일이 대답했다. 생이 이에 탄식하고 말했다.

"우리 부부가 다 부모를 잃고 두루 분주했으니 생각할수록 간담이 서늘하오. 그러니 어찌 예사 부부간 같겠소? 오늘부터 부부의 정을 맺을 것이니 그대는 물리치지 마오."

드디어 손을 잡아 함께 원앙 베개에 나아가 부부의 즐거움을 이루니 기이한 향기가 코를 찌르고 부드러운 뼈는 얼음과 수정 같았다. 생이 마음이 어리어리하고 정이 무르녹아 산해와 같은 은정이 정성스럽고 그윽해 삼가는 일이 없으니 소저가 또한 처음으로 이와 같은 일을 만나 두려워하고 놀라며 부끄러워서 조금도 기뻐하는 마음이 없었다. 이에 생이 웃고 말했다.

"부부가 다 장년이나 처음으로 원앙의 도리를 행했소. 이는 백 년을 지속할 근원이거늘 수습함이 지나치니 그대가 나를 싫어하는 것이 아니오? 전날에 그대를 한 방에 두고 참았던 것을 뉘우치니 지금 같아서는 죽어도 참지 못하겠소."

소저가 머리칼을 돌려 냉담한 얼굴로 대답하지 않았다. 동쪽 창에 새벽빛이 비치니 소저가 빨리 일어나려 하자 생이 웃으며 말했다.

"그토록 일찍 일어나려 하오?"

그러고서 소저의 손을 잡아 주표(朱標)를 보고 웃으며 말했다.

"실로 요괴로운 것이로다."

소저가 더욱 좋아하지 않고 일어나 마음을 진정해 세수를 하고 경대를 내왔다. 생이 또한 일어나 세수하고 함께 정당으로 들어갔다.

소후가 벌써 백각에 가고 없으므로 도로 존당(尊堂)으로 가는데 생이 일부러 소저와 어깨를 나란히 해 문을 나섰다. 연왕이 들어오다가 그 모습을 보고 크게 기뻐해 눈을 들어서 보고 잠깐 미미히 웃었다. 소저는 크게 부끄러워하고 생이 또한 부끄러워 넌지시 먼저 나왔다. 왕이 또한 웃음을 머금고 함께 존당에 들어가 문안하니 예부가 웃고 한림에게 말했다.

"아우가 위 씨 제수를 생각하는 눈물을 얼마나 허비했느냐?"

생이 웃음을 머금으니 개국공이 또한 크게 웃고 말했다.

"위 씨가 만일 정말로 그렇게 되었다면 경문이와 구천에서도 원수 되기가 쉬웠을 것이다. 그러나 부부가 같은 때에 부모를 찾았으니 이는 천년에 얻기 어려운 기특한 일이로구나."

유 부인이 슬픈 빛으로 말했다.

"만일 하늘이 앎이 있다면 설마 우리 며느리의 덕과 경문이의 참혹한 화란을 살피는 일이 없겠느냐? 나의 자손이 하나하나 특출한데 그중 흥아, 세아, 성문, 경문이니 노모만 홀로 살아 아이들의 기이함을 보는 것이 슬프구나."

승상이 온화한 소리로 위로하고 하남공과 연왕이 자리에서 일어나 감당하지 못하겠다고 일컬었다.

이윽고 자리를 파해 연왕이 침소에 돌아와 후에게 말했다.

"내 첫째아이는 처자를 소중하게 여기나 행여 겉으로는 부부인 줄 내 알지 못하더니 둘째아이는 아침에 그 행동을 보니 그 나이 젊어 저희 부부가 사랑하고 소중히 여기는 것을 어여삐 여기오."

부인이 이 말을 듣고 한가히 웃으며 말을 안 했다.

경문이 이후에 위 씨와 화락하니 피차 은정이 지극히 깊어 물과 물고기의 즐거움이 있었다. 다만 소저는 위 공을 부모로 해 대답했는데 한림은 장인을 위 부마로 알아 다시 거리끼는 일이 없고 모두 이르는 일이 없으므로 한림이 전혀 알지 못했다.

위 씨가 이씨 집안에 온 지 몇 달 후 위 공이 연왕에게 청해 딸을 데려갔다. 한림은 위 씨가 위궁으로 가는 줄로 알았다.

한림은 병을 핑계해 조정에 다니지 않아 나다니는 일이 없다가 하루는 외가에 가니 소 상서 부부가 지극히 사랑하고 옛일을 일러 탄식하고 말했다.

"네 어미의 지난 화란을 생각하면 오늘날이 있을 줄 알았겠느냐? 너희 형제가 빼어난 것이 사람 가운데 기린이라 사람들이 부러워할 것이니 우리 노부부는 오늘 죽어도 한이 없겠구나."

생이 사례하고 모시고서 말하더니 이윽고 장 부인이 물었다.

"네 위공부의 사위가 되었는데 피차 예전의 원한을 돌려 화목하게 지내느냐?"

생이 놀라 대답했다.

"할머님이 잘못 알고 계십니다. 소손의 장인은 위공문이니 공부의 사촌입니다."

장 부인이 낭랑히 웃고 말했다.

"참으로 꼼꼼하지 못한 아이로구나. 내 비록 늙어 정신이 없으나 공부와 공문을 모르겠느냐?"

생이 매우 놀랐으나 묻지 못했다.

즉시 하직하고 돌아오다가 위궁에 이르러 부마를 보았다. 부마가 그 풍채가 기이한 것을 새로이 사랑해 일렀다.

"사위가 어찌 늦게야 이른 것인가?"

생이 몸을 굽혀 대답했다.

"마침 고질(痼疾)[53]이 오랫동안 낫지 않아 이르러 배알하지 못했습니다만 대인께서는 어찌 소생을 속이신 것입니까?"

부마가 웃으며 말했다.

"내 무슨 일을 가지고 그대를 속였다고 하는 겐가?"

생이 정색하고 말했다.

"속이지 못할 것은 부부의 결합이거늘 상공께서는 무슨 까닭으로 위 씨를 가칭 친딸이라 해 소생과 혼인을 이루게 하셨습니까?"

부마가 웃고 말했다.

"이는 영존대인(令尊大人) 연왕 전하와 우리 종형(從兄)이 상의해 하신 일이니 나는 집을 빌려 줬을 따름이라 알지 못하네."

생이 다 듣고 하릴없어 집에 돌아와 위 공을 매우 괘씸해해 말했다.

"오늘날 어찌 내가 저 도적놈의 사위가 될 줄 알았겠는가?"

그러고서 매우 번뇌했다.

---

53) 고질(痼疾): 오래되어 고치기 어려운 병.

이윽고 위 씨가 돌아오니 한림이 분노를 이기지 못해 문지기에게 명령해 위 씨의 행렬을 휘몰아 내치고 곧이어 글을 보내니 부부의 의리를 끊고 혼서를 찾는 내용이었다.

이때 위 공이 딸이 돌아온 것을 괴이하게 여겨 연고를 묻고 대로 했다. 그런데 홀연 한림의 글이 이르러 뜯어 보니 다음과 같은 내용이었다.

'내 밝지 못해 그대를 아내로 얻었더니 이제 듣건대 그대는 나와 함께 하늘을 이지 못하는 원수 위공부의 딸이라 하니 내 어찌 유 대인의 큰 은혜를 잊고 그대를 용납하겠는가? 빨리 혼서와 봉치[54]를 돌려보내고 규방에서 스스로 목숨을 끊으라.'

위 공이 다 보고는 서간을 찢어 버리고 한림을 꾸짖어 말했다.

"이 아이가 유영걸의 패악(悖惡)[55]을 배워 행동이 이러하니 참으로 괘씸하구나."

그러고서 즉시 혼서를 내어 오라 해 자기 집 사람을 시켜 서간을 닦아 연왕에게 보냈다.

연왕이 마침 내당에 있어 이런 일을 알지 못했는데 홀연 시녀가 봉한 편지를 받들어 올리는 것을 보고 천천히 뜯어서 보니 다음과 같은 내용이었다.

'아우 공부는 삼가 두 번 절하고 한 척의 깁을 연왕 전하에게 올리네. 접때 딸아이를 가지고 영랑(令郞)에게 짝지어 준 것은 대왕의 허락이 있었기 때문이요, 위궁에 가 혼례를 이룬 것도 대왕이 명해서였으니 이 아우는 다만 명령을 받들어 행했을 따름이었네. 그런데 내 딸이 지금 존부(尊府)에 나아가니 이보가 종을 시켜 내몰아 딸을

---

54) 봉치: 혼인 전에 신랑 집에서 신부 집으로 보낸 채단(采緞)과 예장(禮狀).
55) 패악(悖惡): 사람으로서 마땅히 하여야 할 도리에 어그러지고 흉악함.

문 밖으로 내쳤네. 내 딸이 규방의 여자로서 낭패한 행색이 길을 지나는 사람들의 비웃음을 면치 못했으니 아내 내치는 법이 어찌 이러한가? 또 영랑의 글이 이르러 의리를 끊겠다고 하기에 시원히 혼서를 돌려보내니 대왕은 굽어 살피게.'

왕이 다 보고 크게 놀라 말했다.

"아들이 어찌 이런 경박한 행동을 했는가? 저를 얻은 지 오래지 않으나 이 일은 결코 그저 두지 못하겠다."

말을 마치자 노기가 어렸다. 밖으로 나가 오운전에 자리를 잡고 시노(侍奴) 소연을 불러 큰 매를 가져오라 해 앞에 놓고 좌우를 시켜 한림을 불렀다.

한림이 위 씨를 내치고 참으로 노기가 등등해 누워 있다가 아버지의 명령을 듣고 급히 나아갔다. 왕이 여느 말을 않고 소연을 꾸짖어 생을 잡아내려 결박해 꿇리고 소리를 엄히 해 말했다.

"네가 아비 있는 줄을 아느냐?"

생이 이때 별 생각이 없다가 잡혀 정신없이 눈을 들어서 보니 왕이 온화한 기운이 변해 한 덩이 얼음이 되어 있었다. 엄숙하고 준엄한 기색이 얼굴에 크게 드러났으니 이 어찌 유 공의 일시 모진 모습과 비슷하겠는가. 한림이 크게 두려워 소리를 나직이 해 말했다.

"제가 불초하나 대인께서 어찌 이런 말씀을 하십니까?"

왕이 분노해 말했다.

"다른 말은 천천히 하고 네 아비 있는 줄을 아느냐?"

생이 대답했다.

"제가 어찌 엄군(嚴君)이 계시는 줄을 알지 못하겠습니까?"

왕이 또 물었다.

"네 아비가 있는 줄 알면서 아내를 스스로 내쫓은 것은 어찌해서냐?"

한림이 문득 눈물을 머금고 벌을 청해 말했다.

"전에 위 공이 소자를 칼 아래 죽이려 하던 마음을 먹었을 적에 대인께서 말리지 않으셨다면 오늘날이 있었겠습니까? 유 공이 저를 저버렸으나 제가 차마 글 읽은 선비가 되어 위 공의 딸을 데리고 살지 못하니 차라리 아버님 앞에서 방자하게 행동한 벌을 받을지언정 위 씨와의 의리는 끊으려 하는 것이 제 마음입니다."

왕이 다 듣고 꾸짖었다.

"네 말이 다 옳으나 너를 낳은 아비와 기른 아비 중 누가 더 중요하냐?"

한림이 왕의 노기가 점점 더하는 것을 보고 두려운 마음이 온 몸에 잠겼다. 한림이 등에 땀이 밴 채 고개를 조아려 말했다.

"저를 낳아 주신 은혜가 망극하니 어찌 다른 곳과 비길 수 있겠습니까?"

왕이 드디어 죄를 하나하나 따져 말했다.

"네 아비 중요한 것과 낳은 은혜가 망극한 것을 알면서 이러한 행동을 한 것이냐! 위 씨가 비록 너에게는 수하 사람이지만 내가 귀중하게 여기는 사람이거늘 길가에 내쫓아 여자로 하여금 길에 지나는 사람의 비웃음을 받게 해 부끄러움이 일게 한 것이냐! 또 이를 어버이에게 아뢸 줄 모르니 이는 네가 전혀 도리를 아나 나의 약함을 업신여겨 그런 것이다. 위 공이 유 공에게 실례한 것이 크나 지금 위 공은 네 아비와 생사를 같이하는 벗이요, 벼슬이 높아 조정의 대신이거늘 서간에 패악한 말을 베풀어 위 공에게 모욕을 주었으니 네 글을 읽었노라 하며 의리를 모르니 이 또 나를 가볍게 여긴 것이다. 내 위 공에게 전해 위 씨와 혼례를 이루도록 한 것이 내가 한 일이거늘 네 불통한 노기를 내어 전후의 일을 살피지 않았으니 이는 아비를 업신여긴 것이다. 네 말을 들으면 네가 유 공을 크게 여기고 나를 가볍게 여기는 줄 알겠으니 너는 시험 삼아 그 약한 맛을 보아라."

말을 마치고 소연을 꾸짖어 곤장으로 볼기를 치도록 했다. 생이 부친의 말을 듣고 바야흐로 자기의 과도함을 깨달아 한 말도 못 하고 엎드려 있었다. 왕이 본디 어질고 부드러워 이에 미칠 사람이 없었으나 마음에 맞지 않으면 크게 다스리는 것을 어려서부터 잘했다. 더욱이 상서 성문은 반평생 온화함을 띠어 왕의 뜻을 조금도 거스르는 것을 왕이 보지 못했다. 그러던 중 경문의 행동을 보고 오늘 크게 성을 내었으니 끝을 누르지 못해 매가 30여 대에 이르렀으나 마침내 용서할 뜻이 없었다. 소연이 그 피가 흘렀으나 경문이 끝내 한 소리를 않고 옥으로 만든 사람 같음을 보고 매를 멈추고 돌아보아 아뢰었다.

"소상공의 죄가 비록 무거우나 혈흔이 낭자하니 이미 족한 듯합니다."

왕이 연의 말을 듣고 즉시 서동 수철을 불러 한 필 나귀를 가져오라 해 생에게 말했다.

"네 위씨 집에 가 한결같이 위 공의 말대로 해 위 공이 내게 와 너의 효성과 순종을 일러 용서해 주기를 청한다면 너와 부자의 의리를 이을 것이고, 그렇지 않는다면 너를 내 생전에는 자식이라 하지 않을 것이니 이후에는 네 마음대로 하라."

말을 마치고 한림을 재촉해 위씨 집으로 가라 했다. 생이 이때 절박한 마음이 가득했으나 왕의 엄숙한 기운이 찬 바람과 뜨거운 해 같았고 위엄이 가득해 한 말도 못 하고 기운을 나직이 해 다시 옷을 여미고 천천히 고했다.

"어머님께 잠깐 하직을 고하려 하나이다."

왕이 정색하고 말했다.

"너의 불초함이 아비를 헤아리지 않으니 어찌 어미를 생각하겠느냐? 내 이미 한 번 명령을 내렸거늘 네 어찌 여러 말을 하느냐?"

생이 감히 다시 청하지 못하고 안색이 더욱 무거운 채 왕이 앉은 데를 향해 네 번 절하고 걸음을 조용히 해 나갔다. 왕이 비록 그 날카로운 기운을 꺾느라 매를 쳐 내쳤으나 경문을 얻은 지 오래지 않고 사랑이 자못 과도하던 마음을 끊어 친 것인데 그 옥 같은 살이 떨어지도록 끝내 한 소리를 안 하는 것을 보고 어찌 기특하게 여기지 않겠는가. 심사가 자못 편치 않아 눈썹을 찡그리고 오래도록 말을 안 했다.

저녁문안에 정당에 들어가니 모두 한림이 없는 이유를 물었다. 왕이 바른 대로 고하니 모두 놀라고 승상이 탄식해 말했다.

"아이를 다스리는 것은 옳다. 그러나 제 여러 해 매를 맞고 고초를 겪으며 떠돌아다녔는데 또 치는 것은 옳지 않으니 자못 가슴 아픈 노릇이구나."

왕이 또한 이 말에 더욱 마음이 착잡해 관(冠)을 숙였다. 달 같은 이마에 슬픈 빛이 어리고 별 같은 눈에 물결이 움직이니 하남공이 웃고 말했다.

"아우의 모습이 가소롭구나. 매로 친 뜻은 무엇 때문이고, 뉘우치는 뜻은 무엇 때문이냐?"

왕이 마지못해 대답했다.

"뉘우치는 마음이 있는 것이 아니라 벗을 위해 경문이가 옛날 한두 번 매 맞지 않은 곳을 또 쳤으니 자연히 마음이 움직여서 그런 것입니다."

남공이 또 웃고 말했다.

"아우가 경문이 사랑하는 마음을 알 수 있겠구나. 다른 자식 같았으면 저렇지 않았을 것이니 이는 모두 그 얼굴이 같아서 그런 것이냐?"

왕이 웃고 대답했다.

"형님이 어찌 저를 떠보시는 것입니까? 구태여 얼굴이 같아서 그랬겠습니까? 경문이가 어려서부터 환난을 두루 겪고 오늘날 한 일은 큰 죄가 아닌데 벌을 무겁게 입어 불쌍하다는 것이지 제가 대단히 뉘우쳐서 그런 것이겠습니까?"

공이 이에 웃었다.

소후가 또한 아들이 매로 맞은 것을 불쌍히 여기는 마음이 있었으나 그 죄가 옳았으므로 시비를 안 했다.

이때 위 공이 혼서를 돌려보내고 참으로 노기가 등등해 한림을 꾸짖으니 소저가 말했다.

"당초에 소녀가 이 일을 알았다면 어찌 오늘날 길에서 부끄러운 일을 보았겠습니까? 저가 하는 일이 옳으니 이는 얻지 못할 사람입니다. 아버님께서 저 사람을 꾸짖으시는 것은 부질없는 일인가 하나이다."

위 공이 성난 빛으로 대답하려 했다.

이때 문지기가 문득 이 한림이 이르렀음을 고했다. 공이 문득 놀라고 분해 하리(下吏)를 시켜 한림을 내쫓으라 했다. 한림이 저의 무식한 행동이 갈수록 이러한 것을 보니 분한 기운이 한층 더했으나 아버지의 명령을 거스르는 것은 예가 아니었으므로 바깥 초당에 앉아 있었다. 이윽고 연왕의 서간이 이르니 위 공에게 많이 사례하고 한림을 매를 때려 보냈으니 그곳에서 그 세운 뜻을 항복받으라고 하는 내용이었다.

위 공이 서간을 다 보고 노기가 잠깐 풀어졌다. 그래도 한림을 크게 속이려 해 밖에 나와 모든 하리를 불러 이 한림을 모셔 본부로 가라 했다.

한림이 또한 좋은 핑계를 얻었으므로 즉시 본부로 갔다. 그러자 왕이 한림을 보지 않고 말을 전해 꾸짖었다.

"위 형이 너를 머무르게 하지 않은 것은 네가 공손하지 않기 때문이다. 빨리 나아가 사죄해 죽어도 그곳에서 죽고 위 공의 노기가 풀리기 전에는 올 생각을 마라."

그러고서 문지기에게 분부해 한림을 집안에 들이지 말라 했다.

한림이 할 수 없이 도로 위씨 집으로 갔다. 위 공이 이때 기쁜 마음이 가려운 데를 긁는 듯해 일부러 다시 말을 전했다.

"그대가 내 집에 올 까닭이 없으니 빨리 돌아가라. 군자가 원수의 집에 어찌 오겠는가?"

그러고서 한림을 내쫓으라는 명령이 성화같았다. 한림이 비록 노기가 마음속에 가득했으나 아버지의 명령을 두려워했으므로 끝내 낯빛을 바꾸지 않고 천천히 서헌에 나아가 위 공을 향해 절하고 벌 주기를 청하며 말했다.

"소생이 어리석어 상국께 죄를 얻은 것이 깊으니 바라건대 합하께서는 소생을 용서해 주소서."

위 공이 정색하고 말했다.

"만생은 그대의 원수네. 그대가 무슨 까닭으로 오늘 뜻을 굽혀 벌 주기를 청하는 것인가?"

한림이 사죄해 말했다.

"전날에는 소생이 체면을 잃었습니다. 대인께서는 하해와 같은 은 덕을 드리우셔서 소생을 용서하소서."

위 공이 정색하고 말했다.

"너의 말이 갈수록 나를 조롱하는구나. 네 이제 나를 장인으로 대접한다면 그 원망하는 마음을 푸는 줄로 알겠으나 지금 말이 다 속이는 말이라 다시 베풀지 말고 돌아가라."

한림이 이 말을 듣고 분기가 충만해 문득 혼절해 거꾸러지고 입에서 피가 흘렀다. 공이 매우 놀라 빨리 한림을 붙들어 무릎에 안고 구호했다. 한림이 장독(杖毒)에 노기(怒氣)가 지극했으므로 깨어나는 것이 쉽지 않았다.

공이 초조해 어찌할 줄을 몰라 급히 하리를 시켜 태의를 부르라 했다. 문득 세 아들이 조정에서 돌아와 이 모습을 보고 놀라움과 의아함을 이기지 못했다. 최량이 마침 의서를 알았으므로 맥을 보고 말했다.

"기운이 막혀 일시 긴급하게 보이나 신경 쓸 일은 아닙니다."

그러고서 침으로 두어 곳을 시험했다. 한참 지난 후에 한림이 숨을 내쉬고 급히 몸을 일으켜 앉아 사죄해 말했다.

"소생이 우연히 정신이 혼미해져 어른 앞에서 실례가 많았습니다. 죄 위에 죄를 더했으니 어찌 부끄럽지 않겠습니까?"

공이 말했다.

"이는 네가 나를 한스러워해 비롯된 것이니 내가 더욱이 안심하겠느냐? 누추한 집에 존가(尊駕)[56]가 있을 곳이 아니니 시원히 돌아가기를 원하나 연왕 전하가 과도히 용납하지 않으니 내 더욱 근심한다. 괴롭겠지만 편히 누워 쉬도록 하라."

---

56) 존가(尊駕): 지위가 높고 귀한 사람의 탈것이라는 뜻으로, 지위가 높고 귀한 사람의 행차를 비유적으로 이르는 말.

한림이 눈을 낮추고 손을 꽂아 무릎을 꿇어 다시 말을 안 했다. 그 참는 것이 단단한 것은 이를 것도 없고 기색의 엄숙함이 좀 전에 기절했던 사람같지 않으니 위 공은 어이없어 말을 안 하고 후량이 말했다.

"그대가 아버님을 원망하는 것이 범상하지 않아 행동거지가 이러하거니와 그대가 매를 맞은 것은 우리가 알지 못했는데 이처럼 찬바람을 맞아 어찌하려 하는가? 평안히 조리하는 것이 효자의 도리로 옳네."

한림이 사양해 말했다.

"소생에게 어찌 이런 마음이 있으며 또 어찌 대신 안전에서 방자하게 누워 예법을 무너뜨리겠습니까?"

위 공이 말했다.

"너의 마음이 나를 지극한 정도까지 미워하니 내 집에 두는 것이 참으로 괴이하나 연왕 전하가 대단히 구니 감히 너를 내보내지 못한다. 그러니 너는 네 아내 방에 가 조리하라."

드디어 한림의 손을 이끌어 소저 방에 이르렀다.

소저가 등불 앞에 앉아 눈썹에 시름이 맺혀 있다가 마지못해 일어나 한림과 위 공을 맞이했다. 위 공이 시녀를 시켜 생의 이불을 펴게 하고 누우라 청한 후에 나가 부인과 함께 창 밖에서 기다리며 딸과 사위의 행동을 살폈다. 위 공이 반평생 교만한 성품으로 사위에게 이르러는 이와 같으니 딸이 과연 어려운 존재가 아닌가.

한림은 위 공이 나가는 것을 보고 성난 눈으로 맹렬히 소저를 한번 기울여 보고 자리에 나아가 누웠다. 소저가 한림의 이 같은 행동을 보고 한스러워하고 부끄러워 묵묵히 등불 앞에 앉아 말을 안 했다.

밤이 깊으니 한림이 자는 듯하므로 소저가 바야흐로 길게 한숨 짓고 밝은 등을 돋웠다. 한림이 문득 소매를 떨치고 일어나 앉아 꾸짖었다.

"요괴로운 여자가 야심한데 자지 않고 한숨 쉬는 것은 무엇 때문인가? 네 아비가 나를 죽이려 하던 뜻을 이어 나를 죽으라 하는 것이냐? 내 바야흐로 장독으로 괴로이 아파 잠이 안 드는데 불을 그저 두고 청승맞게 구는 것인가? 빨리 불을 끄고 누워 자라."

소저가 다 듣고 즉시 불을 끄니 생이 도로 누워 새도록 자는 듯했다.

새벽에 위 공이 들어와 문병하니 생이 공경하는 태도로 일어나 앉아 말했다.

"천한 몸에 괴로운 병이 있으나 대단하지 않으니 상공께서는 우려하지 마소서."

위 공이 본디 성품이 굳세고 강한데 생이 갈수록 외대(外待)[57]하는 소리를 듣는 것이 화가 나 즉시 나갔다.

생이 또한 도로 누워 아무 소리도 않고 저물도록 있으나 미음도 찾는 일이 없었다.

위 공 부인이 초조해 아들들을 시켜 생을 타이르라 하니 아들들이 명령을 듣고 방에 들어가 죽을 들고 간절히 권해 먹기를 청했다. 그러나 생이 움직여 들은 체도 안 하니 사람들이 할 수 없이 도로 나왔다. 이에 위 공이 말했다.

"제 굶어 죽어도 불쌍하지 않으니 내버려 두라."

소저가 이날 밤이 새도록 있다가 정신이 어질해 일어나 나오니 한림이 바야흐로 일어나 앉아 말했다.

---

57) 외대(外待): 정성을 들이지 않고 아무렇게나 대접을 함.

"그대가 어느 곳으로 가는고? 자세히 이르는 것이 옳다."

소저가 할 말이 없어 도로 앉으니 한림이 또 말했다.

"나를 규방에 넣어 두고 굶어 죽이려 하는가?"

소저가 즉시 난섬을 불러 미음을 내오도록 하니 한림이 대로해 말했다.

"천한 여자가 아비 뜻을 이어받아 나를 업신여기는 것인가?"

그러고서 즉시 한 발로 상을 차니 방 안에 미음이 흩어져 소저의 치마가 다 젖었다. 소저가 한 말도 안 하고 친히 일어나 흩어진 것을 거두어 치우니 한림이 또한 누워 말을 안 했다.

이튿날 상서가 이르러 한림을 보니 한림이 크게 반겨 상서를 붙들고 눈물을 흘렸다. 상서가 마음이 좋지 않아 위로하고 말했다.

"부질없는 일에 죄를 얻어 형제가 헤어지니 너는 쉬 회복해 집으로 오라."

생이 탄식하고 말했다.

"제가 요사이 마음이 슬프고 실성해 일어나지 못하니 아마도 죽기 쉬울까 합니다."

상서가 정색하고 말했다.

"사람의 자식으로서 스스로 마음에 맞지 않는 일이 있으나 부모님이 명령하셨으면 못 미칠 듯이 따르는 것이 옳다. 그런데 무슨 까닭으로 이처럼 편협하게 구는 것이냐? 위 공이 전에 너에게 체면을 잃은 것이 있다 한들 지금까지 유감을 두는 것은 옳지 않다."

한림이 말했다.

"위 공이 체면을 잃어 아우를 죽이려 한 것을 성내는 것이 아닙니다. 전부터 그 행동에 분노해 그러했던 것인데 아버님의 명령이 있으셨으니 어찌 위 공 공경을 소홀히 하겠습니까?"

상서가 재삼 경계하고 나와 위 공을 보려 했다. 그러나 위 공은 조정에 가고 없고 후량 등이 있었으나 이들은 다 입이 무거운 사람들이었으므로 한림을 입에 올리는 일이 없었다.

한림이 이날 상서를 보내고 홀로 소저와 있으나 다시 미음도 찾지 않았다. 석양에 위 공이 돌아와 한림이 이러한 것을 보고 하릴없어 친히 들어가 한림을 보아 손을 잡고 말했다.

"너의 오늘 행동은 무슨 모습이냐? 내 설사 네 눈에 미우나 네가 대인의 책망을 두려워하지 않으니 스스로 죽기를 생각하는 것이냐? 네 스스로 생각하라."

한림이 겸손히 사양하며 말했다.

"소생에게 어찌 그런 뜻이 있겠나이까? 상처가 자못 아프니 음식을 먹을 경황이 없는데 곁에 사람이 있으나 주지 않으니 어찌하겠습니까?"

공이 다 듣고 그 어리눅은58) 안색과 공손한 말에 매우 기뻐해 웃으며 말했다.

"원래 너의 뜻이 이러했구나."

그러고서 즉시 소저를 돌아보아 미음을 가져오라 해 먹으라 권했다. 생이 기쁜 빛으로 미음을 먹어 조금도 다른 생각이 없으니 공이 기쁨을 한량치 못해 이윽고 나갔다.

생이 다시 베개에 기대 성난 눈으로 소저를 한참 보다가 이윽고 말했다.

"내 몸이 피곤해 견디지 못하니 그대는 나아와 다리를 두드리라."

소저가 묵묵히 대답하지 않으니 생이 대로해 일어나 앉아 소저를

---

58) 어리눅은: 일부러 어리석은 체하는.

꾸짖었다.

"요망한 여자가 어찌 감히 아비 권세를 껴 이렇듯 방자히 구는 것인가? 네 아비가 너를 조만간 다른 데 서방 맞아 보내려 하더냐? 요사이 나를 이처럼 깔보는 것인가?"

소저가 천천히 말했다.

"군자께서 까닭 없이 첩을 모욕하시는 것은 참으로 부질없습니다. 그러나 시녀가 있으니 군의 다리 두드리는 것을 내 어찌 알겠습니까?"

생이 꾸짖었다.

"그대가 하루나 이틀이나 나와 함께 있었으므로 그 친한 사람의 도리를 하라고 하는 것이다. 시녀배가 어찌 나에게 가까이 오게 하겠는가? 이는 필시 사사로운 정이 있어서 그런 것이니 빨리 물러가고 내 눈에 보이지 마라."

소저가 한 말도 안 하고 일어나니 생이 화가 잔뜩 나서 문득 일어나 소저를 박차 거꾸러뜨렸다. 그리고 사창(紗窓)59)을 열고 시노(侍奴)를 불러 크게 호령해 좌우의 시비를 다 잡아오도록 했다. 시비 중에서 으뜸 자리에 있는 사람은 난섬과 난혜였으므로 생이 문득 시비는 물리치고 유모 구취를 잡아 꿇리고 죄를 하나하나 따졌다.

"네 어찌 소저를 가르쳤는데 소저에게 하나의 일도 일컬을 만한 일이 없느냐? 교만한 낯빛과 불순한 행동은 참으로 책망할 것이 없고, 높은 호령이며 굳세고 독한 위엄은 옛날 간사한 영웅과 한 무리요, 지금은 지아비를 나무라고 다른 집을 생각하니 이는 천고에 듣지 못하던 여자다. 너는 시험 삼아 맞아 보라."

---

59) 사창(紗窓): 붙이나 깁으로 바른 창.

말을 마치고 크게 꾸짖어 치라고 재촉했다.

위 공이 문 밖에서 거닐다가 그 행동을 처음부터 끝가지 보아 말마다 자기를 빗대어 욕하는 것을 듣고 대로해 문을 열고 들어갔다. 생이 이에 공손히 일어나 맞으니 공이 크게 꾸짖었다.

"내 너를 언제 오라고 했기에 까닭 없이 와서 높은 집에 자빠져 나의 귀중한 딸아이를 피곤하게 보채는 것이냐? 그 음흉한 행동은, 연왕 전하와 이씨 일문은 저렇지 않으니 이 모두 도적놈 유영걸을 닮아서 그런 것이다. 빨리 네 집으로 가라."

드디어 소저를 일으켜서 보니 머리가 상하고 낯빛이 찬 재와 같았다. 공이 더욱 괘씸해 소저를 안아 주물러 깨우고 시노에게 명령해 생을 곁에서 모시는 동자 수철을 20대를 쳐 내치도록 했다. 생이 눈을 낮추고 평온하게 단정히 앉아 끝까지 말을 안 했다.

공이 즉시 문방구를 내어와 연왕에게 기별하려 하니 시랑 최량이 나아가 간했다.

"이보의 행동은 실성해서 그런 것이니 아버님께서 이보와 겨루시는 것은 무익합니다. 그러니 모른 체하소서."

위 공이 다 듣고 소매를 떨치고 밖으로 나왔다. 한림이 약한 기운에 분노와 한이 지극해 문득 머리를 기울여 피를 토했다. 소저가 무심히 앉아서 볼 수 없어 그릇을 내어오니 생이 정신이 없는 중이었으나 더욱 싫어해 발로 한 번 차고 자기 또한 기절했다.

위 공이 급히 도로 들어와 미처 소저는 보지 못하고 생을 붙들었다. 위 시랑 등이 정신없이 들어가 소저를 구해 안으로 보내고 함께 한림을 보았다. 옥 같은 얼굴이 푸르고 수족이 차서 위태로움이 경각에 있었다. 공이 뉘우치고 정신없이 말했다.

"근심이 쌓여 화증(火症)[60]이 한 뭉치가 되었거늘 내 저를 부질없이 꾸짖어 이러한 형상이 되도록 했으니 연왕이 안다면 어찌 고마워하겠는가?"

그러고서 참으로 초조해했다. 이윽고 한림이 숨을 돌리고 기운을 진정하니 위 공이 바야흐로 놀란 눈물을 씻고 말했다.

"네 나 때문에 몸을 반드시 보전하지 못할 것이니 내일은 본부로 돌아가라. 내 어찌 한 나라의 승상으로서 살인한 몸이 되겠느냐?"

생이 공경해 일어나 앉아 말했다.

"소생이 이따금 기운이 막혀 본디 그러했으니 어찌 대인 때문이겠습니까?"

위 공이 말했다.

"내가 전날에 잘못한 허물이 크나 지금에 이르러 네게 사죄하니 너는 정말로 원한을 풀지 못하겠느냐?"

한림이 머리를 숙여 잠깐 웃고 말을 안 했다.

이날 밤에 한림이 혼미해 인사를 알지 못했다. 위 공이 친히 한림을 무릎에 앉히고 위 시랑 등이 손발을 어루만지니 그 지극한 정성이 어찌 한량이 있겠는가.

새벽에 한림이 정신을 차려 자기 몸이 위 공의 손안에 있는 것을 보고 크게 놀라 바삐 떨치고 물러앉으며 분노하는 눈썹이 관(冠)을 가리켰다. 위 공이 하릴없어 하고 또한 본성이 굳세고 사나웠으므로 이러한 모습을 참기 어려워 성을 내 소매를 떨치고 나가 이후에는 한림의 처소에 들이밀어 보지 않았다.

한림이 예전처럼 소저를 불러 앞에 두고 괴롭히고 꾸짖었다.

이러구러 한 달이 지났다. 한림이 노기가 날로 급해 병세가 깊어

---

60) 화증(火症): 걸핏하면 화를 왈각 내는 증세.

져 점점 몸이 바짝 마르고 뼈가 앙상하게 드러났다. 그러나 위 공은 다시 묻지 않았다. 상서가 마침 내의원 제조를 겸했는데 태후께 환후가 있으셨으므로 대궐에 있고 예부 등 형제는 연왕의 명령 때문에 오지 못하니 이씨 집안과의 소식도 끊어졌다.

하루는 연왕이 이르러 위 공을 보았다. 위 공이 근래 우환에 싸여 모습이 삐쩍 말라 있다가 왕을 보고 크게 반겨 서로 인사를 마쳤다. 왕이 위 씨를 불러서 보고 새로이 기뻐했으나 그 용모가 많이 바뀐 것을 보고 놀라서 말했다.

"우리 며느리에게 무슨 작은 병이 있는 게냐? 이렇듯 초췌한 것이냐?"

그리고 고개를 돌려 위 공을 보고 웃으며 말했다.

"형이 근래에 아리땁지 않은 사위의 뜻을 꺾었는가?"

위 공이 말했다.

"꺾기는 멀었고 요사이 영랑의 거지는 딸아이의 행색으로 알 수 있을 것이네. 내 어려서부터 사람을 적지 않게 보았는데 이보처럼 단단하고 모진 것은 보지 못했네."

왕이 놀라서 말했다.

"형의 이르는 말이 무슨 뜻인가? 자세히 일러 의심을 풀어 주게."

위 공이 또한 성품이 그리 시원하지 못했으므로 한림의 전후 행동을 일일이 전하고 말했다.

"가라 해도 안 가도 먹으라 해도 안 먹고 사죄해도 풀지 않고 꾸짖어도 겁내지 않고 달래도 듣지 않으니 딸아이는 빈 규방에서 늙고 인간 세상에 없는 천상의 사내라도 귀하지 않으니 형은 이보를 데려가게. 아우의 타고난 화증이 요사이에 더 심해졌으니 이렇고서 무슨 애정이 있을 수 있겠는가?"

왕이 다 듣고 놀라서 말했다.

"형의 말이 정말로 옳다면 이런 자식을 두어 무엇에 쓰겠는가?"

말이 끝나지 않아서 한림이 부친이 와 있다는 말을 듣고 겨우 걸음을 움직여 이에 이르러 배알했다. 왕이 정색해 눈을 가늘게 뜨고 기운이 엄숙하니 생이 더욱 황공해 안전에 꿇어 벌주기를 청했다. 왕이 묵묵히 한참을 보다가 말했다.

"불초자가 아비 있는 줄을 아느냐?"

생이 급히 대답했다.

"제가 어찌 하늘을 알지 못하겠나이까?"

왕이 소리를 나직이 해 꾸짖었다.

"내 너를 이리 보낸 것은 과오를 고치고 마음을 닦도록 하기 위해서였는데 네 문득 아비를 역정 내 행동이 패악하니 이 행동이 아비를 아는 것이냐?"

생이 이 말을 듣고 황공해 머리를 숙이고 말없이 사죄할 뿐이었다. 왕이 또 꾸짖었다.

"아내를 잡고 두드리는 것은 상놈과 천한 것들의 버릇이다. 네가 사대부로서 이러한 행동을 하니 네 끝내 이 뜻을 고치지 않는다면 내가 죽는 날이라도 너는 감히 안전에 이르지 못할 것이다."

말을 마치고 위 공에게 말했다.

"또 전처럼 순종하지 않거든 이곳에 두지 말고 쫓아 내치게."

그러고서 소매를 떨쳐 일어나 가려 했다. 위 공은 다만 웃고 생은 매우 부끄러워 말을 못 하고 있었다. 마침 상서가 틈을 겨우 얻어 이곳에 이르니 왕이 보고 말했다.

"경문이가 크게 실성해 아비를 모르니 너도 이 아이를 보지 말고 돌아가라."

말을 마치자 상서를 데리고 돌아갔다.

생이 더욱 초조해 마음을 크게 누르겠다 정하고 고개를 돌려 위 공에게 말했다.

"소생에게 허물이 설사 있으나 대인께서는 어찌 그토록 누설하신 것입니까?"

공이 성을 내 말했다.

"내 사납기가 간사한 영웅과 한 무리니 다시 이를 것이 있겠느냐?"

생이 다 듣고 다시 묻지 않고 일어나 침소로 돌아갔다. 병이 크게 중한데 미음도 먹지 않고 자주 혼미해 날로 위중해졌다.

위 공이 초조해하고 뉘우쳐 아들들과 지성으로 구호했다. 그러나 생이 본디 화란과 고초를 두루 겪어 화증이 된 데다 위 공을 증오해 저의 사죄를 듣고 마음을 풀려 했다. 그래서 끝내 마음을 고치지 않으니 병이 어찌 낫겠는가.

사오 일 위중하더니 대엿새 후에 잠깐 나아 인사를 차렸다. 위 공이 저의 기운이 오래 병들어 날로 약해지는 것을 보자 두려운 염려가 많아졌고 딸이 우려하는 것을 보니 또한 딸을 안타까워하는 마음이 흘러넘쳤다. 그래서 그런 높은 예기(銳氣)와 독한 성품이 적이 풀어져 이날 들어와 생의 손을 잡고 말했다.

"아침에 연왕 전하가 이르러 네 병을 매우 근심하고 갔으니 네 마음은 어떠한고?"

생이 이 말을 듣고 매우 놀라 말했다.

"무엇하러 제 병이 중한 것을 아뢰었습니까?"

공이 말했다.

"너를 찾기에 속이지 못해 고했거니와 너는 나의 한마디 말을 들으라. 내 전날에 체면을 잃은 허물이 크나 성인도 고치는 것이 귀함을 이르셨다. 내 그 후에 유 공이 큰 변을 지었을 때에도 임금 앞에서 풀어 아뢰어 그 목숨을 살렸으니 원한을 푼 것이 자못 깊다. 지금 연왕 형이 나를 대접하시는 것이 지극하고 너에게 명령해 나와 화목하라 했으나 네 끝내 마음을 푸는 일이 없구나. 너에게 사죄하니 마음을 널리 먹어 예전의 원한을 푸는 것이 어떠냐?"

생이 이 말을 듣고 문득 머리를 숙여 대답하지 않으니 승상이 다시 사죄했다.

"내 본디 성품이 너무 각박한 탓으로 전에 유 공이 국법에 나태한 것에 분노해 다스린 것이 도리를 잃었다. 그러나 이제 너는 그 사람의 자식이 아닌데, 아버지의 명령이 엄한 후에도 네 이렇듯 마음속에 원한을 맺고 나를 눈엣가시처럼 삼는 것이냐?"

한림이 바야흐로 정색해 말했다.

"소생이 어찌 감히 합하를 유감하는 일이 있겠습니까? 다만 접때 소생의 구구한 신세가 대청 아래의 죄수가 되어 칼끝에 목숨을 마치게 되었던 인생으로서 오늘날이 있을 줄 알았겠습니까? 그런데 천우신조를 입어 몸이 영화롭고 귀하게 되었으니 옛날 일을 생각하려 한 것이 아니나 스스로 마음속에 한 조각 놀라운 뜻이 없지 않고 부끄러움이 앞을 가려 넋이 떨어지니 참으려 해도 참지 못했습니다. 그래서 합하께 공손하지 못해 아버님의 책망이 여러 번 내렸으니 사람의 자식이 되어 사사로운 마음을 어찌 내보이겠습니까? 이런 까닭에 엄한 책망이 날려 서동에까지 미쳐도 소생이 끝까지 이곳에 머무는 것은 거의 윗사람을 공경하는 뜻임을 아실 것입니다."

말을 마치자 기운이 추상같고 안색이 위엄 있어 찬 기운이 사람의 뼈에 붙었다. 위 공처럼 반평생 사방을 거만하게 바라보던 높은 뜻을 가진 사람도 두려움을 이기지 못해 낯빛을 고치고 사죄했다.

"이보의 말을 들으니 내가 어리석고 사리에 밝지 못한 줄을 거의 깨닫겠구나. 내 비록 위인이 천하고 둔하나 영대인이 지기(知己)로 허락해 열다섯 살 때부터 도원의 깊은 맹세가 유비, 관우, 장비보다 덜하지 않았다. 세상일이 뒤바뀜이 심해 네가 본래의 성(姓)을 잃고 다른 집으로 떠돌아다니다가 나에게 그릇되게 모욕을 입었으니 네가 나에게 유감을 둔 것이 괴이하지 않다. 그러나 네 스스로 생각하라. 성인이 아닌 후에야 허물이 어찌 없겠느냐? 내 한 지방의 독부가 되어 적과 싸우는 때에 나를 좇은 휘하의 장졸이 풍악으로 날을 보내니 그것을 다스린 것은 크게 외람된 일이 아니다. 내가 법을 범한 적이 없는데 네가 도리로 날 모욕하기를 남은 땅이 없게 하니, 내 일찍이 제나라 환공(桓公)61)이 동곽아(東郭牙)62)를 알아보는 안목이 없는데 어찌 분노를 참을 수 있었겠느냐? 내 이제 생각하니 뉘우쳐서 배꼽을 물려고 한들 미칠 수 있겠느냐?"

한림이 공경해 듣고 다시 사례해 말했다.

"소생이 어찌 독부께서 당당히 법으로 다스린 것을 유감하겠습니까? 처음 아뢴 것처럼 스스로 간담이 서늘해서 그런 것이니 다른 뜻이 있겠습니까? 딸의 낯을 보는 것은 인지상정이니 소생이 만일 영녀와 짝을 이루지 못했다면 오늘날까지 대인의 엄한 분노가 어디에 미칠지 알겠습니까? 이 한 가지를 생각하니 미천한 것이 두렵고 귀하고 친한 것이 다행하니 마음이 불안할 따름입니다."

---

61) 환공(桓公): 중국 춘추시대 제(齊)나라의 제16대 임금(B.C.720?~B.C.643, 재위: B.C.685~B.C.643)으로 성은 강(姜)이고, 이름은 소백(小白)이며 환공은 그의 시호임. 춘추시대 오패(五霸) 중 한 명으로 신하인 포숙아(鮑叔牙)의 도움 등으로 자기 형인 공자 규(糾)와의 왕위 계승 전쟁에서 승리해 제나라의 군주가 되고 이후 포숙아의 소개로 규를 섬겼던 관중(管仲)을 발탁해 재상으로 삼아 패자(霸者)가 됨.

62) 동곽아(東郭牙): 중국 춘추시대 제(齊)나라 인물. 관중의 추천으로 환공(桓公) 밑에서 대간(大諫) 벼슬을 함.

위 공이 다 듣고 크게 웃으며 말했다.

"이보가 겸손히 사양하는 말이 간간이 나를 조롱하니 내 낯을 둘 곳이 없구나. 이미 지난 일은 다 나의 죄라 만 번 죽어도 아깝지 않으니 이 밖에 또 무슨 말이 있겠느냐?"

한림이 그 허둥지둥하며 하는 말이 이와 같아 독하고 사나운 성품을 가지고서 자기에게 단속당하는 것을 보고 속으로 우습게 여겨 안색을 바로 하고 말을 안 했다.

한림이 이후에는 소저를 보채지 않고 위 공을 용납해 말이 잠깐 온순했다. 위 공 부부가 바란 밖의 일이라 매우 기뻐해 날마다 병풍 밖에 대령해 밤낮을 헤아리지 않고 그 행동을 보았다. 생의 기색이 엄숙해 소저를 길 지나는 사람 보듯이 하고 혹 차를 가져오라 해도 시녀를 부르고 눈도 거들떠보지 않았다. 이에 공의 부부가 크게 근심해 서로 의논했다.

"이랑이 나 때문에 딸을 미워하는 마음이 있는가 싶으니 근심되지 않소?"

부인이 말했다.

"사위가 견고한 뜻을 가져 그 부모의 말도 쉽게 이행하지 못하는데, 사위가 예전에 딸아이를 소중하게 대했다 해도 무릇 남자가 한 번 뜻을 정한 후에야 누가 돌이키겠나이까?"

이처럼 이르며 부부가 노심초사하기를 마지않으니 후량 등이 간했다.

"이보가 누이와 정이 깊은 부부요, 그 부모가 위에 있거늘 무엇하러 누이를 박대하겠습니까? 부질없이 염려를 더하지 마소서."

부모가 비록 일리 있는 말로 들었으나 밤낮으로 창 밖에 있으면서 그 행동을 보았다. 한림이 사면이 고요해도 조금도 소저를 연연해하는 마음이 없고 소저가 밤에 자지 않으나 쉬라고 권하지 않았다. 소저의 모습이 초췌해 슬프고 원망하는 듯한 태도가 매우 어여뻐 참으로 남자의 애를 끊을 정도였으나 잠시도 사랑하는 기색이 없을 뿐만 아니라 소저가 나가 쉬어도 찾지 않았다. 공의 부부가 더욱 근심해 한림의 뜻을 못 미칠 듯이 이행하고 딸을 밤낮으로 한림과 한곳에 두었다.

하루는 공이 조정의 연회에 갔다가 어두워져서야 돌아와 바로 딸의 방으로 갔다. 불을 벌써 켜고 생이 자고 있으니 공이 곁에 나아가 생의 머리와 손을 만져 보고 이불 덮은 것을 정돈해 단단히 덮고 그 낯을 어루만져 한참을 연연해했다. 도로 난간에 나와 약물을 보도록 명령하고 저녁을 그곳에서 먹고 거닐며 생의 동정을 살폈다. 부인 또한 눈썹에 시름을 머금은 채 자취 없이 창 밖에 앉아 있었다.

매우 오랜 후에 생이 깨어 돌아눕다가 목이 말라 일어나 앉아 차를 찾으려 했다. 그러나 사면이 고요해 인적이 없으므로 사람을 깨우기가 어려워 주저하다가 돌아보니 소저는 여러 날 잠을 못 자고 있다가 이날 견디지 못해 곤히 책상머리에 엎드려 잠이 들어 있었다. 한림이 사랑이 깊이 흘러넘치는 가운데 이때는 첫 가을이라 물가의 바람이 적이 차니 약질이 상할까 두려워 재삼 도로 살펴 인적이 없음을 안 후 드디어 나아가 봉황 베개를 내어와 소저를 편히 눕혔다. 그리고 이불을 가져다 덮어 주니 행여 소저가 깰까 봐 자취를 조용히 해 이불을 다 덮고 도로 자기 자리에 나아가 누웠다. 그러다가 그 옥비녀가 그저 꽂혀 있으니 혹 머리에 박힐까 염려해 비녀를 빼 곁에 놓고 바야흐로 자리에 와 다시 누워 잠들었다. 위 공 부부가 자세히 보고 매우 기뻐하고 한림이 딸을 염려하는 것이 이와 같은 데 매우 기뻐해 다시 염려하지 않았다.

이후 오래지 않아 생이 쾌차해 일어났다. 바야흐로 위 공에게 왕에게 청해 집으로 돌아가게 해 달라고 하니 위 공이 다시 일렀다.

"네 비록 나에 대한 원망을 푸는 듯하나 참으로 장인과 사위의 도리가 없으니 내 어찌 네가 오고 가는 것에 간여하겠느냐?"

생이 다 듣고 어이없어 즉시 일렀다.

"영녀가 제 아내가 된 후에 구태여 말마다 사위와 장인을 일컬어야 시원하겠습니까?"

위 공이 말했다.

"내 또 알지만 너의 기색이 채 풀어지지 않았다. 당초에 연왕이 너의 사죄를 받거든 보내라고 말하기에 내 그렇게 하겠다고 대답했으니 너는 부형 속이는 것을 즐겨도 나는 차마 속이지 못하겠다."

생이 이에 다다라는 말이 막혀 옥 같은 얼굴을 붉히고 즉시 일어나 사죄해 말했다.

"장인어른께서는 사위의 죄를 용서하소서."

위 공이 얼굴빛을 고치지 않고 말했다.

"내 어찌 이 말을 감당하겠느냐? 옛사람이 이르기를, '마음이 온화하면 기운이 온화하다.'라고 했으니 네가 속으로는 유감을 두고 겉으로만 온화한 줄을 내가 다 안다. 훗날 내가 졸렬한 행동을 한 것이 한 번 왕형에게 보이면 내 벗을 속인 허물이 있을 것이니 내가 이행하지 못하겠다."

한림이 겸손히 사양해 말했다.

"이 사위가 어찌 장인어른을 두 번 속이겠습니까? 이후에 그른 일이 있으면 제가 스스로 죄에 나아갈 것이니 원컨대 장인어른은 제가 빨리 본가에 가도록 해 주소서."

위 공이 다 듣고는 잠깐 웃고 말했다.

"네 뜻이 그러하다면 나와 함께 갈 것이니 네 장모를 들어가서 보는 것이 어떠냐?"

생이 기쁜 빛으로 위 공을 좇아 내당으로 갔다. 부인이 세 며느리를 거느려 생을 보니 생이 예를 마치고 자리를 잡았다. 부인이 눈물을 뿌리고 옷깃을 여며 말했다.

"첩의 운수가 불행해 어린 딸을 태평한 세상에서 잃어버리니 그 몸이 죽은 줄 알고 살아 있음을 믿지 못해 생전에 만남을 기약하지 못했습니다. 다만 봄바람과 가을 달에 나는 기러기를 바라보며 애를 태우다가 천만뜻밖에 사위가 외롭고 쇠잔한 목숨을 거둬 부부의 의리를 바로 하고 오늘날 부자, 모녀가 모이게 했으니 은혜를 마음 깊이 새길 것입니다. 전에 사위가 남편과 서로 힐난한 일이 있어 피차에 원망해 사위가 딸의 짝이 된 지 여러 해나 사위의 옥 같은 얼굴을 본 것이 오늘 처음입니다. 딸의 용렬하고 비루한 자질을 생각하면 기쁘고 다행함을 이기지 못하겠습니다."

생이 잠깐 그 장모를 곁눈으로 주시하니 얌전하고 고요한 행동과 윤택하고 아름다운 얼굴이 세상에 드문 여자요, 상쾌하고 시원한 목소리가 도도해 삼협의 물이 구르는 듯했다. 생이 그윽이 위 공의 굳센 기질과 다름을 속으로 칭찬하다가 말이 그치자 자리에서 일어나 사례해 말했다.

"이 사위와 아내의 운수가 기구한 것은 이를 만하지 않고 이제 요행히 하늘의 해를 보아 평안한 시절을 만났으니 옛일을 일컬으시어 온화한 기운을 감하는 것은 옳지 않습니다."

부인이 그 부드럽고 온화하며 옥이 부서지는 듯한 소리를 듣고 크게 기뻐하며 사랑함을 이기지 못해 술과 안주를 들여 대접했다. 생이 젓가락을 든 지 이윽한 후에 즉시 몸을 일으켜 하직하고 말했다.

"부모님께 문안을 폐한 지 여러 날이라 훗날 다시 배알하겠습니
다."

부인이 즐거운 낯빛으로 이별하고 위 공이 생을 데리고 함께 왕부
로 갔다.

제2부

주석 및 교감

A. 원문

1. 저본은 한국학중앙연구원 소장본(26권 26책)으로 하였다.
2. 면을 구분해 표시하였다.
3. 한자어가 들어간 어휘는 한자 병기를 원칙으로 하였다.
4. 음이 변이된 한자어 및 한자와 한글의 복합어는 원문대로 쓰고 한자를 병기하였다. 예) 고이(怪異). 겁칙(劫-)
6. 현대 맞춤법 규정에 의거해 띄어쓰기를 하되, '소왈(笑曰)'처럼 '왈(曰)'과 결합하는 1음절 어휘는 붙여 썼다.

B. 주석

1. 다음과 같은 경우에 각주를 통해 풀이를 해 주었다.
   가. 인명, 국명, 지명, 관명 등의 고유명사
   나. 전고(典故)
   다. 뜻을 풀이할 필요가 있는 어휘
2. 현대어와 다른 표기의 표제어일 경우, 먼저 현대어로 옮겼다.
   예) 츄쳔(秋天): 추천.
3. 주격조사 'ㅣ'가 결합된 명사를 표제어로 할 경우, 현대어로 옮길 때 'ㅣ'는 옮기지 않았다. 예) 긔위(氣宇ㅣ): 기우.

C. 교감

1. 교감을 했을 경우 다른 주석과 구분해 주기 위해 [교]로 표기하였다.
2. 원문의 분명한 오류는 수정하고 그 사실을 주석을 통해 밝혔다.
3. 원문의 의미가 분명하지 않은 경우, 규장각 소장본(26권 26책)과 연세대 소장본(26권 26책)을 참고해 수정하고 주석을 통해 그 사실을 밝혔다.
4. 알 수 없는 어휘의 경우 '미상'이라 명기하였다.

니시셰딕록(李氏世代錄) 권지구(卷之九)

●●●

1면

이쌔 현익[1] 니연명을 천금(千金)을 주고 계교(計巧)룰 힝(行)ᄒ고 부친(父親)이 고관(告官)ᄒ니 한님(翰林)의 죽으미 손 뒤혈 ᄉ이의 잇ᄂᆞ디라 졍(正)히 양양(揚揚)ᄒᆫ 흥(興)이 놉핫더니,

니연명을 법ᄉ(法司)의셔 잡아가믈 듯고 힝혀(幸-) 제 형댱(刑杖)을 견듸디 못ᄒ야 바로 고(告)ᄒᆞᄂᆞᆫ 일이 이실가 두려 연명의 손을 잡고 칭샤(稱謝) 왈(曰),

"그딕 ᄒᆞᆫ갈곳티 현명의 ᄀᆞᄅ치미라 흔즉 므슴 형댱(刑杖)이 그딕 몸의 오리오? 연(然)이나 텬위지쳑(天威咫尺)[2]의 두리오미 이시리니 술을 먹고 ᄆᆞ음을 진졍(鎭靜)ᄒ라."

ᄒ고 은근(慇懃)이 슐을 권(勸)ᄒ니 연명이 의심(疑心)티 아니ᄒ고 바다먹으니 딤독(鴆毒)[3]을 두어시딕 술

●●●

2면

긔운의 잠간(暫間) 목숨을 보젼(保全)ᄒ야 시긱(時刻)이 디ᄂᆞᆫ 후(後)

---

1) 현익: [교] 원문에는 업스나 문맥을 고려해 규장각본(9:1)을 따라 첨가함.
2) 텬위지쳑(天威咫尺): 천위지척. 천자의 위광이 지척에 있다는 뜻으로, 임금과 매우 가까운 곳 또는 제왕의 앞을 이르는 말.
3) 딤독(鴆毒): 짐독. 짐새의 깃에 있는 맹렬한 독.

죽으니 댱 공(公)의 지감(知鑑)4)이 엇디 긔특(奇特)디 아니ᄒ리오.

현이 이ᄤ 궐문(闕門) 밧긔셔 현명의 ᄉᆞᆼᄉᆡᆼ(死生)을 죄오다가 사라 나오믈 크게 블쾌(不快)ᄒ나 ᄒᆞᆫ가지로 부듕(府中)의 니ᄅᆞ매 뉴 공(公)이 좌우(左右)로 한님(翰林)을 결박(結縛)ᄒᆞ야 ᄭ울니고 소ᄅᆡ를 놉혀 ᄭᅮ지져 글오ᄃᆡ,

"블쵸ᄌᆡ(不肖子ㅣ) 붕당(朋黨)을 결워 나라히 죄(罪)를 버ᄉ나 ᄂᆡ 엇디 너를 다ᄉᆞ리이디 아니ᄒ리오? 쾌(快)히 약(藥)을 먹고 죽어 아비 ᄆᆞᄋᆞᆷ을 쾌(快)히 ᄒ라."

드ᄃᆡ여 일(一) 긔(器) 독쥬(毒酒)를 가져오라 ᄒᆞ여 구박(驅迫)ᄒ여 먹으라 ᄒ니 한님(翰林)이 죵시(終是) 일언(一言)을 아니코 약(藥)을 드러 먹으려 ᄒᆞ더니,

텬ᄒᆡᆼ(天幸)으로 니(李) 샹셔(尚書) 등(等)이 이에 니ᄅᆞ매

3면

져 거동(擧動)을 보고 차악(嗟愕)5)ᄒ야 밧비 나아가 글오ᄃᆡ,

"현은이 비록 죄(罪) 듕(重)ᄒ나 나라히 사(赦)ᄒ시ᄂᆞᆫ 지경(地境)의 대인(大人)이 ᄉᆞᄉᆞ(私私)로이 죽이시미 가(可)티 아니ᄒ니 대인(大人)은 슬피쇼셔."

뉴 공(公)이 비록 노긔(怒氣) 녈화(熱火) ᄀᆞᆺᄐᆞ나 져 니(李) 샹셔(尚書)로 결우디 못ᄒᆞ야 강잉(强仍)ᄒ야 한님(翰林)을 사(赦)ᄒ고 힘셴 노ᄌᆞ(奴子)로 큰 매를 골히여 뉵십(六十)을 티라 ᄒ니 니(李) 샹셰(尚

---

4) 지감(知鑑): 사람을 잘 알아보는 능력.
5) 차악(嗟愕): 몹시 놀람.

書1) 글오디,

"현은의 죄(罪) 비록 올흘디라도 황샹(皇上)이 샤(赦)ᄒ시니 대인(大人)의 ᄌᆞ이지졍(慈愛之情)으로 그 죄(罪)를 샤(赦)ᄒ실 거시어늘 이제 국가(國家) 죄슈(罪囚1) 되여 만(萬) 니(里)의 원젹(遠謫)6)ᄒ야 희외(海外) 슈졸(戍卒)7)이 되면 도라올 지속(遲速)8)이 아득ᄒ고 졍ᄉᆞ(情事1) 참연(慘然)ᄒ거늘 대인(大人)의 셩덕(盛德)으로 듕댱(重杖)을 더으려 ᄒ시니 아디

* * *

4면

못게라, 부ᄌᆞ(父子)의 대륜(大倫)이 어디 잇ᄂᆞ니잇고? 젼일(前日) 대인(大人)의 무휼(撫恤)9)ᄒ시던 셩덕(盛德)으로 금일(今日) 거죄(舉措1) 블가(不可)ᄒ온디라 쇼싱(小生)이 춤디 못ᄒ미니 대인(大人)이 고이(怪異)히 너기디 말으시고 당돌(唐突)ᄒᆞᆫ 죄(罪)를 용샤(容赦)ᄒ쇼셔."

공(公)이 노왈(怒曰),

"명공(明公)이 비록 현명을 디긔(知己) 친우(親友)나 금일(今日) 부ᄌᆞ(父子) ᄉᆞ이 간언(間言)10)을 노하 혐의(嫌疑)를 피(避)티 아니ᄒ니 모로미 안심(安心)ᄒ쇼셔."

드디여 티기를 직쵹ᄒ니 샹셰(尚書1) 의리(義理)로 ᄀᆡ유(開諭)11)

---

6) 원젹(遠謫): 원적. 멀리 귀양을 감.

7) 슈졸(戍卒): 수졸. 수자리 서는 군졸.

8) 지속(遲速): 더디고 빠르다는 뜻으로 기약을 이름.

9) 무휼(撫恤): 불쌍히 여겨 위로하고 어루만짐.

10) 간언(間言): 남을 이간하는 말.

11) ᄀᆡ유(開諭): 개유. 사리를 알아듣도록 타이름.

티 못홀 줄 알고 하리(下吏)룰 블너 분부(分付)ᄒᆞ딕,

"네 가(可)히 형부샹셔(刑部尙書) 댱 공(公)긔 가셔 '뉴 한님(翰林)을 본부(本府)의셔 결댱(決杖)[12]ᄒᆞᆷ믈 텬ᄌᆞ(天子)긔 취품(就稟)ᄒᆞ야 셩지(聖旨) 윤허(允許)ᄒᆞ시믈 아라 보닉쇼셔.' ᄒᆞ라."

셜파(說罷)의 노긔(怒氣) 동월(冬月)[13] 한샹(寒霜)[14] ᄀᆞᆺᄐᆞᆫ

···

5면

니 뉴 공(公)이 크게 져허 드듸여 한님(翰林)을 모라 닉텨 왈(曰),

"닉 ᄎᆞᆷ아 패ᄌᆞ(悖子)[15]룰 다시 보디 못ᄒᆞ리니 금일(今日) 발힝(發行)ᄒᆞ야 젹소(謫所)로 가라."

한님(翰林)이 이쩨 심ᄉᆞ(心思ㅣ) 아득ᄒᆞ야 무수(無數)ᄒᆞᆫ 눈믈이 옥면(玉面)을 덥혀시니 실셩톄읍(失聲涕泣)ᄒᆞ고 믈너 문(門) 밧긔 나오니,

니(李) 녜부(禮部) 등(等) ᄉᆞ(四) 인(人)과 졔붕(諸朋)이 이에 니ᄅᆞ러 져 거동(擧動)을 보고 참혹(慘酷)ᄒᆞᆷ믈 이긔디 못ᄒᆞ야 다만 눈믈을 흘니고 티위(致慰)[16]홀 말이 업더니 니(李) 샹셔(尙書ㅣ) 이에 나와 슈말(首末)을 젼(傳)ᄒᆞ니 졔인(諸人)이 차악(嗟愕)ᄒᆞ야 녜뷔(禮部ㅣ) 문의 손을 잡고 닐오딕,

"그딕의 평싱(平生) 특질(特質)[17]노 오ᄂᆞᆯ날 이 지경(地境)의 니ᄅᆞ

---

12) 결댱(決杖): 결장. 죄인에게 매를 때림.
13) 동월(冬月): 겨울 밤의 달.
14) 한샹(寒霜): 한상. 찬 서리.
15) 패ᄌᆞ(悖子): 패자. 사람으로서 마땅히 지켜야 할 도리에 어긋나게 행동하는 자식.
16) 티위(致慰): 치위. 위로함.

믄 쯧ᄒ디 못게라. 저 챵텬(蒼天)이 무심(無心)ᄒ믈 흔(恨)ᄒ노라.”

한님(翰林)이 다만 혈뉘(血淚ㅣ) 눗쳐 ᄀ득ᄒ고 말을

●●●

6면

아니터니,

믄득 공ᄎ(公差) 니ᄅ러 한님(翰林)을 지쵹ᄒ니 한님(翰林)이 이ᄶᅢ 부친(父親)긔 죄(罪) 저즌 ᄌ식(子息)이 되야 녕ᄒᆡ(嶺海)[18]로 도라가ᄂᆞᆫ ᄆᆞ음이 쟝ᄎᆞᆺ(將次ㅅ) 텬디(天地) 어두온 듯ᄒ야 실셩통곡(失聲慟哭)ᄒ고 안흐로 ᄇᆞ라 ᄉᆞᄇᆡ(四拜) 왈(曰),

“쇼ᄌᆡ(小子ㅣ) 금일(今日) 엄안(嚴顔)을 ᄶᅥ나 ᄎᆞ싱(此生)의 뵈올 지속(遲速)이 업ᄂᆞᆫ디라. 대인(大人)은 만슈무강(萬壽無疆)ᄒ쇼셔.”

셜파(說罷)의 입으로 피를 토(吐)ᄒ고 혼졀(昏絕)ᄒ니 졔인(諸人)이 년망(連忙)이 븟드러 구(救)ᄒ고 역시(亦是) 눈믈이 환난(汍瀾)[19]ᄒ야 대의(大義)로 ᄀᆡ유(開諭)ᄒᄃᆡ 한님(翰林)이 눈믈이 옥면(玉面)의 ᄀ득ᄒ여 말을 아니터니,

본부(本府)의셔 ᄒᆡᆼ니(行李)[20]를 출혀 주디 아니ᄒ니 니(李) 샹셰(尙書ㅣ) 드듸여 근신(勤愼)ᄒᆫ 노ᄌᆞ(奴子) 십(十) 인(人)과 평안(平安)ᄒᆫ 수릭를 출혀 한님(翰林)을 주고 ᄀᆞᆯ오

---

17) 특질(特質): 특출난 자질.

18) 녕ᄒᆡ(嶺海): 영해. 산과 바다 밖의 곳. 멀리 떨어져 있는 곳을 말함.

19) 환난(汍瀾): 환란. 눈물이 줄줄 흐름.

20) ᄒᆡᆼ니(行李): 행리. 여행할 때 쓰는 물건과 차림.

딕,

"쇼뎨(小弟) 형(兄)으로 더브러 관포(管鮑)[21]의 디긔(知己)를 닐넌지 ᄌ못 오린다. 이제 남븍(南北)의 분슈(分手)ᄒᆞ매 만날 지쇽(遲速)이 묘연(杳然)[22]ᄒᆞ니 쇼뎨(小弟) 비록 대쟝뷔(大丈夫ㅣ)나 ᄎᆞᆷ디 못ᄒᆞ느니 현은은 보듕보듕(保重保重)ᄒᆞ야 대인(大人)의 씌드ᄅᆞ시믈 기드리라."

한님(翰林)이 탄식(歎息) 브답(不答)이러라.

제인(諸人)이 한님(翰林)을 십(十) 니(里) 쟝뎡(長亭)[23]의 가 빈송(陪送)[24]ᄒᆞᆯ식, ᄆᆞᄎᆞᆷ 이날 슈쥐 태슈(太守) 뉴홍이 위의(威儀)를 거ᄂᆞ려 발힝(發行)ᄒᆞ니 이 뉴홍은 이셰문 쳐남(妻男)이니 녜부(禮部) 등(等) 춍명(聰明)이 현ᄋᆞ의 흉(凶)ᄒᆞ미 도로(道路)의 작변(作變)을 지을가 ᄒᆞ야 짐줏 댱 샹셔(尙書)의게 청(請)ᄒᆞ야 공ᄎᆞ(公差)로 직쵹게 ᄒᆞ고 뉴 태슈(太守)긔 극진(極盡)이 청(請)ᄒᆞ야 저를 보호(保護)ᄒᆞ여 ᄃᆞ려가믈 니ᄅᆞ니 뉴 태슈(太守ㅣ) ᄯᅩᄒᆞᆫ 우인(爲人)이 어진

---

21) 관포(管鮑): 관중(管仲, ?~B.C.645)과 포숙아(鮑叔牙, ?~?). 관중은 중국 춘추시대 제(齊)나라의 재상으로 이름은 이오(夷吾). 환공(桓公)이 즉위할 무렵 환공의 형인 규(糾)의 편에 섰다가 패전하여 노(魯)나라로 망명하였는데, 당시 환공을 모시고 있던 친구 포숙아의 진언(進言)으로 환공에게 기용되어 환공을 중원(中原)의 패자(霸者)로 만드는 데 일조함. 관중과 포숙아는 잇속을 차리지 않은 사귐으로 유명하여 이로부터 관포지교(管鮑之交)라는 말이 나옴. 사마천, 『사기(史記)』, <관안열전(管晏列傳)>.

22) 묘연(杳然): 소식이나 행방 따위를 알 길이 없음.

23) 댱뎡(長亭): 장정. 먼 길을 떠나는 사람을 전송하던 곳. 과거에 마을에서 5리와 10리 떨어진 곳에 정자를 두어 행인들이 쉴 수 있게 했는데, 5리에 있는 것을 '단정(短亭)'이라 하고 10리에 있는 것을 '장정'이라 함.

24) 빈송(陪送): 배송. 따라가 전송함.

디라.25)

술을 붓고 별시(別詩)롤 지어 한님(翰林)을 니별(離別)ㅎ매 각각(各各) 눈믈이 쩌러지는디라. 한님(翰林)이 저 사롬들의 졍(情)이 산(山)이 낫고 바다히 엿튼디라 셕목(石木)인들 동(動)티 아니ㅎ리오. 브야흐로 눈믈을 거두고 샤례(謝禮) 왈(曰),

"쇼싱(小生)은 강상(綱常)을 범(犯)혼 인뉸(人倫) 대죄인(大罪人)이어늘 녈위(列位) 명공(明公)이 누인(陋人)26)을 권권(眷眷)27)ㅎ시는 쯧이 여추(如此)ㅎ시니 쇼싱(小生)이 금일(今日) 황양(黃壤)28)의 도라가나 플을 먹으미로소이다. 원(願)ㅎᄂ니 제(諸) 명공(明公)은 천츄무강(千秋無疆)ㅎ시고 만일(萬一) 죄인(罪人)을 유렴(留念)ㅎ거든 가친(家親)이 젼두(前頭)29) 화망(禍網)30)의 걸니는 일이 이셔도 힘뻐 구(救)ㅎ샤 노년(老年)의 보젼(保全)케 ㅎ시면 쇼싱(小生)이 엇디 은혜(恩惠)롤 니즈미 이시리잇고?"

녜뷔(禮部ㅣ) 위로(慰勞) 왈(曰),

"그듸 졍스(情事)는 고금(古今)을 기우

---

25) 어진디라. [교] 이 뒤에 빠진 부분이 있는 듯함. 규장각본(9:5)도 이와 같음.

26) 누인(陋人): 비루한 사람.

27) 권권(眷眷): 가엾게 여겨 돌보아 주는 모양.

28) 황양(黃壤): 사람이 죽은 뒤에 그 혼이 가서 산다고 하는 세상. 저승.

29) 젼두(前頭): 전두. 지금부터 다가오게 될 앞날.

30) 화망(禍網): 재앙의 그물.

려 의논(議論)호나 방블(髣髴)호니 업스딕 그딕 무춤닉 말숨이 이러
툿 졀당(切當)31)호니 우리 등(等)이 더옥 늣기는 무음이 층가(層加)32)
호도다. 연(然)이나 이 텬뉸(天倫)의 당당(堂堂)호니 우리 춤아 엇디
듯지 아니호리오?"

한님(翰林)이 칭샤(稱謝)호고 일싴(日色)이 느즈매 손을 난홀싀 한
님(翰林)이 초초(草草)흔 거샹(車上)의 오르매 다시곰 도셩(都城)을
브라보와 쳥뉘(淸淚ㅣ) 빅포(白袍)를 젹셔 춤아 머리를 도로혀디 못
호니, 일월(日月)이 위(爲)호야 빗출 굽초더라.

녜부(禮部) 등(等)이 져의 쳐량(凄涼)흔 주최로 녕졍고고(零丁孤
孤)33)히 타향(他鄕)의 뜬구룸이 되고 그 아비는커니와 현이도 보디
아니믈 크게 통히(痛駭)호고 참담(慘憺)호믈 이긔디 못호며 눈믈을
쓰리고 도셩(都城)으로 드러가니라.

초(初)의 현이 셜최로

더브러 모계(謀計)호야 니연명으로 간쳡계(間諜計)34)를 힝(行)호니

---

31) 졀당(切當): 절당. 사리에 꼭 들어맞음.

32) 층가(層加): 한 층 더함.

33) 녕졍고고(零丁孤孤): 영정고고. 세력이나 살림이 보잘것없이 되어서 의지할 곳이 없고 외로운
처지.

34) 간쳡계(間諜計): 간첩계. 사이에서 이간하는 계책. 여기에서는 이연명이 유영걸과 이경문을 이
간한 계책을 이름.

니연명은 경듕(京中) 제일(第一) 협직(俠客)이니 일시(一時) 유명(有名)ᄒ야 모로리 업ᄂ 고(故)로 현이 후례(厚禮)로 쳥(請)ᄒ야 쳔금(千金)을 주고 계교(計巧)를 ᄀᆞ루쳐 만일(萬一) 일이 일거든 크게 봉(封)키룰 닐너더니 연명이 ᄒᆞᆫ 협직(俠客)으로 용(勇)이 무젹지용(無敵之勇)이나 디혜(智慧) 바히 업ᄂ 고(故)로 저의 쇠예 속아 한님(翰林)을 ᄉᄃ(死地)의 너코 제 몸이 보젼(保全)티 못ᄒ니 현이 더옥 쾌활(快活)ᄒ야 셜 한님(翰林)을 ᄃ(對)ᄒ야 닐오ᄃ,

"이제 현명을 닉티고 연명을 시살(撕殺)[35]ᄒ니 우리 계괴(計巧ㅣ) 귀신(鬼神)도 여어보디 못ᄒ니 이 엇디 묘(妙)티 아니ᄒ리오?"

셜 한님(翰林)이 우어 왈(曰),

"이제 겨유 굿츨 버히나 블희룰 채 업시티 못ᄒ

* * *

11면

엿거늘 그ᄃ 엇디 이러툿 쾌(快)ᄒ 톄ᄒᄂ뇨?"

현이 왈(曰),

"쇼셔(小婿)의 소견(所見)으로 혜아리건ᄃ 현명이 졀도(絶島)의 안치(安置)ᄒ여 싱환(生還)ᄒᆯ 긔약(期約)이 묘망(渺茫)[36]ᄒ니 엇디 깃브디 아니ᄒ리오?"

셜최 우어 왈(曰),

"그ᄃᄂ 진실노(眞實-) 소탈(疏脫)ᄒ 남ᄌ(男子ㅣ)로다. 내 아모커나 대강(大綱)을 니ᄅ리니 그ᄃ 드ᄅ라. 이제 현명이 눈의 졔ᄌ빅가

---

35) 시살(撕殺): 쳐 죽임.
36) 묘망(渺茫): 아득함.

(諸子百家)를 보고 힝(行)ᄒᆞᄂᆞᆫ 배 효힝(孝行)과 녜법(禮法)이 아니 ᄀᆞ
즌 거시 업ᄉᆞ니 쇼시(少時)로브터 텬ᄌᆞ(天子)와 ᄉᆞ셔인(士庶人)[37]의
니ᄅᆞ히 아니 경앙(敬仰)[38]ᄒᆞ리 업고 더옥 약관(弱冠)의 등제(登第)ᄒᆞ
야 인믈(人物)을 사롬마다 츄앙(推仰)[39]ᄒᆞ니 이제 일시(一時)의 강샹
(綱常)의 대죄(大罪)ᄅᆞᆯ 얽어 제 입이 이시나 발명(發明)을 못 ᄒᆞ게 ᄒᆞ
여시나 텬ᄌᆞ(天子ㅣ) 고디드ᄅᆞ시미 업고 공경(公卿) 대신(大臣)이

○●●

12면

다 구(救)ᄒᆞᄂᆞᆫ 말을 니니 만일(萬一) 니샹(李相)의 녜의(禮義)로 간
(諫)홈곳 아니면 녕대인(令大人)이 형벌(刑罰)을 면(免)티 못ᄒᆞ야 계
시리니 이제 현명이 잠간(暫間) 히외(海外)의 ᄂᆡ타나 니흥문 등(等)
일등(一等) 명인(名人)이 그 벗을 신셜(伸雪)[40]ᄒᆞ고 그치리니 나는 이
제 깃븐 줄 아디 못ᄒᆞ고 그ᄃᆡᄅᆞᆯ 위(爲)ᄒᆞ야 크게 조심(操心)ᄒᆞᄂᆞ니 이
제 날난 쟝슈(將帥)ᄅᆞᆯ 어더 보ᄂᆡ여 그 목숨을 긋ᄎᆞᆫ즉 이미히 너기ᄂᆞ
니 이시나 그 임ᄌᆞ 업ᄉᆞᆫ즉 뉘 신원(伸冤)[41]코져 ᄒᆞ리오? 현명의 목
숨을 긋ᄎᆞᆫ 날이야 일ᄉᆡᆼ(一生)이 쾌(快)ᄒᆞ리라 그ᄃᆡᄂᆞᆫ 밧비 도모(圖
謀)ᄒᆞ라."

현이 크게 ᄭᆡᄃᆞ라 년망(連忙)이 샤례(謝禮) 왈(曰),

"만일(萬一) 대인(大人)의 ᄀᆞᄅᆞ치심곳 아니면 쇼셰(小壻ㅣ) 속졀업

---

37) ᄉᆞ셔인(士庶人): 사서인. 선비와 양민.

38) 경앙(敬仰): 공경해 우러러봄.

39) 츄앙(推仰): 추앙. 높이 받들어 우러러봄.

40) 신셜(伸雪): 신설. '신원설치(伸冤雪恥)'의 준말로 가슴에 맺힌 원한을 풀어 버리고 창피스러운 일을 씻어버린다는 뜻.

41) 신원(伸冤): 가슴에 맺힌 원한을 풀어 버림.

시 꿈속의 이실소이다."

급(急)히 ㅈ 직(刺客)을 둣

* ● ●

13면

볼시 이째 경ᄉ(京師) 십ㅈ각(十字閣) 거리의 잇ᄂ 협직(俠客) 김샹
유42)의 별호(別號)ᄂ 냥샹위니 용밍(勇猛)이 당금(當今)의 무ᄴ(無雙)
ᄒ야 나ᄂ 들보의 벽(壁)을 ᄯ러 ᄃ니기를 ㅈ최 업시 ᄒ니 일시(一時)
용밍(勇猛)을 일ᄏᄂ다. 현이 즉시(卽時) 샹유를 쳥(請)ᄒ야 천금
(千金)을 주고 ᄀ마니 현명을 ᄶ라가 죽인즉 대작(大爵)을 봉(封)ᄒ리
라 ᄒ니 샹위 대희(大喜)ᄒ야 즉시(卽時) 비슈(匕首)를 ᄀ라 녑ᄒ 씨
고 한님(翰林)의 힝ᄎ(行次)를 ᄯ라가니라.

각셜(却說). 경문이 싱셩(生成)ᄒ 십오(十五) 년(年)의 싱휵(生畜)ᄒ
부모(父母)를 모ᄅ고 무지패려(無知悖戾)43)ᄒ 뉴영걸을 아비로 아라
싱아(生我) 십오(十五) 년(年)의 반졈(半點) 즐거온 일을 보디 못ᄒ고
필경(畢竟)의 강샹(綱常) 대죄(大罪)를 므릅ᄡ 목숨이 형댱(刑杖)

◀ ● ●

14면

아래 남아 이역변ᄒ(異域邊海)44)의 도라가디 부모(父母ㅣ) 손을 줴
여 년년(戀戀)ᄒ믈 보45)디 못ᄒ고 형뎨(兄弟) 븟드러 니별(離別)을

---

42) 유: [교] 원문에는 '요'로 되어 있으나 뒷부분에 모두 '유'로 나오므로 이와 같이 수정함.

43) 무지패려(無知悖戾): 무지하고 언행이나 성질이 도리에 어그러지고 사나움.

44) 이역변ᄒ(異域邊海): 이역변해. 수도에서 매우 멀리 떨어진 곳.

고(告)티 못ᄒᆞ니 비록 대쟝부(大丈夫)의 쳘셕쟝심(鐵石壯心)46)이나 시시(時時)로 붕졀(崩絶)47)ᄒᆞ믈 이긔디 못ᄒᆞ여 ᄒᆞᆫ 낫 노ᄌᆞ(奴子ㅣ) 뒤흘 ᄯᅩ로리 업ᄉᆞ니 더옥 쳐챵(悽愴) 오열(嗚咽)ᄒᆞ믈 이긔디 못ᄒᆞ더니,

이째 취48)향이 한님(翰林)의 나옥(拿獄)49)ᄒᆞ믈 보고 듀야(晝夜) 애를 슬오다가 요ᄒᆡᆼ(僥倖) 무ᄉᆞ(無事)히 노히니 깃브미 운우(雲雨)의 오른 ᄃᆞᆺᄒᆞ야 난복으로 더브러 가고져 ᄒᆞ니 난복이 믄득 쥬의(主義)이셔 ᄀᆞᆯ오ᄃᆡ,

"너 이제 병(病)드니 원노(遠路) ᄒᆡᆼ역(行役)을 능히(能-) 득달(得達)티 못홀디라 어미 홀노 간 후(後) 됴리(調理)ᄒᆞ여 가리라."

취50)향이 능히(能-) 우기디 못ᄒᆞ야 스ᄉᆞ로 공ᄌᆞ(公子)를 ᄯᅡ라가니 한님(翰林)이 저의 졍

•••

15면

셩(精誠)을 감동(感動)ᄒᆞ야 셜운 ᄆᆞ음이 구곡(九曲)의 밋쳐시니 눈믈노 ᄂᆞᆺᄎᆞᆯ ᄡᅵᄉᆞ며 식음(食飮)을 ᄂᆞ리오디 못ᄒᆞ고 날노 의형(儀形)이 환탈(換奪)51)ᄒᆞᆫ디라.

뉴 태쉬(太守ㅣ) 크게 잔잉ᄒᆞ야 됴흔 말노 위로(慰勞)ᄒᆞ고 보호(保護)ᄒᆞ믈 졍셩(精誠)으로 ᄒᆞ며 ᄀᆡ유(開諭)ᄒᆞ여 왈(曰),

---

45) 보: [교] 원문에는 '브'로 되어 있으나 표기를 명확히 하기 위해 규장각본(9:10)을 따름.
46) 쳘셕쟝심(鐵石壯心): 철석장심. 철과 쇠와 같은 굳센 마음.
47) 붕졀(崩絶): 붕절. 무너지고 끊어짐.
48) 취: [교] 원문에는 '츄'로 되어 있으나 앞의 예를 따라 이와 같이 수정함.
49) 나옥(拿獄): 붙잡아 감옥에 넣음.
50) 취: [교] 원문에는 '츄'로 되어 있으나 앞의 예를 따라 이와 같이 수정함.
51) 환탈(換奪): 모습이 몰라보게 달라짐.

"슌(舜)이 우믈의 쒸여나시고 집 우히 ᄂᆞ리시믄52) 부모(父母)의 뜻이 본(本) 뜻이 아니시믈쎄라. 금(今)의 형(兄)의 만난 배 이 ᄀᆞᆺ트니 모로미 ᄆᆞ옴을 널니고 방신(芳身)을 보듕(保重)ᄒᆞ야 타일(他日)을 기ᄃᆞ리라."

한님(翰林)이 그 말을 유리(有理)히 너기나 셩품(性品)이 일편된 고집(固執)이 잇ᄂᆞᆫ디라 능히(能-) 고티디 못ᄒᆞ더니,

힝(行)ᄒᆞ여 남챵현(南昌縣)의 니르러ᄂᆞᆫ 셩문(城門)의 흔 방(榜)을 ᄒᆞ여 븟치고 사름이 모다 보거ᄂᆞᆯ 태쉬(太守ㅣ) 벗겨

. . .

16면

오라 ᄒᆞ여 보니 ᄒᆞ여시ᄃᆡ,

'모년(某年) 모월(某月)의 아모나 가슴의 븕은 졈(點)이 모란(牡丹) 닙만 ᄒᆞ고 빅의 '경문' 두 ᄌᆞ(字)와 등의 사마괴 일곱 도든 아히(兒孩)를 어드니 잇거든 경ᄉᆞ(京師) 연왕부(-王府)로 ᄃᆞ려올진ᄃᆡ 쳔금(千金) 샹(賞)과 만호후(萬戶侯)53)를 봉(封)ᄒᆞ리라.'

태쉬(太守ㅣ) 견필(見畢)의 팀음(沈吟)ᄒᆞ여 말을 아니커ᄂᆞᆯ 한님(翰林)이 겻ᄒᆞ로조차 져를 보고 의심(疑心)이 밍동(萌動)54)ᄒᆞ여 싱각ᄒᆞᄃᆡ,

'텬하(天下)의 동명(同名)ᄒᆞ나 혹(或) 얼골 ᄀᆞᆺ트니ᄂᆞᆫ 잇거니와

---

52) 슌(舜)이~ᄂᆞ리시믄: 순이 우물에서 뛰어나오시고 집 위에서 내려오심은. 순임금이 제위에 오르기 전 그의 아버지 고수(瞽瞍)가 순에게 우물을 파라 하자 순이 우물을 파다가 숨을 구멍을 파서 빠져나오니 고수가 후처 소생인 상(象)과 함께 우물을 덮었으나 순이 살 수 있었고, 고수가 순에게 창고의 지붕을 수리하게 한 후 창고를 불 질렀으나 순이 두 개의 삿갓으로 방어하고 내려와 살 수 있었음. 『사기(史記)』, 「오제본기(五帝本紀)」.

53) 만호후(萬戶侯): 일만 호의 백성이 사는 영지(領地)를 가진 제후라는 뜻으로, 세력이 큰 제후를 이르는 말.

54) 밍동(萌動): 맹동. 어떤 생각이나 일이 일어나기 시작함.

이러틋 굿튼 일이 잇└뇨? 이 쁜 거시 나의 몸의 샹표(上標)[55]를 다닐너시니 엇딘 일인고? ᄂᆡ 아니 뉴가(-家)의 ᄌᆞ식(子息)이 아닐넌가?'

ᄒᆞ더니 ᄌᆞ칙(自責)ᄒᆞᄃᆡ,

'ᄂᆡ 만일(萬一) 뉴가(-家)의 ᄌᆞ식(子息)이 아닐진ᄃᆡ 각 시(氏) ᄒᆞᆫ시(-時)[56]나 ᄇᆞ려

17면

두어시리오? 더옥 부친(父親)이 엇디 모로시리오? 그러ᄒᆞᆫ 념녀(念慮)를 ᄉᆡᆼ각도 말니라.'

ᄒᆞ고 다시 ᄆᆞ음의 두디 아니ᄒᆞ더라.

졈졈(漸漸) ᄒᆡᆼ(行)ᄒᆞ야 군산역(君山驛)의 니ᄅᆞ러는 ᄎᆞ시(此時) 초하(初夏) 념간(念間)[57]이라 일긔(日氣) 훈증(薰蒸)[58]ᄒᆞ고 흑뮈(黑霧ㅣ)네 녁흐로 니러나니, 이날 태쉬(太守ㅣ) 역졍(驛亭)[59]의 하쳐(下處)ᄒᆞ매 모든 죵재(從者ㅣ) 각각(各各) 술을 어더먹고 일즉 잠을 들고 한님(翰林) 잇ᄂᆞᆫ 고ᄃᆡᄂᆞᆫ 오직 취[60]향과 니부(李府) 챵두(蒼頭)[61] 대여시 잇더니,

ᄎᆞ시(此時) 김샹워 태슈(太守)의 ᄒᆡᆼᄎᆞ(行次)를 ᄯᆞ로나 그 위의(威儀) 부셩(富盛)ᄒᆞ믈 보고 감히(敢-) 하슈(下手)티 못ᄒᆞ야 졈졈(漸漸)

---

55) 샹표(上標): 상표. 위의 표지.

56) ᄒᆞᆫ시(-時): 한시. 잠깐 동안.

57) 념간(念間): 염간. 스무날의 전후.

58) 훈증(薰蒸): 찌는 듯이 무더움.

59) 역졍(驛亭): 역정. 역참에 마련되어 있는 정자.

60) 취: [교] 원문에는 '츄'로 되어 있으나 앞의 예를 따라 이와 같이 수정함.

61) 챵두(蒼頭): 창두. 종살이를 하는 남자.

쓸와 군산역(君山驛)의 니르러는 인개(人家ㅣ) 황냥(荒凉)ㅎ고 종재(從者ㅣ) 여러 날 구티(驅馳)[62]ㅎ야 줌을 깁히 들믈 슬피고 밤이 삼경(三更)의 ᄀ마니 칼을 품고 싱(生)의 자는 고듸 니르니

* ● ●

18면

싱(生)은 외로이 금침(衾枕)의 비겻고 노파(老婆) 일(一) 인(人)과 챵두(蒼頭) 십여(十餘) 인(人)이 둘너안자 조을거늘 샹위 희힝(喜幸)ㅎ야 ᄀ마니 나아가 한님(翰林)을 지르니 원ᄂㅣ(元來) 한님(翰林)이 오슬 ᄀ디 아니ㅎ고 잇[63]던 고(故)로 요힝(僥倖) 깁히 들믈 면(免)ㅎ야 크게 소릭ㅎ니, 잠든 창뒤(蒼頭ㅣ) 놀나 일시(一時)의 넓더나 에워쌋고 티니 샹위 능히(能-) 버셔나디 못ㅎ야 사로잡힌 배 되니 모든 노직(奴子ㅣ) 용약(踊躍)[64]ㅎ야 칼을 앗고 돈돈이 믹야 다른 방(房)의 가도고,

취[65]향이 급(急)히 한님(翰林)을 보니 가슴이 딜니여 셩혈(腥血)[66]이 자리의 ᄀ득ㅎ고 아관(牙關)이 긴급(緊急)[67]ㅎ야 명(命)이 슈유(須臾) ᄉ이의 잇ᄂ디라 그 참담(慘憺)ᄒ 경샹(景狀)이 어이 측냥(測量)이 이시리오. 취[68]향이 가슴이 터지는 듯ㅎ야 가슴을 두

---

62) 구티(驅馳): 구치. 몹시 바삐 돌아다님.

63) 잇: [교] 원문에는 '엇'으로 되어 있으나 표기를 명확히 하기 위해 규장각본(9:13)을 따름.

64) 용약(踊躍): 좋아서 뜀.

65) 취: [교] 원문에는 '츄'로 되어 있으나 앞의 예를 따라 이와 같이 수정함.

66) 셩혈(腥血): 성혈. 비린내가 나는 피.

67) 아관(牙關)이 긴급(緊急): 턱 근육이 경련을 일으키며 입이 벌어지지 아니하는 증상. 아관은 입 속 양쪽 구석의 윗잇몸과 아랫잇몸이 맞닿는 부분.

68) 취: [교] 원문에는 '츄'로 되어 있으나 앞의 예를 따라 이와 같이 수정함.

드리고 통곡(慟哭)ᄒ고 급(急)히 사름으로 ᄒ여곰 태슈(太守)긔 고
(告)ᄒ니,

태쉬(太守ㅣ) 즘결의 이 말을 듯고 대경(大驚)ᄒ야 급(急)히 의관
(衣冠)을 념의고 이에 니르러 한님(翰林)의 참담(慘憺)ᄒᆫ 거동(擧動)
과 츄69)향의 셜워ᄒ믈 보니 역시(亦是) 놀남과 비열(悲咽)ᄒ믈 이긔
디 못ᄒ야 나아가 상쳐(傷處)ᄅᆞᆯ 슬피고 닐오ᄃᆡ,

"비록 듕(重)ᄒ나 칼놀이 깁히 범(犯)티 아냐시니 약(藥)을 ᄡᆞᆫ즉
회두(回頭)70)ᄒ기 어렵디 아니ᄒ리니 너모 혼동(昏動)티 말나."

ᄒ고 밧비 금챵약(金瘡藥)71)을 어더 브티고 친(親)히 븟드러 구호
(救護)ᄒ니 새벽의 겨유 숨소ᄅᆡᄂᆞᆫ 샹하(上下)로 왕ᄂᆡ(往來)ᄒ나 인ᄉ
(人事)ᄂᆞᆫ 젹연(寂然)이 모로더라.

태쉬(太守ㅣ) 이튿날 역승(驛丞)72)을 블너 위의(威儀)ᄅᆞᆯ 엄(嚴)히
베플고 샹유ᄅᆞᆯ 올녀 져조어 ᄀᆞᆯ오ᄃᆡ,

"네 엇던 도적(盜賊)

이완ᄃᆡ ᄌᆡ보(財寶)ᄅᆞᆯ 탈취(奪取)ᄒᆞᆫ 올커니와 뉴 한님(翰林)을 죽이

---

69) 츄: [교] 원문에는 '츄'로 되어 있으나 앞의 예를 따라 이와 같이 수정함.

70) 회두(回頭): 차도가 있음.

71) 금챵약(金瘡藥): 금창약. 칼, 창, 화살 따위로 생긴 상처에 바르는 약.

72) 역승(驛丞): 역을 관장하는 관리.

려 ᄒᆞ믄 극(極)히 고이(怪異)ᄒᆞ니 이 아니 지쵹(指囑)[73]ᄒᆞ니 이셔 뉴싱(-生)을 널노뻐 죽이라 ᄒᆞ더냐? 당당(堂堂)이 형댱(刑杖)의 괴로오믈 밧디 아냐셔 바른 ᄃᆡ로 고(告)ᄒᆞ라.”

샹위 ᄃᆡ왈(對曰),

“쇼인(小人)이 딕고(直告)ᄒᆞᆯ 거시니 노얘(老爺ㅣ) ᄒᆞᆫ 목숨을 허(許)ᄒᆞ려 ᄒᆞ시ᄂᆞ니잇가?”

태쉬(太守ㅣ) 왈(曰),

“네 죄(罪) 경(輕)ᄒᆞᆯ진대 엇디 샤(赦)티 아니ᄒᆞ리오?”

샹위 왈(曰),

“쇼인(小人)은 구ᄐᆡ여 뉴 한님(翰林)으로 더브러 원쉬(怨讎ㅣ) 업고 본ᄃᆡ(本-) 경ᄉᆞ(京師)의 이시니 므슴 ᄒᆞ라 수쳔(數千) 니(里)ᄅᆞᆯ 쓸아와 이곳의 와 죽이도록 ᄒᆞ리잇고마ᄂᆞᆫ 뉴 한님(翰林) 친뎨(親弟) 뉴 감찰(監察)이 쳔금(千金)을 주고 귀향가는 줄을 닐너 ᄯᆞ라가 죽이라 ᄒᆞ니 마디못ᄒᆞ야 이에 니ᄅᆞ럿ᄂᆞ이다.”

태쉬(太守ㅣ) 텽

. . .

21면

파(聽罷)의 대경대희(大驚大駭)[74]ᄒᆞ야 샹유ᄅᆞᆯ 칼 메워 옥(獄)의 ᄂᆞ리오고,

즉시(卽時) 한님(翰林)의 병소(病所)의 니ᄅᆞ니, 한님(翰林)이 져기 졍신(精神)을 출히거ᄂᆞᆯ 태쉬(太守ㅣ) 드듸여 샹유의 툐ᄉᆞ(招辭)[75]ᄅᆞᆯ

---

73) 지쵹(指囑): 지촉. 지목해 사주함.

74) 대경대희(大驚大駭): 대경대해. 뜻밖의 일로 몹시 놀람.

75) 툐ᄉᆞ(招辭): 초사. 죄인이 자기의 범죄 사실을 진술하던 말.

가져 니루고 잡아 형부(刑部)로 고(告)홈믈 의논(議論)호니 한님(翰林)이 추언(此言)을 듯고 차악(嗟愕) 경동(驚動)호야 겨유 혼혼(昏昏)[76]혼 졍신(精神)을 거두어 딕답(對答)호야 굴오딕,

"저 므리 블과(不過) 금빅(金帛)을 탈취(奪取)호려다가 일우디 못호고 말이 샤뎨(舍弟)의 범(犯)호니 가(可)히 통히(痛駭)[77]호나 다시 므룻시미 쇼싱(小生)의 몸 둘 고지 업순디라 저룰 노화 믈시(勿施)[78]호쇼셔."

태쉬(太守ㅣ) 그 효의(孝義)룰 감탄(感歎)호야 닐오딕,

"이제 요힝(僥倖) 그딕 해(害)혼 긔미(幾微)룰 아라시니 그딕 신원(伸寃)호미 이 조각의 잇거놀 이제 도로혀 믈시(勿施)호고 스스

• • •

22면

로 죄(罪)룰 바드미 무어시 쾌(快)호뇨?"

싱(生)이 츄연(惆然) 왈(曰),

"싱(生)이 역시(亦是) 인졍(人情)이니 만일(萬一) 진짓 올흘작시면 다힝(多幸)호미 업스리오마눈 이눈 허언(虛言)일시 젹실(的實)호니 춤아 동싱(同生)을 스디(死地)의 녀흐리오? 추(此)눈 쇼싱(小生)이 죽으나 힝(行)티 아니리니 힝혀(幸-) 공조(功曹)[79] 대인(大人)은 슬피쇼셔."

---

76) 혼혼(昏昏): 정신이 가물가물하고 희미함.

77) 통히(痛駭): 통해. 몹시 이상스러워 놀람.

78) 믈시(勿施): 물시. 하려던 일을 그만둠.

79) 공조(功曹): 관직 이름. 원래는 중국 한(漢)나라 때 군수 아래에 둔 보좌관으로서 인사와 정책을 담당하던 공조사(功曹史)를 줄인 말이나 여기에서는 태수의 명칭으로 쓰임.

태쉬(太守ㅣ) 탄복(歎服) 왈(曰),

"그되 효우(孝友)ᄒ미 여ᄎ(如此)ᄒ니 뉘 엇디 듯디 아니ᄒ리오?"

즉시(卽時) 나와 샹유ᄃ려 글오되,

"뉘 이제 네 죄(罪)를 다ᄉ리고져 ᄒ되 뉴 한님(翰林) 말ᄉᆷ이 여ᄎ(如此)ᄒ니 뉘 ᄯᅩ 그 덕(德)을 쓸와 감은(感恩)ᄒ야 너를 노와 보ᄂ니 네 당당(堂堂)이 셔간(書簡)을 갓다가 뉴 감찰(監察)을 주고 서어(鉏鋙)80)ᄒᆫ 의ᄉ(意思)를 그치라 ᄒ디어다."

샹위 빅비(百拜) 샤례(謝禮)ᄒ고 도라오니,

이ᄶᅢ 싱(生)

∘●●

23면

이 현인 계교(計巧ㅣ) 궁흉(窮凶)81)ᄒ믈 차악(嗟愕)ᄒ고 ᄌ긔(自己) 명운(命運)이 무춤ᄂᆡ 이러툿 험조(險阻)82)ᄒ믈 슬허 쇽졀업시 간댱(肝腸)이 이저지니 챵쳬(瘡處ㅣ) 날이 오래되 낫디 아니ᄒ고 병셰(病勢) 위위(危危)83)ᄒ니 태쉬(太守ㅣ) 여러 날 머므러 구완84)ᄒ믈 극진(極盡)이 ᄒ되 촌회(寸效ㅣ)85) 업고 ᄌ긔(自己) 긔한(期限)이 넘어가니 샹ᄉ(上司)의 칙(責)이 이실가 두려 아젼(衙前) 니비(吏輩)를 셔ᄅᆞ 치고 역군(驛軍)을 쵹(囑)ᄒ여 구병(救病)ᄒ믈 니ᄅᆞ고 싱(生)을 보고

---

80) 서어(鉏鋙): 익숙하지 아니하여 서름서름함.

81) 궁흉(窮凶): 아주 흉악함.

82) 험조(險阻): 지세가 가파르거나 험하여 막히거나 끊어져 있음. 여기에서는 운수가 그렇다는 말임.

83) 위위(危危): 위태로움.

84) 구완: 아픈 사람이나 해산한 사람을 간호함.

85) 촌회(寸效ㅣ): 매우 작은 효험.

위로(慰勞)ᄒ야 굴오ᄃᆡ,

"ᄂᆡ 머므러 군(君)의 ᄎᆞ도(差度)를 엇는 양(樣)을 보고 ᄒᆞᆫ가지로 가고져 ᄒᆞᄃᆡ 관ᄉᆡ(官事ㅣ) 이시니 몬져 가ᄂᆞ니 그ᄃᆡᄂᆞᆫ 됴리(調理)ᄒᆞ야 미조차 올디어다."

ᄉᆡᆼ(生)이 응명(應命)ᄒᆞ매 태쉬(太守ㅣ) 드ᄃᆡ여 슈쥐로 갈ᄉᆡ, 젼ᄂᆡ(前來) 오(五) 일(日) 젼되(前途ㅣ) 나마시니 도로(道路)의 젹화(賊禍)를

•••

24면

조심(操心)ᄒᆞᆷ믈 당부(當付)ᄒᆞ고 ᄯᅩ 져의 병셰(病勢) 위위(危危)ᄒᆞᆷ믈 보고 ᄒᆞᆫ 방(榜)을 ᄢᅥ 역니(驛里)[86]의 브티니 굴와시ᄃᆡ,

'경셩(京城) 졍빅(定配) 죄인(罪人) 뉴 한님(翰林)이 칼긋히 흉격(胸膈)이 샹(傷)ᄒᆞ야 병(病)이 듕(重)ᄒᆞ니 가(可)히 일 아는 의원(醫員)이 약(藥)을 가지고 니ᄅᆞ러 챵쳐(瘡處)를 곳칠딘대 쳔금(千金) 샹(賞)을 주리라.'

ᄒᆞ엿더라.

한님(翰林)이 태슈(太守)를 보ᄂᆡ매 더옥 병셰(病勢) 위듕(危重)[87]ᄒᆞ여 인ᄉᆞ(人事)를 모ᄅᆞ니 취[88]향이 망극(罔極)ᄒᆞ야 듀야(晝夜) 통곡(慟哭)ᄒᆞ고 스스로 몸으로ᄡᅥ ᄃᆡ(代)ᄒᆞ므로 텬디(天地)긔 비나 효험(效驗)이 업스니 속졀업시 가슴을 두ᄃᆞ리고 동셔(東西)로 분주(奔走)ᄒᆞᆯ 분이니,

---

86) 역니(驛里): 역리. 역이 있는 마을.

87) 위듕(危重): 위중. 병세가 위험할 정도로 중함.

88) 취: [교] 원문에는 '츄'로 되어 있으나 앞의 예를 따라 이와 같이 수정함.

한님(翰林)이 저 거

. ••

25면

동(擧動)을 보고 감샹(感傷)ᄒ믈 마디아니ᄒ나 본ᄃᆡ(本-) 긔골(氣骨)
이 쳥슈(淸秀)ᄒᄃᆡ 젹년(積年) 애쁜 즁(症)이 일일(日日) 층가(層加)
ᄒ여 날노 위듕(危重)ᄒ고 샹톄(傷處ㅣ) 더옥 듕(重)ᄒ 분 아냐 현익
의 블측(不測)ᄒ 심슐(心術)을 통히(痛駭)ᄒ고 부뫼(父母ㅣ) 이시ᄃᆡ
무의(撫愛)[89]ᄒ 고디 업ᄉ믈 늣기며 ᄌ긔(自己) 십오(十五) 츈광(春
光)의 대환(大患)을 본 배 여러 번(番)이니 이후(以後) ᄯᅩ 므슴 일이
이실고 혜아려 츌하리 죽기ᄅᆞᆯ 싱각ᄒ니, 슬프다, 편쟉(扁鵲)[90]이 이
신들 엇디 고티리오.

날포 병셰(病勢) 위듕(危重)ᄒ야 옥(玉) 갓튼 얼골이 귀형(鬼形)이
되믈 면(免)티 못ᄒ더니,

일일(一日)은 하리(下吏) 보(報)ᄒᄃᆡ,

"엇던 셔싱(書生)이 의원(醫員) 구(求)ᄒᄂᆞᆫ 방(榜)을 쩌히ᄂᆞ이다."

역승(驛丞)이 경희(驚喜)ᄒ여 므ᄅᆞ려 ᄒ더라.

각셜(却說). 위 쇼졔(小姐ㅣ), 위 쳐ᄉᆞ(處士)

---

89) 무의(撫愛): 무애. 어루만지며 사랑함.
90) 편쟉(扁鵲): 편작. 중국 전국시대의 명의. 성은 진(秦)이고 이름은 월인(越人). 장상군(長桑君)으
로부터 의술을 배워 환자의 오장을 투시하는 경지에까지 이르렀다고 전함. 다만 『사기(史記)』
에 편작이 한 사람을 가리키는 것으로 쓰이지 않은 것으로 보아 '편작'은 전국시대에 명의(名
醫)를 가리키는 일반 명사로 쓰였을 가능성이 있음.

집의 이션 지 츈해(春夏ㅣ) 진(盡)ㅎ니 오동(梧桐)닙히 츤 이슬이 ᄂ
려디고 구텬(九天)91)의 기러기 슬피 울고 낙엽(落葉)이 분분(紛紛)92)
ㅎ니 쇼졔(小姐ㅣ) 일싱(一生) 신셰(身世)를 도라보건대 텬하(天下)의
혈혈무의(孑孑無依)93)ㅎ미 비(比)홀 사름이 업스니 쇽졀업시 침좌
(寢坐)의 눈믈이 홍안(紅顏)의 말을 스이 업고 옥댱(玉腸)이 날노 ᄭᆫ
허지믈 면(免)티 못ᄒᆞ니 강잉(强仍)ᄒᆞ여 밧그로 언쇼(言笑)ᄒᆞ나 셰렴
(世念)이 날노 스라지니,

원ᄂᆡ(元來)이 위 쳐ᄉᆞ(處士)ᄂᆞ 위 승샹(丞相) 공부의 계뷔(季父ㅣ)
라. 쇼년(少年)으로브터 문쟝(文章) 긔졀(氣節)94)이 숑듁(松竹) ᄀᆞᆺ퇴
여 부귀(富貴)를 취(取)티 아니ᄒᆞ고 산듕(山中)의 은거(隱居)ᄒᆞ니 위
승샹(丞相)이 그 삼촌(三寸)의 지극(至極)ᄒᆞᆫ 쯧을 앗디 못ᄒᆞ나 쳔(千)
니(里)의 신(信)을 일위여 인간(人間) 진미(珍味)95)를 봉양(奉養)ᄒᆞ믈

게얼니 아니ᄒᆞ고 기자(其子) 공냥을 쳥현(淸顯)96)ᄒᆞᆫ 벼슬의 탁용(擢

---

91) 구텬(九天): 구천. 가장 높은 하늘.

92) 분분(紛紛): 어지러운 모양.

93) 혈혈무의(孑孑無依): 외로워 의지할 데가 없음.

94) 긔졀(氣節): 기절. 기개와 절개.

95) 진미(珍味): 음식의 아주 좋은 맛. 또는 그런 맛이 나는 음식물.

96) 쳥현(淸顯): 청환(淸宦)과 현직(顯職)을 아울러 이르는 말. '청환'은 학식과 문벌이 높은 사람에
게 시키던 벼슬이고 '현직'은 높고 중요한 벼슬임.

用)97)ᄒ여 경ᄉ(京師)의 ᄃ려다가 ᄃᄂ졉(待接)이 동긔(同氣)의 감(減)
티 아니ᄒ더라.

위 공(公)이 저의 진젹(眞跡)98)을 몰나 그 회푀(懷抱ㅣ) 듕(重)ᄒᄆᆯ
슷치고 일단(一端) ᄌ비지심(慈悲之心)이 이서 ᄃᄂ졉(待接)ᄒᄆᆯ 극진
(極盡)이 ᄒ더니,

일일(一日)은 문졍(門庭)이 여루99)(如縷)100)ᄒ며 거매(車馬ㅣ) 낙
역(絡繹)101)ᄒ고 위 승샹(丞相)이 이에 니ᄅ니 쳐ᄉ(處士ㅣ) 크게 반
겨 ᄒᆫ가지로 초당(草堂)의 드러가 말ᄉᆷᄒᆯᄉᆡ 승샹(丞相)이 ᄀᆯ오ᄃᆡ,

"슉부(叔父)긔 못 뵈완 디 여러 셩샹(星霜)이 뒤이져ᄉ오니 영모지
졍(永慕之情)102)을 이긔디 못ᄒ와 근ᄂᆡ(近來)예 국ᄉᆡ(國事ㅣ) 잠간
(暫間) 한혈(閑歇)103)ᄒ매 니ᄅ러 빅알(拜謁)코져 ᄒᄂ이다."

쳐ᄉ(處士ㅣ) ᄀᆯ오ᄃᆡ,

"노부(老夫)ᄂᆞ 임의 홍진(紅塵)을 거졀(拒絕)ᄒᆫ 몸이라 미록(麋
鹿)104)으로 이웃디 되

⋮

28면

여시니 친쳑(親戚)도 어더 볼 길히 업더니 오늘날 현딜(賢姪)이 국가

---

97) 탁용(擢用): 발탁해 씀.

98) 진젹(眞跡): 진적. 원래의 정체.

99) 루: [교] 원문에는 '류'로 되어 있으나 문맥을 고려해 규장각본(9:19)을 따름.

100) 여루(如縷): 실처럼 가늘면서도 끊어지지 아니하고 계속 이어짐. 부절여루(不絕如縷).

101) 낙역(絡繹): 끊임없이 이어짐.

102) 영모지정(永慕之情): 영모지정. 길이 사모하는 마음.

103) 한혈(閑歇): 한가함.

104) 미록(麋鹿): 사슴.

(國家) 대샹(大相)으로 능히(能-) 산촌(山村)의 니르러 노부(老夫)룰
츠즈니 만히 샤례(謝禮)ᄒ노라."

인(因)ᄒ여 별닉지졍(別來之情)[105]을 니르며 피치(彼此ㅣ) 반기믈
이긔디 못ᄒ더라.

승샹(丞相)이 쳐ᄉ(處士)룰 뫼셔 두로 둘너 경개(景槪)룰 볼ᄉᆡ 이쩨
만믈(萬物)이 쇠잔(衰殘)ᄒᆫ 쌔라도 경개(景槪) 긔특(奇特)ᄒ미 별유건
곤(別有乾坤)[106]이라 승샹(丞相)이 차탄(嗟歎)ᄒ야 굴오ᄃᆡ,

"쇼딜(小姪)이 져근 공명(功名)을 뉴렴(留念)ᄒ여 이런 곳을 ᄇ리
고 진애(塵埃)[107]예 뭇텨시니 스스로 더러오믈 씨ᄃᆞᆯ소이다."

쳐ᄉ(處士ㅣ) 쇼왈(笑曰),

"현딜(賢姪)이 임의 몸을 나라히 허(許)ᄒ여시니 ᄉ군(事君)ᄒ믈
소공(김公),[108] 필공(畢公)[109]ᄀᆞ티 홀진대 일홈을 듁빅(竹帛)[110]의
드리워 뉴젼만셰(流傳萬歲)[111]ᄒ리니 녹녹(碌碌)

●●●

29면

히 산듕(山中)으로 이우시 되리오?"

---

105) 별닉지졍(別來之情): 별래지정. 서로 이별한 이후의 정.

106) 별유건곤(別有乾坤): 속세 밖에 별천지가 있다는 뜻으로 특별히 경치가 좋거나 분위기가 좋은
곳을 이름.

107) 진애(塵埃): 티끌과 먼지라는 뜻으로 세상의 속된 것을 비유하여 이르는 말.

108) 소공(김公): 중국 주(周)나라 문왕(文王)의 서자(庶子) 혹은 공신(功臣)이라고 하며, 이름은 석
(奭). 주 문왕에 이어 무왕, 성왕, 강왕을 섬김. 성왕 때 삼공(三公)이 되고 이어서 태보(太保)
가 됨. 소(김) 땅에 봉해졌으므로 소공(김公)이라 불리고, 주공(周公)과 함께 섬서(陝西) 지역
을 나누어 다스렸으므로 소백(김伯)이라고도 불림. 소 땅에 봉해지기 전에 연(燕) 땅에 봉해
져 연국의 시조이기도 함.

109) 필공(畢公): 중국 주(周)나라 문왕(文王)의 열다섯째 아들로 성은 희(姬)이고 이름은 고(高). 제
후국 필(畢)의 시조. 소공과 함께 무왕을 보필함.

110) 듁빅(竹帛): 죽백. 서적, 특히 역사서를 이름.

111) 뉴젼만셰(流傳萬歲): 유전만세. 세월이 오래도록 이름이 전함.

승샹(丞相)이 샤례(謝禮)ᄒ고 이윽이 둘너본 후(後) ᄇ라보니 셧녁 초당(草堂)의 쇼년(少年)이 왕ᄂ(往來)ᄒ거늘 승샹(丞相)이 문왈(問曰),

"슉애공냥의 ᄌ(字) 경ᄉ(京師)의 잇고 슉부(叔父)긔 녀ᄂ ᄌ녜(子女) ㅣ 업스니 져곳의 엇던 사ᄅᆷ이 잇ᄂ니잇고?"

쳐ᄉ(處士 ㅣ) 왈(曰),

"금츈(今春)의 엇던 슈ᄌ(秀才) 뉴리(流離)ᄒ여 이곳의 왓거늘 측은(惻隱)ᄒ야 거두어 집의 두엇노라."

승샹(丞相)이 ᄃᆡ왈(對曰),

"저곳은 녯날 션친(先親)이 계시던 곳이어든 ᄒᆡᆼ걸(行乞)[112]ᄒᄂᆫ 잡뉴(雜類)ᄅᆞᆯ 두시ᄂ니잇고?"

쳐ᄉ(處士 ㅣ) 왈(曰),

"ᄂᆡ ᄯᅩ 혜아린 배로ᄃᆡ 이 쇼년(少年)이 얼골이 반악(潘岳),[113] 두목지[114](杜牧之)[115]ᄅᆞᆯ 죡(足)히 니르디 못ᄒᆞᆯ 거시오, 그 ᄒᆡᆼ실(行實)의 긔특(奇特)ᄒᆞ미 셰월(歲月)이 오랠ᄉᆞ록 더ᄒ니 셰샹(世上) 속ᄌ(俗子) ㅣ 아니라 ᄂᆡ 공경(恭敬)ᄒ믈

---

112) ᄒᆡᆼ걸(行乞): 행걸. 돌아다니며 구걸함.

113) 반악(潘岳): 중국 서진(西晉)의 문인(247~300)으로 자는 안인(安仁). 하남성(河南省) 중모(中牟) 출생. 용모가 아름다워 낙양의 길에 나가면 여자들이 몰려와 그를 향해 과일을 던졌다는 고사가 있음. 문장이 뛰어났는데 <도망시(悼亡詩)>가 유명함. 후에 손수(孫秀)의 무고로 일족이 주살당함.

114) 목지: [교] 원문에는 '여'로 되어 있으나 문맥을 고려하여 이와 같이 수정함.

115) 두목지(杜牧之): 중국 당(唐)나라 때의 시인인 두목(杜牧, 803~853)으로 목지(牧之)는 그의 자(字). 호는 번천(樊川). 이상은과 더불어 이두(李杜)로 불리며, 작품이 두보(杜甫)와 비슷하다 하여 소두(小杜)로도 불림. 미남으로 유명함.

두터이 ᄒᆞ노라."

승샹(丞相)이 텽파(聽罷)의 고이(怪異)히 너겨 쳐ᄉᆞ(處士)로 더브러 초당(草堂)의 니르니,

이째 쇼졔(小姐ㅣ) 쳐ᄉᆞ(處士)의 친딜(親姪)이 니르러시믈 듯고 서로 뵈기를 슬히 너겨 쳐ᄉᆞ(處士)긔도 나아가 보디 못ᄒᆞ엿더니, 의외(意外)예 승샹(丞相)이 이에 니르믈 보고 마디못ᄒᆞ야 공슌(恭順)이 당(堂)의 ᄂᆞ려 마자 녜(禮)를 맛고 피ᄎᆞ(彼此ㅣ) 홀연(忽然) ᄆᆞ음이 비샹(悲傷)ᄒᆞ야 위 공(公)이 눈을 드러 쇼져(小姐)를 보매 이 엇디 반악(潘岳)의 묽음과 두목지[116](杜牧之)의 고을 분이리오. 강산(江山)의 졍긔(精氣)를 아오라 쌔혀난 태도(態度)와 벅벅 빙졍(娉婷)[117]ᄒᆞᆫ 긔딜(氣質)이 이목(耳目)의 현난(絢爛)[118]ᄒᆞ니 승샹(丞相)이 ᄀᆞ장 놀나 이에 몬져 무르ᄃᆡ,

"현ᄉᆞ(賢士)ᄂᆞᆫ 엇던 사름이시뇨?"

쇼졔(小姐ㅣ) 의외(意外)예 위 공(公)을 만나 말ᄒᆞ기를 어려이 너기

나 강잉(强仍)ᄒᆞ여 성명(姓名)을 딕답(對答)ᄒᆞ니 위 공(公) 왈(曰),

"만싱(晩生)이 일죽 국ᄉᆞ(國事)의 여러 십(十) 년(年)을 ᄃᆞ녀 열인

---

116) 목지: [교] 원문에는 '여'로 되어 있으나 문맥을 고려하여 이와 같이 수정함.

117) 빙졍(娉婷): 빙정. 여인의 자태가 아름다움.

118) 현난(絢爛): 현란. 눈이 부시도록 찬란함.

(閑人)흔 배 겪디 아니호디 그디 굿트니는 본 바 처음이라 칭복(稱服)호믈 이긔디 못호리로다."

쇼졔(小姐ㅣ) 피셕(避席) 딕왈(對曰),

"쇼싱(小生)은 이 흔낫 길ㄱ의 분쥬(奔走)호는 걸인(乞人)이어늘 노애(老爺ㅣ) 이러틋 과(過)히 딕졉(待接)호시니 손복(損福)[119]홀가 호느이다."

셜파(說罷)의 겻눈으로 위 공(公)을 보니 쳥슈(淸秀)흔 골격(骨格)이 표연(飄然)[120]이 진애(塵埃)예 므드디 아냐시니 잠간(暫間) 칭복(稱服)호믈 이긔디 못호더니 위 공(公)이 눈으로 쇼져(小姐)를 주로 보고 ㄱ마니 탄식(歎息)고 즉시(卽時) 쳐스(處士)로 더브러 셔헌(書軒)의 도라와 닐오디,

"슉뷔(叔父ㅣ) 져 슈직(秀才)를 거느려 계시미 므슴 뜻이니잇가?"

● ● ●

32면

쳐시(處士ㅣ) 왈(曰),

"이 블과(不過) 젹션지심(積善之心)[121]이 뉴동(流動)호미라."

위 공(公) 왈(曰),

"쇼딜(小姪)이 져룰 흔번(-番) 보매 결연(決然)이 남직(男子ㅣ) 아니라. 원간(元間) 텬하(天下)의 그러틋 긔특(奇特)이 고은 남직(男子ㅣ) 이시리오? 이 필연(必然) 녀직(女子ㅣ) 화(禍)룰 만나 뉴리(流離)

---

119) 손복(損福): 복을 잃음.
120) 표연(飄然): 초탈한 모양.
121) 젹션지심(積善之心): 적선지심. 착한 일을 많이 하고 싶은 마음.

ᄒᆞ미라. 슉뷔(叔父ㅣ) 임의 젹션(積善)ᄒᆞ시ᄂᆞᆫ 도리(道理)ᄂᆞᆫ 규리(閨裏) 녀ᄌᆞ(女子)로 밧긔 두시미 가(可)티 아니ᄒᆞ니 ᄂᆡ일(來日) 당면(當面)ᄒᆞ샤 본젹(本跡)을 무러 아름다온 곳의 셔방(書房) 맛쳐 일ᄉᆡᆼ(一生)을 졔도(濟度)122)ᄒᆞ쇼셔."

쳐ᄉᆞ(處士ㅣ) 텽파(聽罷)의 웃고 굴오ᄃᆡ,

"내 ᄯᅩ 처음브터 의심(疑心)ᄒᆞᄃᆡ 뒤면(對面)ᄒᆞ여 뭇기를 어려이 너겻더니 현딜(賢姪)의 붉은 소견(所見)이 이러ᄒᆞ니 늙은 아ᄌᆞ비 밋디 못ᄒᆞᆷ믈 붓그리노라. 연(然)이나 공냥의 아ᄃᆞᆯ 슈량이 댱셩(長成)ᄒᆞ

• • •

33면

여시니 ᄡᅡᆼ(雙)을 일우미 묘(妙)ᄒᆞ다."

승샹(丞相)이 잠쇼(暫笑) 믁연(默然)이러니,

이 말ᄒᆞᆯ 적 난셤이 ᄆᆞ춤 문(門) 밧긔셔 ᄌᆞ시 듯고 심신(心身)이 썰녀 밧비 쇼져(小姐)긔 고(告)ᄒᆞ니 쇼졔(小姐ㅣ) 대경(大驚)ᄒᆞ야 굴오ᄃᆡ,

"텬ᄒᆡᆼ(天幸)으로 이곳의 안신(安身)ᄒᆞ야 냥졀(兩節)123)을 편(便)히 머므니 타념(他念)이 업더니 오ᄂᆞᆯ날 이런 일이 이실 줄 어이 알니오? 명일(明日)의 본젹(本跡)이 패루(敗漏)124)ᄒᆞᆯ진ᄃᆡ 우명일(又明日)은 욕(辱)을 면(免)티 못ᄒᆞ리니 가(可)히 잠시(暫時)도 머므디 못ᄒᆞ리라."

ᄒᆞ고 ᄎᆞ야(此夜)의 노쥬(奴主) 삼(三) 인(人)이 ᄀᆞ마니 문(門)을 나ᄃᆞ라나다.

---

122) 졔도(濟度): 제도. 원래 불교 용어로, 미혹한 세계에서 생사만을 되풀이하는 중생을 건져 내어 생사 없는 열반의 언덕에 이르게 한다는 뜻이나 여기에서는 건져내 인도한다는 뜻으로 쓰임.

123) 냥졀(兩節): 양절. 두 계절.

124) 패루(敗漏): 일이 드러남.

이튿날 승샹(丞相)이 쳐亽(處士)로 더브러 셔당(書堂)의 니르니 쇼져(小姐)의 거체(去處ㅣ) 업거놀 대경(大驚)ᄒ야 두로 보니 문방(文房) 제구(諸具)의 거슬 아모 것도 가져간 거시 업고 셔안(書案) 밋히

비단(緋緞) 보(褓)히 ᄡᆞᆫ 거시 잇거놀 쳐ᄉᆞ(處士ㅣ) 보니 곳 서너 슬 먹은 아히(兒孩) 입던 오시라. 프른 능나(綾羅)로 짓고 옥(玉)으로 민던 닌(麟)[125]을 쳐왓거놀 쳐ᄉᆞ(處士ㅣ) 놀나 굴오ᄃᆡ,

"규슈(閨秀)의 셰간의 거슨 어인 거신고?"

승샹(丞相)이 ᄒᆞᆫ번(一番) 보고 믄득 붓들고 실셩뉴톄(失聲流涕)ᄒᆞ거놀 쳐ᄉᆞ(處士ㅣ) 대경(大驚) 문왈(問曰),

"현딜(賢姪)이 ᄎᆞ믈(此物)을 보고 슬허ᄒᆞ믄 므슴 연괴(緣故ㅣ)뇨?"

승샹(丞相)이 말을 ᄒᆞ고져 ᄒᆞ매 목이 메여 반향(半晌)을 타루(墮淚)ᄒᆞ다가 ᄃᆡ왈(對曰),

"쇼딜(小姪)이 후량 형뎨(兄弟) 삼(三) 인(人)을 나흔 후(後) 녀ᄋᆞ(女兒)를 어드니 저의 긔딜(氣質)이 십분(十分) 비범(非凡)ᄒᆞ더니 모년(某年)의 후량이 두역(痘疫)을 시작(始作)ᄒᆞ니 ᄆᆞ춤 녀이(女兒ㅣ) 아냣ᄂᆞᆫ디라 제 유모(乳母)를 맛겨 다른 ᄃᆡ 피졉(避接)[126] 닉엿더니 그 후(後) 가셔 ᄎᆞᄌᆞ니 유모(乳母)로 더브러 간 고

---

125) 닌(麟): 인. 기린.

126) 피졉(避接): 피접. 앓는 사람이 다른 곳으로 자리를 옮겨서 요양함. 비접.

디 업누디라. 지금(至今) 음신(音信)[127]을 아디 못훌너니 이 오슬 보
니 그째 저 입혀 보닌 거시오, 닌(麟)이 더옥 분명(分明)ᄒ니 그째 쇼
딜(小姪)이 셔역(西域) 쟝ᄉ의게 친(親)히 사 저롤 치온 배니 이제
슈직(秀才) 필연(必然) 녀인(女兒ᄂ)가 시브도소이다."

쳐ᄉ(處士ㅣ) ᄯ흔 놀나 굴오디,

"긔특(奇特)ᄒ 쇼식(消息)을 목젼(目前)의 엇고 그 사롬을 일흐니
조믈(造物)이 진실로(眞實-) 고이(怪異)ᄒ도다. 제 ᄯ 녀직(女子ㅣ)라
먼니 아니 가실 ᄃ시브니 급(急)히 ᄎ자보리라."

ᄒ고 노복(奴僕)을 흐터 작일(昨日) 슈직(秀才)롤 쫄오라 ᄒ[128] 후
(後) 승샹(丞相)이 더옥 오열(嗚咽)ᄒ야 굴오디,

"작일(昨日) 저롤 보매 녀직(女子ᄂ) 줄은 아나 그 미우(眉宇)의 광
치(光彩) 제 모친(母親)과 ᄀᄐᆞᆯ 실노(實-) 고이(怪異)히 너기더니
대강(大綱) 이런 연괴(緣故ㅣ) 잇도소이다. 연(然)이나 므슴 연고(緣
故)로 일야(一夜) ᄉ

이 도주(逃走)ᄒ고?"

다시 오슬 술펴보니 안히 ᄀᄂᆞᆯ게 뻐시디,

'인간(人間) 십ᄉ(十四) 년(年)의 본셩(本姓)을 모ᄅ니 텬디간(天地

---

127) 음신(音信): 먼 곳에서 전하는 소식이나 편지.
128) ᄒ: [교] 원문에는 'ᄒ고'로 되어 있으나 문맥을 고려해 규장각본(9:25)을 따름.

間) 죄인(罪人)이로다. 유유(悠悠) 챵텬(蒼天)이 '홍쇠'라 폴 우히 쓰시
믄 므슴 일이오, 부모(父母)룰 일케 ㅎ시믄 므슴 쯧인고?'

ㅎ엿더라.

승샹(丞相)이 이룰 보고 더옥 심ᄉ(心思)룰 졍(靜)티 못ㅎ야 글오ᄃᆡ,

"이거슬 보니 더옥 의심(疑心) 업손 닉 녀익(女兒ㅣ)로소이다. 쥬졈
(注點)129) ᄒᆞᆯ 제 최량이 희롱(戲弄)으로, '타일(他日) 네 가뷔(家夫ㅣ) 네
일홈을 친영(親迎)130) 날 알게 ᄒᆞ리라.' ᄒᆞ고 '위홍소'라 ᄒᆞ고 뻣더니
제 나의 쳔금(千金) 쇼교익(小巧兒ㅣ)로 오늘날ᄀᆞ디 뉴리분주(流離奔
走)131)ᄒᆞ니 엇디 잔잉티 아니ᄒᆞ리잇고?"

쳐ᄉᆞ(處士ㅣ) 역시(亦是) 참연(慘然)ᄒᆞ야 골오ᄃᆡ,

"여러 ᄃᆞᆯ 닉 집의 잇다가 구ᄐᆞ여 오늘

* * *

37면

날 ᄃᆞ라난 연고(緣故)룰 아디 못ᄒᆞ리로다."

셔동(書童) 난희 골오ᄃᆡ,

"어제 두 노야(老爺) 말솜ᄒᆞ실 적 슈ᄌᆡ(秀才)의 시동(侍童) 난셥이
곡난(曲欄) 뒤히 셧더니다."

승샹(丞相) 왈(曰),

"져믄 녀ᄌᆡ(女子ㅣ) 혬이 업서 슉부(叔父) 말솜을 인(因)ᄒᆞ야 미리
피(避)ᄒᆞ야 ᄃᆞ라나도소이다."

---

129) 쥬졈(注點): 주점. 점을 찍는다는 뜻으로 팔뚝에 앵혈을 찍음을 이름.

130) 친영(親迎): 육례의 하나로, 신랑이 신부의 집에 가서 신부를 직접 맞이하는 의식.

131) 뉴리분주(流離奔走): 유리분주. 집에서 떠나 길을 떠돌아다님.

처시(處士ㅣ) 또흔 뉘우쳐 노복(奴僕)을 두로 헤쳐 ᄎᄌᄃᆡ 종시(終是) 그림ᄌᆞ도 엇디 못ᄒᆞ니,

승샹(丞相)이 참담(慘憺)ᄒᆞ믈 이긔디 못ᄒᆞ야 친(親)히 남챵(南昌)으로 일삭(一朔)을 두로 돌며 츄심(推尋)ᄒᆞᄃᆡ 보디 못ᄒᆞ고 말미 긔한(期限)이 디낫는 고(故)로 마디못ᄒᆞ야 경ᄉᆞ(京師)로 갈ᄉᆡ 쳐ᄉᆞ(處士)긔 인걸(哀乞) 왈(曰),

"쇼딜(小姪)이 오늘날 십(十) 년(年) 일헛던 ᄌᆞ식(子息)의 평부(平否)를 목젼(目前)의 보고 다시 엇디 못ᄒᆞ니 비록 대쟝뷔(大丈夫ㅣ)나 촌심(寸心)을 어

히는 듯ᄒᆞᆫ디라. ᄇᆞ라건ᄃᆡ 슉부(叔父)는 진심(盡心)ᄒᆞ샤 녀아(女兒)를 ᄎᆞᄌᆞ 두쇼셔."

쳐시(處士ㅣ) 응낙(應諾)ᄒᆞ니,

승샹(丞相)이 ᄎᆞᆷ아 이곳을 ᄯᅥ나디 못ᄒᆞ나 경ᄉᆞ(京師)의 가 말미ᄒᆞ고 ᄂᆞ려와 ᄉᆞ히(四海)를 도라 ᄎᆞᆺ고져 ᄒᆞ야 몬져 녕니(怜悧)ᄒᆞᆫ 가인(家人) 서너흘 분부(分付)ᄒᆞ야 ᄎᆞᄌᆞ라 ᄒᆞ고 경ᄉᆞ(京師)로 가다.

이ᄶᆡ 위 쇼졔(小姐ㅣ) 위부(-府)를 ᄯᅥ나 밤이 새도록 뫼흘 더듬어 ᄂᆞ리니 홀연(忽然) 큰 강(江)이 알픽 ᄀᆞ리엿거늘 쇼졔(小姐ㅣ) 홀연(忽然) 다ᄒᆡᆼ(多幸)ᄒᆞ여 믈ᄀᆞ의 니르니 기듕(其中) ᄒᆞᆫ 져근 ᄇᆡ의 져근 녀도ᄉᆞ(女道士) 일(一) 인(人)이 두어 뎨ᄌᆞ(弟子)로 더브러 강변(江邊)의 ᄆᆡ엿거늘 쇼졔(小姐ㅣ) 나아가 풀을 ᄭᅩᆺ고 만복(萬福)을 쳥(請)ᄒᆞ고 건너기를 빈대, 도132)시(道士ㅣ) 홀연(忽然) 눈을 드러 보고 밧비 ᄇᆡ

---

132) 도: [교] 원문에는 '운'으로 되어 있으나 문맥을 고려해 이와 같이 수정함.

롤 잡고 왈(曰),

"나의 빅금(白金) 빅(百) 냥(兩) 바든

· ● ●

39면

위 쇼졔(小姐ㅣ) 엇디 이에 니른럿ᄂ뇨?"

쇼졔(小姐ㅣ) 이 말을 듯고 혼비빅산(魂飛魄散)ᄒ야 졍신(精神)을 출혀 보니 이 곳 양산 도ᄉ(道士) 도쳥이러라. 쇼졔(小姐ㅣ) 날호여 굴오ᄃᆡ,

"너 본ᄃᆡ(本-) 존ᄉ(尊士)의 빅금(白金)을 아디 못ᄒ니 긔 어인 말이뇨?"

도쳥이 굴오ᄃᆡ,

"뉴 노야(老爺) 쇼가(小家)[133] 각 시(氏) 쇼져(小姐)룰 어더 기른 녀지(女子ㅣ)라 ᄒ고 나의 딜즈(姪子)의게 쇽현(續絃)[134]ᄒ려 빅금(白金) 빅(百) 냥(兩)을 밧고 허(許)ᄒ엿다가 그 후(後) 경ᄉ(京師)로 가고 빅금(白金)도 주디 아니ᄒ니 빈되(貧道ㅣ) 그 은(銀)을 더러이 너기ᄂ니 그 사오나온 줄 모르고 사괸 줄 흔(恨)ᄒ고 뉘웃ᄂ이다. 대강(大綱) 쇼져(小姐)ᄂ 엇던 사름이시뇨?"

쇼졔(小姐ㅣ) 웃고 젼후슈말(前後首末)을 일일히(一一-) 니른니 도쳥이 노왈(怒曰),

"대강(大綱) 쳔인(賤人)이 그런 흉(凶)ᄒ 의ᄉ(意思)롤 품엇닷다. 그째 쇼졔(小姐ㅣ) 빈도(貧道)

---

133) 쇼가(小家): 소가. 첩이나 첩의 집을 높여 이르는 말.

134) 쇽현(續絃): 속현. 거문고와 비파의 끊어진 줄을 다시 잇는다는 뜻으로, 아내를 여읜 뒤에 다시 새 아내를 맞는 일을 비유적으로 이르는 말. 여기에서는 아내를 맞아들임을 뜻함.

롤 딕(對)호야 실수(實事)롤 니르시더면 어려오미 업수리로소이다.
이제 쟝촛(將次ㅅ) 어딕로 가시느뇨?"

쇼제(小姐ㅣ) 오열(嗚咽) 왈(曰),

"진실노(眞實-) 강호(江湖)의 집 업순 손이니 거취(去就)롤 졍(定)
티 못호는디라 존수(尊士)는 대주대비(大慈大悲)호샤 날을 드려 도
관(道觀)의 가 구졔(救濟)[135]호쇼셔."

도쳥은 원닉(元來) 도덕(道德)이 놉흔 고(故)로 앗가 쇼져(小姐)롤
남복(男服) 듕(中) 아라보믈 수이 호미러니 그 졍수(情事)롤 참담(慘
憺)이 너겨 굴오딕,

"빈도(貧道)의 스싱이 군산(君山)의 이시미 빈되(貧道ㅣ) 쏘흔 샹
츈(上春)[136]의 죡하롤 즉시(卽時) 셩인(成姻)[137]호고 미양 군산(君山)
의 잇더니 져즈음긔 갓 가셔 죡하롤 보고 군산(君山)으로 가니 우리
스뷔(師父ㅣ) 쏘흔 덕힝(德行)이 놉흐샤 급(急)흔 사롬을 못 미츨 드
시 구(救)호시느니 쇼져(小姐)는 날을 조차 가수이다."

호고 쇼져(小姐)로 더브러 듕뉴(中流)호야 군산(君山)을 가딕 다시
각졍의 무상(無狀)호믈 거드디 아니호니, 쇼졔(小姐ㅣ) 도령의 놉흔

---

135) 구졔(救濟): 구제. 자연적인 재해나 사회적인 피해를 당하여 어려운 처지에 있는 사람을 도와줌.
136) 샹츈(上春): 상춘. 초봄. 음력 정월을 이름.
137) 셩인(成姻): 성인. 혼인을 이름.

도신(道士ㅣ) 줄 흠모(欽慕)ᄒ더라.

ᄒᆞᆫ가지로 군산(君山)의 니르니 큰 도관(道觀)이 구름을 님(臨)ᄒ야 표묘(縹緲)[138]ᄒ고 크게 데익(題額)ᄒ야 옥농관(--觀)이라 ᄒ엿더라. 도쳥이 쇼져(小姐)를 ᄃᆞ리고 드러가니 ᄒᆞᆫ 도ᄉᆞ(道士ㅣ) 학발(鶴髮)을 브티고 숑형학골(松形鶴骨)[139]노 정뎐(正殿)의 안자 도(道)를 강논(講論)ᄒ다가 눈을 드러 쇼져(小姐)를 보고 믄득 뎐(殿)의 ᄂᆞ려 합댱(合掌) 비례(拜禮)ᄒ고 글오ᄃᆡ,

"귀인(貴人)이 일즉 오실 줄 아디 못ᄒᆞ야 실례(失禮)ᄒ과이다."

쇼제(小姐ㅣ) ᄉᆞ양(辭讓) 왈(曰),

"쳔ᄉᆡᆼ(賤生)은 디나가ᄂᆞᆫ 걸인(乞人)이라 션ᄉᆡᆼ(先生)이 이런 과(過)ᄒᆞᆫ 녜(禮)를 ᄒᆞ시ᄂᆞ뇨?"

그 도ᄉᆞ(道士ㅣ) 쇼왈(笑曰),

"빈도(貧道)ᄂᆞᆫ 산야(山野) 우밍(愚氓)[140]이라 귀

• ••

42면

인(貴人)을 공경(恭敬)티 아니ᄒᆞ리오?"

드듸여 풀 미러 올니고 차(茶)를 드려 좌(坐)ᄒᆞᆫ 후(後) 쇼제(小姐ㅣ) 무ᄅᆞᄃᆡ,

"원(願)ᄒᆞᄂᆞ니 션ᄉᆡᆼ(先生)의 놉흔 셩명(姓名)을 드러지이다."

도ᄉᆞ(道士ㅣ) 왈(曰),

---

138) 표묘(縹緲): 끝없이 넓거나 멀어서 있는지 없는지 알 수 없을 만큼 어렴풋함.

139) 숑형학골(松形鶴骨): 송형학골. 소나무나 학처럼 고고한 자태.

140) 우밍(愚氓): 우맹. 어리석은 백성.

"빈도(貧道)의 일홈은 금초완 지 오래고 법명(法名)은 운시니 이곳의셔 슈도(修道)ᄒᆞ연 지 수십여(四十餘) 년(年)이라. 귀인(貴人)의 존고(尊姑ㅣ) 십ᄉᆞ(十四) 년(年) 젼(前)의 이에 니ᄅᆞ러 이(二) 년(年)을 계시더니이다."

쇼졔(小姐ㅣ) 져의 붉히 알믈 어히업셔 다시 말을 아니ᄒᆞ고 셕식(夕食)을 ᄆᆞᄎᆞ매 도쳥과 운ᄉᆞ로 더브러 밤을 디닐ᄉᆡ 도쳥 왈(曰),

"쇼졔(小姐ㅣ) 남복(男服)이 블가(不可)ᄒᆞ시니 버ᄉᆞ시미 엇더ᄒᆞ시니잇고?"

운시 쇼왈(笑曰),

"그 남복(男服)이 ᄂᆡ년(來年)이면 쓸 고지 이시리니 벗디 마ᄅᆞ쇼셔."

쇼졔(小姐ㅣ) 인(因)ᄒᆞ야 닐오ᄃᆡ,

"쳡(妾)의 존고(尊姑) 김

• • •

43면

부인(夫人)이 언제 와 계시더뇨?"

운시 웃고 왈(曰),

"김 부인(夫人)은 아디 못ᄒᆞ고 소 부인(夫人)이 여ᄎᆞ여ᄎᆞ(如此如此)ᄒᆞᆫ 화란(禍亂)을 만나샤 쳔(賤)ᄒᆞᆫ 곳의 계시더니이다."

쇼졔(小姐ㅣ) 경왈(驚曰),

"쳡(妾)의 존고(尊姑)ᄂᆞᆫ 김 시(氏)니 소 시(氏)ᄂᆞᆫ 엇던 부인(夫人)이뇨? 졍(正)히 초문(初聞)이로소이다."

운시 ᄯᅩ 웃고 왈(曰),

"빈되(貧道ㅣ) 노혼(老昏)ᄒᆞ야 그릇 알미로소이다."

쇼졔(小姐ㅣ) 다시 뭇디 아니나 의려(疑慮)ᄒᆞ미 깁더라.

그러나 이곳이 안졍(安靜)ᄒᆞᆯ 깃거 죠용이 머믈ᄉᆡ ᄌᆞ긔(自己) 힝장(行裝)을 츌혀 보니 집의셔 입고 온 져고리 업ᄂᆞᆫ디라 크게 놀나 더옥 셜워 닐오ᄃᆡ,

"일노 인(因)ᄒᆞ야 타일(他日) 부모(父母) 찻ᄂᆞᆫ 증험(證驗)이 될가 ᄒᆞ더니 마저 일흘 줄 알니오? 저 챵텬(蒼天)이 나의게 앙화(殃禍)[141]를 일편도이 ᄒᆞᄂᆞ뇨?"

인(因)ᄒᆞ야 번뇌(煩惱)ᄒᆞᆯ 마

디아니ᄒᆞ더라.

쇼졔(小姐ㅣ) 이에 이시매 운ᄉᆞ의 ᄃᆡ졉(待接)이 극진(極盡)ᄒᆞ나 쇼졔(小姐ㅣ) ᄀᆞ장 안심(安心)티 아니케 너겨 스스로 슈(繡)노하 난셤 등(等)으로 ᄒᆞ여곰 빈 ᄐᆞ고 여염(閭閻)의 가 ᄑᆞ라 오라 ᄒᆞ여 먹을 거ᄉᆞᆯ 돕더라.

이러구러 겨울이 디나고 봄이 진(盡)케 되엿더니,

일일(一日)은 난셤과 난혜 촌(村)의 슈(繡) ᄑᆞᆯ나 갓다가 도라와 고(告)ᄒᆞᄃᆡ,

"역니(驛里)의 ᄒᆞᆫ 방(榜)을 븟쳐시ᄃᆡ 여ᄎᆞ여ᄎᆞ(如此如此) ᄒᆞ여시니 쇼비(小婢) 의혹(疑惑)ᄒᆞᆯ 이긔디 못ᄒᆞᆯ소이다."

쇼졔(小姐ㅣ) 대경(大驚) 왈(曰),

"뉴 군(君)의 젹거(謫居)ᄒᆞᆯ 줄 ᄂᆡ 본ᄃᆡ(本-) 아랏거니와 그러나 진

---

141) 앙화(殃禍): 어떤 일로 인하여 생기는 재난.

젹(眞的)¹⁴²)흔 쇼식(消息)을 즈시 알고 ᄉᆞᄉᆡᆼ(死生)을 가티ᄒᆞ리니 네가 즈시 아라 오라."

난셤이 즉시(卽時) 가더니 이튼날 도라와 ᄀᆞᆯ오ᄃᆡ,

"쇼비(小婢) 역졍(驛亭)의 가 역니(驛吏)ᄃᆞ려 무

• • •

45면

ᄅᆞ니 ᄃᆡ답(對答)ᄒᆞᄃᆡ, '뉴 한님(翰林)이 이러이러흔 죄(罪)로 슈쥐 원찬(遠竄) 가시다가 길희셔 도젹(盜賊)을 만나 칼노 딜니여 명직위급(命在危急)¹⁴³)ᄒᆞ고 일홈이 뫼(某ㅣ)라.' ᄒᆞ니 우리 샹공(相公)일시 분명(分明)ᄒᆞ이다."

쇼제(小姐ㅣ) 텽파(聽罷)의 심신(心身)이 환난(幻亂)¹⁴⁴)ᄒᆞ여 급(急)히 운ᄉᆞ룰 보와 ᄃᆞ녀올 ᄯᅳᆺ을 무ᄅᆞ니 운ᄉᆡ 왈(曰),

"남두셩¹⁴⁵)(南斗星)¹⁴⁶)의 대익(大厄)이 급(急)ᄒᆞ니 쇼제(小姐ㅣ) 아닌즉 살오디 못ᄒᆞ리니 맛당이 약(藥)을 샹쳐(傷處)의 브티고 ᄆᆞ음을 편(便)히 흔즉 가(可)히 ᄉᆡᆼ도(生道)룰 어드리이다."

ᄒᆞ고 약(藥)을 닉니 향닉(香-) 진동(振動)ᄒᆞ더라.

운ᄉᆡ ᄀᆞᆯ오ᄃᆡ,

"져머셔 스싱의게 비화 약(藥)을 지으니 아모 듕(重)흔 샹톄(傷處

---

142) 진젹(眞的): 진적. 참되고 틀림없음.

143) 명직위급(命在危急): 명재위급. 목숨이 위급한 지경에 있음.

144) 환난(幻亂): 환란. 어지러움.

145) 셩: [교] 원문에는 '션'으로 되어 있으나 오기로 보임.

146) 남두셩(南斗星): 남두성. 별이름으로 남쪽에 있으며 형상이 북두성(北斗星)과 같기 때문에 이처럼 이름을 붙임. 여섯 개의 별로 구성되어 있고 천자의 수명(壽命)을 맡거나 재상의 작록을 맡은 별이라 함. 여기에서는 이경문을 가리킴.

ㅣ)라도 맛디 아닐 배 업스니이다.”

쏘 흔 환약(丸藥)을 주며 글오딕,

“이룰 프러 샹공(相公)

46면

의 급(急)흔 긔운을 출히게 ᄒ쇼셔.”

쇼제(小姐ㅣ) 일일이(一一-) 바다 샤례(謝禮)ᄒ고 급(急)히 난셤,
난혜로 더브러 빅 타 역니(驛里)의 니르러 빅예 ᄂ려 역졍(驛亭)의
븟친 방(榜)을 쩌히니 역승(驛丞)이 쳥(請)ᄒ야 녜필(禮畢)ᄒ매 역승
(驛丞)이 쇼져(小姐)의 긔이(奇異)흔 용치(容彩)룰 보고 크게 놀나 닐
오딕,

“쇼년(少年)은 엇던 사룸이며 일쥭 의슐(醫術)을 아ᄂ냐?”

쇼제(小姐ㅣ) 딕왈(對曰),

“쇼의(小醫) 비록 의슐(醫術)이 넉디 못ᄒ나 그 ᄌ비지심(慈悲之
心)이 동(動)ᄒ매 직조(才操)의 셧기믈 혜아리디 아니코 니르럿ᄂ이
다.”

역승(驛丞)이 그 언싀(言辭ㅣ) 쳥낭(淸朗)[147]ᄒ믈 깃거 흔가지로
병소(病所)의 니르니 쇼제(小姐ㅣ) 밧비 눈을 드러 보니 한님(翰林)
이 침셕(寢席)의 몸을 ᄇ려 눈을 감고 호흡(呼吸)이 ᄂ죽ᄒ여 줌연
(潛然)이 인셰(人世)룰 아디 못ᄒ

---

147) 쳥낭(淸朗): 쳥랑. 맑고 낭랑함.

니 화월(花月) 궃튼 용뫼(容貌ㅣ) 낫낫치 쇼삭(蕭索)[148]ᄒ야 귀형(鬼
形)이 되고 옥(玉) 궃튼 술빗치 가족만 남아시니 쇼졔(小姐ㅣ) ᄒ번
(一番) 보매 슬프미 칼을 숨킨 듯ᄒ야 심댱(心腸)이 썼거디니 츄파(秋
波)의 누쉬(淚水ㅣ) 어릭믈 씌둣디 못ᄒ야 나아가 가슴을 헷치고 보
니 술이 다 석고 쎄 은연(隱然)이 비최여 그 즁(重)ᄒ미 과연(果然)
살니라 ᄒ미 밍낭(孟浪)[149]ᄒ디라.

쇼졔(小姐ㅣ) 더옥 셜워 밧비 낭듕(囊中)의 약(藥)을 닉여 붓치고
운ᄉ의 준 바 약(藥)을 프러 먹인 후(後) 믈너안ᄌ니 역승(驛丞)이
문왈(問曰),

"병(病)의 경듕(輕重)이 엇더뇨?"

쇼졔(小姐ㅣ) 강잉(强仍) 딕왈(對曰),

"ᄌ못 듕(重)ᄒ니 쇼의(小醫) 뫼셔 구원(救援)코져 ᄒᄂ이다."

역승(驛丞)이 깃거 ᄌ삼(再三) 치샤(致謝)ᄒ고 나간 후(後),

믄득 취향이 밧그로 드러와 쇼져(小姐)를 보고 오열(嗚咽) 뉴톄(流
涕)ᄒ

식, 원닉(元來) 향이 의원(醫員) 드러오믈 보고 밧긔 나가니 난셤 등
(等)이 나아가 븟잡고 울며 곡졀(曲折)을 니르니 향이 심신(心身)이

---

148) 쇼삭(蕭索): 소삭. 생기가 사라짐.
149) 밍낭(孟浪): 맹랑. 생각하던 바와 달리 허망함.

어린 둣ᄒ야 미처 말을 못 ᄒ고 이에 드러와 쇼져(小姐)를 보매 옥
안표티(玉顏標致)[150] 언연(偃然)[151]ᄒᆫ 댱뷔(丈夫ㅣ) 되엿ᄂᆞᆫ디라 슬프
믈 이긔디 못ᄒ야 소래를 먹음어 울고 왈(曰),

"쇼져(小姐)야, 쇼져(小姐)야, 어듸로조차 이런 위급지시(危急之時)
의 도라보미 잇ᄂᆞ뇨?"

쇼졔(小姐ㅣ) 탄셩톄읍(呑聲涕泣)[152] 왈(曰),

"박명(薄命) 인싱(人生)이 머므러시나 풍진(風塵)을 거졀(拒絶)ᄒ
미 되야 가군(家君)의 긋기믈 아디 못ᄒ니 하늘긔 죄(罪)를 어덧ᄂᆞᆫ디
라 그듸를 보매 붓그럽디 아니ᄒ리오?"

향이 울고 드듸여 젼후곡졀(前後曲折)을 니ᄅ고 가슴을 두드려 왈
(曰),

"션부인(先夫人)을 여힌 후(後) 공ᄌ(公子)를 보

•••

49면

호(保護)ᄒ야 영화(榮華)를 볼가 ᄒ더니 요인(妖人)의 쟉변(作變)이
측냥(測量)업서 낭군(郎君)이 십오(十五) 년(年)을 두고 무궁(無窮)ᄒᆫ
고초(苦楚)를 격고 필경(畢竟)의 인뉸(人倫)의 대변(大變)을 만나 몸
이 졀역(絶域)의 닉치이고 칼 긋ᄒᆡ 남은 목숨이 명지됴셕(命在朝夕)
ᄒ니 비직(婢子ㅣ) 몬져 죽어 낭군(郎君)의 슬어지는 거동(擧動)을 보
디 말고져 ᄒ더니이다."

---

150) 옥안표티(玉顏標致): 옥안표치. 얼굴이 매우 아름다움.

151) 언연(偃然): 사람의 겉모양이나 언행이 의젓하고 점잖음. 엄연(儼然).

152) 탄셩톄읍(呑聲涕泣): 탄성체읍. 소리를 삼키고 눈물을 흘림.

쇼제(小姐ㅣ) 취[153]향의 말을 드르매 언언ᄌᆞᄌᆞ(言言字字)이 ᄲᅦ 녹
ᄂᆞᆫ 둣ᄒᆞ야 츄파(秋波)의 진쥬(珍珠ㅣ) 비ᄀᆞ티 ᄯᅥ러지고 믁연(默然)이
말을 아니터니,

져녁 ᄣᅢ 싱(生)이 정신(精神)을 츌혀 눈을 ᄯᅥ 취[154]향을 보고 닐오ᄃᆡ,
"너 자다가 ᄭᅵ드르니 긔운도 져기 낫고 알픈 듸도 이제ᄂᆞᆫ 알프디
아니ᄒᆞ니 그 어인 일인고? 고이(怪異)ᄒᆞ다."

쇼제(小姐ㅣ) 믄득 낫드라 절ᄒᆞ고 ᄀᆞᆯ오ᄃᆡ,
"쇼의(小醫) 군산(君山)의

···

50면

잇ᄂᆞᆫ 의원(醫員)이러니 이에 와 샹공(相公)의 환후(患候)를 술피ᄂᆞ이다."

취향이 ᄯᅩ 약(藥) 쁜 말을 ᄒᆞ니 이ᄯᅢ 날이 어두엇ᄂᆞᆫ 고(故)로 싱
(生)이 쇼져(小姐)도 아라보디 못ᄒᆞ야 손샤(遜謝)[155]ᄒᆞ야 ᄀᆞᆯ오ᄃᆡ,
"션싱(先生)의 의긔(義氣) 이러ᄐᆞᆺ ᄒᆞ니 가(可)히 디하(地下)의 갑기
를 원(願)ᄒᆞ노라. ᄇᆞ라ᄂᆞ니 셩명(姓名)을 듯고져 ᄒᆞ노라."

쇼제(小姐ㅣ) 창졸(倉卒)의 ᄭᅮ미디 못ᄒᆞ여 유유(儒儒)[156]ᄒᆞᆯ ᄎᆞ(次)
취[157]향이 쵹(燭)을 혀니 한님(翰林)이 눈을 드러 쇼져(小姐)를 보고
믄득 놀나고 의심(疑心)ᄒᆞ야 ᄀᆞᆯ오ᄃᆡ,
"너 병(病)이 이러ᄐᆞᆺ ᄉᆞ싱(死生)의 이시니 션싱(先生)이 나아와 믹

---

153) 취: [교] 원문에는 '츄'로 되어 있으나 앞의 예를 따라 이와 같이 수정함.

154) 취: [교] 원문에는 '츄'로 되어 있으나 앞의 예를 따라 이와 같이 수정함.

155) 손샤(遜謝): 손사. 겸손히 사양함.

156) 유유(儒儒): 모든 일에 딱 잘라 결정을 내리지 못하고 어물어물한 데가 있음.

157) 취: [교] 원문에는 '츄'로 되어 있으나 앞의 예를 따라 이와 같이 수정함.

(脈)을 보미 엇더ᄒ뇨?"

쇼졔(小姐ㅣ) 마디못ᄒ여 흠신(欠身)ᄒ여 겻ᄒ 나아가니 한님(翰林)이 쵹(燭)을 겨팅 노ᄒ라 ᄒ고 다시 보니 의심(疑心) 업슨 위 시(氏)라. 크게 놀나 급(急)히 옥슈(玉手)ᄅᆞᆯ 잡고 ᄉᆞ매ᄅᆞᆯ 미

* * *

51면

러 그 쥬표(朱標)로 ᄡᆞᆫ 거슬 보고 대경(大驚)ᄒ야 심신(心身)이 어린 ᄃᆞᆺ 날호여 굴오ᄃᆡ,

"ᄌᆞ(子ㅣ) 어ᄃᆡ로조차 이에 니ᄅᆞ뇨?"

쇼졔(小姐ㅣ) 츄연(惆然) 탄식(歎息) 왈(曰),

"쇼쳡(小妾)이 운익(運厄)이 긔구(崎嶇)ᄒ야 규리(閨裏)의 몸이 도로(道路)의 분주(奔走)ᄒ야 살기ᄅᆞᆯ 도모(圖謀)ᄒ노라 ᄒ니 미처 군ᄌᆞ(君子)의 익홰(厄禍ㅣ) 이 지경(地境)의 니ᄅᆞ러시믈 아디 못ᄒ니 쳡(妾)의 인뉸(人倫) 모로ᄂᆞᆫ 죄(罪)ᄂᆞᆫ 하ᄂᆞᆯ이 용셔(容恕)티 못ᄒ실디라. 금일(今日) 군ᄌᆞ(君子)ᄅᆞᆯ ᄃᆡ(對)ᄒ매 븟그러오미 교집(交集)ᄒᄂᆞ이다."

한님(翰林)이 산연(潸然)[158]이 눈믈을 ᄂᆞ리와 굴오ᄃᆡ,

"혹ᄉᆡᆼ(學生)이 창텬(蒼天)긔 죄악(罪惡)을 일편도이 어더 ᄌᆞ모(慈母)ᄅᆞᆯ 아시(兒時)의 여희고 엄친(嚴親)을 봉양(奉養)ᄒ매 증ᄌᆞ(曾子)[159]의 효양(孝養)을 법밧디 못ᄒ야 몸의 대죄(大罪)ᄅᆞᆯ 무릅뻐 절역(絕域)의 ᄂᆞ치이니 스ᄉᆞ로 죄(罪) 듕(重)ᄒ고 벌(罰)이 경(輕)ᄒᆞᆷ믈 두리더

---

158) 산연(潸然): 눈물이 줄줄 흐르는 모양.

159) 증ᄌᆞ(曾子): 증자. 증삼(曾參, B.C.505~B.C.43년)을 높여 부른 이름. 중국 춘추시대 노(魯)나라의 유학자. 자는 자여(子輿). 공자의 덕행과 사상을 조술(祖述)하여 공자의 손자인 자사(子思)에게 전함. 효성이 깊은 인물로 유명함.

니 하늘이 붉히 슬피샤 ᄌ·긱(刺客)의 해(害)ᄒ·믈 만나 목숨이 슈유간
(須臾間) 이시니 싱도(生道)ᄅ·ᆯ 다시 엇디 못ᄒ·ᆯ디라 엄친(嚴親)ᄭ·긔 셔
하디탄(西河之歎)160)을 ᄭ·티옵고 ᄌ·(子)의 홍안박명(紅顏薄命)을 ᄭ·
칠가 ᄒ·노라."

쇼졔(小姐ㅣ) 한님(翰林)의 이러ᄐ·ᆺ 슬허ᄒ·믈 보고 ᄯ·ᆫ 셜우미 극
(極)ᄒ·ᄃ·ᆯ 강잉(强仍)ᄒ·야 위로(慰勞) 왈(曰),

"이런 블길(不吉)ᄒ·ᆫ 말ᄉ·믈 ᄒ·시ᄂ·뇨? 므ᄋ·ᄆ·ᆯ 널니시고 병톄(病體)
ᄅ·ᆯ 됴보(調補)161)ᄒ·쇼셔."

싱(生)이 탄왈(歎曰),

"나의 인싱(人生)이 긔구(崎嶇)ᄒ·미 여ᄎ·(如此)ᄒ·고 ᄯ·ᆫ 인뉸(人倫)
의 큰 죄(罪)ᄅ·ᆯ 어더 시시(時時)로 므ᄋ·미 이울고 오장(五臟)이 ᄉ·히
여162) 일병(一病)이 오장(五臟)을 침노(侵撈)163)ᄒ·니 엇디 살기ᄅ·ᆯ 브
라리오? ᄎ·ᆯ하리 죽어 션모친(先母親) 뒤흘 ᄯ·ᆯ오고 셰렴(世念)을 니ᄌ·
미 다힝(多幸)ᄒ·니 ᄌ·(子)ᄂ·ᆫ 싱(生)의 죽은 후(後) 엄친(嚴親)을 뫼와
남은 효(孝)ᄅ·ᆯ 다

---

160) 셔하디탄(西河之歎): 서하지탄. 서하(西河)에서의 탄식이라는 뜻으로 부모가 자식을 잃고 하
는 탄식을 이름. 서하(西河)는 지금의 섬서성(陝西省) 한성현(韓城縣)에서 화음현(華陰縣) 일
대. 중국 춘추시대 공자의 제자 자하(子夏, B.C.508?~B.C.425?)가 공자가 죽은 후 서하(西河)
에 은거하고 있었는데 그 자식이 죽자 슬피 울어 눈이 멀었다는 데서 유래함. 『예기(禮記)』,
「단궁(檀弓)」.

161) 됴보(調補): 조보. 조리하며 보양함.

162) ᄉ·히여: 불이 사그라져서 재가 되어. 삭아.

163) 침노(侵撈): 성가시게 달라붙어 손해를 끼치거나 해침.

호라.”

인(因)호야 손을 잡고 골오디,

“늬 이제 병(病)이 만분지도(萬分之度)164)의 니르러시니 브랄 거시 업는디라. 그디로 더브러 츌하리 흔번(番) 친(親)호고 죽으미 올토다.”

쇼졔(小姐ㅣ) 져의 거동(擧動)을 보매 그 넉시 다 드라나고 거의 속광(屬纊)165)키의 미처시믈 보니 참담(慘憺)흔 뜻디 흉격(胸膈)의 막혀 반향(半晌)을 믁믁(默默)호다가 겨유 졍신(精神)을 졍(靜)호고 고텨 안자 기유(開諭)호야 골오디,

“쳡(妾)이 비록 쇼견(所見)이 암미(暗昧)호고 아는 거시 업스나 그러나 싱각건대 대인(大人)의 셩총(性聰)166)이 부운(浮雲)이 フ리믈 면(免)티 못호시고 군주(君子)의 익운(厄運)이 듕비(重比)167)호여 이에 니르러시나 인주(人子ㅣ) 되여 죽기를 가뵈야이 니르며 부모(父母)의 호시는 일을 깁히 흔(恨)호야 주분필스(自分必死)168)호리오? 쳡(妾)이 그윽이 군주(君子)를 위(爲)

---

164) 만분지도(萬分之度): 대단한 정도.
165) 속광(屬纊): 새 솜을 죽은 사람의 코앞에 대 그 사람의 기운이 끊어졌는지 여부를 살핌. 곧 임종을 이름.
166) 셩총(性聰): 성총. 총명함.
167) 듕비(重比): 중비. 거듭되고 자주 닥침.
168) 주분필스(自分必死): 자분필사. 스스로 반드시 죽으려 생각함.

호야 취(取)티 아니호느니 군주(君子)는 섭공힝난(葉公行難)[169]을 싱
각호샤 모춤니 몸을 조심(操心)호여 타일(他日) 부위[170]주은(父爲子
隱)[171]호는 도리(道理)룰 힝(行)호미 올흐니 이제 듕도(中途)의 죽어
셔하디탄(西河之歎)을 끼치고 스스로 텬딘(千代)의 블효(不孝)혼 죄
인(罪人)이 되려 호시느뇨?"

싱(生)이 칭샤(稱謝) 왈(曰),

"그딘의 フ루치미 주못 올흐니 봉힝(奉行)호려니와 시금(時今)의
니 병(病)이 스싱(死生)의 이시니 엇디 싱도(生道)룰 부라리오? 그딘
는 부모(父母)도 듕(重)커니와 가뷔(家夫ㅣ) 듕(重)호믈 싱각호야 집
심(執心)을 허(許)호야 도라가는 넉슬 위로(慰勞)호라."

셜파(說罷)의 옥슈(玉手)룰 잇그러 침셕(寢席)의 나아오니 쇼제(小
姐ㅣ) 년망(連忙)이 쓰리티고 좌(座)룰 믈너 굴오딘,

"부부유합(夫婦有合)이 썬 잇고 쳐지(妻子ㅣ) 비록 경(輕)호나 쳔
딘(賤待)호믄 가(可)티 아닌디라. 시금(時今)의 군지(君子ㅣ)

---

169) 섭공힝난(葉公行難): 섭공행난. 섭공이 도리를 행하기가 어려움. 섭공은 중국 춘추시대 초나라 섭현(葉縣)의 윤(尹)인 심제량(沈諸梁)으로, 스스로 공(公)이라 일컬었음. 도리를 행하기가 어렵다는 말은 효를 올바로 행하기가 어렵다는 것임.

170) 위: [교] 원문에는 '의'로 되어 있으나 맥락을 고려하여 이와 같이 수정함.

171) 부위주은(父爲子隱): 부위자은. 아버지가 아들을 위해 그 죄를 숨겨 줌. 『논어(論語)』, 「자로(子路)」에 나오는 구절. "섭공이 공자에게 '우리 무리에 몸을 정직하게 행동하는 자가 있으니, 그의 아버지가 양을 훔치자 아들이 그것을 증명하였습니다.'라고 말하니, 공자가 '우리 무리의 정직한 자는 이와 다르다. 아버지가 자식을 위하여 숨겨 주고 자식이 아버지를 위하여 숨겨 주니, 정직함은 그 가운데 있는 것이다.'라고 하였다. 葉公語孔子曰, '吾黨有直躬者, 其父攘羊, 而子證之.' 孔子曰, '吾黨之直者異於是, 父爲子隱, 子爲父隱. 直在其中矣.'"

몸은 인뉸(人倫) 죄인(罪人)으로 국가(國家) 듕쉬(重囚ㅣ)오, 일병(一病)이 고황(膏肓)을 침노(侵擄)ᄒ거늘 어듸로셔 부부(夫婦) 낙ᄉ(樂事)를 싱각ᄒ며 쳡(妾)이 비록 한쳔(寒賤)172)ᄒ나 도로(道路) 역녀(逆旅) 가온듸셔 군ᄌ(君子)의 은인(恩愛)를 밧디 못ᄒ리니 군(君)이 만일(萬一) 블힝(不幸)ᄒᆫ즉 쳡(妾)이 쓀올 거시니 죽어도 명ᄇᆡᆨ(明白)ᄒᆫ 넉시 되기를 원(願)ᄒ고 이러틋 비례곡경(非禮曲徑)173)을 원(願)티 아니ᄒᄂ이다.”

셜파(說罷)의 안ᄉᆡᆨ(顔色)이 뻑뻑ᄒ고 아담(雅淡)ᄒ야 묽은 긔운이 일신(一身)의 ᄀ득ᄒ니 싱(生)이 그 올흔 줄 아나 짐즛 노(怒)ᄒ여 굴오듸,

“그듸 싱(生)의게 박졀(迫切)ᄒ미 이러틋 ᄒ니 싱(生)이 엇디 구구(區區)히 빌니오? 아모리나 ᄒ올지어다.”

셜파(說罷)의 믁연(默然)이 니블을 차 ᄇ리고 향벽(向壁)ᄒ야 누어시니 쇼졔(小姐ㅣ) 져 거동(擧動)이 젼후(前後) 두 사롬이 되야

거의 실셩(失性)키의 다듯라시믈 보고 셜운 ᄯ디 구곡(九曲)이 문허져 믁연(默然) 단좌(端坐ㅣ)러니 이윽고 싱(生)이 니러 안자 흔번(-

---

172) 한쳔(寒賤): 한천. 한미하고 천함.

173) 비례곡경(非禮曲徑): 예법에 맞지 않게 일을 순서대로 정당하게 하지 아니하고 그릇된 수단을 써서 억지로 함을 이르는 말.

番) 눈을 빗기 쪄 쇼져(小姐)를 보고 니블을 거두어 덥고 스매로 눗
츨 벗고 줍드니, 쇼져(小姐)는 믁연(默然)이오 췌174)향이 드러와 굴
오딕,

"노애(老爺ㅣ) 근뉘(近來)의 정신(精神)이 쇼삭(蕭索)175)ᄒᆞ샤 심홰
(心火ㅣ) 계시거늘 쇼져(小姐)는 엇디 그 뜻을 밧디 아니시니잇고?"

쇼졔(小姐ㅣ) 믁연(默然)이러니 이윽고 굴오딕,

"어미 여러 날 근노(勤勞)ᄒᆞ미 이시리니 금야(今夜)는 편(便)히 가
쉬라."

향이 쇼져(小姐)의 이시믈 보고 근심을 덜고 믈너가고 난셤 등(等)
이 댱(帳) 밧긔셔 수후(伺候)176)ᄒᆞ더라.

쟝ᄎᆞᆺ(將次ㅅ) 날이 반밤(半-)이나 되딕 싱(生)이 운동(運動)ᄒᆞ미
업고 등홰(燈火ㅣ) 쇠잔(衰殘)ᄒᆞ니 쇼졔(小姐ㅣ) 스면(四面)으로 도
라보매 근심을 난호리 업

● ● ●

57면

고 셜우믈 고(告)홀 고딕 업ᄂᆞᆫ디라 비록 하희(河海)의 대량(大量)인
들 춤으리오. 야심(夜深)토록 단좌(端坐)ᄒᆞ야 흐ᄅᆞᄂᆞᆫ 눈믈이 옷기슬
적시니, 그 참혹(慘酷)ᄒᆞᆫ 거동(擧動)이 쵹홰(燭火ㅣ) 위(爲)ᄒᆞ야 빗출
변(變)ᄒᆞ니 싱(生)이 자ᄂᆞᆫ 톄ᄒᆞ고 저 긔싁(氣色)을 보고 스스로 그
팔쥐(八字ㅣ) 져러틋 험조(險阻)177)ᄒᆞ믈 잔잉ᄒᆞ야 스매를 앗고 니러

---

174) 췌: [교] 원문에는 '츄'로 되어 있으나 앞의 예를 따라 이와 같이 수정함.

175) 쇼삭(蕭索): 소삭. 생기가 사라짐.

176) 수후(伺候): 사후. 웃어른의 분부를 기다림.

177) 험조(險阻): 지세가 가파르거나 험하여 막히거나 끊어져 있음. 여기에서는 운수가 그렇다는

안자 골오디,

"닉 죽디 아냐셔 지(子ㅣ) 즈레 통곡(慟哭)은 므슴 일이뇨?"

쇼제(小姐ㅣ) 저의 씨닷는 줄 대경(大驚)ㅎ야 급(急)히 눈믈을 거두고 믁연(默然)ㅎ매 한님(翰林)이 손을 잇그러 겨틱 누으믈 권(勸)ㅎ고 골오디,

"내 본디(本-) 근닉(近來)예 심홰(心火ㅣ) 듕(重)ㅎ여 참는 일이 업는 고(故)로 그디의 쯧을 거스리나 엇디 본심(本心)이리오? 편(便)히 누어 쉬고 심스(心思)를 슬오디 말나. 내 엇디 흔

• • •

58면

번(番) 말을 니고 셜스(設使) 죽은들 그디 쯧을 아스리오?"

인(因)ㅎ야 금금(錦衾)을 드리여 덥고 흔가지로 벼개의 디혀 한님(翰林)이 쇼져(小姐)의 옥슈(玉手)를 잡고 익듕(愛重)ㅎ는 졍(情)과 감챵(感愴)흔 쯧이 뉴동(流動)ㅎ야 골오디,

"흔 번(番) 남챵(南昌)의셔 손을 난호고 그 후(後) 어미 젼(傳)ㅎ는 셔간(書簡)을 어드매 싱(生)의 심댱(心腸)이 썻거디고 믜여져 추싱(此生)의 만날 줄 쯧디 아니코 스스로 팔지(八字ㅣ) 긔험(崎險)ㅎ야 그디 갓튼 쳐즈(妻子)를 보젼(保全)티 못ㅎ믈 슬허ㅎ더니 오놀날 싱(生)의 위급지시(危急之時)의 구(救)ㅎ야 싱도(生道)를 엇게 홀 줄 알니오? 이제는 됴호(調護)ㅎ기를 근심ㅎ나 병(病)은 나앗느니 너모 슬허 말나."

인(因)ㅎ여 쇼져(小姐) 잇던 곳과 이에 공교(工巧)이 니릭러시믈

말임.

무르니 쇼졔(小姐]) 한님(翰林)의

이 굿툰 졍亽(情事)를 늣기고 그 심亽(心思]) 울울(鬱鬱)ㅎ믈 념녀
(念慮)ㅎ야 亽약(自若)히 길マ의 뉴리(流離)ㅎ던 줄 亽초디죵(自初至
終)을 니르니 싱(生)이 탄왈(歎曰),

"그딕의 거쳬(居處]) 위급(危急)ㅎ니 가(可)히 텬해(天下]) 너르
나 집이 업고 집이 만흐나 흔 몸 의지(依支)홀 곳 업亽미 그딕를 니
르미로다."

쏘 스亽로 길게 탄왈(歎曰),

"그딕 엇디 날 굿툰 명박지인(命薄之人)을 만나뇨? 부뷔(夫婦])
긔구(崎嶇)흔 팔직(八字]) 만남도 만날샤!"

인(因)ㅎ야 눈믈이 옥(玉) 굿툰 귀 밋티 년낙(連落)[178]ㅎ야 흐르니
쇼졔(小姐]) 심亽(心思]) 버히는 둣ㅎ고 심디(心地) 약(弱)ㅎ여시믈
겁(怯)ㅎ야 쳔亽만녜(千思萬慮])[179] 심간(心肝)을 요동(搖動)ㅎ딕 강
잉(强仍)ㅎ야 졍식(正色) 왈(曰),

"군직(君子]) 당당(堂堂)이 칠(七) 쳑(尺) 남亽(男子)로 셜亽(設使)
심위(心憂]) 이시나 이대도록 ♀녀亽(兒女子)의 우롬은 가(可)티 아
니ㅎ니 스亽로 술펴

---

178) 년낙(連落): 연락. 연이어 떨어짐.
179) 쳔亽만녜(千思萬慮]): 천사만려. 온갖 생각과 염려.

존듕(尊重)ᄒ쇼셔.”

싱(生)이 탄식(歎息) ᄇ답(不答)이러라.

ᄎ야(此夜)ᄅᆞᆯ 디닉고 명일(明日) 역승(驛丞)이 니ᄅ러 문안(問安)ᄒ니 싱(生)이 샤례(謝禮)ᄒ야 ᄀᆞᆯ오ᄃᆡ,

“그ᄃᆡ의 지극(至極)ᄒᆞᆫ 덕(德)을 닙어 작일(昨日)브터 퍽 나으니 이러구러 병(病)이 나을가 ᄒᆞ노라.”

역승(驛丞)이 깃거 쇼져(小姐)ᄅᆞᆯ 향(向)ᄒᆞ야 티샤(致謝)ᄒᆞ야 ᄀᆞᆯ오ᄃᆡ,

“션싱(先生)의 긔특(奇特)ᄒᆞᆫ 의슐(醫術)이 뉴 한님(翰林)의 듕(重)ᄒᆞᆫ 병환(病患)을 곳치니 가(可)히 화타(華佗)[180]ᄅᆞᆯ 블워 아닐노다.”

쇼졔(小姐ㅣ) ᄉ샤(謝辭) 왈(曰),

“이 엇디 쇼싱(小生)의 공(功)이리오? ᄆᆞ춤 샹쳐(傷處)의 묘ᄒᆞᆫ 약(藥)을 년젼(年前)의 이인(異人)을 만나 어엇던 고(故)로 시험(試驗)ᄒᆞ미로소이다.”

한님(翰林)이 쇼져(小姐)ᄃᆞ려 문왈(問曰),

“원늬(元來) 그 약(藥) 일홈이 무엇고?”

쇼졔(小姐ㅣ) 니른ᄃᆡ 역승(驛丞)이 져 이(二) 인(人)의 친친(親親)ᄒᆞᆷ믈 고이(怪異)히 너겨 무ᄅᆞᄃᆡ,

“뉴 노애(老爺ㅣ) 져 션싱(先生)을

---

180) 화타(華佗): ?~208. 중국 후한(後漢) 말기에서 위나라 초기의 명의(名醫). 약제의 조제나 침질, 뜸질에 능하고 외과 수술에 뛰어났으며, 일종의 체조에 의한 양생 요법인 '오금희'를 창안함.

언제 아더냐? 엇디 언어(言語)의 친친(親親)히미 나타나ᄂ뇨?"

한님(翰林) 왈(曰),

"죄인(罪人)이 경ᄉ(京師)의 이실 제 절노 더브러 ᄆ촘 친(親)ᄒ야 아롬이 깁던 고(故)로 이제 요힝(僥倖) 만나믈 다힝(多幸)이 ᄒ엿노라."

역승(驛丞)이 고개 좃고 이윽이 안자다가 나가거ᄂᆯ 쇼제(小姐ㅣ) 그 무샹(無常)¹⁸¹) 츌입(出入)ᄒ믈 블안(不安)ᄒ여ᄒ거ᄂᆯ 한님(翰林)이 쇼왈(笑曰),

"ᄂ니 그ᄃᆡ 겻히 잇고 제 나히 늙으니 므슴 혐의(嫌疑) 이시리오?"

쇼제(小姐ㅣ) 브답(不答)ᄒ더라. 원ᄂᆡ(元來) 이 역승(驛丞)은 니(李)승샹(丞相) 얼뎨(孼弟) 문셩이러라.

한님(翰林)이 ᄆᆞ음을 강잉(强仍)ᄒ고 운수의 긔이(奇異)ᄒᆫ 약(藥)이 쟝부(臟腑)의 드러가매 병셰(病勢) 추도(差度)의 들고 쇼제(小姐ㅣ) 겨ᄐᆡ 이시니 심ᄉ(心思)를 퍽 위로(慰勞)ᄒ여 졈졈(漸漸) 나으니 취¹⁸²)향이 하ᄂᆞᆯ긔 츅슈(祝手)¹⁸³)ᄒ고 쇼제(小姐ㅣ) 텬디(天地)긔 샤례(謝禮)ᄒ더라.

한님(翰林)이 비

---

181) 무샹(無常): 무상. 일정한 때가 없음. 무상시(無常時).
182) 취: [교] 원문에는 '츄'로 되어 있으나 앞의 예를 따라 이와 같이 수정함.
183) 츅슈(祝手): 축수. 두 손을 모아 빎.

록 복듕(腹中)의 경텬위디(經天緯地)184)홀 긔틀이 잇고 당츠시(當此時)ᄒ야 인뉸(人倫)의 슬픔과 민텬(旻天)의 우름185)이 ᄀᆞᆨ죽ᄒ나 위시(氏)ᄅᆞᆯ 만나매 환희(歡喜)ᄒᆞᆫ ᄆᆞ음이 측냥(測量)업서 밤인즉 동금동침(同衾同枕)의 휴슈졉톄(携手接體)186)ᄒ야 디니고 나진즉 서로 담쇼(談笑)ᄒ야 심ᄉᆞ(心思)ᄅᆞᆯ 위로(慰勞)ᄒ니 심ᄉᆞ(心思)ᄅᆞᆯ 쁘ᄂᆞᆫ 일이 업서,

일삭(一朔) 후(後) 여샹(如常)ᄒ니 드듸여 힝장(行裝)을 출혀 슈줘로 갈ᄉᆡ 쇼졔(小姐ㅣ) 하딕(下直)ᄒᆞᆫ딕 싱(生)이 놀나 왈(曰),

"이제 텬힝(天幸)으로 그ᄃᆡᄅᆞᆯ 만나니 ᄎᆞ후(此後) ᄉᆞ싱(死生)의 서로 ᄯᅥ나디 말고져 ᄒ거ᄂᆞᆯ 엇디 하딕(下直)ᄒᆞᄂᆞ뇨?"

쇼졔(小姐ㅣ) 읍왈(泣曰),

"쳡(妾)이 ᄯᅩᄒᆞᆫ 녀ᄌᆡ(女子ㅣ) 되야 가군(家君)의 ᄉᆞ싱(死生)을 ᄯᆞᆯ오고져 아니ᄒ리오마ᄂᆞᆫ 쳡(妾)이 존구(尊舅)ᄅᆞᆯ 긔망(欺罔)187)ᄒ고 강호(江湖)의 뉴락(流落)188)ᄒᆞᆫ 몸이 엇디 군ᄌᆞ(君子)의 곳의 안연(晏然)이 ᄒᆞᆫ가지로 이

---

184) 경텬위디(經天緯地): 경천위지. 온 천하를 조직적으로 잘 계획하여 다스림.

185) 민텬(旻天)의 우름: 민천의 울음. 하늘을 우러러 울부짖음. 부모에게서 박대를 받으나 오히려 효도를 다하는 자식의 울음. 중국 고대 순(舜)임금이 제위에 오르기 전에 부모에게 효도를 다하지만 오히려 박대를 받아 하늘을 보고 울부짖었다는 데서 유래함. 『서경(書經)』, 「대우모(大禹謨)」에 "순 임금이 처음 역산에서 농사지을 때에 밭에 가서 날마다 하늘과 부모에게 울부짖어 죄를 떠맡고 악을 자신에게 돌렸다. 帝初于歷山, 往于田, 日號泣于旻天于父母, 負罪引慝."라는 구절이 있음.

186) 휴슈졉톄(携手接體): 휴수접체. 손을 이끌고 몸을 서로 붙임.

187) 긔망(欺罔): 기망. 남을 속여 넘김.

188) 뉴락(流落): 유락. 자기 고향이 아닌 고장에서 삶.

시리오? 쏘 군지(君子ㅣ) 인뉸(人倫)의 큰 죄(罪)룰 므릅쓰고 쳐즈(妻子)룰 뉴렴(留念)ᄒᆞᆷ이 가(可)티 아니ᄒᆞ니 군즈(君子)는 무ᄉᆞ(無事)히 젹소(謫所)의 가샤 고요히 졍신(精神)을 치고 ᄆᆞᄋᆞᆷ을 ᄀᆞ다듬아 안졍(安靜)이 머므르시다가 하ᄂᆞᆯ이 도으시믈 닙어 븍(北)으로 도라가 텬뉸(天倫)을 온젼(穩全)이 ᄒᆞ쇼셔. 쳡(妾)의 잇ᄂᆞᆫ 곳의 분호(分毫) 허슈189)ᄒᆞᆷ이 업서 빅(百) 년(年)을 머믈 고디니 타일(他日) 존구(尊舅) 명(命)으로 쳡(妾)을 ᄎᆞᄌᆞ실진대 맛당이 문하(門下)의 나아가 쓰레질 ᄒᆞ여도 ᄉᆞ양(辭讓)티 아니려니와 이제 군(君)을 조ᄎᆞ믄 만만(萬萬) 가(可)티 아니ᄒᆞ니 군즈(君子)는 즈시 슬피쇼셔."

싱(生)이 텽파(聽罷)의 탄식(歎息) 왈(曰),

"너 반싱(半生)을 경셔(經書)를 닑어 엇디 그ᄃᆡ 소견(所見)만 못ᄒᆞ뇨? 그ᄃᆡ 말을 드르니 이ᄂᆞᆫ 싱(生)의 놉흔 스싱이라 엇디 등한(等閑)ᄒᆞᆫ 쳐즈(妻子)로 알니오?

ᄎᆞ싱(此生)의 긔구(崎嶇)ᄒᆞᆷ이 만흐니 만일(萬一) 다시 만나디 못홀진ᄃᆡ 구쳔(九泉)190)의 가 보믈 원(願)ᄒᆞ노라."

쇼졔(小姐ㅣ) 졍ᄉᆡᆨ(正色) 왈(曰),

"샹공(相公)이 엇디 언츰(言讖)191)의 해로오믈 싱각디 아니시ᄂᆞ뇨?

---

189) 허슈: 짜임새나 단정함이 없이 느슨함.

190) 구쳔(九泉): 구천. 땅속 깊은 밑바닥이란 뜻으로, 죽은 뒤에 넋이 돌아가는 곳을 이르는 말.

191) 언츰(言讖): 언참. 미래의 사실을 꼭 맞추어 예언하는 말.

청춘(靑春)이 머럿고 텬되(天道ㅣ) 슌환(循環)ᄒᆞ믈 됴히 너기시니 ᄆᆡ양 이러ᄒᆞ리오? 다만 쳔금(千金) 듕신(重身)을 보듕(保重)ᄒᆞ샤 타일(他日)을 기ᄃᆞ리쇼셔."

싱(生)이 읍샤(泣謝) 왈(曰),

"삼가 ᄀᆞᄅ치믈 잇디 아니ᄒᆞ리라. 연(然)이나 ᄌᆞ(子)의 잇ᄂᆞᆫ 곳이 군산(君山)이냐, 도관(道觀)이냐?"

쇼졔(小姐ㅣ) 옥농관(--觀)을 니ᄅᆞ니 싱(生) 왈(曰),

"ᄎᆞᆺ기ᄂᆞᆫ 쉽도다. 싱(生)이 만일(萬一) 타일(他日) 텬은(天恩)을 ᄉᆞ여 븍(北)으로 도라갈 적 부인(夫人)을 ᄃᆞ려가리니 그ᄃᆡᄂᆞᆫ 쇼싱(小生)의 몸을 앗기거든 옥질(玉質)을 보듕(保重)ᄒᆞ라."

쇼졔(小姐ㅣ) 흔연(欣然) 왈(曰),

"쳡(妾)의 머므ᄂᆞᆫ 도관(道觀)이 별유건곤(別有乾坤)이오, 쥬인(主人) 도ᄉᆞ(道士) 도졍

과 운식 ᄃᆡ졉(待接)ᄒᆞ믈 극진(極盡)이 ᄒᆞ니 졍(正)히 죽을가 겁(怯)이 나ᄂᆞ니 ᄯᅩ 엇디 죽기를 원(願)ᄒᆞ리오? 군ᄌᆞ(君子) 말ᄉᆞᆷᄃᆡ로 타일(他日) 풍운(風雲)의 길시(吉時)를 만나 뒤흘 ᄯᆞᆯ오리니 쳡(妾)을 념녀(念慮) 말으시고 ᄆᆞᄎᆞᆷᄂᆡ 무양(無恙)[192]ᄒᆞ쇼셔."

한님(翰林)이 탄식(歎息)ᄒᆞ고 가연(慨然)이 니별(離別)ᄒᆞ고 취[193]향이 두 ᄯᆞᆯ과 쇼져(小姐)를 붓들고 실셩통곡(失聲慟哭)ᄒᆞ니 한님(翰林)

---

192) 무양(無恙): 몸에 병이나 탈이 없음.

193) 취: [교] 원문에는 '츄'로 되어 있으나 앞의 예를 따라 이와 같이 수정함.

이 참연(慘然) 왈(日),

"어미 난셤 등(等)을 쩌나기 어려올진대 이곳의셔 쩌디미 엇더뇨?"

향이 울고 왈(日),

"비직(婢子ㅣ) 엇디 져근 ᄉ졍(私情)으로 노야(老爺)를 쩌나리오?"

쇼졔(小姐ㅣ) 쏘흔 타루(墮淚) 왈(日),

"금일(今日) 셔로 분슈(分手)ᄒ매 만날 긔약(期約)이 업ᄉ니 초슈(楚囚)의 우름194)을 춤으리오? 니 몸은 산간(山間)의 깃드려 죠곰도 위태(危殆)ᄒ미 업ᄂ니 유랑(乳娘)은 샹공(相公)을 뫼셔 보듕(保重)ᄒ

●●●

66면

라."

향이 손을 난호니 한님(翰林)이 이쌔 심ᄉ(心思ㅣ) 측냥(測量)업서 역시(亦是) 셩안(星眼)의 믈결이 요동(搖動)ᄒ야 밧그로 나가니,

쇼졔(小姐ㅣ) 쏘흔 난셤 등(等)으로 더브러 옥농관(--觀)으로 가고 한님(翰林)은 공ᄎ(公差)와 ᄒ가지로 슈줘로 가니 역승(驛丞)이 이십(二十) 니(里)의 와 니별(離別)ᄒ고 힝냥(行糧)195)을 풍죡(豐足)히 돕더라.

___

194) 초슈(楚囚)의 우름: 초수의 울음. 고초 받는 죄수의 울음. 곤경에 빠져 어찌할 수 없는 상태를 비유한 말. 초수대읍(楚囚對泣) 또는 초수상대(楚囚相對). 남조(南朝) 송(宋) 유의경(劉義慶)의 『세설신어(世說新語)』, 「언어(言語)」에 나옴. "강을 건넌 사람들이 매양 날씨 좋은 날을 만나면 문득 새로운 정자에서 서로 만나 자리를 깔고 잔치를 벌였다. 주후(周侯)가 앉아서 탄식하기를, '풍경은 달라지지 않았건만 참으로 산과 강은 다름이 있구나!'라고 하니 모두 서로 바라보며 눈물을 흘렸다. 오직 왕 승상 도(導)만이 정색하고 말하였다. '마땅히 모두 힘을 합쳐 왕실을 재건하고 전국을 회복해야 하거늘 어찌 고초 받는 죄수처럼 서로 보고만 있단 말인가?' 過江諸人, 每至美日, 輒相邀新亭, 藉卉飮宴. 周侯坐而歎曰, '風景不殊, 正自有山河之異.' 皆相視流淚. 唯王丞相愀然變色曰, '當共戮力王室, 克復神州, 何至作楚囚相對?'"

195) 힝냥(行糧): 행량. 길을 갈 때 먹을 양식.

한님(翰林)이 슈쥐 니르매 태슈(太守ㅣ) 크게 반겨 유벽(幽僻)[196] 혼 집을 서릭져 머므릭고 딕졉(待接) 호믈 후(厚)히 호며 그째 병(病)이 듕(重)혼 거슬 브리고 와 용녀(用慮) 호던 쏫을 니릭니 한님(翰林)이 샤례(謝禮) 호믈 마디아니호고,

인(因) 호야 고요히 머므러 심수(心思)롤 관억(寬抑)[197] 호고 새로이 셩니(性理)롤 줌심(潛心) 호야 텬디(天地) 조화(造化)롤 복듕(腹中)의 장(藏) 호고 몸이 무수(無事) 호니 별단(別段) 근심이 업수나 샹샹(常常) 븍(北)으로 브라

• • •

67면

보와 수향지심(思鄕之心)이 일일(日日) 심고(深高) 호더라.

각셜(却說). 니(李) 녜부(禮部) 형데(兄弟) 뉴 한님(翰林)을 니별(離別) 호고 집의 드러와 모든 딕 뉴싱(-生)의 참담(慘憺) 혼 경샹(景狀)과 뉴 공(公)의 블쵸(不肖) 호믈 니릭고 통혼(痛恨)[198] 호믈 마디아니호니 연왕(-王)이 굴오딕,

"당년(當年)의 뉴노(-奴)의 죄역(罪逆)[199]이 여산(如山) 호여 텬일(天日) 보미 어려올 거시어늘 현명의 지극(至極) 혼 효심(孝心)과 용녁(用力)으로 비로셔 그 몸이 고토(故土)의 도라왓누니 오눌날 대역부도(大逆不道)[200]로 모함(謀陷) 호여 그 몸을 킹참(坑塹)[201]의 너흐니

---

196) 유벽(幽僻): 한적하고 외짐.

197) 관억(寬抑): 격한 감정을 너그럽게 억제함.

198) 통혼(痛恨): 통한. 몹시 분하거나 억울하여 한스럽게 여김.

199) 죄역(罪逆): 이치에 거슬리는 큰 죄.

200) 대역부도(大逆不道): 임금이나 나라에 큰 죄를 지어 도리에 크게 어긋나 있음. 또는 그런 짓.

당년(當年) 일은 쇼싀(小事ㅣ)랏다."

녜부(禮部) 등(等)이 탄식(歎息)ᄒ고 하람공(--公) 등(等)이 블측
(不測)202)히 너기더라.

형부샹셔(刑部尙書) 댱옥지는 하람공(--公) 쳐남(妻男)이오, 이셰
문의 외구(外舅)203)니 뉴 한님(翰林)의 이런 일을 ᄌ시 알고 통히(痛
駭)ᄒ여 탑젼(榻前)의 주

◦●●

68면

달(奏達)ᄒᄃᆡ,

"법(法)은 본ᄃᆡ(本-) ᄉ싀(私私ㅣ) 업고 연좌(連坐)ᄒ는 뉴(類)ᄂᆞᆫ 본
ᄃᆡ(本-) 국톄(國體) 뎟뎟ᄒ니 이제 한님혹ᄉ(翰林學士) 뉴현명이 인뉸
대죄(人倫大罪)룰 범(犯)ᄒ매 홀노 그 동싱(同生)을 군녈(群列)의 두
리잇고? 삭직(削職)ᄒ미 가(可)ᄒ이다."

샹(上)이 윤죵(允從)ᄒ시다.

이쩨 현익, 셜최로 동심(同心)ᄒ야 한님(翰林)을 죽을 고ᄃᆡ 녀코 쏘
ᄌ긱(刺客)을 보닉니 슈급(首級)을 가져오미 의심(疑心) 업ᄉ리라 아
라 양양ᄌ득(揚揚自得)ᄒ더니 홀연(忽然) 댱 공(公)의 소계(疏啟)204)
극(極)히 엄쥰(嚴峻)205)ᄒ야 삭직(削職)ᄒ니 크게 분(憤)ᄒ나 날호여
쓰이기룰 ᄇ라고 아딕 슈듕(手中)의 ᄌ믈(財物)이 만흔 고(故)로 뉴

---

201) 킹참(坑塹): 갱참. 깊고 길게 파 놓은 구덩이.

202) 블측(不測): 불측. 마음이 음흉함.

203) 외구(外舅): 외삼촌.

204) 소계(疏啟): 임금에게 올리는 글.

205) 엄쥰(嚴峻): 엄준. 매우 엄하고 세참.

공(公)과 셜최롤 드리고 듀야(晝夜) 잔치ᄒ니 ᄉ듁관현(絲竹管絃)[206]이 긋친 ᄴ 업더라.

츠시(此時) 각 시(氏)ᄂᆞᆫ ᄆᆞᄎᆞᆷ 친정(親庭)의 갓다가 도라와 한님(翰林)의 원젹(遠謫)[207]ᄒᆞᆯ믈 알고 크게 놀나 심ᄉᆞ(心思ㅣ)

● ● ●

69면

어린 ᄃᆞᆺᄒ거ᄂᆞᆯ 각졍이 각완을 쵹(囑)ᄒᆞ야 기가(改嫁)ᄒᆞ야 보ᄂᆡ라 ᄒᆞ니 각완이 즉시(卽時) 제 친우(親友) 뉵뎡의 아ᄃᆞᆯ과 졍혼(定婚)ᄒᆞ고 ᄯᆞᆯ을 보아 니ᄅᆞ니 각 시(氏) 울고 닐오ᄃᆡ,

"늬 엇디 ᄎᆞᆷ아 두 셩(姓)을 셤기리오?"

각졍이 글오ᄃᆡ,

"딜ᄋᆡ(姪兒ㅣ) 그릇 아랏도다. 뎌 뉴 한님(翰林)이 죄(罪)ᄅᆞᆯ 강상(綱常)의 엇고 인믈(人物)이 실셩(失性)ᄒᆞ야 ᄯᅩ 졀역(絕域)의 ᄂᆡ티여시니 ᄉᆡᆼ환(生還)ᄒᆞᆷ믄커니와 살기ᄅᆞᆯ 밋디 못ᄒᆞᆯ 거시니 딜ᄋᆡ(姪兒ㅣ) 헛도이 홍안(紅顔)을 공숑(空送)ᄒᆞ려 ᄒᆞᄂᆞ뇨?"

각 시(氏) 견집(堅執)[208]ᄒᆞ여 듯디 아냐 왈(曰),

"죽으면 홀일업거니와 사라셔ᄂᆞᆫ 늬 ᄎᆞᆷ아 그 옥모뉴풍(玉貌柳風)[209]을 잇고 두 셩(姓)을 셤기디 못ᄒᆞ리로다."

각졍이 홀일업서 각완으로 계교(計巧)ᄅᆞᆯ 의논(議論)ᄒᆞ고 졍일(定

---

206) ᄉ듁관현(絲竹管絃): 사죽관현. 관악기와 현악기.

207) 원젹(遠謫): 원적. 멀리 귀양을 감.

208) 견집(堅執): 의견을 바꾸지 않고 굳게 지님.

209) 옥모뉴풍(玉貌柳風): 옥모유풍. 옥 같은 외모와 버들 같은 풍모라는 뜻으로 남자의 잘생긴 외모를 비유하는 말.

日)의 각완이

70면

사람을 보니여 뉴 공(公)긔 각 시(氏) 보니믈 청(請)ᄒ니 뉴 공(公)이 허락(許諾)ᄒᆞᆫ대,

각 시(氏) 즉시(卽時) 하딕(下直)ᄒ고 제 집으로 가더니, 듕노(中路)의셔 뫼셔 가니 이는 뉵개(-哥ㅣ)라. 뉵싱(-生)으로 전안(奠雁)²¹⁰⁾ 교빈(交拜)ᄒ니 각 시(氏) 부야흐로 소긴 줄 알고 대로(大怒)ᄒ나 뉵싱(-生)의 우인(爲人)이 쳥슈(淸秀)ᄒ고 미뫼(美貌ㅣ) 싸혀나믈 관심(寬心)²¹¹⁾ᄒ야 발악(發惡)을 아니ᄒ고 동방(洞房)의 드러가매 뉵개(-哥ㅣ) 각 시(氏)의 ᄌᆞᄉᆡᆨ(姿色)을 혹(酷)ᄒ야 견권이듕(繾綣愛重)²¹²⁾ᄒ니 각 시(氏) 뉴 한님(翰林)으로 더브러 죵시(終是) 운우지락(雲雨之樂)²¹³⁾을 일우디 못ᄒ엿다가 ᄌᆞ못 환희(歡喜)ᄒ여 ᄎᆞ후(此後) 다른 념(念)이 업더라.

이쌔 녀롬이 진(盡)ᄒ고 ᄀᆞ을이 깁흔 후(後) 김샹위 군산(君山)으로브터 도라와 현이를 보니 현이 크게 깃거 므르되,

"네 한님(翰林)의 슈급(首級)을 가져

---

210) 전안(奠雁): 전안. 혼인 때 신랑이 신부 집에 기러기를 가져가서 상위에 놓고 절하는 예.

211) 관심(寬心): 마음을 놓음.

212) 견권이듕(繾綣愛重): 견권애중. 사랑하는 정이 매우 깊음.

213) 운우지락(雲雨之樂): 구름과 비를 만나는 즐거움이라는 뜻으로, 남녀의 정교(情交)를 이르는 말. 중국 초나라의 회왕(懷王)이 꿈속에서 자신을 무산(巫山)의 여자라 소개한 여인과 잠자리를 같이했는데, 그 여인이 떠나면서 아침에는 구름이 되고 저녁에는 비가 되어 양대(陽臺) 아래에 있겠다고 했다는 고사에서 유래함. 『문선(文選)』에 실린 송옥(宋玉)의 <고당부(高唐賦)>에 나오는 이야기.

온다?"

샹위 고두(叩頭)호고 굴오딕,

"노애(老爺ㅣ) 이 셔간(書簡)을 보시면 알으시리이다."

현이 경아(驚訝)²¹⁴⁾호야 즉시(卽時) 쩌혀 보니 굴와시딕,

'우형(愚兄)이 목숨이 하늘의 이시니 너 현이 죽일 배 아니라. 이제 샹유를 잡고 우형(愚兄)이 죽기를 면(免)호매 쾌(快)히 관부(官府)의 정(呈)홀 거시로딕 슈족(手足)의 정(情)을 도라보아 긋치느니 츠후(此後) 서의(鉏鋙)²¹⁵⁾호 계교(計巧)를 긋치라.'

호엿더라.

현이 보기를 뭇고 신쇽(神色)이 져상(沮喪)²¹⁶⁾호니 이는 대강(大綱) 뉴 태슈(太守ㅣ) 놈과 결원(結怨)²¹⁷⁾호기 슬희여 짐즛 한님(翰林)의 말노 호엿더라. 현이, 김샹위 긔쇽(氣色)을 알가 두려 다른 말 아니코 시녀(侍女)를 블너 쥬찬(酒饌)을 내여다가 원노(遠路)의 슈고호믈 샤례(謝禮)호고 큰 그릇새 술을

부어 주어 굴오딕,

---

214) 경아(驚訝): 놀라고 의아해함.

215) 서의(鉏鋙): 서어. 익숙하지 아니하여 서름서름함.

216) 져상(沮喪): 저상. 기운을 잃음.

217) 결원(結怨): 원한을 맺음.

"네 여러 둘 근노(勤勞)하므로 일비쥬(一杯酒)로 표(表)하노라."

샹위 흔연(欣然)이 바다먹더니 이윽고 그릇슬 더지고 피롤 흘니고 즉스(卽死)하니 이는 현이 샹유의 일을 일우디 못하고 와시믈 보고 힝혀(幸-) 현누(現漏)[218]홀가 하여 티독[219](置毒)[220]하엿더니 죽으믈 보고 크게 깃거 시신(屍身)을 가족의 빠다가 한강(-江)의 쯰오고,

부야흐로 셜 한님(翰林)으로 더브러 졀티(切齒)하야 굴오디,

"흉(凶)한 뉴(類)의 목숨이 이디도록 댱구(長久)하뇨? 제 만일(萬一) 이실진대 싱(生)의 일싱(一生)이 편(便)티 아니리니 악댱(岳丈)은 다시 구원지계(救援之計)[221]룰 싱각하시미 엇더하니잇고?"

한님(翰林)이 굴오디,

"져즈음긔 십주가(十字街) 거리룰 디나더니 딕쥐 새로 온 호한(豪漢)[222] 일(一) 인(人)이 무예(武藝) 긔특(奇特)하야 뎐샹(廛上)[223]

◦●●

73면

의셔 사름 빅여(百餘) 인(人)을 디우디 죠곰도 슈습(收拾)디 아니하니 닉 후일(後日) 쓸 고지 이실가 그 쥬인(主人)을 믓고 왓느니 가(可)히 가 블너오라."

현이 즉시(卽時) 심복(心腹) 노주(奴子)룰 명(命)하야 가 블너오니

---

218) 현누(現漏): 현루. 일이 누설됨.
219) 독: [교] 원문에는 '옥'으로 되어 있으나 문맥을 고려해 규장각본(9:50)과 연세대본(9:72)을 따름.
220) 티독(置毒): 치독. 음식에 독약을 넣음.
221) 구원지계(救援之計): 구원할 계책.
222) 호한(豪漢): 의협심이 많은 사람.
223) 뎐샹(廛上): 전상. 가게.

기인(其人)이 신댱(身長)이 구(九) 쳑(尺)이오 눈이 프르고 입이 모디고 나로시 길고 위풍(威風)이 긔특(奇特)ᄒ더라. 셩명(姓名)은 송샹긔니 쳠하(檐下)로 오르ᄂ리기를 ᄌ최 업시 ᄒ더라. 현이 크게 깃거 쳔금(千金)을 주고 소원(所願)을 니르니 샹긔 깃거 ᄀᆞ로ᄃᆡ,

"이는 묘쟝(妙將)224)이라. 흔번(-番) 간즉 현명의 머리 엇기를 ᄂ 못치 것내듯 ᄒ리라."

현이 ᄌ지삼(再三) 칭샤(稱謝)ᄒ고 당부(當付)ᄒ니 샹긔 즉시(卽時) 슈쥐로 가니라.

어시(於時)의 니(李) 샹셰(尙書ㅣ) 경문의 쇼식(消息)을 드른 후(後)브터 ᄆᆡ양 ᄆᆞ음이 울울(鬱鬱)ᄒ야 ᄎᆞ

• • •

74면

기를 싱각ᄒᄃᆡ 소휘(-后ㅣ) 병셰(病勢) 미류(彌留)225)ᄒ니 감히(敢-) 쪄나디 못ᄒ더니,

신츈(新春)을 만나니 휘(后ㅣ) 향ᄎ(向差)ᄒ고 일긔(日氣) 훈화(薰和)226)ᄒ야 길 가기 됴흔 째라. 샹셰(尙書ㅣ) ᄠᅳᆺ을 결(決)ᄒ야 부모(父母) 안젼(案前)의 나아가 고(告)ᄒᄃᆡ,

"ᄒᆡ이(孩兒ㅣ) 근ᄂᆡ(近來)의 심ᄉᆞ(心思ㅣ) 울울(鬱鬱)ᄒ고 벼슬이 ᄆᆞ춤 업ᄉᆞ니 고향(故鄕)의 가 잠간(暫間) ᄃᆞᆫ녀오고져 ᄒᄂᆞ이다."

왕(王)이 허락(許諾)ᄒ니 샹셰(尙書ㅣ) ᄇᆡ샤(拜謝)ᄒ고 힝장(行裝)

---

224) 묘쟝(妙將): 묘장. 신묘한 장수.
225) 미류(彌留): 병이 오래 낫지 않음.
226) 훈화(薰和): 따뜻함.

을 출혀 발힝(發行)홀식 부모(父母) 존당(尊堂)의 하딕(下直)고 문(門)을 나,

몬져 남창(南昌)의 니르러 태슈(太守)를 보고 경문의 쇼식(消息)을 무른대 태쉬(太守ㅣ) 굴오딕,

"쇼관(小官)이 져년(-年)으로브터 이제 니르히 셩듕(城中) 셩외(城外) 가가호호(家家戶戶)히 수검(搜檢)ᄒ딕 그런 아희(兒孩) 사니 업다 ᄒ니 후의(厚誼)를 져ᄇ리믈 붓그리ᄂ이다."

샹셰(尙書ㅣ) 텽파(聽罷)의 탄식(歎息)ᄒ고 디향(指向)

75면

ᄒ야 ᄎ즐 고디 업서 싱각ᄒ딕,

'대쥐 가 송상집을 ᄎ즈면 가(可)히 경문을 어드리라.'

ᄒ고 미복(微服)으로 건녀(健驢)[227]를 모라 딕쥐로 향(向)ᄒ더니, 길히 슈쥐를 디나ᄂ디라 잠간(暫間) 인마(人馬)를 도로혀 경문을 보려 ᄒ더라.

화셜(話說). 뉴 한님(翰林)이 젹거(謫居)ᄒ연 지 이(二) 년(年)의 니르니 태쉬(太守ㅣ) 딕졉(待接)이 후(厚)ᄒ고 ᄆ음을 쾌(快)히 ᄒ고 시ᄉ(詩詞)의 ᄆ음을 붓치나 고요히 심ᄉ(心思)를 싱각ᄒ매 몸의는 동히슈(東海水)를 가져 벗디 못홀 죄명(罪名)을 시러 흔 목숨이 이역변히(異域邊海)의 나는 닙히 되여 ᄉ면(四面)을 도라 의뢰(依賴)홀 고디 업고 ᄎ칭(此生)의 븍(北)으로 도라가 뉸샹(倫常)을 온젼(穩全)이 ᄒ미 어려오니 이 졍(正)히 쵸(楚)나라 술이 근심을 닛기 어렵고 놋

---

227) 건녀(健驢): 건려. 병 없이 튼튼한 나귀.

(魯)나라

곡되(曲調ㅣ) 슈심(愁心)을 썰티기 어려온디라. 쇽절업시 머리를 두로 혀 븍(北)을 브라보매 운산(雲山)이 알풀 ᄀ리오고 애각(涯角)228)이 뇨연(寥然)229)ᄒ야 남븍(南北) 쳔(千) 니(里)의 쳥죄(靑鳥ㅣ)230) 신(信)을 젼(傳)티 아니니 슬픈 심ᄉ(心思ㅣ) 일일(日日) 층가(層加)ᄒ야 거년(去年) 동(冬)으로브터 신딜(身疾)이 미류(彌留)231)ᄒ야 춘졍월(春正月)의 니ᄅ니 심ᄉ(心思ㅣ) ᄶ로 아득ᄒ고 피 토(吐)키를 긋티디 아니ᄒ니 태쉬(太守ㅣ) 즈로 니ᄅ러 졍셩(精誠)으로 됴호(調護)232)ᄒ나 가감(加減)이 업더니,

상원(上元)233) 가졀(佳節)의 니ᄅ니 졍(正)히 눈이 석어 ᄂ리고 일긔(日氣) 훈화(薰和)ᄒ며 일향(一鄕) 인민(人民)이 등(燈)을 믿드라 쳐쳐(處處)의 들고 길ᄀ의 ᄒᄌ(孩子)234)의 노롬이 진동(震動)ᄒ니 태쉬(太守ㅣ) 니ᄅ러 쳥(請)ᄒ야 굴오디,

"형(兄)의 병(病)이 울울(鬱鬱)ᄒ기로 병근(病根)이 이심(已甚)235)ᄒ여시니 오늘 잠간(暫間) 뒤동산의 올

---

228) 애각(涯角): 아주 먼 궁벽한 곳.

229) 뇨연(寥然): 요연. 깊음.

230) 쳥죄(靑鳥ㅣ): 청조. 선녀 서왕모 곁에 있으면서 소식을 전한다는 파랑새.

231) 미류(彌留): 병이 오래 낫지 않음.

232) 됴호(調護): 조호. 환자를 잘 보양하여 병의 회복을 빠르게 함.

233) 상원(上元): 상원. 도교에서, '대보름날'을 이르는 말.

234) ᄒᄌ(孩子): 해자. 어린아이.

235) 이심(已甚): 너무 심함.

나 히수(解愁)236)ㅎ미 엇더ㅎ뇨?"

싱(生)이 츄연(惆然) 탄식(歎息) 왈(曰),

"죄인(罪人)은 인뉸(人倫) 죄인(罪人)이라 엇디 유완(遊玩)237)의 경(景)이 이시리오?"

태쉬(太守ㅣ) 지삼(再三) 근쳥(懇請)ㅎ니 싱(生)이 마디못ㅎ야 막 딕를 쓰을고 동산의 올나 두로 보매 슈쥐 원뇌(元來) 번화지디(繁華 之地)라 사룸마다 굿 보기를 위업(爲業)ㅎ고 가매 동(東)으로 가며 셔(西)로 가 극(極)히 풍셩(豊盛)ㅎ고 빅슈(白叟)238)로브터 ᄋ동주졸 (兒童走卒)이 다 노뤼 브르고 왕뇌(往來)ㅎ니 한님(翰林)이 상연(傷 然)이 눈믈을 느리오고 북(北)을 브라보아 넉술 술오니 태쉬(太守ㅣ) 겻흐로조차 보고 위로(慰勞)ㅎ야 굴오디,

"형(兄)의 ᄉ친지심(思親之心)은 효(孝)의 근원(根源)이라 ᄒ려니 와 그러나 속졀업슨 심ᄉ(心思)눈 브졀업도다."

한님(翰林)이 아라듯고 츄연(惆然) 탄식(歎息)이러라.

져므도록 완경(玩景)239)ㅎ다가

셕양(夕陽)의 하쳐(下處)의 도라와 심식(心思ㅣ) 더옥 울울(鬱鬱)ㅎ

---

236) 히수(解愁): 해수. 근심을 풂.
237) 유완(遊玩): 노닐며 즐김.
238) 빅슈(白叟): 백수. 노인.
239) 완경(玩景): 경치를 구경함.

야 야심(夜深)토록 자디 못ᄒ엿다가 잠간(暫間) 눈을 굼으니 일위(一位) 부인(夫人)이 왕후(王后)의 복식(服色)으로 알픿 섯거놀 놀나 뭇고져 ᄒ 적 김 부인(夫人)이 겨틱 잇다가 나와 손을 잡고 글오디,

"경문아, 금일(今日)이야 셰샹시(世上事ㅣ) 뉸회(輪回)ᄒᄆᆯ 아는다?"

한님(翰林)이 황망(慌忙)이 이러나 붓들고 셜운 말을 ᄒ고져 ᄒ니 김 부인(夫人)이 손을 저어 왈(曰),

"네 아니 닐너도 늬 아ᄂ니 네 다만 늬 ᄌ식(子息) 아닌 줄 아ᄂ냐?"

ᄉᆡᆼ(生)이 놀나 왈(曰),

"ᄒᆡ이(孩兒ㅣ) 엇디 모친(母親) ᄌ식(子息)이 아니리오?"

김 부인(夫人)이 홀연(忽然) 쳑쳑(慼慼)[240]ᄒ 빗출 먹음고 닐오디,

"늬 인간(人間)의 이실 적 각졍의게 춍(寵)을 아이고 ᄒ 낫 ᄉ속(嗣續)[241]이 업ᄉ니 후ᄉ(後嗣)를 넘녀(念慮)ᄒ

•••

79면

야 가군(家君)이 경ᄉ(京師)의 간 ᄉ이예 너를 어더 길너시니 그 늅의 ᄌ식(子息)으로 늬 ᄌ식(子息)이라 ᄒᄆᆯ 텬되(天道ㅣ) 노(怒)ᄒ샤 늬 목숨을 아ᄉ시고 네 젼ᄉᆼ(前生) 죄벌(罪罰)이 듕(重)ᄒ 고(故)로 뉴 공(公)의 아돌이 되야 허다(許多) 험난(險難)을 겻그미 텬졍(天定)ᄒ 쉬(數ㅣ)니 너는 ᄒ(恨)티 말고 본부모(本父母)를 ᄎ자 영화(榮華)를 누릴 적 무쥬고혼(無主孤魂)[242]을 일일(日日)의 ᄒ 잔(盞) 술노 위

---

240) 쳑쳑(慼慼): 척척. 슬픈 모양.

241) ᄉ속(嗣續): 사속. 대를 이을 아들.

242) 무쥬고혼(無主孤魂): 무주고혼. 자손이나 모셔 줄 사람이 없어서 떠돌아다니는 외로운 혼령.

로(慰勞)ᄒ라.”

그 왕후(王后)를 ᄀᆞᄅ쳐 왈(曰),

“이거시 너의 모친(母親)이오 금명간(今明間)의 네 형(兄)이 와 ᄎᆞ
ᄌᆞ리라.”

싱(生)이 이 말을 듯고 급(急)히 그 부인(夫人)을 향(向)ᄒ야 절ᄒ고
굴오ᄃᆡ,

“쇼ᄌᆡ(小子ㅣ) 진실노(眞實-) 모친(母親) ᄌᆞ식(子息)이 아닐진ᄃᆡ 셩
시(姓氏) 거쥬(居住)를 니ᄅᆞ쇼셔.”

김 시(氏) 왈(曰),

“이ᄂᆞᆫ ᄌᆞ연(自然) 알 거시니 번거히 니ᄅᆞ디 아니커니와 취243)향ᄃᆞ
려 무ᄅᆞ라. 취244)

· ● ●

80면

향이 날 위(爲)ᄒᆞᆫ ᄯᅳ시 너를 고ᄒᆡᆼ(苦行)을 격게 ᄒᆞᆯ지언졍 본젹(本跡)
을 니ᄅᆞ디 아니ᄒᆞ니 구쳔(九泉)의 감격(感激)ᄒᆞ미 젹으리오?”

ᄯᅩ 가슴을 두ᄃᆞ려 크게 우러 왈(曰),

“오늘날 ᄉᆞ셰(事勢) 마디못ᄒᆞ야 너를 닉 ᄌᆞ식(子息) 아닌 줄 붉히
매 네 ᄆᆞ음이 이후(以後) 본부모(本父母)의게 이시리니 무쥬고혼(無
主孤魂)이 눌을 의지(依支)ᄒᆞ리오? 이제 현이 나의 목쥬(木主)를 길
ᄀᆞ의 ᄇᆞ려시니 네 만일(萬一) 거두어 졍녕(精靈)을 위로(慰勞)ᄒᆞᆯ진대
후셰(後世)의 갑기를 원(願)ᄒᆞ노라.”

---

243) 취: [교] 원문에는 ‘츄’로 되어 있으나 앞의 예를 따라 이와 같이 수정함.
244) 취: [교] 원문에는 ‘츄’로 되어 있으나 앞의 예를 따라 이와 같이 수정함.

셜파(說罷)의 눈믈이 강슈(江水) 갓투여 소릭 쳐창(悽愴) 오열(嗚咽)ᄒ니,

싱(生)이 놀나 씌ᄃᄅ니 빼 오경(五更)이오 벼개 우히 미월(微月)이 몽농(朦朧)이 비최엿더라.

싱(生)이 흠신(欠伸)[245]ᄒ여 니러 안ᄌᄆᆯ 씌ᄃᆺ디 못ᄒ여 몽듕ᄉ(夢中事)를 싱각ᄒ니 심(甚)

• • •

81면

히 분명(分明)ᄒ다라 고요히 싱각ᄒᄃᆡ,

'젼일(前日)의 남챵(南昌)의 붓친 방(榜)이 ᄌᆞ못 슈상(殊常)ᄒ더니 이 아니 날을 두고 니ᄅᆷ밀넌가? 나의 부뫼(父母ㅣ) 므슴 일노 날을 일ᄒ신고?'

고려 싱각ᄒᄃᆡ,

'이 일이 극(極)히 고히(怪異)ᄒ니 츈몽(春夢)을 미들 거시 아니라. 어미ᄃ려 진젹(眞的)[246]ᄒ 쇼식을 뭇고 본부모(本父母)를 싱각ᄒ미 올토다.'

인(因)ᄒ야 김 부인(夫人)의 쳐창(悽愴)ᄒ 거동(擧動)이 안젼(眼前)의 버러 새로이 오열(嗚咽)ᄒ더니,

날이 새매 취[247]향이 드러와 문후(問候)ᄒ거늘 싱(生)이 강잉(强仍)ᄒ야 니러 안자 굴오ᄃᆡ,

---

245) 흠신(欠伸): 하품하고 기지개를 켬.

246) 진젹(眞的): 진적. 참되고 틀림없음.

247) 취: [교] 원문에는 '츄'로 되어 있으나 앞의 예를 따라 이와 같이 수정함.

"오늘은 긔운이 퍽 나으니 어미는 쇼려(消慮)[248]ᄒ라."

ᄡᅩ 골오ᄃᆡ,

"넉 심듕(心中)의 의혹(疑惑)ᄒᆞᆫ 소회(所懷) 이시니 어미 모[249]로미 긔이디 말나."

향 왈(曰),

"므슴 소회(所懷)니잇고?"

한님(翰林)

• • •

82면

왈(曰),

"다른 일이 아니라 몸이 인간(人間)의 난 곳을 아디 못ᄒ니 어미ᄃ려 뭇는 배라."

향이 대경실ᄉᆡᆨ(大驚失色) 왈(曰),

"공ᄌᆡ(公子ㅣ) 뉴 노야(老爺) ᄉᆡᆼ(生)ᄒᆞ신 배어늘 이런 고이(怪異)ᄒᆞᆫ 말을 ᄒᆞ시ᄂᆞ뇨?"

한님(翰林)이 저의 긔ᄉᆡᆨ(氣色)을 보매 ᄭᅮᆷ이 올흔 줄 ᄭᆡᄃᆞ라 다시 닐오ᄃᆡ,

"나도 그리 아랏더니 즉금(卽今) ᄭᆡ티미 이시니 어미는 긔이디 말나."

향 왈(曰),

"져 말을 뉘 노야(老爺)ᄃ려 ᄒᆞ더뇨? 타일(他日) 경ᄉᆞ(京師)의 가 집안 노비(奴婢)ᄃ려 다 무러보쇼셔. 김 부인(夫人)이 나흐신 배니이다."

---

248) 쇼려(消慮): 소려. 근심을 없앰.

249) 모: [교] 원문에는 '오'로 되어 있으나 오기로 보이므로 규장각본(9:57)과 연세대본(9:81)을 따름.

한님(翰林)이 초조(焦燥)ᄒ야 급(急)히 향의게 두 번(番) 절ᄒ고 이걸(哀乞) 왈(曰),

"사름이 나매 부모(父母)를 모ᄅᄆ 금슈(禽獸)와 ᄒᆫ가디라. 닌 어려셔 션부인(先夫人)게 길니여 전혀(全-) 아디 못ᄒ엿더니 쟉야(昨夜) 몽시(夢事ㅣ) 여ᄎ여ᄎ(如此如此)ᄒ니 이 엇디

* • •

83면

허탄(虛誕)ᄒ 춘몽(春夢)이라 ᄒ리오? 어미 나의 근본(根本)을 닐너 부모(父母)를 ᄎᆺ게 ᄒ미 올ᄒ니 닌 부모(父母)를 ᄎᆺ나 엇디 ᄯ 부인(夫人) 은혜(恩惠)를 니ᄌ며 뉴 공(公)의 날 져ᄇ리믈 흔(恨)ᄒ리오? 결단(決斷)코 편(便)토록 ᄒ리니 어미ᄂᆫ 원(願)컨대 밧비 니ᄅ라. 만일(萬一) 죵시(終是) 은익(隱匿)ᄒᆯ진대 즉금(卽今) ᄌ결(自決)ᄒ야 텬디(天地) 모ᄅᄂᆫ 죄인(罪人)이 되디 아니리라."

ᄎᆔ[250]향이 한님(翰林)의 ᄭᅮᆷ 말 니ᄅᄆᆯ 듯고 다시 긔이디 못ᄒᆯ 줄 알고 고왈(告曰),

"션부인(先夫人) 직텬지녕(在天之靈)[251]이 붉히 닐너 계시니 쳔쳡(賤妾)이 엇디 두 번(番) 긔망(欺罔)[252]ᄒ리잇고? 과연(果然) 모일(某日)의 노쳡(老妾)이 남챵(南昌) 셩(城) 밧긔 갓다가 ᄒᆫ 대한(大漢)이 노야(老爺)를 품의 품고 오거늘 하 어엿브매 그 아ᄒᆡ(兒孩) 츌쳐(出處)를 므ᄅ니 풀고져 ᄒ

---

250) ᄎᆔ: [교] 원문에는 'ᄎᆛ'로 되어 있으나 앞의 예를 따라 이와 같이 수정함.

251) 직텬지녕(在天之靈): 재천지령. 하늘에 있는 영혼.

252) 긔망(欺罔): 기망. 남을 속여 넘김.

노라 ᄒ거ᄂᆞᆯ 도라가 부인(夫人)긔 고(告)ᄒ니 삼쳔(三千) 금(金)을 주어 사 오라 ᄒ시매 노야(老爺)ᄅᆞᆯ 사셔 부인(夫人)긔 드리니 부인(夫人)이 스ᄉᆞ로 나흐시므로 ᄒ야 노야(老爺ㅣ) 도라오시니 고(告)ᄒ고 쳡(妾)을 졍(定)ᄒ야 기ᄅᆞ시니 노야(老爺ㅣ) 그째 난 디 ᄒᆞᆫ 둘은 ᄒ고 그 대한(大漢)의 셩명(姓名)도 뭇디 아니ᄒ고 ᄑᆞᄂᆞᆫ 연고(緣故)도 뭇디 못ᄒ엿ᄂᆞ이다. 쳡(妾)이 금일(今日) 향긱(向刻)253) 그릇ᄒᆞᆫ 죄(罪)ᄅᆞᆯ 다 고(告)ᄒ여시니 죽기ᄅᆞᆯ 원(願)ᄒ고 살기ᄅᆞᆯ ᄇᆞ라디 아니ᄒᄂᆞ이다.”

한님(翰林)이 셰셰(細細)히 드ᄅᆞ매 김 시(氏)의 브졍(不正)홈과 츄254)향의 간휼(奸譎)255)ᄒᆞᆯ믈 통한(痛恨)ᄒ나 ᄉᆞᄉᆡᆨ(辭色)디 아니코 닐오ᄃᆡ,

“디난 일은 닐너도 무익(無益)ᄒ거니와 너 만일(萬一) 부모(父母)ᄅᆞᆯ ᄎᆞ즐진대 어미 은혜(恩惠)ᄅᆞᆯ 몸을 허러 갑고져 ᄒᄂᆞ니 엇디 이런 말을 ᄒᄂᆞ뇨?”

인(因)ᄒ야 눈믈을 흘녀 왈(曰),

“ᄉᆡᆼ아(生我) 십뉵(十六) 년(年)의 ᄉᆡᆼ아(生我)ᄒ신 부모(父母)ᄅᆞᆯ 모ᄅᆞ고 고이(怪異)ᄒᆞᆫ 환난(患難)을 만나 이 ᄀᆞᆺ튼니 하ᄂᆞᆯ이 엇디 날을 이리 셟게 ᄒ시ᄂᆞ뇨? 셜ᄉᆞ(設使) 쇼식(消息)을 드ᄅᆞ나 부모(父母)ᄅᆞᆯ

---

253) 향긱(向刻): 향각. 접때.
254) 츄: [교] 원문에는 ‘튜’로 되어 있으나 앞의 예를 따라 이와 같이 수정함.
255) 간휼(奸譎): 간사하고 음흉함.

어딘 가 츠주며 즉금(卽今) 이 몸이 국가(國家) 죄인(罪人)이 되야 날을 미디 아냐시나 동한 듯ᄒᆞ고 가도디 아녀시나 움죽일 길히 업고 ᄯᅩᄒᆞᆫ 인뉸(人倫) 모로ᄂᆞᆫ 금쉬(禽獸ㅣ) 되야 하(何) 면목(面目)으로 딕인(對人)ᄒᆞ리오?"

언필(言畢)의 인(因)ᄒᆞ야 피ᄅᆞᆯ 토(吐)ᄒᆞ고 오열(嗚咽)ᄒᆞᄆᆞᆯ 마디아니터니, ᄒᆞᆫ 계교(計巧)ᄅᆞᆯ 싱각고 취256)향을 명(命)ᄒᆞ야 빅깁(白-) ᄒᆞᆫ 필(疋)을 어더 오라 ᄒᆞ야 ᄭᅮᆷ의 뵈던 왕후(王后)의 얼골을 그리니 그 식티(色態) 녕녕비무(玲玲緋楙)257)ᄒᆞ미 천고(千古)의 녀와(女媧)258) 낭낭(娘娘) ᄀᆞᆺᄐᆞ다라. 싱(生)이 스스로 그리고 황홀(恍惚)ᄒᆞᄆᆞᆯ 이

긔디 못ᄒᆞ고 취259)향이 대경(大驚) 왈(曰),

"텬하(天下)의 엇디 저런 미식(美色)이 이시리오? 인간(人間)의 고은 사ᄅᆞᆷ이 흔ᄒᆞ나 이ᄂᆞᆫ ᄒᆞᆫ갓 고을 만ᄒᆞ디 아냐 일만(一萬) 가지 광염(光艶)이 ᄎᆞᆺ 우히 어리니 츈츄(春秋)의 드믄 식(色)이로소이다."

한님(翰林)이 일노 혹(或) 찻ᄂᆞᆫ 근본(根本)이 될가 ᄒᆞ나 그 용모(容貌)ᄅᆞᆯ 우러러보매 모친(母親)을 딕(對)ᄒᆞᆫ 듯 샹감(傷感)ᄒᆞᄂᆞᆫ 정(情)이 뉴동(流動)ᄒᆞ야 만(萬) 항(行) 누쉬(淚水ㅣ) 옷 압히 저저 정신(精神)을 출ᄒᆞ디 못ᄒᆞ더니,

---

256) 취: [교] 원문에는 '츄'로 되어 있으나 앞의 예를 따라 이와 같이 수정함.

257) 녕녕비무(玲玲緋楙): 영령비무. 영롱하고 아름다움.

258) 녀와(女媧): 여와. 중국 고대 신화에서 인간을 창조한 것으로 알려진 여신이며, 삼황오제 중 한 명이기도 함. 인간의 머리와 뱀의 몸통을 갖고 있으며 복희와 남매라고도 알려져 있음. 처음으로 생황이라는 악기를 만들었고, 결혼의 예를 제정하여 동족 간의 결혼을 금하였음.

259) 취: [교] 원문에는 '츄'로 되어 있으나 앞의 예를 따라 이와 같이 수정함.

이날브터 침병(沈病)260)ᄒ야 상상(牀上)의 누으니 이는 ᄌ연(自然)
흔 대효(大孝)로 ᄌ긔(自己) 나히 십뉵(十六)의 니ᄅ도록 하늘을 아디
못ᄒ믈 쵸ᄉ(焦思)261)ᄒ야 큰 병(病)이 난디라.

날노 위듕(危重)262)ᄒ야 인ᄉ(人事)를 아디 못ᄒ니 취263)향이 쵸
조(焦燥)ᄒ야 급(急)히 뉴 태슈(太守)긔 약(藥)을 쳥(請)ᄒ니

• • •

87면

태슈(太守ㅣ) 놀나 이에 니ᄅ러 의원(醫員)을 블너 의약(醫藥)을 극
진(極盡)히 ᄒ나 촌회(寸效ㅣ)264) 업고 졈졈(漸漸) 위듕(危重)ᄒ니 태
슈(太守ㅣ) 훌일업서 속슈(束手)265)ᄒ고 텬명(天命)을 기ᄃ리더니,

이적의 니(李) 샹셰(尙書ㅣ) 미복(微服)으로 슈쥐 니ᄅ러는 몬져 뉴
한님(翰林) ᄒ쳐(下處)를 ᄎ자 니ᄅ니 싀문(柴門)266)이 젹젹(寂寂)ᄒ
고 문졍(門庭)이 쳐량(凄涼)ᄒ거늘 샹셰(尙書ㅣ) 의심(疑心)ᄒ야 드러
가디 아니코 문(門)을 두ᄃ려 사름을 브ᄅ니, 이윽고 취267)향이 나와
니(李) 샹셴(尙書ㄴ) 줄 보고 대경(大驚)ᄒ야 울며 한님(翰林)의 위경
(危境)268)의 이시믈 고(告)ᄒ니 샹셰(尙書ㅣ) 차악(嗟愕)269)ᄒ야 급

---

260) 침병(沈病): 병이 듦.
261) 쵸ᄉ(焦思): 초사. 애를 태우며 생각함.
262) 위듕(危重): 위중. 병세가 위험할 정도로 중함.
263) 취: [교] 원문에는 '츄'로 되어 있으나 앞의 예를 따라 이와 같이 수정함.
264) 촌회(寸效ㅣ): 조금의 효과.
265) 속슈(束手): 속수. 손을 묶은 것처럼 어찌할 도리가 없어 꼼짝 못 함.
266) 싀문(柴門): 시문. 사립문.
267) 취: [교] 원문에는 '츄'로 되어 있으나 앞의 예를 따라 이와 같이 수정함.
268) 위경(危境): 위태로운 지경.
269) 차악(嗟愕): 몹시 놀람.

(急)히 드러가 한님(翰林)의 상ᄀ(牀-)의 나아가매 구룸 ᄀᆺᄐᆫ 빈발(鬢髮)이 어즈러워 ᄂᆞᆾᄎᆞᆯ 덥허거늘 친(親)히 손을 ᄲᆞᆯ고 ᄒᆞᆫ번(-番) 보매 한님(翰林)의 영풍준골(英風俊骨)[270]이 낫낫티 쇼삭(蕭索)ᄒᆞ야 ᄒᆞᆫ

■ ● ●

88면

조각 쵹뉘(髑髏ㅣ)[271] 되여 눈을 감[272]고 숨소ᄅᆡ ᄂᆞ즉ᄒᆞ야 거의 절명(絕命)[273]키의 니ᄅᆞ러더라. 샹셰(尚書ㅣ) 크게 슬허 어ᄅᆞᄆᆞᆫ져 블너 ᄀᆞᆯ오ᄃᆡ,

"형(兄)의 츌셰(出世)ᄒᆞᆫ 긔딜(氣質)노 명박(命薄)ᄒᆞ미 여ᄎᆞ(如此)ᄒᆞ야 몸의ᄂᆞᆫ 강샹(綱常) 대죄(大罪)ᄅᆞᆯ 무릅쓰고 이역(異域) 타향(他鄉)의 와 십뉵(十六) 쳥츈(青春)의 요졀(夭折)키ᄅᆞᆯ 감심(甘心)ᄒᆞᄂᆞ뇨?"

인(因)ᄒᆞ야 눈믈이 한님(翰林)의 ᄂᆞᆾ치 쏫듯기ᄅᆞᆯ 마디아니ᄒᆞ여 년(連)ᄒᆞ야 브ᄅᆞᄃᆡ 응(應)ᄒᆞ미 업ᄂᆞᆫ디라 참통(慘痛)[274]ᄒᆞᆫ ᄯᆺ이 뉴동(流動)ᄒᆞ야 친(親)히 ᄆᆡᆨ(脈)을 보고 즉시(卽時) 태슈(太守)긔 약ᄌᆡ(藥材)ᄅᆞᆯ 구(求)ᄒᆞ야 다ᄉᆞ릴ᄉᆡ,

뉴 태쉬(太守ㅣ) 니(李) 샹셔(尚書)의 니ᄅᆞ러시믈 크게 반겨 이에 니ᄅᆞ러 손을 잡고 별후지졍(別後之情)을 펼ᄉᆡ 샹셰(尚書ㅣ) 왈(曰),

"현은의 병(病)이 이러툿 위듕(危重)ᄒᆞ니 텬하지ᄉᆞ(天下之士)로 ᄒᆞ여곰 ᄂᆞᆺ

---

270) 영풍준골(英風俊骨): 헌걸찬 풍채와 빼어난 골격.

271) 쵹뉘(髑髏ㅣ): 쵹루. 해골.

272) 감: [교] 원문에는 'ᄀᆺ'으로 되어 있으나 문맥을 고려해 규장각본(9:62)을 따름.

273) 졀명(絕命): 절명. 목숨이 끊어짐.

274) 참통(慘痛): 매우 슬퍼함.

길 배라 엇디 차(嗟)홉디275) 아니리오?"

태쉬(太守ㅣ) 역시(亦是) 탄왈(歎曰),

"뉴싱(-生)이 근닉(近來)예 심녀(心慮) 쓰미 듕(重)호야 이 병(病)을 주취(自取)호야시니 쇼데(小弟) 일즉 의약(醫藥)을 힘뻐 호디 촌회(寸效ㅣ) 업스니 블샹호믈 이긔디 못홀소이다."

샹셰(尚書ㅣ) 탄식(歎息)호고 친(親)히 명약(命藥)276)호야 다스리더니 홀연(忽然) 눈을 드니 거믄 긔운이 뎐하(殿下)의 미만(彌滿)277)호엿거늘 샹셰(尚書ㅣ) 대경(大驚)호야 태슈(太守)를 디(對)호야 굴오디,

"사오나온 긔운이 실듕(室中)의 쏘이니 주직(刺客)의 변(變)이 두리온다라. 형(兄)은 밧비 도라가 힘센 무스(武士) 열아믄을 보니라."

태쉬(太守ㅣ) 놀나 급(急)히 아듕(衙中)의 니르러 장정군(壯丁軍)278) 십오(十五) 명(名)을 쌔 보니니, 샹셰(尚書ㅣ) 계교(計巧)를 フ르쳐 셤미틱 숨기고 주가(自家)는 홀노 단도(短刀)를 가지고 병소(病所)의 나아가 한님(翰林)

의 겨틱 안자 혹(或) 씨기를 기드리더니,

---

275) 차(嗟)홉디: 차홉지. 매우 슬프지.

276) 명약(命藥): 약을 처방함.

277) 미만(彌滿): 가득 참.

278) 장정군(壯丁軍): 장정군. 나이가 젊고 기운이 좋은 남자.

밤이 삼경(三更)의 니르러 서늘혼 긔운이 골졀(骨節)을 녹이며 뒷
문(-門)이 스스로 열니고 혼 낫 녕악(獰惡)²⁷⁹)혼 놈이 의구(依舊)히
드러오디 무지게 ᄀᆞᆺ튼 칼을 갑흘의셔 쌔히매 그 긔운이 방(房) 안히
즈옥이 퍼지고 흉(凶)ᄒᆞ미 측냥(測量)업ᄂᆞᆫ디라. 샹셰(尙書 ㅣ) 본디
(本-) 경셔(經書)를 혹(學)ᄒᆞ야 공밍졍쥬(孔孟程朱)²⁸⁰)의 덕(德)을 닛
고 병긔(兵器)를 희롱(戲弄)ᄒᆞ미 업스나 텬싱(天生) 무용(武勇)이 긔
특(奇特)ᄒᆞ고 일즉 병셔(兵書)를 보아 빅젼빅승(百戰百勝)홀 도리(道
理)를 다 아는 고(故)로 금일(今日) 위급지시(危急之時)를 당(當)ᄒᆞ야
능히(能-) 마디못ᄒᆞ야 혼번(-番) 팔(八) 쳑(尺) 댱신(長身)을 움즉이
고 진납의 풀을 느리혀 그 가진 비슈(匕首)를 앗고 기인(其人)을 발
노 차 것구르치니,

이ᄦᅢ 송샹긔

• • •

91면

듀야(晝夜)로 슈쥐 니르러 ᄀᆞ마니 규시(窺視)ᄒᆞ매 상샹(牀上)의 혼 사
름이 누엇고 샹하(牀下)이 일위(一位) 옥인(玉人)이 단졍(端整)이 안
잣거늘 샹긔 ᄀᆞᆯ오디,

"ᄒᆞ나흘 죽이러 ᄒᆞ엿더니 둘을 못추리로다."

ᄒᆞ고 문(門)을 열고 드러셔서 아조 업슈이 너겨 완완(緩緩)이 칼을
쌔혀 쳘업시 함(陷)ᄒᆞ려 ᄒᆞ다가 쇼년(少年)의 용녁(勇力)이 ᄌᆞ가(自
家)를 느는 닙ᄀᆞᆺ티 차 것구르치믈 보니 무망(無妄)²⁸¹)의 변(變)을 만

---

279) 녕악(獰惡): 영악. 흉악.

280) 공밍졍쥬(孔孟程朱): 공맹정주. 유학의 네 성현인 공자(孔子), 맹자(孟子), 정자(程子), 주자(朱
子)를 이름.

281) 무망(無妄): 별 생각이 없이 있는 상태.

나 미쳐 슈족(手足)을 놀니디 못ᄒ고 구러져 용녁(勇力)을 비양(飛
揚)ᄒ야 다시 니러나려 ᄒ니 쇼년(少年)이 ᄒᆫ 발노 궁둥이ᄅᆞᆯ 드듸여
시니 졍(正)히 태산(泰山)의 티인 듯ᄒ야 벌덕일 ᄎᆞ(次) 쇼년(少年)이
크게 블너 왈(曰),

"너히 등(等)은 어듸 잇ᄂᆞ뇨?"

말을 맛디 못ᄒ야셔 범 ᄀᆞᆺᄐᆞᆫ 가졍(家丁) 십

여(十餘) 인(人)이 셤 아래 셔셔 듸답(對答)ᄒ니, 샹셰(尙書ㅣ) 가보
야이 ᄒᆫ 손으로 드러 더디니 졔뇌(諸奴ㅣ) 결박(結縛)ᄒ야 ᄭᅮᆯ니고 샹
셰(尙書ㅣ) 분부(分付) 왈(曰),

"아직 든든이 가도앗다가 뉘 ᄎᆞ즐 ᄢᅢᄅᆞᆯ 기ᄃᆞ리라."

ᄒ고 다시 방듕(房中)의 드러가 친(親)히 지은 바 약(藥)을 달혀
쓰니 새벽의 한님(翰林)이 인ᄉᆞ(人事)ᄅᆞᆯ 출혀 눈을 ᄯᅳ거ᄂᆞᆯ 샹셰(尙書
ㅣ) 깃거 손을 잡고 닐오듸,

"그듸 날을 아ᄂᆞᆫ다?"

한님(翰林)이 이윽이 보다가 말을 아니ᄒ니 샹셰(尙書ㅣ) 그 미황
(迷遑)[282] 듕(中) 이시믈 보고 다시 뭇디 아니ᄒ고 취[283]향을 블너
딕희오고 밧긔 나가 송샹긔ᄅᆞᆯ 엄(嚴)히 결박(結縛)ᄒ야 ᄭᅮᆯ니고 져주
어 굴오듸,

"네 엇던 거시완듸 심야(深夜)의 니ᄅᆞ러 인명(人命)을 살해(殺害)

---

282) 미황(迷遑): 미처 겨를이 없음.

283) 취: [교] 원문에는 '츄'로 되어 있으나 앞의 예를 따라 이와 같이 수정함.

코져 흐느뇨? 당당(堂堂)이 바로 고(告)흐야 형댱(刑杖)의 괴로오믈

밧디 말나.”

송샹긔 이째 스족(四足)을 움즉이디 못흐고 샹셔(尙書)의 엄(嚴)흔 긔샹(氣像)이 광풍뎨월(光風霽月)284) ᄀᆞᆺ투여 전후(前後)의 다ᄉᆞᆺ 가지 형벌(刑罰)이 졍졍졔졔(整整齊齊)285)흐믈 보니 넉시 늘고 담(膽)이 차 밧비 딕왈(對曰),

“쇼인(小人)은 딕쥐 사름으로 경ᄉᆞ(京師)의 가 일즉 쳥누쥬ᄉᆞ(靑樓酒肆)286)로 ᄃᆞᆫ녀 사름 해(害)홀 줄은 아디 못ᄒᆞ더니 뉴 감찰(監察)이라 ᄒᆞᄂᆞᆫ 지샹(宰相)이 쳔금(千金)을 주고 뉴 한님(翰林)을 죽이라 ᄒᆞ니 마디못ᄒᆞ야 이에 니ᄅᆞ럿더니 하늘이 돕디 아냐 노야(老爺)긔 잡히미 되나 이 죄인(罪人)의 스스로 저즌 일이 아니로소이다.”

샹셰(尙書ㅣ) 믄득 문왈(問曰),

“네 일홈을 알외라.”

“송샹긔로소이다.”

샹셰(尙書ㅣ) 놀나 ᄀᆞᆯ오ᄃᆡ,

“네 송샹긔면 딕쥐셔 흥니(興利)287)ᄒᆞᄂᆞᆫ 송샹집을 아ᄂᆞᆫ다?”

샹긔 딕왈(對曰),

---

284) 광풍뎨월(光風霽月): 광풍제월. 비가 갠 뒤의 맑게 부는 바람과 밝은 달이라는 뜻으로, 마음이 넓고 쾌활하여 아무 거리낌이 없는 인품을 비유적으로 이르는 말.

285) 졍졍졔졔(整整齊齊): 정정제제. 잘 정돈하여 아주 가지런함.

286) 쳥누쥬ᄉᆞ(靑樓酒肆): 청루주사. 창기 집과 술집.

287) 흥니(興利): 흥리. 재물을 불리어 이익을 늘림.

"이는

쇼인(小人)의 형(兄)이니 노얘(老爺ㅣ) 엇디 알으시느뇨?"

샹셰(尙書ㅣ) 왈(曰),

"늬 숑샹집을 추주 뭇고져 흐는 말이 이시니 네 만일(萬一) 날노뻐 보게 홀진디 너의 죽을죄(罪)를 샤(赦)흐리라."

샹긔 왈(曰),

"쇼인(小人)이 져젹의 형(兄)의 편지(便紙)를 보니 아모 날 발힝(發行)흐야 뉴구국(流求國)²⁸⁸)의 흥판(興販)²⁸⁹) 가노라 흐여시니 오늘브터 쥬야(晝夜)로 가면 혹(或) 만날 법(法) 이시리이다."

샹셰(尙書ㅣ) 텽파(聽罷)의 요힝(僥倖)흐야 다시 샹긔를 가도고 드러가 한님(翰林)을 보니 오히려 몽농(朦朧)흔 가온디 잇거늘 태슈(太守)를 청(請)흐야 숑샹긔 말을 닐으고 굴오디,

"늬 경문 춪기를 위(爲)흐야 급(急)히 가매 뉴 형(兄)의 병(病)을 구(救)티 못흐느니 늬 간 후(後) 이 약(藥)을 늬늬 잘 먹일진대 차되(差度ㅣ) 이시리니 늬 올

길히 들너리라."

---

288) 뉴구국(流求國): 유구국. 중국의 조주(潮州), 천주(泉州)의 동쪽에 있었다고 전해지는 나라. 지금의 대만(臺灣) 또는 유구(琉球)라는 설이 있음.
289) 흥판(興販): 한꺼번에 많은 물건을 흥정하여 사고파는 일.

드듸여 군亽(軍士) 오십(五十) 명(名)을 거느려 송샹긔룰 압녕(押領)290) ᄒ야 대쥐로 니르니,

경문 ᄎ즈미 시(時)로 급(急)ᄒ야 미쳐 현익의 블측(不測)ᄒᆫ 심슐(心術)도 의논(議論)을 못 ᄒ고 듀야(晝夜)로 둘녀 대쥐 니르러ᄂᆞᆫ 송샹집의 집을 ᄲᆞ고 송샹집을 잡으니,

송샹집이 이ᄶᅢ 명일(明日) 발ᄒᆡᆼ(發行)ᄒ려 ᄒ고 분분(紛紛)291)이 ᄒᆡᆼ장(行裝)을 출히다가 무망(無妄)292)의 큰 변(變)을 만나 혼블니톄(魂不離體)293)ᄒ야 급(急)히 연고(緣故)를 믈을ᄉᆡ 샹셰(尙書ㅣ) 친(親)히 당좌(當坐)294)ᄒ야 엄형(嚴刑)으로 무러 왈(曰),

"네 거년(去年) 모일(某日)의 졀강(浙江) 아모 졈(店)의 가 여ᄎᆞ여ᄎᆞ(如此如此) 말을 ᄒ던 놈을 일을진ᄃᆡ 네게ᄂᆞᆫ 죄(罪) 업ᄉᆞ리라."

샹집이 그제야 ᄆᆞ음을 졍(靜)ᄒ고 ᄀᆞᆯ오ᄃᆡ,

"이런 쉬온 말을 쇼인(小人)을

● ● ●

96면

믿도록 ᄒ시리오? 가(可)히 군亽(軍士)를 주셔든 잡아다가 드리리다."

샹셰(尙書ㅣ) 크게 깃거 ᄎᆞᄉᆞ(差使)를 발(發)ᄒ야 송샹집을 ᄯᆞ라가라 ᄒ니 집이 즉시(卽時) 셧녁 촌(村)의 가 나승의 집을 ᄀᆞᄅ치니, 나승295)이 대취(大醉)ᄒ여 초당(草堂)의 누엇다가 블의(不意)예 범 ᄀᆞᆺ

---

290) 압녕(押領): 압령. 죄인을 데리고 감.

291) 분분(紛紛): 어지러운 모양.

292) 무망(無妄): 별 생각이 없이 있는 상태.

293) 혼블니톄(魂不離體): 혼불이체. 넋이 몸에 붙어 있지 않는다는 뜻으로, 몹시 놀라 넋을 잃음을 이르는 말.

294) 당좌(當坐): 좌기를 엶. 좌기는 일을 시작함을 말함.

295) 승: [교] 원문에는 '숑'으로 되어 있으나 앞의 예를 따라 이와 같이 수정함.

튼 군소(軍士ㅣ) 드리드라 잡아 미믈 보고 대경(大驚)ᄒ야 글오디,

"이 엇던 놈이뇨?"

송샹집이 글오디,

"거년(去年)의 그디 아희(兒孩) 폰 말을 ᄒ거놀 닉 아니 말니더냐? 그 일이 들쳐낫다."

슝이 놀나 다시 말을 ᄒ고져 홀 ᄎ(次) 모든 공초(公差) 풍우(風雨) ᄀᆞ티 모라 송가쟝(-家莊)의 다드ᄅ매,

이ᄴᅢ 본쥐(本州) 태쉬(太守ㅣ) 니부샹셔(吏部尙書)의 미ᄒᆡᆼ(微行)으로 니르러시믈 듯고 위의(威儀)를 거ᄂᆞ려 니르러시니 위의(威儀) 극(極)히 부셩(富盛)ᄒ고 군졸(軍卒)이

97면

개얌이 쐬듯 ᄒ더라.

나슝을 잡아 셤 알픽 쑬니고 샹셰(尙書ㅣ) 져를 보매 분긔(憤氣) 돌관(突冠)[296]ᄒ야 밧비 무ᄅᆞ디,

"네 모년(某年) 모일(某日)의 남챵(南昌)의 원젹(遠謫)ᄒ엿던 소 부인(夫人)을 쑬오고 공ᄌᆞ(公子)를 엇다가 둔다?"

슝이 졍신(精神)을 졍(靜)ᄒ고 쎄쳐 글오디,

"쇼인(小人)은 닉닉 대쥐셔 사니 남챵(南昌)이 어디며 소 부인(夫人)이 뉜 동 알니잇가? 노애(老爺ㅣ) 어디 가 풍증(風症)[297]을 들니샤 고이(怪異)ᄒᆞᆫ 말을 쇼인(小人)ᄃ려 무ᄅᆞ시ᄂᆞ니잇고?"

---

296) 돌관(突冠): 화가 나서 머리털이 솟아 관에 부딪힐 정도임.

297) 풍증(風症): 한의학에서, 중추 신경 계통에서 일어나는 현기증, 졸도, 경련 따위의 병증을 통틀어 이르는 말.

샹셰(尙書ㅣ) 대로(大怒)ᄒ야 오형(五刑)을 ᄀᆞ초라 ᄒ고 닐오ᄃᆡ,

"네 종시(終是) 은익(隱匿)홀진ᄃᆡ 미구(未久)²⁹⁸)의 너의 몸을 분(粉)을 ᄆᆡᆫᄃᆞᆯ니라."

슝이 그 위의(威儀) 슴엄(森嚴)ᄒᄆᆯ 보고 믄득 닐오ᄃᆡ,

"노애(老爺ㅣ) 쇼인(小人)을 슐오실진ᄃᆡ 그 아기 종젹(蹤迹)을 낫낫치 고(告)ᄒ려니와 고(告)ᄒᆫ 후(後)

98면

죽이실진ᄃᆡ 즉금(卽今) 쇼인(小人)을 죽이셔도 아니 고(告)ᄒ리니 쇼인(小人)이 원ᄂᆡ(元來) 죽기ᄅᆞᆯ 두려 아니ᄒ거니와 쇼인(小人)이 죽은 후(後) 노애(老爺ㅣ) 그 아기 츌쳐(出處)ᄅᆞᆯ 눌ᄃᆞ려 무ᄅᆞ려 ᄒ시ᄂᆞ뇨?"

샹셰(尙書ㅣ) 텽파(聽罷)의 어히업ᄉᆞ나 즉금(卽今) 다ᄃᆞ라ᄂᆞᆫ 경문 츳기의 죽기ᄅᆞᆯ 두리디 아닐디라 즉시(卽時) 닐오ᄃᆡ,

"너 당당(堂堂)ᄒᆫ 텬관(天官) 통ᄌᆡ(冢宰)로 너 쇼젹(小賊)²⁹⁹)을 ᄃᆡ(對)ᄒ야 두말홀 것 아니니 급(急)히 니ᄅᆞ라. 당당(堂堂)이 죽기ᄅᆞᆯ 샤(赦)ᄒ리라."

슝 왈(曰),

"그러나 노야(老爺) 말슴을 밋디 못ᄒ리니 살오마 ᄒᄂᆞᆫ 명문(明文)³⁰⁰)을 ᄒ야 노흐실진ᄃᆡ 쇼인(小人)이 노야(老爺)ᄅᆞᆯ 뫼시고 남챵(南昌)의 가 공ᄌᆞ(公子)ᄅᆞᆯ 츠ᄌᆞ 드리리이다."

---

298) 미구(未久): 오래지 않음.

299) 쇼젹(小賊): 소적. 좀도둑.

300) 명문(明文): 글로 명백히 기록된 문구.

샹셔(尚書ㅣ) 텽파(聽罷)의 급(急)히 좌우(左右) 아젼(衙前)으로 블 망긔(不忘記)301)룰 ᄒ야 준대 승이 밧고 ᄇ야흐로 깃

••••

99면

거 닐오딕,

"이곳의셔 헛말이 무익(無益)ᄒ니 노야(老爺)룰 뫼시고 ᄇ302)로 남챵(南昌)으로 가사이다."

샹셔(尚書ㅣ) 대희(大喜)ᄒ야 즉시(卽時) 송샹긔와 나승을 ᄃ리고 샹집은 노코 그날노 남챵(南昌)으로 힝(行)ᄒᆞᆯ식, 태쉬(太守ㅣ) 연향 (宴饗)ᄒ야 딕졉(待接)ᄒ려 근졀(懇切)이 머므ᄅ딕 듯디 아니코,

ᄯᅩ 밤낫 둘녀 슈쉬 니ᄅ러ᄂᆞᆫ 승을 밧 힝낭(行廊)의 가도고 잠간(暫 間) 뉴 한님(翰林)을 보니 한님(翰林)이 샹셔(尚書)의 묘방(妙方)303)을 힘닙어 잠간(暫間) 졍신(精神)이 나아 쥐304)향을 딕(對)ᄒ야 그 연고 (緣故)룰 뭇고 그 지셩(至誠)과 은혜(恩惠)룰 감탄(感歎)ᄒ고 송샹긔 ᄌ긔(自己) 해(害)ᄒ려 ᄒ던 딕 다ᄃ라ᄂᆞᆫ 대경(大驚) 차악(嗟愕)ᄒ더 니, 오래디 아냐 샹셔(尚書ㅣ) 니ᄅ러 한님(翰林)을 보고 그 병셰(病 勢) 잠간(暫間) 나으믈 보고 깃거 손을 잡고 티하(致賀)ᄒ니 한님(翰 林)이

---

301) 블망긔(不忘記): 불망기. 뒷날에 잊지 않기 위하여 적어 놓은 글. 또는 그런 문서.
302) ᄇ: [교] 원문에는 '하'로 되어 있으나 맥락을 고려해 규장각본(9:70)을 따름.
303) 묘방(妙方): 신묘한 처방.
304) 쥐: [교] 원문에는 '쥬'로 되어 있으나 앞의 예를 따라 이와 같이 수정함.

탄식(歎息)고 샤례(謝禮) 왈(曰),

"쇼뎨(小弟) 병(病)이 싱도(生道)를 브라디 못호너니 현형(賢兄)의 지극(至極)흔 덕(德)을 닙어 요수이 져기 나으니 다힝(多幸)호믈 이긔디 못홀소이다."

샹셰(尚書ㅣ) 수양(辭讓)호고 인(因)호야 글오딕,

"쇼뎨(小弟) 급(急)흔 일노 경수(京師)의 가매 능히(能-) 머므디 못호누니 이에 니별(離別)호노라."

한님(翰林)이 놀나 왈(曰),

"쇼뎨(小弟) 타향(他鄉)의 뜬구름이 되여 고향(故鄉)을 수모(思慕)호는 무옴이 시시(時時)로 근졀(懇切)흔 듕(中) 즉금(即今) 병(病)이 수싱(死生)의 이시니 형(兄)을 만나 홀 말이 무궁(無窮)호니 금야(今夜)를 머믈나."

인(因)호야 비니 샹셰(尚書ㅣ) 마디못호고 그 정수(情事)를 참혹(慘酷)호야 추야(此夜)를 머믈시 대강(大綱) 한님(翰林)이 남챵(南昌)의 방(榜) 븟쳣던 말을 주셔(仔細)히 뭇고져 호야 샹셔(尚書)를 머므르고,

이날 밤의 정신(精神)이 혼혼(昏昏)305)호야 인수(人事)를 아디 못호니

샹셰(尚書ㅣ) 차악(嗟愕)호고 주연(自然) 슬픈 뜻이 뉴동(流動)호야

---

305) 혼혼(昏昏): 정신이 가물가물하고 희미함.

새도록 구호(救護)ㅎ더니 동방(東方)이 붉으니 잠간(暫間) 잠들거눌,

샹셰(尙書ㅣ) 밧긔 나오니 셔동(書童) 긔학이 보(報)ㅎ디,

"나슝이 노야(老爺)긔 뵈고 홀 말이 잇다 ㅎᄂ이다."

샹셰(尙書ㅣ) 나슝을 드려오라 ㅎ여 무른디 슝 왈(曰),

"쇼인(小人)의 폰 공ᄌ(公子)룰 산 양낭(養娘)이 이곳의 잇ᄂ이다."

원ᄂ(元來) 슝이 챵(窓) 틈으로 취306)향을 보고 아라보앗더라. 샹셰(尙書ㅣ) 대경(大驚)ㅎ야 취307)향을 블너 알픠 니른매 슝 왈(曰),

"잉잉308)이 날을 알소냐?"

향이 눈을 드러 보고 대경(大驚)ㅎ야 말을 못 ㅎ거눌 슝 왈(曰),

"니 그째 푸던 아기 어딕 잇ᄂ뇨?"

향이 브디블각(不知不覺)의 굴오디,

"져 안방(-房)의 잇다."

샹셰(尙書ㅣ) 텽파(聽罷)의 대경대희(大驚大喜)ㅎ야 급(急)히 취309)향드려 왈(曰),

"어딕 잇ᄂ뇨?"

향이

● ● ●

102면

잠간(暫間) 숨을 ᄂ초고 젼후곡졀(前後曲折)을 심심셰셰(深深細細)히 니른고 즉금(卽今) 한님(翰林)이 ᄽᅵ드른미 이셔 심녀(心慮ㅣ) 듕(重)

---

306) 취: [교] 원문에는 '츄'로 되어 있으나 앞의 예를 따라 이와 같이 수정함.

307) 취: [교] 원문에는 '츄'로 되어 있으나 앞의 예를 따라 이와 같이 수정함.

308) 잉잉: 아줌마의 뜻인 듯하나 미상임.

309) 취: [교] 원문에는 '츄'로 되어 있으나 앞의 예를 따라 이와 같이 수정함.

ᄒᆞ믈 고(告)ᄒᆞ니 샹셰(尙書]) ᄌᆞᄌᆞ(字字)히 드ᄅᆞ매 샹쾌(爽快)ᄒᆞ고 깃브미 운무(雲霧)ᄅᆞᆯ 헤치고 쳥텬(晴天)을 본 ᄃᆞᆺᄒᆞ며 한님(翰林)이 ᄌᆞ긔(自己) 부친(父親)과 호발(毫髮)도 차착(差錯)310)디 아니믈 믜양 의심(疑心)ᄒᆞ야 고이(怪異)히 너기더니 츄311)향의 말을 드ᄅᆞ매 김 시(氏)의 브졍(不正)ᄒᆞ믈 통훈(痛恨)ᄒᆞ고 경문의 위위(危危)312)ᄒᆞᆫ 형상(形狀)이 져 ᄀᆞᆺᄐᆞ믈 ᄀᆞᆨ골(刻骨) 비도(悲悼)ᄒᆞ야,

급(急)히 방듕(房中)의 니ᄅᆞ러 금금(錦衾)을 들혀고 가ᄉᆞᆷ과 비ᄅᆞᆯ 보니 과연(果然) '경문' 두 ᄌᆞ(字)와 븕은 졈(點)이 이셔 홍광(紅光)이 ᄂᆞᆺ치 ᄡᅩ이니 의심(疑心) 업슨 경문인 줄 알고 븟들고 소ᄅᆡ 나믈 ᄭᆡᄃᆞᆺ디 못ᄒᆞ여 크게 우러 왈(曰),

"경문아! 날을 아는다?"

한님(翰林)이 이ᄢᅢ 샹셔(尙書)의 가ᄉᆞᆷ과 비

보믈 고이(怪異)히 너기더니 이 말을 듯고 졍신(精神)이 더욱 어득ᄒᆞ고 심혼(心魂)이 ᄃᆞ라나 긔졀(氣絶)ᄒᆞ니 샹셰(尙書]) 밧비 쥐믈너 구(救)ᄒᆞ며 눈믈이 비ᄀᆞᆺ티 흘너 굴오ᄃᆡ,

"문아, 문아! 네 엇디 명박(命薄)ᄒᆞ미 이 ᄀᆞᆺᄒᆞ야 쳔고(千古)의 업슨 화란(禍亂)을 격고 몸이 이 지경(地境)의 니ᄅᆞ러ᄂᆞ뇨?"

한님(翰林)이 이윽고 ᄭᆡ야 믄득 문왈(問曰),

---

310) 차착(差錯): 어그러져서 순서가 틀리고 앞뒤가 서로 맞지 아니함.

311) 츄: [교] 원문에는 '츄'로 되어 있으나 앞의 예를 따라 이와 같이 수정함.

312) 위위(危危): 위태로움.

"현형(賢兄)의 ㅎ시는 말슴이 엇던 연괴(緣故ㅣ)니잇가? 진가(眞假)를 즈시 ᄒᆡ셕(解析)ᄒ쇼셔."

샹셰(尙書ㅣ) 오열(嗚咽)ᄒ야 취[313]향과 나승의 젼후슈말(前後首末)을 즈시 니ᄅ니 한님(翰林)이 텽파(聽罷)의 여취여치(如醉如痴)[314]ᄒ야 즉시(卽時) 벼개 뒤흐로셔 일 복(幅) 족즈(簇子)를 ᄂᆡ여 샹셔(尙書)를 뵈여 왈(日),

"이거시 모친(母親) 얼골이니잇가?"

샹셰(尙書ㅣ) 보고 크게 놀나 왈(日),

"네 어ᄃᆡ 가 모친(母親)을 보옵고 져딕도록

○○○

104면

공교(工巧)히 방블(髣髴)케 그렷ᄂᆞᆫ다?"

한님(翰林)이 밧비 샹(牀)의 ᄂᆞ려 ᄌᆡᄇᆡ(再拜)ᄒ고 ᄀᆞ오ᄃᆡ,

"블쵸뎨(不肖弟) 형댱(兄丈)을 몰나보니 죄(罪) 깁흐이다."

인(因)ᄒ야 눈믈이 옥면(玉面)을 덥허 긴 말을 ᄒ고져 ᄒ다가 깃브미 과(過)ᄒ매 셜우미 극(極)ᄒ야 피를 말이나 토(吐)ᄒ고 혼졀(昏絶)ᄒ니 이 경ᄉᆡᆨ(景色)을 보건대 텰셕간댱(鐵石肝腸)인들 동(動)티 아니며 더옥 샹셔(尙書)의 우ᄋᆡ(友愛)로 그 ᄆᆞ음이 엇더ᄒ리오.

밧비 므릅 우희 안아 누이고 쳥심환(淸心丸)을 년(連)ᄒ야 프러 입의 녀코 구(救)ᄒ며 실셩톄읍(失聲涕泣)ᄒ니 참참(慘慘)ᄒᆫ 눈믈은 오월(五月) 댱슈(長水) ᄀᆞᆺ고 둘 ᄀᆞᆺ튼 니마와 프른 눈셥의 시름이 밋쳐

---

313) 취: [교] 원문에는 '튜'로 되어 있으나 앞의 예를 따라 이와 같이 수정함.

314) 여취여치(如醉如痴): 여취여치. 너무 기쁘거나 감격하여 취한 듯도 하고 명청한 듯도 함.

방관재(傍觀者])315) 아연(啞然)316) 슈루(垂淚) ᄒ믈 이긔디 못홀너라.

식경(食頃)이 디난 후(後) 한님(翰林)이 숨을 닉쉬고 인ᄉ(人事)ᄅᆞᆯ 출혀

••

105면

눈을 쎠 샹셔(尚書)ᄅᆞᆯ 보고 ᄯᅩ 눈믈을 먹음으니 샹셰(尚書]) 손을 잡고 위로(慰勞) 왈(曰),

"디난 일은 닐너 쓸 딕 업고 이제 무ᄉ(無事)히 모다시니 오래디 아냐 부모(父母)긔 뵈올디라 브졀업시 ᄋᆞ녀ᄌᆞ(兒女子)의 우름을 즐기ᄂᆞᆫ다?"

한님(翰林)이 한숨 지고 답(答)디 아니터라.

싱(生)의 긔운이 더옥 혼미(昏迷)ᄒᆞ야 말을 아니ᄒᆞ니 샹셰(尚書]) 쵸조(焦燥)ᄒᆞ야 져므도록 구(救)ᄒᆞ더니 ᄎᆞ야(此夜)의 한님(翰林)이 ᄀᆞᆯ오ᄃᆡ,

"상(牀)의 올나 누어시니 몸이 박히여 더옥 편(便)티 아니ᄒᆞ니 형댱(兄丈)이 날을 안아 줌드리쇼셔."

샹셰(尚書]) 즉시(卽時) 웃오술 벗고 단의(單衣)로 상(牀) 우히 안자 한님(翰林)을 니블의 ᄡᅡ 무릅히 안고 손을 쥐고 ᄂᆞᆺ출 다히매 긔특(奇特)ᄒᆞ고 귀듕(貴重)ᄒᆞ여 ᄒᆞᄂᆞᆫ 졍(情)이 어이 ᄀᆞ을ᄒᆞ리오. 한님(翰林)이 샹셔(尚書)의

---

315) 방관재(傍觀者]): 방관자. 곁에서 지켜보는 사람.

316) 아연(啞然): 너무 놀라거나 어이가 없어서 또는 기가 막혀서 입을 딱 벌리고 말을 못 하는 모양.

옥슈(玉手)를 어르몬져 늣겨 굴오딕,

"오늘이야 슈죡(手足)의 졍(情)을 아니 텬우신조(天佑神助)ᄒᆞᄆᆞᆯ 알
니로소이다."

샹셰(尙書]) ᄯᅩ흔 감챵(感愴)ᄒᆞᆫ 쯧과 슬픈 심ᄉᆞᆨ(心思]) 일가일층
(一加一層)ᄒᆞᄃᆡ 문의 병(病)이 즉금(卽今) ᄉᆞ경(死境)의 이시니 다만
위로(慰勞)ᄒᆞ고 어르몬져 밤을 디닉매, 한님(翰林)이 ᄆᆞ음을 평안(平
安)이 ᄒᆞ매 이날은 평안(平安)이 자고 이튼날 긔운이 퍽 나으니 샹셰
(尙書]) 하ᄂᆞᆯᄭᅴ 샤례(謝禮)ᄒᆞ더라.

태쉬(太守]) 니르러 문후(問候)ᄒᆞ다가 이 ᄉᆞ연(事緣)을 듯고 하
깃거 급(急)히 방(房)의 드러가 한님(翰林)ᄃᆞ려 왈(曰),

"닉 ᄆᆡ양 형(兄)이 뉴노(-奴)의 아ᄃᆞᆯ인 줄 앗기더니 연국(-國) 대
왕(大王)의 공직(公子])랏다. 닉 이 말을 드르니 진실노(眞實-) 쳥텬
(晴天)을 봄 ᄀᆞᄐᆞ여 ᄒᆞ노라."

한님(翰林)이 강인(强仍)ᄒᆞ여 졍ᄉᆡᆨ(正色) 왈(曰),

"뉴 공(公)은 날을 휵양(畜養)ᄒᆞᆫ 덕(德)이 듕(重)ᄒᆞ고 십오(十五)
년(年)

을 부ᄌᆞ(父子)로 칭(稱)ᄒᆞ여시니 엇디 오늘날 다ᄃᆞ라 젼일(前日)노
다ᄅᆞ미 이실 거시라 형(兄)이 날을 딕(對)ᄒᆞ야 됴희(嘲戱)[317]ᄒᆞᄂᆞ뇨?"

태쉬(太守]) 쇼왈(笑曰),

"젼일(前日)은 형(兄)이 뉴노(-奴)의 아들노 알고 뉴노(-奴)의 흉포(凶暴)ᄒ믈 모로ᄂ 듯 즘즘(潛潛)ᄒ엿거니와 도금(到今)ᄒ여 연국(-國) 대왕(大王)의 공ᄌ(公子ㅣ)오 뉴노(-奴)ᄂ 그ᄃᆡ 원쉬(怨讎ㅣ)라 됴롱(嘲弄) 못ᄒᆯ 묘단(妙端)318)이 업ᄂ니라."

한님(翰林)이 블쾌(不快)ᄒ고 미온(未穩)319)ᄒ야 졍ᄉᆡᆨ(正色) 믁믁(默默)ᄒ니 샹셰(尙書ㅣ) 다시 보매 과연(果然) 연왕(-王) ᄀᆞᆺᄐᆫᄃᆡ라 반기믈 이긔디 못ᄒ고 그 인믈(人物)이 져 ᄀᆞᆺᄐᆞᆯ 깃거 웃고 태슈(太守)ᄃᆞ려 왈(曰),

"뉴 공(公)이 비록 닉 아ᄋᆞᄅᆞᆯ 져ᄇ려시나 샤뎨(舍弟) 도리(道理)ᄂ 그러티 아니ᄒ니라."

태슈(太守ㅣ) 대쇼(大笑)ᄒ더라.

샹셰(尙書ㅣ) 인(因)ᄒ야 나슝, 취320)향과 송샹긔ᄅᆞᆯ 경ᄉ(京師)의 올니고 한님(翰林)ᄃᆞ려 본셩(本姓) 어드믈 샹표(上表)

⸪

108면

ᄒ라 ᄒ니 한님(翰林) 왈(曰),

"취321)향과 나슝은 나의 득본셩(得本姓)ᄒ믈 증참(證參)322)을 삼아 보ᄂᆡ려니와 송샹긔ᄂ 현이 허믈이 드러나리니 보ᄂᆡ디 마사이다."

샹셰(尙書ㅣ) 왈(曰),

---

317) 됴희(嘲戲): 조희. 빈정거리며 희롱함.
318) 묘단(妙端): 까닭.
319) 미온(未穩): 평온하지 않음.
320) 취: [교] 원문에는 '츄'로 되어 있으나 앞의 예를 따라 이와 같이 수정함.
321) 취: [교] 원문에는 '츄'로 되어 있으나 앞의 예를 따라 이와 같이 수정함.
322) 증참(證參): 증인.

"너의 인ᄌᆞ(仁慈)ᄒᆞᆫ 덕(德)은 크거니와 그러나 네 이제는 뉴가(-家)의 몸이 ᄆᆡ이디 아녀시니 죄명(罪名)을 버ᄉᆞ미 올흔디라. 송샹긔를 보ᄂᆡ미 너의 죄목(罪目)의 진가(眞假)를 ᄎᆞ자 근본(根本)이 될 거시오, 현이 ᄯᅩ 뉴가(-家) 종(宗)을 업티고 ᄉᆞ(祀)를 졀(絕)ᄒᆞᄂᆞᆫ 패ᄌᆡ(悖子ㅣ)[323]니 후일(後日)을 딩계(懲誡)ᄒᆞ미 올흔디라. 너는 고집(固執)디 말나."

한님(翰林)이 무언(無言) 샤례(謝禮)ᄒᆞ고 드ᄃᆡ여 표(表) 지어 샹셔(尙書)의 소(疏)과 ᄒᆞᆫ가지로 역졍(驛程)[324]으로 올니니,

ᄎᆞ야(此夜)의 샹셰(尙書ㅣ) 한님(翰林)을 ᄯᅩ 안아 디ᄂᆡ려 ᄒᆞ니 한님(翰林) 왈(曰),

"ᄂᆡ 긔운이 오늘은 퍽 낫고 형댱(兄丈)이 블쵸뎨(不肖弟)를 인(因)

109면

ᄒᆞ야 도로(道路)의 구티(驅馳)[325]ᄒᆞ시고 ᄯᅩ 엇디 근노(勤勞)ᄒᆞ시리오? 쇼뎨(小弟) 원ᄂᆡ(元來) 젼(前)브터 형(兄)을 ᄉᆞ랑ᄒᆞᄂᆞᆫ ᄆᆞ옴이 현익의게 디난디라 ᄆᆞ옴의 스ᄉᆞ로 고이(怪異)ᄒᆞ야 ᄎᆞᆷᄂᆞᆫ 배 만터니 대강(大綱) 텬눈(天倫)의 졍(情)이여든 그러티 아니ᄒᆞ리잇가? 병인(病人)을 누추(陋醜)히 아니 너기시거든 ᄂᆡ 겻ᄒᆡ 누으쇼셔."

샹셰(尙書ㅣ) 흔연(欣然)이 의관(衣冠)을 벗고 상(牀)의 올나 동침동셕(同枕同席)[326]ᄒᆞ야 두 사ᄅᆞᆷ이 몸이 다흐매 서로 귀듕(貴重)ᄒᆞᄂᆞᆫ ᄠᅳᆺ이 측냥(測量)ᄒᆞ리오. 문이 인(因)ᄒᆞ야 므ᄅᆞᄃᆡ,

323) 패ᄌᆡ(悖子ㅣ): 패자. 사람으로서 마땅히 지켜야 할 도리에 어긋나게 행동하는 자식.

324) 역졍(驛程): 역정. 역과 역 사이의 거리. 역로.

325) 구티(驅馳): 구치. 몹시 바삐 돌아다님.

326) 동침동셕(同枕同席): 동침동석. 베개와 자리를 같이 함.

"형댱(兄丈)이 원닉(元來) 나승이 날노뼈 뉴부(-府)의 폰 줄 엇디 아ᄅ시니잇고?"

샹셰(尚書ㅣ) 텰 슌무(巡撫)의 드른 바로 ᄌ시 니ᄅ고 ᄌ긔(自己) 도로(道路)의 헤질너 분쥬(奔走)ᄒ믈 베프고 우어 왈(曰),

"이리 수이 잇ᄂ 거슬 그딕도록 익룰 쓰니 이제 싱각ᄒ매 우음이 나

• • •

110면

ᄂ도다."

한님(翰林) 왈(曰),

"모친(母親)이 원닉(元來) 무엇ᄒ라 남챵(南昌)의 가 날을 나흐시ᄂ뇨?"

샹셰(尚書ㅣ) 옥난의 ᄉ연(事緣)을 니ᄅ고 그 후(後) 싱각ᄒ야 심ᄉ(心思)룰 슬오시던 일을 니ᄅ니 문이 샹연(傷然) 슈루(垂淚)ᄒ야 왈(曰),

"블쵸ᄌ(不肖子)룰 인(因)ᄒ야 심녀(心慮)룰 허비(虛費)ᄒ시딕 닉 망연(茫然)이 아디 못ᄒ니 엇디 하늘 아래 일(一) 죄인(罪人)이 아니리오?"

샹셰(尚書ㅣ) 위로(慰勞) 왈(曰),

"이 너의 알고 니즈미 아니라. 사룸이 너의 인뉸(人倫)을 막으미 귀신(鬼神)도 싱각디 못홀 거시오, 뉴가(-家)의 잡히미 되여 젼후(前後) 화란(禍亂)을 싱각ᄒ죽 담(膽)이 ᄎ고 넉시 ᄂ니 이거시 너의 운익(運厄)이라. ᄌ금(自今) 이후(以後)로ᄂ 부모(父母) 형뎨(兄弟) 화락(和樂)ᄒ야 즐길 거시니 속절업시 심ᄉ(心思)룰 허비(虛費)티 말나."

한님(翰林)이 샤례(謝禮) ᄒᆞ더라.

샹셔(尙書 ᅵ) 인(因)ᄒᆞ야 한님(翰林)을 ᄃᆞ리

• ••

111면

고 이셔 됴뎡(朝廷) 샤명(赦命)을 기ᄃᆞ리더라.

챠셜(且說). 난복이 그 쥬인(主人)의 원왕(冤枉)[327]ᄒᆞᆫ 죄(罪)를 므릅뻐 쳔(千) 니(里) 극변(極邊)의 원젹(遠謫)ᄒᆞᆷ믈 보니 애 믜여지ᄂᆞᆫ 듯ᄒᆞ야 스스로 격고등문(擊鼓登聞)[328]ᄒᆞ고져 ᄒᆞ디 일이 듕ᄃᆡ(重大)ᄒᆞ고 증참(證參)[329]이 업스니 감히(敢-) 가ᄇᆞ야이 발(發)티 못ᄒᆞ고 울울(鬱鬱)ᄒᆞᆷ믈 이긔디 못ᄒᆞ더니,

이듬히 샹원일(上元日)[330]을 당(當)ᄒᆞ야 현이 위 승샹(丞相) 집의 가고 셜최 ᄯᅩᄒᆞᆫ 셩듕(城中)의 아ᄂᆞ니 이셔 나가니 셔실(書室)이 뷔엿거늘 난복이 가마니 문(門)을 열고 드러가 문셔(文書)를 슈탐(搜探)[331]ᄒᆞ야 혹(或) 의심(疑心)된 거슬 어들가 ᄒᆞ더니 기듕(其中) ᄒᆞᆫ 봉셰(封書 ᅵ)[332] 잇거늘 보니 ᄒᆞ여시ᄃᆡ,

'네 만일(萬一) 한님(翰林)의 머리를 버혀 올진ᄃᆡ 쳔금(千金)으로 샹(賞)을 주리라.'

ᄒᆞ고 표(表)ᄒᆞᄃᆡ,

---

327) 원왕(冤枉): 원통한 누명을 써서 억울함.

328) 격고등문(擊鼓登聞): 북을 쳐서 중요한 사실이나 사건을 임금에게 알림.

329) 증참(證參): 참고가 될 만한 증거(證據).

330) 샹원일(上元日): 상원일. 정월 대보름.

331) 슈탐(搜探): 수탐. 수색해 탐지함.

332) 봉셰(封書 ᅵ): 봉서. 겉봉을 봉한 편지.

'감찰어ᄉ(監察御史) 뉴현이는

ᄌ킥(刺客) 송샹긔를 주는 문권(文券)이라.'

ᄒ엿더라.

난복이 이를 어드니 듕보(重寶)를 어든 듯 다힝(多幸)ᄒ미 ᄀ이업서 품의 품고 나오니라.

어시(於時)의 현이 위가(-家)의 니르니 위 승샹(丞相)이 저의 위인(爲人)을 블션(不善)이 너기나 그 문댱(文章)을 흠모(欽慕)ᄒ야 이날 쥬과(酒果)로 관ᄃᆡ(寬待)³³³³ᄒ고 굴오ᄃᆡ,

"만싱(晩生)이 금ᄌᆞ(金字)로 팔텹(八帖) 병풍(屛風)을 일우고져 ᄒᆞ ᄃᆡ 금세(今世)예 왕우군(王右軍)³³⁴의 ᄌᆡ죄(才操ㅣ) 업ᄉ니 졍(正)히 우민(憂悶)ᄒ더니 져즈음긔 그ᄃᆡ의 ᄌᆡ조(才操)를 보니 죡(足)히 필진도(筆陣圖)³³⁵를 블워 아닐디라 슈고로오믈 개회(介懷)티 말고 나의 알픽셔 신필(信筆)³³⁶ᄒ야 주미 엇더뇨?"

현이 ᄎᆞ언(此言)을 듯고 십분(十分) 황망(慌忙)³³⁷ᄒ야 ᄉ양(辭讓)

---

333) 관ᄃᆡ(寬待): 관대. 너그럽게 대접함.

334) 왕우군(王右軍): 중국 동진(東晉)의 서예가인 왕희지(王羲之, 307~365)를 이름. 그가 우군장군의 벼슬을 했으므로 이처럼 불림.

335) 필진도(筆陣圖): 글씨를 쓰는 법을 설명한 필첩으로, 왕희지(王羲之)의 작품이라고 하고, 혹은 그의 스승인 위(衛) 부인(夫人)의 작품이라고도 함. 왕희지는 『필진도』의 뒤에 <제필진도후(題筆陣圖後)>를 씀. 정약용의 『다산시문집』, <기예론(技藝論) 2>에 "시속(時俗)에서 말하는 왕희지의 서법(書法)이란 곧 우리나라에서 새긴 목판본(木版本) 필진도(筆陣圖)를 가리킨 것이다. 俗所云羲之, 卽鄕刻木板筆陣圖也."라는 언급이 있는 것으로 보아 조선시대에는 『필진도』가 왕희지의 작품으로 인식된 듯하다.

336) 신필(信筆): 글을 쓸 때 정신을 집중시켜서 쓰지 않고 그냥 붓을 휘두르는 것. 붓 가는 대로 쓰는 것.

337) 황망(慌忙): 마음이 몹시 급하여 당황하고 허둥지둥하는 면이 있음.

왈(曰),

"쇼싱(小生)의 졸(拙)흔 글귀(-句) 엇디 샹국(相國) 합하(閤下) 고안(高眼)의 합당(合當)케 ㅎ리잇고?"

승샹(丞相)

　·●●

113면

쇼왈(笑曰),

"그듸는 ᄉ양(辭讓)티 말고 만일(萬一) 나의 쳥(請)ᄒ는 바를 드를진대 은혜(恩惠) 갑흐미 격으리오?"

현이 승샹(丞相)의 근쳥(懇請)ᄒ믈 보고 마디못ᄒ야 글오듸,

"금ᄌ(金字) 쓰기 극(極)히 어려온디라. 쇼싱(小生)의 노둔(駑鈍)[338]흔 지딜(才質)[339]노 편시(片時)의 일우미 어려올가 ᄒᄂ니 집의 도라가 셩편(成篇)[340]ᄒ야 드릴가 ᄒᄂ이다."

승샹(丞相)이 흔연(欣然)이 호의(狐疑)[341]티 아니ᄒ고 므릇 졔구(諸具)를 츌혀 준듸,

현이 바다 가지고 집의 드러와 졍(正)히 근심ᄒ더니,

홀연(忽然) 흔 계교(計巧)를 싱각고 셩듕(城中) 유명(有名)흔 쥬졈(酒店)의 글을 뼈 브티듸,

'아모 곳 뉴 감찰(監察) 집의 긔특(奇特)흔 지ᄉ(才士ㅣ) 이시니 텬하(天下) 션빅 문댱(文章)을 ᄌ허(自許)ᄒᄂ니여든 와셔 결우믈 구

---

338) 노둔(駑鈍): 둔하고 어리석어 미련함.

339) 지딜(才質): 재질. 재주와 기질.

340) 셩편(成篇): 성편. 시문(詩文) 따위를 지어 완성된 한 편을 이룸.

341) 호의(狐疑): 여우의 의심이라는 뜻으로 자잘한 생각을 말함.

(求)ᄒ라.'

ᄒ엿더라.

이ᄯᅢ 연왕(-王)의 삼ᄌᆞ(三子) 빅문이 ᄆᆞ춤 외가(外家)의 갓다가 도라

•••

114면

오더니 이를 보고 ᄆᆞᄋᆞᆷ의 우이 너겨 싱각ᄒᆞᄃᆡ,

'제 엇던 거시완ᄃᆡ 이러ᄐᆞᆺ 담(膽) 큰 소ᄅᆡ를 ᄒᆞ엿ᄂᆞ뇨? 닉 당당(堂堂)이 가셔 시험(試驗)ᄒ리라.'

ᄒ고 즉시(卽時) 뉴부(-府)의 니ᄅᆞ니,

현이 청(請)ᄒᆞ야 드러오매 이 ᄒᆞᆫ낫 십여(十餘) 셰(歲) 쇼ᄋᆞ(小兒ㅣ)라 믄득 업슈이 너겨 닐오ᄃᆡ,

"그ᄃᆡ 엇던 사름인다?"

빅문 왈(曰),

"나ᄂᆞᆫ 슈쥐인(--人)으로 ᄆᆞ춤 경ᄉᆞ(京師)의 왓더니 길ᄀᆞ의 븟친 방(榜)을 보고 이에 니ᄅᆞ미라."

현이 왈(曰),

"죡해(足下ㅣ) 능히(能-) 문댱(文章)을 ᄌᆞ허(自許)ᄒᆞ뉵냐?"

빅문 왈(曰),

"ᄒᆞ노라 못 ᄒᆞ려니와 쥬인(主人)이 몬져 글을 짓고 손을 시험(試驗)ᄒᆞ미 올토다."

현이 믄득 깃거 답왈(答曰),

"ᄌᆡᄉᆞ(才士)의 법(法)이 손을 몬져 시험(試驗)ᄒ고 눈의 마ᄌᆞ면 ᄎᆞ운(次韻)ᄒᆞᄂᆞ니라."

빅문이 나히 어린 고(故)로 의

논(議論)이 쥬댱(主張)흔 모히 업서 즉시(卽時) 딕답(對答)ᄒ고 뎨
(題)를 쳥(請)ᄒ거늘 현이 즉시(卽時) 뎨(題)를 닉니, 빅문이 붓슬 드
러 회두(回頭)342) 슈이 쓰기를 겨유 ᄆᆺ며 셔동(書童)이 보왈(報曰),

"미오343) 져믈고 공ᄌᆞ(公子) 찻는 명(命)이 니르럿ᄂᆞ이다."

빅문이 놀나 즉시(卽時) 나가니 쇼연이 두어 시노(侍奴)를 ᄃᆞ리고
오다가 ᄭᅮ지져 굴오ᄃᆡ,

"공ᄌᆞ(公子ㅣ) 어ᄃᆡ를 갓더뇨? 대왕(大王)이 ᄎᆞᄌᆞ시ᄂᆞ이다."

문이 황망(慌忙)이 비러 굴오ᄃᆡ,

"너 앗가 여긔 직ᄉᆡ(才士ㅣ) 잇다 ᄒᆞ거늘 잠간(暫間) 겨우려 왓더
니 그ᄃᆡᄂᆞ 야야(爺爺)긔 고(告)티 말나."

ᄒ고 집의 오니,

원ᄂᆡ(元來) 소 샹셔(尙書) 형이 이에 오니 왕(王) 왈(曰),

"빅문이 게 가더니 그저 잇ᄂᆞ니잇가?"

샹셰(尙書ㅣ) 왈(曰),

"날과 흔가지로 오더니 어ᄃᆡ 가냐?"

왕(王)이 놀나 급(急)히 ᄎᆞᄌᆞ미러라.

공ᄌᆞ(公子ㅣ) 이에 니르니 왕(王)이 갓던

---

342) 회두(回頭): 머리를 돌린다는 뜻으로 매우 짧은 시간을 이르는 말.
343) 미오: 매우.

곳을 무른되 문이 겁(怯)ᄒ야 되답(對答)홀 바를 아디 못ᄒ거늘, 왕
(王)이 원ᄂᆡ(元來) 호일(豪逸)[344]ᄒ믈 두리ᄂᆞᆫ디라 즉시(卽時) 잡아 ᄂᆞ
리오고 태(笞) 수십(數十)을 티니 문이 견듸디 못ᄒ야 ᄌᆞ시 고(告)ᄒ
니 왕(王)이 더옥 노왈(怒曰),

"너 쇼ᄋᆞᆯ(小兒ㅣ) 므슴 ᄌᆡ죄(才操ㅣ) 잇노라 ᄒ고 이러틋 방일(放
逸)[345]ᄒᆞᆫ 슬 고 도로(道路)의 분쥬(奔走)ᄒᆞᄂᆞᆫ다?"

ᄒ고 십여(十餘) 틱(笞)를 더 치니 옥(玉) ᄀᆞᆺᄐᆞᆫ 다리의 피 흐ᄅᆞᄂᆞᆫ
디라. 므ᄎᆞᆷ 기국공(--公)이 이에 오다가 ᄎᆞ경(此景)을 보고 황망(慌
忙)이 말니고 그 연고(緣故)를 무러 알고 무러 왈(曰),

"네 글 지이던 사ᄅᆞᆷ이 엇더ᄒ더뇨?"

공ᄌᆞ(公子ㅣ) 일일이(一一-) 고(告)ᄒᆞᆫ디 공(公) 왈(曰),

"이거시 뉴현ᄋᆡ로다. 너의 글을 바다 무어ᄉᆞᆯ ᄡᅳ려 ᄒᆞ던고?"

팀음(沈吟)[346]ᄒᆞ야 싱각다가 ᄯᅩ 무ᄅᆞ되,

"네 글을 엇디 지은다?"

문 왈(曰),

"대아(大雅)[347] 찬(讚)[348]을

---

344) 호일(豪逸): 예절이나 사소한 일에 매임이 없이 호방함.

345) 방일(放逸): 제멋대로 거리낌 없이 방탕하게 놂.

346) 팀음(沈吟): 침음. 속으로 깊이 생각함.

347) 대아(大雅): 『시경』의 체제 명으로 궁중 음악의 가사를 모아 놓았음. 여기에서는 시를 이름.

348) 찬(讚): 서화의 옆에 글제로 써넣는 시(詩), 가(歌), 문(文) 따위의 글.

열다숫 슈(首)를 지으니이다.”

인(因)ᄒ야 외와 고(告)ᄒ딕, 공(公)이 크게 두굿겨 글오딕,

“너의 총명(聰明) 신긔(神奇)ᄒ미 여ᄎ(如此)ᄒ니 엇디 긔특(奇特)디 아니ᄒ리오?”

왕(王)이 정쇠(正色) 왈(曰),

“일시(一時) 붓ᄭᄂ 놀니ᄂ 공ᄉ(空辭)349)를 무어시 쓰리오? 샐니 믈너가라.”

문이 황공(惶恐) 퇴(退)어ᄂᆯ 긔국공(--公)이 ᄯ흔 웃고,

사나흘 후(後) 우연(偶然)이 위 승상(丞相)을 가 보니,

이ᄶ 현이 빅문의 글을 엇고 크게 깃거 즉시(卽時) 금ᄌ(金字)로 고쳐 뻐 위 승상(丞相)긔 드리니 승상(丞相)이 대희(大喜)ᄒ야 칭샤(稱謝)ᄒ기를 마디아니ᄒ고 윤필지ᄌ(潤筆之資)350)를 거록이 주니 현이 양양(揚揚)ᄒ야 타일(他日) 환노(宦路)의 길을 도모(圖謀)코져 ᄒ더라.

승상(丞相)이 즉시(卽時) 병풍(屏風)을 민ᄃ라 침방(寢房)의 텻더니 이날 긔국공(--公)이 보고 믄득 므러

왈(曰),

---

349) 공ᄉ(空辭): 공사. 전아하고 참된 것을 숭상하지 않고 다만 아름다움만 추구하는 글.
350) 윤필지ᄌ(潤筆之資): 윤필지자. 글씨를 써 준 사람에게 주는 사례금.

"존형(尊兄)이 져 병풍(屏風)을 언제 민드랏ᄂᆞ뇨?"

승샹(丞相)이 ᄌᆞ시 니르니 긔국공(--公)이 믄득 의심(疑心)ᄒᆞ야 나아가 ᄂᆞ리보더니 대경(大驚) 왈(曰),

"형(兄)이 이 지은 글을 현이 글노 아ᄂᆞᆫ냐?"

승샹(丞相)이 놀나 왈(曰),

"졔 어젼(御前)의셔 글 지으믈 수이 ᄒᆞ니 이거슬 니ᄅᆞ리오?"

공(公) 왈(曰),

"뉴현이 ᄌᆡ죄(才操ㅣ) 이시믈 닉 아디 못ᄒᆞ거니와 이ᄂᆞᆫ 닉 딜ᄋᆞ(姪兒) 븩문의 소작(所作)이니라."

승샹(丞相)이 놀나 왈(曰),

"이 엇디 녕딜(令姪)의 소작(所作)이리오?"

긔국공(--公)이 웃고 슈말(首末)을 ᄌᆞ시 니ᄅᆞ고 왈(曰),

"닉 밍셰(盟誓)ᄒᆞ야 져 뉴현이 ᄌᆡ죄(才操ㅣ) 이시믈 밋디 아니ᄒᆞᄂᆞ니 형(兄)은 죠용이 그 실젹(實跡)[351]을 ᄎᆞ자 보라."

승샹(丞相)이 텽파(聽罷)의 크게 분분(忿憤)ᄒᆞ야 ᄀᆞᆯ오딕,

"져 쇼츅싱(小畜生)이 대신(大臣) 소기믈 능ᄉᆞ(能事)로 아ᄂᆞ뇨? 닉 당당(堂堂)이

119면

셜티(雪恥)[352]ᄒᆞ리라."

인(因)ᄒᆞ야 분분(忿憤)ᄒᆞ믈 마디아니ᄒᆞ더니,

---

351) 실젹(實跡): 실적. 실제의 자취.
352) 셜티(雪恥): 설치. 부끄러움을 씻음.

이튼날 됴회(朝會)ᄒᆞ매 빅관(百官)이 졔졔(齊齊)히 모닷더니 홀연(忽然) 등문고(登聞鼓) 소릭 급(急)ᄒᆞ니 뎐샹뎐해(殿上殿下ㅣ) 다 놀라 일시(一時)의 무ᄅᆞ매,

이윽고 무ᄉᆞ(武士ㅣ) 십뉵칠(十六七)은 ᄒᆞᆫ 셔동(書童)을 미러 젼폐(殿陛)의 ᄭᅮᆯ니매 샹(上)이 졔(諸) 대신(大臣)을 도라보아 ᄀᆞᆯᄋᆞ샤ᄃᆡ,

"뎌 인가(人家) 창뒤(蒼頭ㅣ) 므ᄉᆞᆷ 일노 격고등문(擊鼓登聞)ᄒᆞᄂᆞ뇨? 즉시 므ᄅᆞ미 올토다."

법관(法官)이 젼지(傳旨)를 듯줍고 이에 젼(傳)ᄒᆞ야 난복ᄃᆞ려 ᄀᆞᆯᄋᆞᄃᆡ,

"너 쇼뢰(小奴ㅣ) 므ᄉᆞᆷ 원왕(冤枉)ᄒᆞᆫ 일이 잇관ᄃᆡ 감히(敢-) 뎐졍(天廷)을 쇼요(騷擾)ᄒᆞ야 뇽톄(龍體) 블안(不安)ᄒᆞ시게 ᄒᆞᄂᆞ뇨? 소관(所關)353)이 죠곰이나 범샹(凡常)홀진ᄃᆡ 너의 죄(罪) ᄀᆞᄇᆞ얍디 아니ᄒᆞ리라."

난복이 뎐샹(殿上)을 우러러 고두(叩頭) 류혈(流血)ᄒᆞ고 소래를 놉혀 주

●●●

120면

왈(奏曰),

"쇼신(小臣)은 슈쥐 젹거(謫居) 죄인(罪人) 뉴현명의 젹은 시뇌(侍奴ㅣ)라. 금일(今日) 쥬인(主人)을 위(爲)ᄒᆞ야 원왕354)(冤枉)355)ᄒᆞᆫ 소회(所懷)를 뎐위지쳑(天威咫尺)356)의 고(告)코져 ᄒᆞ매 당돌(唐突)ᄒᆞᆫ

---

353) 소관(所關): 관계되는 바.

354) 왕: [교] 원문에는 '양'으로 되어 있으나 문맥을 고려해 이와 같이 수정함.

355) 원왕(冤枉): 원통하고 억울함.

356) 뎐위지쳑(天威咫尺): 천위지척. 천자의 위광이 지척에 있다는 뜻으로, 임금과 매우 가까운 곳 또는 제왕의 앞을 이르는 말.

죄(罪) 슈ᄉ난쇽(雖死難贖)[357]이라. 연(然)이나 ᄒᆞᆫ 번(番) 쾌(快)히 주(奏)ᄒᆞ고 즉시(卽時) 죽은들 므슴 ᄒᆞᆫ(恨)이 이시리오? 쥬군(主君)이 평싱(平生)의 슈심셥힝[358](修心攝行)[359]ᄒᆞ야 일ᄌᆞ일반[360](一字一半)[361]의 호리(毫釐)[362] 유차(有差)[363]ᄒᆞᆫ 허믈이 업ᄉᆞᄃᆡ 텬셩(天性) 타믈 너모 비범(非凡)이 ᄒᆞ엿고 ᄯᅩ ᄌᆞ모(慈母)를 강보(襁褓)의 여희고 ᄋᆞ시(兒時)로브터 셔모(庶母) 각 시(氏)의게 보채이여 됴셕(朝夕) 믹듁(麥粥)이 비를 치오디 못ᄒᆞ다가 듕간(中間)의 대쥬인(大主人)이 강쥐(江州) 젹거(謫居)ᄒᆞ매 쥬군(主君)이 몸소 강쥐(江州) 니르러 스스로 님진거젹(臨陣拒敵)[364]ᄒᆞ야 큰 공(公)을 일우고 대주인(大主人)을 구(救)ᄒᆞ니 대쥐(大主ㅣ) 본ᄃᆡ(本-) 텬셩(天性)이 혼약(昏弱)[365]ᄒᆞ고 노혼(老昏)

• ● ●

121면

ᄒᆞ야 참쇼(讒訴)의 ᄲᅡ디미 되나 일단(一端) ᄌᆞᄋᆡ지심(慈愛之心)은 변(變)티 아냐 아쥬(我主)를 무익(撫愛)[366]ᄒᆞ믈 평셕(平昔)ᄀᆞ티 ᄒᆞ니 남

---

357) 슈ᄉ난쇽(雖死難贖): 수사난속. 비록 죽어도 죄를 갚기가 어려움.

358) 힝: [교] 원문에는 '심'으로 되어 있으나 문맥을 고려해 이와 같이 수정함.

359) 슈심셥힝(修心攝行): 수심섭행. 마음을 닦고 행동을 다잡음.

360) 반: [교] 원문에는 '관'으로 되어 있으나 문맥을 고려해 이와 같이 수정함.

361) 일ᄌᆞ일반(一字一半): 일자일반. '한마디, 반 마디'의 뜻으로 매우 적은 것을 이르는 말로 보이나 미상임.

362) 호리(毫釐): 자나 저울눈의 호(毫)와 이(釐)로, 매우 적은 것의 비유.

363) 유차(有差): 어긋남이 있음.

364) 님진거젹(臨陣拒敵): 임진거적. 전쟁터에 나가 적에 맞섬.

365) 혼약(昏弱): 어리석고 나약함.

366) 무익(撫愛): 무애. 어루만지며 사랑함.

챵(南昌)의 니르러는 각 시(氏)와 감찰어亽(監察御史) 현이의 춤쇠(讒訴ㅣ) 나줄 밤으로 니으딕 대쥬인(大主人)이 고디듯디 아니ᄒ더니, 쥬군(主君)이 경亽(京師)의 응과(應科)ᄒ라 온 亽이의 각 시(氏), 쥬군(主君)의 부인(夫人) 위 시(氏)를 산인(山人) 도쳥의게 ᄑ라 욕(辱)이 급(急)흔 고(故)로 위 시(氏), 쇼신(小臣)의 누의 난셥과 난혜로 더브러 부듕(府中)을 ᄶ녀나니 죽을시 의심(疑心) 업거늘 각 시(氏) 믄득 더러온 말을 지어 음분(淫奔)367)ᄒ다 ᄒ고 경亽(京師)의 와 쥬군(主君) 보쳐기를 더옥 심(甚)히 ᄒ다가 감찰亽(監察史) 현이 글이 브죡(不足)ᄒᄆ로 과거(科擧) 날 아쥬(我主ㅣ) 딕쟉(代作)ᄒ니 이 본딕(本-) 됴흔 ᄯᅳᆺ이어늘

• • •

122면

현이 혼자 참방(參榜)368)키를 싱각ᄒ고 아쥬(我主)의 명지(名紙)369)를 ᄶ히노라 ᄒ미 저의 명지(名紙)를 ᄶ히니 인(因)ᄒ야 낙방(落榜)흔다라. 대쥬인(大主人)긔 춤소(讒訴)ᄒ야 쇠채로 텨 죽이려 ᄒ다가니(李) 샹셔(尚書)의 구(救)ᄒ믈 닙어 깅싱(更生)ᄒ니 그 후(後) 두 번(番) 딤독(鴆毒)370)을 너허 해(害)ᄒ려 ᄒ다가 득(得)디 못ᄒ니 큰 계교(計巧)를 닉야 일야(一夜)의 안흐로셔 시녜(侍女ㅣ) 아쥬(我主)를 브르딕 여츳여츳(如此如此) ᄒ니 아쥬(我主ㅣ) 텬셩(天性) 대효(大孝)의 급(急)히 드러가매 각 시(氏) 아쥬(我主)를 잡고 여츳여츳(如此如

---

367) 음분(淫奔): 남녀가 음란하고 방탕한 짓을 함.
368) 참방(參榜): 과거에 급제하여 이름이 방목(榜目)에 오르던 일.
369) 명지(名紙): 과거 시험에 쓰던 종이.
370) 딤독(鴆毒): 짐독. 짐새의 깃에 있는 맹렬한 독.

此) 발작(發作)ᄒ며 대쥬인(大主人)을 쳥(請)ᄒ야 긔관(奇觀)을 뵈고 춈소(讒訴)ᄒ미 극(極)히 니언(利言)ᄒ니 비록 ᄉ광(師曠)의 총(聰)[371]인들 엇디 아니 고디드르리오? 대쥬인(大主人)이 진실로[372](眞實-) 고디드르미 된 가온디 공교(工巧)ᄒ 춈쇠(讒訴ㅣ) 년속(連續)ᄒ고 ᄌ긱(刺客) 니연

123면

명을 회뢰(賄賂)[373]ᄒ야 뉴 공(公)을 놀닉니 드딕여 고관(告官)ᄒ미 되여 아쥬(我主ㅣ) 이역(異域)의 몸이 닉티이니 사라 도라오기를 엇디 못ᄒᆯ디라. 쇼복(小僕)의 쵸젼(焦煎)[374]ᄒᄂ 심ᄉ(心思ㅣ) 일취월댱(日就月將)ᄒ야 흔 번(番) 뇽뎐(龍殿)의 이런 원왕지ᄉ(冤枉之事)[375]를 할고져 ᄒ디 국법(國法)이 삼쳑(三尺)[376]이 지엄(至嚴)ᄒ고 ᄉᄉ(私私)로이 응인(應人)ᄒᄂ 일이 업ᄉ니 일(一) 쳑(尺) 시동(侍童)의 말노 인(因)ᄒ야 당당(堂堂)흔 됴관(朝官)을 다스릴 배 아닌 고(故)로 셰월(歲月)을 쥬져(躊躇)ᄒ더니 수일(數日) 젼(前) 감찰(監察)의 셔헌(書軒) 듕(中)의 흔 댱(張) 간복(簡幅)[377]을 어드니 일노 볼쟉시면 송샹긔라

---

371) ᄉ광(師曠)의 총(聰): 사광의 총. 사광의 귀밝음. 사광은 중국 춘추시대 진(晉)나라 사람으로 자아(子野)로 저명한 악사(樂師)임. 눈이 보이지 않아 스스로 맹신(盲臣), 명신(瞑臣)으로 부름. 진(晉)나라에서 대부(大夫) 벼슬을 했으므로 진야(晉野)로 불리기도 함. 음악에 정통하고 거문고를 잘 탔으며 음률을 잘 분변했다 함.

372) 로: [교] 원문에는 없으나 문맥을 고려해 규장각본(9:89)을 따름.

373) 회뢰(賄賂): 뇌물을 주고 받음.

374) 쵸젼(焦煎): 초전. 마음을 졸임.

375) 원왕지ᄉ(冤枉之事): 원왕지사. 원통하고 억울한 일.

376) 삼쳑(三尺): 삼척. 법률. 고대 중국에서 석 자 길이의 죽간(竹簡)에 법률을 썼던 데서 유래함.

377) 간복(簡幅): 간폭. 짧은 편지.

ᄒᆞᄂᆞ 도적(盜賊)을 아쥬(我主)의 격소(謫所)의 보닉엿ᄂᆞᆫ디라. 아쥬(我主)의 녈녈(烈烈) 혜심(蕙心)378)이 스스로 죽기ᄅᆞᆯ 구(求)ᄒᆞ고 동긔(同氣)와 부군(府君)의 허믈노 결(決)ᄒᆞ믈 원(願)티 아니ᄒᆞ되

•••

124면

쇼복(小僕)이 쥬인(主人) 위(爲)ᄒᆞᆫ ᄠᅳᆺ이 긔신(紀信)379)의 튱졀(忠節)을 흠모(欽慕)ᄒᆞ고 아쥬(我主ㅣ) 평싱(平生) 긔이(奇異)ᄒᆞᆫ 직질(才質)노 인뉸(人倫) 대죄(大罪)ᄅᆞᆯ 므릅뻐 이역(異域)의 다ᄉᆞ(多事)ᄒᆞ믈 춤아 목도(目睹)티 못ᄒᆞ야 감히(敢-) 더러온 ᄌᆞ최 텬뎡(天廷)을 쇼요(騷擾)ᄒᆞᆫ 죄(罪) 만ᄉᆞ유경(萬死猶輕)380)이로소이다."

셜파(說罷)의 현이 친필(親筆) 문권(文券)을 젼샹(殿上)의 헌(獻)ᄒᆞ니 이ᄣᅢ 난복의 늠늠(凜凜)ᄒᆞᆫ 주ᄉᆞ(奏辭ㅣ) 일일(一一) 명ᄇᆡᆨ(明白)ᄒᆞ야 고샹(高尙)ᄒᆞᆫ 말ᄉᆞᆷ이 대ᄅᆞᆯ ᄶᅳ리며 하슈(河水)ᄅᆞᆯ 드리오고 준졀(峻截)381)ᄒᆞᆫ 소릭 뎐ᄒᆞ(殿下)ᄅᆞᆯ ᄶᅢ티ᄂᆞᆫ ᄃᆞᆺᄒᆞ니 듯ᄂᆞ니 혀ᄅᆞᆯ 둘너 긔이(奇異)히 너기고 샹(上)이 크게 놀나시며 긔특(奇特)이 너기샤 이에 젼어(傳語) 문왈(問曰),

"너의 주ᄉᆞ(奏辭ㅣ) 다 유리(有理)ᄒᆞ되 현이 글 잘 못ᄒᆞ다 말은 허언(虛言)이라. 딤(朕)이 친(親)히 시험(試驗)ᄒᆞ야시니 그럴 줄 이시

---

378) 혜심(蕙心): 고운 마음씨.
379) 긔신(紀信): 기신. 한나라 고조(高祖) 때의 무장. 항우의 군사에게 포위당한 고조를 도망치게 한 후 자신은 살해됨.
380) 만ᄉᆞ유경(萬死猶輕): 만사유경. 만 번 죽어도 오히려 가벼움.
381) 준졀(峻截): 준절. 매우 위엄이 있고 정중함.

리오?"

난복이 고두(叩頭) 왈(曰),

"이 일이 심(甚)히 공교(工巧)ᄒ니 신(臣)이 진실노(眞實-) 망언(妄言)ᄒᆫ 죄(罪)를 면(免)티 못ᄒ리로소이다. 아쥬(我主)의 신명(神明)ᄒ미 위시(衛士ㅣ) 감찰(監察)을 ᄃ리라 오니 여ᄎᆞ여ᄎᆞ(如此如此) 니ᄅ고 글을 지어 감찰(監察)을 준 배라 진실노(眞實-) 현이ᄂᆞᆫ 무죄(無才)ᄒ니이다."

샹(上)이 텽파(聽罷)의 도로혀 밋디 아니샤 즉시(卽時) 형부(刑部)의 됴셔(詔書)ᄒ야 현이ᄅᆞᆯ 잡아 무르라 ᄒ시니,

댱 샹셰(尙書ㅣ) 즉시(卽時) 형부(刑部)의 도라와 좌긔(坐起)ᄒ고 현이ᄅᆞᆯ 압녕(押領)[382]ᄒ야 이에 니르러 형당(刑杖)을 ᄀ초고 난복의 주ᄉᆞ(奏辭)ᄅᆞᆯ 옴겨 조건(條件)을 니ᄅ고 졍실(情實)[383]을 무르니, 현이 이째 무망(無妄)[384]의 이 화(禍)ᄅᆞᆯ 만나 졍(正)히 아모 연고(緣故)ㄴ 줄 아디 못ᄒ여 ᄒ다가 댱 공(公)의 니ᄅᆞ는 바로조차 ᄇ야흐로 곡졀(曲折)을 알고 저의 젹

년(積年) 공교(工巧)ᄒᆫ 계괴(計巧ㅣ) 누셜(漏泄)ᄒᄆᆯ ᄀ골통탄(刻骨

---

382) 압녕(押領): 압령. 죄인을 맡아서 데리고 옴.
383) 졍실(情實): 정실. 실제의 사실.
384) 무망(無妄): 별 생각이 없이 있는 상태.

痛嘆(痛嘆)385)ᄒ나 거즛 안ᄉᆡᆨ(顏色)을 지어 강변(强辯)ᄒ야 ᄀᆞᆯ오ᄃᆡ,

"쇼ᄉᆡᆼ(小生)이 비록 무상(無狀)ᄒ나 글을 닑어 ᄉᆞ리(事理)ᄅᆞᆯ 알거든 ᄎᆞ마 엇디 형(兄)을 해(害)ᄒ야 죄(罪)ᄅᆞᆯ 텬디(天地)의 어드리오? 가형(家兄)이 블쵸(不肖)ᄒ야 강상(綱常)의 죄(罪)ᄅᆞᆯ 범(犯)ᄒ미 엇디 쇼ᄉᆡᆼ(小生)이 알니오? 져근 노ᄌᆞ(奴子) 난복이 이제 쥬인(主人)을 위(爲)ᄒ야 이런 요망(妖妄)ᄒᆞᆫ 일을 비저ᄂᆡ여시니 샹공(相公)은 고디듯디 마르쇼셔."

댱 공(公)이 대로(大怒)ᄒ야 형댱(刑杖)을 나와 일ᄎᆞ(一次)ᄅᆞᆯ 쥰ᄎᆞ(準次)386)ᄒᆞᄃᆡ 현이 ᄒᆞᆫ갈ᄀᆞᆺ티 발명(發明)ᄒ니 홀일업서 툐ᄉᆞ(招辭)387)ᄅᆞᆯ 거두어 주달(奏達)ᄒ니 샹(上)이 다시 져주라 ᄒᆞ시다.

댱 공(公)이 모든 죄슈(罪囚)ᄅᆞᆯ 옥(獄)의 ᄂᆞ리오고 집의 도라왓더니, ᄎᆞ야(此夜)의 심

● ● ●

127면

심(心思ㅣ) 번민(煩悶)ᄒ야 잠을 일우디 못ᄒ다가 잠간(暫間) 눈을 ᄀᆞᆷ으니 홀연(忽然) 음풍(陰風)이 알플 ᄀᆞ리오며 두 낫 흉악(凶惡)ᄒᆞᆫ 쟝ᄉᆞ(壯士ㅣ) 문(門) 밧긔 셧거ᄂᆞᆯ 공(公)이 놀나 무ᄅᆞᄃᆡ,

"네 엇던 사ᄅᆞᆷ인다?"

두 사ᄅᆞᆷ이 몸을 구펴 졀ᄒᆞ고 울며 ᄀᆞᆯ오ᄃᆡ,

"쇼인(小人) ᄒᆞ나흔 젼일(前日)의 황극뎐(皇極殿) 아래셔 죽은 ᄌᆞ긱(刺客) 니연명이니 처음의 뉴현이 금(金)을 밧고 뉴영걸을 놀ᄂᆡ여

---

385) ᄀᆞᆨ골통탄(刻骨痛嘆): 각골통탄. 마음속 깊이 몹시 탄식함.

386) 쥰ᄎᆞ(準次): 준차. 매를 몇 차례에 걸쳐 때림.

387) 툐ᄉᆞ(招辭): 초사. 죄인이 자기의 범죄 사실을 진술하던 말.

누현명을 잡아 죽을 짜히 업거늘 현이 문득 누셜(漏泄)홀가 두려 신(臣)을 약(藥) 먹여 즉스(卽死)케 ᄒ니 인(因)ᄒ야 원혼(冤魂)이 되여 원슈(怨讎)룰 갑고져 ᄒ더니, 이제 현이 노야(老爺)긔 속여 승복(承服)을 즉시(卽時) 아니ᄒ니 가(可)히 그 어미 각졍을 잡아 저조쇼셔."

ᄯᅩ ᄒ나히 울며 글오딕,

"쇼인(小人)은

⊹ • •

128면

경듕(京中) 졔일(第一) 협킥(俠客) 김상위러니 뉴현이 쳔금(千金)을 주고 뉴 한님(翰林)을 쫄와가 못 죽이고 도로혀 잡히여 뉴 태슈(太守)는 죽이려 ᄒᄂᆫ 거슬 뉴 한님(翰林)이 프러 노흐니 쇼인(小人)이 경스(京師)의 도라와 이 일을 고(告)ᄒ매 믄득 쇼인(小人)이 누셜(漏泄)홀가 져허 티독(置毒)[388]ᄒ야 죽이니 쇼인(小人)이 원억(冤抑)[389]ᄒ믄 귀신(鬼神)도 밋처 아디 못ᄒᄂᆫ디라. 붉은 노야(老爺)긔 졍스(情事)룰 고(告)ᄒᄂ니 원슈(怨讎)룰 갑하 주쇼셔."

인(因)ᄒ야 두 귀신(鬼神)이 크게 울거늘 댱 공(公)이 크게 놀나 씨ᄃ르니 ᄒᆫ 꿈이러라. 댱 공(公)이 몽스(夢事)룰 허탄(虛誕)이 너기나 현이 심슐(心術)노 이 일을 저즈미 이실 거시오, ᄯᅩ 스연(事緣)이 꿈ᄀᆺ디 아닌디라 심듕(心中)의 티부(置簿)ᄒ고,

이튼날 좌긔(坐起)

---

388) 티독(置毒): 치독. 독을 넣음.
389) 원억(冤抑): 원통하고 억울함.

룰 베프매 즉시(卽時) 각정을 잡아드려 엄형(嚴刑)을 ᄀ초고 몬져 위시(氏) 풀녀 ᄒ던 말과 티독(置毒) 일ᄉ(一事)와 뉴 공(公) 소긴 말과 김샹유, 니연명이 말을 가져 셰셰(細細)이 무르니 각졍이 일싱(一生) 부귀(富貴) 가온딕 쳐(處)ᄒ야 큰 소릭도 듯디 못ᄒ엿다가 일시(一時)의 큰 매와 엄(嚴)ᄒ 형벌(刑罰)을 보니 밧디 아냐셔 삼³⁹⁰⁾혼(三魂)과 칠뵉(七魄)이 다 흐터지고 좌우(左右)로 킈 큰 무식(武士ㅣ) 곤쟝(棍杖)을 드러 삼 버둣 셧고, 듕계(中階)예 무수(無數) 낭관(郎官)이 딕고(直告)ᄒ기룰 웨고 공(公)의 무르미 신명(神明)이 곗흐로조차 보ᄂ 둣ᄒ니 스ᄉ로 몸을 떨며 고(告)ᄒ딕,

"위 시(氏) 닉치기와 뉴 한님(翰林)을 ᄒ 번(番) 티독(置毒)과 야밤(夜-)의 블너드려와 겁틱(劫敕)³⁹¹⁾ᄒ기ᄂ 쳡(妾)이 ᄒ여시나 기여(其餘)ᄂ 다 현이

ᄒ 배니 쳡(妾)이 아디 못ᄒᄂ이다."

현이 제 어미 승복(承服)ᄒ믈 보고 할일업셔 고(告)ᄒ딕,

"쇼싱(小生)이 일즉 혹식(學識)이 고루(固陋)ᄒ니 아디 못ᄒ딕 셜최 젼후(前後) 악ᄉ(惡事)룰 일워 힝(行)ᄒ미 다 셜최 계피(計巧ㅣ)요 쇼싱(小生)은 아디 못ᄒᄂ이다."

---

390) 삼: [교] 원문에는 '십'으로 되어 있으나 오기로 보임.
391) 겁틱(劫敕): 겁칙. 겁박하여 탈취함.

댱 공(公)이 셜최 두 ᄌ(字)를 듯고 크게 흉(凶)히 너겨 굴오딕,

"셜최 엇디 너의 곳의 잇ᄂ뇨?"

현이 왈(曰),

"쇼싱(小生)의 악공(岳公)이니이다."

원뉘(元來) 셜최를 니댱(李-) 이문(二門)이 졀티부심(切齒腐心)ᄒ
ᄂ디라 댱 공(公)이 ᄎ언(此言)을 듯고 심하(心下)의 대로(大怒)ᄒ야
즉시(卽時) 셜최를 잡아 알패 니ᄅ매 공(公)이 눈을 드러 보니 일죽
이향(異鄕)의 뉴락(流落)ᄒ야 얼골이 쵸체(憔悴)ᄒ야시나 녜 얼골을
분변(分辨)ᄒ리러라.

공(公)이 ᄒ번(-番) 보매 노발(怒髮)이 튱관(衝冠)392)ᄒ야 이에

· • •

131면

무러 굴오딕,

"제 젼일(前日)의 국가(國家)의 큰 죄(罪)를 짓고 목숨이나마 향니
(鄕里)의 도라감도 죡(足)ᄒ거ᄂᆞᆯ 네 엇디 년곡(輦轂)393) 아릭 니ᄅ러
ᄯ 궁흉(窮凶)394)ᄒ 계교(計巧)를 ᄂᆞ여 부ᄌ(父子) 형뎨(兄弟) ᄉᆞ이를
니간(離間)ᄒ야 블측(不測)ᄒ 계괴(計巧ㅣ) 현인(賢人)을 모라 깅참
(坑塹)395)의 너코 셩총(聖聰)을 긔망(欺罔)396)ᄒᄂ뇨?"

셜최 이쩨 그 사회를 의지(依支)ᄒ야 쥬육(酒肉)을 빌블니 먹으나

---

392) 튱관(衝冠): 충관. 관을 찌른다는 뜻으로 분노가 깊음을 말함.
393) 년곡(輦轂): 연곡. 임금이 타던 수레라는 뜻으로 임금이 있는 수도를 이름.
394) 궁흉(窮凶): 아주 흉악함.
395) 깅참(坑塹): 갱참. 깊고 길게 파 놓은 구덩이.
396) 긔망(欺罔): 기망. 남을 속여 넘김.

스스로 안연(晏然)이 눗출 드러 나돈니디 못ᄒ야 마치 독 안의 쥐쳐
로 뉴부(-府)의 드러 업디여 져근 계교(計巧)로 한님(翰林)을 죽을 고
디 녀코 졍(正)히 양양(揚揚)ᄒ야 니가(李家)를 도모(圖謀)키를 싱각
더니 무망(無妄)의 몸이 텰삭(鐵索)의 미이여 이에 니르러 댱 공(公)
의 븕히 져조믈 만나니 아연(啞然) 져상(沮喪)³⁹⁷⁾ᄒ야 눈을 드러 댱
공(公)을 보니 관옥(冠玉)

•••

132면

안면(顔面)이 일월(日月) ᄀᆞᆺᄒ되 교위(交椅)³⁹⁸⁾에 의지(依支)ᄒ야 금
포옥디(錦袍玉帶)³⁹⁹⁾ 텬신(天神) ᄀᆞᆺᄐᆞᆯ 보고 구버보매 당년(當年)의
졀노 더브러 ᄒᆞᆫ가지로 한원(翰苑)의 튱수(充數)ᄒ야 그 누의로 의혼
(議婚)ᄒ던 ᄆᆞ음이 즉금(卽今)은 의관(衣冠)이 쵸쳬(憔悴)ᄒ고 ᄯᅡ 아
릭 듕슈(重囚)로 ᄉᆞ싱(死生)이 슈유(須臾)의 이시니 졀노 비(比)컨디
쇼양(霄壤)⁴⁰⁰⁾이 판단(判斷)ᄒ엿ᄂᆞᆫ디라 흉격(胸膈)이 막히고 심혼(心
魂)이 쮜노라 이에 ᄀᆞᆯ오디,

"닉 젼일(前日) 그릇 옥난의 함해(陷害)⁴⁰¹⁾ᄒ인 배 되야 몸이 졀역
(絶域)의 닉티나 이미ᄒᆞ미 빅옥(白玉) 갓거늘 이제 은새(恩赦ㅣ) 느
린 후(後)조차 년곡(輦轂)의 못 오리오? 그디 이제 법관(法官)이 되야
이미ᄒᆞᆫ 사ᄅᆞᆷᄃᆞ려 두미(頭尾) 모ᄅᆞᄂᆞᆫ 말을 뭇거든 무어시라 딕답(對

---

397) 져상(沮喪): 저상. 기운을 잃음.
398) 교위(交椅): 교의. 의자.
399) 금포옥디(錦袍玉帶): 금포옥대. 비단 도포와 옥으로 만든 띠.
400) 쇼양(霄壤): 소양. '천지'를 달리 이르는 말. 높은 하늘과 넓은 땅이라는 뜻임.
401) 함해(陷害): 남을 모함하여 해를 입힘.

答)ᄒᆞ리오?"

당 공(公)이 대로(大怒)ᄒᆞ야 좌우(左右) ᄉᆞ예(使隷)를 명(命)

· · ·

133면

ᄒᆞ야 형당(刑杖)을 준ᄎᆞ(準次)402)ᄒᆞ며 엄(嚴)히 져조니 셜최 능히(能
-) 견듸디 못ᄒᆞ야 젼후(前後) ᄉᆞ상(事狀)을 일일(一一) 승복(承服)ᄒᆞ
니 쟝403) 공(公)이 어히업서 다시 현ᄋᆞ를 져조어 굴오딕,

"다른 일은 네 아디 못ᄒᆞ노라 ᄒᆞ나 네 엇디 형(兄)의 글을 도적(盜
賊)ᄒᆞ야 셩샹(聖上)을 긔망(欺罔)ᄒᆞ고 니(李) 샹셔(尙書)를 무망(誣
罔)404)ᄒᆞᆫ 곳으로 미뤄여 텬총(天聰)405)을 긔망(欺罔)ᄒᆞᄂ다?"

현ᄋᆞ 굴오딕,

"니(李) 샹셔(尙書)를 해(害)ᄒᆞᆷ은 금오(金吾) 노한의 일이오, 형(兄)
의 글을 도적(盜賊)ᄒᆞ미 아냐 지극(至極)ᄒᆞᆫ 우ᄋᆡ(友愛)로 ᄀᆞᄅ치미
여ᄎᆞ여ᄎᆞ(如此如此) ᄒᆞ거ᄂᆞᆯ 봉ᄒᆡᆼ(奉行)ᄒᆞ이다."

당 샹셰(尙書ㅣ) 즉시(卽時) 제인(諸人)을 옥(獄)의 ᄂᆞ리오고 계ᄉᆞ
(啓辭)406)ᄒᆞ딕,

'이제 죄인(罪人) 뉴현ᄋᆞ를 작일(昨日) 져조매 ᄆᆞᄎᆞ니 승복(承服)
ᄒᆞ미 업ᄂᆞ니라. 마디못ᄒᆞ야 그 어미 각졍을 잡아 져조니 쁜 곳이

---

402) 쥰ᄎᆞ(準次): 준차. 매를 몇 차례에 걸쳐 때림.

403) 쟝: [교] 원문에는 '남'으로 되어 있으나 문맥을 고려하여 이와 같이 수정함.

404) 무망(誣罔): 남을 속여 넘김. 기만.

405) 텬총(天聰): 천총. 임금의 총명.

406) 계ᄉᆞ(啓辭): 계사. 논죄(論罪)에 관하여 임금에게 올리던 글.

여ᄎᆞ여ᄎᆞ(如此如此)ᄒᆞ여 젼(前) 한님(翰林) 셜최의게 미친 고(故)로 셜최를 잡아 져조니 과연(果然) ᄌᆞ직(刺客) 니연명과 김샹유를 박살(撲殺)ᄒᆞᆯ시 올코 현명을 미러 인뉸(人倫) 대죄인(大罪人)을 민들미 셜최의 일이라. 셜최 이젼(以前) 죄악(罪惡)이 여산(如山)ᄒᆞ거놀 ᄯᅩ 가마니 년곡(輦轂) 알픽 니르러 ᄂᆞᆷ의 부ᄌᆞ(父子) ᄉᆞ이를 니간(離間)ᄒᆞ야 셩샹지티(聖上之治) 풍화(風化)⁴⁰⁷⁾를 샹(傷)히오니 그 죄(罪) 쥬(誅)ᄒᆞ염 즉ᄒᆞ고 집금오(執金吾) 뇨한이 젼임(前任) 니부샹셔(吏部尙書) 니셩문을 블측(不測)ᄒᆞᆫ 뒤로 지목(指目)ᄒᆞ야 샹소(上疏)ᄒᆞ미 밍낭(孟浪)ᄒᆞ야 이제 졍젹(情迹)⁴⁰⁸⁾이 드러나시니 잡아 무러지이다.'

ᄒᆞ엿더라.

---

407) 풍화(風化): 교화.

408) 졍젹(情迹): 정적. 사정과 흔적.

니시셰딕록(李氏世代錄) 권지십(卷之十)

1면

이적의 댱 샹셔(尚書)의 주시(奏辭ㅣ) 텬뎡(天廷)의 오르니 샹(上)이 크게 노(怒)ᄒ샤 됴셔(詔書)ᄒ야 글ᄋᆞ샤ᄃᆡ,

'이제 감찰ᄉᆞ(監察史) 뉴현이 동긔(同氣)ᄅᆞᆯ 해(害)ᄒ 죄샹(罪狀)은 니르도 말고 한님(翰林) 셜최 젼일(前日) 음흉(陰凶)ᄒ 계교(計巧)로 ᄌᆡ샹(宰相) 명부(命婦)ᄅᆞᆯ 해(害)ᄒ고 ᄯᅩ ᄂᆞᆷ의 형뎨(兄弟) ᄉᆞ이ᄅᆞᆯ 니간(離間)ᄒ니 그 죄악(罪惡)이 관영(貫盈)[1]ᄒ디라. 당당(堂堂)이 쳐ᄉᆞ(處死)[2]ᄒ야 후인(後人)을 징계(懲戒)ᄒ고 현이의 죄(罪) 셜최와 ᄀᆞᆺ틀 거시로ᄃᆡ 현명의 우이(友愛)ᄅᆞᆯ 념(念)ᄒ야 졀도(絕島) 츙군(充軍)ᄒ고 뉴영걸은 뭇디 말나.'

ᄒ시고 뇨한을 져조어 실샹(實狀)을 사힉(查覈)ᄒ라 ᄒ시니,

댱 공(公)이 즉시(卽時) 뇨 금오(金吾)ᄅᆞᆯ 잡아 와 젼(前) 일을 무르니 금외(金吾ㅣ) 드듸여 남챵(南昌)으로 갈 적 현이

2면

와 동힝(同行)ᄒᆞᆯ 제 글 읇던 말과 제 여ᄎᆞ여ᄎᆞ(如此如此) 니르거늘 동뉴(同類)의 푼푸홀와 ᄒ니 현이 홀일이 업서 드듸여 명지(名紙) 밧

---

1) 관영(貫盈): 가득 참.
2) 쳐ᄉᆞ(處死): 처사. 사형에 처함.

곤 일과 분노(憤怒)ᄒ기로 허언(虛言)을 ᄭᅮ며 뇨 금오(金吾)ᄃ려 니
ᄅᆞ믈 낫낫치 승복(承服)ᄒ니 댱 공(公)이 모든 쵸ᄉᆞ(招辭)를 거두워
계ᄉᆞ(啓辭)ᄒ니,

샹(上)이 미처 보시디 못ᄒᆞ야셔 슈쥐 태쉬(太守ㅣ) 도적(盜賊) 송
샹집과 나슝을 올닌 계문(啓聞)[3]과 니(李) 샹셔(尙書)의 표(表ㅣ) 니
ᄅᆞ니 한님흑ᄉᆞ(翰林學士) 니듕문이 ᄭᅮ러 닑으니 글와시ᄃᆡ,

'전임(前任) 니부샹셔(吏部尙書) 겸(兼) 문연각(文淵閣) 태흑ᄉᆞ(太學
士) 니셩문은 셩황셩공(誠惶誠恐)[4] 돈슈빅비(頓首百拜)ᄒᆞ야 샹표(上
表)ᄒᆞᄂᆞ이다. 신(臣)의 어미 셕년(昔年)의 남챵(南昌)의 원젹(遠謫)[5]ᄒᆞ
야실 제 도적(盜賊)의 분찬(奔竄)[6]ᄒᆞ야 신(臣)

● ● ●

3면

의 아ᄋᆞ 경문을 일흔 배 되엿더니 신(臣)이 ᄆᆞ춤 츌유(出遊)ᄒᆞ믈 인
(因)ᄒᆞ야 외방(外方)의 나왓다가 슈쥐예 니ᄅᆞ러ᄂᆞ 죄인(罪人) 뉴현명
을 보니 병(病)이 듕(重)ᄒᆞ야 위경(危境)의 잇ᄉᆞᆸ는디라. 신(臣)이 참
혹(慘酷)ᄒᆞ믈 이긔디 못ᄒᆞ야 일야(一夜)를 디류(遲留)[7]ᄒᆞ오니 기야
(其夜)의 ᄌᆞ긱(刺客)이 뉴현이 쳥(請)을 밧고 현명을 해(害)ᄒᆞ랴 ᄒᆞ거
늘 신(臣)이 잡은 배 되야 져준즉 신(臣)의 아ᄋᆞ 경문을 푼 도적(盜
賊) 나슝을 아ᄂᆞ디라. 신(臣)이 송샹집을 ᄃᆞ리고 듀야(晝夜)로 ᄃᆡ쥐

---

3) 계문(啓聞): 신하가 글로 임금에게 아뢰던 일.

4) 셩황셩공(誠惶誠恐): 성황성공. 진실로 황공하다는 뜻으로, 임금에게 올리는 글의 첫머리에 쓰는
   표현.

5) 원젹(遠謫): 원적. 멀리 귀양을 감.

6) 분찬(奔竄): 바삐 달아나 숨음.

7) 디류(遲留): 지류. 지체해 머무름.

니르러 나슝을 잡아 경문의 츌쳐(出處)를 무르니 대강(大綱) 뉴영걸의 망쳐(亡妻) 김 시(氏) 수속(嗣續)이 업스믈 인(因)호야 뉴영걸이 경수(京師)의 온 수이의 경문을 스스로

나흔 톄호야 영걸을 소기니 현명인즉 신(臣)의 아오 경문이라. 경문을 산 뉴영걸의 시비(侍婢) 취[8]향과 나슝을 일쳐(一處)의 면질(面質)[9]호니 과연(果然) 현명이 신(臣)의 아일시 분명(分明)혼 가온되 세 가지 샹표(上標ㅣ) 증참(證參)이 되여시니 셩샹(聖上)은 원(願)컨되 은명(恩命)을 느리오샤 인뉸(人倫)을 온젼(穩全)케 호쇼셔.'

호엿고 한님(翰林)의 샹쇼(上疏ㅣ) 쪼 혼가지라. 샹(上)이 텽필(聽畢)의 크게 놀나시며 칭찬(稱讚)호야 굴ㅇ샤되,

"원늬(元來) 현명이 연왕(-王)의 아들이랏다. 그 얼골이 굿트믈 고이(怪異)히 너기더니 부지(父子ㅣ) 즈연(自然) 달므미로다."

즉시(卽時) 법부(法部)의 됴셔(詔書)호야 굴ㅇ샤되,

'뉴현이 흉(凶)혼 계교(計巧ㅣ) 경문을 세 번(番) 죽이려 호다

가 득(得)디 못호고 그 어미 각정이 적즈(嫡子)를 모해(謀害)호야 죄악(罪惡)이 여산(如山)호니 아오로 참(斬)호라.'

---

8) 취: [교] 원문에는 '츄'로 되어 있으나 앞의 예를 따라 이와 같이 수정함.

9) 면질(面質): 관계자 양쪽을 대면시켜 심문함.

ᄒᆞ시니 연왕(-王)이 즉시(卽時) 쳥딕(請對)10)ᄒᆞ매 샹(上)이 경문 어드믈 치하(致賀)ᄒᆞ시고 굴ᄋᆞ샤딕,

"션뎨(先帝) 미양 소 시(氏)의 굿기믈 차셕(嗟惜)11)ᄒᆞ시더니 오늘날 부ᄌᆞ(父子ㅣ) 온젼(穩全)ᄒᆞᆯ 줄 알니오?"

왕(王)이 돈슈(頓首) 주왈(奏曰),

"십뉵(十六) 년(年) 일헛던 ᄌᆞ식(子息)을 어드믄 신(臣)의 집의 텬ᄒᆡᆼ(天幸)이옵거니와 연(然)이나 뉴현이 경문의 연고(緣故)로 쥬(誅)ᄒᆞ믈 밧ᄌᆞ오면 진실노(眞實-) 경문의 젹악(積惡)이 듕(重)ᄒᆞ온디라. 현이 비록 경문을 해(害)코져 ᄒᆞ나 죵시(終是) 면(免)ᄒᆞ야나시니 일편도이 애ᄌᆞ지원(睚眥之怨)12)을 갑흐미 가(可)티 아니ᄒᆞ고 뉴영걸이 빅슈지년(白首之年)13)의 ᄒᆞᆫ 아ᄃᆞᆯ을 일코 ᄒᆞ나흘 죽인

• • •

6면

즉 그 고고(孤孤)ᄒᆞᆫ 졍ᄉᆞ(情事ㅣ) 오월(五月) 비샹(飛霜)이 갓가오니 관젼(寬典)14)을 드리오시미 가(可)히 힝심(幸甚)토소이다."

샹(上)이 그 관인(寬仁)ᄒᆞᆫ 의논(議論)을 항복(降服)ᄒᆞ샤 현이ᄂᆞᆫ 샤(赦)ᄒᆞ시고 셜최와 각졍은 쳐참(處斬)15)ᄒᆞ라 ᄒᆞ시고 뉴 공(公)은 젼니(田里)로 내치시고 뇨한을 샥직(削職)ᄒᆞ시다.

---

10) 쳥딕(請對): 청대. 신하가 급한 일이 있을 때에 임금에게 뵙기를 청하던 일.

11) 차셕(嗟惜): 차석. 애달프고 아까움.

12) 애ᄌᆞ지원(睚眥之怨): 애자지원. 한 번 흘겨보는 정도의 원망이란 뜻으로, 아주 작은 원망.

13) 빅슈지년(白首之年): 백수지년. 머리가 허옇게 센 늙은 나이.

14) 관젼(寬典): 관전. 관대한 은전.

15) 쳐참(處斬): 처참. 목을 베어 죽이는 형벌에 처함.

유시(攸司ㅣ)16) 셩지(聖旨)룰 밧즈와 즉시(卽時) 각졍과 셜최룰 져재 가 참(斬)ᄒ니 이(二) 인(人)이 일싱(一生) 슈악(首惡)으로 경향(京鄕)의 종횡(縱橫)ᄒ다가 금일(今日) 슈죡(手足)이 날나지니 훗(後ㅅ)사룸을 딩계(懲誡)ᄒ염 즉ᄒ더라.

샹(上)이 즉시(卽時) 스(使)룰 슈쥐 보닉샤 한님(翰林)과 샹셔(尙書)룰 표장(表章)17)ᄒ시고 냥인(兩人)을 다 역마(驛馬)로 브릭시다.

ᄎ시(此時) 니부(李府)의셔 샹셰(尙書ㅣ) 우연(偶然)이 츌유(出遊)ᄒ므로 알고 경문 츠즈라 간 줄 쑴의도 싱각디 아니ᄒ고 연왕(-王)

이 잠간(暫間) 짐쟉(斟酌)ᄒ나 스식(辭色)디 아니ᄒ더니, 쳔만무심듕(千萬無心中) 경문이 셔찰(書札)이 역졍(驛亭)으로브터 니릭니 일가(一家) 샹하(上下)의 깃거ᄒᄂᆞᆫ 소릭 츈풍(春風) ᄀᆞᆺ고 왕(王)의 부부(夫婦)의 희힝(喜幸)ᄒᄂᆞᆫ ᄆᆞ음이 엇디 측냥(測量)ᄒ리오. 샹셔(尙書)의 셔간(書簡)을 보고 브야흐로 기간(其間) 곡졀(曲折)과 뉴현명이 경문이런 줄 씌드라 깃브미 극(極)ᄒ야 하람공(--公)이 골오ᄃᆡ,

"닉 원닉(元來) 처음브터 현명이 ᄎ뎨(次弟)와 ᄀᆞᆺ튼 줄 고이(怪異)히 너기더니 지쳑(咫尺)의 두고 그ᄃᆡ도록 이룰 쓰도다."

왕(王)이 ᄃᆡ왈(對曰),

"범식(凡事ㅣ) 져근 일도 운쉬(運數ㅣ)니 부ᄌ(父子) 유합(有合)이 째룰 기ᄃᆞ리미로소이다."

---

16) 유시(攸司ㅣ): 유사. 담당 관청.

17) 표장(表章): 표장. 어떤 일에 좋은 성과를 내었거나 훌륭한 행실을 한 데 대하여 세상에 널리 알려 칭찬함.

인(因)ᄒ야 그 셔간(書簡)을 주시 보매 언언(言言)이 슬프고 근절 (懇切)ᄒ야 부모(父母)의 눈믈 나믈 씩둣디 못ᄒ더라. 일개(一家ㅣ) 모다 티하(致賀)ᄒ

···
8면

고 소후(-后)의 깃거ᄒ미야 더옥 엇디 비(比)ᄒ홀 곳이 이시리오. 샹셔 (尙書)의 회정(回程)[18]ᄒ믈 날로 기드리더라.

챠셜(且說). 위 쇼졔(小姐ㅣ) 한님(翰林)을 니별(離別)ᄒ고 다시 비 타 군산(君山)의 니르니 운시 곡졀(曲折)을 주시 뭇고 차탄(嗟歎) 왈 (曰),

"명년(明年)이면 쇼져(小姐)와 샹공(相公)의 운쉬(運數ㅣ) 크게 통 (通)ᄒ야 계시니 냥위(兩位) 븍(北)으로 도라가실디라 슬허 말으쇼 셔."

쇼졔(小姐ㅣ) 탄식(歎息)ᄒ더라.

이후(以後) 쇼졔(小姐ㅣ) 몸이 무ᄉ(無事)ᄒ나 신셰(身世)를 슬허ᄒ 고 한님(翰林)의 젹듕(謫中) 고초(苦楚)를 우려(憂慮)ᄒ야 심ᄉ(心思 ㅣ) 쵸연(悄然)[19]이 됴흔 째 업ᄉ나 그러나 일신(一身)이 평안(平安) ᄒ고 도관(道觀)이 인간(人間)으로 격졀(隔絕)[20]ᄒ니 셰렴(世念)이 날 노 사라지ᄂᆞ디라, 이 진짓 강호(江湖)의 머리털 잇ᄂ 즁이오 텬하(天 下)의 집 업슨 손이라 ᄎᆞ싱(此生) 계활(契活)[21]의 고초(苦楚)ᄒ미

---

18) 회정(回程): 회정. 돌아오는 길에 오름. 또는 그런 길이나 과정.

19) 쵸연(悄然): 초연. 근심하는 모양.

20) 격졀(隔絕): 격절. 서로 사이가 떨어져서 연락이 끊어짐.

21) 계활(契活): 결활. 삶을 위하여 애쓰고 고생함.

비길 딕 업더라.

이히 진(盡)ᄒ고 신츈(新春)을 만나 샹원일(上元日)의 다닷라는 일
향(一鄕) 사름이 다 향화(香火), 등쵹(燈燭)으로 도관(道觀)의 공(功)
을 드리ᄂ디라. 도듕(途中)이 분분(紛紛)ᄒ야 이날 져므도록 츅원(祝
願)ᄒ기를 맛고 헤여지딕, 기듕(其中) 듕년(中年)의 녀랑(女娘) 일(一)
인(人)이 밤을 머므러 운ᄉ로 더브러 슈작(酬酌)ᄒ거늘 쇼져(小姐)ᄂ
도청으로 더브러 겻방(-房)의 잇더니 그 녀랑(女娘)이 믄득 탄(嘆)ᄒ
야 글오딕,

"슬프다! 쇼져(小姐)를 위(爲)ᄒ야 도관(道觀)의 공(功)을 여러 히
드리딕 아름이 업스니 엇디 셟디 아니리오?"

운ᄉ 문왈(問曰),

"그딕 쇼제(小姐ㅣ) 엇던 사름고?"

그 녀랑(女娘) 왈(曰),

"닉 졈어실 적 경셩(京城) 위 시랑(侍郞) 딕(宅) ᄉ(四) 셰(歲) 쇼져
(小姐)를 기르더니 이리이리 ᄒ야 피졉(避接)22) 갓다가 우믈의 ᄲᅢ디
니 쳡(妾)이 샹젼(上典)23)

의 칙(責)을 두려 먼니 ᄃ라나 이에 와 쇼져(小姐)를 위(爲)ᄒ야 ᄉ

---

22) 피졉(避接): 피접. 앓는 사람이 다른 곳으로 자리를 옮겨서 요양함. 비접.
23) 샹젼(上典): 상전. 종에 상대하여 그 주인을 이르는 말.

졀(四節)의 축원(祝願)호는 배 이 연괴(緣故])니라."

운시 고개 좃고 희미(稀微)히 웃거늘,

쇼졔(小姐]) 겻방(-房)의셔 듯고 의심(疑心)호야 도쳥을 눈 주어 나가 무르라 호니 도쳥이 문(門)을 열고 나 안즈며 글오되,

"파랑(婆娘)24)의 니르는 말을 드르니 슬프미 극(極)호도다. 연(然) 이나 그 쇼졔(小姐]) 몸의 표젹(標迹)25)이나 잇던가?"

구취 왈(曰),

"녀느 표젹(標迹)이야 무어시 이시리오마는 곳 나며 풀 우희 '홍 쇼' 두 직(字]) 이시니 노애(老爺]) 긔이(奇異)히 너기샤 인(因)호 야 '홍쇠'라 지으시고 쇼져(小姐)의 빅시(伯氏) 최량 샹공(相公)이 쇼 져(小姐)를 쥬졈(注點)26)호실 적 웃고 글오샤되, '타일(他日) 네 가부 (家夫]) 친영(親迎)27) 날 네 일홈을 알게 호리라.' 호시고 '홍쇠'라 쁜 우희 '위' 즈(字)를 뻐 계시

∷●●

11면

더니라."

도쳥이 우문(又問) 왈(曰),

"그 쇼졔(小姐]) 그째 무어슬 닙혓더뇨?"

구취 왈(曰),

"프른 능나(綾羅)로 지은 오슬 입히고 진홍(眞紅) 비단(緋緞) 치마

---

24) 파랑(婆娘): 노파.

25) 표젹(標迹): 표적. 겉에 표시된 흔적.

26) 쥬졈(注點): 주점. 붓으로 붉은 색 점을 찍음. 붉은 색 점은 앵혈을 이름.

27) 친영(親迎): 육례의 하나로, 신랑이 신부의 집에 가서 신부를 직접 맞이하는 의식.

룰 미이고 옥닌(玉麟)[28]을 쳐왓더니라. 연(然)이나 션되(仙道ㅣ) 무릭
믄 엇디오?"

말이 맛디 못ㅎ여셔 쇼졔(小姐ㅣ) 문(門)을 열고 닉닥라 붓들고 글
오딕,

"어미 아니 구쳔다?"

구취 놀나 눈을 둥그러케 쓰고 글오딕,

"쇼샹공(小相公)이 엇디 닉 일홈을 아ᄂ뇨?"

쇼졔(小姐ㅣ) 울고 ᄌ가(自家)의 폴을 닉여 뵈며 글오딕,

"그딕 니ᄅ는 배 날을 니ᄅ미니 이제 나는 진짓 남ᄌ(男子ㅣ) 아
니라. 닉 일죽 얼픗ᄒ야 ᄌ시 싱각은 못 ᄒ나 우믈의 ᄲ져 남챵인(南
昌人) 원용이 구(救)ᄒ야 닉야 기른 줄 싱각ᄒᄂ니, 어미 이 치마룰
보라."

ᄒ고 ᄌ긔(自己) 집의셔 입고 온 치마와

* * *

12면

져고리룰 몸ᄀ의 업시티 아니ᄒ더니 져고리는 위 쳐ᄉ(處士) 집의
두고 와시매 치마만 잇ᄂ디라, 구취 쇼져(小姐)의 폴히 쓴 것과 치마
룰 보고 심신(心身)이 어린 듯ᄒ야 붓들고 크게 우러 왈(曰),

"쇼졔(小姐ㅣ) 엇디 이에 니ᄅ럿ᄂ뇨?"

쇼졔(小姐ㅣ) 울고 젼후슈말(前後首末)을 ᄌ시 니ᄅ고 왈(曰),

"닉 일죽 놉흔 당(堂)의 잇던 일과 우믈의 ᄲ진 일을 녁녁(歷歷)히
싱각ᄒ되 부모(父母)의 셩명(姓名)을 모ᄅ니 어딕로 지향(指向)ᄒ야

---

28) 옥닌(玉麟): 옥린. 옥으로 만든 기린 모양의 노리개.

츠즈리오? 쇽졀업시 환난(患難)의 분쥬(奔走)ᄒ며 이를 슬우더니 오늘날 어미를 만날 줄 알니오?"

구취 쇼져(小姐)를 만나 다힝(多幸)코 깃브미 비(比)홀 곳이 업서 닐오딕,

"비지(婢子ㅣ) 그째 원방(遠方)의셔 ᄌ 잡혀가 바히 ᄉ톄(事體)29)를 모르므로 쇼져(小姐)를 구(救)ᄒ야 살

⋯

13면

올 도리(道理)란 모르고 흔ᄌ 드라나 이에 와 그 후(後) 뉘웃븐 심ᄉ(心思ㅣ) 측냥(測量)업서 듀야(晝夜)이 도관(道觀)의 공(功)을 드려 쇼져(小姐)의 ᄌ싱(再生)ᄒ시믈 ᄇ라더니 오ᄂ날 만날 줄 어이 알니오? 그째 쇼져(小姐) 부친(父親)은 위 시랑(侍郎)이시고 모친(母親)은 부인(夫人)이시니 이제 쇼져(小姐)로 더브러 경ᄉ(京師)로 츠ᄌ갈소이다."

쇼졔(小姐ㅣ) 구취 말을 듯고 깃븜과 슬프미 교집(交集)ᄒ야 그 젼말(顚末)을 ᄌ시 뭇고 환희(歡喜)ᄒ미 꿈속 ᄀ더라. 새도록 서로 소회(所懷)를 열매 운ᄉ와 도쳥이 티하(致賀)ᄒ믈 마디아니ᄒ더라.

이튼날 쇼졔(小姐ㅣ) 구취로 더브러 경ᄉ(京師)로 갈 일을 의논(議論)ᄒ더니 홀연(忽然) 져믄 도ᄉ(道士)들이 분쥬(奔走)ᄒ며 초당(草堂)을 ᄯᆯ거늘 쇼졔(小姐ㅣ) 연고(緣故)를 무른딕 도ᄉ(道士ㅣ) 딕왈(對曰),

"밧긔 긱(客)이 와 계시니 딕졉(待接)

---

29) ᄉ톄(事體): 사체. 일의 체면.

흐미로소이다.”

쇼졔(小姐ㅣ) 다시 뭇디 아니흐더니 구틔 이윽고 나가 보고 ᄀ장 의심(疑心)ᄒ야 믄득 낫ᄃ라 졀ᄒ고 굴오ᄃ,

“노애(老爺ㅣ) 아니 남챵(南昌) 위 쳐ᄉ(處士) 노애(老爺ㅣ)시니잇 가?”

원ᄂ(元來) 위 쳐ᄉ(處士ㅣ) 위 시(氏)의 종젹(蹤迹)을 찻고져 ᄒ야 두로 유산(遊山)ᄒ야 ᄌ최 아니 간 곳이 업더니 금일(今日) 이에 니 른다라. 구틔 안면(顏面)이 의희(依稀)ᄒᄃ ᄌ셔(仔細)티 못ᄒ야 뭇 ᄂ 배러라. 쳐ᄉ(處士ㅣ) 굴오ᄃ,

“ᄂ 위 쳐ᄉ(處士)어니와 너는 엇던 사롬인다?”

구틔 ᄃ왈(對曰),

“십오(十五) 년(年) 젼(前) 경셩(京城) 위 시랑(侍郞) ᄃ(宅) 홍소 쇼 져(小姐)를 알으시ᄂ니잇가?”

쳐ᄉ(處士ㅣ) 대경(大驚) 왈(曰),

“홍소는 ᄂ 딜ᄌ(姪子) 위 승샹(丞相)의 일흔 ᄯᆞᆯ이어니와 네 엇디 아ᄂᄂ다?”

구틔 ᄃ왈(對曰),

“비ᄌ(婢子)ᄂ 홍소 쇼져(小姐) 유모(乳母) 구틔니 산듕(山中)의 무 쳔 디 여러 셩상(星霜)이 뒤이ᄌ매 그ᄉ이 위 시랑(侍郎)이 승상(丞相) 호시믈 아디 못호과이다."

쳐ᄉᆞᆺ(處士ㅣ) 더옥 대경(大驚) 왈(曰),

"닉 나히 늙어 편시간(片時間)30) 아라보디 못호니 노혼(老昏)31) 호믈 흔(恨)호노라. 아디 못게라, 홍쇠 어딕 잇ᄂᆞ뇨?"

구취 드틱여 젼후곡졀(前後曲折)을 ᄌᆞ시 고(告)호니 쳐ᄉᆞᆺ(處士ㅣ) 크게 깃거 즉시(卽時) 쇼져(小姐)를 브르니 구취 드러가 쇼져(小姐)긔 수말(首末)을 고(告)호니,

쇼졔(小姐ㅣ) 경희(驚喜)호믈 이긔디 못호야 급(急)히 초당(草堂)으로 나가 쳐ᄉᆞ(處士)를 보니 이 곳 거년(去年)의 의지(依支)호엿던 위 쳐ᄉᆞᆺ(處士ㅣ)오, 쳐ᄉᆞᆺ(處士ㅣ) ᄯᅩ흔 쇼져(小姐)의 안면(顏面)을 분변(分辨)호ᄂᆞᆫ디라. 쇼졔(小姐ㅣ) 몬져 졀호고 머리를 두드려 굴오딕,

"쇼손(小孫)이 조부(祖父)를 긔망(欺罔)32)흔 죄(罪) 만ᄉᆞ유경(萬死猶輕)33)이로소이다."

쳐ᄉᆞᆺ(處士ㅣ) 밧비 손을 잡고 굴오딕,

"젼년(前年)의 네 닉 집의 잇다가 무고(無故)히 ᄃᆞ라나믄 엇지오?"

쇼

---

30) 편시간(片時間): 짧은 시간.
31) 노혼(老昏): 늙어서 정신이 흐림.
32) 긔망(欺罔): 기망. 남을 속여 넘김.
33) 만ᄉᆞ유경(萬死猶輕): 만사유경. 만 번 죽어도 오히려 가벼움.

제(小姐ㅣ) 눈믈을 흘니고 오열(嗚咽)ᄒ야 굴오ᄃᆡ,

"쇼손(小孫)이 ᄋ시(兒時)의 부모(父母)ᄅᆞᆯ 쪄나 놈의 집의 길니이매 젼후(前後) 화란(禍亂)이 샹싱(相生)ᄒ야 도로(道路)의 뉴리(流離)ᄒᆞᆯ 추(次) 조부(祖父)의 은혜(恩惠)로 수월(數月)을 편(便)히 머므니 은혜(恩惠)ᄅᆞᆯ 심곡(心曲)³⁴⁾의 사기더니 조뷔(祖父ㅣ) 야야(爺爺)로 더브러 의논(議論)ᄒ시ᄂᆞᆫ 말이 여ᄎᆞ(如此)ᄒ시니 조비야온 소견(所見)의 능히 (能-) 다른 계괴(計巧ㅣ) 업서 듕야(中夜)의 도주(逃走)ᄒ야 몸을 산듕(山中)의 금초매 쇼식(消息)이 셰간(世間)으로 더브러 졀원(絶遠)ᄒ야 ᄎᆞ싱(此生)의 부모(父母)ᄅᆞᆯ ᄎᆞ즐 길히 묘망(渺茫)³⁵⁾ᄒ니 ᄒᆞᆫ갓 븍녁(北-) 기러기ᄅᆞᆯ ᄇᆞ라보아 애ᄅᆞᆯ 술오더니 하ᄂᆞᆯ이 도으샤 유모(乳母)ᄅᆞᆯ 어더 만나 부모(父母)의 쇼식(消息)을 듯ᄌᆞ오니 몸이 운쇼(雲霄)³⁶⁾의 나는 듯ᄒ옵더니 ᄯᅩ 조부(祖父)긔 뵈오니 오ᄂᆞᆯ 죽어도 무

흔(無恨)이로소이다."

쳐ᄉᆞ(處士ㅣ) 손을 잡고 위로(慰勞)ᄒ야 굴오ᄃᆡ,

"노뷔(老夫ㅣ) 무심(無心)ᄒ고 그날 말이 그러ᄒ나 네 만일(萬一) 졍ᄉᆞ(情事)ᄅᆞᆯ 이걸(哀乞)ᄒᆞᆯ진ᄃᆡ 노뷔(老夫ㅣ) 므슴 일 듯디 아니리

---

34) 심곡(心曲): 여러 가지로 생각하는 마음의 깊은 속.

35) 묘망(渺茫): 아득함.

36) 운쇼(雲霄): 운소. 구름 낀 하늘.

오? 네 간 후(後) 브리고 간 오슬 네 아비 보고 과도(過度)히 이샹(哀
傷)ᄒ야 듀야(晝夜)로 헤질너 츳다가 못 ᄒ야 도라가며 니게 여ᄎᆞ여
ᄎ(如此如此) 쳥(請)ᄒ니 닉 더옥 블평(不平)ᄒ믈 이긔디 못ᄒ야 남
방(南方)은 거의 다 쥬류(周流)ᄒ야 너ᄅᆞᆯ 츳더니 오늘날 만날 줄 알
니오?"

쇼제(小姐ㅣ) ᄎ언(此言)을 듯고 새로이 탄셩(歎聲)ᄒ여 늣기믈 마
니아니ᄒ니 쳐ᄉᆞ(處士ㅣ) 위로(慰勞)ᄒ고,

드딕여 운슈와 도쳥을 블너 만만샤례(萬萬謝禮)ᄒ딕 운ᄉᆞ 합댱(合
掌) 왈(曰),

"빈되(貧道ㅣ) 우연(偶然)이 쇼져(小姐)ᄅᆞᆯ 만나 초식(草食)을 서어
(鉏鋙)[37]히 딕졉(待接)ᄒ미 노야(老爺)의 치샤(致謝)ᄅᆞᆯ 바드니 황공
(惶恐)ᄒ이

...

18면

다."

ᄒ더라.

쳐ᄉᆞ(處士ㅣ) 이날 머므러 쇼져(小姐)ᄅᆞᆯ 드리고 도라갈ᄉᆡ 힝듕(行
中)의 금빅(金帛)을 닉야 도관(道觀)의 듕슈(重修)ᄒᆞᆯ 거슬 돕고 쇼제
(小姐ㅣ) 운슈와 도쳥의게 은혜(恩惠)ᄅᆞᆯ 직삼(再三) 칭샤(稱謝)ᄒ고
눈믈을 ᄲᆞ려 니별(離別)ᄒ니 운슈와 도쳥이 ᄯᅩᆫ 결연(缺然)[38]ᄒ믈
이긔디 못ᄒ더라.

---

37) 서어(鉏鋙): 익숙하지 아니하여 서름서름함.
38) 결연(缺然): 부족한 것이 있음.

쳐싀(處士丨) 쇼져(小姐)를 드리고 부듕(府中)의 도라와 부인(夫人)을 뵈고 곡졀(曲折)을 니르니 부인(夫人)이 놀나며 쇼져(小姐)의 셩ᄌ광휘(盛姿光輝)[39]를 칭찬(稱讚)ᄒ더라. 쳐싀(處士丨) 쇼져(小姐)ᄃ려 왈(曰),

"네 아비 너의 쇼식(消息)을 몰나 듀야(晝夜) 초젼(焦煎)[40] 우민(憂悶)ᄒᄂ니 가(可)히 명일(明日)노 발힝(發行)ᄒ야 경ᄉ(京師)로 가라."

쇼졔(小姐丨) 슈명(受命)ᄒ니 쳐싀(處士丨) 즉시(卽時) 근신(勤愼)ᄒᆫ 가졍(家丁) 십여(十餘) 인(人)과 쳡ᄌ(妾子) 공희로 뫼셔 가라 ᄒᆯ 싀, 쳐싀(處士丨) 츄연(惆然)ᄒ야 글오ᄃᆡ,

"나ᄂᆫ 인간(人間)

19면

으로 더브러 샤졀(謝絶)ᄒ야시니 다시 너를 볼 길히 업ᄉ더라. 네 모로미 녀복(女服)을 기장(改裝)ᄒ야 노부(老夫)를 ᄒᆫ번(-番) 보게 ᄒ라."

쇼졔(小姐丨) 승명(承命)[41]ᄒ야 즉시(卽時) 홍샹치의(紅裳彩衣)[42]로 운환(雲鬟)[43]을 쒸오고 소장(梳粧)[44]을 졍(正)히 ᄒ매 쇄락(灑落)[45]ᄒᆫ 태도(態度)와 유한졍졍(幽閑貞靜)[46]ᄒᆫ 긔질(氣質)이며 쳥월

---

39) 셩ᄌ광휘(盛姿光輝): 성자광휘. 찬란한 자태와 빛나는 외모.

40) 초젼(焦煎): 초전. 마음을 졸이고 애를 태움.

41) 승명(承命): 명령을 받듦.

42) 홍샹치의(紅裳彩衣): 홍상채의. 붉은 치마와 채색 옷.

43) 운환(雲鬟): 구름 모양으로 쪽찐 탐스러운 머리.

44) 소장(梳粧): 소장. 빗질하고 단장함.

45) 쇄락(灑落): 기분이나 몸이 상쾌하고 깨끗함.

녕농(淸越玲瓏)47)흔 골격(骨格)이 녀와(女媧)48) 낭낭(娘娘)이 지싱
(再生)흔 둧흐니 쳐식(處士ㅣ) 두굿기며 긔이(奇異)흐믈 이긔디 못흐
야 글오디,

"녀즈(女子) 가온디 고으니 이시나 엇디 너의게 미츠리오?"

인(因)흐야 손을 잡고 년년(戀戀)흐다가 니별(離別)흐니 쇼졔(小姐
ㅣ) 옥누(玉淚)를 쓰려 하딕(下直)흐고 힝거(行車)의 올나 듀야(晝夜)
로 경수(京師)의 니르니,

이째 위 공(公)이 듀야(晝夜) 녀ᄋ(女兒)를 잇디 못흐야 ᄉ딕(辭職)
흐고 두로 도라 츳고져 흐디, 샹(上)이 허(許)티 아니시니 초조(焦燥)
흔 심시(心思ㅣ) 병(病)

20면

이 되엿더니, 이날 공희, 부녀(婦女)의 힝츳(行次)를 뫼셔 오믈 보고
의아(疑訝)흐더니 교즈(轎子)를 졍젼(庭前)의 노흐니 일위(一位) 녀
지(女子ㅣ) 초초(楚楚)흔 쟝소(粧梳)49)로 예예(裔裔)50)히 당(堂)의 올
나 졀흐니 얼골의 긔이(奇異)흐미 강산(江山)의 졍긔(精氣)를 홀노
졈득(占得)51)흐야 뉴미(柳眉)52)는 팔치(八彩)53) 영농(玲瓏)흐고 슐비

---

46) 유한졍졍(幽閑貞靜): 유한정정. 부녀의 태도나 마음씨가 얌전하고 정조가 바름.

47) 쳥월녕농(淸越玲瓏): 청월영롱. 맑고 빼어나며 영롱함.

48) 녀와(女媧): 여와. 중국 고대 신화에서 인간을 창조한 것으로 알려진 여신이며, 삼황오제 중 한
명이기도 함. 인간의 머리와 뱀의 몸통을 갖고 있으며 복희와 남매라고도 알려져 있음. 처음으
로 생황이라는 악기를 만들었고, 결혼의 예를 제정하여 동족 간의 결혼을 금하였음.

49) 쟝소(粧梳): 장소. 몸단장.

50) 예예(裔裔): 걷는 모양. 걸음걸이가 가볍고 어여쁨.

51) 졈득(占得): 점득. 차지하여 얻음.

52) 뉴미(柳眉): 유미. 버들잎 같은 눈썹이란 뜻으로, 미인의 눈썹을 이르는 말.

춘 빅셜(白雪)을 우이 너기며 두 보조개의 일만(一萬) 광염(光艶)이
텽샹(廳上)[54)의 됴요(照耀)[55)흐고 븕은 입시울이 이 졍(正)히 노즈궁
(老子宮)[56) 팔과(八鍋)[57) 화로(火爐)의 단새(丹沙ㅣ) 닉엇는 듯 두
엇게 봉(鳳)이 누는 듯흐고 허리 뉴지(柳枝)[58) 굿트니 송옥(宋玉)[59)
의 동가녀(東家女)[60)와 조식(曹植)[61)의 낙신(洛神)[62) 기리믄 녹녹(碌
碌)흐디라. 승샹(丞相) 부체(夫妻ㅣ) 어린 듯흐야 말을 못 미처 흐야
셔 쇼졔(小姐ㅣ) 톄읍(涕泣) 왈(曰),

　　"블툐녀(不肖女) 흥쇠 부모(父母)의 싱휵(生畜) 대은(大恩)을 잇고
풍진(風塵)[63) 가온디 뉴리(流離)흐야

---

53) 팔칙(八彩): 팔채. 여덟 빛깔의 눈썹이라는 뜻으로, 제왕의 얼굴을 찬미하는 말. 중국 고대 요
　　(堯) 임금의 눈썹에 여덟 가지 색채가 있었다는 데서 유래하는데 미인의 아름다운 눈썹을 형
　　용하기도 함.

54) 텽샹(廳上): 청상. 대청 위.

55) 됴요(照耀): 조요. 밝게 빛남.

56) 노즈궁(老子宮): 노자궁. 중국 강서성(江西省) 삼청산(三淸山)에 있는 건물.

57) 팔과(八鍋): 여덟 개의 다리가 있는 솥의 의미로 보이나 미상임.

58) 뉴지(柳枝): 유지. 버들 가지.

59) 송옥(宋玉): 중국 전국시대 초(楚)나라의 문인(B.C.290?~B.C.222?). 굴원(屈原)의 제자로 초나
　　라의 대부(大夫)가 됨. 부(賦)를 잘 지어 굴원과 함께 '굴송(屈宋)'이라 불림. 그가 지은 작품으
　　로 <고당부(高唐賦)>, <등도자호색부(登徒子好色賦)> 등이 있음.

60) 동가녀(東家女): 송옥(宋玉)의 <등도자호색부(登徒子好色賦)>에 나오는 동쪽 이웃집의 딸로, 미
　　인을 이름. <등도자호색부>에 다음과 같은 구절이 나옴. "천하에 아름다운 사람은 초나라 같은
　　곳이 없고 초나라에서 아름다운 사람은 신의 마을 같은 곳이 없습니다. 신의 마을에서 아름다
　　운 사람은 신의 동쪽 이웃의 딸 같은 사람이 없습니다. 그런데 이 여자는 담을 넘어 신을 엿본
　　지 3년이었는데 지금까지 신은 허락하지 않았습니다. 天下之佳人, 莫若楚國, 楚國之麗者, 莫若
　　臣里, 臣里之美者, 莫若臣東家之子. 然此女登牆窺臣三年, 至今未許."

61) 조식(曹植): 중국 삼국시대 위(魏)나라 무제(武帝) 조조(曹操)의 셋째 아들(192~232). 자는 자
　　건(子建). 생전에 진왕(陳王)이었는데 죽은 후에 시호가 '사(思)'가 되면서 대개 진사왕(陳思王)
　　으로 불림. 시에 능통해 아버지 조조, 형 조비(曹丕)와 함께 삼조(三曹)라 일컬어짐. 그가 지은
　　작품으로 <낙신부(洛神賦)>, <백마편(白馬篇)>, <칠애시(七哀詩)> 등이 있음.

62) 낙신(洛神): 조식(曹植, 192~232)의 <낙신부(洛神賦)>에 등장하는, 낙천(洛川)의 여신인 복비
　　(宓妃)를 이름. 조식이 경사에 왔다가 돌아가는 길에 낙천(洛川)을 지나는데 송옥이 초왕(楚王)
　　에게 무산(巫山)의 신녀(神女)에 대해 말한 것에 느낀 바가 있어 지었다고 <낙신부>에서 밝힘.
　　이 작품에서 낙신은 매우 아름답게 묘사되어 있음.

63) 풍진(風塵): 바람에 날리는 티끌이라는 뜻으로 세상에서 일어나는 힘겨운 일을 이름.

심녀(心慮)를 슬오시게 ᄒ니 쇼녀(小女)의 죄(罪)ᄂ 터럭을 쌔혀 혜여도 남을소이다."

승샹(丞相)이 이 말을 듯고 대경(大驚)ᄒ야 밧비 손을 잡고 굴오ᄃᆡ,

"이 말이 진짓 말이냐?"

쇼졔(小姐ㅣ) 다시 오열(嗚咽)ᄒ야 젼후(前後) ᄉ연(事緣)을 고(告)ᄒ고 공희, 쳐ᄉ(處士) 셔간(書簡)을 드리니 승샹(丞相)이 귀로 드르며 눈으로 보기를 맛고 깃브미 하늘의 오른 ᄃᆞᆺᄒ고 과망(過望)[64]ᄒ미 쳥텬(晴天)을 봄 ᄀᆞᆺᄐᆞ니 도로혀 왼몸이 ᄀᆞ려워 아모 말홀 줄을 모르고 부인(夫人)은 드리ᄃᆞ라 쇼져(小姐)를 붓들고 울기를 마디아니ᄒ니 승샹(丞相)이 졍신(精神)을 졍(靜)ᄒ고 부인(夫人)을 말녀 왈(曰),

"이제 됴히 모닷거ᄂᆞᆯ 브졀업슨 곡읍(哭泣)을 ᄒᆞᄂᆡ요?"

인(因)ᄒ야 녀ᄋᆞ(女兒)를 쓰다듬아 굴오ᄃᆡ,

"너를 일코 쥬야(晝夜) ᄉ상(思相)ᄒᆞᄂᆞ 심ᄉᆡ(心思ㅣ) 지향(指向)티 못홀러니

이러툿 무ᄉ(無事)히 ᄌᆞ라 평안(平安)이 모들 줄 알니오?"

쇼졔(小姐ㅣ) 눈믈을 ᄲᅳ려 ᄉ샤(謝辭)ᄒ고 모든 형뎨(兄弟) 크게 깃거 각각(各各) 부모(父母)를 위로(慰勞)ᄒ고 쇼져(小姐)를 향(向)ᄒ

---

64) 과망(過望): 기쁨이 바란 것보다 넘침.

야 티하(致賀)ᄒ니, 이째 최량은 우부시랑(右部侍郞)이오 등량은 한님흑시(翰林學士ㅣ)오 후량은 도어시(都御使ㅣ)라 다 각각(各各) 관옥(冠玉) ᄀᆞᆺ튼 풍취(風采)로 ᄌᆞ녀(子女ㅣ) 썅썅(雙雙)ᄒ고 최량 쳐(妻) 두시(氏), 등량 쳐(妻) 신 시(氏), 후량 쳐(妻) 오 시(氏) 각각(各各) 졀식(絶色)이러라. 승상(丞相)이 ᄌᆞ녀(子女)ᄅᆞᆯ 모화 환쇼(歡笑)[65]ᄒ며 구취와 난셤 등(等)을 크게 샹(賞)ᄒ야 그 공(功)을 표(表)ᄒ다.

츠야(此夜)의 승상(丞相)이 부인(夫人)으로 더브러 녀ᄋᆞ(女兒)ᄅᆞᆯ 알픠 안치고 탄식(歎息)ᄒ며 슬허 종젼(從前) 슈말(首末)을 뭇고 구가(舅家)ᄅᆞᆯ 무른딕, 쇼제(小姐ㅣ) 탄식(歎息)ᄒ고 ᄌᆞ시 고(告)ᄒ니 승상(丞相)이 십분(十分) 대경(大驚) 왈(曰),

"텬되(天道ㅣ) 엇디 이러틋

• ● ●

23면

공교(工巧)ᄒ뇨? 닉 본딕(本-) 뉴현명으로 더브러 결원(結怨)을 지극(至極)히 미잣고 시금(時今)의 제 국가(國家) 듕슈(重囚)[66]로 졀도(絶島)의 뉴찬(流竄)[67]ᄒ야 싱환(生還)홀 긔약(期約)이 돈연(頓然)[68]ᄒ니 너의 일싱(一生)이 다시 볼 거시 업ᄂᆞᆫ디라 엇디 가셕(可惜)디 아니리오?"

쇼제(小姐ㅣ) ᄌᆞ약(自若)히 딕왈(對曰),

"쇼녜(小女ㅣ) 임의 부모(父母)ᄅᆞᆯ 조차 일싱(一生)을 종신(終身)코

---

65) 환쇼(歡笑): 환소. 즐기며 웃음.
66) 듕슈(重囚): 중수. 큰 죄를 지은 죄인.
67) 뉴찬(流竄): 유찬. 귀양을 보냄.
68) 돈연(頓然): 아주 끊어진 모양.

져 ᄒᆞ옵ᄂᆞ니 엇디 부부(夫婦) 낙ᄉ(樂事)를 념(念)ᄒᆞ리잇고?"

승샹(丞相)이 탄왈(歎曰),

"네 ᄆᆞ옴이 그러ᄒᆞ나 부모(父母)의 ᄆᆞ옴이야 ᄎᆞᆷ아 엇디 견ᄃᆡ리오?"

부인(夫人)은 누쉬(淚水ㅣ) 여우(如雨)ᄒᆞ여 글오ᄃᆡ,

"쳔신만고(千辛萬苦)[69]ᄒᆞ여 모녜(母女ㅣ) 만나고 너의 일싱(一生) 계활(契活)[70]이 반비(班妃)[71]의 댱신궁(長信宮)[72]과 흡ᄉ(恰似)ᄒᆞ니 엇디 익(哀)홉디 아니ᄒᆞ리오?"

ᄯᅩ 그 옥비(玉臂)의 잉혈(鶯血)[73]을 보고 승샹(丞相) 부뷔(夫婦ㅣ) 더옥 놀나 왈(曰),

"녀익(女兒ㅣ) 혼인(婚姻)ᄒᆞ연 디 ᄉ(四) 년(年)이

• • •

24면

라 ᄒᆞᄃᆡ 쳐녀(處女)로 이시믄 엇디오?"

쇼졔(小姐ㅣ) 붓그려 ᄂᆞ죽이 ᄃᆡ왈(對曰),

"쇼녜(小女ㅣ) 당초(當初)의 져를 조ᄎᆞ미 곡경(曲境)[74] 가온ᄃᆡ 녜

---

69) 쳔신만고(千辛萬苦): 천신만고. 천 가지 매운 것과 만 가지 쓴 것이라는 뜻으로, 온갖 어려운 고비를 다 겪으며 심하게 고생함을 이르는 말.

70) 계활(契活): 결활. 삶을 위하여 애쓰고 고생함.

71) 반비(班妃): 중국 한(漢)나라 성제(成帝)의 궁녀인 반첩여(班婕妤). 시가(詩歌)에 능한 미녀로 성제의 총애를 받다가 궁녀 조비연(趙飛燕)의 참소를 받고 물러나 장신궁(長信宮)에서 지내며 <자도부(自悼賦)>, <원가행(怨歌行)> 등을 지어 자신의 처지를 하소연함.

72) 댱신궁(長信宮): 장신궁. 중국 한(漢)나라 성제(成帝)의 궁녀인 반첩여(班婕妤)가 성제의 총애를 잃은 후 지내던 궁 이름.

73) 잉혈(鶯血): 앵혈. 순결의 표식. 장화(張華)의 『박물지』에서 그 출처를 찾을 수 있음. 근세 이전에 나이 어린 처녀의 팔뚝에 찍던 처녀성의 표시를 말하는 것으로 도마뱀에게 주사(朱沙)를 먹여 죽이고 말린 다음 그것을 찧어 어린 처녀의 팔뚝에 찍으면 첫날밤에 남자와 잠자리를 할 때에 없어진다고 함.

74) 곡경(曲境): 힘들고 어려운 지경.

(禮)를 출히미 업고 부뫼(父母 ㅣ) 명(命)ᄒ시미 업는 고(故)로 졍ᄉ
(情事)를 인걸(哀乞)ᄒ매 제 허(許)ᄒ니이다."

승샹(丞相)이 대찬(大讚) 왈(曰),

"너의 뜻이 큼도 쳔츄(千秋)의 드믈거니와 현명의 긔이(奇異)ᄒᆫ 힝
ᄉ(行事 ㅣ) 진짓 슉녀(淑女)와 군ᄌ(君子 ㅣ)로다."

ᄒ고 이젼(以前) 슈욕(授辱)[75]ᄒᆫ 일을 뉘웃츠며 그 부부(夫婦)의
신셰(身世) 슌(順)티 못ᄒᄆᆯ 슬허ᄒ더라.

승샹(丞相) 부뷔(夫婦 ㅣ) 비록 녀ᄋ(女兒)의 말을 미드나 그려도 의
심(疑心)ᄒ야 죠용이 난셤을 블너 므른듸, 난셤이 처엄 쇼졔(小姐 ㅣ)
결항(結項)[76]ᄒ니 한님(翰林)이 경황(驚惶)ᄒ야 다리고 공경(恭敬)ᄒ
던 말과 그 후 경듸(敬待)[77]ᄒᄆᆯ 잠시(暫時) 쎠나믈 어려이 너기고
강쥐(江州)셔 도라와 친(親)코져

⋮●●

25면

ᄒ니 쇼졔(小姐 ㅣ) 울고 거스던 말과 거년(去年)의 군산역(君山驛)의
가 한님(翰林) 병(病)을 구(救)ᄒᆫ 후(後) 한님(翰林)이 쇼져(小姐)를
친(親)ᄒ려 ᄒ니 쇼졔(小姐 ㅣ) 죽기로 거슬매 노(怒)ᄒ야 꾸짓던 말
을 일일히(一一) 고(告)ᄒ니, 승샹(丞相) 부뷔(夫婦 ㅣ) 그 금슬(琴瑟)
이 화(和)ᄒᄆᆯ 듸열(大悅)ᄒ나 부뷔(夫婦 ㅣ) 경향(京鄕)의 난호여 모
들 긔약(期約)이 업고 뉴 공(公)과 현[78]이 무상(無狀)[79]ᄒᄆᆯ 통훈(痛

---

75) 슈욕(授辱): 수욕. 모욕을 줌.

76) 결항(結項): 목숨을 끊기 위하여 목을 매어 닮.

77) 경듸(敬待): 경대. 공경하여 대우함.

78) 현: [교] 원문에는 '형'으로 되어 있으나 앞의 예와 규장각본(10:19)과 연세대본(10:25)을 따라

恨)80)호야 비록 녀ᄋ(女兒)ᄅᆯ 어드나 깃븐 줄 모ᄅ고 그 일ᄉᆡᆼ(一生)
을81) 잔잉ᄒ야 슈미(愁眉)82)ᄅᆯ 펴디 못ᄒ더니,

오래디 아냐 뉴 한님(翰林)이 니(李) 한님(翰林)이 되고 모든 악당
(惡黨)이 쥬멸(誅滅)83)ᄒ니 대열(大悅)ᄒ야 됴회(朝會)로셔 도라와
쇼져(小姐)ᄃ려 ᄌ시 니ᄅ고 글오ᄃᆡ,

"닉 진실노(眞實-) 널노뻐 뉴 공(公)의 며ᄂᆞ리 삼기ᄅᆯ 아쳐ᄒ고 현
명으로 닉 결원(結怨)ᄒ미 이시니

·●●

26면

너의 일ᄉᆡᆼ(一生)을 념(念)ᄒ야 슉식(宿食)이 ᄃᆞ디 아니ᄒ더니 제 오
늘날 연왕(-王)의 ᄎᆞᄌᆞ(次子) 니경문이라. 연왕(-王)과 네 아비 문경
(刎頸)의 괴(交ㅣ)84)니 인친(姻親)85)이 되미 더옥 깃브고 너의 일ᄉᆡᆼ
(一生)이 쾌(快)티 아니ᄒ리오?"

_____

이와 같이 수정함.

79) 무샹(無狀): 무상. 행실이 도리에 어긋남.

80) 통흔(痛恨): 통한. 몹시 분하거나 억울하여 한스럽게 여김.

81) 을: [교] 원문에는 '은'으로 되어 있으나 문맥을 고려해 규장각본(10:19)과 연세대본(10:25)을
따름.

82) 슈미(愁眉): 수미. 근심 어린 눈썹.

83) 쥬멸(誅滅): 주멸. 죄인을 죽여 없앰.

84) 문경(刎頸)의 괴(交ㅣ): 친구를 위해 목을 베어 줄 정도의 사귐. 문경지교(刎頸之交). 중국 전국
(戰國)시대 조(趙)나라 염파(廉頗)와 인상여(藺相如)의 고사. 인상여가 진(秦)나라에 가 화씨벽
(和氏璧) 문제를 잘 처리하고 돌아와 상경(上卿)이 되자, 장군 염파는 자신이 인상여보다 오랫
동안 큰 공을 세웠으나 인상여가 자기보다 높은 지위에 앉았다 하며 인상여를 욕하고 다님. 인
상여가 이에 대해 대응하지 않자 제자들이 그 까닭을 물으니, 두 사람이 다투면 국가가 위태로
워지고 진(秦)나라에만 유리하게 되므로 대응하지 않은 것이었다 하니 염파가 그 말을 전해 듣
고 가시나무로 만든 매를 지고 인상여의 집에 찾아가 사과하고 문경지교를 맺음. 사마천,『사
기(史記)』, <염파인상여열전(廉頗藺相如列傳)>.

85) 인친(姻親): 혼인으로 맺어진 관계. 또는 혼인 관계로 척분(戚分)이 있는 사람.

쇼제(小姐ㅣ) 쏘흔 한님(翰林)의 몸이 무亽(無事)히 도라오믈 깃거 흔연(欣然) 디왈(對曰),

"오늘날 운쉬(運數ㅣ) 흥(興)ᄒᆞᆷ믄 저의 덕(德)을 하늘이 감동(感動)ᄒᆞ미로소이다. 다만 뭇줍ᄂᆞ니 당년(當年)의 야얘(爺爺ㅣ) 절노 더브러 결원(結怨)ᄒᆞ미 무슨 일노 비로스니잇가?"

승샹(丞相)이 ᄌᆞ시 니ᄅᆞ니 쇼제(小姐ㅣ) 미쇼(微笑) 디왈(對曰),

"연(然)죽 쇼녀(小女)ᄂᆞᆫ 절노 더브러 절의(絕義)ᄒᆞ엿ᄂᆞ이다."

승샹(丞相)이 아연(啞然)[86] 왈(曰),

"녀ᄋᆞ(女兒)의 말이 므슴 ᄯᅳᆺ이뇨?"

쇼제(小姐ㅣ) 왈(曰),

"쇼녜(小女ㅣ) 니싱(李生)의 인믈(人物)을 여간(如干) 아옵ᄂᆞ니 본부모(本父母)를 엇다 ᄒᆞ고 뉴 공(公)을 이줄 위

* * *

27면

인(爲人)이 아니오, 고집(固執)이 태과(太過)[87]ᄒᆞ니 흔 번(番) 말을 닉ᄆᆡ 져근 일이라도 고티기를 아니ᄒᆞ니 쇼녀(小女) 일(一) 인(人)으로 야얘(爺爺)를 아룸다와ᄒᆞ리오? 야야(爺爺)ᄂᆞᆫ 두고 보쇼셔. 져 니싱(李生)이 쇼녀(小女)를 용납(容納)디 아니ᄒᆞ리이다."

승샹(丞相)이 경왈(驚曰),

"네 소견(所見)이 유리(有理)ᄒᆞ거니와 연왕(-王)이 엇디 제 ᄯᅳᆺ을 바드리오?"

---

86) 아연(啞然): 너무 놀라거나 어이가 없어서 또는 기가 막혀서 입을 딱 벌리고 말을 못 하는 모양.
87) 태과(太過): 너무 지나침.

쇼졔(小姐ㅣ) 웃고 왈(曰),

"니싱(李生)의 뜻이 금셕(金石) ᄀᆞᆺ트니 만일(萬一) 부젼(父前)의 녁
징(力爭)[88]ᄒᆞ딕, '뉴 공(公)의게 십뉵(十六) 년(年)을 길니여 아비로
딕졉(待接)ᄒᆞ다가 이제 춤아 져ᄇᆞ려 젼후(前後) 두 ᄆᆞ음을 먹으리오?'
ᄒᆞᆫ즉 비록 군부(君父)의 위엄(威嚴)이나 엇디 아ᄉᆞ리잇고?"

공(公)이 ᄯᅩᄒᆞᆫ 의려(疑慮)ᄒᆞ야 즉시(卽時) 오ᄉᆞᆯ 곳티고 니부(李府)
의 니ᄅᆞ니,

연왕(-王) 곤계(昆季) 일시(一時)의 마자 한훤(寒暄)[89]을 ᄆᆞᄎᆞ매
위 공(公)이 연왕(-王)을 향(向)ᄒᆞ

•••

28면

야 경문 어드믈 일ᄏᆞᆺ고 굴오딕,

"젼일(前日)의 녕낭(令郞)으로 결원(結怨)이 심상(尋常)티 아니ᄒᆞ니
대왕(大王)이 ᄯᅩ 쇼뎨(小弟)를 원개(怨家ㅣ)로 지목(指目)ᄒᆞ시ᄂᆞ냐?"

왕(王)이 쇼왈(笑曰),

"십뉵(十六) 년(年) 일헛던 ᄌᆞ식(子息)을 어드니 깃브미 망외(望外)
오, 타ᄉᆞ(他事)를 싱각디 아냣더니 형(兄)은 의ᄉᆞ(意思) 밧 말ᄉᆞᆷ도 ᄒᆞ
ᄂᆞ도다."

공(公)이 ᄯᅩ 웃고 굴오딕,

"쇼뎨(小弟) 당년(當年) 과격(過激)ᄒᆞ며 조급(躁急)ᄒᆞ미 이제 당(當)
ᄒᆞ야 큰 근심이 되고 우민(憂悶)ᄒᆞ미 젹디 아냐 대왕(大王)긔 취품

---

88) 녁징(力爭): 역쟁. 힘써 직언하고 충고함.
89) 한훤(寒暄): 날이 차고 따뜻한지 묻는 인사.

(就稟)[90]ᄒᆞᄂᆞ이다.”

왕(王)이 쇼왈(笑曰),

“피ᄎᆞ(彼此ㅣ) 무심듕(無心中) 일을 과인(寡人)이 개회(介懷)ᄒᆞᆯ 거시라 여러 말을 엇디 ᄒᆞᄂᆞ뇨?”

위 공(公) 왈(曰),

“쇼뎨(小弟) 말ᄉᆞᆷ이 대왕(大王)을 유감(遺憾)ᄒᆞ시리라 근심ᄒᆞᆯ 거시 아니라 큰 ᄉᆞ괴(事故ㅣ) 이시미니이다.”

왕(王)이 경문(驚問)ᄒᆞᆫ대, 위 공(公) 왈(曰),

“쇼뎨(小弟) 션시(先時)의 어린 ᄯᆞᆯ

29면

을 여ᄎᆞ여ᄎᆞ(如此如此)ᄒᆞ야 일헛더니 남챵(南昌) 사ᄅᆞᆷ 원용이 녀ᄋᆞ(女兒)ᄅᆞᆯ 길너 경문의게 쇽현(續絃)[91]ᄒᆞ니 녀ᄋᆡ(女兒ㅣ) 죽기로 거절(拒絕)ᄒᆞ야 녕낭(令郞)을 믈니티고 녜(禮)되로 일실(一室)의 잇다가 이리이리ᄒᆞ야 각졍이 녀ᄋᆞ(女兒)ᄅᆞᆯ 산인(山人) 도쳥의게 ᄑᆞ니 녀ᄋᆡ(女兒ㅣ) 냥(兩) 시비(侍婢)로 더브러 남챵(南昌)으로 두로 뉴리(流離)ᄒᆞ다가 요ᄉᆞ이 ᄀᆞᆺ 츳자 부녜(父女ㅣ) 모다시나 경문의 셩품(性品)을 ᄉᆡᆼ각건ᄃᆡ 필연(必然) 쇼뎨(小弟)로 인(因)ᄒᆞ야 용납(容納)디 아니리니 대왕(大王)ᄭᅴ 뭇ᄂᆞ이다.”

왕(王)이 텽파(聽罷)의 놀나며 깃거 닐오ᄃᆡ,

“일이 공교(工巧)ᄒᆞ야 형(兄)의 녀ᄋᆡ(女兒ㅣ) 닉 슬하(膝下)ᄅᆞᆯ 당

---

90) 취품(就稟): 취품. 웃어른께 나아가 여쭘.

91) 쇽현(續絃): 속현. 거문고와 비파의 끊어진 줄을 다시 잇는다는 뜻으로, 아내를 여읜 뒤에 다시 새 아내를 맞는 일을 비유적으로 이르는 말. 여기에서는 아내를 맞아들임을 뜻함.

(當)훌 줄 알니오? 제 젼일(前日) 져근 고집(固執)이 이시나 닉 명(命)
곳 이시면 무어시라 ᄒ리오?"

승샹(丞相)이 쇼져(小姐)의 말을 니른딕, 녜부(禮部) 흥문이 말을
니어 딕

왈(對曰),

"젼일(前日)의 우리 등(等)이 여ᄎ여ᄎ(如此如此)ᄒᆫ 셔간(書簡)을
보고 시험(試驗)ᄒ야 이리이리 니른니 위샹(-相)을 졀티부심(切齒腐
心)ᄒ야 노긔(怒氣) 막히기의 니른니 이제 당(當)ᄒ야 플 길히 업고
위수(-嫂)의 말솜이 극(極)히 올흐니 경문이 만일(萬一) 그딕로 딕답
(對答)ᄒᆫ즉 슉뷔(叔父ㅣ) 엇디ᄒ시리오?"

왕(王)이 팀음(沈吟)92) 브답(不答)이어늘 하람공(--公)이 잠간(暫
間) 웃고 글오딕,

"위 현뷔(賢婦ㅣ) 이제 경문으로 더브러 다시 대례(大禮)를 디닐
거시니 잠간(暫間) 소기미 엇더ᄒ뇨?"

왕(王)이 딕왈(對曰),

"막듕(莫重)ᄒᆫ 대ᄉ(大事)를 소길 배 아니라. 당당(堂堂)이 져두려
닐너 ᄭ지져 듯게 ᄒ사이다."

남공(-公) 왈(曰),

"소기기의 희롱(戲弄)이 아니라 제 죽기로 취(娶)티 아니려 ᄒ면
위 시(氏) 말 ᄀᆺ트여 제 고이(怪異)ᄒᆫ 고집(固執)으로 블평(不平)ᄒᆫ즉

---

92) 팀음(沈吟): 침음. 속으로 깊이 생각함.

부형(父兄)의 칙(責)이 가(可)ᄒ거니와 의리(義理)의 당당(堂堂)ᄒ 일노 도리(道理)를 온젼(穩全)코져 ᄒ믄 비록 엄뷔(嚴父丨)나 것디ᄅ미 가(可)티 아니ᄒ니 임시(臨時)ᄒ야 잠간(暫間) 소기미 올흐니라.”

위 공(公)이 굴오ᄃᆡ,

“남공(-公) 형(兄)의 말ᄉᆞᆷ이 올흐시니 날ᄒᆞ여 제 ᄯᅳᆺ을 보와 도모(圖謀)ᄒ사이다.”

왕(王)이 고개 좃더라.

녜부(禮部) 흥문이 웃고 위 공(公)긔 고왈(告曰),

“수쉬(嫂嫂丨) 얼골이 엇더ᄒ시니잇고?”

위 공(公) 왈(曰),

“쇼녜(小女丨) 비록 용잔누질(庸孱陋質)[93]이나 거의 경문의 채를 잡을가 ᄒ노라.”

녜뷔(禮部丨) 웃고 당년(當年) 글을 외와 닐으고,

“경문이 이 ᄀᆞᆺᄐᆫ 졍(情)으로 부부지락(夫婦之樂)을 일우디 아냣다 ᄒ믄 쇼싱(小生)이 의심(疑心)ᄒᄂ이다.”

위 공(公) 왈(曰),

“늬 ᄯᅩ 그러히 너기ᄃᆡ 녀ᄋᆡ(女兒丨) 비샹(臂上)의 잉혈(鸎血)이 의연(依然)ᄒ니 엇디ᄒ리오?”

모다 칭

---

93) 용잔누질(庸孱陋質): 용렬하고 비루한 자질.

찬(稱讚) 왈(曰),

"이 일이 경문의 착ᄒᆞ미 아니라 위 시(氏)의 지개(志槪)[94] 견고(堅固)ᄒᆞ미라 왕형(王兄)의 복녹(福祿)을 치하(致賀)ᄒᆞᄂᆞ이다."

연왕(-王)이 잠쇼(暫笑)ᄒᆞ더라.

각셜(却說). ᄉᆞ신(使臣)이 슈줘 니ᄅᆞ러 됴셔(詔書)를 뎐(傳)ᄒᆞ니 한님(翰林)과 샹셰(尙書ㅣ) 향안(香案)을 빅셜(排設)[95]ᄒᆞ고 젼지(傳旨)를 드ᄅᆞ니 글와시되,

'오회(嗚呼ㅣ)라. 부ᄌᆞ(父子)ᄂᆞᆫ 텬하(天下)의 듕(重)ᄒᆞ미 ᄒᆞ나히어늘 이제 한님흑ᄉᆞ(翰林學士) 니경문이 연왕(-王) 니(李) 모(某)의 아들노 ᄋᆞ시(兒時)의 뉴가(-家)의 길니여 젼후(前後) 참난(慘亂)을 보고 겨유 동긔(同氣)를 ᄎᆞᄌᆞ니 엇디 차셕(嗟惜)디 아니ᄒᆞ리오. 경(卿)의 튱노(忠奴) 난복의 강개(慷慨)ᄒᆞ미 여ᄎᆞ여ᄎᆞ(如此如此)ᄒᆞ야 ᄒᆞᆫ 번(番) 등문고(登聞鼓)를 울니매 경(卿)의 무죄(無罪)ᄒᆞ미 빅일(白日) ᄀᆞᆺ고 간인(奸人)이 스스로 ᄌᆞ죄를 곰초니 텬되(天道ㅣ) 어진 사ᄅᆞᆷ을

도으미 아니리오. 모로미 역마(驛馬)로 샹경(上京)ᄒᆞ야 부진(父子ㅣ) 못고 니부샹셔(吏部尙書) 니셩문이 젼일(前日) 누덕(陋德)이 옥(玉) ᄀᆞᆺ티 버셔지고 동긔(同氣)를 ᄎᆞᄌᆞ 뉸(倫)이 완젼(完全)ᄒᆞ니 딤(朕)이

---

94) 지개(志槪): 의지와 기개를 아울러 이르는 말.
95) 빅셜(排設): 배설. 연회나 의식(儀式)에 쓰는 물건을 차려 놓음.

아름다이 너기노라.'

ᄒ여시니 이(二) 인(人)이 망궐샤은(望闕謝恩)ᄒ고 즉시(卽時) 발ᄒ힝(發行)ᄒ야 올ᄉᆡ 한님(翰林)이 신질(身疾)이 미차(未差)[96]ᄒ여시나 ᄒ로도 머믈기를 원(願)티 아니ᄒ니 샹셰(尙書ㅣ) 평안(平安)ᄒᆫ 교ᄌ(轎子)를 어더 문을 틱오고 ᄌ긔(自己) 역마(驛馬)로 길히 오르니, 태쉬(太守ㅣ) 십(十) 니(里) 댱뎡(長亭)[97]의 가 젼송(餞送)ᄒ더라.

군산역(君山驛)의 다ᄃᆞ라ᄂᆞᆫ 한님(翰林)이 근신(勤愼)ᄒᆫ 가졍(家丁)으로 옥농관(--觀)으로 가 부인(夫人)긔 회보(回報)를 보(報)ᄒ고 평안(平安)ᄒᆫ 쇼식(消息)을 아라오라 ᄒ

니 샹셰(尙書ㅣ) 왈(曰),

"이제 우리 ᄒᆞᆫ가지로 드러가 수수(嫂嫂)를 보옵고 동ᄒᆡᆼ(同行)ᄒᆞᆷ이 엇더뇨?"

한님(翰林) 왈(曰),

"제 비록 쇼뎨(小弟)의 사룸이나 뉵녜(六禮)[98]를 ᄀᆞᆺ초디 못ᄒ엿고

---

96) 미차(未差): 병이 아직 낫지 않음.

97) 댱뎡(長亭): 장정. 먼 길을 떠나는 사람을 전송하던 곳. 과거에 5리와 10리에 정자를 두어 행인들이 쉴 수 있게 했는데, 5리에 있는 것을 '단정(短亭)'이라 하고 10리에 있는 것을 '장정'이라 함.

98) 뉵녜(六禮): 육례. 『주자가례』를 따른 혼인의 여섯 가지 의식. 곧 납채(納采)·문명(問名)·납길(納吉)·납징(納徵)·청기(請期)·친영(親迎)을 말함. 납채는 신랑 집에서 청혼을 하고 신부 집에서 허혼(許婚)하는 의례이고, 문명은 납채가 끝난 뒤에 남자집의 주인(主人)이 서신을 갖추어 사자를 여자 집에 보내어 여자의 생모(生母)의 성(姓)을 묻는 의례며, 납길은 문명한 것을 가지고 와서 가묘(家廟)에 점쳐 얻은 길조(吉兆)를 다시 여자집에 보내어 알리는 의례고, 납징은 남자 집에서 여자집에 빙폐(聘幣)를 보내어 혼인의 성립을 더욱 확실하게 해주는 절차이며, 청기는 성혼(成婚)의 길일(吉日)을 정하는 의례이고, 친영은 신랑이 신부 집에 가서 신부를 맞이하여 신랑 집에 돌아오는 의례.

부모(父母)의 명(命)이 업스니 날호여 드려가사이다."

샹셰(尙書ㅣ) 조차 뉴부(-府)의 니르니,

뉴 공(公)이 이째 허다(許多) 풍파(風波)를 디닉고 각졍을 죽이고 현이를 니별(離別)ᄒ니 노인(老人)의 슬픈 심식(心思ㅣ) ᄀ이업서 ᄒ는 듕(中) 더옥 현명을 일흐니 좌위(左右ㅣ) 위로(慰勞)ᄒ리 업ᄂᆞᆫ디라. 즉시(卽時) 남챵(南昌)으로 갈식 연왕(-王)이 십(十) 니(里)의 나와 젼송(餞送)ᄒᆞᆯ식 경문을 휵양(畜養)ᄒᆞᆫ 은혜(恩惠)를 샤례(謝禮)ᄒ니 뉴 공(公)이 이째 참괴(慙愧)99)ᄒᆞ미 욕ᄉᆞ무지(欲死無地)100)ᄒᆞ야 다만 쳥죄(請罪) 왈(曰),

"쇼싱(小生)이 망쳐(亡妻)와 간비(奸婢)의 작얼(作孽)101)을 아디 못ᄒ

고 녕낭(令郞)을 닉 ᄌᆞ식(子息)으로 아라 젼후(前後)의 박ᄃᆡ(薄待)ᄒᆞ믈 싱각ᄒ니 졍(正)히 대왕(大王)의 다ᄉᆞ리믈 기ᄃᆞ리거늘 은혜(恩惠)를 일ᄏᆞᄅᆞ시믄 의외(意外)로소이다."

왕(王)이 위102)로(慰勞) 왈(曰),

"젼일(前日)은 다 돈ᄋᆞ(豚兒)의 운익(運厄)이라 엇디 명공(明公)의 타시리오? 만일(萬一) 명공(明公)곳 아니면 돈이(豚兒ㅣ) 마졔(馬蹄)103)의 아ᄉᆞ(餓死)ᄒᆞ미 이시리니 은혜(恩惠) 크디 아니ᄒ리오?"

---

99) 참괴(慙愧): 매우 부끄러워함.

100) 욕ᄉᆞ무지(欲死無地): 욕사무지. 죽으려 해도 죽을 곳이 없음.

101) 작얼(作孽): 훼방을 놓음.

102) 위: [교] 원문에는 '디'로 되어 있으나 문맥을 고려해 규장각본(10:26)과 연세대본(10:35)을 따름.

드디여 금은(金銀)을 거록히 닉여 반전(盤纏)[104]을 돕고 니별(離別)ᄒ니,

뉴 공(公)이 샤례(謝禮)ᄒ고 남챵(南昌)의 니르러 비복(婢僕)으로 더브러 셰월(歲月)을 디닉더니 이날 경문을 보고 다만 눈믈을 흘니니 문이 ᄌᆡ빅(再拜)ᄒ고 ᄀᆞᆯ오딕,

"쇼ᄌᆡ(小子ㅣ) 무샹(無狀)ᄒ야 십뉵(十六) 년(年) 휵양(畜養)ᄒ신 은혜(恩惠)ᄅᆞᆯ 잇고 허다(許多) 구셜(口舌)이 대인(大人) 몸의 밋고 현이와 셔모(庶母)ᄅᆞᆯ 보젼(保全)티 못ᄒ니

● ● ●

36면

금일(今日) 대인(大人)긔 뵈오매 황공(惶恐)ᄒ미 욕ᄉᆞ무지(欲死無地)로소이다."

뉴 공(公)이 울며 ᄀᆞᆯ오딕,

"현이와 각졍을 그리 아니 아랏더니 그딕도록 공교(工巧)히 ᄭᅬᄅᆞᆯ 비저 너ᄅᆞᆯ 해(害)ᄒ고 노인(老人)을 소길 줄 알니오? 네 날노 인(因)ᄒ야 죽을 번ᄒ미 여러 번(番)이니 날을 원슈(怨讎)로 알가 너겻더니 엇디 오늘날 신근(愼謹)이 ᄎᆞ자 니ᄅᆞᆯ 줄 알니오?"

한님(翰林)이 츄연(惆然)이 탄식(歎息)고 ᄀᆞᆯ오딕,

"쇼ᄌᆡ(小子ㅣ) 비록 무샹(無狀)ᄒ나 딕인(大人)의 큰 은혜(恩惠)ᄅᆞᆯ 닛고 져근 일로 인(因)ᄒ야 함원(含怨)[105]ᄒ미 이시리오? 셕일(昔日)

---

103) 마제(馬蹄): 마제. 말발굽.

104) 반전(盤纏): 반전. 먼 길을 떠나 오가는 데 드는 비용.

105) 함원(含怨): 원망하는 마음을 가짐.

의 부즈(父子)로 일쿠라 디인(大人)의 날 스랑ᄒ시던 은혜(恩惠)ᄅᆯ 싱각ᄒ니 도금(到今)ᄒ여 다시 엇기 어려온디라 엇디 슬푸디 아니ᄒ 리오?"

뉴 공(公)이 다만 타루(墮淚)ᄒ고 샹셰(尚書ㅣ) 쏜ᄒᆫ 말

•••

37면

ᄉᆞᆷ을 베퍼 은혜(恩惠)ᄅᆯ 샤례(謝禮)ᄒ니 뉴 공(公)이 탄왈(歎曰),

"닉 경문을 져ᄇ리미 깁거늘 금번(今番)의 연왕(-王)이 디졉(待接) ᄒ시믈 후(厚)히 ᄒ시니 황감(惶感)106)ᄒ고 쏘 명공(明公)이 과(過)히 위쟈(慰藉)107)ᄒ시니 노인(老人)이 ᄒᆞᆫ낫 토귀(菟裘ㅣ)108)나 붓그러온 줄 모로리오?"

샹셰(尚書ㅣ) 칭샤(稱謝) 왈(曰),

"쇼싱(小生)이 엇디 감히(敢-) 대인(大人)긔 위쟈(慰藉)ᄅᆯ ᄒ리오? 셕 ᄉᆞ(昔事)ᄂᆞᆫ 샤뎨(舍弟)의 운익(運厄)이오, 간인(奸人)의 농계(弄計)109) ᄒ미 그러툿 공교(工巧)ᄒ니 대인(大人)이 ᄉᆞ광(師曠)의 총(聰)110)이 신들 고디듯디 아니리잇가?"

공(公)이 참슈(慙羞) 믁연(默然)이러라.

---

106) 황감(惶感): 황송하고 감격스러움.

107) 위쟈(慰藉): 위자. 위로하고 도와줌.

108) 토귀(菟裘ㅣ): 벼슬을 내놓고 은거하는 곳이나 노후에 여생을 보내는 곳을 이르는 말. 중국 노나라 은공이 토구의 땅에서 은거하였다는 데서 유래함.

109) 농계(弄計): 계책을 씀.

110) ᄉᆞ광(師曠)의 총(聰): 사광의 총. 사광의 귀밝음. 사광은 중국 춘추시대 진(晉)나라 사람으로 자는 자야(子野)로 저명한 악사(樂師)임. 눈이 보이지 않아 스스로 맹신(盲臣), 명신(瞑臣)으로 부름. 진(晉)나라에서 대부(大夫) 벼슬을 했으므로 진야(晉野)로 불리기도 함. 음악에 정통하 고 거문고를 잘 탔으며 음률을 잘 분변했다 함.

추일(此日) 머므러 이튼날 도라갈식 한님(翰林)이 울고 뉴 공(公)의 오술 잡아 왈(曰),

"오늘날 십뉵(十六) 년(年)을 듕(重)히 미즌 은이(恩愛)를 버혀 도라가는 무움이 지향(指向)티 못호옵는디라 대

38면

인(大人)은 원(願)컨디 천츄(千秋)를 무강(無疆)호쇼셔. 히이(孩兒ㅣ) 무춤니 일퇴(一宅)의 뫼셔 봉양(奉養)키를 원(願)호누이다."

뉴 공(公)이 한님(翰林)의 이 ▽튼 졍셩(精誠)을 보고 또훈 타루(墮淚) 왈(曰),

"너는 됴히 어딘 부모(父母)를 어더 도라가디 나는 혈혈무의(孑孑無依)[111]호미 이러툿 호니 눌을 의지(依支)호고 살니오?"

한님(翰林)이 더욱 감챵(感愴)[112]호야 눈믈을 흘니고 위로(慰勞)왈(曰),

"쇼지(小子ㅣ) 당당(堂堂)이 대인(大人)을 평안(平安)케 흐리[113]니 념녀(念慮) 말으시고 잠간(暫間) 춤으시면 구쳐(區處)[114]홀 도리(道理) 이시리이다."

뉴 공(公)이 샤례(謝禮) 왈(曰),

"오늘날 현이 국가(國家) 듕슈(重囚)로 졀도(絶島)의 뉴찬(流竄)호야 싱환(生還)홀 긔약(期約)이 돈연(頓然)[115]호고 슬하(膝下)의 즈녀

---

111) 혈혈무의(孑孑無依): 외로워 의지할 곳이 없음.

112) 감챵(感愴): 어떤 느낌이 가슴에 사무쳐 슬픔.

113) 리: [교] 원문에는 '디'로 되어 있으나 문맥을 고려해 규장각본(10:28)과 연세대본(10:38)을 따름.

114) 구쳐(區處): 구처. 변통하여 처리함.

(子女) 일(一) 인(人)이 업스니 신후수(身後事)[116]의 의지(依支)ᄒ리
업스믈 셜워ᄒ더니 네 말이 여ᄎ(如此)

39면

ᄒ니 감격(感激)ᄒ믈 이긔디 못ᄒᄂ니 ᄆ참ᄂ| 져ᄇ리디 말나."

한님(翰林)이 슌슌(順順) 응ᄃ|(應對)[117]ᄒ고 믈너나 김 부인(夫人)
묘하(墓下)의 가 허ᄇ|(虛拜)ᄒ고 통곡(慟哭)ᄒ야 지ᄇ|(再拜) 왈(曰),

"쇼지(小子 |) 모친(母親)의 어엿비 너겨 양휵(養畜)ᄒ신 은혜(恩
惠)ᄅ 일분(一分)도 갑습디 못ᄒ엿거ᄂ 몽듕(夢中)의 명명(明明)이 ᄀ
ᄅ치샤 부모(父母)ᄅ 춧게 ᄒ시니 은혜(恩惠)ᄅ 심곡(心曲)[118]의 사기
ᄂ이다."

인(因)ᄒ야 크게 우러 피ᄅ 토(吐)ᄒ거ᄂ 샹셔(尚書 |) 붓드러 기
유(開諭)ᄒ고 위로(慰勞)ᄒ며 인(因)ᄒ야 탄왈(歎曰),

"너의 슉셩(熟成)ᄒᆫ 인식(人事 |) 이러툿 ᄒ니 우리 야야(爺爺)의
볽은 교훈(教訓)을 밧ᄌ온 둧ᄒ디라 엇디 긔특(奇特)디 아니ᄒ며 가
문(家門)의 힝(幸)이 아니리오?"

한님(翰林)이 탄식(歎息)고 다시 길히 오ᄅ매 병(病)이 더ᄒ야 통
셰(痛勢)[119] 심(甚)히 위

---

115) 돈연(頓然): 아주 끊어진 모양.
116) 신후수(身後事): 신후사. 몸이 죽은 후.
117) 응ᄃ|(應對): 응대. 응하여 상대함.
118) 심곡(心曲): 여러 가지로 생각하는 마음의 깊은 속.
119) 통셰(痛勢): 통세. 병이나 상처의 아픈 형세.

듕(危重)[120]호니 샹셰(尚書ㅣ) 근심호믈 마디아니호더라.

여러 날 만의 경수(京師)의 니르러는 이날 한님(翰林)의 병(病)이 더옥 듕(重)호디라 샹셰(尚書ㅣ) 교외(郊外)예 하쳐(下處)호고 사롬으로 호여금 본퇵(本宅)의 고(告)호니 マ장 오랜 후(後) 뚯글이 히롤 マ리오며 인셩(人聲)이 훤자(喧藉)[121]호야 길 칙우는 소리 진동(震動)호더니 다숫 귀인(貴人)이 술위룰 미러 알픽 힝(行)호고 뒤히 녜부(禮部) 등(等)이 물을 타 쫀라오니 추죵(騶從)[122]이 길흘 덥헛더라.

일시(一時)의 드러오니 한님(翰林)이 겨유 몸을 니러 연왕(-王)의 알픽 가 수빅(四拜)호고 졔슉(諸叔)을 향(向)호야 지빅(再拜)호니 연왕(-王)이 밧비 손을 잡고 하람공(--公)이 쏘흔 우슈(右手)룰 잡으매 다 각각(各各) 챵감(愴感)흔 안식(顏色)이 낫 우히 어리여 말을 못

미처 호여서 한님(翰林)이 머리룰 두드리고 오열(嗚咽)호야 쳥죄(請罪) 왈(曰),

"블쵸직(不肖子ㅣ) 부모(父母)의 싱휵지신(生畜之身)으로 타문(他門)의 뉴락(流落)호야 쳔단비원(千端悲怨)[123]을 굿초 격고 오늘날 야

---

120) 위듕(危重): 위중. 병세가 위험할 정도로 중함.
121) 훤자(喧藉): 훤자. 여러 사람의 입으로 퍼져서 왁자하게 됨.
122) 추죵(騶從): 추종. 상전을 따라다니는 종.
123) 쳔단비원(千端悲怨): 천단비원. 온갖 슬픔.

야(爺爺) 안젼(案前)의 뵈오매 슬프미 비길 곳 업누이다."

인(因)ᄒ야 눈믈이 강슈(江水) ᄀᆺ트여 실셩톄읍(失聲涕泣)ᄒ더니 믄득 긔운이 막딜녀 왕(王)의 무릅히 구러지고 입으로셔 무수(無數)ᄒᆫ 피 쏘다지니 유혈(流血)이 왕(王)의 농포(龍袍)의 ᄀ득이 쮜ᄂ디라. 제숙(諸叔)이 경참(驚慘)124)ᄒ믈 마디아니코 왕(王)의 비챵(悲愴)125)ᄒᆫ ᄯ슨 측냥(測量) 이시리오. 눈믈이 히음업시 쩌러져 능히(能-) 말을 일우디 못ᄒ니 샹셰(尙書 l) 밧비 나아가 피룰 뭇고 붓드러 구(救)ᄒ며 왕(王)긔 고왈(告曰),

"이 아히(兒孩) 힝역(行役)의 구티(驅馳)126)ᄒ야 니

•••

42면

ᄅᆞ러 야야(爺爺)긔 뵈오매 깃브미 과(過)ᄒ야 긔운이 막혀시나 대단티 아니ᄒ니 셩녀(盛慮)를 더으디 마ᄅᆞ쇼셔."

왕(王)이 탄왈(歎曰),

"ᄋᆞ직(兒子 l) 비록 긔골(氣骨)의 건쟝(健壯)ᄒ미 토목(土木) ᄀᆺ튼들 심녀(心慮) 쓰미 오래고 슈댱(受杖)127)ᄒ미 ᄒᆞᆫ두 번(番)이 아니리니 그 오쟝(五臟)이 스디 아니ᄒ리오?"

긔국공(--公) 등(等)이 분완(憤惋)128)ᄒ야 골오ᄃᆡ,

"딜ᄋᆞ(姪兒)의 져러ᄒᆞᆷ믄 도시(都是)129) 뉴노(-奴)의 연괴(緣故 l)

---

124) 경참(驚慘): 놀라고 참혹해함.

125) 비챵(悲愴): 비창. 마음이 몹시 상하고 슬픔.

126) 구티(驅馳): 구치. 몹시 바삐 돌아다님.

127) 슈댱(受杖): 수장. 매를 맞음.

128) 분완(憤惋): 몹시 분하게 여김.

라. 딜이(姪兒ㅣ) 혈육지신(血肉之身)으로 그딕도록 보채고 어이 온전(穩全)ᄒ리오?"

이윽고 한님(翰林)이 씌야 눈을 드러 부친(父親)을 보고 다시 눈믈이 옥면(玉面)의 니음ᄎ니 왕(王)이 슬픈 빗출 곰초고 등을 어릭믄져 굴오딕,

"디난 일이 차악(嗟愕)[130]ᄒ나 이제 모닷거놀 므슴 일 ᄋ녀ᄌ(兒女子)의 거동(擧動)을 ᄒᄂ다?"

한님(翰林)이 ᄇ야흐로 눈

· ● ●

43면

믈을 거두고 겨태 뫼시매 하람공(--公) 등(等)이 일시(一時)의 깃거 닐오딕,

"너를 뉴ᄋ(-兒)로 알 젹도 친이(親愛)ᄒᄂ 졍(情)이 극(極)ᄒ더니 오늘날 딜이(姪兒ㅣ) 되니 깃브미 측냥(測量)업도다."

한님(翰林)이 샤례(謝禮)ᄒ더라.

인(因)ᄒ야 샹셔(尚書)ᄃ려 종젼시말(從前始末)을 뭇고 탄식(歎息)ᄒᄆᆯ 마디아니며 모다 한님(翰林)을 보매 과연(果然) 연왕(-王)으로 다ᄅ디 아냐 부ᄌ(父子ㅣ) 근심을 먹엇ᄂ 양(樣)이 ᄒ 판(版)의 박아 닌 ᄃᆺᄒ니 남공(-公)이 웃고 굴오딕,

"ᄌ식(子息)이 아비를 달므미 녜ᄉ(例事ㅣ)라 ᄒᆫ들 너희 부ᄌ(父子) ᄀᆺᄐ니 어딕 이시리오?"

---

129) 도시(都是): 모두.
130) 차악(嗟愕): 몹시 놀람.

왕(王)이 또흔 웃고 한님(翰林)을 어로만져 두긋기니 긔국공(--公)이 웃고 왈(曰),

"나는 실노(實-) 너를 디(對)ᄒ기 붓그럽도다. 젼일(前日) 날을 본 즉 피(避)ᄒ고 뭇는 말을 디답(對答)디 아니ᄒ던

44면

거시니 오늘 용샤(容赦)ᄒ믈 어드랴?"

연왕(-王)이 웃고 ᄀᆞᆯ오디,

"현데(賢弟)는 실노(實-) 유감(遺憾)흔 남ᄌᆡ(男子ㅣ)로다커니와 아딕 한훤(寒暄)131)이나 편 후(後) 쳔쳔이 ᄒ미 엇더ᄒ뇨?"

공(公)이 쇼왈(笑曰),

"이제 무러보와 만일(萬一) ᄑᆞ디 아냐실진디 쇼뎨(小弟) 도라가려 ᄒ더니이다."

한님(翰林)이 날호여 머리를 수기고 잠간(暫間) 웃고 샤례(謝禮)왈(曰),

"그째의 슉뷔(叔父ㅣ)신 줄 아디 못ᄒ고 그러틋 실톄(失體)ᄒ니 도금(到今)ᄒ야 싱각건대 죄(罪)를 쳥(請)ᄒᄂ이다."

졔슉(諸叔)이 대쇼(大笑)ᄒ고 두긋기믈 마디아니ᄒ더라.

싱(生)이 병(病)이 듕(重)ᄒ믈 보고 녜부(禮部) 등(等)이 이곳의셔 밤을 디닉고 도셩(都城)으로 드러가쟈 ᄒ니 한님(翰林) 왈(曰),

"쇼뎨(小弟) 병(病)이 무움곳 평안(平安)ᄒ면 나으리니 밧비 드러가 모친(母親)긔 뵈사이다."

---

131) 한훤(寒暄): 날이 차고 따뜻한지 묻는 인사.

모다 우기디 못ᄒ야 다시 거댱(去裝)132)을 슈습(收拾)ᄒ야 한님(翰林)을 ᄃ리고 부듕(府中)의 니ᄅ니 일개(一家ㅣ) 드러치며 믈 쓸ᄐ시 ᄒ거늘 샹셰(尙書ㅣ) 왈(曰),

"ᄎ뎨(次弟) 병심(病心)의 운동(運動)키 어려오니 셔댱(書堂)으로 안헐(安歇)133)ᄒᆫ 후(後) 모다 나와 보시게 ᄒ사이다."

왕(王)이 올타 ᄒ고 한님(翰林)을 븟드러 셔당(書堂)의 드러가매,

이ᄢ 소휘(-后ㅣ) ᄋ즛(兒子)의 샹경(上京)ᄒᆞ믈 날노 기ᄃ리다가 이에 니ᄅ러시믈 듯고 모든 졔ᄉ(娣姒)134)와 존고(尊姑)ᄅᆞᆯ 뫼시고 셔당(書堂)의 니ᄅ니 다 ᄒᆞᆫ갈ᄀᆞ티 용뫼(容貌ㅣ) 명월(明月) ᄀᆞᆺ고 복식(服色)이 졔졔(齊齊)ᄒ니 싱(生)이 다ᄅ니ᄂᆞᆫ 아디 못ᄒ나 소후(-后)ᄅᆞᆯ 아라보고 낫ᄃ라 ᄉᆞ비(四拜)ᄒ니 왕(王)이 고이(怪異)히 너겨 닐오ᄃᆡ,

"ᄋ즈(兒子ㅣ) 엇디 어미ᄅᆞᆯ 아라보ᄂᆞ뇨?"

드ᄃᆡ여 뎡 부인(夫人)과 수수(嫂嫂)ᄅᆞᆯ 일일히(一一-) ᄀ

ᄅ치니 싱(生)이 각각(各各) 녜(禮)ᄅᆞᆯ 맛고 모후(母后)의 ᄉᆞ매ᄅᆞᆯ 븟드러 눈믈이 즘연(潛然)이 흐ᄅᆞ믈 씨ᄃᆺ디 못ᄒ고 소휘(-后ㅣ) 팔치(八

---

132) 거댱(去裝): 거장. 여행할 때 쓰는 물건과 차림. 행장(行裝).

133) 안헐(安歇): 편안히 쉼.

134) 졔ᄉ(娣姒): 제사. 손아래 동서와 손위 동서.

彩) 미우(眉宇)의 슬픈 식(色)이 발(發)ᄒᆞ매 봉안(鳳眼)의 눈믈이 비
ᄀᆞ티 어릭니 존젼(尊前)이믈 강잉(强仍)코져 ᄒᆞ나 능히(能-) 못 ᄒᆞ야
화관(花冠)을 수기고 츄파(秋波)를 ᄂᆞ초와 믁믁(默默)ᄒᆞ니 뎡 부인
(夫人)이 말려 ᄀᆞᆯ오ᄃᆡ,

"셕ᄉᆞ(昔事)를 싱각ᄒᆞ니 슬프미 업디 아니ᄒᆞ려니와 엇디 이딕도록
슬허ᄒᆞᄂᆞ뇨?"

연왕(-王)이 졍식(正色)고 ᄀᆞᆯ오ᄃᆡ,

"쎠나며 모드미 졍(定)ᄒᆞᆫ 쉬(數ㅣ)어늘 존젼(尊前)의 무례(無禮)히
구ᄂᆞ뇨?"

하람공(--公) 등(等)이 알플 향(向)ᄒᆞ야 티하(致賀)ᄒᆞ고 위로(慰勞)
ᄒᆞ니 부인(夫人)이 눈믈을 거두고 말을 ᄒᆞ고져 홀 ᄎᆞ(次) 승샹(丞相)
이 이에 니르니 싱(生)이 ᄲᆞᆯ니 니러 녜(禮)ᄒᆞ매 승샹(丞相)이 밧비 손

● ● ●

47면

을 잡고 ᄀᆞᆯ오ᄃᆡ,

"오늘이 므슴 날이완ᄃᆡ 네 집을 찻고 너 슬하(膝下)를 빗너ᄂᆞ뇨?
너의 운익(運厄)이 비샹(非常)ᄒᆞ미 쳔단비원(千端悲怨)을 ᄀᆞᆺ초 격고
부ᄌᆞ(父子ㅣ) 겨유 완젼(完全)ᄒᆞ니 엇디 가련(可憐)티 아니ᄒᆞ리오?"

눈을 드러 소후(-后)를 보고 위로(慰勞) 왈(曰),

"금일(今日) ᄎᆞᄋᆞ(此兒)를 보니 현부(賢婦)의 긔특(奇特)ᄒᆞᆷ을 더옥
씨ᄃᆞᆺ노라. ᄎᆞ후(此後)나 무흠(無欠)이 디니믈 원(願)ᄒᆞᄂᆞ니 너의 모
ᄌᆞ(母子ㅣ) 그딕도록 운익(運厄)이 험조(險阻)[135]ᄒᆞ뇨?"

---

135) 험조(險阻): 지세가 가파르거나 험하여 막히거나 끊어져 있음. 여기에서는 운수가 그렇다는

싱(生)이 다만 눈믈을 먹음어 말을 아니ᄒ더라.

뎡 부인(夫人)이 한님(翰林)의 긔이(奇異)ᄒ믈 크게 ᄉ랑ᄒ고 댱 부인(夫人) 등(等) 제인(諸人)이 연왕(-王)을 향(向)ᄒ야 하례(賀禮)ᄒ니 왕(王)이 공슈(拱手) 샤례(謝禮) 왈(曰),

"일헛던 ᄌ식(子息)을 완취(完聚)[136]ᄒ미 텬되(天道ㅣ) 도ᄋ시미라 스스로 희힝(喜幸)ᄒ믈 이긔

디 못ᄒ리로소이다."

소휘(-后ㅣ) 졍신(精神)을 졍(靜)ᄒ야 눈을 드러 ᄋᄌ(兒子)ᄅᆞᆯ 보매 긔이(奇異)ᄒᆫ 풍신(風神)이 병(病)의 골몰(汨沒)ᄒ여시나 더옥 뻑뻑ᄒ야 비(比)ᄒᆯ 곳이 업스니 엇디 녹녹(碌碌)ᄒᆫ 두목지[137](杜牧之)[138]의 곱기ᄅᆞᆯ 니ᄅᆞ리오.

부인(夫人)이 심하(心下)의 깃브고 슬허 좌우(左右)로 여러 ᄌ녀(子女)ᄅᆞᆯ 다 블너 형뎨(兄弟) 보게 ᄒ매 빅문 등(等) 제이(諸兒ㅣ) 뛰노라 즐겨ᄒ고 일쥬 쇼져(小姐)ᄂᆞᆫ 거거(哥哥)ᄅᆞᆯ 보고 쳐연(悽然)이 눈믈을 먹음더라. 한님(翰林)이 ᄯᅩᄒᆫ 모든 동싱(同生)의 개개(箇箇) 긔이(奇異)ᄒ믈 칭복(稱服)ᄒ야 각각(各各) 손을 잡고 환희(歡喜)ᄒ미 몽듕(夢中) ᄀᆞᆺᄐᆞ여 ᄒ더니 시동(侍童)이 보왈(報曰),

---

말임.

136) 완취(完聚): 완취. 완전히 모임.

137) 목지: [교] 원문에는 '예'로 되어 있으나 문맥을 고려하여 이와 같이 수정함.

138) 두목지(杜牧之): 중국 당(唐)나라 때의 시인인 두목(杜牧, 803~853)의 자(字). 호는 번천(樊川). 이상은과 더불어 이두(李杜)로 불리며, 작품이 두보(杜甫)와 비슷하다 하여 소두(小杜)로도 불림. 미남으로 유명함.

"위 승샹(丞相)이 니르러 계시이다."

모든 부인(夫人)이 일시(一時)의 드러갈시 싱(生)이 블열(不悅)ᄒ
야 부친(父親)긔 고왈(告曰),

"히익(孩兒ㅣ) 모친(母親)을 처음

49면

으로 뵈와 쩌나기 슬ᄉ온디라 야야(爺爺)는 다른 곳의 가 위 공(公)
을 보쇼셔."

왕(王) 왈(曰),

"여뷔(汝父ㅣ) 쏘흔 너를 쩌나기 슬흐니 긱(客)이 간 후(後) 네 어
미 나오미 무어시 어려오리오?"

셜파(說罷)의 부인(夫人)이 드러가니 이윽고 위 공(公)이 이에 드러
오매 한님(翰林)이 새로이 믜이 너겨 봉미(鳳眉)를 ᄢ긔고 믁믁(默默)
히 안잣더니, 위 공(公)이 좌(座)의 안즈며 글오디,

"군(君)이 발셔 샹경(上京)ᄒ엿더냐?"

한님(翰林)이 브답(不答)ᄒ니 연왕(-王)이 눈으로 긔ᄉᆡᆨ(氣色)을 보
고 졍ᄉᆡᆨ(正色) 왈(曰),

"위 공(公)은 됴뎡(朝廷) 대샹(大相)이라 톄면(體面)이 존듕(尊重)
커늘 네 엇디 등ᄇᆡᆨ(登拜)[139]ᄒᄆᆞᆯ 폐(廢)ᄒᄂᆞ뇨?"

한님(翰林)이 몸을 굽혀 디왈(對曰),

"병(病)이 듕(重)ᄒ야 움즉이디 못ᄒᄆᆞ로소이다."

남공(-公) 왈(曰),

_____

139) 등ᄇᆡᆨ(登拜): 등배. 알현함.

"절은 못 흘시 가(可)커니와 므릇시는 말을 엇

디 답(答)디 아닛느뇨?"

한님(翰林)이 부복(俯伏) 브답(不答)ᄒ니 위 공(公)이 이날이야 ᄉ
랑ᄒᄂ는 ᄯᆺ이 밍동(萌動)[140]ᄒ고 그 부뷔(夫婦ㅣ) 샹젹(相適)[141]ᄒ믈
두긋겨 손을 잡고 굴오ᄃᆡ,

"네 이제도 날을 원개(怨家ㅣ)로 지목(指目)ᄒᆞ다?"

한님(翰林)이 믄득 미우(眉宇)의 츤 빗치 몽농(朦朧)ᄒ고 츄패(秋波
ㅣ) 가ᄂ라 완완(緩緩)이[142] 손을 ᄲᅡ히고 믈너안거늘 위 공(公)이 그
심지(心地) 어려오믈 보고 말을 ᄒᆞ고져 ᄒᆞ더니 홀연(忽然) 궐듕(闕中)
의 명패(命牌)[143] ᄂᆞ려 급(急)히 니러나니 연왕(-王)이 ᄯᅩᄒᆞᆫ 뭇디 못
ᄒᆞ더라.

이날 한님(翰林)이 부모(父母)ᄅᆞᆯ 만나며 모든 곤계(昆季)와 군종
(群從)[144]으로 담쇼(談笑)ᄒᆞ야 밤을 디니매 긔운이 ᄂᆡ도(乃倒)히 여
샹(如常)ᄒᆞ니 부모(父母) 형뎨(兄弟) 깃브믈 금(禁)티 못ᄒᆞ더라.

샹셰(尚書ㅣ) 궐하(闕下)의 샤은(謝恩)ᄒᆞ고 한님(翰林)은 유병(有病)
ᄒᆞ믈

---

140) 밍동(萌動): 맹동. 어떤 생각이나 일이 일어나기 시작함.

141) 샹젹(相適): 상적. 서로 잘 맞음.

142) 완완(緩緩)이: 천천히.

143) 명패(命牌): 임금이 벼슬아치를 부를 때 보내던 나무패. '命' 자를 쓰고 붉은 칠을 한 것으로,
여기에 부르는 벼슬아치의 이름을 써서 돌림.

144) 군종(群從): 군종. 뭇 사촌.

고(告)ᄒ니 샹(上)이 젼(前) 일을 위로(慰勞)ᄒ샤 복직(復職)ᄒ시고 한 님(翰林)은 태의(太醫)로 간병(看病)ᄒ샤 됴리(調理) 찰딕(察職)[145]ᄒ 라 ᄒ시다.

한님(翰林)이 수오(數五) 일(日) 됴리(調理)ᄒ야 ᄇ야흐로 향ᄎ(向 差)[146]ᄒ매 드러가 조모(祖母) 뉴 부인(夫人)긔 뵈오니 뉴 부인(夫人) 이 노년(老年)의 이런 경ᄉ(慶事)ᄅᆞᆯ 보고 크게 깃거ᄒᄂ더라.

승샹(丞相)이 ᄯᅩ흔 모친(母親) ᄯᅳᆺ을 밧ᄌ와 당듕(堂中)의 쇼쟉(小酌) 을 여러 연왕(-王) 부부(夫婦)ᄅᆞᆯ 하례(賀禮)ᄒ고 일개(一家ㅣ) 모다 즐 기니, 모다 텰 시랑(侍郎)의 공(功)을 일ᄏᆞ고 한님(翰林)을 향(向)ᄒ야 향ᄂᆡ(向來)[147] 시말(始末)을 무르니 한님(翰林)이 탄식(歎息)고 대강 (大綱) 고(告)ᄒ나 뉴 공(公)의 말을 죵시(終是) 거드디 아니ᄒ더라. 긔국공(--公)이 인(因)ᄒ야 문왈(問曰),

"네 처음으로 수수(嫂嫂)ᄅᆞᆯ 엇디 안다?"

한님(翰林)이 쑴 말을 고(告)ᄒ니 모다 긔특(奇特)이

너기고 한님(翰林)의 젹소(謫所) 고초(苦楚)ᄅᆞᆯ 듯고 새로이 한심(寒 心)ᄒᄆ믈 마디아니ᄒ더라.

---

145) 찰딕(察職): 찰직. 직무를 두루 살핌.
146) 향ᄎ(向差): 향차. 회복함.
147) 향ᄂᆡ(向來): 향래. 그동안의.

추일(此日) 져므도록 즐기고 셕양(夕陽)의 파(罷)ᄒ니 한님(翰林)이 모친(母親)을 뫼셔 슉현당(--堂)의 도라와 부야흐로 두 셔모(庶母)와 운아 등(等)을 보고 셕ᄉ(昔事)를 싱각ᄒ야 감회(感懷)ᄒ믈 이긔디 못ᄒ더라.

이튼날 한님(翰林)이 셔헌(書軒)의 홀노 잇더니 위 승샹(丞相)이 이에 니르니 한님(翰林)이 강잉(强仍)ᄒ야 듕계(中階)의 ᄂ려 마ᄌ매 공(公)이 혹(酷)히 ᄉ랑ᄒ야 손을 잡고 당(堂)의 올나 ᄀᆞᆯ오ᄃᆡ,

"셕일(昔日) 군(君)을 슈욕(授辱)ᄒ믈 싱각ᄒ니 도금(到今)ᄒ여 뉘웃브미 극(極)ᄒᆞᆫ다라. 너는 모로미 구한(舊恨)을 두디 말고 셔로 친친지의(親親之義)를 두터이 ᄒᆞᆷᄆᆡ 엇더뇨?"

한님(翰林)이 원ᄂᆡ(元來) 도금(到今)ᄒ야 져

53면

의게 ᄋᆞᆯᄌᆞ지원(睚眦之怨)[148]을 두미 아냐 그 범ᄉ(凡事)의 과도(過度)ᄒ믈 믜여 굴복(屈服)디 아니려 ᄒᆞᄂᆞᆫ 고(故)로 답(答)디 아니ᄒ고 ᄉ매를 썰텨 안흐로 드러가니 위 공(公)이 훌일업셔 팀음(沈吟)[149]ᄒ더니,

연왕(-王)이 이에 니르니 공(公)이 마자 한님(翰林)의 거동(擧動)을 젼(傳)ᄒ니 왕(王)이 경녀(驚慮)[150]ᄒ야 즉시(卽時) 한님(翰林)을 브르니 한님(翰林)이 마디못ᄒ야 이에 니르매 왕(王)이 졍ᄉᆡᆨ(正色) 왈(曰),

---

148) ᄋᆞᆯᄌᆞ지원(睚眦之怨): 애자지원. 한 번 흘겨보는 정도의 원망이란 뜻으로, 아주 작은 원망.

149) 팀음(沈吟): 침음. 속으로 깊이 생각함.

150) 경녀(驚慮): 경려. 놀라고 염려함.

"위 공(公)은 네 아비 스싱(死生) 붕위(朋友ㅣ)니 네게 슉딜지의(叔姪之義)[151] 잇거늘 엇디 감히(敢-) 블공(不恭)ᄒᆞᄂᆞ뇨?"

한님(翰林)이 믄득 샤죄(謝罪) 왈(曰),

"ᄒᆡ아(孩兒ㅣ) 엇디 감히(敢-) 위샹(-相)을 블공(不恭)ᄒᆞ리오마ᄂᆞᆫ 만일(萬一) 제 젼일(前日) 쇼ᄌᆞ(小子)를 죽여실던디 오늘 야야(爺爺)긔 뵈오미 업ᄉᆞ니 저를 보매 심긔(心氣) 셔늘ᄒᆞ야 감히(敢-) 뫼셔 안잣디 못ᄒᆞ미니이다."

• • •

54면

셜파(說罷)의 왕(王)이 졍ᄉᆡᆨ(正色) 왈(曰),

"니 일즉 여러 ᄌᆞ식(子息)이 이시나 너 ᄀᆞ튼 거슬 보ᄂᆞ니 처음이니 이 도시(都是) 뉴영걸을 달맛도다."

한님(翰林)이 ᄎᆞ언(此言)을 듯고 비록 말은 아니나 그윽이 셜워 눈믈을 흘니고 도로 드러가거늘, 왕(王)이 노(怒)ᄒᆞ야 블너 ᄎᆡᆨ(責)고져 ᄒᆞ니 공(公)이 말녀 왈(曰),

"제 대병(大病) 후(後) ᄯᅩ 소복(蘇復)[152]ᄒᆞ엿고 니 ᄯᅩ 젼일(前日)을 그릇ᄒᆞ여시니 브려두라."

언미필(言未畢)의 녜부(禮部) 흥문이 니ᄅᆞ러 ᄎᆞ언(此言)을 듯고 낫도라 웃고 왈(曰),

"대인(大人)이 젼일(前日) 쇼싱(小生)의 말ᄉᆞᆷ을 씨ᄃᆞᆮ시ᄂᆞ니잇가? 뉴지(-子ㅣ) 왕후쟝샹(王侯將相)[153]이 되여도 제게 빌 일 업다 ᄒᆞ시

---

151) 슉딜지의(叔姪之義): 숙질지의. 숙부와 조카의 의리.

152) 소복(蘇復): 병이 나은 뒤에 원기가 회복됨.

153) 왕후쟝샹(王侯將相): 왕후장상. 제왕·제후·장수·재상을 아울러 이르는 말.

더니 이제 이보경문의 ᄌᆞ(字)의게 굴복(屈服)ᄒᆞ시믄 의외(意外)로소이다."

위 공(公)이 ᄯᅩᄒᆞᆫ 대쇼(大笑) 왈(曰),

"그ᄯᅢ 엇디 오늘날

* • •

을 싱각ᄒᆞ여시리오?"

녜뷔(禮部ㅣ) 왈(曰),

"그러므로 셰ᄉᆞ(世事)ᄂᆞᆫ 측냥(測量)티 못ᄒᆞ올디라 쇼싱(小生) 등(等)이 임의 짐쟉(斟酌)ᄒᆞ고 그ᄯᅢ 대인(大人)을 말니미니이다."

위 공(公)이 크게 웃고 ᄒᆞᆯ 말이 업서 도라가다.

이날 밤의 왕(王)이 ᄂᆡ당(內堂)의 드러가매 부인(夫人)이 졔ᄌᆞ(諸子) 졔부(諸婦)를 모화 담쇼(談笑)ᄒᆞ니 샹셔(尙書)의 긔이(奇異)ᄒᆞᆫ 안ᄉᆡᆨ(顏色)과 경문의 발호(發豪)ᄒᆞᆫ 풍ᄎᆡ(風采)며 녀·임 냥인(兩人)의 난초(蘭草) ᄀᆞᆮᄐᆞᆫ 긔질(氣質)과 기여(其餘) 일쥬 등(等) 졔ᄋᆞ(諸兒)의 ᄆᆞᆰ은 골격(骨格)이 암실(暗室)이 붉ᄂᆞᆫ디라. 왕(王)이 두긋기믈 이긔디 못ᄒᆞ야 드러가 좌(座)를 일우고 화소와 봉닌을 나호여 ᄉᆞ랑ᄒᆞ더니 냥구(良久) 후(後) 도라 한님(翰林)ᄃᆞ려 ᄀᆞᆯ오ᄃᆡ,

"ᄂᆡ 널노 더브러 부ᄌᆞ지뉸(父子之倫)을 아란 지 오래지 아니ᄒᆞ니 너의 ᄯᅳᆺ을 아디 못ᄒᆞ거니와

위 공(公)은 네 아븨 듁마붕위(竹馬朋友ㅣ)어늘 만모(慢侮)[154]ᄒᆞᆷ믈
ᄒᆡᆼ노(行路)[155]ᄀᆞ티 ᄒᆞᄂᆞ뇨? 너의 이 ᄀᆞᆺ튼 ᄒᆡᆼᄉᆞ(行事)를 보매 닉 그윽
이 븟그려ᄒᆞ노라.”

한님(翰林)이 ᄭᅮ러 듯줍고 날호여 샤죄(謝罪)ᄒᆞ여 ᄀᆞᆯ오ᄃᆡ,

“ᄒᆡ익(孩兒ㅣ) 쟉셕(昨夕)의 실[156]톄(失體)ᄒᆞᆷᄆᆞᆫ 굿ᄐᆞ여 ᄒᆞ고져 ᄒᆞ
미 아니라 셕일(昔日) 위 공(公)의 과도(過度)ᄒᆞᆫ 셩품(性品)을 ᄒᆞᆫ(恨)
ᄒᆞ야 미쳐 대인(大人)의 블평(不平)ᄒᆞ시믈 아디 못ᄒᆞ온디라 ᄎᆞ후(此
後) 곳치미 이시리이다.”

왕(王)이 그 말ᄉᆞᆷ의 모호(模糊)ᄒᆞᆷ믈 팀음(沈吟)ᄒᆞ더라.

이젹의 한님(翰林)이 디난 화란(禍亂)을 다 ᄯᅥᆯ티고 본부모(本父母)
를 ᄎᆞ자 흔희(欣喜)ᄒᆞᄂᆞᆫ 쯧이 극(極)ᄒᆞ고 모든 형뎨(兄弟) 번셩(繁盛)
ᄒᆞ며 존당(尊堂) 슉당(叔堂)이 강건(剛健)ᄒᆞ고 군죵(群從)이 셩만(盛
滿)ᄒᆞ니 만ᄉᆡ(萬事ㅣ) 여의(如意)ᄒᆞ야 ᄒᆡᆼ식(行事ㅣ) 반졈(半點) 블호
(不好)ᄒᆞ미 업고

그 웅건(雄健)ᄒᆞᆫ 문댱(文章)과 활연(豁然)[157]ᄒᆞᆫ 쯧이 쳔츄(千秋) 호걸

---

154) 만모(慢侮): 교만한 태도로 남을 업신여김.
155) ᄒᆡᆼ노(行路): 행로. 길을 가는 사람.
156) 실: [교] 원문에는 ‘시’로 되어 있으나 오기로 보임.
157) 활연(豁然): 환하게 터져 시원함.

(豪傑)이오 빅힝(百行)의 ㄱ죽ㅎ미 공밍(孔孟)[158]의 도(道)를 어더시
니 왕(王)의 부뷔(夫婦ㅣ) 크게 두굿기고 ᄉ랑ᄒ야 ᄎ후(此後) 반졈
(半點) 거릿기는 일이 업고 샹셰(尙書ㅣ) 일념(一念)의 밋친 바를 풀
매 형뎨(兄弟) 여러히 ᄒᆞᆫ갈ᄀᆞ티 광금댱침(廣衾長枕)[159]의 즐기미 츈
풍(春風) ᄀᆞ더라.

일일(一日)은 댱 샹셔(尙書) 옥지 등(等) 형뎨(兄弟)와 소 샹셔(尙
書) 형이 연왕부(-王府)의 니르러 야화(夜話)ᄒᆞᆯᄉᆡ, 왕(王)의 곤계(昆
季) 오(五) 인(人)과 쇼부(少傅ㅣ) ᄯᅩᄒᆞᆫ 이에 오고 녜부(禮部) 등(等)
쇼년(少年) 졔싱(諸生)이 ᄯᅩ ᄒᆞᆫ가지로 뫼셔 찬조(贊助)ᄒᆞ더니,

ᄎ시(此時) 삼츈(三春) 망간(望間)이라. 빅홰(百花ㅣ) 만발(滿發)ᄒᆞ
며 쳥쉬(淸水ㅣ) 층층(層層)ᄒᆞ니 졔공(諸公)이 쥬비(酒杯)를 놀니며
흥(興)을 이긔디 못ᄒᆞ더니 쇼 샹셰(尙書ㅣ) 믄득 닐오ᄃᆡ,

"업

· ● ●

58면

던 경문이 좌(座)의 이시믈 보니 브야흐로 셰샹ᄉᆡ(世上事ㅣ) 번복(飜
覆)[160]ᄒᆞ믈 알니로다. 당년(當年)의 쇼믜(小妹) 백[161]달[162]의 의심
(疑心) 가온대 이셔 너를 복듕(腹中)의 가지고 혈혈(孑孑) ᄋᆞ녀직(兒
女子ㅣ) 남챵(南昌)의 도라가 너를 겨유 나하 믄득 일흐니 믜ᄌᆞ(妹

---

158) 공밍(孔孟): 공맹. 유학의 성현인 공자(孔子)와 맹자(孟子).

159) 광금댱침(廣衾長枕): 광금장침. 넓은 이불과 긴 베개.

160) 번복(飜覆): 이러저리 뒤집힘.

161) 백: [교] 원문에는 '박'으로 되어 있으나 앞의 예를 따라 이와 같이 수정함.

162) 백달: 연왕 이몽창의 자(字). 이몽창은 소형의 매제임.

子)의 약(弱)흔 간쟝(肝腸)이 무로믈 면(免)티 못흐엿더니 엇디 오늘이 이실 줄 알니오?"

연왕(-王)이 미쇼(微笑)ᄒᆞ고 쇼뷔(少傅ㅣ) ᄯᅩᄒᆞᆫ 웃고 골오ᄃᆡ,

"경문이 이제 아비 소ᄒᆡᆼ(所行)을 모로리니 ᄂᆡ 금일(今日) 대강(大綱)을 니로미 가(可)토다."

드ᄃᆡ여 왕(王)의 셕년(昔年) 소실(所失)을 ᄌᆞ시 니로고 박쟝대쇼(拍掌大笑)ᄒᆞ니 모다 크게 웃고 댱 샹셰(尙書ㅣ) 골오ᄃᆡ,

"그도 긔여니와 당당(堂堂)흔 후ᄇᆡᆨ(侯伯) 대신(大臣)이 황혼(黃昏)을 조차 ᄂᆞᆷ의 집으로 분주(奔走)ᄒᆞ니 엇디 ᄒᆡ연(駭然)[163]티 아니ᄒᆞ리

오? 이뵈 너의 얼골이 연군(-君) ᄀᆞᄐᆞ니 ᄂᆡ 심(甚)히 근심ᄒᆞᄂᆞ니 그 ᄒᆡᆼ실(行實)은 담디 말나."

ᄉᆡᆼ(生)이 함쇼(含笑)ᄒᆞ고 왕(王)이 쇼왈(笑曰),

"슉뷔(叔父ㅣ) 직당(在堂)ᄒᆞ샤 ᄂᆡ 허믈을 니로시니 감히(敢-) ᄃᆡ답(對答)디 못ᄒᆞ거니와 셰뇌[164] 형(兄)의 말이야 못 ᄃᆡ답(對答)ᄒᆞ리오? 그ᄃᆡᄂᆞ 각각(各各) 츌츌흔 톄ᄒᆞ나 대강(大綱) 나의게셔 더은 허믈이 잇건마ᄂᆞ ᄂᆡ 말ᄒᆞ기 더러워 파셜(播說)[165]티 아닛노라."

샹셰(尙書ㅣ) 대쇼(大笑) 왈(曰),

"ᄎᆞ언(此言)을 드로니 군(君)의 계피(計巧ㅣ) 궁진(窮盡)[166]ᄒᆞ믈

---

163) ᄒᆡ연(駭然): 해연. 몹시 이상스러워 놀람.
164) 셰뇌: 세노. 쟝옥지의 쟈(字)로 보임.
165) 파셜(播說): 파설. 말을 퍼뜨림.
166) 궁진(窮盡): 다하여 없어짐.

알니로다. 대강(大綱) 더럽건마는 늬 허믈을 잠간(暫間) 니르미 엇더
ᄒ뇨?"

왕(王)이 쇼왈(笑曰),

"사오나온 개 ᄒᆞᆫ 번(番) 니ᄃᆞ라 믈매 사름이 쭐와 칙망(責望)티 못
ᄒᆞᄂᆞ니 늬 엇디 그딕와 ᄀᆞᆺᄐᆞᆫ 사름이 되리오?"

댱 공(公)이 텽파(聽罷)의 크게

● ● ●

60면

웃고 ᄭᅮ짓기ᄅᆞᆯ 마디아니ᄒᆞ더라. 한님(翰林)은 ᄇᆞ야ᄒᆞ로 모친(母親)의
굿기신 곡졀(曲折)을 ᄌᆞ시 듯고 그윽이 한심(寒心)ᄒᆞᆷᄋᆞᆯ 이긔디 못ᄒᆞ
니 소 샹셔(尙書ㅣ) ᄀᆞ로ᄃᆡ,

"딜ᄋᆡ(姪兒ㅣ) 아비를 너모 달마시니 힝혀(幸-) 힝실(行實)도 비홀
진뎌167)."

왕(王)이 쇼왈(笑曰),

"ᄌᆞ식(子息)이 아비를 달므미 녜ᄉᆞ(例事ㅣ)니 형(兄)이 말과져 ᄒᆞ
므로 밋디 못ᄒᆞᆯ가 ᄒᆞ노라."

일좨(一座ㅣ) 크게 웃더라.

이째 한님(翰林)이 난복을 블너 알픠셔 슈환(使喚)킈 ᄒᆞ나 죵시(終
是) 그 공(功)을 일ᄏᆞᆮ디 아니ᄒᆞ니, 이ᄂᆞᆫ ᄌᆞ긔(自己) 비록 텬일(天日)을
보나 현이 파쳔(播遷)ᄒᆞ고 뉴 공(公)이 젼니(田里)로 도라가므로뻬라.

췌168)향이 한님(翰林)의 부귀(富貴) 혁혁(赫赫)ᄒᆞᆷᄋᆞᆯ 보고 스스로

---

167) 뎌: [교] 원문에는 '대'로 되어 있으나 문맥을 고려해 규장각본(10:42)과 연세대본(10:60)을 따름.
168) 췌: [교] 원문에는 '츄'로 되어 있으나 앞의 예를 따라 이와 같이 수정함.

ᄌ최 서어(鉏鋙)[169]ᄒ야 한님(翰林)을 보고 남챵(南昌)으로 갈 ᄯᅳ슬 고(告)

●●●

61면

ᄒ니 한님(翰林)이 츄연(惆然)ᄒ야 글오ᄃᆡ,

"나의 몸이 오ᄂᆞᆯ날의 니ᄅᆞ믄 어믜 공(功)이어ᄂᆞᆯ 엇디 ᄇᆞ리고 가려 ᄂᆞ뇨? 대인(大人)을 아모려나 경ᄉᆞ(京師)의 일위고져 ᄒ니 어미ᄂᆞᆫ 근심 말고 아딕 편(便)히 이시라."

ᄒ고 김 부인(夫人) 가묘(假墓)ᄅᆞᆯ 개장(改葬)[170]ᄒ야 뉴부(-府)의 봉안(奉安)ᄒ고 가졍(家丁)과 복부(僕夫)[171]ᄅᆞᆯ ᄀᆞ초와 딕희여 뉴 공(公)의 오기ᄅᆞᆯ 기ᄃᆞ리고 츄[172]향을 부듕(府中)의 두어 ᄃᆡ졉(待接)을 극진(極盡)이 ᄒ며 소 부인(夫人)이 ᄯᅩ흔 그 공(功)을 일ᄏᆞ라 경ᄃᆡ(敬待)ᄒᆞ믈 마디아니ᄒ니 츄[173]향의 유복(有福)ᄒ미 비길 ᄃᆡ 업더라.

이적의 옥농관(--觀)의 갓던 노ᄌᆞ(奴子ㅣ) 도라오매 녜부(禮部) 등(等)이 계교(計巧)ᄅᆞᆯ 맛티 ᄀᆞᄅᆞ쳐 긔관(奇觀)을 삼고져 ᄒ니 져 노ᄌᆞ(奴子ㅣ) 엇디 명(命)을 거역(拒逆)ᄒ리오.

한님(翰林)긔 뵈매 한

---

169) 서어(鉏鋙): 뜻이 맞지 아니하여 조금 서먹함.

170) 개장(改葬): 개장. 무덤을 옮겨 씀.

171) 복부(僕夫): 종으로 부리는 남자.

172) 츄: [교] 원문에는 '츈'로 되어 있으나 앞의 예를 따라 이와 같이 수정함.

173) 츄: [교] 원문에는 '츈'로 되어 있으나 앞의 예를 따라 이와 같이 수정함.

님(翰林)이 밧비 부인(夫人) 평부(平否)를 므르니 노지(奴子ㅣ) 골오디,

"쥬지(住持) 도인(道人) 운시 닐오디, '부인(夫人)이 모일(某日)의 믈의 빠져 죽으시니 지금(至今) 신톄(身體)를 엇디 못ᄒ엿다.' ᄒ더이다."

한님(翰林)이 텽파(聽罷)의 대경(大驚) 차악(嗟愕)ᄒ야 심신(心身)이 어린 둣ᄒ니 년망(連忙)이 ᄂᆡ당(內堂)의 드러와 부모(父母)긔 고(告)ᄒ고 복제(服制)[174] 일우믈 청(請)ᄒ니 왕(王) 왈(曰),

"위 시(氏) 네게 도라오매 ᄂᆡ 아디 못ᄒ는 며ᄂᆞ리니 엇디 복제(服制)를 일우리오?"

ᄉᆡᆼ(生)이 텽파(聽罷)의 돈슈(頓首) 왈(曰),

"명괴(明敎ㅣ) 비록 올흐시나 제 ᄉᆞᄉᆡᆼ(死生)이 쇼ᄌᆞ(小子)로 인(因)ᄒ야 판단(判斷)ᄒ여시니 ᄎᆞ마 져ᄇᆞ리리잇고?"

왕(王)이 믁연(默然)이 허(許)티 아니니 ᄉᆡᆼ(生)이 믈너와 먼니 남(南)을 ᄇᆞ라고 실셩댱통(失聲長慟)의 믄득 긔졀(氣絶)ᄒ니 샹셰(尙書ㅣ) 급(急)히

니ᄅᆞ러 구(救)ᄒ고 왕(王)이 시녀(侍女)로 뎐어(傳語) 칙왈(責曰),

"위 시(氏) 비록 너를 아나 ᄂᆡ 아디 못ᄒ는 ᄌᆞ뷔(子婦ㅣ)어늘 엇디

---

174) 복제(服制): 복제. 상례(喪禮)에서 정한 오복(五服)의 제도.

감히(敢-) 부듕(府中)의셔 곡셩(哭聲)을 발(發)ᄒᆞᄂᆞ뇨?"

싱(生)이 ᄎᆞ언(此言)을 듯고 감히(敢-) 다시 우디 못ᄒᆞ고 다만 흐ᄅᆞᄂᆞᆫ 눈믈이 옥(玉) ᄀᆞᆺᄐᆞᆫ 귀 미틔 년낙(連落)ᄒᆞ야 말을 아니ᄒᆞ니 샹셰(尙書ㅣ) 심하(心下)의 민망(憫惘)ᄒᆞ야 ᄀᆡ유(開諭)ᄒᆞ야 ᄀᆞᆯ오ᄃᆡ,

"위 시(氏)의 참ᄉᆞ(慘死)ᄒᆞ시미 슬프미 젹디 아니나 대인(大人)의 명(命)이 엄(嚴)ᄒᆞ시거ᄂᆞᆯ 네 엇디 감히(敢-) 과도(過度)히 샹회(傷懷)ᄒᆞᄂᆞ뇨?"

싱(生)이 믄득 눈믈을 거두고 ᄉᆞ식(辭色)을 진졍(鎭靜)ᄒᆞ야 셔당(書堂)으로 나가니,

샹셰(尙書ㅣ) 그 효셩(孝誠)을 긔특(奇特)이 너겨 웃고 드러가 부모(父母)긔 고(告)ᄒᆞ니 왕(王)이 잠간(暫間) 웃더라.

ᄎᆞ야(此夜)의 녜부(禮部) 등(等) 모든 형뎨(兄弟) 니ᄅᆞ러 한님(翰林)을 치위(致慰)ᄒᆞ니 한님(翰林)

• • •

64면

이 강잉(强仍) 쇼왈(笑曰),

"제 ᄂᆡ 쳐ᄌᆞ(妻子ㅣ) 아니니 티위(致慰) 바드미 블가(不可)ᄒᆞ도다."

인(因)ᄒᆞ야 ᄌᆞ약(自若)히 우서 한담(閑談)ᄒᆞ더니,

졔인(諸人)이 다 도라가고 녜부(禮部)와 샹셔(尙書)만 이의 이셔 ᄒᆞᆫ가지로 잘ᄉᆡ 한님(翰林)의 심ᄉᆞ(心思ㅣ) 측냥(測量)업서 ᄀᆞ마니 싱각ᄒᆞᄃᆡ,

'제 셰간(世間)의 궁진(窮盡)ᄒᆞᆫ ᄌᆞ최로 이향(異鄕)의 표박(漂泊)[175]

---

175) 표박(漂泊): 떠돌아다님.

ᄒᆞ야 몸이 오늘날의 마츠니 엇디 참담(慘憺)티 아니ᄒᆞ리오.'

ᄯᅩ 그 화풍셩모(華風盛貌)[176]와 어딘 소ᄅᆡ 눈 알픽 버러시니 이팔 청츈(二八靑春)을 늣기고 ᄌᆞ가(自家)ᄂᆞᆫ 화당(華堂)의 잇거ᄂᆞᆯ 져ᄂᆞᆫ ᄆᆞᄎᆞᄂᆡ 부모(父母)ᄅᆞᆯ 찾디 못ᄒᆞ고 화양[177]의 도라가믈 슬허ᄒᆞ니 ᄌᆞ연(自然)ᄒᆞᆫ 눈믈이 벼개의 고이ᄂᆞᆫ디라. 녜부(禮部) 등(等)이 자ᄂᆞᆫ 톄ᄒᆞ고 그 거동(擧動)을 보더니 우읍기ᄅᆞᆯ 춤디 못ᄒᆞ야 도라 손을 잡

* * *

65면

고 굴오ᄃᆡ,

"이뵈 무슴 일노 우ᄂᆞᆫ다?"

한님(翰林)이 놀나 믁연(默然)이 답(答)디 아니ᄒᆞ니 녜뷔(禮部ㅣ) 짐줏 츄연(惆然) 왈(曰),

"위수(-嫂)의 명졀(名節)[178]을 싱각ᄒᆞ매 우리 ᄆᆞᄋᆞᆷ도 감샹(感傷)ᄒᆞ니 너의 ᄆᆞᄋᆞᆷ을 니ᄅᆞ리오마ᄂᆞᆫ 슉뷔(叔父ㅣ) 복졔(服制)ᄅᆞᆯ 허(許)티 아니ᄒᆞ시니 너의게 도시(都是) 눔이라 이러툿 ᄉᆞ샹(思相)ᄒᆞ미 져컨 대 비례(非禮ㄴ)가 ᄒᆞ노라."

한님(翰林)이 츄연(惆然) 딕왈(對曰),

"쇼뎨(小弟) 위 시(氏)로 더브러 비록 이셩(異性)의 합(合)ᄒᆞ믈 일 우디 아냐시나 그 빙ᄌᆞ옥질(氷姿玉質)[179]이 쇼뎨(小弟)로 인(因)ᄒᆞ야 ᄆᆞᄎᆞᄂᆡ 것거지니 ᄌᆞ연(自然) 심ᄉᆞ(心思ㅣ) 블평(不平)ᄒᆞ믈 춤디 못ᄒᆞᆯ

---

176) 화풍셩모(華風盛貌): 화풍셩모. 화려하고 빛나는 모습.

177) 화양: 저승의 뜻으로 보이나 미상임.

178) 명졀(名節): 명절. 명분과 절의.

179) 빙ᄌᆞ옥질(氷姿玉質): 빙자옥질. 얼음과 옥처럼 맑은 자질.

너니 부형(父兄)이 그릇 너기시니 쇼뎨(小弟) 엇디 다시 싱각ᄒ리오?"

셜파(說罷)의 눈믈을 거두고 잠드니 녜뷔(禮部ㅣ) 심하(心下)의 긔특(奇特)이 너기더라.

이튿날 싱(生)이 부모(父母)긔 문안(問安)

• • •

66면

ᄒ매 다시 슬픈 ᄉ식(辭色)이 업서 화긔(和氣) ᄌ약(自若)ᄒ니 왕(王)이 그 심디(心地) 무거오믈 희ᄒ(喜幸)ᄒ야 이에 닐오ᄃᆡ,

"위 시(氏)를 다시 셜녜(設禮)ᄒ야 집의 거ᄂ리려 ᄒ엿더니 이제 셰ᄉ(世事ㅣ) 차타(蹉跎)[180]ᄒ니 져를 위(爲)ᄒ야 복졔(服制)를 일우디 못ᄒ믄 녜(禮) 업ᄉ미라 가탄(可嘆)이로다. 작일(昨日) 위 공(公)이 그 일녀(一女)로 구혼(求婚)ᄒ여시니 닌 임의 허(許)ᄒ엿ᄂ니 네 ᄯᆺ은 엇더뇨?"

한님(翰林)이 텽파(聽罷)의 ᄌ비(再拜) 복쥬(伏奏) 왈(曰),

"명괴(明敎ㅣ) 다 녜의(禮義)로 비로서 계시니 탄(憚)ᄒ 것이 이시리잇가? 저 위가(-家) 혼ᄉ(婚事)는 대인(大人) ᄯᆺ을 쇼직(小子ㅣ) 거스리고져 ᄒ미 아니로ᄃᆡ 쇼직(小子ㅣ) 쇼년(少年)의 팔직(八字ㅣ) 무상(無狀)ᄒ야 부모(父母)를 일코 뉴부(-府)의 길니매 뉴 공(公)이 쇼ᄌ(小子)를 ᄉ랑ᄒ미 엇디 현이로 간격(間隔)이 이시리오마는 듕간(中間)의 춤쇠(讒訴ㅣ) 공교(工巧)ᄒ

---

180) 차타(蹉跎): 어그러짐.

매 쇼직(小子ㅣ) 져근 화란(禍亂)을 격거시나 춤아 그 은혜(恩惠)를
일됴(一朝)의 니즈리오? 위 공(公)이 쇼주(小子)로 블화(不和)ᄒᆞᆷ은 대
인(大人)이 붉히 아르시는 배니 번거히 고(告)티 아니ᄒᆞ거니와 대인
(大人)의 붉으시므로 춤아 전일(前日) 므음을 고텨먹어 위 공(公)의
사회 되리오? 대인(大人) 명(命)을 조차 져를 경ᄃᆡ(敬待)ᄒᆞᆷ은 쇼직(小
子ㅣ) 봉승(奉承)[181]ᄒᆞ려니와 춤아 반주지의(半子之義)[182]를 일우믄
쇼직(小子ㅣ) 엄하(嚴下)의 죽으믈 원(願)ᄒᆞᄂᆞ이다."

왕(王)이 텽파(聽罷)의 훌일업서 믄득 정식(正色) 왈(曰),

"네 말이 과연(果然) 의(義) 크거니와 훌노 아븨 말을 듯디 아니믄
가(可)ᄒᆞ냐?"

한님(翰林)이 믄득 눈믈을 먹음고 ᄃᆡ왈(對曰),

"ᄒᆡ익(孩兒ㅣ) 감히(敢-) 엄명(嚴命)을 거역(拒逆)ᄒᆞ미 아니라 뉴
공(公)의 대은(大恩)을 싱각ᄒᆞ매 춤아 져ᄇᆞ리디

못ᄒᆞ옵ᄂᆞᆫ이다라 엄하(嚴下)의 죽으믈 이저 고(告)ᄒᆞ옵ᄂᆞ니 져를 취(娶)
ᄒᆞ라 ᄒᆞ실진ᄃᆡ 쇼직(小子ㅣ) 머리를 븩고 산간(山間)의 슘기를 원
(願)ᄒᆞᄂᆞ이다. 텬하(天下)의 녀직(女子ㅣ) 만흐니 구ᄐᆞ여 위 공(公)의

---

181) 봉승(奉承): 웃어른의 뜻을 이어받음.

182) 반주지의(半子之義): 반자지의. 사위의 의리. 반자(半子)는 '반자식'이라는 뜻으로 아들이나 다
름없이 여긴다는 말로, '사위'를 이름.

쭐만 아름다오리오?"

왕(王)이 듯기를 무츳매 그 져근 나히 큰 혬이 이러흐믈 두긋겨 믁연(默然)흐다가 굴오딕,

"네 만일(萬一) 죽은 위 시(氏), 위 공(公)의 녀익(女兒ㅣ)면 엇디려 흐던다?"

한님(翰林)이 념슈(斂手)[183] 딕왈(對曰),

"쇼직(小子ㅣ) 비록 블툐(不肖)흐나 춤아 군부지하(君父之下)의 소견(所見)을 그릇 알외리오? 만일(萬一) 그럴진딕 힉익(孩兒ㅣ) 밍셰(盟誓)흐야 절의(絶義)흐리로소이다."

왕(王)이 팀음(沈吟)흐야 답(答)디 아니흐더라.

이날 왕(王)이 위부(-府)의 니르러 승상(丞相)을 딕(對)흐야 싱(生)의 말을 다 니른

· ● ●

69면

고 굴오딕,

"녕녀(슈女)의 지감(知鑑)[184]을 닉 진실노(眞實-) 항복(降服)흐느니 ᄋ즈(兒子)의 말이 다 올흐니 닉 아비 되여 무어시라 흐리오?"

승상(丞相)이 텽필(聽畢)의 아연(啞然)[185] 왈(曰),

"이뵈 날 흔(恨)흐미 이에 미처실 줄 어이 알니오? 이제는 쟝춧(將次ㅅ) 남공(-公) 형(兄)의 말씀딕로 궤계(詭計)[186]룰 쓰리니 왕(王)은

---

183) 념슈(斂手): 염수. 두 손을 마주 잡고 공손히 서 있음.
184) 지감(知鑑): 사람을 잘 알아보는 능력.
185) 아연(啞然): 너무 놀라거나 어이가 없어서 또는 기가 막혀서 입을 딱 벌리고 말을 못 하는 모양.
186) 궤계(詭計): 간사하게 남을 속이는 꾀.

엇더타 ᄒᆞᄂᆞ뇨?"

왕(王)이 쇼왈(笑曰),

"ᄌᆞ식(子息)의 아비 되여 셜워 쇼쇄(小瑣)[187]ᄒᆞᆫ 거동(擧動)을 ᄒᆞ리로다. ᄋᆞ직(兒子ㅣ) 현부(賢婦)로 은의(恩愛)를 미즌 후(後) 쳔쳔이 니ᄅᆞ고 닉 기유(開諭)ᄒᆞ야 형(兄)으로 화목(和睦)게 ᄒᆞ리라."

셜파(說罷)의 서로 웃고 도라가다.

원닉(元來) 위 승샹(丞相) 죵뎨(從弟) 일(一) 인(人)이 희슌 공쥬(公主) 부매(駙馬ㅣ)니 이 곳 금샹(今上) 친믹(親妹)오 션종(宣宗) 댱녀(長女ㅣ)라. 위 부마(駙馬)의 일홈은 공문이니 평쟝(平章) 위 공(公)의 손(孫)이오, 위

* * *

70면

승샹(丞相) 듕부(仲父)의 싱(生)ᄒᆞᆫ 배라. 위인(爲人)이 극(極)히 비범(非凡)ᄒᆞ고 슬하(膝下)의 이(二) 직(子ㅣ) 잇더니 위 승샹(丞相)이 부마(駙馬)를 보고 계교(計巧)를 니ᄅᆞ니 부매(駙馬ㅣ) 크게 웃고 글오딕,

"형(兄)의 실언(失言)ᄒᆞᆫ 연고(緣故)로 나ᄂᆞᆫ 아름다온 쌀과 사회를 어드리로다. 쇼뎨(小弟) 감히(敢-) 원(願)티 못ᄒᆞᆯ지언졍 군ᄌᆞ(君子)와 슉녀(淑女ㅣ) 남교(藍橋)[188]의 모드믈 귀경ᄒᆞ믈 ᄉᆞ양(辭讓) ᄒᆞ리오?"

위 공(公)이 깃거 쇼져(小姐) 듯ᄂᆞᆫ 딕ᄂᆞᆫ 집이 좁다 ᄒᆞ여 위궁(-宮)으로 옴ᄂᆞᆫ다 ᄒᆞ니 쇼졔(小姐ㅣ) 엇디 기간(其間) 긔관(奇觀)을 알니

---

187) 쇼쇄(小瑣): 소쇄. 자질구레함.

188) 남교(藍橋): 중국 섬서성(陝西省) 남전현(藍田縣) 동남쪽에 있는 땅. 배항(裴航)이 남교역(藍橋驛)을 지나다가 선녀 운영(雲英)을 만나 아내로 맞고 뒤에 둘이 함께 신선이 됨. 당나라 배형(裴鉶)의 『전기(傳奇)』에 이야기가 실려 있음.

오. 연왕궁(-王宮)의 즉시(卽時) 틱일(擇日)흐야 보(報)흐고 혼구(婚
具)를 출히더라.

연왕(-王)이 이에 한님(翰林)을 블너 위궁(-宮)의 졍혼(定婚)흐믈
니르니 싱(生)이 흔 말도 아니코 믈너나는디라 모다 그 쥬의(主意)를
아디 못흐야 흐

더라.

한님(翰林)이 위 시(氏)를 싱각흐매 춤아 심수(心思)를 강잉(强仍)
키 어려온디라. 즈긔(自己) 쯧은 그 긔년(朞年)189)이나 기드리고져
흐딕 부뫼(父母ㅣ) 아디 못흐시는 배오, 이는 부뫼(父母ㅣ) 의법(依
法)히 틱(擇)흐시니 인직(人子ㅣ) 되야 잡말(雜-)을 못홀 줄노 아라
죵시(終是) 슬픈 수식(辭色)을 아니흐고 즈약(自若)히 디닉더니,

일일(一日)은 밤드도록 모젼(母前)의 이셔 쇼믹(小妹) 등(等)으로
희학(戲謔)흐다가 셔당(書堂)의 나오니 샹셰(尙書ㅣ) 입번(入番)190)흐
고 빅문은 어딕로 가고 업스니 홀노 난간(欄干)을 베고 누어 우러러
명월(明月)을 보매 위 시(氏)를 본 둣 화계(花階)의 홍빅(紅白) 모란
(牡丹)은 셩(盛)히 픠여 암향(暗香)이 코의 쏘이고 서늘흔 바람은 잇
다감 이러나니 슬픈 심식(心思ㅣ) 크게 발(發)흐니 영웅(英雄)의 눈
믈이 즈연(自然)이 흐

---

189) 긔년(朞年): 기년. 죽은 지 1년이 되는 날.
190) 입번(入番): 관아에 들어가 차례로 숙직함.

ᄅ믈 씌ᄃᆺ디 못ᄒ야 손으로 ᄌ로 옥난간(玉欄干)을 치며 굴오듸,

"인ᄉᆼ셰간(人生世間)ᄒ매 팔ᄌᆡ(八字ㅣ) 그듸도록 험조(險阻)[191]ᄒ야 금누옥당(金樓玉堂)[192]의 녀ᄌᆡ(女子ㅣ) 도로(道路)의 뉴리(流離)ᄒ다가 종시(終是) 뎐일(天日)을 보디 못ᄒ고 힘힘이[193] 강어(江魚)의 밥이 되니 가뷔(家夫ㅣ) 이시듸 관(棺)을 비겨 우디 못ᄒ고 넉슬 블너 졔(祭)를 일우디 못ᄒ니 져는 날을 ᄉᆼ(死生)의 구(救)ᄒ믈 못미[194]출 ᄃᆺ시 ᄒ엿거늘 나는 져ᄇ리미 여ᄎᆞ(如此)ᄒ니 비록 ᄉ세(事勢) 마디못ᄒ미나 셕목(石木)이 아닌 후(後)야 ᄎᆞᆷ아 엇디 견듸리오?"

셜파(說罷)의 피를 토(吐)ᄒ고 업더지니,

이ᄯᅢ 녜부(禮部) 등(等)이 한님(翰林)을 ᄎᆞᄌ 이에 니ᄅ다가 그 ᄌ차(咨嗟)[195]ᄒ믈 보고 ᄀ마니 발을 머추워 듯더니 그 긔졀(氣絶)ᄒ믈 보고 급(急)히 나아가

븟드러 구(救)ᄒ니 이윽고 졍신(精神)을 출혀 니러 안거늘 긔문이 문왈(問曰),

---

191) 험조(險阻): 지세가 가파르거나 험하여 막히거나 끊어져 있음. 여기에서는 운수가 그렇다는 말임.

192) 금누옥당(金樓玉堂): 금루옥당. 화려한 집.

193) 힘힘이: 부질없이.

194) 미: [교] 원문에는 '비'로 되어 있으나 문맥을 고려해 규장각본(10:51)과 연세대본(10:72)을 따름.

195) ᄌ차(咨嗟): 자차. 애석해서 탄식함.

"현뎨(賢弟) 므슴 일노 긔졀(氣絕)ᄒᆞ엿더뇨?"

한님(翰林)이 딕왈(對曰),

"쇼뎨(小弟) 본딕(本-) 슈토(水土)의 상(傷)ᄒᆞ야 잇다감 피를 토(吐)ᄒᆞ고 혼미(昏迷)ᄒᆞᆯ 적이 잇ᄂᆞ이다. 원(願)컨딕 야야(爺爺)긔 고(告)티 마르쇼셔."

제인(諸人)이 집즛 고디듯고 글오딕,

"그러커든 방(房)의 드러가 됴리(調理)ᄒᆞ라."

ᄒᆞᆫ가지로 방(房)의 드러가 문(門)을 닷고 일시(一時)의 자리의 나아가 거즛 코 고으는 톄ᄒᆞ며 싱(生)의 거동(擧動)을 보니 됴용이 자는 듯ᄒᆞ야 다시 요동(搖動)티 아니ᄒᆞ니 제인(諸人)이 흔단(釁端)을 엇디 못ᄒᆞ야,

이튼날 존당(尊堂)의 드러가 이 말을 모든 딕 고(告)ᄒᆞ니 승상(丞相)이 차탄(嗟歎) 왈(曰),

"경문이 져 ᄀᆞᆺ튼 졍(情)을 가디고 아비 명(命)을 조

• • •

74면

차 우기디 아니ᄒᆞ니 이ᄂᆞᆫ 쳔고(千古)의 드믄 아ᄒᆡ(兒孩)라. 좌듕(座中)의 잇ᄂᆞᆫ 모든 아ᄒᆡ(兒孩)들이 다 법바드라. 이졔 겨유 삼외(三五 |) 디난 아ᄒᆡ(兒孩) 이러텃 긔특(奇特)ᄒᆞᆫ 힝실(行實)이 잇ᄂᆞᆫ 줄 싱각디 못ᄒᆞᆯ와."

하람공(--公)이 칭찬(稱讚) 왈(曰),

"현뎨(賢弟) 두 아ᄃᆞᆯ이 이러텃 긔특(奇特)ᄒᆞ니 이 도시(都是) 소수(-嫂)의 덕(德)이로다. 나의 여러 돈견(豚犬)이야 무어시 쓰리오?"

왕(王)이 쇼이티왈(笑而對曰),[196]

"경문의 이러ᄒᆞ미 제 도리(道理)를 출힐 분이라 별단(別段) 긔특(奇特)ᄒᆞ미 이시며 홍문 ᄀᆞᆺ튼 긔린(麒麟)을 두시고 미양 정외지언(情外之言)[197]을 ᄒᆞ시니 쇼뎨(小弟) 블안(不安)ᄒᆞ믈 이긔디 못ᄒᆞᆯ소이다."

남공(-公)이 홀연(忽然) 미우(眉宇)의 화긔(和氣) 낭연(朗然)ᄒᆞ고 옥치(玉齒) 열니여 웃고 ᄀᆞᆯ오디,

"나ᄂᆞᆫ 본디(本-) 현뎨(賢弟)의 셕년(昔年) 거조(擧措)를 싱

● ● ●

75면

각ᄒᆞ매 경문을 셰(世)의 업순 아ᄒᆡ(兒孩)로 아노라."

왕(王)이 ᄯᅩᄒᆞᆫ 우스니 일좌(一座ㅣ) 대쇼(大笑)ᄒᆞ고 긔국공(--公)이 ᄀᆞᆯ오디,

"빅시(伯氏)의 무희언(無戲言)ᄒᆞ시므로 금일지언(今日之言)이 변(變)이로소이다."

좌간(座間)의 븍쥐빅(--伯) 부인(夫人)[198]이 낭쇼(朗笑)[199] 왈(曰),

"연왕(-王)이 너모 ᄌᆞ긔(自己) 허믈은 싱각디 아니ᄒᆞ고 경문을 제 응당(應當)ᄒᆞᆫ 도리(道理)라 ᄒᆞ니 남공(-公) 딜ᄋᆞ(姪兒ㅣ) 비록 참션(參禪)ᄒᆞᄂᆞᆫ 도신(道士ㅣ니)ᄃᆞᆯ 웃디 아니ᄒᆞ리오?"

쇼뷔(少傅ㅣ) ᄯᅩ 쇼왈(笑曰),

"몽챵이 제 ᄌᆞ식(子息) ᄀᆞᄅᆞ치믄 긔특(奇特)ᄒᆞᆫ 일도 제 도리(道理)

---

196) 쇼이티왈(笑而對曰): 소이대왈. 웃고 대답함.

197) 졍외지언(情外之言): 정외지언. 마음에 없는 말.

198) 븍쥐빅(--伯) 부인(夫人): 북주백 부인. 북주백이자 태자소부 이연성의 아내 정혜아를 이름.

199) 낭쇼(朗笑): 낭소. 낭랑히 웃음.

라 ᄒᆞ니 셕일(昔日) 형200)댱(兄丈)의 약(弱)ᄒᆞ시믈 익득라ᄒᆞ노라."

왕(王)이 대쇼(大笑) 왈(曰),

"이쌔예 다ᄃᆞ라ᄂᆞᆫ 아모리 긔롱(譏弄)201)ᄒᆞ셔도 붓그럽디 아니ᄒᆞ고 민망(憫惘)티 아니ᄒᆞ이다."

모다 웃더라.

이러구러 길일(吉日)이 다ᄃᆞᄅᆞ니 왕부(王府)

• • •

76면

의 대연(大宴)을 기댱(開場)ᄒᆞ고 신낭(新郞)을 보낼ᄉᆡ, 한님(翰林)이 길복(吉服)을 졍(正)히 ᄒᆞ고 습녜(習禮)202)ᄒᆞ매 슈려(秀麗)ᄒᆞᆫ 골격(骨格)과 동탕(動蕩)203)ᄒᆞᆫ 긔샹(氣像)이 쇄락헌앙(灑落軒昂)204)ᄒᆞ야 강산(江山)의 ᄆᆞᆰ은 졍긔(精氣)와 표일(飄逸)205)ᄒᆞᆫ 풍칙(風采) 은은(隱隱)이 태을진군(太乙眞君)206)이 옥경(玉京)207)의 됴회(朝會)ᄒᆞᄂᆞᆫ 듯 봉안줌미(鳳眼蠶眉)208) 녕형신이(瑩炯神異)209)ᄒᆞ야 비(比)ᄒᆞᆯ 곳이 업

---

200) 형: [교] 원문에는 '현'으로 되어 있으나 문맥을 고려해 규장각본(10:53)과 연세대본(10:75)을 따름.

201) 긔롱(譏弄): 기롱. 실없는 말로 놀림.

202) 습녜(習禮): 습례. 예법이나 예식을 미리 익힘.

203) 동탕(動蕩): 활달하고 호탕함.

204) 쇄락헌앙(灑落軒昂): 풍채가 시원스럽고 좋음.

205) 표일(飄逸): 빼어남.

206) 태을진군(太乙眞君): 도교의 신 가운데 하나로 북극성을 주관하는 신.

207) 옥경(玉京): 하늘 위에 옥황상제가 산다는 가상의 서울. 백옥경.

208) 봉안줌미(鳳眼蠶眉): 봉안잠미. '봉안'은 봉의 눈같이 가늘고 길며 눈초리가 위로 째지고 붉은 기운이 있는 눈이고, '잠미'는 누에와 같이 길고 굽은 눈썹으로 잘 생긴 남자의 눈썹을 표현할 때 주로 사용되는 표현임.

209) 녕형신이(瑩炯神異): 영형신이. 모습이 밝게 빛나고 신이함.

스니 부모(父母) 존당(尊堂)이 두굿기믈 이긔디 못ᄒ고, 더옥 소휘(-
后ㅣ) 이날이야 만념(萬念)이 프러져 옥(玉) ᄀᆞᆺᄐᆞᆫ 보됴개의 미(微)ᄒᆞᆫ
우음이 어릭여 눈을 드러 ᄌᆞ로 ᄋᆞᄌᆞ(兒子)ᄅᆞᆯ 보니 긔이(奇異)ᄒᆞᆫ 용ᄎᆡ
(容彩) 만좌(滿座)의 됴요(照耀)ᄒᆞ니 좌위(左右ㅣ) 눈을 ᄲᅩ와 완경(玩
景)210)을 삼앗더라. 좌우(左右)의 공쥬(公主) 등(等) 다ᄉᆞᆺ 부인(夫人)
과 양 시(氏) 등(等) 모든 쇼년(少年)이 버러시매 다 각각(各各) 소후
(-后)긔 지디 아니ᄒ고 녜부(禮部) 등(等) 형

77면

뎨(兄弟)의 풍ᄎᆡ(風采) 더옥 긔특(奇特)ᄒ더라.

　모다 일시(一時)의 신낭(新郎)을 ᄃᆞ리고 위궁(-宮)의 니르니 츄죵
(騶從)211)이 대로(大路)ᄅᆞᆯ 덥고 금포옥ᄯᅴ(錦袍玉-)212)ᄒᆞᆫ 쟤(者ㅣ) 무
수(無數)ᄒ니213) 그 쟝녀(壯麗)ᄒᆞᆫ 위의(威儀) 틱ᄌᆞ비(太子妃)ᄅᆞᆯ 친영
(親迎)214)ᄒ시ᄂᆞᆫ 위의(威儀)라도 이에 더으디 아닐너라.

　위궁(-宮)의 다ᄃᆞ라 뎐안(奠雁)215)을 일우고 신부(新婦)의 샹교(上
轎)216)ᄅᆞᆯ 기ᄃᆞ릴ᄉᆡ, 위궁(-宮)의 대연(大宴)을 빅셜(排設)217)ᄒ고 공
경(公卿) 대신(大臣)이 다 모닷더니 위 부매(駙馬ㅣ) 경문의 손을 잡

---

210) 완경(玩景): 즐기는 경관.
211) 츄죵(騶從): 추종. 윗사람을 따라다니는 종.
212) 금포옥ᄯᅴ(錦袍玉-): 금포옥대. 비단 도포와, 임금이나 관리의 공복(公服)에 두르던, 옥으로 장
　　식한 띠.
213) 니: [교] 원문에는 '나'로 되어 있으나 문맥을 고려해 규장각본(10:55)과 연세대본(10:77)을 따름.
214) 친영(親迎): 육례의 하나로, 신랑이 신부의 집에 가서 신부를 직접 맞이하는 의식.
215) 뎐안(奠雁): 전안. 혼인 때 신랑이 신부 집에 기러기를 가져가서 상위에 놓고 절하는 예.
216) 샹교(上轎): 상교. 가마에 오름.
217) 빅셜(排設): 배설. 연회나 의식(儀式)에 쓰는 물건을 차려 놓음.

고 굴오딕,

"오늘 쾌셔(快壻)룰 어드니 신낭(新郎)의 최장시(催裝詩)[218] 업디 못홀디라. 그딕는 낙필(落筆)ᄒ야 모든 눈을 쾌(快)히 ᄒ라."

한님(翰林)이 피셕(避席) 딕왈(對曰),

"쇼싱(小生)은 이 ᄒ낫 무용필뷔(無用匹夫ㅣ)[219]라 엇디 문ᄌ(文字)룰 광남(廣覽)[220]ᄒ미 이시리오?"

좌간(座間)의 긔국공(--公)이 쇼왈(笑曰),

"딜이(姪兒ㅣ) 요ᄉᆞ이 **쌱** 일흔

∙∙∙

78면

원앙(鴛鴦)이 되여 셜운 심ᄉᆞ(心思ㅣ) 구곡(九曲)이 믄허져 ᄒ다가 오늘 마디못ᄒ여 이에 왓신들 무ᄉᆞᆷ 흥심(興心)이 이셔 글을 지으리오?"

부매(駙馬ㅣ) 쇼왈(笑曰),

"신낭(新郎)이 이런 심ᄉᆞ(心思ㅣ) 잇ᄂᆞᆫ 줄 아디 못ᄒ도다."

좌샹(座上)의 댱 샹셰(尙書ㅣ) 굴오딕,

"최장시(催裝詩)ᄂᆞᆫ 흥심(興心)이 업거니와 동방(洞房) 아름다온 밤도 허송(虛送)홀가?"

모다 대쇼(大笑)ᄒ더라.

이윽고 신뷔(新婦ㅣ) 칠보응장(七寶凝粧)[221]으로 덩의 들매 한님

---

218) 최장시(催裝詩): 최장시. 신부에게 옷을 입기를 재촉하는 시.

219) 무용필뷔(無用匹夫ㅣ): 쓸모없는 한 사람의 남자.

220) 광남(廣覽): 광람. 널리 봄.

221) 칠보응장(七寶凝粧): 칠보응장. 온갖 보석으로 꾸미고 곱게 화장함.

(翰林)이 봉교(封轎)222)ᄒ기를 뭇고 일시(一時)의 위의(威儀)를 휘동
(麾動)223)ᄒ야 니부(李府)의 니르러,

부뷔(夫婦ㅣ) 쌍쌍(雙雙)이 교빅(交拜)를 뭇고 합증쥬(合蒸酒)224)
를 파(罷)ᄒ매 몸을 두로혀 구고(舅姑) 존당(尊堂)의 폐빅(幣帛)을 나
오니 만좌(滿座)의 ᄀ득ᄒᆫ 눈이 일시(一時)의 관광(觀光)ᄒ매 신뷔
(新婦ㅣ) 신댱(身長)과 거지(擧止) 임의 약관(弱冠)을 디

••

79면

나 슉셩(熟成)ᄒ리 미ᄎ리 업ᄂᆫᄃᆡ, 쵹깁(蜀-)225) ᄀ툰 허리의 홍금슈
라샹(紅錦繡羅裳)226)을 ᄯ으고 몸의 빅화슈원삼(百花繡圓衫)227)을 닙
고 머리의 진쥬칠ᄉ쌍봉관(珍珠漆紗雙鳳冠)228)을 뼈시니 샹셔(祥瑞)
긔229)운이 일좌(一座)를 흠동(歆動)230)ᄒ더니 잠간(暫間) 진쥬션(眞
珠扇)231)을 기우리매 안광(眼光)의 녕농(玲瓏)ᄒᆫ 빗치 눈의 ᄡ이니
모다 크게 놀나 눈을 ᄯᆞᆺ고 다시 보니 묽은 눈ᄶᆡᄂᆞᆫ 효셩(曉星)이 빗

---

222) 봉교(封轎): 가마를 봉함.

223) 휘동(麾動): 지휘해 움직이게 함.

224) 합증쥬(合蒸酒): 합증주. 신랑 신부가 주고받는 술.

225) 쵹깁(蜀-): 촉깁. 촉나라에서 나는 질 좋은 비단.

226) 홍금슈라샹(紅錦繡羅裳): 홍금수라상. 붉은 비단에 수놓은 치마.

227) 빅화슈원삼(百花繡圓衫): 백화수원삼. 온갖 꽃을 수놓은 원삼. 원삼은 부녀 예복의 하나로, 흔
히 비단이나 명주로 지으며 연두색 길에 자주색 깃과 색동 소매를 달고 옆을 튼 것으로 홑옷,
겹옷 두 가지가 있음. 주로 신부나 궁중에서 내명부들이 입음.

228) 진쥬칠ᄉ쌍봉관(珍珠漆紗雙鳳冠): 진주칠사쌍봉관. 진주로 꾸민 검은 깁에 두 마리 봉황을 그
려 넣은 관(冠).

229) 긔: [교] 원문에는 이 앞에 '긔'를 쓰고 지운 흔적이 있음.

230) 흠동(歆動): 진동함.

231) 진쥬션(眞珠扇): 진주선. 전통 혼례 때에 신부의 얼굴을 가리는 데 쓰는, 진주로 꾸민 둥근 부채.

업스믈 웃고 옥(玉) 굿튼 이슬이 부용(芙蓉)의 저즌매 이 신부(新婦)의 냥협(兩頰)이오 봄이 몽농(朦朧)흔 가온딕 프른 뫼히 안개의 줌겨시니 이 신부(新婦)의 그린 듯흔 나븨눈섭이라. 븕은 입이 함홍(含紅)ᄒ야 잉도의 동글기와 연지(臙脂)의 빗 업스믈 나므라고 셜익(雪額)232)이 놉흐매 옥(玉)을 쌋

•••

80면

가 메은 듯 구름 굿튼 운환(雲鬟)이 졔졔(齊齊)ᄒ야 놉히 쒸오매 빵봉줌(雙鳳簪)233)을 정(正)히 소자시니 한아(閑雅)234)흔 골격(骨格)이 빙쳥쇄락(氷淸灑落)235)ᄒ여 녕농슈려(玲瓏秀麗)236)ᄒ니 빅틱(百態) 낫븐 고디 업고 과(過)흔 곳이 만흔디라. 양·녀 냥(兩) 쇼졔(小姐ㅣ) 좌듕(座中) 쇼년(少年) 듕(中) 웃듬 식(色)을 가져 결우리 업더니 신부(新婦)를 보매 가(可)히 그 빵(雙)을 어덧는디라. 만좌(滿座ㅣ) 혀를 두로고 언어(言語)를 일우디 못ᄒ니 존당(尊堂) 구고(舅姑)의 깃거ᄒ는 뜻을 더옥 니ᄅ리오. ᄒ믈며 풍진(風塵) 가온대 비환(悲患)237)을 굿초 겪고 ᄋᆞ즈(兒子)의 경앙(敬仰)ᄒ는 배라 혹(或) 탈쇽(脫俗)흔 줄은 아라시나 이딕도록 ᄒᆞᆫ 싱각디 아녓더니 경희(驚喜)홈과 두굿기미 측냥(測量)업서 뉴 부인(夫人)이 나호여 손을 잡고 두

---

232) 셜익(雪額): 셜액. 눈처럼 흰 이마.
233) 빵봉줌(雙鳳簪): 쌍봉잠. 두 봉황이 그려진 비녀.
234) 한아(閑雅): 조용하고 품위가 있음.
235) 빙쳥쇄락(氷淸灑落): 빙청쇄락. 얼음처럼 맑고 시원스러움.
236) 녕농슈려(玲瓏秀麗): 영롱수려. 밝게 빛나고 빼어나게 아름다움.
237) 비환(悲患): 슬픔과 환난.

긋기고

· · ·

81면

슬허 닐오디,

"너희 부뷔(夫婦ㅣ) 이러틋 긔특(奇特)흔 긔질(氣質)이어든 이팔쳥
츈(二八靑春)의 환난(患難) 격그믈 비샹(非常)이 아니ᄒ여시랴. 츠후
(此後) 무흠(無欠)이 히로(偕老)ᄒ믈 원(願)ᄒ노라."

언파(言罷)의 눈을 드러 보니 모든 ᄌ손(子孫)이 다 이시디 한님
(翰林)이 업더라. 부인(夫人)이 심하(心下)의 웃고 폐빅(幣帛) 밧기를
ᄆᄎ매 승샹(丞相) 이해(以下ㅣ) 다 밧그로 나가고 졔긱(諸客)이 다 좌
(座)의 나 부야흐로 샹(床)을 드리고 즐길시 모다 일시(一時)의 뉴·뎡
이 부인(夫人)과 소후(-后)긔 치하(致賀)ᄒ니 삼(三) 부인(夫人)이 손
샤(遜謝)[238]ᄒ더라. 이날 좌(座)의 버럿는 배 거의 다 니부(李府) ᄌ
손(子孫)이라 하람공(--公)의 ᄉ부(四婦) 이녀(二女)와 연왕(-王)의
삼부(三婦)와 공쥬(公主) 등(等) 뉵(六) 인(人)과 문 부인(夫人) 등(等)
이(二) 인(人)이 ᄒ갈ᄀᆺ티 ᄲᅢ혀나 고하(高下)를 분변(分辨)티 못ᄒ니

· · ·

82면

졔긱(諸客)이 쥬식(酒食) 먹기를 잇고 골오디,

"인간(人間) 졀식(絶色)은 다 존문(尊問)의 모닷다."

---

238) 손샤(遜謝): 손사. 겸손히 사양함.

ㅎ더라.

죵일(終日) 진환(盡歡)ㅎ고 셕양(夕陽)의 파(罷)ㅎ매,

승샹(丞相)이 브야흐로 드러와 모친(母親)긔 뵈옵고 하람공(--公) 등(等)과 쥬비(朱妃) 등(等)이 다 각각(各各) 남좌녀우(男左女右)를 분(分)ㅎ매 신부(新婦)와 녀 시(氏), 양 시(氏)의 골격(骨格)이 서로 브이딘 오히려 위 시(氏) 더은 둣ㅎ더라. 승샹(丞相)이 좌우(左右)로 도라보고 두굿겨 골오딕,

"십뉵(十六) 년(年) 일헛던 ㅇ돌을 어듬도 고금(古今)의 업ᄂᆞᆫ 일이어늘 ᄌᆞ뷔(子婦ㅣ) 이러틋 긔특(奇特)ㅎ니 소 현부(賢婦)의 덕(德)을 하늘이 감동(感動)ㅎ미 아니리오?"

뉴 부인(夫人)이 역탄(亦嘆) 왈(曰),

"네 말이 올토다. 텬되(天道ㅣ) 아름이 이신 후(後)야 그 덕(德)을 ᄎᆞ마 미몰(埋沒)ㅎ리오?

●●●

83면

연(然)이나 경문이 헛된 념녀(念慮)를 슬오미 우읍도다."

남공(-公)이 딕왈(對曰),

"오늘 위 시(氏)를 보매 경문이 브야흐로 금옥(金玉) 간쟝(肝腸)인 줄 알니로다. 져 ᄀᆞᆺ튼 슉녀(淑女)를 동쳐(同處) ᄉᆞ(四) 년(年)의 죠곰도 범(犯)티 아니코 그 소원(所願)을 드ᄅᆞ며 도금(到今)ㅎ야 아븨 명(命)을 두려 싱각ᄂᆞᆫ 빗출 아니ᄒᆞ니 이 아니 어려오니잇가?"

연왕(-王)이 쇼왈(笑曰),

"ᄎᆞ노라 ᄒᆞ니 오죽ᄒᆞ니잇가? 연(然)이나 어딕 간고 브릭사이다."

드딕여 시비(侍婢)로 브르니 이윽고 도라와 고왈(告曰),

"한님(翰林)이 셔당(書堂) 난간(欄干)의 누어 계시거놀 동즈(童子)
드려 무르니 낫브터 누으샤 움즉도 아니신다 ᄒ더이다."

연왕(-王)이 셔즈(庶子) 션문으로 브르니 션문이 ᄂᆞ즉이 나아가
고왈(告曰),

"뎐해(殿下ㅣ) 명(命)ᄒ시ᄂ

84면

이다."

한님(翰林)이 믄득 놀나 니러나 광슈(廣袖)로 눈을 븟고 셜니 정당
(正堂)의 니르니 신뷔(新婦ㅣ) 오히려 좌(座)의 잇ᄂᆞᆫ디라. 심식(心思
ㅣ) 측냥(測量)업서 냥목(兩目)을 ᄂᆞ초고 좌(座)의 나아가매 승샹(丞
相)이 웃고 손을 잡아 굴오딕,

"신부(新婦) 뇨됴유한(窈窕幽閑)239)ᄒ미 너의게 넘으니 모로미 위
시(氏)를 싱각디 말고 화락(和樂)ᄒ라."

한님(翰林)이 직ᄇᆡ(再拜) 슈명(受命)ᄒ매 안식(顔色)이 즈약(自若)
ᄒ야 잠간(暫間)도 타녀(他慮ㅣ) 업ᄂᆞᆫ 듯ᄒ더라.

이윽고 뉴 부인(夫人) 왈(曰),

"신뷔(新婦ㅣ) 곤뇌(困惱)ᄒ야 홀 거시니 믈너가라."

ᄯᅩ 싱(生)을 명(命)ᄒ야 ᄒᆞᆫ가지로 가라 ᄒᆞ니 싱(生)이 흔연(欣然)이
몸을 니러 신부(新婦)로 ᄀᆞᆸ셔 나가니 두 사름의 남풍녀뫼(男風女貌
ㅣ)240) 셔로 ᄇᆡ익ᄂᆞᆫ디라 부모(父母) 존당(尊堂)이 두굿기믈 마디아니

239) 뇨됴유한(窈窕幽閑): 요조유한. 부녀자의 태도가 얌전하고 정숙함.

ㅎ니, 한님(翰林)

85면

의 효셩(孝誠)은 노리즈(老萊子)241)의 반의(斑衣)242)를 블워 아닐너
라. 쇼뷔(少傅ㅣ) 더옥 두굿겨 노시비(老侍婢) 영민를 블너 냥인(兩
人)의 수어(私語)를 드러 알외라 ㅎ다.

한님(翰林)이 이째 부모(父母)의 뜻을 밧줍노라 신식(神色)을 주약
(自若)히 ㅎ나 괴로오미 등의 가시 굿투니 완완(緩緩)이 치봉당(--
堂)의 니르러 냥인(兩人)이 좌(座)를 동셔(東西)로 일우고 한님(翰林)
이 날호여 눈을 드러 신부(新婦)를 보매 크게 놀나 다시 보니 이 곳
위 시(氏)라. 경각(頃刻)243)의 근심이 변(變)ㅎ야 깃브미 되니 다힝
(多幸)홈과 즐거오미 비(比)홀 곳이 업고 부뫼(父母ㅣ) 원닉(元來) 져
리 ㅎ시고 위 시(氏) 죽으믈 슬허도 아니ㅎ시고 복졔(服制)도 아니시
믈 씨드르니 주긔(自己) 구구(區區)히 슬허ㅎ야 모든 딕 취졸(取拙)
뵈미 싱각ㅎ매 우읍

86면

고 오늘 텬고(千古)의 원(願)ㅎ던 대례(大禮)를 일워 냥인(兩人)이 부

---

240) 남풍녀뫼(男風女貌ㅣ): 남풍여모. 남자의 풍채와 여자의 용모.

241) 노래즈(老萊子): 노래자. 중국 춘추시대 초(楚)나라의 인물. 노래자는 칠십이 되었어도 모친을
위해 오색 무늬의 색동옷을 입기도 하고 물을 받들고 당에 올라가다가 일부러 미끄러져 어린
아이의 울음소리를 내기도 하며 모친을 즐겁게 했다고 함.

242) 반의(斑衣): 색동옷.

243) 경각(頃刻): 아주 짧은 시간.

348 (이씨 집안 이야기) 이씨세대록 5

모(父母) 시하(侍下)의 즐거이 모드니 환희(歡喜)ᄒ미 극(極)ᄒ고 제위 부마(駙馬) 녀인(女兒ㅣ) 줄 알매 몬져 부모(父母) ᄎ즌 줄 통(通)티 아냐 ᄌ긔(自己)로 애쓰게 ᄒ믈 흔(恨)ᄒ야 크게 소기려 ᄯᅳᆺ이 니러나니 희ᄉ긱(喜色)을 곰초고 믁믁(默默)히 안잣다가 나아가 손을 잡으니 쇼제(小姐ㅣ) 슈습(收拾)ᄒ야 ᄲᅵ리티거늘 한님(翰林)이 닝쇼(冷笑) 왈(曰),

"셔방(書房) 마잣던 새악시 새로이 교틱(嬌態) 므스 일고?"

쇼제(小姐ㅣ) ᄎ언(此言)을 듯고 크게 붓그려 옥면(玉面)이 취홍(聚紅)ᄒ니 홍광(紅光)이 쵹하(燭下)의 ᄡᅩ이니 한님(翰林)의 ᄋᆡ련(愛戀)ᄒ미 더옥 극(極)ᄒ야 믄득 웃고 왈(曰),

"젼(前) 가부(家夫)ᄂᆞᆫ 이 긔던가?"

므릅히 누으며 굴오ᄃᆡ,

"젼(前) 가부(家夫)ᄂᆞᆫ 가븨얍던가? 질드리기 닉으리라. 시험(試驗)ᄒ야

87면

흑ᄉᆡᆼ(學生)도 질드리미 엇더ᄒᆞ뇨?"

쇼제(小姐ㅣ) 한님(翰林)의 돈후(敦厚)ᄒᆞᆫ 셩졍(性情)이 홀연(忽然) 변(變)ᄒ야 더러온 말노 핍박(逼迫)ᄒ믈 붓그리고 흔(恨)ᄒ야 안ᄉᆡᆨ(顔色)을 변(變)티 아니코 ᄯᅩᄒᆞᆫ 답(答)디 아니ᄒ니 한님(翰林)이 ᄯᅩᄒᆞᆫ ᄉ매로 ᄂᆞᆾ출 덥고 자ᄂᆞᆫ디라.

영ᄆᆡ 이 거동(舉動)을 보고 놀나 도라와 이ᄃᆡ로 고(告)ᄒ니, 승샹(丞相)이 쇼왈(笑曰),

"이 필연(必然) 위 시(氏)를 아라보고 속은 줄 분(憤)ᄒ야 그러틋
ᄒ미로다."

쇼뷔(少傅ㅣ) 쇼왈(笑曰),

"경문이 위 시(氏)를 죽은 줄노 아다가 이제 만나 그 흔흡(欣洽)[244]
ᄒᆫ ᄆᆞ음이 측냥(測量)업ᄉᆞ리니 놀나디 말나. 쳔인(賤人)의 식견(識見)
이 좁다 ᄒ리로다."

영믹 고왈(告曰),

"한님(翰林)이 죠곰도 화식(和色)이 업고 하 뻑뻑 닝엄(冷嚴)ᄒ시
니 호발(毫髮)도 인졍(人情)이 업더

•••

88면

이다."

개국공(--公) 왈(曰),

"경문이 위 시(氏)를 죽은 줄 드러셔도 긔식(氣色)이 뻑뻑ᄒ거든
ᄒ믈며 그 사라시믈 목도(目睹)ᄒ고 ᄂᆺ빗츨 못 지으리오?"

영믹 웃고 믈너나다.

ᄎᆞ일(此日) 한님(翰林)이 자다가 ᄭᆡ야 계명(雞鳴)의 니러 신셩(晨
省)[245]ᄒᆞᆯᄉᆡ 쇼졔(小姐ㅣ) ᄯᅩᄒᆫ 경딕(鏡臺) 아릭셔 장소(粧梳)[246]를 일
우거늘 한님(翰林)이 눈을 드러 보고 미쇼(微笑) 왈(曰),

"가증(可憎)ᄒᆫ 신뷔(新婦ㅣ) 단장(丹粧)이 브졀업도다."

---

244) 흔흡(欣洽): 기쁘고 흡족함.
245) 신셩(晨省): 신성. 아침 일찍 부모의 침소에 가서 밤사이의 안부를 살피는 일. 아침 문안.
246) 장소(粧梳): 몸단장.

즉시(卽時) 밧그로 나가더라.

이날 일개(一家]) 정당(正堂)의 모드매 좌듕(座中)이 눈으로 한님(翰林)을 보고 그윽이 우음을 먹음으딕, 싱(生)의 긔식(氣色)이 주약(自若)ᄒ야 분호(分毫) 다른 긔식(氣色)이 업스니 쇼부(少傅]) 짐줏 무러 왈(曰),

"신부(新婦]) 너의 망쳐(亡妻) 위 시(氏)와 엇더ᄒ뇨?"

한님(翰林)이 함소(含笑) 딕왈(對曰),

"쇼손(小孫)이 위 시(氏)를 쩌난 디

89면

오래니 그 음용(音容)247)을 엇디 알니잇가?"

쇼부(少傅]) 우왈(又曰),

"네 비록 위 시(氏)를 못 니즈나 즉금(卽今) 신부(新婦]) 지디 아닌가 ᄒ노라."

싱(生)이 흠신(欠身) 딕왈(對曰),

"부뫼(父母]) 정(定)ᄒ야 맛디시니 쇼손(小孫)이 항녀(伉儷)248)의 정(情)을 온젼(穩全)이 홀 분이라 다른 뜻이 이시리오?"

긔국공(--公)이 굴오딕,

"네 말도 올커니와 쟉야(昨夜)의 신부(新婦)를 딕(對)ᄒ여 여ᄎ여ᄎ(如此如此) ᄒ더라 ᄒ니 긔 어인 말이뇨?"

한님(翰林)이 팀음(沈吟) 미쇼(微笑) 딕왈(對曰),

---

247) 음용(音容): 목소리와 모습.
248) 항녀(伉儷): 항려. 남편과 아내로 이루어진 짝.

"져의 거지(擧止) 사롬을 디닉엿는 고(故)로 의심(疑心)이 그러틋
흐이다."

연왕(-王)이 졍식(正色) 왈(曰),

"네 엇디 존젼(尊前)의셔 이런 음비(淫非)249) 흔 말을 흐ᄂ뇨?"

남공(-公)이 또흔 칙왈(責曰),

"신뷔(新婦ㅣ) ᄉ문(斯文) 녀ᄌ(女子)로 너의게 녜(禮)로 도라오미
현뎨(賢弟)와 수쉬(嫂嫂ㅣ) 명(命)흐야 계시거늘 네 인직(人子ㅣ) 되
야 이런 난언(亂言)250)을 흐

∙∙∙

90면

니 이 반ᄃ시 뉴가(-家)의 무례(無禮)흐믈 습(習)흐엿는디라. 이러므
로 밍뫼(孟母ㅣ)251) 밍ᄌ(孟子)롤 졈(占) 푸는 곳과 풍뉴(風流)흐는
집을 아니 뵈시미252) 일노 비롯도다."

싱(生)이 황공(惶恐) 무언(無言)이어늘 믄 혹ᄉ(學士) 부인(夫人)이
낭낭(朗朗)이 웃고 콜오디,

"딜ᄋ(姪兒)의 말이 극(極)히 고이(怪異)흐니 분변(分辨)흐미 올토
다."

---

249) 음비(淫非): 음란하고 바르지 않음.

250) 난언(亂言): 막되거나 난삽한 말.

251) 밍뫼(孟母ㅣ): 맹모. 맹자(孟子)의 어머니. 맹자 어머니는 아들 맹자의 교육을 위해 세 번이나
이사를 했다는 '맹모삼천(孟母三遷)'으로 유명함.

252) 밍뫼(孟母ㅣ)~뵈시미: 맹자 어머니가 맹자를 점 파는 곳과 풍류하는 집을 아니 보게 하심이.
맹모삼천지교(孟母三遷之敎), 즉 맹자 어머니가 세 번 이사해 자식을 가르친 것을 이르는바,
그 실제 내용은 이와 다름. 맹자 어머니가 처음에 공동묘지 근방에 살았는데 맹자가 장사 지
내는 흉내를 내자, 시장 근처로 이사를 갔더니 맹자가 물건 파는 흉내를 내므로, 서당 근처로
이사를 가자 맹자가 예절을 배우니 맹자 어머니가 비로소 이곳이 자식을 거주하게 할 만한
곳이라고 했다는 고사. 유향(劉向), 『열녀전(列女傳)』, <추맹가모(鄒孟軻母)>.

드듸여 위 시(氏)의 옥비(玉臂)룰 쌔혀 좌듕(座中)의 뵐시 잉혈(鶯血)253)이 단사(丹沙) ᄀᆞᆺᄐᆞ디라. 좌위(左右ㅣ) 긔특(奇特)이 너기고 문부인(夫人)이 쇼왈(笑曰),

"이룰 둔 남ᄌᆞ(男子)의 쇼졸(疏拙)254)ᄒᆞ미 가(可)히 통히(痛駭)255)토다."

일좨(一座ㅣ) 크게 웃고 싱(生)이 함쇼(含笑)ᄒᆞ더라.

문안(問安)을 파(罷)ᄒᆞ매 녀·임·위 삼(三) 인(人)이 소후(-后)룰 쫄와 슉현당(--堂)의 니르매 긔이(奇異)ᄒᆞᆫ 용칙(容彩) 서로 븨이고 피칙(彼此ㅣ) 친이(親愛)ᄒᆞᄂᆞᆫ 긔식(氣色)이 현뎌(顯著)ᄒᆞ야 존고(尊姑) 알픠셔 일

쥬 쇼져(小姐)로 낭낭(朗朗)ᄒᆞᆫ 담쇠(談笑ㅣ) 은은(隱隱)ᄒᆞ니 소휘(-后ㅣ) 평싱(平生) ᄒᆞᆫ(恨)이 금일(今日) 다 프러져 희긔(喜氣) 미우(眉宇)룰 움죽이더니,

이윽고 샹셔(尙書) 형뎨(兄弟) 편편(翩翩)256) 광슈(廣袖)로 이에 드러와 시좌(侍坐)ᄒᆞ매 샹셔(尙書)와 녀 시(氏)의 긔이(奇異)ᄒᆞᆫ 용광(容光)이 그 빵(雙)을 일티 아니ᄒᆞ고 한님(翰林)과 위 시(氏)의 츌셰

---

253) 잉혈(鶯血): 앵혈. 순결의 표식. 장화(張華)의 『박물지』에서 그 출처를 찾을 수 있음. 근세 이전에 나이 어린 처녀의 팔뚝에 찍던 처녀성의 표시를 말하는 것으로 도마뱀에게 주사(朱沙)를 먹여 죽이고 말린 다음 그것을 찧어 어린 처녀의 팔뚝에 찍으면 첫날밤에 남자와 잠자리를 할 때에 없어진다고 함.

254) 쇼졸(疏拙): 소졸. 꼼꼼하지 못하고 서투름.

255) 통히(痛駭): 통해. 몹시 이상스러워 놀람.

256) 편편(翩翩): 가볍고 날쌤.

(出世)흔 긔딜(氣質)이 일셰(一世) 냥필(良四)이라. 소휘(-后ㅣ) 깃븜
과 두굿기미 극(極)ᄒ야 쳐연(悽然)이 한님(翰林)ᄃ려 왈(曰),

"너를 나한 디 수삭(數朔)의 힘힘이 풍진(風塵) 가온듸 일허ᄇ리고
그째 너를 ᄯᆞᆯ와 죽고져 ᄒ던 ᄆᆞ음으로 겨유 완명(頑命)257)을 지팅
(支撑)ᄒ매 십뉵(十六) 년(年)을 넉술 슬오고 가슴을 셕여 츄월츈풍
(秋月春風)의 눈믈이 몃 줄이나 허비(虛費)흔 줄 알니오? 오ᄂᆞᆯ날 너
를 엇고 네 안해 져러ᄐᆞᆺ 긔

이(奇異)ᄒ니 네 어미 오ᄂᆞᆯ 죽어도 무한(無恨)이라. 너 아ᄒᆡ(兒孩) 모
로미 어믜 ᄯᆮᆺ을 바다 ᄋᆞ부(阿婦)로 더브러 미셰(微細)흔 블평(不平)
흔 일이 잇게 말나."

한님(翰林)이 ᄎᆞ언(此言)을 듯고 감동(感動)ᄒᆞ믈 이긔디 못ᄒ야 ᄌᆡ
ᄇᆡ(再拜) 슈명(受命)ᄒ더니 이윽고 왕(王)이 드러와 좌(座)를 일우고
ᄌᆞ녀(子女)의 특이(特異)ᄒᆞ믈 두굿겨 웃고 후(后)를 향(向)ᄒᆞ야 굴오듸,
"나의 셰 며ᄂᆞ리 이러ᄐᆞᆺ 긔특(奇特)ᄒ니 ᄇᆞ야흐로 사회를 근심ᄒ
ᄂᆞ이다."

휘(后ㅣ) 미쇼(微笑)ᄒ니 왕(王)이 스ᄉᆞ로 경문과 위 시(氏)를 나아
오라 ᄒ여 냥슈(兩手)로 손을 잡고 두굿기니 왕(王)의 엄듕(嚴重)ᄒᆞᄆ
로도 십뉵(十六) 년(年) 일헛던 ᄋᆞᄌᆞ(兒子)를 보아ᄂᆞᆫ 이러ᄐᆞᆺ 익익(溺
愛)258)ᄒ니 부ᄌᆞ(父子) 졍니(情理) ᄌᆞ연(自然)흔 텬졍(天情)이러라.

---

257) 완명(頑命): 질긴 목숨.
258) 익익(溺愛): 익애. 매우 사랑함.

한님(翰林)이 비록 위 시(氏) 향(向)훈

* * *

93면

졍(情)이 하히(河海) ᄀᆞᆺ트나 잠간(暫間) 소기려 ᄒᆞ여 여러 날 드러가
디 아냣더니, 나히 쇼년(少年)이라 ᄌᆞ연(自然) 춤디 못ᄒᆞ야 십여(十
餘) 일(日) 후(後) 치봉각(--閣)의 니르니, 원ᄂᆡ(元來) 희슌259) 공쥬
(公主ㅣ) 두 낫 궁녀(宮女)를 쇼져(小姐)를 두엇ᄂᆞ디라, 이날 쇼졔(小
姐ㅣ) 쵹하(燭下)의 잇고 궁녜(宮女ㅣ) 난간(欄干)의 ᄉᆞ후(伺候)260)ᄒᆞ
거늘 한님(翰林)이 드러가지 아니ᄒᆞ고 난두(欄頭)의 서셔 쇼져(小姐)
유모(乳母)를 블너 ᄭᅮ지저 글오ᄃᆡ,

"늬 집은 이 포의한ᄉᆡ(布衣寒士ㅣ)261)어늘 엇디 궁인(宮人)의 무리
이에 잇ᄂᆞ뇨? 네 쇼졔(小姐ㅣ) 가댱(家長)을 모로미 여ᄎᆞ(如此)ᄒᆞ도다."

유뫼(乳母ㅣ) 황공(惶恐) 되왈(對曰),

"이는 쇼졔(小姐ㅣ) 아시(兒時)의 ᄃᆞ리고 노르시던 배라. 취가(娶
嫁)262)ᄒᆞ시매 이에 조ᄎᆞᆺᄂᆞ이다."

ᄉᆡᆼ(生)이 다시 뭇디 아니ᄒᆞ고 방듕(房中)의 드러가니 쇼졔(小姐ㅣ)
니러 맛거늘 ᄉᆡᆼ(生)이 나아가 손

---

259) 슌: [교] 원문에는 '슉'으로 되어 있으나 앞의 예를 따라 이와 같이 수정함.

260) ᄉᆞ후(伺候): 사후. 웃어른의 분부를 기다림.

261) 포의한ᄉᆡ(布衣寒士ㅣ): 포의한사. 베옷을 입는 가난한 선비.

262) 취가(娶嫁): 취가. 시집감.

을 잡고 샹(牀)의 안즈며 글오딕,

"고인(故人)을 싱각ᄒ야 싱(生)을 보고 염박(厭薄)²⁶³⁾ᄒᄂ냐?"

쇼졔(小姐ㅣ) ᄎ언(此言)을 듯고 그으기 셜워 아미(蛾眉)²⁶⁴⁾를 ᄂᆺ초와 답(答)디 아니ᄒ니 한님(翰林)이 믄득 두 손을 드러 먼니 더디고 즉시(卽時) 샹(牀)의 올나 줌드니 쇼졔(小姐ㅣ) ᄒᆫ 구셕의 안자 그으기 팔ᄌᆞ(八字)를 탄(嘆)ᄒ야 ᄀ만ᄒᆫ 눈믈이 냥협(兩頰)의 저즈니 싱(生)이 자는 톄ᄒ고 그 거동(擧動)을 보고 믄득 뉘웃텨 글오딕,

"제 날노 인(因)ᄒ야 만상(萬狀)²⁶⁵⁾ 간고(艱苦)를 격고 날을 겨유 만낫거늘 나의 믹바드미 가(可)티 아니타."

ᄒ고 믄득 몸을 니러 안자 글오딕,

"부인(夫人)이 혹 싱(學生) 경멸(輕蔑)이 너기미 심(甚)ᄒ뇨?"

쇼졔(小姐ㅣ) 날호여 딕왈(對曰),

"쳡(妾)이 엇디 감히(敢-) 군ᄌᆞ(君子)를 경(輕)히 너기리오?"

한님(翰林) 왈(曰),

"그딕 이

말이 날을 어둡게 너기미로다. 당초(當初) 그딕 죽다 ᄒᆞᆫ 모든 형

---

263) 염박(厭薄): 싫어하고 박대함.

264) 아미(蛾眉): 누에나방의 눈썹이라는 뜻으로, 가늘고 길게 굽어진 아름다운 눈썹을 이르는 말.

265) 만상(萬狀): 온갖 모양.

(兄)의 긔롱(譏弄)이어니와 그딕 경ぐ(京師)의 와실진딕 닉게 통(通)
ᄒ야 알게 ᄒ미 올커놀 믹연(昧然)이 그쳐 날노 쵸ぐ(焦思)ᄒ믈 면
(免)티 못ᄒ게 ᄒ고 쏘 부모(父母)의 명(命)으로 대례(大禮)를 일워 동
방(洞房)의 딕(對)ᄒ딕 혼 ᄌ(字) 말이 업ぐ니 긔 므슴 도리(道理)뇨?"

쇼졔(小姐ㅣ) 손샤(遜謝) 왈(曰),

"군ᄌ(君子)의 칙(責)ᄒ시ᄂᆫ 배 올ᄒ나 후문(侯門)266)이 바다ᄀᆞ티
깁고 쳡(妾)이 구고(舅姑)의 모로시ᄂᆫ 사롭이니 구구(區區)히 샹공
(相公)으로 샹통(相通)ᄒ미 가(可)티 아닐 분 아니라 엄친(嚴親)이 존
구(尊舅)와 의논(議論)ᄒ샤 뉵녜(六禮)를 ᄀᆞ초시니 샹공(相公)이 알
으실 줄노 알미오, 대샹공(大相公)닉 긔관(奇觀)으로 소기시믄 ᄯᅳᆺᄒ
디 아니ᄒ이다. 임의 존부(尊府)의 나아오매

군ᄌ(君子ㅣ) 쏘흔 알으시ᄂᆫ 일이니 쳡(妾)이 감히(敢-) 부뷔(夫婦ㅣ)
완춰(完聚)ᄒ믈 입 밧긔 닉여 자랑ᄒ리오?"

셜파(說罷)의 한님(翰林)이 홀 말이 업서 웃고 부모(父母) ᄎᆞᆺ던 곡
졀(曲折)을 무ᄅᆞ니 쇼졔(小姐ㅣ) 일일이(一一-) 딕(對)ᄒ매 ᄉᆡᆼ(生)이
탄왈(歎曰),

"우리 부뷔(夫婦ㅣ) 다 부모(父母)를 일코 두로 분쥬(奔走)ᄒ미 ᄉᆡᆼ
각ᄒᆞᆯ ᄉᆞ록 한심(寒心)ᄒᆞᆫ디라 엇디 예ぐ(例事) 부부간(夫婦間) ᄀᆞᆺ트리
오? 금일(今日)노브터 가(可)히 냥졍(兩情)267)을 믹ᄌᆞ리니 그딕ᄂᆫ 믈

---

266) 후문(侯門): 제후 집의 문.
267) 냥졍(兩情): 양정. 남녀 사이의 정.

니티디 말나."

드딕여 손을 잡아 흔가지로 원침(鴛枕)[268]의 나아가 부부지락(夫婦之樂)을 일우니 긔이(奇異)흔 향취(香臭) 옹비(擁鼻)[269]ᄒ고 연연(軟軟)흔 ᄲᅦ 어름과 슈정(水晶) ᄀᆞᆺ트니 싱(生)이 의ᄉᆞ(意思ㅣ) 어리고 정(情)이 므ᄅᆞ녹으니 산힉(山海) ᄀᆞᆺ튼 은정(恩情)이 근근밀밀(懇懇密密)[270]ᄒ야 삼가미 업ᄉᆞ니

• • •

97면

쇼제(小姐ㅣ) ᄯᅩ흔 처음으로 이 ᄀᆞᆺ튼 거조(擧措)ᄅᆞᆯ 만나 두리고 놀나며 붓그려 죠금도 흔희(欣喜)ᄒ미 업ᄉᆞ니 싱(生)이 웃고 ᄀᆞᆯ오딕,

"부뷔(夫婦ㅣ) 다 쟝년(壯年)이로딕 처음으로 원앙(鴛鴦)의 도(道)ᄅᆞᆯ 힝(行)ᄒ니 빅(百) 년(年) 근원(根源)이어늘 슈습(收拾)ᄒ미 과(過)ᄒ니 아니 날을 염(厭)히 너김가? 전일(前日)의 그딕ᄅᆞᆯ 일방(一房)의 두고 ᄎᆞᆷ던 줄 뉘웃ᄂᆞ니 즉금(卽今) ᄀᆞᆺ트여셔ᄂᆞᆫ 죽어도 ᄎᆞᆷ디 못ᄒᆞᆯ노다."

쇼제(小姐ㅣ) 운환(雲鬟)을 두로혀 닝담(冷淡)흔 얼골노 답(答)디 아니ᄒ더니 동창(東窓)의 효식(曉色)이 비최매 쇼제(小姐ㅣ) ᄲᆯ니 니러나려 ᄒ니 싱(生)이 쇼왈(笑曰),

"그딕도록 일죽 니러나리오?"

옥슈(玉手)ᄅᆞᆯ 잡아 쥬표(朱標)ᄅᆞᆯ 보고 우어 왈(曰),

---

268) 원침(鴛枕): 원앙 금침.
269) 옹비(擁鼻): 코를 찌름.
270) 근근밀밀(懇懇密密): 간간밀밀. 정성스럽고 그윽함.

"실노(實-) 요괴(妖怪)로온 거시로다."

쇼졔(小姐ㅣ) 더옥 즐겨 아냐 니러나 강

98면

잉(强仍)ᄒ야 소세(梳洗)를 일우고 경디(鏡臺)를 나오매 싱(生)이 쏘흔 니러나 관셰(盥洗)[271]ᄒ고 흔가지로 졍당(正堂)의 드러가니,

소휘(-后ㅣ) 발셔 빅각(-閣)의 가고 업거늘 도로 존당(尊堂)으로 갈시 싱(生)이 짐즛 쇼져(小姐)로 엇게를 골와 문(門)을 나더니 연왕(-王)이 드러오다가 져 거동(擧動)을 보고 크게 두긋겨 눈을 드러 보고 잠간(暫間) 우음이 미(微)흔디라. 쇼져(小姐)는 크게 붓그리고 싱(生)이 쏘흔 참괴(慙愧)ᄒ야 넌즈시 몬져 나오니 왕(王)이 쏘흔 함쇼(含笑)ᄒ고 흔가지로 존당(尊堂)의 드러가 문안(問安)ᄒ매 녜뷔(禮部ㅣ) 웃고 한님(翰林)ᄃ려 왈(曰),

"현뎨(賢弟) 위수(-嫂)를 싱각ᄒᄂᆞᆫ 눈믈을 언마나 허비(虛費)ᄒ뇨?"

싱(生)이 함쇼(含笑)ᄒ니 긔국공(--公)이 쏘흔 대쇼(大笑)ᄒ고 골오디,

"위 시(氏) 만일(萬一) 진짓 그러홀 쟉시면

99면

경문이 구쳔(九泉) 원쉬(怨讐ㅣ) 되미 쉬오리라. 연(然)이나 부뷔(夫

---

271) 관셰(盥洗): 관세. 손발을 씻음.

婦 |) 흔째의 부모(父母)를 ᄎᄌ니 쳔직(千載)에 엇기 어려온 긔특
(奇特)ᄒ 일이로다."

뉴 부인(夫人)이 쳐연(悽然) 왈(曰),

"만일(萬一) 텬되(天道 |) 아름이 이시면 현마 ᄋ부(阿婦)의 덕(德)
과 경문의 참화(慘禍)를 슬피미 업스리오? 나의 ᄌ손(子孫)이 개개
(箇箇)히 특츌(特出)ᄒ거니와 기듕(其中) 홍ᄋ(-兒), 셰ᄋ(-兒)와 셩
문, 경문이니 노뫼(老母 |) 홀노 사라 졔ᄋ(諸兒)의 긔이(奇異)ᄒ믈
보믈 슬허ᄒ노라."

승샹(丞相)이 화셩(和聲)으로 위로(慰勞)ᄒ고 하람공(--公)과 연왕
(-王)이 피셕(避席)ᄒ야 블감(不堪)ᄒ믈 일ᄏ더라.

이윽고 파(罷)ᄒ야 연왕(-王)이 침소(寢所)의 도라와 후(后)ᄃ려 굴
오디,

"닌 쟝ᄌ(長子)ᄂ 쳐ᄌ(妻子)를 듕(重)히 ᄒ나 힝혀(幸-)도 외면(外
面)으로 부뷔(夫婦 l) 줄 닌 아디 못ᄒ더니 ᄎᄋ(次兒)ᄂ

아춤의 그 거지(擧止) 여ᄎ여ᄎ(如此如此)ᄒ니 그 나히 져머 져희 부
뷔(夫婦 |) 이듕(愛重)ᄒ믈 어엿비 너기노라."

부인(夫人)이 ᄎ언(此言)을 듯고 한가(閑暇)히 웃고 말을 아니ᄒ더라.

경문이 ᄎ후(此後) 위 시(氏)로 화락(和樂)ᄒ매 피ᄎ(彼此) 은졍(恩
情)의 늉듕(隆重)272)ᄒ미 극(極)ᄒ야 어슈(魚水)의 낙(樂)273)이 이시

---

272) 늉듕(隆重): 융중. 크고 무거움.

273) 어슈(魚水)의 낙(樂): 어수의 낙. 물과 물고기처럼 가까운 사이에서 오는 즐거움. 원래 친구의
교분이 두터움을 지칭하나 여기에서는 부부의 금실이 좋음을 이름.

딕, 쇼졔(小姐ㅣ) 위 공(公)을 부모(父母)로 딕답(對答)훈 말이 한님(翰林)은 위 부마(駙馬)로 아라 다시 거릿기는 일이 업고 모다 니르는 일이 업스니 젼혀(全-) 아디 못ᄒ더니,

위 시(氏) 니부(李府)의 완 지 수월(數月) 후(後) 위 공(公)이 연왕(-王)끠 쳥(請)ᄒ야 녀ᄋ(女兒)를 드려가니 한님(翰林)은 위궁(-宮)으로 가는 줄노 알고 칭딜(稱疾)ᄒ고 벼슬을 아니 든니매 나돈니는 일이 업더니,

일일(一日)은 외가(外家)의 가니 소 샹셔(尙書) 부뷔(夫婦ㅣ) 극(極)히 ᄉ랑ᄒ

101면

고 셕ᄉ(昔事)를 닐너 탄식(歎息) 왈(曰),

"네 어미 당년(當年) 화란(禍亂)을 싱각건딕 오늘날이 이실 줄 알니오? 너희 형뎨(兄弟) 째혀나미 인듕긔린(人中麒麟)이라 사름의 블워홀 배니 우리 노부쳬(老夫妻ㅣ) 금일(今日) 죽어도 무한(無恨)이로다."

싱(生)이 샤례(謝禮)ᄒ고 뫼셔 말솜ᄒ더니 이윽고 댱 부인(夫人)이 무러 왈(曰),

"네 위공부의 사회 되매 피ᄎ(彼此ㅣ) 녯 은원(恩怨)을 화목(和睦)ᄒᄂ냐?"

싱(生)이 놀나 딕왈(對曰),

"조뫼(祖母ㅣ) 그릇 아라 계시이다. 쇼손(小孫)의 악공(岳公)은 위 공문이니 공부의 ᄉ촌(四寸)이니이다."

댱 부인(夫人)이 낭쇼(朗笑) 왈(曰),

"가(可)히 소활(疎闊)²⁷⁴⁾흔 아히(兒孩)로다. 닉 비록 노혼(老昏)²⁷⁵⁾흐나 공부와 공문을 모로리오?"

싱(生)이 대경(大驚)흐나 뭇줍디 못흐고,

즉시(卽時) 하딕(下直)고 도라

●●●

102면

오다가 위궁(-宮)의 니르러 부마(駙馬)룰 보니 부매(駙馬ㅣ) 그 풍치(風采) 긔이(奇異)흐믈 새로이 흠이(欽愛)²⁷⁶⁾흐야 닐오딕,

"현셰(賢壻ㅣ) 엇디 늦게야 니르뇨?"

싱(生)이 흠신(欠身)²⁷⁷⁾ 딕왈(對曰),

"므춤 고질(痼疾)²⁷⁸⁾이 팀면(沈綿)²⁷⁹⁾흐야 니르러 빅현(拜見)티 못흐엿습거니와 대인(大人)이 엇디 쇼싱(小生)을 소기시느니잇고?"

부매(駙馬ㅣ) 쇼왈(笑曰),

"닉 므슴 일을 그딕룰 소기더뇨?"

싱(生)이 정쇡(正色) 왈(曰),

"속이디 못홀 거슨 부부유합(夫婦有合)이어늘 샹공(相公)이 엇딘 고(故)로 위 시(氏)룰 가칭(假稱) 친녀(親女ㅣ)라 흐야 혼인(婚姻)을

---

274) 소활(疎闊): 꼼꼼하지 못해 어설픔.
275) 노혼(老昏): 늙어서 정신이 흐림.
276) 흠이(欽愛): 흠애. 공경하여 사랑함.
277) 흠신(欠身): 경의를 나타내기 위해 몸을 굽힘.
278) 고질(痼疾): 오래되어 고치기 어려운 병.
279) 팀면(沈綿): 침면. 병이 오랫동안 낫지 않음.

일우시뇨?"

부매(駙馬ㅣ) 웃고 왈(曰),

"이는 녕존대인(令尊大人) 연뎐하(-殿下)와 우리 종형(從兄)이 샹의 (相議)ᄒ야 ᄒ여 계시니 나는 집을 빌일 ᄯᆞ롬이라 아디 못ᄒ리로다."

ᄉᆡᆼ(生)이 텽파(聽罷)의 홀일업서 집의 도라

• • •

103면

와 위 공(公)을 크게 통흔(痛恨)ᄒ야 골오ᄃᆡ,

"오ᄂᆞᆯ날 엇디 ᄂᆡ 저 노적(奴賊)의 사회 될 줄 알니오?"

졍(正)히 번뇌(煩惱)ᄒ더니,

이윽고 위 시(氏) 도라오거늘 한님(翰林)이 분노(憤怒)ᄅᆞᆯ 이긔디 못ᄒ야 문니(門吏)ᄅᆞᆯ 명(命)ᄒ야 거댱(去裝)280)을 휘조차 ᄂᆡ티고 조초 글을 보ᄂᆡ여 졀의(絕義)ᄒ고 혼셔(婚書)ᄅᆞᆯ 추주니,

ᄎᆞ시(此時), 위 공(公)이 녀ᄋᆞ(女兒)의 도라오믈 고이(怪異)히 너겨 연고(緣故)ᄅᆞᆯ 뭇고 대로(大怒)ᄒ더니 홀연(忽然) 한님(翰林)의 글이 니ᄅᆞ럿거늘 ᄶᅥ혀 보니 골와시ᄃᆡ,

'ᄂᆡ 블명(不明)ᄒ야 그ᄃᆡᄅᆞᆯ 취(娶)ᄒ여더니 이졔야 드ᄅᆞ니 블공대 뎐지슈(不共戴天之讎)281) 위공부 녀ᄋᆡ(女兒ㅣ)라 ᄒ니 ᄂᆡ 엇디 뉴 대 인(大人) 큰 은혜(恩惠)ᄅᆞᆯ 잇고 그ᄃᆡᄅᆞᆯ 용납(容納)ᄒ리오? ᄲᆞᆯ니 혼셔 (婚書) 봉치(封采)282)ᄅᆞᆯ 도라보ᄂᆡ고 심규(深閨)의 ᄌᆞ진(自盡)283)ᄒ라.'

---

280) 거댱(去裝): 거장. 행장(行裝).

281) 블공대뎐지슈(不共戴天之讎): 불공대천지수. 하늘을 함께 이지 못하는 원수.

282) 봉치(封采): 봉채. 봉치의 원말. 봉치는 혼인 전에 신랑 집에서 신부 집으로 보낸 채단(采緞) 과 예장(禮狀).

ᄒᆞ여

시니 위 공(公)이 견파(見罷)의 셔간(書簡)을 믜고[284] 즐왈(叱曰),

"이 아히(兒孩) 뉴영걸의 패악(悖惡)[285]ᄒᆞ믈 빙화 거죄(擧措ㅣ) 이러틋 ᄒᆞ니 졍(正)이 통해(痛駭)ᄒᆞ도다."

즉시(卽時) 혼셔(婚書)를 닉여 오라 ᄒᆞ여 ᄌᆞ가(自家) 가인(家人)으로 ᄒᆞ여곰 봉셔(封書)를 닷가 연왕(-王)긔 보닉니,

연왕(-王)이 ᄆᆞᆷ춤 닉당(內堂)의 이시므로 이런 줄 아디 못ᄒᆞ엿더니 홀연(忽然) 시녜(侍女ㅣ) 봉함(封緘)[286]을 밧드러 올니믈 보고 날호여 ᄶᆞ혀 보니 ᄀᆞᆯ와시ᄃᆡ,

'우뎨(愚弟) 공부는 삼가 지비(再拜)ᄒᆞ고 일(一) 쳑(尺) 깁을 연왕(-王) 뎐하(殿下)긔 밧드ᄂᆞ니 션자(先者)[287]의 녀ᄋᆞ(女兒)를 가져 녕낭(令郎)의게 빅(配)ᄒᆞ미 대왕(大王)의 허락(許諾)ᄒᆞ시미오, 위궁(-宮)의 가 셩녜(成禮)ᄒᆞᆷ도 대왕(大王)의 명(命)ᄒᆞ시미니 쇼뎨(小弟)는 다만 명(命)을 밧드러 힝(行)ᄒᆞᆯ ᄯᆞ

ᄅᆞᆷ이러니 쇼녜(小女ㅣ) 금쟈(今者)의 존부(尊府)의 나아가매 이뵈 하

---

283) ᄌᆞ진(自盡): 자진. 자살.

284) 믜고: 찢고.

285) 패악(悖惡): 사람으로서 마땅히 하여야 할 도리에 어그러지고 흉악함.

286) 봉함(封緘): 편지를 봉투에 넣고 봉함. 또는 그 편지.

287) 션쟈(先者): 선자. 앞서.

리(下吏)로 구튝(驅逐)[288] ᄒ야 문(門) 밧긔 니티니 쇼녜(小女ㅣ) 규리(閨裏) 녀ᄌ(女子)로 낭패(狼狽)ᄒᆫ 힝식(行色)이 도로인(道路人)의 지쇼(指笑)[289]를 면(免)티 못ᄒ니 안해 니치는 규귀(規矩ㅣ)[290] 엇디 이러ᄒ리오? ᄯᅩ 녕낭(令郎)의 글이 니르러 졀의(絶義)ᄒᄂᆫ디라 쾌(快)히 혼셔(婚書)를 도라보ᄂᆡᄂᆞ니 대왕(大王)은 구버 슬피라.'

ᄒ엿더라.

왕(王)이 견필(見畢)의 대경(大驚) 왈(曰),

"ᄋᆞ직(兒子ㅣ) 엇디 이런 박힝(薄行)[291]이 잇ᄂᆞ뇨? 져를 비록 어던 디 오ᄅᆡ디 아니나 ᄎᆞᄉᆞ(此事)ᄂᆞᆫ 결연(決然)이 그저 두디 못ᄒ리라."

셜파(說罷)의 노긔(怒氣) 어릐여 밧그로 나가 오운뎐(--殿)의 좌(坐)ᄒ고 시노(侍奴) 쇼연을 블너 큰 매를 가져오라 ᄒ야 알패

· ● ●

106면

노코 좌우(左右)로 한님(翰林)을 브르니,

한님(翰林)이 위 시(氏)를 니티고 졍(正)히 노긔(怒氣) 급(急)ᄒ야 누엇더니 부명(父命)을 인(因)ᄒ야 년망(連忙)이 나아가매 왕(王)이 녀ᄂᆞ 말 아니코 쇼연을 ᄭᅮ지저 싱(生)을 잡아ᄂᆞ리와 결박(結縛)ᄒ야 ᄭᅮᆯ니고 소ᄅᆡ를 엄(嚴)히 ᄒ야 글오ᄃᆡ,

"네 아비 이시믈 아는다?"

---

288) 구튝(驅逐): 구축. 쫓아냄.
289) 지쇼(指笑): 지소. 손가락질하며 비웃음.
290) 규귀(規矩ㅣ): 그림쇠와 곱자라는 뜻으로 규범과 법도를 이름.
291) 박힝(薄行): 박행. 경박한 행실.

싱(生)이 이째 무망듕(無妄中)²⁹²⁾ 구류(拘留)²⁹³⁾ᄒ믈 만나 황망(慌忙)이 눈을 드러 보니 왕(王)이 일단(一端) 화긔(和氣) 변(變)ᄒ야 흔 덩이 어롬이 되여시니 뻑뻑쥰졀(--峻截)흔 긔식(氣色)이 안광(顔光)의 대발(大發)ᄒ여시니 이 엇디 뉴 공(公)의 일시(一時) 모딘 거동(擧動)을 당(當)ᄒ리오. 크게 두려 소릭를 ᄂ죽이 ᄒ여 글오딕,

"ᄒ익(孩兒ㅣ) 블쵸(不肖)ᄒ나 대인(大人)이 엇디 이런 말슴을 ᄒ시미 계시뇨?"

왕(王)

···

107면

이 노왈(怒曰),

"녀ᄂ 말은 날회고 아비 이시믈 아ᄂ냐?"

싱(生)이 딕왈(對曰),

"ᄒ익(孩兒ㅣ) 엇디 엄군(嚴君)의 계시믈 아디 못ᄒ리오?"

왕(王)이 우문(又問) 왈(曰),

"네 아비 이시믈 알면 안해 츌거(黜去)²⁹⁴⁾를 스스로 ᄒᄆ 엇디오?"

한님(翰林)이 믄득 눈믈을 머금고 쳥죄(請罪) 왈(曰),

"당년(當年)의 위 공(公)이 쇼ᄌ(小子)를 칼 아릭 죽이려 ᄒ던 쯧을 대인(大人)이 말니디 아냐 계실진대 오늘날이 이시리오? 뉴 공(公)이 ᄒ익(孩兒)를 저ᄇ려시나 ᄒ익(孩兒ㅣ) 춤아 글 넑은 션빅 되야 그 쭐을 ᄃ리고 사디 못ᄒ리니 출하리 엄하(嚴下)이 방ᄌ(放恣)흔

---

292) 무망듕(無妄中): 무망중. 별 생각이 없이 있는 상태.

293) 구류(拘留): 잡아 가둠.

294) 츌거(黜去): 출거. 강제로 내쫓음.

죄(罪)롤 바들지언졍 져롤 곳고져 쁫이로소이다."

왕(王)이 텽파(聽罷)의 즐왈(叱曰),

"네 말이 다 올커니와 너롤 나흔 아비와

• • •

108면

기른 아비 어늬 듕(重)ᄒ뇨?"

한님(翰林)이 왕(王)의 노긔(怒氣) 졈졈(漸漸) 더으믈 보고 두리온 ᄠᅳᆺ이 일신(一身)의 줌기니 한한(寒汗)이 텸빅(沾背)ᄒ야 고두(叩頭) 왈(曰),

"싱아(生我)ᄒ신 은혜(恩惠) 망극(罔極)ᄒ니 엇디 다른 곳으로 비기리오?"

왕(王)이 드듸여 수죄(數罪) 왈(曰),

"네 아비 듕(重)홈과 나흔 은혜(恩惠) 망극(罔極)ᄒ믈 알며 위 시 (氏) 비록 네게 슈해(手下ㅣ)나 내 듕(重)히 너기는 배어늘 길ᄀᆡ의 휘조차 녀ᄌᆞ(女子)로 ᄒ여곰 도듕인(途中人)의 지쇼(指笑)와 븟그러오믈 보게 ᄒ고 어버이게 취품(就稟)²⁹⁵)홀 줄을 모르니 네 젼혀(專-) 알오ᄃᆡ 나의 약(弱)ᄒ믈 업슈이 너기미오, 위 공(公)이 뉴 공(公)으로 실톄(失體)ᄒ미 크나 도금(到今)ᄒ야 네 아븨 ᄉᆞᄉᆡᆼ붕위(死生朋友ㅣ)오, 쟉위(爵位) 고대(高大)ᄒ야 됴뎡(朝廷) 대신(大臣)이어늘 셔ᄉᆞ(書 辭)²⁹⁶)의 패만(悖慢)²⁹⁷)

---

295) 취품(就稟): 취품. 웃어른께 나아가 여쭘.

296) 셔ᄉᆞ(書辭): 서사. 편지에 쓰는 말.

297) 패만(悖慢): 거칠며 거만함.

흔 ᄉ연(事緣)을 베퍼 슈욕(授辱)ᄒ니 글을 넑엇노라 ᄒ며 의리(義理)를 모로니 이 ᄯ 날을 경(輕)히 너기미오, 닉 위 공(公)의게 통(通)ᄒ야 위 시(氏) 셩녜(成禮)ᄒ미 닉 흔 배어늘 블통(不通)흔 노긔(怒氣)를 닉여브려 전후(前後)를 슬피디 아니ᄒ니 ᄯ흔 아비를 만모(慢侮)[298]ᄒ미라. 네 말을 드르니 뉴 공(公)을 크게 너기고 날을 경(輕)히 너기니 시험(試驗)ᄒ야 그 약(弱)ᄒ믈 볼지어다."

셜파(說罷)의 쇼연을 ᄭ지져 태댱(笞杖)[299]ᄒ니 ᄉᆡᆼ(生)이 부친(父親) 말ᄉᆞᆷ을 듯고 ᄇ야흐로 ᄌ긔(自己) 과도(過度)ᄒ믈 ᄭᅵ드라 흔 말도 못 ᄒ고 업듸여시니 왕(王)이 본듸(本-) 관인유열(寬仁愉悅)[300]ᄒ미 미츠리 업ᄉ나 ᄆᆞᄋᆞᆷ의 블합(不合)흔즉 크게 다ᄉ리이미 ᄌ소[301](自少)로브터 소댱(所長)이오 더옥 샹셔(尚書)의 반ᄉᆡᆼ(半生)

온화(溫和)ᄒ믈 두어 일ᄌ일반(一字一半)[302]을 거ᄉ리믈 보디 못ᄒ엿ᄂᆞ디라, 금일(今日) 크게 셩을 닉여시니 긋치 누르디 못ᄒ야 삼십여(三十餘) 댱(杖)의 니른듸 ᄆᆞᄎᆞᆷᄂᆡ 샤(赦)흘 ᄯᅳᆺ이 업ᄉ니 쇼연이 그

---

298) 만모(慢侮): 거만한 태도로 남을 업신여김.
299) 태댱(笞杖): 태장. 태형(笞刑)과 장형(杖刑). 모두 곤장으로 볼기를 치는 형벌.
300) 관인유열(寬仁愉悅): 너그럽고 부드러움.
301) 소: [교] 원문에는 '시'로 되어 있으나 문맥을 고려해 이와 같이 수정함.
302) 일ᄌ일반(一字一半): 일자일반. '한마디, 반 마디'의 뜻으로 매우 적은 것을 이르는 말로 보이나 미상임.

피 흐르딕 죵시(終是) 흔 소릭롤 아니코 옥(玉)으로 믠둔303) 사룸 ᄀᆞᆺ
틋믈 보고 매롤 머추고 도라 품(稟)ᄒᆞᆼ딕,

"쇼샹공(小相公) 죄(罪) 비록 듕(重)ᄒᆞ나 혈흔(血痕)이 낭쟈(狼藉)
ᄒᆞ니 임의 죡(足)ᄒᆞ이다."

왕(王)이 연의 말을 듯고 즉시(卽時) 셔동(書童) 슈털을 블너 일
(一) 필(匹) 나귀롤 가져오라 ᄒᆞ야 싱(生)ᄃᆞ려 굴오딕,

"네 가(可)히 위부(-府)의 가 일죵(一從)304) 위 공(公)의 말딕로 ᄒᆞ
야 위 공(公)이 닉게 와 너의 효슌(孝順)ᄒᆞ믈 일너 샤(赦)ᄒᆞ믈 쳥(請)
홀진딕 널노 부ᄌᆞ지의(父子之義)롤 닛고 그러티 아

* * *

111면

일진딕 너롤 싱젼(生前)의 닉 ᄌᆞ식(子息)이라 아니리라. ᄎᆞ후(此後)
네 ᄆᆞ음으로 ᄒᆞ라."

셜파(說罷)의 직쵹ᄒᆞ야 가라 ᄒᆞ니 싱(生)이 이쌔 졀박(切迫)흔 ᄉᆞ
톄(事體)305) ᄀᆞ득ᄒᆞ나 왕(王)의 엄슉(嚴肅)흔306) 긔운이 샹풍녈일(霜
風烈日)307) ᄀᆞᆺ고 위엄(威嚴)이 규규(赳赳)308)ᄒᆞ니 흔 말도 못 ᄒᆞ고
긔운을 ᄂᆞ쥭이 ᄒᆞ야 다시 오쇼 녑의고 날호여 고왈(告曰),

---

303) 믠둔: [교] 원문에는 '돗'으로 되어 있으나 문맥을 고려해 규장각본(10:79)과 연세대본(10:110)을
따름.

304) 일죵(一從): 일종. 한결같이.

305) ᄉᆞ톄(事體): 사체. 일의 체면.

306) 흔: [교] 원문에는 'ᄒᆞ'로 되어 있으나 문맥을 고려해 규장각본(10:79)과 연세대본(10:111)을
따름.

307) 샹풍녈일(霜風烈日): 상풍열일. 몹시 찬 바람과 여름에 뜨겁게 내리쬐는 태양이라는 뜻으로
기세가 세참을 이름.

308) 규규(赳赳): 씩씩하고 헌걸참.

"ᄌᆞ젼(慈前)[309]의 잠간(暫間) 하딕(下直)을 고(告)코져 ᄒᆞᄂᆞ이다."

왕(王)이 졍쉭(正色) 왈(曰),

"너의 블쵸(不肖)ᄒᆞ미 아비를 혜디 아니ᄒᆞ니 엇디 어미를 싱각ᄒᆞ리오? ᄂᆡ 임의 ᄒᆞᆫ 번(番) 녕(令)을 ᄂᆞ리와거ᄂᆞᆯ 네 엇디 여러 말 ᄒᆞ리오?"

싱(生)이 감히(敢-) 다시 쳥(請)티 못ᄒᆞ고 안쉭(顔色)이 더옥 ᄂᆞ족ᄒᆞ야 왕(王)의 안ᄌᆞᆫ 뒤ᄅᆞᆯ 향(向)ᄒᆞ야 ᄉᆞ빅(四拜)ᄒᆞ고 거름이 죠용ᄒᆞ야 나가니 왕(王)이 비

112면

록 그 예긔(銳氣)[310]를 썩노라 슈댱(授杖)ᄒᆞ여 ᄂᆡ티나 어던 지 오래디 아니ᄒᆞ고 ᄉᆞ랑이 ᄌᆞ못 과도(過度)턴 졍(情)을 긋처 그 옥(玉) ᄀᆞᆺ튼 ᄉᆞᆯ이 ᄡᅥ러지도록 죵시(終是) ᄒᆞᆫ 소ᄅᆡ를 아니ᄒᆞᆷ믈 보니 엇디 두긋겁디 아니리오. 심ᄉᆡ(心思ㅣ) ᄌᆞ못 편(便)티 아냐 미우(眉宇)를 �그리고 냥구(良久)토록 말을 아니터니,

져녁문안(--問安)의 졍당(正堂)의 드러가니 모다 한님(翰林)의 업ᄉᆞᆷ믈 뭇거ᄂᆞᆯ 왕(王)이 올흔 뒤로 고(告)ᄒᆞ니 모다 놀나고 승샹(丞相)이 탄식(歎息) 왈(曰),

"아히(兒孩) 다ᄉᆞ리ᄂᆞᆫ 배 올커니와 제 여러 히를 슈댱(受杖)ᄒᆞ고 풍진(風塵) ᄉᆞ이예 뉴리(流離)ᄒᆞ던 거ᄉᆞᆯ 또 치미 가(可)티 아니코 ᄌᆞ못 가ᄉᆞᆷ 알픈 노ᄅᆞᆺ시로다."

왕(王)이 ᄯᅩᄒᆞᆫ 이 말ᄉᆞᆷ의 더옥 심ᄉᆡ(心思ㅣ) 뉴동(流動)ᄒᆞ야 관(冠)

309) ᄌᆞ젼(慈前): 자전. 어머니 앞.

310) 예긔(銳氣): 예기. 날카로운 기운.

을 수기고 둘 궃튼 니

매 쳐연(悽然)ᄒ고 츄파(秋波) 셩안(星眼)의 믈결이 움죽이니 하람공(--公)이 웃고 굴오ᄃᆡ,

"현뎨(賢弟) 거동(擧動)이 가쇼(可笑ㅣ)로다. 친 ᄯᅳᆺ은 므슴 일이오, 뉘웃는 ᄯᅳᆺ은 므스 일이뇨?"

왕(王)이 강잉(强仍)ᄒ야 ᄃᆡ왈(對曰),

"뉘웃는 ᄯᅳᆺ이 잇는 거시 아니라 벗을 위(爲)ᄒ매 저의 녯날 ᄒᆞᆫ두 번(番) 슈댱(受杖) 아닌 곳을 ᄯᅩ 치니 ᄌᆞ연(自然) 감동(感動)ᄒᆞᆫ 배로소이다."

남공(-公)이 우쇼(又笑) 왈(曰),

"현뎨(賢弟) 경문 ᄉᆞ랑ᄒᆞᆷ은 가지(可知)로다. 다른 ᄌᆞ식(子息) 궃트면 저러티 아니ᄒᆞ리니 이 도시(都是) 그 얼골이 궃트믈 위(爲)ᄒᆞ미냐?"

왕(王)이 쇼이ᄃᆡ왈(笑而對曰),

"형댱(兄丈)이 엇디 쇼뎨(小弟)ᄅᆞᆯ 믹바드시ᄂᆞ뇨? 구ᄐᆡ여 얼골 궃트믈ᄶᅦ리잇고? 그 어려셔부터 환난(患難)을 ᄀᆞ초 격고 오ᄂᆞᆯ날 ᄒᆞ는 거죄(擧措ㅣ) 큰 죄(罪) 아니어늘 죄(罪)ᄂᆞᆫ 듕(重)히

닙으니 블샹ᄒᆞ다 말ᄉᆞᆷ이나 대단이 뉘웃도록 ᄒᆞ리잇가?"

공(公)이 웃더라.

소휘(-后ㅣ) 쏘흔 ㅇ즈(兒子)의 댱칙(杖責)흐믈 잔잉이 너기는 쯧이 이시딕 그 죄(罪) 올흔 고(故)로 시비(是非)를 아니흐더라.

이쌔 위 공(公)이 혼셔(婚書)를 도라보니고 졍(正)히 분분(忿憤)흐야 한님(翰林)을 쑤지즈니 쇼졔(小姐ㅣ) 굴오딕,

"당초(當初)의 쇼녜(小女ㅣ) 이 일을 아드면 엇디 오늘날 도로(道路)의 붓그러오믈 보아시리오? 져의 흐는 일이 올흐니 이는 엇디 못홀 사룸이라. 야얘(爺爺ㅣ) 브졀업시 쑤지즈시미 브졀업슨가 흐느이다."

위 공(公)이 노식(怒色)고 답(答)고져 흐더니,

문니(門吏) 믄득 니(李) 한님(翰林)의 니르러시믈 고(告)흐니 공(公)이 믄득 놀나고 분(憤)흐야 하리(下吏)로 조차 닉치라 흐니 한님(翰林)이 저

•••

115면

의 무식(無識)흔 거죄(擧措ㅣ) 가지록 이러툿 흐믈 보니 분긔(憤氣)흔 츙(層)이 더흐딕 부명(父命)을 거스리이미 녜(禮) 아닌 고(故)로 밧 초당(草堂)의 안잣더니 이윽고 연왕(-王)의 셔간(書簡)이 니르러 만히 샤례(謝禮)흐고 한님(翰林)을 슈댱(授杖)흐야 보니니 게셔 그 입지(立志)를 항복(降服)바드라 흐엿는디라.

위 공(公)이 견필(見畢)의 노긔(怒氣) 잠간(暫間) 프러지딕 한님(翰林)을 크게 소기려 흐야 밧긔 나와 모든 하리(下吏)를 블너 니(李) 한님(翰林)을 뫼셔 본부(本府)로 가라 흐니,

한님(翰林)이 쏘흔 핑계를 됴히 어덧는디라 즉시(卽時) 본부(本府)

의 니ᄅ니, 왕(王)이 보디 아니코 젼어(傳語) 칙왈(責曰),

‘위 형(兄)이 너를 머므ᄅ디 아니믄 네 블공(不恭)ᄒ미라. ᄲᆯ니 나아가 샤죄(謝罪)ᄒ야 죽어도 그곳의셔 죽고 위 공(公)

* ● ●

116면

의 노긔(怒氣) 플니디 아닌 젼(前)은 올 계교(計巧)를 말나.’

인(因)ᄒ야 문니(門吏)를 분부(分付)ᄒ야 부듕(府中)의 븟티디 말나 ᄒ니,

한님(翰林)이 홀일업셔 도로 위부(-府)로 오매 위 공(公)이 이ᄺ 깃브미 ᄀ려온 딕를 긁는 듯ᄒ야 짐즛 다시 젼어(傳語) 왈(曰),

“그딕 ᄂᆡ 집의 올 묘단(妙端)³¹¹⁾이 업스니 ᄲᆯ니 도라가라. 군직(君子ㅣ) 원슈(怨讎)의 집의 어이 오리오?”

인(因)ᄒ야 구츅(驅逐)ᄒᄂ 명(命)이 셩화(星火) ᄀᆺᄐ니 한님(翰林)이 비록 노긔(怒氣) 심듕(心中)의 분분(忿憤)ᄒ나 부명(父命)을 두리ᄂ 고(故)로 죵시(終是) 셩식(聲色)을 변(變)티 아니ᄒ고 쳔쳔이 셔헌(書軒)의 나아가 위 공(公)을 향(向)ᄒ야 졀ᄒ고 쳥죄(請罪) 왈(曰),

“쇼싱(小生)이 무상(無狀)ᄒ야 상국(相國)긔 죄(罪) 어드미 듕(重)ᄒ니 ᄇᆞ라건딕 합하(閤下)ᄂᆫ 용샤(容赦)ᄒ쇼셔.”

위

---

311) 묘단(妙端): 까닭.

공(公)이 정식(正色) 왈(曰),

"만싱(晚生)은 군(君)의 원쉬(怨讎ㅣ)라. 군(君)이 므슴 연고(緣故)로 금일(今日) 디게(志槪)를 굽혀 청죄(請罪)ᄒᆞ미 잇ᄂᆞ뇨?"

한님(翰林)이 샤왈(謝曰),

"전일(前日)은 쇼싱(小生)이 실톄(失體)ᄒᆞ미라 대인(大人)은 하히지덕(河海之德)을 드리오샤 용셔(容恕)ᄒᆞ쇼셔."

위 공(公)이 정식(正色) 왈(曰),

"너의 말이 가지록 날을 됴롱(嘲弄)ᄒᆞ미라. 네 이제 날노뻐 빙악(聘岳)[312]을 ᄃᆡ졉(待接)흔즉 그 원심(怨心)을 푸는 줄 알녀니와 즉금(卽今) 말이 다 궤사지언(詭詐之言)[313]이라 다시 베프디 말고 도라갈지어다."

한님(翰林)이 ᄎᆞ언(此言)을 듯고 분긔(憤氣) 튱만(充滿)ᄒᆞ야 믄득 혼졀(昏絶)ᄒᆞ야 것구러지니 입으로셔 피 흐르ᄂᆞᆫ디라. 공(公)이 대경(大驚)ᄒᆞ야 ᄲᆡᆯ니 븟드러 무릅히 안고 구호(救護)ᄒᆞ니 한님(翰林)이 댱독(杖毒)과 노긔(怒氣) 극(極)흔 고(故)로 ᄭᆡ

미 쉽디 못ᄒᆞ니,

공(公)이 초조(焦燥)ᄒᆞ야 아모리 홀 줄 몰나 급(急)히 하리(下吏)로

---

312) 빙악(聘岳): 장인.

313) 궤사지언(詭詐之言): 간사스러운 거짓으로 남을 교묘하게 속이는 말.

태의(太醫)를 브르라 ᄒᆞ더니 믄득 삼(三) 직(子ㅣ) 공텽(公廳)으로셔 도라와 이 거동(擧動)을 보고 블승경아(不勝驚訝)[314)ᄒᆞ야 최량이 ᄆᆞ 춤 의셔(醫書)를 아는 고(故)로 ᄆᆡᆨ(脈)을 보고 글오ᄃᆡ,

"긔운이 막혀 일시(一時) 급(急)ᄒᆞ나 관계(關係)티 아니ᄒᆞ이다."

ᄒᆞ고 팀(針)으로 두어 곳을 시험(試驗)ᄒᆞ니 식경(食頃)이 디난 후(後) 숨을 늬쉬고 급(急)히 몸을 니러 안자 샤례(謝禮) 왈(曰),

"쇼싱(小生)이 우연(偶然)이 혼미(昏迷)ᄒᆞ야 존젼(尊前)의 실례(失 禮)ᄒᆞ미 만흐니 죄(罪) 우희 죄(罪)를 더은디라 엇디 참괴(慙愧)[315) 티 아니ᄒᆞ리오?"

공(公) 왈(曰),

"이ᄂᆞᆫ 네 날을 통흔(痛恨)[316)ᄒᆞ므로 비로ᄉᆞ미라 늬 더옥 안심(安 心)ᄒᆞ리오? 폐샤(弊舍)[317)의 존개(尊駕ㅣ)[318) 이실 곳이 아니니 쾌 (快)히 도라가믈

- - -

119면

원(願)ᄒᆞᄂᆞᆫ 배로ᄃᆡ 연연해(-殿下ㅣ) 과도(過度)히 용납(容納)디 아니 시니 늬 더옥 우민(憂悶)ᄒᆞᄂᆞ니 괴로오나마 편(便)히 누어 쉬라."

한님(翰林)이 명목(明目)을 ᄂᆞ초고 손을 쏘자 ᄭᅮ러 다시 말을 아니 ᄒᆞ니 그 춤으미 돈돈ᄒᆞᆷ 니ᄅᆞ도 말고 긔식(氣色)의 뻑뻑ᄒᆞ미 앗가

---

314) 블승경아(不勝驚訝): 불승경아. 놀라고 의아함을 이기지 못함.

315) 참괴(慙愧): 매우 부끄러워함.

316) 통흔(痛恨): 통한. 몹시 분하거나 억울하여 한스럽게 여김.

317) 폐샤(弊舍): 폐사. 자기의 집을 낮추어 부르는 말.

318) 존개(尊駕ㅣ): 지위가 높고 귀한 사람의 탈것이라는 뜻으로, 지위가 높고 귀한 사람의 행차를 비유적으로 이르는 말.

긔졀(氣絕)ᄒᆞ엿던 사름 ᄀᆞᆺ디 아니ᄒᆞ니 위 공(公)은 어히업서 말을 아니ᄒᆞ고 후량이 굴오ᄃᆡ,

"그ᄃᆡ 가친(家親)을 티원(置怨)[319]ᄒᆞ미 등한(等閑)티 아니ᄒᆞ니 거죄(擧措ㅣ) 져러틋 ᄒᆞ거니와 그ᄃᆡ 슈댱(受杖)ᄒᆞᆫ 우리 아디 못ᄒᆞᄂᆞᆫ딘 져리 쵹풍(觸風)ᄒᆞ야 엇디려 ᄒᆞᄂᆞ뇨? 평안(平安)이 됴리(調理)ᄒᆞ미 효ᄌᆞ(孝子)의 도리(道理) 올토다."

한님(翰林)이 샤왈(謝曰),

"쇼ᄉᆡᆼ(小生)이 엇디 이런 ᄠᅳᆮ이 이시며 ᄯᅩ 엇디 대신(大臣) 안젼(案前)의 방ᄌᆞ(放恣)이 와(臥)ᄒᆞ야 녜법(禮法)

을 문허ᄇᆞ리리오?"

위 공(公) 왈(曰),

"너의 ᄠᅳᆮ이 날을 극진지도(極盡之度)의 니ᄅᆞ히 증염(憎厭)[320]ᄒᆞ니 니 집의 두미 극(極)히 고이(怪異)ᄒᆞ딘 연연해(-殿下ㅣ) 대단이 구ᄅᆞ시니 감히(敢-) ᄂᆡ여보ᄂᆡ디 못ᄒᆞᄂᆞ니 네 안해 방(房)의 가 됴리(調理)ᄒᆞ라."

드ᄃᆡ여 손을 잇그러 쇼져(小姐) 방(房)의 니ᄅᆞ니,

쇼제(小姐ㅣ) 쵹하(燭下)의 안자 아미(蛾眉)[321]의 시름이 밋텨다가 강잉(强仍)ᄒᆞ야 니러 마ᄌᆞ니 위 공(公)이 시녀(侍女)로 ᄉᆡᆼ(生)의 침금

---

319) 티원(置怨): 치원. 원망을 함.
320) 증염(憎厭): 미워하고 싫어함.
321) 아미(蛾眉): 누에나방의 눈썹이라는 뜻으로, 가늘고 길게 굽어진 아름다운 눈썹을 이르는 말. 미인의 눈썹을 이름.

(寢衾)을 포셜(鋪設)ᄒ고 눕기를 쳥(請)ᄒᆫ 후(後) 나가 부인(夫人)으로 더브러 창(窓) 밧긔 딕후(待候)ᄒ야 녀셔(女壻)의 거동(擧動)을 슬피니 위 공(公)이 반싱(半生) 교앙(驕昂)³²²⁾ᄒᆫ 셩품(性品)으로 사회게 다ᄃ라ᄂᆫ 여ᄎᆞ(如此)ᄒ니 ᄯ᷀리 과연(果然) 어렵디 아니ᄒ리오.

한님(翰林)이 위 공(公)의 나가믈 보고 노목(怒目)³²³⁾이 진녈(震烈)³²⁴⁾ᄒ야 쇼

121면

져(小姐)를 ᄒᆫ번(一番) 기우려 보고 자리의 나아가 누으니 쇼졔(小姐ㅣ) 한님(翰林)의 이 ᄀᆞᆺᄐᆫ 거동(擧動)을 보고 흔(恨)ᄒ고 붓그려 믁믁(默默)히 쵹하(燭下)의 안자 말을 아니터니,

밤이 깁흐매 한님(翰林)이 쟈ᄂᆞᆫ ᄃᆞᆺᄒ매 쇼졔(小姐ㅣ) 부야흐로 길게 한숨 디고 명등(明燈)³²⁵⁾을 도도니 한님(翰林)이 믄득 ᄉᆞ매를 썰티고 니러 안자 ᄭ무지져 굴오ᄃᆡ,

"요괴(妖怪)로온 녀ᄌᆞ(女子ㅣ) 야심(夜深)ᄒᄃᆡ 자디 아니코 한숨은 므스 일이뇨? 너의 아비 날 죽이려 ᄒ던 ᄯᆺ을 니어 죽으라 ᄒᄂᆞ냐? 닉 부야흐로 댱독(杖毒)이 괴로이 알파 줌을 못 드러 ᄒ거늘 블을 그저 두고 쳥승구디 구ᄂᆞᄂᆈ? ᄲ᷀리 블을 ᄯ고 누어 자라."

쇼졔(小姐ㅣ) 텽파(聽罷)의 즉시(卽時) 블을 ᄯ니 싱(生)이 도로 누어 새도록 자ᄂᆞᆫ ᄃᆞᆺᄒ더니,

---

322) 교앙(驕昂): 잘난 체하며 뽐내고 건방짐.

323) 노목(怒目): 성난 눈.

324) 진녈(震烈): 진렬. 맹렬히 성을 냄.

325) 명등(明燈): 밝은 등.

평명(平明)의

위 공(公)이 드러와 문병(問病)ᄒ니 싱(生)이 공경(恭敬)ᄒ야 니러 안
자 글오ᄃᆡ,

"쳔(賤)ᄒᆞᆫ 몸의 괴로온 병(病)이 이시나 대단티 아니ᄒ니 샹공(相
公)은 우려(憂慮)티 말으쇼셔."

위 공(公)이 본ᄃᆡ(本-) 셩품(性品)이 강한(強悍)326)ᄒᄃᆡ 싱(生)의
가지록 외ᄃᆡ(外待)327)ᄒᄂᆫ 소ᄅᆡ 듯기 증분(增忿)328)ᄒ야 즉시(卽時)
나오니,

싱(生)이 ᄯᅩᄒᆞᆫ 도로 누어 아모 소ᄅᆡ도 아니코 져므도록 이시나 미
음(米飮)도 ᄎᆞᆺᄂᆞᆫ 일이 업ᄉ니,

위 공(公) 부인(夫人)이 초조(焦燥)ᄒ야 졔ᄌᆞ(諸子)로 ᄀᆡ유(開諭)ᄒ
라 ᄒ니, 졔ᄌᆡ(諸子ㅣ) 승명(承命)329)ᄒ야 드러가 쥭(粥)을 들고 근권
(懇勸)330)이 먹기를 쳥(請)ᄒᄃᆡ 싱(生)이 움쥭여 드른 쳬도 아니ᄒ니
졔인(諸人)이 홀일업셔 도로 나오니, 위 공(公) 왈(曰),

"졔 굴머 죽어도 어엿브디 아니ᄒ니 ᄇᆞ려두라."

ᄒ더라.

쇼졔(小姐ㅣ) 이날 새도록 새

---

326) 강한(強悍): 마음이나 성질이 굳세고 강함.

327) 외ᄃᆡ(外待): 외대. 정성을 들이지 않고 아무렇게나 대접을 함.

328) 증분(增忿): 분노가 더함.

329) 승명(承命): 명령을 받듦.

330) 근권(懇勸): 간권. 간절히 권함.

오고 정신(精神)이 어즐ᄒᆞ야 니러 나오니 한님(翰林)이 ᄇᆞ야흐로 니러 안자 글오ᄃᆡ,

"그ᄃᆡ 엇던 고드로 가ᄂᆞ뇨? ᄌᆞ시 니ᄅᆞ미 가(可)토다."

쇼졔(小姐ㅣ) 홀 말이 업서 도로 안ᄌᆞ니 한님(翰林)이 ᄯᅩ 글오ᄃᆡ,

"날을 규방(閨房)의 너허 두고 굴머 죽이랴 ᄒᆞᄂᆞ냐?"

쇼졔(小姐ㅣ) 즉시(卽時) 난[331]셤을 블너 미음(米飮)을 나오니 한님(翰林)이 대로(大怒) 왈(曰),

"쳔(賤)흔 녀ᄌᆡ(女子ㅣ) 아비 ᄯᅳᆺ을 바다 날을 업슈이 너기ᄂᆞ뇨?"

즉시(卽時) 흔 발노 ᄎᆞ니 방(房) 안히 허여져 쇼져(小姐)의 치매다 저ᄌᆞᄃᆡ 쇼졔(小姐ㅣ) 흔 말도 아니ᄒᆞ고 친(親)히 니러 거두워 아ᄉᆞ니 한님(翰林)이 ᄯᅩᄒᆞᆫ 누어 말을 아니ᄒᆞ더라.

이튼날 샹셰(尙書ㅣ) 니ᄅᆞ러 한님(翰林)을 보니 한님(翰林)이 크게 반겨 븟들고 눈믈을 흘니니 샹셰(尙書ㅣ) 심ᄉᆞ(心思ㅣ) 됴티 아냐 위로(慰勞)

ᄒᆞ고 글오ᄃᆡ,

"브졀업슨 일의 득죄(得罪)ᄒᆞ야 형뎨(兄弟) ᄯᅥ나니 너는 수이 회두(回頭)ᄒᆞ야 부듕(府中)의 니ᄅᆞ라."

---

331) 난: [교] 원문에는 '남'으로 되어 있으나 앞의 예를 따라 이와 같이 수정함.

싱(生)이 탄왈(歎曰),

"쇼제(小弟) 요수이 심수(心思ㅣ) 샹심(傷心) 실셩(失性)ᄒ야 아마도 강잉(强仍)티 못ᄒ니 죽기 쉬올가 시브이다."

샹셰(尚書ㅣ) 졍싁(正色) 왈(曰),

"인지(人子ㅣ) 비록 스스로 ᄆᆞ음의 블합(不合)ᄒ미 이시나 부뫼(父母ㅣ) 명(命)ᄒ시거든 못 미츨 ᄃᆞ시 승슌(承順)ᄒ미 가(可)ᄒ거늘 엇던 고(故)로 이러틋 조협(躁狹)332)히 구ᄂᆞ뇨? 위 공(公)이 당년(當年)의 널노 더브러 실톄(失體)ᄒ미 이신들 이제ᄭᆞ디 유감(遺憾)ᄒ미 가(可)티 아니ᄒ니라."

한님(翰林) 왈(曰),

"위 공(公)의 실톄(失體)ᄒ야 날 죽이려 ᄒᄆᆞᆯ 노(怒)ᄒ미 아니라. 젼젼(前前)브터 그 ᄒᆡᆼ시(行事ㅣ) 분(憤)히ᄒ야 그러ᄒ거니와 엄명(嚴命)이 계시니 엇디 공경(恭敬)ᄒᄆᆞᆯ 혈(歇)

●●●

125면

히 ᄒ리잇고?"

샹셰(尚書ㅣ) 지삼(再三) 경계(警戒)ᄒ고 나와 위 공(公)을 보려 ᄒ니 공당(公堂)의 가고 업고 후량 등(等)이 이시나 이 다 팀믁(沈默)ᄒ 위인(爲人)인 고(故)로 한님(翰林)의 말을 거들미 업더라.

한님(翰林)이 이날 샹셔(尚書)를 보ᄂᆡ고 홀노 쇼져(小姐)로 더브러 이시ᄃᆡ 다시 미음(米飲)도 츳디 아니ᄒ더니, 셕양(夕陽)의 위 공(公)이 도라와 한님(翰林)의 이러틋 ᄒᄆᆞᆯ 보고 홀일업셔 친(親)히 드러가

---

332) 조협(躁狹): 셩미가 너그럽지 못하고 좁음.

한님(翰林)을 볼석 손을 잡고 굴오디,

"너의 금일(今日) 거동(擧動)이 쟝ᄎᆞᆺ(將次入) 므슴 거죄(擧措ㅣ)뇨? 니 셜ᄉᆞ(設使) 네 눈의 믜오나 너의 대인(大人)의 칙(責)을 두리디 아니ᄒᆞ니 ᄌᆞ분필ᄉᆞ(自分必死)333)키롤 싱각ᄒᆞᄂᆞ냐? 네 스ᄉᆞ로 싱각ᄒᆞ라."

한님(翰林)이 손샤(遜謝)334) 왈(曰),

"쇼싱(小生)이 엇디 이런 ᄯᅳ시 이시리오? 샹톄(傷處ㅣ) ᄌᆞᆷ못

· · ·

126면

알히니 음식(飮食)을 먹을 념(念)이 업ᄉᆞ나 겨틱 사롬이 이시나 주디 아니ᄒᆞ니 엇디ᄒᆞ리잇고?"

공(公)이 텽파(聽罷)의 그 어리눅은335) 안식(顔色)과 손슌(遜順)336)ᄒᆞᆫ 말ᄉᆞᆷ을 드ᄅᆞ니 크게 두굿겨 우어 굴오디,

"원ᄂᆡ(元來) 너의 ᄯᅳ시 이러ᄒᆞ닷다."

즉시(卽時) 쇼져(小姐)ᄅᆞᆯ 도라보와 미음(米飮)을 가져오라 ᄒᆞ여 권(勸)ᄒᆞ니 싱(生)이 흔연(欣然)이 먹어 죠곰도 타의(他意) 업ᄉᆞ니 공(公)이 측냥(測量)티 못ᄒᆞ야 이윽고 나가니,

싱(生)이 다시 벼개의 지혀 노목(怒目)으로 쇼져(小姐)ᄅᆞᆯ 냥구(良久)히 보다가 이윽고 굴오디,

"ᄂᆡ 몸이 곤뇌(困惱)ᄒᆞ야 견듸지 못ᄒᆞ니 그딕 나아와 ᄃᆞ리롤 두ᄃᆞ

---

333) ᄌᆞ분필ᄉᆞ(自分必死): 자분필사. 반드시 죽으려고 스스로 생각함.

334) 손샤(遜謝): 손사. 겸손히 사양함.

335) 어리눅은: 일부러 어리석은 체하는.

336) 손슌(遜順): 손순. 겸손하고 온순함.

리라.”

쇼졔(小姐ㅣ) 믁연(默然)이 답(答)디 아니ᄒ니 ᄉᆡᆼ(生)이 대로(大怒)ᄒ야 니러 안자 ᄭᅮ지저 ᄀᆞᆯ오ᄃᆡ,

“요녜(妖女ㅣ) 엇디 감히(敢-) 아비 셰(勢)ᄅᆞᆯ 쎠 이러ᄐᆞᆺ

◦●●

127면

방ᄌᆞ(放恣)히 구ᄂᆞ뇨? 네 아비 너ᄅᆞᆯ 조만(早晩)의 다ᄅᆞᆫ 듸 셔방(書房) 마쳐 보닉려 ᄒ더냐? 요ᄉᆞ이 날을 이러ᄐᆞᆺ 능만(凌慢)[337]ᄒᆞᄂᆞ뇨?”

쇼졔(小姐ㅣ) 날호여 ᄀᆞᆯ오ᄃᆡ,

“군ᄌᆞ(君子)의 무고(無故)히 욕(辱)ᄒᆞ시미 가(可)히 브졀업도다. 연(然)이나 시녜(侍女ㅣ) 이시니 군(君)의 다리 두ᄃᆞ리믈 닉 어이 알니오?”

ᄉᆡᆼ(生)이 즐왈(叱曰),

“그ᄃᆡ ᄒᆞᆯ나나 이틀이나 날노 더브러 동쳐(同處)ᄒ여실ᄉᆡ 그 친(親)ᄒᆞᆫ 사ᄅᆞᆷ의 도리(道理)ᄅᆞᆯ ᄒᆞ라 ᄒᆞ미라. 시녀빅(侍女輩) 엇디 닉게 갓가이 오리오? 이 필연(必然) ᄉᆞ졍(私情)이 이시미라 ᄲᆞᆯ니 믈너가고 눈의 뵈디 말나.”

쇼졔(小姐ㅣ) ᄒᆞᆫ 말도 아니코 니러나거ᄂᆞᆯ, ᄉᆡᆼ(生)이 대로(大怒)ᄒ야 믄득 닯더나 쇼져(小姐)ᄅᆞᆯ 박차 졋구리티고 사챵(紗窓)[338]을 열고 시노(侍奴)ᄅᆞᆯ 블너 크게 호령(號令)ᄒᆞ야 좌우(左右) 시비(侍婢)ᄅᆞᆯ 다 잡아ᄂᆞ리오니

---

337) 능만(凌慢): 깔보고 교만하게 굶.

338) 사챵(紗窓): 사창. 사붙이나 깁으로 바른 창.

시비(侍婢)의 머리 지으니 난셤과 난혜라 싱(生)이 믄득 시비(侍婢)
는 믈니티고 구츄339)롤 잡아 꿀니고 수죄(數罪)ᄒᆞ딕,

  "네 엇디 쇼져(小姐)롤 ᄀᆞᄅ치매 흔 일도 일넘 죽흔 일이 업시 교
앙(驕昂)340)흔 눗빗과 블슌(不順)흔 거동(擧動)이 가(可)히 쳑망(責望)
홀 거시 업고 놉흔 호령(號令)이며 강초(剛楚)341)흔 위엄(威嚴)이 녯
날 간웅(奸雄)342)으로 일뉴(一類ㅣ)오, 도금(到今)ᄒᆞ야 지아비롤 남으
라고 다른 집을 싱각ᄒᆞ니 이ᄂᆞᆫ 쳔고(千古)의 듯디 못ᄒᆞ던 녀직(女子
ㅣ)니 네 시험(試驗)ᄒᆞ야 마자 보라."

  셜파(說罷)의 크게 쑤지저 티기롤 직쵹ᄒᆞ니,

  위 공(公)이 문(門) 밧긔셔 건니며 그 거동(擧動)을 시죵(始終)이
보와 말마다 ᄌᆞ가(自家)롤 비우(比偶)343)ᄒᆞ야 욕(辱)ᄒᆞ믈 듯고 대로
(大怒)ᄒᆞ야 문(門)을 열고 드러가니 싱(生)이 공슌(恭順)이 니러 맛거
늘 공(公)

이 크게 쑤지저 굴오딕,

  "닉 너롤 오라 ᄒᆞ관딕 무고(無故)히 와셔 놉흔 당(堂)의 잣바져 나

---

339) 츄: [교] 원문에는 '츄'로 되어 있으나 앞의 예를 따라 이와 같이 수정함.
340) 교앙(驕昂): 잘난 체하며 뽐내고 건방짐.
341) 강초(剛楚): 굳세고 독함.
342) 간웅(奸雄): 간사한 영웅.
343) 비우(比偶): 견줌.

의 쳔금(千金) 쇼교우(小巧兒)룰 곤(困)히 보채ᄂᆞ뇨? 그 블측(不測)ᄒᆞᆫ
힝ᄉᆞ(行事ㅣ) 연뎐하(-殿下)와 니시(李氏) 일문(一門)은 져러티 아니
ᄒᆞ니 이 도시(都是)³⁴⁴⁾ 적ᄌᆞ(賊子) 뉴영걸을 달므미라. 샐니 네 집으
로 가라.”

드ᄃᆡ여 쇼져(小姐)룰 니ᄅᆞ혀 보니 머리 샹(傷)ᄒᆞ고 신ᄉᆡᆨ(神色)이
ᄎᆞᆫ 지 ᄀᆞᆺ투니 공(公)이 더옥 통흔(痛恨)ᄒᆞ야 안아 쥐믈너 ᄣᅵ오고 시
노(侍奴)룰 명(命)ᄒᆞ야 ᄉᆡᆼ(生)의 복시(服侍)³⁴⁵⁾ᄒᆞᄂᆞᆫ 동ᄌᆞ(童子) 슈텰
을 틱(笞) 이십(二十)을 텨 닉티니 ᄉᆡᆼ(生)이 눈을 ᄂᆞ초고 온팀단좌(穩
沈端坐)³⁴⁶⁾ᄒᆞ야 ᄆᆞᄎᆞᆷ닉 말을 아니커ᄂᆞᆯ,

공(公)이 즉시(卽時) 문방(文房)을 나와 연왕(-王)ᄭᅴ 긔별(奇別)ᄒᆞ
랴 ᄒᆞ니 시랑(侍郎) 최량이 나아가 간왈(諫曰),

“이보의 거동(擧動)이 실셩(失性)ᄒᆞ여시니 야애(爺爺ㅣ)

•••

130면

결우시미 무익(無益)ᄒᆞᆫ디라 믈시(勿施)³⁴⁷⁾ᄒᆞ쇼셔.”

위 공(公)이 텽파(聽罷)의 ᄉᆞ매룰 ᄯᅥᆯ티고 나오니 한님(翰林)이 약
(弱)ᄒᆞᆫ 긔운의 분흔(憤恨)이 극(極)ᄒᆞ야 믄득 머리룰 기우려 피룰 토
(吐)ᄒᆞ니 쇼졔(小姐ㅣ) 무심(無心)이 안자 보디 못ᄒᆞ야 그ᄅᆞ슬 나오
니 ᄉᆡᆼ(生)이 미황즁(迷遑中)이나 더옥 증염(憎厭)³⁴⁸⁾ᄒᆞ야 발노 ᄒᆞᆫ 번

---

344) 도시(都是): 모두.
345) 복시(服侍): 삼가 받들어 모심.
346) 온팀단좌(穩沈端坐): 온침단좌. 점잖게 단정히 앉음.
347) 믈시(勿施): 물시. 하려던 일을 그만둠.
348) 증염(憎厭): 미워하고 싫어함.

(番) 추고 주개(自家ㅣ) 쏘흔 긔졀(氣絶)ᄒᆞ니,

위 공(公)이 총망(悤忙)[349]이 도로 드러와 미처 쇼져(小姐)ᄂᆞᆫ 보디 못ᄒᆞ고 싱(生)을 붓들고 위 시랑(侍郞) 등(等)이 황황(遑遑)[350]이 드러가 쇼져(小姐)를 구(救)ᄒᆞ야 안으로 보ᄂᆡ고 ᄒᆞᆫ가지로 한님(翰林)을 보니 옥(玉) ᄀᆞᄐᆞᆫ 안광(顔光)이 프르고 슈족(手足)이 궐닝(厥冷)[351]ᄒᆞ야 위틱(危殆)ᄒᆞ미 경각(頃刻)[352]의 이시니 공(公)이 뉘웃고 황망(慌忙)ᄒᆞ야 굴오ᄃᆡ,

"젹샹(積傷)[353]ᄒᆞᆫ 화증(火症)[354]이 ᄒᆞᆫ 뭉티 녈홰(熱火ㅣ)[355] 되엿거늘 늬 져를 브졀

•••

131면

업시 ᄭᅮ지저 이 형샹(形狀)이 되여시니 연왕(-王)이 알진대 엇디 고마와ᄒᆞ리오?"

ᄒᆞ고 졍(正)히 초조(焦燥)ᄒᆞ더니 이윽고 숨을 두로고 긔운을 진졍(鎭靜)ᄒᆞ거늘 위 공(公)이 ᄇᆞ야흐로 놀난 눈믈을 ᄲᅮᆺ고 굴오ᄃᆡ,

"네 날노 인(因)ᄒᆞ야 보젼(保全)티 못ᄒᆞ미 반ᄃᆞᆺᄒᆞ니 명일(明日)은 본부(本府)로 도라가라. 늬 엇디 일국(一國) 대샹(大相)으로 살인(殺人)ᄒᆞᆫ 몸이 되리오?"

---

349) 총망(悤忙): 총망. 매우 급하고 바쁨.

350) 황황(遑遑): 갈팡질팡 어쩔 줄 모르게 급함.

351) 궐닝(厥冷): 궐냉. 매우 참.

352) 경각(頃刻): 아주 짧은 시간.

353) 젹샹(積傷): 적상. 오랜 근심으로 마음이 썩 상함.

354) 화증(火症): 걸핏하면 화를 왈칵 내는 증세.

355) 녈홰(熱火ㅣ): 열화. 급히 치밀어 오르는 화증.

싱(生)이 공경(恭敬)ᄒ야 니러 안자 굴오디,

"쇼싱(小生)이 잇다감 긔운이 막혀 본디(本-) 그러ᄒ니 엇디 대인(大人) 연괴(緣故ㅣ)리오?"

위 공(公) 왈(曰),

"나의 젼일(前日) 그릇흔 허믈은 크나 도금(到今)ᄒ야 네게 샤죄(謝罪)ᄒᄂ니 네 진실노(眞實-) 프디 못홀소냐?"

한님(翰林)이 머리를 수기고 잠간(暫間) 웃고 말을 아니ᄒ더라.

ᄎ야(此夜)의 한님(翰林)이 혼혼(昏昏)[356]ᄒ야

• • •

132면

인ᄉ(人事)를 아디 못ᄒ니 위 공(公)이 친(親)히 므릅히 안고 위 시랑(侍郞) 등(等)이 슈족(手足)을 어ᄅᄆ져 그 지극(至極)흔 졍셩(精誠)이 어이 측냥(測量)이 이시리오.

새벽의 한님(翰林)이 졍신(精神)을 출혀 ᄌ긔(自己) 몸이 위 공(公)의 슈듕(手中)의 이시믈 보고 크게 놀나 밧비 ᄽᅟᅥᆯ티고 믈너안ᄌ니 노(怒)ᄒᄂ 눈섭이 관(冠)을 ᄀᄅ치ᄂ디라 위 공(公)이 홀일업고 ᄯᅩ흔 본셩(本性)이 강한(强悍)[357]ᄒ니 춤기 어려워 분연(憤然)이 ᄉ매를 ᄽᅟᅥᆯ티고 나가 이후(以後)는 드리미러 보디 아니ᄒ니,

한님(翰林)이 네디로 쇼져(小姐)를 블너 알픠 두고 곤칙(困責)[358]ᄒ니,

---

356) 혼혼(昏昏): 졍신이 가물가물하고 희미함.

357) 강한(强悍): 마음이나 셩질이 굳세고 강함.

358) 곤칙(困責): 곤책. 괴롭히며 꾸짖음.

이러구러 일삭(一朔)이 디나니 한님(翰林)이 노긔(怒氣) 날노 급(急)ᄒᆞ야 병셰(病勢) 듕(重)ᄒᆞ니 졈졈(漸漸) 형용(形容)이 쳑골(瘠骨)[359] ᄒᆞ나 위 공(公)은 다시 뭇디 아니ᄒᆞ고, 샹셰(尙書ㅣ) ᄆᆞᄎᆞᆷ

…

133면

ᄂᆡ의원(內醫院) 뎨됴(提調)ᄅᆞᆯ 겸(兼)ᄒᆞ야 태후(太后) 환휘(患候ㅣ) 계시므로 궐ᄂᆡ(闕內)의 잇고 녜부(禮部) 등(等) 형뎨(兄弟) 연왕(-王) 명(命)으로 가디 못ᄒᆞ니 니부(李府) 쇼식(消息)이 졀연(絶然)[360] ᄒᆞ엿더니,

일일(一日)은 연왕(-王)이 니ᄅᆞ러 위 공(公)을 보니 위 공(公)이 근ᄂᆡ(近來) 우환(憂患)의 ᄡᆞ여 형용(形容)이 슈구(瘦軀)[361] ᄒᆞ엿더니 왕(王)을 보고 크게 반겨 서로 한훤(寒暄)을 ᄆᆞᄎᆞ매 왕(王)이 위 시(氏)ᄅᆞᆯ 블너 보고 새로이 두굿기나 그 용뫼(容貌ㅣ) 환형(換形)[362] ᄒᆞ여시믈 보고 놀나 왈(曰),

“ᄋᆞ뷔(阿婦ㅣ) 엇디 미양(微恙)[363]이 잇ᄂᆞ냐? 져러ᄐᆞᆺ 쵸쳬(憔悴)ᄒᆞ엿ᄂᆞ뇨?”

도라 위 공(公)을 보고 우어 왈(曰),

“형(兄)이 근간(近間)의 아릿답디 아닌 사회 닙지(立志)ᄅᆞᆯ 휘오냐?”

위 공(公) 왈(曰),

---

359) 쳑골(瘠骨): 척골. 너무 슬퍼하여 몸이 바짝 마르고 뼈가 앙상하게 드러남. 훼척골립(毁瘠骨立).

360) 졀연(絶然): 절연. 끊어짐.

361) 슈구(瘦軀): 수구. 몸이 수척함.

362) 환형(換形): 모양이 전과 달라짐.

363) 미양(微恙): 가벼운 병.

"휘오기는 멀고 요수이 녕낭(슈郞)의 거지(擧止)를 녀ᄋ(女兒)의 힝식(行色)으로 알디어다. 늬 ᄌ쇼(自少)로 열인(閱人)ᄒ미 젹디

● ● ●

134면

아니ᄒᄃᆡ 이보굿티 든든코 모진 거슨 보디 아냣노라."

왕(王)이 놀나 왈(曰),

"형(兄)의 니ᄅᄂᆞᆫ 말이 어인 ᄯᆞᆺ이뇨? ᄌ시 닐너 의심(疑心)을 플나."

위 공(公)이 ᄯᅩ흔 셩품(性品)이 그리 훤츨티 못ᄒᄆᆞ로 젼후(前後) 거지(擧止)를 일일히(一一) 젼(傳)ᄒ고 굴오ᄃᆡ,

"가라 ᄒ여도 아니 가고 먹으라 ᄒ여도 아니 먹고 샤죄(謝罪)ᄒ여도 프디 아니코 ᄭᅮ지저도 겁(怯)디 아니ᄒ고 다릭여도 듯디 아니ᄒ니 녀의(女兒ㅣ) 공규(空閨)의셔 늙고 텬샹(天上) 인간(人間)의 업ᄂᆞᆫ 옥낭(玉郞)이라도 귀(貴)티 아니ᄒ니 형(兄)은 두려가라. 쇼뎨(小弟) 의 텬싱(天生) 심홰(心火ㅣ) 요수이 더 심(甚)ᄒ야시니 이러코 므ᄉᆞᆷ 익증(愛憎)이 이시리오?"

왕(王)이 텽파(聽罷)의 경왈(驚曰),

"형(兄)의 말이 진짓 올흘 쟉시면 이런 ᄌ식(子息) ᄒ야 무어서 ᄡᅳ리

● ● ●

135면

오?"

언미필(言未畢)의 한님(翰林)이 부친(父親)의 와 계시믈 듯고 겨유 힝보(行步)를 움죽여 이에 니ᄅᆞ러 ᄇᆡ알(拜謁)ᄒ매 왕(王)이 졍식(正

色)ᄒ고 봉안(鳳眼)이 ᄀᆞ느364)라 긔운이 **씩씩**ᄒ니 싱(生)이 더옥 황공(惶恐)ᄒ야 안전(案前)의 ᄭᅮ러 청죄(請罪)ᄒ니 왕(王)이 믁믁(默默)히 보기를 반향(半晌)의 굴오ᄃᆡ,

"블쵸ᄌᆞ(不肖子ㅣ) 아비 이시믈 아는다?"

싱(生)이 년망(連忙)이 ᄃᆡ왈(對曰),

"ᄒᆡ이(孩兒ㅣ) 엇디 하ᄂᆞᆯ을 아디 못ᄒ리잇고?"

왕(王)이 소ᄅᆡ를 ᄂᆞ죽이 ᄒ야 칙왈(責曰),

"닉 너를 이리 보닉믄 긔과슈심(改過修心)365)킈 ᄒ미어늘 네 믄득 아비를 역졍(逆情)ᄒ야 거죄(擧措ㅣ) 여ᄎᆞ여ᄎᆞ(如此如此) 패악(悖惡)366)ᄒ니 이 ᄒᆡᆼ시(行事ㅣ) 아비를 아는 것가?"

싱(生)이 ᄎᆞ언(此言)을 듯고 황공(惶恐)ᄒ야 머리를 수기고 무언(無言) 샤죄(謝罪)ᄲᆞᆫ이어늘 왕(王)이 ᄯᅩ ᄭᅮ지져 왈(曰),

"안해를

* * *

136면

잡고 두드리믄 상한(常漢) 쳔뉴(賤類)의 ᄇᆞ르시라. 네 이 거동(擧動)을 ᄉᆞ태위(士大夫ㅣ) ᄒᆡᆼ(行)ᄒ니 네 죵닉(從來)367) 이 ᄠᅳᆺ을 고티디 아니ᄒ면 닉 죽는 날이라도 감히(敢-) 안전(案前)의 니르디 못ᄒ리라."

셜파(說罷)의 위 공(公)ᄃᆞ려 왈(曰),

---

364) 느: [교] 원문에는 'ᄅᆞ'로 되어 있으나 의미를 명확히 하기 위해 규장각본(10:97)과 연세대본(10:135)을 따름.

365) 긔과슈심(改過修心): 개과수심. 잘못을 고치고 마음을 닦음.

366) 패악(悖惡): 사람으로서 마땅히 하여야 할 도리에 어그러지고 흉악함.

367) 죵닉(從來): 종래. 일정한 시점을 기준으로 이전부터 지금까지에 이름. 또는 그런 동안. 여기에서는 '앞으로'의 뜻으로 쓰임.

"또 젼(前)쳐로 블슌(不順)ᄒ거든 이곳의 두디 말고 조차 닉치라."

인(因)ᄒ야 ᄉ매를 썰쳐 니러 가니, 위 공(公)은 다만 웃고 싱(生)은 대참(大慙)ᄒ야 능히(能-) 말을 못 ᄒ더니, ᄆ춤 샹셰(尙書ㅣ) 틈을 겨유 어더 이에 니르매 왕(王)이 보고 굴오ᄃᆡ,

"경문이 크게 실셩(失性)ᄒ야 아비를 모르니 네 또 보디 말고 도라가라."

언파(言罷)의 ᄃ리고 도라가니,

싱(生)이 더옥 쵸조(焦燥)ᄒ야 ᄆ음을 크게 강작(强作)기를 졍(定)ᄒ고 도라 위 공(公)ᄃ려 왈(曰),

"쇼싱(小生)의 허믈이 셜

· · ·

137면

ᄉ(設使) 이시나 대인(大人)이 엇디 그ᄃᆡ도록 누셜(漏泄)ᄒ시ᄂ뇨?"

공(公)이 노왈(怒曰),

"닉 사오납기 간웅(奸雄)으로 일뉴(一類ㅣ)니 다시 니를 거시 이시리오?"

싱(生)이 텽파(聽罷)의 다시 뭇디 아니ᄒ고 니러 침소(寢所)로 도라와 병(病)이 크게 듕(重)ᄒ야 미음(米飮)도 먹디 아니ᄒ고 ᄌ로 혼미(昏迷)ᄒ며 날노 위급(危急)ᄒ니

위 공(公)이 초조(焦燥)ᄒ고 뉘웃쳐 졔ᄌ(諸子)로 더브러 구호(救護)ᄒ기를 지셩(至誠)으로 ᄒᄃᆡ 싱(生)이 본ᄃᆡ(本-) 화란(禍亂)과 풍상(風霜)을 ᄀ초 겻거 심홰(心火ㅣ) 되엿ᄂ 고(故)로 위 공(公)을 증염(憎厭)ᄒ야 저의 샤죄(謝罪)를 듯고 플녀 ᄒ엿ᄂ디라 죵시(終是) 개심

(改心)ᄒ미 업스니 병(病)이 엇디 됴흐리오.

수오(數五) 일(日) 위듕(危重)[368]ᄒ더니 다엿시 후(後) 잠간(暫間) 나아 인ᄉ(人事)ᄅᆞᆯ 출히니 위 공(公)이 저의 긔운이 오래 팀곤(沈困)[369]ᄒ야 날노 쇠픽(衰敗)[370]ᄒᄆᆞᆯ

•••

138면

보니 두리온 념녜(念慮ㅣ) 만코 녀ᄋ(女兒)의 우려(憂慮)ᄒᄆᆞᆯ 보니 ᄯᅩᄒᆞᆫ 녀ᄋ(女兒)ᄅᆞᆯ 앗기ᄂᆞᆫ ᄯᅳᆺ이 뉴동(流動)ᄒᆞ야 그런 놉흔 예긔(銳氣)와 독(毒)ᄒᆞᆫ 셩품(性品)이 져기 ᄂᆞ주ᄒᆞᆫ디라 이날 드러와 ᄉᆡᆼ(生)의 손을 잡고 ᄀᆞᆯᄋᆞ되,

"아ᄎᆞᆷ의 연뎐해(-殿下ㅣ) 니ᄅᆞ샤 네 병(病)을 ᄀᆞ장 근심코 가시니 네 ᄯᅳᆺ이 엇더뇨?"

ᄉᆡᆼ(生)이 ᄎᆞ언(此言)을 듯고 ᄀᆞ장 놀나 ᄀᆞᆯᄋᆞ되,

"므슴ᄒᆞ라 닉 병 듕(重)ᄒᄆᆞᆯ 알외시뇨?"

공(公) 왈(曰),

"너ᄅᆞᆯ ᄎᆞᄌᆞ시거ᄂᆞᆯ 긔이디 못ᄒᆞ야 고(告)ᄒᆞ엿거니와 네 나의 ᄒᆞᆫ 말을 드르라. 닉 젼일(前日) 실톄(失體)ᄒᆞᆫ 허믈이 크거니와 그러나 셩인(聖人)이 고티미 귀(貴)ᄒᆞᆯ 니ᄅᆞ시니 닉 그 후(後) 뉴 공(公)의 대변(大變) 시(時)의도 샹젼(上前)의 프러 주(奏)ᄒᆞ야 그 목숨을 살나시니 보복(報復)[371]ᄒ미 ᄌᆞ못 깁고 도금(到今)ᄒ야 연왕(-王)

---

368) 위듕(危重): 위중. 병세가 위험할 정도로 중함.
369) 팀곤(沈困): 침곤. 병이 오래 들어 몸이 괴로움.
370) 쇠픽(衰敗): 쇠패. 기력이 약해짐.
371) 보복(報復): 보답.

형(兄)의 날 디졉(待接)ᄒ시미 지극(至極)ᄒ고 너룰 명(命)ᄒ샤 화목(和睦)ᄒ라 ᄒ시나 네 죵시(終是) 플미 업ᄂ디라. 네게 쳥죄(請罪)ᄒᄂ니 ᄆᆞᆷ을 널니 먹어 구흔(舊恨)을 플미 엇더뇨?"

ᄉᆡᆼ(生)이 ᄎᆞ언(此言)을 듯고 믄득 머리룰 수겨 답(答)디 아니ᄒ니 승상(丞相)이 다시 샤례(謝禮)ᄒ야 글오ᄃᆡ,

"너 본ᄃᆡ(本-) 셩품(性品)이 너모 ᄀᆞᆨ박(刻薄)372)ᄒᆫ 타ᄉᆞ로 당년(當年) 뉴 공(公)이 국법(國法) 히틱(懈怠)ᄒᆞᆷ을 노(怒)ᄒ야 다ᄉᆞ리이미 도(道)룰 일허시나 이제 네 그 사름의 ᄌᆞ식(子息)이 아니오, 부명(父命)이 엄(嚴)ᄒᆫ 후(後) 네 져러텃 심듕(心中)의 ᄆᆡ티고 올가373) 날노ᄡᅥ 안듕(眼中) 가시룰 삼ᄂᆞ뇨?"

한님(翰林)이 부야흐로 졍ᄉᆡᆨ(正色)ᄒ야 글오ᄃᆡ,

"쇼ᄉᆡᆼ(小生)이 엇디 감히(敢-) 합하(閤下)룰 유감(遺憾)ᄒ미 이시리오마는 향ᄂᆡ(向來)374) 쇼ᄉᆡᆼ(小生)의

구구(區區)ᄒᆫ 자최로 당하(堂下)의 죄쉬(罪囚ㅣ) 되야 검하(劍下)의 ᄆᆞᆺ게 되엿던 인ᄉᆡᆼ(人生)이 엇디 오늘날이 이시리라 ᄒᆞ여시리오마는 텬우신조(天佑神助)ᄒᆞᆷ을 닙어 몸이 영귀(榮貴)ᄒ니 녜일을 ᄉᆡᆼ각고져

---

372) ᄀᆞᆨ박(刻薄): 각박. 인정이 없고 삭막함.
373) 올가: '줄곧'의 뜻으로 보이나 미상임.
374) 향ᄂᆡ(向來): 행래. 접때.

ᄒ미 아니로ᄃᆡ 스스로 ᄆᆞᆷ의 ᄒᆞᆫ 조각 놀나온 ᄯᅳᆺ이 업지 아니ᄒᆞ고 뉵니(恧怩)375)ᄒ미 알풀 ᄀ리와 심혼(心魂)이 녕낙(零落)ᄒ니 강잉(强仍)코져 ᄒ나 능히(能-) 못 ᄒᆞᄆ로 합하(閤下)긔 공슌(恭順)티 못ᄒᆞ야 가친(家親)의 ᄎᆡᆨ(責)이 여러 슌(巡) 느리시니 인ᄌᆡ(人子ㅣ) 되야 스스(私私) ᄯᅳᆺ을 엇디 발뵈리오? ᄎᆞ고(此故)로 놉흔 ᄎᆡᆨ(責)이 ᄉᆡᆼ풍(生風)ᄒ고 지어(至於) 셔동(書童)의 미쳐도 쇼ᄉᆡᆼ(小生)이 죵시(終是) 머믈믄 거의 우흘 공경(恭敬)ᄒᆞᆫ 뜻을 알으시리이다."

셜파(說罷)의 긔위(氣威)376) 츄샹(秋霜) ᄀᆞᆺ고 안ᄉᆡᆨ(顔色)이 쥰졀(峻截)377)ᄒᆞ야 츤

⋯

141면

긔운이 사름의 ᄲᅧ를 부ᄂᆞᆫ다라. 위 공(公)의 반ᄉᆡᆼ(半生) ᄉᆞ희(四海)를 안공(眼空)378)ᄒᆞ던 놉흔 ᄯᅳᆺ으로도 송연(悚然)ᄒᆞᆷ믈 이긔디 못ᄒᆞ야 ᄂᆞᆺ 빗출 고티고 샤죄(謝罪) 왈(曰),

"이보의 말을 드르니 나의 혼암블통(昏闇不通)379)ᄒᆞᆷ믈 거의 ᄭᆡ듯노라. 네 비록 위인(爲人)이 노하(駑下)380)ᄒ나 녕대인(令大人)의 지긔(知己)로 허(許)ᄒᆞ시믈 닙어 십오(十五) 셰(歲)로브터 도원(桃園)의 듕(重)ᄒᆞᆫ 밍셰(盟誓)381) 뉴관댱(劉關張)382)의 감(減)티 아니ᄒ니 네

---

375) 뉵니(恧怩): 육니. 부끄러움.

376) 긔위(氣威): 기위. 기개와 위엄.

377) 쥰졀(峻截): 준절. 매우 위엄이 있고 정중함.

378) 안공(眼空): 눈에 거리끼는 것이 없다는 뜻으로 뜻이 매우 큼을 이르는 말.

379) 혼암블통(昏闇不通): 혼암불통. 어리석고 사리에 밝지 못함.

380) 노하(駑下): 천하고 둔하다는 뜻으로 재능이 모자라 남에게 뒤떨어지는 것을 말함.

381) 도원(桃園)의~밍셰(盟誓): 도원의 중한 맹세. 중국 후한(後漢) 말(末)에 유비(劉備), 관우(關羽), 장비(張飛)가 복숭아 정원에서 의형제를 맺기로 맹세한 일을 이름.

382) 뉴관댱(劉關張): 유관장. 유비, 관우, 장비를 이름.

비록 닉 사회 아니나 그 스랑ᄒᆞᄂᆞᆫ 쯧이 혈(歇)ᄒᆞ리오마는 셰ᄉᆞ(世事
ㅣ) 번복(飜覆)ᄒᆞ미383) 심(甚)ᄒᆞ야 네 본셩(本姓)을 일코 타가(他家)
로 뉴리(流離)ᄒᆞ다가 그릇 나의게 욕(辱)을 보니 너의 유감(遺憾)ᄒᆞ
미 고이(怪異)티 아니ᄒᆞ듸 그러나 네 스ᄉᆞ로 ᄉᆡᆼ각ᄒᆞ라. 셩인(聖人)이
아닌 후(後)ᄂᆞᆫ 허믈이 엇디 업ᄉᆞ며 닉 일방(一方) 독뷔(督府ㅣ)

•••

142면

되야 젹봉(敵鋒)384)을 교봉(交鋒)385)ᄒᆞᄂᆞᆫ ᄯᅢ의 조춘 휘하(麾下) 쟝졸
(將卒)이 풍악(風樂)으로 죵일(終日)ᄒᆞ니 다ᄉᆞ리미 큰 남ᄉᆞ(濫事ㅣ)386)
아니오, 법(法)을 범(犯)ᄒᆞ미 업거ᄂᆞᆯ 네 도리(道理) 도라 욕(辱)ᄒᆞ믈 남
은 ᄯᅡ히 업게 ᄒᆞ니 닉 일즉 제(齊) 환공(桓公)387)의 동곽아388)(東郭
牙)389)를 아라보는 디인(知人)이 업거든 엇디 분노(憤怒)를 ᄎᆞᆷ으리오?
나는 이제 ᄉᆡᆼ각ᄒᆞ매 뉘웃브미 빗복을 셜고져 ᄒᆞᆫ들 미ᄎᆞ랴?390)"
한님(翰林)이 공경(恭敬)ᄒᆞ야 듯고 다시 샤례(謝禮) ᄋᆞᆯ(曰),

---

383) 미: [교] 원문에는 '야'로 되어 있으나 문맥을 고려해 규장각본(10:102)과 연세대본(10:141)을
따름.

384) 젹봉(敵鋒): 적봉. 적의 창날.

385) 교봉(交鋒): 교전.

386) 남ᄉᆞ(濫事ㅣ): 남사. 외람된 일.

387) 환공(桓公): 중국 춘추시대 제(齊)나라의 제16대 임금(B.C.720?~B.C.643, 재위: B.C.685~B.C.643)
으로 성은 강(姜)이고, 이름은 소백(小白)이며 환공은 그의 시호임. 춘추시대 오패(五霸) 중 한
명으로 신하인 포숙아(鮑叔牙)의 도움 등으로 자기 형인 공자 규(糾)와의 왕위 계승 전쟁에서
승리해 제나라의 군주가 되고 이후 포숙아의 소개로 규를 섬겼던 관중(管仲)을 발탁해 재상
으로 삼아 패자(霸者)가 됨.

388) 아: [교] 원문에는 '야'로 되어 있으나 오기로 보임.

389) 동곽아(東郭牙): 중국 춘추시대 제(齊)나라 인물. 관중의 추천으로 환공(桓公) 밑에서 대간(大
諫) 벼슬을 함.

390) 빗복을~미ᄎᆞ랴: 배꼽을 빨려고 한들 미치겠는가. 배꼽을 물려고 해도 입이 미치지 않는다는
뜻으로 일이 그릇된 후에는 후회해도 소용이 없음을 이르는 말. 서제막급(噬臍莫及).

"쇼싱(小生)이 엇지 독부(督府)의 당당(堂堂)흔 법(法)을 다스리믈 유감(遺憾)ᄒ리오? 처엄 알왼 바 스스로 심골(心骨)이 경한(驚寒)ᄒ미라, 다른 쥬의(主義) 이시리오? 쭐의 ᄂᆞᆾ츨 보믄 인지샹졍(人之常情)이니 쇼싱(小生)이 만일(萬一) 녕녀(令女)로 빙합(配合)디 못ᄒ여시면 오늘날ᄭ디 대인(大人)의 엄(嚴)흔

143면

뇌(怒ㅣ) 어듸 미출 동 알니오? 이 흔 가지를 싱각ᄒ니 미쳔(微賤)ᄒ미 두립고 귀(貴)ᄒ고 친(親)ᄒ미 다ᄒᆡᆼ(多幸)흔디라, 심뒤(心頭ㅣ) 블안(不安)홀 ᄯᆞ름이로소이다."

위 공(公)이 텽파(聽罷)의 대쇼(大笑) 왈(曰),

"이보의 손샤(遜謝)ᄒᄂᆞᆫ 말이 간간(間間)이 날을 됴희(嘲戲)[391]ᄒ니 ᄂᆞᆾ 둘 곳이 업도다. 긔왕지ᄉᆞ(旣往之事ㅣ) 다 나의 죄(罪)니 만ᄉᆞ무셕(萬死無惜)[392]이라 이 밧긔 ᄯᅩ 므슴 말이 이시리오?"

한님(翰林)이 그 젼도(顚倒)흔 말ᄉᆞᆷ이 이 ᄀᆞᆺᄐᆞᆯ 보고 괴독(怪毒)[393]고 사오나온 셩품(性品)으로 ᄌᆞ가(自家)의 관속(管束)[394]ᄒ믈 보고 심하(心下)의 우이 너겨 안ᄉᆡᆨ(顏色)을 졍(正)히 ᄒ고 말을 아니ᄒ더라,

ᄎᆞ후(此後)ᄂᆞᆫ 쇼져(小姐)를 보채디 아니ᄒ고 위 공(公)을 용납(容納)ᄒ야 언담(言談)이 잠간(暫間) 평슌(平順)[395]ᄒ니, 위 공(公) 부뷔

---

391) 됴희(嘲戲): 조희. 빈정거리며 희롱함.

392) 만ᄉᆞ무셕(萬死無惜): 만사무석. 만 번 죽어도 아깝지 않음.

393) 괴독(怪毒): 괴이하고 독함.

394) 관속(管束): 잘 단속함.

395) 평슌(平順): 평순. 성질이 온순함.

(夫婦ㅣ) 대희과망(大喜過望)396)ㅎ야 부뷔(夫婦ㅣ) 날마다 병

144면

외(屛外)예 대령(待令)ㅎ야 밤나즈로 혜디 아니ㅎ고 그 거동(擧動)을
보니 싱(生)의 긔싴(氣色)이 뻑뻑ㅎ야 쇼져(小姐)를 노인(路人) 보닷
ㅎ고 혹(或) 차(茶)를 가져오라 ㅎ여도 시녀(侍女)를 브르고 눈도 거
듧더보디 아니ㅎ니 공(公)의 부뷔(夫婦ㅣ) 크게 근심ㅎ야 셔로 의논
(議論)ㅎ딕,

"니랑(李郞)이 나의 연좌(連坐)로 녀ᄋ(女兒)를 증염(憎厭)흔 ᄯᅳ시
잇ᄂᆞᆫ가 시브니 근심 되디 아니ᄒᆞ리오?"

부인(夫人) 왈(曰),

"셔랑(壻郞)의 견고(堅固)흔 ᄯᅳ시 그 부모(父母)의 말도 수이 시힝
(施行)티 못ᄒᆞ거든 전일(前日) 비록 녀ᄋ(女兒)를 듕딕(重待)397)ᄒᆞ나
믈읫 남직(男子ㅣ) 흔 번(番) ᄯᅳᆺ을 졍(定)흔 후(後) 뉘 도로혀리오?"

이러ᄐᆞᆺ 닐너 부뷔(夫婦ㅣ) 노심쵸ᄉᆞ(勞心焦思)ᄒᆞ믈 마디아니ᄒᆞ니
후량 등(等)이 간왈(諫曰),

"이뵈 미ᄌᆞ(妹子)로 졍듕(情重) 부뷔(夫婦ㅣ)오 그 부뫼(父母ㅣ) 우
히 잇거늘 므슴

---

396) 대희과망(大喜過望): 바라던 것 이상이라 크게 기뻐함.
397) 듕딕(重待): 중대. 소중히 대우함.

ᄒ라 박ᄃᆡ(薄待)ᄒ리오? 브절업시 셩녀(盛慮)³⁹⁸⁾를 더으디 말ᄋᆞ쇼셔."

부뫼(父母ㅣ) 비록 유리(有理)히 드ᄅᆞ나 듀야(晝夜)로 창외(窓外)예 이셔 그 거동(擧動)을 보ᄃᆡ, 한님(翰林)이 ᄉᆞ면(四面)이 고요ᄒᆞ여도 죠곰도 쇼져(小姐)를 뉴련(留戀)³⁹⁹⁾ᄒᆞᆫ 뜻이 업고 밤의 자디 아니ᄒᆞ나 쉬라 권(勸)티 아니코 그 형용(形容)이 쵸체(憔悴)ᄒᆞ야 인원(哀怨)⁴⁰⁰⁾ᄒᆞᆫ 틱되(態度ㅣ) 승절(勝絕)ᄒ니 졍(正)히 남ᄌᆞ(男子)의 애를 ᄉᆞᆫᄒᆞᆯ 거시로ᄃᆡ 잠간(暫間)도 인련(愛戀)⁴⁰¹⁾ᄒᆞᆫ 긔식(氣色)이 업슬 분 아냐 나가 쉬여도 ᄎᆞᆺ디 아니니 공(公)의 부뷔(夫婦ㅣ) 더옥 근심ᄒᆞ야 그 뜻을 못 미츨 ᄃᆞ시 시ᄒᆡᆼ(施行)ᄒ고 녀ᄋᆞ(女兒)를 듀야(晝夜) ᄒᆞᆫ곳의 두엇더니,

일일(一日)은 공(公)이 됴당(朝堂) 연회(宴會)예 갓다가 어둡게야 도라와 바로 녀ᄋᆞ(女兒)의 방(房)의 니ᄅᆞ니 블을 발셔 혀고 ᄉᆡᆼ(生)은 자거늘

공(公)이 겨틱 나아가 머리와 손을 ᄆᆞᆫ져 보고 니블 덥흔 거슬 드릭여 둔둔이 덥고 그 ᄂᆞᆺ출 어ᄅᆞᄆᆞᆫ져 이윽이 인련(愛戀)ᄒ다가 도로 난

---

398) 셩녀(盛慮): 셩려. 큰 염려.

399) 뉴련(留戀): 유련. 마음에 두고 연연해함.

400) 인원(哀怨): 애원. 슬프게 원망함.

401) 인련(愛戀): 애련. 사랑함.

간(欄干)의 나와 약뉴(藥類)롤 긔걸402)ᄒ고 셕반(夕飯)을 그곳의셔 먹고 건니며 동졍(動靜)을 슬피고 부인(夫人)은 ᄯᅩ흔 미우(眉宇)의 시름을 먹음어 ᄌ최 업시 창외(窓外)예 안잣더니,

ᄀ장 오린 후(後) 싱(生)이 ᄭᅵ야 도라눕다가 목이 갈(渴)ᄒ야 니러 안자 차(茶)롤 촛고져 ᄒ디 ᄉ면(四面)이 젹뇨(寂寥)403)ᄒ야 인젹(人跡)이 업스니 ᄭᅵ오기 어려워 쥬져(躊躇)ᄒ다가 도라보니 쇼졔(小姐ㅣ) 여러 날 침슈(寢睡)404)롤 폐(廢)ᄒ엿다가 이날 견듸디 못ᄒ야 곤(困)히 쳑샹(册床)머리의 업듸여 잠을 드러시니 한님(翰林)이 그윽이 은이(恩愛) 뉴동(流動)ᄒᄂ 가온

● ● ●

147면

대, 이째 첫 ᄀ을이라 슈호(水滸)405)의 ᄇ람이 져기 ᄎ니 약질(弱質)이 샹(傷)흘가 져허 지삼(再三) 두로 슬퍼 인젹(人跡)이 업ᄉ믈 안 후(後) 드듸여 나아가 봉침(鳳枕)406)을 나오혀 쇼져(小姐)롤 편(便)이 누인 후(後) 녹운금(綠雲衾)을 ᄃ듸여 덥흘ᄉ 힝혀(幸-) ᄭᅵᆯ가 ᄒ야 ᄌ최롤 죠용이 ᄒ야 덥기롤 못고 도로 ᄌ긔(自己) ᄌ리예 나아가 눕다가 그 옥줌(玉簪)407)이 그저 곳티여시니 혹(或) 박힐가 의려(疑慮)ᄒ야 다시 나아가 ᄲᅡ혀 겨티 노코 ᄇ야흐로 자리의 와 누어 다시 잠

---

402) 긔걸: 명령.
403) 젹뇨(寂寥): 적요. 적적하고 고요함.
404) 침슈(寢睡): 침수. 잠.
405) 슈호(水滸): 수호. 물가.
406) 봉침(鳳枕): 베갯모에 봉황의 모양을 수놓은 베개.
407) 옥줌(玉簪): 옥잠. 옥비녀.

들거늘, 위 공(公) 부뷔(夫婦ㅣ) 주시 보고 크게 두긋기고 녀ᄋ(女兒)

룰 넘녀(念慮)ᄒ미 이 궃틈믈 대열(大悅)ᄒ야 다시 넘녀(念慮)티 아

니ᄒ더니,

이후(以後) 오래디 아냐셔 싱(生)이 향차(向差)[408]ᄒ야 니러나니

ᄇ야흐로 위 공(公)ᄃ려 왕(王)의

- - -

148면

게 쳥(請)ᄒ야 집으로 도라가디라 ᄒ니 위 공(公)이 다시 닐오디,

"네 비록 날을 프ᄂ 둣ᄒ나 바히 옹셔(翁婿)[409]의 도리(道理) 업ᄉ

니 닉 엇디 너의 오며 가기를 간예(干預)[410]ᄒ리오?"

싱(生)이 텽파(聽罷)의 어히업서 즉시(卽時) 닐오디,

"녕녜(슈女ㅣ) 나의 가모(家母)[411] 된 후(後) 구ᄐ여 언언ᄌᄌ(言

言字字)히 사회 악공(岳公)을 일ᄏ라야 쾌(快)ᄒ리오?"

위 공(公) 왈(曰),

"너 ᄯ 알오디 너의 긔ᄉᆨ(氣色)이 채 프디 못ᄒ여시니 당초(當初)

연왕(-王)이 ᄒ시디 너의 샤죄(謝罪)를 밧거든 보닉라 ᄒ시거든 내

디답(對答)ᄒ엿ᄂ니 너는 부형(父兄) 소기기를 즐겨도 나는 춤아 소

기디 못ᄒ리로다."

싱(生)이 이에 다ᄃ라ᄂ 말이 막혀 옥면(玉面)을 붉히고 즉시(卽

時) 니러 샤례(謝禮) 왈(曰),

---

408) 향차(向差): 향차. 병이 회복됨.

409) 옹셔(翁婿): 옹서. 장인과 사위.

410) 간예(干預): 어떤 일에 간섭하여 참여함.

411) 가모(家母): 한 집안의 주부.

"악댱(岳丈)은 쇼셔(小壻)의 죄(罪)룰 사(赦)ᄒ쇼셔."

위 공(公)

●●●

149면

이 ᄉᄉᆡᆨ(辭色)을 고티디 아니ᄒ고 굴오ᄃᆡ,

"늬 엇디 이 말을 감당(堪當)ᄒ리오? 고인(古人)이 닐오ᄃᆡ, '심화즉 긔화(心和則氣和)[412]'라 ᄒ니 너의 속으로 유감(遺憾)ᄒ고 것ᄎ로 화 (和)ᄒᆫ 줄 늬 다 아ᄂᆞ니 타일(他日) 취졸(取拙)[413]이 ᄒᆫ 번(番) 왕형 (王兄)의게 뵈[414]매 늬 벗을 소긴 허믈이 이시리니 늬 시힝(施行)티 못ᄒᆞᆯ노다."

한님(翰林)이 손사(遜謝) 왈(曰),

"쇼셰(小壻ㅣ) 엇디 악댱(岳丈)을 두 번(番) 소기리오? ᄎᆞ후(此後) 그르미 이시면 쇼셰(小壻ㅣ) 스ᄉᆞ로 죄(罪)예 나아가리니 원(願)ᄒᄂᆞ 니 악댱(岳丈)은 셜니 본부(本府)의 가게 ᄒ쇼셔."

위 공(公)이 텽파(聽罷)의 잠간(暫間) 웃고 굴오ᄃᆡ,

"네 ᄯ이 그러ᄒᆯ진ᄃᆡ 가(可)히 날노 더브러 ᄒᆫ가지로 가리니 네 악모(岳母)를 드러가 보미 엇더뇨?"

싱(生)이 흔연(欣然)이 조차 ᄂᆡ당(內堂)의 니ᄅ니 부인(夫人)이 셰 며ᄂᆞ리롤 거ᄂᆞ려 싱(生)

---

412) 심화즉긔화(心和則氣和): 심화즉기화. 마음이 평안하면 곧 기운이 평안함.

413) 취졸(取拙): 취졸. 졸렬한 행동을 함.

414) 뵈: [교] 원문에는 '보'로 되어 있으나 문맥을 고려해 규장각본(10:108)을 따름.

을 볼시 녜(禮)를 못고 좌(座)를 일우매 부인(夫人)이 눈믈을 쑤리고 옷기슬 념의여 골오딕,

　"첩(妾)의 시운(時運)이 블힝(不幸)ᄒ야 어린 ᄯᆞᆯ을 쳥평셰계(淸平世界)⁴¹⁵⁾의 일허ᄇᆞ리매 그 몸이 죽은 줄 알고 사라시믈 밋디 못ᄒ야 싱젼(生前)의 만나믈 긔약(期約)디 못ᄒ고 다만 츈풍츄월(春風秋月)의 나ᄂᆞᆫ 기러기를 ᄇᆞ라 애를 슬오더니 쳔만의외(千萬意外)예 현셰(賢壻ㅣ) 혈혈잔명(孑孑殘命)⁴¹⁶⁾을 거두워 항녀(伉儷)의 의(義)를 졍(正)히 ᄒ고 오ᄂᆞᆯ날 부ᄌᆞ(父子) 모녀(母女ㅣ) 못게 ᄒ니 은혜(恩惠)를 심곡(心曲)⁴¹⁷⁾의 기리 사기딕 당년(當年)의 현셰(賢壻ㅣ) 가군(家君)으로 상힐(相詰)⁴¹⁸⁾ᄒᆞᆫ 일이 피ᄎᆞ(彼此)의 티원(置怨)⁴¹⁹⁾홀 믈이 되여 현셰(賢壻ㅣ) 녀ᄋᆞ(女兒)의 빈위(配偶ㅣ) 되션 지 여러 히로딕 옥면(玉面)을 보오미 금일(今日) 처음이니 녀ᄋᆞ(女兒)의 용잔

누질(庸孱陋質)⁴²⁰⁾을 싱각ᄒᆞ매 영힝(榮幸)⁴²¹⁾ᄒᆞᆫ ᄯᅳᆺ을 이긔디 못홀소

---

415) 쳥평셰계(淸平世界): 청평세계. 맑고 태평한 세상.

416) 혈혈잔명(孑孑殘命): 외로운 쇠잔한 목숨.

417) 심곡(心曲): 여러 가지로 생각하는 마음의 깊은 속.

418) 상힐(相詰): 서로 힐난함.

419) 티원(置怨): 치원. 원망을 함.

420) 용잔누질(庸孱陋質): 용렬하고 비루한 자질.

421) 영힝(榮幸): 영행. 기쁘고 다행스러움.

이다."

싱(生)이 잠간(暫間) 그 악모(岳母)를 투목(投目)으로 주시(注視)ᄒ
매 유한정뎡(幽閑靜貞)[422]ᄒᆫ 거동(擧動)과 흐억빙졍(--娉婷)[423]ᄒᆫ 안
식(顏色)이 셰(世)의 드믄 녀직(女子ㅣ)오, 샹활(爽豁)[424]ᄒᆫ 옥셩(玉
聲)이 도도(滔滔)ᄒ야 삼협쉬(三峽水ㅣ) 구으ᄂ 듯ᄒ니 싱(生)이 그
윽이 위 공(公)의 강초(剛楚)홈과 다르믈 칭샹(稱賞)ᄒ더니 밋 말이
그치매 피셕(避席) 샤례(謝禮) 왈(曰),

"쇼셔(小壻)와 형인(荊人)[425]의 운쉬(運數ㅣ) 긔구(崎嶇)ᄒ믄 가
(可)히 닐넘 죽디 아니ᄒ고 이제 요힝(僥倖) 텬일(天日)을 보아 평안
(平安)ᄒᆫ 시졀(時節)을 만나시니 셕ᄉ(昔事)를 일ᄏ르샤 화긔(和氣)
를 감(減)ᄒ시미 가(可)티 아니ᄒ도소이다."

부인(夫人)이 그 유화(柔和)[426]ᄒᆫ 쇄옥셩(碎玉聲)[427]을 듯고 크게
두굿[428]기며 ᄉ랑ᄒ믈 이긔디 못ᄒ야 쥬찬(酒饌)을 드러 딕졉(待接)

• • •

152면

ᄒ니 싱(生)이 햐져(下箸)ᄒ기 이윽ᄒ 후(後) 즉시(卽時) 몸을 니러
하딕(下直) 왈(曰),

---

422) 유한졍뎡(幽閑靜貞): 유한정정. 부녀의 태도나 마음씨가 얌전하고 정조가 바름.

423) 흐억빙졍(--娉婷): 흐억빙정. 흐억은 '흐벅'으로 탐스럽고 윤택함을 뜻하고, 빙정은 자태가
아름다움을 뜻함.

424) 샹활(爽豁): 상활. 시원스럽고 활달함.

425) 형인(荊人): 아내.

426) 유화(柔和): 부드럽고 온화함.

427) 쇄옥셩(碎玉聲): 쇄옥성. 옥이 부서지는 소리.

428) 굿: [교] 원문에는 '시'로 되어 있으나 오기로 보이므로 규장각본(10:109)과 연세대본(10:151)
을 따름.

"부모(父母)긔 졍셩(定省)429)을 폐(廢)ᄒᆞ미 여러 날이라 훗(後ㅅ)날 다시 비알(拜謁)ᄒᆞ리이다."

부인(夫人)이 흔연(欣然)이 니별(離別)ᄒᆞ고 위 공(公)이 ᄒᆞᆫ가지로 ᄉᆡᆼ(生)을 ᄃᆞ리고 왕부(王府)의 니ᄅᆞ니라.

---

429) 졍셩(定省): 졍셩. '혼졍신셩(昏定晨省)'의 준말. 밤에는 부모의 잠자리를 보아 드리고 이른 아침에는 부모의 밤새 안부를 묻는다는 뜻으로, 부모를 잘 섬기고 효성을 다함을 이르는 말.

역자 해제

1. 머리말

<이씨세대록>은 18세기에 창작된 것으로 추정되는 작가 미상의 국문 대하소설로, <쌍천기봉>[1]의 후편에 해당하는 연작형 소설이다. '이씨세대록(李氏世代錄)'이라는 제목은 '이씨 가문 사람들의 세대별 기록'이라는 뜻인데, 실제로는 이관성의 손자 세대, 즉 이씨 집안의 4대째 인물들인 이홍문·이성문·이경문·이백문 등과 그 배우자의 이야기에 서사가 집중되어 있다. 이는 전편인 <쌍천기봉>에서 이현[2](이관성의 아버지), 이관성, 이관성의 자식들인 이몽현과 이몽창 등 1대에서 3대에 걸쳐 서사가 고루 분포된 것과 대비되는 모습이다. 또한 <쌍천기봉>에서는 중국 명나라 초기의 역사적 사건, 예컨대 정난지변(靖難之變)[3] 등이 비중 있게 서술되고 <삼국지연의>의 영향을 받은 군담이 흥미롭게 묘사되는 가운데 가문 내적으로 혼인담, 부부 갈등, 처첩 갈등 등이 배치되어 있다면, <이씨세대록>에서는 역사적 사건과 군담이 대폭 축소되고 가문 내적인 갈등 위주로

---

1) 필자가 18권 18책의 장서각본을 대상으로 번역 출간한 바 있다. 장시광 옮김, 『팔찌의 인연, 쌍천기봉』 1-9, 이담북스, 2017-2020.

2) <쌍천기봉>에서 이현의 아버지로 이명이 설정되어 있으나 실체적 인물이 등장하지 않고 서술자의 요약 서술로 짧게 언급되어 있으므로 필자는 이현을 1대로 설정하였다.

3) 중국 명나라의 연왕 주체가 제위를 건문제(재위 1399-1402)로부터 탈취해 영락제(재위 1402-1424)에 오른 사건을 이른다. 1399년부터 1402년까지 지속되었다.

서사가 전개된다는 점에서 큰 차이가 있다.

2. 창작 시기 및 작가, 이본

<이씨세대록>의 정확한 창작 연도는 알 수 없고, 다만 18세기의 초중반에 창작되었을 것으로 추정된다. 온양 정씨가 정조 10년 (1786)부터 정조 14년(1790) 사이에 필사한 것으로 추정되는 규장각 소장 <옥원재합기연>의 권14 표지 안쪽에 온양 정씨와 그 시가인 전주 이씨 집안에서 읽었을 것으로 보이는 소설의 목록이 적혀 있다. 그중에 <이씨세대록>의 제명이 보인다.⁴⁾ 이 기록을 토대로 보면 <이씨세대록>은 적어도 1786년 이전에 창작된 것으로 추측할 수 있다. 또, 대하소설 가운데 초기본인 <소현성록> 연작(15권 15책, 이화여대 소장본)이 17세기 말 이전에 창작된바,⁵⁾ 그보다 분량과 등장인물의 수가 훨씬 많은 <이씨세대록>은 <소현성록> 연작보다는 후대의 작품일 가능성이 높다. 요컨대 <이씨세대록>은 18세기 초중반에 창작된 작품으로, 대하소설 중에서는 비교적 이른 시기의 창작물이다.

<이씨세대록>의 작가는 알려져 있지 않다. 다만 작품의 문체와 서술시각을 고려하면 전편인 <쌍천기봉>과 마찬가지로 경서와 역사서, 소설을 두루 섭렵한 지식인이며, 신분의식이 강한 사대부가의 일원으로 추정할 수 있다. <이씨세대록>은 여느 대하소설과 마찬가지로 국문으로 표기되어 있으나 문장이 조사나 어미를 제외하면 대개 한자어로 구성되어 있고, 전고(典故)의 인용이 빈번하다. 비록 대하소

---

4) 심경호, 「樂善齋本 小說의 先行本에 관한 一考察 −온양정씨 필사본 <옥원재합기연>과 낙선재본 <옥원중회연>의 관계를 중심으로−」, 『정신문화연구』 38, 한국정신문화연구원, 1990.

5) 박영희, 「소현성록 연작 연구」, 이화여대 박사논문, 1994 참조.

설 <완월회맹연>(180권 180책)의 수준에는 미치지 못하지만, 다른 유형의 고전소설에 비하면 작가의 지식 수준이 매우 높은 편이다. <이씨세대록>에는 또한 강한 신분의식이 드러나 있다. 집안에서 주인과 종의 차이가 부각되어 있고 사대부와 비사대부의 구별짓기가 매우 강하다. 이처럼 <이씨세대록>의 작가는 학문적 소양을 갖추고 강한 신분의식을 지닌 사대부가의 남성 혹은 여성으로 추정되며, 온양 정씨의 필사본 기록을 통해 유추할 수 있듯이 사대부가에서 주로 향유된 것으로 보인다.

<이씨세대록>의 이본은 현재 3종이 알려져 있다. 한국학중앙연구원의 장서각에 소장된 26권 26책본과 서울대학교 규장각에 소장된 26권 26책본, 연세대학교 도서관에 소장된 26권 26책본6)이 그것이다. 세 이본 모두 표제는 '李氏世代錄', 내제는 '니시셰딕록'으로 되어 있고 분량도 대동소이하고 문장이나 어휘 단위에서도 매우 흡사한 면을 보인다. 특히 장서각본과 연세대본의 친연성이 강한데, 두 이본은 각 권의 장수는 물론 장별 행수, 행별 글자수까지 거의 같다. 다만 장서각본에 있는 오류가 연세대본에는 수정되어 있는 경우가 적지 않아 적어도 두 이본에 한해 본다면 연세대본이 선본(善本)이라 말할 수 있다. 연세대본·장서각본 계열과 규장각본을 비교해 보면 오탈자(誤脫字)가 이본마다 고루 있어 연세대본·장서각본 계열과 규장각본 중 어느 것이 선본(善本) 혹은 선본(先本)인지 단언 할 수는 없다.

---

6) 연세대학교 도서관에 소장된 26권 26책본: <이씨세대록> 해제를 작성해 출간할 당시에는 역자의 불찰로 연세대 소장본의 존재를 알지 못했다가 최근에 알게 되어 5권의 교감 및 해제부터 이를 반영하게 되었음을 밝힌다.

3. 서사의 특징

<이씨세대록>에는 가문의 마지막 세대로 등장하는 4대째의 여러 인물이 병렬적으로 구성되어 있다는 서사적 특징이 있다. 인물과 그 사건이 대개 순차적으로 등장하지만 여러 인물의 사건이 교직되어 설정되기도 하여 서사에 다채로움을 더하고 있다. 이에 비해 <쌍천기봉>에서는 1대부터 3대까지 1명, 3명, 5명으로 남성주동인물의 수가 점차 확대되어 가고 서사의 양도 그에 비례해 세대가 내려갈수록 확장되어 있다. 곧, <쌍천기봉>에서는 1대인 이현, 2대인 이관성·이한성·이연성, 3대인 이몽현·이몽창·이몽원·이몽상·이몽필 서사가 고루 등장한다는 점에서 <이씨세대록>과 차이가 난다. <이씨세대록>에도 물론 2대와 3대의 인물이 등장하기는 하나 그들은 집안의 어른 역할을 수행할 뿐이고 서사는 4대의 인물 중심으로 전개된다. 이를 보면, '세대록'은 인물의 서사적 비중과는 무관하게 2대에서 4대까지의 인물을 등장시켰다는 점에서 붙인 제목으로 이해할 필요가 있다.

이처럼 <이씨세대록>에 가문의 마지막 세대 인물이 주로 활약한다는 설정은 초기 대하소설로 분류되는 삼대록계 소설 연작7)과 유사한 면이다. <소씨삼대록>에서는 소씨 집안의 3대째8) 인물인 소운성 형제 위주로, <임씨삼대록>에서는 임씨 집안의 3대째 인물인 임창홍 형제 위주로, <유씨삼대록>에서는 유씨 집안의 4대째 인물인 유세형 형제 위주로 서사가 전개된다.9) <이씨세대록>이 18세기 초

---

7) 후편의 제목이 '삼대록'으로 끝나는 일군의 소설을 지칭한다. <소현성록>·<소씨삼대록> 연작, <현몽쌍룡기>·<조씨삼대록> 연작, <성현공숙렬기>·<임씨삼대록> 연작, <유효공선행록>·<유씨삼대록> 연작이 이에 해당한다.

8) 소운성의 할아버지인 소광이 전편 <소현성록>의 권1에서 바로 죽는 것으로 설정되어 있어 1대로 보기 어려운 면이 있으나 제명을 존중해 1대로 보았다.

중반에 창작된 초기 대하소설임을 감안하면 인물 배치가 이처럼 삼대록계 소설과 유사한 것은 이상하지 않다.

한편, <쌍천기봉>에서는 군담, 토목(土木)의 변(變)과 같은 역사적 사건, 인물 갈등 등이 고루 배치되어 있다. 구체적으로, 작품의 앞과 뒤에 역사적 사건을 배치하고 중간에 부부 갈등, 부자 갈등, 처첩(처처) 갈등 등 가문에서 벌어질 수 있는 다양한 갈등을 배치하였다. 이에 반해 <이씨세대록>에는 군담 장면과 역사적 사건이 거의 보이지 않는다. 군담은 전편 <쌍천기봉>에 이미 등장했던 장면을 요약 서술하는 데 그쳤고, 역사적 사건도 <쌍천기봉>에 설정된 사건을 환기하는 정도이고 새로운 사건은 보이지 않는다. <쌍천기봉>이 역사적 사실에 허구를 가미한 전형적인 연의류 작품인 반면, <이씨세대록>은 가문에서 발생할 수 있는 다양한 갈등, 예컨대 처처(처첩) 갈등, 부부 갈등, 부자 갈등 위주로 서사를 구성한 작품으로, <이씨세대록>은 <쌍천기봉>과는 다른 측면에서 대중에게 흥미를 유발할 만한 요소로 구성되어 있음을 알 수 있다.

여느 대하소설과 마찬가지로 <이씨세대록>에도 혼사장애 모티프, 요약 모티프 등 다양한 모티프가 등장해 서사 구성의 한 축을 이루고 있다. 이 가운데 가장 눈에 띄는 것은 기아(棄兒) 모티프이다. 대표적으로는 이경문의 경우를 들 수 있는데 기아 모티프가 매우 길게 서술되어 있다. <쌍천기봉>의 서사를 이은 것으로 <쌍천기봉>에서 간간이 등장했던 이경문의 기아 모티프를 본격적으로 다루고 있다. 즉, <쌍천기봉>에서 유영걸의 아내 김 씨가 어린 이경문을 사서 자기 아들인 것처럼 꾸미는 장면, 이관성과 이몽현, 이몽창이 우연히

---

9) 다만 <조씨삼대록>에서는 3대와 4대의 인물인 조기현, 조명윤 등이 활약한다는 점에서 차이가 난다.

이경문을 만나는 장면, 이경문이 등문고를 쳐 양부 유영걸을 구하는 장면이 나오는데, <이씨세대록>에서는 그 장면들을 모두 보여주면서 여기에 덧붙여 이경문이 유영걸과 그 첩 각정에게 박대당하지만 유영걸을 효성으로써 섬기는 모습이 강렬하게 나타나 있다. 이경문이 등문고를 쳐 유영걸을 구하는 장면은 효성의 정점에 해당한다. 이경문은 후에 친형인 이성문에 의해 발견돼 이씨 가문에 편입된다. 이때 이경문과 가족들과의 만남 장면은 매우 감동적으로 그려져 있다. 이처럼 이경문이 가족과 헤어졌다가 만나는 과정은 연작의 전후편에 걸쳐 등장하며 연작의 핵심적인 모티프 중의 하나로 기능하고 있고, 특히 <이씨세대록>에서는 결합에 초점이 맞춰져 있어 그 감동이 배가되어 있다.

4. 인물의 갈등

<이씨세대록>에는 다양한 갈등이 등장하는데 이 가운데 핵심은 부부 갈등이다. 대표적으로 이몽창의 장자인 이성문과 임옥형, 차자인 이경문과 위홍소, 삼자인 이백문과 화채옥의 갈등을 들 수 있다. 이성문과 이경문 부부의 경우는 반동인물이 개입되지 않은, 주동인물 사이의 갈등이라는 공통점이 있다. 이성문의 아내 임옥형은 투기 때문에 이성문의 옷을 불지르기까지 하는 인물이다. 이성문이 때로는 온화하게 때로는 엄격하게 대하나 임옥형의 투기가 가시지 않자, 그 시어머니 소월혜가 나서서 임옥형을 타이르니 비로소 그 투기가 사라진다. 이경문과 위홍소는 모두 효를 중시하는 인물인데 바로 그러한 이념 때문에 혹독한 부부 갈등을 벌인다. 이경문은 어려서 부모와 헤어져 양부(養父) 유영걸에게 길러지는데 이 유영걸은 벼슬은

높으나 품행이 바르지 못해 쫓겨나 수자리를 사는데 위홍소의 아버지인 위공부가 상관일 때 유영걸을 매우 치는 일이 발생한다. 이 때문에 이경문은 위공부를 원수로 치부하는데 아내로 맞은 위홍소가 위공부의 딸인 줄을 알고는 위홍소를 박대한다. 위홍소 역시 이경문이 자신의 아버지를 욕하자 이경문과 심각한 갈등을 벌인다. 효라는 이념이 두 사람의 갈등을 촉발시킨 원인이 된 것이다. 두 사람은 비록 주동인물로 설정되어 있지만, 이들을 통해 경직된 이념이 주는 부작용이 만만치 않음을 보여준다.

이백문 부부의 경우에는 변신한 노몽화(이흥문의 아내였던 여자)가 반동인물의 역할을 해 갈등을 벌인다는 특징이 있다. 이백문은 반동인물의 계략으로 정실인 화채옥을 박대하고 죽이려 한다. 애초에 이백문은 화채옥을 마음에 들어하지 않았는데 이유는 화채옥이 자신을 단명하게 할 상(相)이라는 것 때문이었다. 화채옥에게는 잘못이 없는데 남편으로부터 박대를 받는다는 설정은 가부장제의 질곡을 드러내 보이는 장면이다. 여기에 이흥문의 아내였다가 쫓겨난 노몽화가 화채옥의 시녀가 되어 이백문에게 화채옥을 모함하고 이백문이 곧이들어 화채옥을 끝내 죽이려고까지 하는 데 이른다. 이러한 이백문의 모습은 이몽현의 장자 이흥문과 대비된다. 이흥문은 양난화와 혼인하는데 재실인 반동인물 노몽화가 양난화를 모함한다. 이런 경우 대개 이백문처럼 남성이 반동인물의 계략에 속아 부부 갈등이 벌어지지만 이흥문은 노몽화의 계교에 속지 않고 오히려 노몽화의 술수를 발각함으로써 정실을 보호한다. <이씨세대록>에는 이처럼 상반되는 사례를 설정함으로써 흥미를 배가하는 동시에 가부장제의 문제점을 드러내고 있다.

5. 서술자의 의식

<이씨세대록>의 신분의식은 이중적이다. 사대부와 비사대부 사이의 구별짓기는 여느 대하소설과 마찬가지지만 사대부 내에서 장자와 차자의 구분은 표면적으로는 존재하나 서술의 실상은 그렇지 않다. 사대부로서 그렇지 않은 신분의 사람을 차별하는 모습은 경직된 효의 구현자인 이경문의 일화에서 두드러진다. 예컨대, 이경문은 자기 친구 왕기가 적적하게 있자 아내 위홍소의 시비인 난섬을 주어 정을 맺도록 하는데(권11) 천한 신분의 여성에게는 정절을 전혀 배려하지 않는 것을 엿볼 수 있다. 또한 이경문이 양부 유영걸의 첩 각정의 조카 각 씨와 혼인하게 되자 천한 집안과 혼인한 것을 분하게 여겨 각 씨에게 매정하게 구는 것(권8)도 그러한 신분의식이 여실히 드러나는 장면이다. 기실 이는 <이씨세대록>이 창작되던 당시의 사회적 모습이 반영된 것이라 추측할 수 있는 장면들이다.

사대부와 비사대부 사이의 구별짓기는 이처럼 엄격하나 사대부 내에서의 구분은 꼭 그렇지만은 않다. 서사적으로 등장인물들은 장자와 비장자의 구분을 하고 있고, 서술의 순서도 그러한 구분을 따르려 하고 있다. 서술의 순서를 예로 들면, <이씨세대록>은 이관성의 장손녀, 즉 이몽현 장녀 이미주의 서사부터 시작된다. 이미주가 서사적 비중이 그리 크지 않음에도 이미주부터 이야기가 시작되는 것은 그만큼 자식들 사이의 차례를 중시한다는 점을 의미한다. 다만, 특기할 만한 것은 남자부터 먼저 시작하지 않았다는 점이다. 여자든 남자든 순서대로 서술했다는 점이 중요하다. 이미주의 뒤로는 이몽현의 장자 이흥문, 이몽창의 장자인 이성문, 이몽창의 차자 이경문, 이몽창의 장녀 이일주, 이몽원의 장자 이원문, 이몽창의 삼자 이백

문, 이몽현의 삼녀 이효주 등의 서사가 이어진다. 자식들의 순서대로 서술하려 하는 강박증이 있다고 생각될 정도로 서술자는 순서에 집착한다. 이원문이나 이효주 같은 인물은 서사적 비중이 매우 미미하지만 혼인했다는 사실을 서술하고 있는 것이다. 그런데 이러한 순서 집착에도 불구하고 서사 내에서의 비중을 보면 장자 위주로 서술되어 있지 않음을 알 수 있다. 전편 <쌍천기봉>의 주인공이 이관성의 차자 이몽창이었던 것과 마찬가지로 후편에서도 주인공은 이성문, 이경문, 이백문 등 이몽창의 자식들로 설정되어 있다. 이몽현의 자식들인 이미주와 이홍문의 서사는 그들에 비하면 미미한 편이다. 이처럼 가문의 인물에 대한 서술 순서와 서사적 비중의 괴리는 <이씨세대록>을 특징짓는 한 단면이다.

<이씨세대록>에는 꿈이나 도사 등 초월계가 빈번하게 등장해 사건을 진행시키고 해결한다. 특히 사건이나 갈등의 해소 단계에 초월계가 유독 많이 보인다. 예를 들어 이경문이 부모와 만나기 전에 그 죽은 양모 김 씨가 꿈에 나타나 이경문의 정체를 말하고 그 직후에 이경문이 부모를 찾게 되는 장면(권9), 형부상서 장옥지의 꿈에 현아(이경문의 서제)에게 죽은 자객들이 나타나 현아의 죄를 말하고 이성문과 이경문의 누명을 벗겨 주는 장면(권9-10), 화채옥이 강물에 빠졌을 때 화채옥을 호위해 가던 이몽평의 꿈에 법사가 나타나 화채옥의 운명에 대해 말해 주는 장면(권17) 등이 있다. 이러한 초월계의 빈번한 등장은 이 세계의 질서가 현실적 국면으로는 해결할 수 없을 정도로 질곡에 빠져 있음을 의미한다. 현실계의 인물들은 얽히고설킨 사건들을 해결할 능력이 되지 않고 이는 오로지 초월계가 개입되어야만 해소될 수 있는 성질의 것임을 보여주고 있는 것이다.

6. 맺음말

<이씨세대록>은 조선 후기의 역동적인 사회에서 산생된 소설이다. 양반을 돈으로 살 수 있을 정도로 양반에 대한 권위가 땅에 떨어지고 양반과 중인 이하의 신분 이동이 이루어지던 때에 생겨났다. 설화 등 민중이 향유하던 문학에 그러한 면이 잘 드러나 있다. 그러나 이 작품에는 그러한 시대적 변동에 맞서 기득권을 유지하려는 사대부 계층의 의식이 강하게 드러나 있다. 사대부와 사대부 이하의 계층을 구별짓는 강고한 신분의식은 그 한 단면이다.

그렇지만 한편으로는 가부장제의 질곡에 신음하는 여성들의 목소리가 드러나 있기도 하다. 까닭 없이 남편에게 박대당하는 여성, 효라는 이데올로기 때문에 남편과 갈등하는 여성 들을 통해 유교적 가부장제가 여성에게 가하는 억압적 모습이 서술의 이면에 흐르고 있다. <이씨세대록>이 주는 흥미와 그 서사적 의미는 바로 이러한 데에서 찾을 수 있지 않을까 한다.

장시광

서울대 강사, 아주대 강의교수 등을 거쳐 현재 경상국립대학교 국어국문학과 교수로 재직 중이다. 논문으로 「대하소설의 여성반동인물 연구」(박사학위논문), 「여성영웅소설에 나타난 여화위남의 의미」, 「대하소설 갈등담의 구조 시론」, 「운명과 초월의 서사」 등이 있고, 저서로 『한국 고전소설과 여성인물』이 있으며, 번역서로 『조선시대 동성혼 이야기 방한림전』, 『여성영웅소설 홍계월전』, 『심청전: 눈먼 아비 홀로 두고 어딜 간단 말이냐』, 『팔찌의 인연: 쌍천기봉 1-9』 등이 있다.

(이씨 집안 이야기) 이씨세대록 5

초판인쇄   2022년 6월 10일
초판발행   2022년 6월 10일

지은이   장시광
펴낸이   채종준
펴낸곳   한국학술정보㈜
주   소   경기도 파주시 회동길 230(문발동)
전   화   031) 908-3181(대표)
팩   스   031) 908-3189
홈페이지   http://ebook.kstudy.com
E-mail   출판사업부   publish@kstudy.com
출판신고 2003년 9월 25일 제406-2003-000012호

ISBN   979-11-6801-493-0 04810
        979-11-6801-227-1 (전 13권)